MARIE LACROSSE

KaDeWe
Haus der Träume

*Buch*

Berlin, Anfang des 20. Jahrhunderts: Das Kaufhaus KaDeWe erstrahlt in Glanz und Luxus – eine Welt, die Judith Bergmann wohl vertraut ist. Denn die Tochter des KaDeWe-Justiziars soll Harry Jandorf heiraten, den einzigen Sohn des Kaufhausgründers. Die aus ärmlichen Verhältnissen stammende Rieke Krause hingegen ist von der Pracht des Kaufhauses schier überwältigt, als sie dort eine Stelle als Verkäuferin antritt. Schon bald verliebt sie sich in ihren Kollegen Hermann. Doch in den Wirren des Ersten Weltkriegs und der Nachkriegszeit werden die Lebenspläne von Judith und Rieke gewaltig durcheinandergewirbelt. Und auch das KaDeWe und sein Eigner Adolf Jandorf stehen vor großen Herausforderungen …

Weitere Informationen zu Marie Lacrosse
sowie zu lieferbaren Titeln der Autorin
finden Sie am Ende des Buches.

# Marie Lacrosse

# KaDeWe
# Haus der Träume

Roman

**GOLDMANN**

Penguin Random House Verlagsgruppe FSC® N001967

3. Auflage
Taschenbuch-Ausgabe September 2024
Copyright © 2022 by Marie Lacrosse
Copyright der deutschsprachigen Erstausgabe © 2022 by
Wilhelm Goldmann Verlag, München,
in der Penguin Random House Verlagsgruppe GmbH,
Neumarkter Straße 28, 81673 München
produktsicherheit@penguinrandomhouse.de
(Vorstehende Angaben sind zugleich
Pflichtinformationen nach GPSR)

Dieses Werk wurde vermittelt durch
die Montasser Medienagentur, München.
Gestaltung des Umschlags: UNO Werbeagentur, München
Umschlagmotiv: © Ildiko Neer / Arcangel Images;
The History Collection / Alamy Stock Photo; AKG-Images;
FinePic® München
Redaktion: Marion Voigt
BH · Herstellung: ik
Satz: GGP Media GmbH, Pößneck
Druck und Bindung: Nørhaven Book A/S
Printed in Denmark
ISBN: 978-3-442-49589-4

www.goldmann-verlag.de

*Den Menschen in der Ukraine gewidmet,
die einen Krieg erleiden müssen, wie ich ihn längst
in der Mottenkiste der Geschichte wähnte.*

Wat een juter Standort is, bestimme ick.

*Adolf Jandorf zugeschriebene Reaktion auf Zweifel*
*am Standort des KaDeWe im Berliner Westen*

Adolf Jandorf ist der Typ des modernen, sehnigen,
widerstandskräftigen Selfmademan von einer kolossalen
Energie, verbunden mit schneller Auffassungsgabe und
leichter Anpassungsfähigkeit in seinen geschäftlichen
Entschlüssen.

*Der Publizist Leo Colze im Jahr 1908 über Adolf Jandorf*

# Dramatis Personae

*Es werden nur die für die Handlung bedeutsamen Figuren aufgeführt. Historische Persönlichkeiten sind mit einem \* gekennzeichnet.*

## Rieke Krauses Familie

**Rieke Krause**, älteste Tochter
**Käthe Krause**, ihre Mutter, Leiterin der Reinigungskolonne im KaDeWe
**Otto Krause**, ihr Vater
**Robert**, ihr älterer Bruder, Tischlerlehrling im KaDeWe
**Susanne, genannt Sanni**, ihre jüngere Schwester, Verkäuferin im KaDeWe

## Judith Bergmanns Familie und Hauspersonal

**Judith Bergmann**, einzige Tochter, Schülerin an der Sozialen Frauenschule von Alice Salomon
**Paul Bergmann**, ihr Vater, Konzernjustiziar bei Jandorf
**Rebekka Bergmann**, ihre Mutter
**Johannes Bergmann**, ihr älterer Bruder, Einkäufer im KaDeWe
**Benjamin Bergmann**, ihr verstorbener jüngerer Bruder
**Martha**, Köchin
**Lisa**, Hausmädchen

### *Adolf Jandorfs Familie*

**Adolf Jandorf\***, Familienpatriarch und Besitzer von sieben Berliner Warenhäusern, darunter das KaDeWe
**Margarete Jandorf\***, seine Ehefrau
**Harry Jandorf\***, sein einziger Sohn

### *Handlungstragende fiktive Personen*

**Gunter Perl**, Leiter des Warenhauses am Weinberg; später Textileinkäufer im KaDeWe
**Peter Hauser**, Riekes Verehrer und Kollege von Robert
**Sebastian Häfner**, Freund und Geliebter von Johannes Bergmann
**Hermann Wolters**, Riekes ehemaliger Verlobter; ehemals Verkäufer im KaDeWe
**Berti Schubert**, Sannis Freund
**Fritz Zimmer**, Lebensgefährte von Käthe Krause nach dem Tod ihres Ehemanns Otto
**Alfred**, späterer Geliebter von Johannes Bergmann

### *Personal im KaDeWe*

**Fräulein Sigismund**, Erste Verkäuferin in der Damenkonfektion des KaDeWe
**Frau Liebermann**, Aufsichtsdame in der Damenkonfektion des KaDeWe
**Herr Kreutzfeld**, Einkäufer und Abteilungsleiter der Damenkonfektion des KaDeWe
**Herr Hofer**, kaufmännischer Direktor des KaDeWe
**Gregor Eckstein**, Hausdetektiv im KaDeWe
**Else Lemke**, Lehrmädchen

**Erwin Lemke**, ihr Vater und Leiter der Poststelle im KaDeWe
**Frau Maurer**, Nachfolgerin von Fräulein Sigismund als Erste
Verkäuferin in der Damenkonfektion

## *Im Roman erwähnte historische Persönlichkeiten*
### *(in alphabetischer Reihenfolge)*

**Chulalongkorn***, auch **Rama V**. genannt, König von Siam
(heute Thailand) von 1868 bis 1910
**Isadora Duncan***, amerikanische Ausdruckstänzerin
**Friedrich Ebert***, erster Reichspräsident der Weimarer Republik
**Joseph Goebbels***, Gauleiter der Nazis in Berlin-Brandenburg
ab 1926
**August Hajduk***, österreichischer Grafiker im Auftrag des
KaDeWe
**Paul von Hindenburg***, oberster deutscher Heerführer
im Ersten Weltkrieg; später zweiter Reichspräsident der
Weimarer Republik
**Adolf Hitler***, Begründer und Führer der NSDAP
**Traugott von Jagow***, Polizeipräsident Berlins von 1908 bis 1916
**Eglantyne Jebb***, britische Kinderrechtlerin, Gründerin der
Hilfsorganisation »Save the Children«
**Karl Liebknecht***, Arbeiterführer und Gründer der KPD
**Erich Ludendorff***, General und Mitglied der Obersten Heeres-
leitung im Ersten Weltkrieg
**Rosa Luxemburg***, Arbeiterführerin und Mitbegründerin der
KPD
**Wladimir Wladimirowitsch Majakowski***, russischer Revoluti-
onsdichter
**Walther Rathenau***, Außenminister der Weimarer Republik ab
Januar 1922
**Alice Salomon***, Gründerin der ersten Sozialen Frauenschule
und Frauenrechtlerin

**Philipp Scheidemann\***, Ministerpräsident der ersten frei ge-
wählten Regierung der Weimarer Republik

**Max Sering\***, Professor für Staatswissenschaften an der Friedrich-Wilhelm-Universität in Berlin

**Georg Tietz\***, anfangs Juniorchef, später Geschäftsführer der
Hermann Tietz OHG

**Martin Tietz\***, Mitgeschäftsführer der Hermann Tietz OHG;
jüngerer Bruder von Georg Tietz

**Georg Wertheim\***, Geschäftsführer und Besitzer des Warenhauskonzerns Wertheim

**Kaiser Wilhelm II.\***, letzter Kaiser des Deutschen Reichs bis
November 1918

**Marina Zwetajewa\***, emigrierte russische Dichterin

**Adriana Zwetajewa\***, ihre neunjährige Tochter

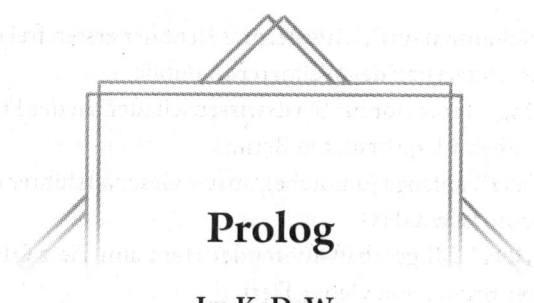

# Prolog

## Im KaDeWe

### *8. August 1907, kurz vor sieben Uhr am Morgen*

Rieke Krause kam aus dem Staunen gar nicht mehr heraus, als sie an der Hand ihrer Mutter die prächtige Eingangshalle des Kaufhauses des Westens betrat. Mit weit aufgerissenen Augen betrachtete sie den pompösen Raum, der, an beiden Seiten flankiert von Treppen, zwei Stockwerke hoch war.

Auch wenn Rieke mit ihren gerade einmal zehn Jahren noch zu jung war, um den Wert der kostbaren Hölzer, mit denen die Wände verkleidet waren, oder der kunstvollen Gitter an den Treppengeländern und Kundenfahrstühlen zu ermessen, verglich sie unwillkürlich die Pracht der Ausstattung mit ihrer ärmlichen Wohnung in der großen Mietskaserne Meyers Hof im Wedding. Sicherlich hätte die düstere Behausung, in der Rieke mit ihren Eltern und den beiden Geschwistern lebte, allein von der Fläche her ungefähr fünfzigmal in diese Eingangshalle des Luxuskaufhauses gepasst, in dem ihre Mutter Käthe als Leiterin der Putzkolonne beschäftigt war.

»Nu komm schon, Rieke«, drängte Käthe sie nicht zum ersten Mal an diesem ereignisreichen frühen Morgen. »Ick hab's eilig.« An diesem besonderen Tag würde Käthe im KaDeWe besonders viel zu tun haben.

Diese Abkürzung für das Kaufhaus des Westens hatten sich die Berliner mit ihrer Neigung zur Verballhornung schon kurz nach der Eröffnung des neuen Warenhauses ausgedacht.

Dass sie es eilig habe, hatte Käthe Krause auch schon betont, als Rieke zögerte, in die elektrische Hoch- und Untergrundbahn einzusteigen, die mit mächtigem Getöse in den Bahnhof am Potsdamer Platz einfuhr. Bis dorthin waren sie vom Wedding aus mit dem Bus gefahren. Ängstlich klammerte sich Rieke an die Hand ihrer Mutter, als die Bahn die Station verließ und ab dem Nollendorfplatz sogar durch einen stockdunklen Tunnel brauste, bis sie schließlich die Station am Wittenbergplatz erreichte, wo sie aussteigen mussten. Noch nie zuvor war Rieke mit diesem Verkehrsmittel gefahren, das es in Berlin erst seit fünf Jahren gab.

»Dit is der Grund, warum das KaDeWe jwd liegt«, erklärte ihr Käthe während der rasenden Fahrt. »Jwd« war die Berliner Abkürzung für »janz weit draußen«. »Die U-Bahn bringt die Kundschaft aus der Stadt janz bequem zum Einkaufen her.«

Ganz so bequem war die tägliche Anfahrt für Riekes Mutter jedoch nicht. Sie hatte als einfache Putzfrau im Warenhaus am Weinberg an der Ecke Brunnenstraße/Veteranenstraße begonnen, das wie das KaDeWe zu den Warenhäusern von Adolf Jandorf gehörte.

Allerdings lag das Warenhaus am Weinberg nicht weit von ihrer Mietskaserne in der Ackerstraße im Wedding entfernt. Ihren damaligen Arbeitsplatz als Putzfrau hatte Käthe fußläufig erreichen können. Und daher zunächst gezögert, als Adolf Jandorf ihr zu Beginn des Jahres den Vorschlag machte, als Leiterin der Putzkolonne ins KaDeWe überzuwechseln.

Letztlich hatte Jandorf jedoch die besseren Argumente gehabt: Er bot Käthe mit siebzig Mark im Monat das Gehalt einer Verkäuferin an, das sie als einfache Reinemachefrau nicht einmal zur Hälfte verdient hatte. Doch eines Tages hatte Jandorf seine goldene Taschenuhr auf dem Schreibtisch seines Kontors im Warenhaus am Weinberg liegen lassen. Käthe fand die Uhr beim Saubermachen, nahm sie über Nacht in Verwahrung und überreichte Jandorf das wertvolle Schmuckstück am nächsten Tag persönlich. Seither genoss sie sein unbegrenztes Vertrauen.

»Ich glaubte die Uhr schon verloren, weil ich sie heute Morgen nicht mehr hier gefunden habe«, erklärte der Warenhauseigner damals. »Und bin sehr erleichtert darüber, dass Sie sie für mich aufbewahrt haben. Die Uhr ist nämlich ein Geschenk meiner Gattin zu meinem fünfunddreißigsten Geburtstag.«

Schon im Warenhaus am Weinberg hatte Jandorf Käthe kurz nach diesem Vorfall zur Vorgesetzten der Putzfrauen befördert und ihr Gehalt erhöht. Und da er ihr nach der Fertigstellung seines neuen Luxuskaufhauses außer der erneuten großzügigen Gehaltsaufstockung zusätzlich anbot, ihr die Fahrtkosten mit Bus und U-Bahn zum Wittenbergplatz zu erstatten, nahm Käthe sein Angebot schließlich an.

Daher war sie heute beim wichtigsten Ereignis, das das erst Ende März 1907 eröffnete Kaufhaus des Westens bislang erlebt hatte, mehr denn je dafür verantwortlich, dass die vier der fünf Stockwerke des riesigen Gebäudes, in denen die Waren präsentiert wurden, vor Sauberkeit nur so glänzten. Denn schon den zweiten Tag in Folge erwartete Adolf Jandorf den Besuch des siamesischen Königs Chulalongkorn, auch Rama V. genannt, was für seine deutschen Gastgeber sehr viel leichter auszusprechen war.

Der König befand sich bereits zum zweiten Mal auf einer ausgedehnten Europareise und hatte anlässlich seines Aufenthalts in Berlin gestern das Kaufhaus des Westens besucht. Dort hatte er etliche Einkäufe getätigt und im Fürstenzimmer feudal zu Mittag gespeist. Da die Warenvielfalt des KaDeWe ihn begeisterte und ihm vor allem das in der Küche des Kaufhauses zubereitete Festmahl viel besser schmeckte als das Essen in seinem vornehmen Hotel Kaiserhof, hatte der König angekündigt, am heutigen Tage noch einmal wiederkehren zu wollen.

Seit Käthe daheim vom bevorstehenden Besuch des Königs erzählt hatte, bettelte Rieke ununterbrochen darum, sie an diesem Tag ins KaDeWe begleiten zu dürfen. Gestern früh hatte ihre Mutter Riekes Ansinnen noch ein letztes Mal abgelehnt, ihr aber in Aussicht gestellt, sie mitzunehmen, falls der König während seines Aufenthalts in Berlin ein weiteres Mal ins KaDeWe kommen würde.

Als hätte sie geahnt, dass dies schon am nächsten Tag der Fall sein würde, brachte Rieke die ganze Wohnung auf Hochglanz und putzte sogar freiwillig den meist ziemlich schmutzigen Gemeinschaftsabtritt auf dem Treppenabsatz der Etage, obwohl die Krauses turnusmäßig noch gar nicht an der Reihe waren. Deshalb hatte Käthe Rieke gestern Abend erlaubt, sie heute zu begleiten. Zumal Rieke gerade Schulferien hatte.

Am Morgen war sie in aller Herrgottsfrühe mit ihrer Mutter aufgestanden, hatte ihr Sonntagskleid angezogen und konnte ihre Neugier und Ungeduld auf all das, was sie heute im Lauf des Tages erwarten mochte, kaum bezähmen.

Zunächst musste Rieke jedoch eine gelinde Enttäuschung hinnehmen. Über dem Haupteingang des Kaufhauses in der Tauentzienstraße befand sich eine riesige Bronzeuhr. Zu jeder vollen Stunde öffneten sich Flügel zu beiden Seiten der Uhr. Dann drehte eine bronzene Handelskogge, die Jandorf zum Signet des KaDeWe erkoren hatte, mit geblähten Segeln eine stolze Kurve.

Natürlich hatte Rieke gehofft, sich diese Spieluhr einmal ansehen zu können. Doch dafür blieb keine Zeit, erklärte ihr die Mutter. Ebenso wenig wie für die Betrachtung des mit Figuren und zahlreichen Ornamenten geschmückten schmiedeeisernen Gitters, das noch vor dem Eingangsportal hochgefahren war. Zu gern hätte Rieke gefragt, was es mit der Frau auf sich hatte, um deren halb nackten Körper sich eine Schlange wand. Doch schon schlüpfte Käthe durch eine Seitenpforte ins Gebäude und zog Rieke hinter sich her. Umso mehr entschädigte sie nun der Anblick der prächtigen Eingangshalle.

Hier wartete schon das nächste Abenteuer auf sie: ihre erste

Fahrt mit einem Aufzug. Es war natürlich keiner der Fahrstühle für die Kundschaft mit den wunderschönen Gittern, sondern nur der Lastenaufzug, den auch das Personal benutzte. Ohnehin befanden sich um diese frühe Uhrzeit noch keine Kunden im KaDeWe. Es war kurz vor sieben Uhr. Das Kaufhaus würde erst in einer Stunde öffnen.

Doch zu ihrer nächsten Enttäuschung brachte der Aufzug Rieke nicht in die höheren Stockwerke mit ihrem riesigen Warenangebot, sondern ins Souterrain. Dort traf Käthe die ihr untergebenen Reinemachefrauen und erteilte ihnen genaue Anweisungen, auf was sie bis zum Eintreffen des Königs, der gegen elf Uhr erwartet wurde, achtzugeben hätten.

Nachdem sie gestern nach Ladenschluss alles sorgsam geputzt hatten, trugen die Frauen zur Feier des Tages nicht ihre unförmigen Kittel, sondern sahen mit blütenweißen Latzschürzen über schwarzen Baumwollkleidern und weißen Häubchen auf dem ordentlich frisierten Kopf eher wie Zofen aus. Diese Tracht war an gewöhnlichen Tagen den ausgewählten Reinigungskräften vorbehalten, die tagsüber in den Verkaufsräumen tätig wurden, um ein Malheur zu beseitigen, das einem Kunden oder Angestellten passiert war, oder bei schlechtem Wetter die Fußspuren auf den Marmorböden wegzuwischen. Die Augen der solventen Kundschaft sollten nicht durch schäbig gekleidete Putzfrauen beleidigt werden.

Sobald jedoch der Besuch von Rama V. feststand, hatte Adolf Jandorf sämtlichen Reinemachefrauen eine solche Tracht aushändigen lassen und angeordnet, dass die ganze Putzkolonne tagsüber bereitzustehen und selbst den geringsten Schmutz sofort zu beseitigen habe. Auch Käthe kleidete sich jetzt im Umzugsraum für Frauen in ihr schwarzes hochgeschlossenes Gewand aus feinem Leinen, in dem sie während der Öffnungszeiten als Aufseherin der Reinigungskolonne auftrat.

Bevor sie danach zu ihrem Inspektionsrundgang durch die einzelnen Stockwerke aufbrach, gebot sie Rieke, während dieser Zeit in der bereits geöffneten Personalkantine, in der schon einige Angestellte frühstückten, auf sie zu warten.

»Kann ick nich mitkommen?«, bettelte Rieke. »Ick kann euch doch helfen, wenn's wat zu tun jibt.«

»In deinem besten Kleid?«, spöttelte Käthe. »Wenn du dich einsaust, kannste gleich janz hierbleiben.« Immerhin spendierte sie Rieke ein Hörnchen und eine Tasse Schokolade, in der Familie Krause durchaus nicht alltägliche Köstlichkeiten.

»Ick hol dir hier gegen zehne ab«, kündigte die Mutter an. »Dann kannste mit ins Fürstenzimmer kommen und dir sogar alles ankieken, wat der König bisher jekooft hat«, versprach sie Rieke zum Trost für die lange Wartezeit. Danach eilte sie den bereits ausgeschwärmten Putzfrauen nach.

### *Ungefähr vier Stunden später gegen elf Uhr*

»Und, lieber Papa, wie sehe ich aus?«

Judith Bergmann fasste den Rock ihres hellblauen, mit cremefarbenen Spitzen besetzten Seidenkleids mit beiden Händen und drehte sich mit wehenden Haaren einmal um die eigene Achse. Dazu trug sie weiße Strümpfe und schwarze Lackschuhe mit Riemchen.

»Wunderhübsch siehst du aus, mein Schatz!«, gab ihr Paul Bergmann die erhoffte Antwort. Tatsächlich betonte die Farbe des Kleids Judiths dunkelblaue Augen, die in reizvollem Kontrast zu ihren fast schwarzen, von einem blauen Seidenband aus der Stirn gehaltenen Locken standen.

Trotz des Kompliments verzog Judith die Lippen zu einem Schmollmund. »Mama sagt, ich hätte ein weißes Kleid anziehen sollen. Alle Mädchen trügen diese langweilige Farbe.«

»Nun, ich will deiner Mama nicht widersprechen«, schmunzelte Bergmann. »Aber mir gefällst du in dieser Aufmachung jedenfalls ausgesprochen gut.«

»Meinst du, ich werde auch dem König gefallen?« Judith errötete.

»Ganz sicher wirst du das«, bekräftigte ihr Vater aufs Neue.

»Dann will ich jetzt noch einmal ein paar englische Vokabeln wiederholen«, erklärte Judith und zog ihr Lehrbuch aus der mitgebrachten Schultasche. »Viel werde ich ja noch nicht verstehen können. Aber ich möchte den König zumindest auf Englisch begrüßen, wenn ich ihm vorgestellt werde.«

Lächelnd betrachtete Paul Bergmann seine Tochter, die sich sofort in ihr Buch vertiefte und beim stillen Wiederholen der Vokabeln die Lippen bewegte. Judith hatte trotz ihrer inzwischen zehn Jahre zu Ostern erst die dritte Grundschulklasse abgeschlossen, da sie mit sechs Jahren kurz vor dem damals vorgesehenen Schulbeginn schwer an Diphtherie erkrankt war. Zum Glück hatte sie die Krankheit überstanden und war wieder völlig gesund geworden. Anders als ihr jüngerer Bruder Benjamin, den die Familie nach bangen Tagen voller Angst im Alter von nur drei Jahren verloren hatte.

Den um ein Jahr verspäteten Schuleintritt versuchte Judith von vornherein mit großem Ehrgeiz zu kompensieren. Aus unerfindlichen Gründen hatte sich seine Tochter bereits in diesem zarten Alter in den Kopf gesetzt, wie ihr sechs Jahre älterer Bruder Johannes einmal Abitur zu machen und später vielleicht sogar zu studieren. Obwohl eine solche Laufbahn für Mädchen im wilhelminischen Kaiserreich äußerst ungewöhnlich war.

Doch während ihre Mutter Rebekka diese Gedanken ihrer Tochter für kindliche Flausen hielt, förderte Paul Judith in ihrem Bestreben nach Bildung. Deshalb hatte er ihr schon vor dem Eintritt in die Höhere Mädchenschule, die Judith seit einigen Monaten besuchte, auf ihre Bitte hin Privatlektionen in Englisch erteilen lassen. Als gestern feststand, dass der König auch heute wieder ins KaDeWe kommen würde, erlaubte Paul Judith nach Rücksprache mit Adolf Jandorf sogar, Rama V. persönlich vorgestellt zu werden und am Festmahl teilzunehmen.

Sehr zum Unmut seiner Gattin Rebekka, die erst zum Mittagessen hinzustoßen würde und Paul einmal mehr vorwarf, Judith nach Strich und Faden zu verwöhnen. Aber seit er auch noch seine einzige Tochter fast an diese tückische Kinderkrankheit verloren hätte, war und blieb sie sein Augenstern. Zumal sein älterer Sohn Johannes viel zurückhaltender war als die lebhafte Judith. Johannes zog sich mit seinen nunmehr sechzehn Jahren immer mehr in sich zurück und nahm kaum noch am Familienleben teil.

Zwar war auch Paul Bergmann im Grunde seines Herzens davon überzeugt, dass Judith einmal heiraten und Kinder bekommen würde, anstatt ein Blaustrumpf mit akademischer Bildung zu werden. Aber warum sollte er Judith die Freude am Lernen schon heute verderben? Denn jeder gebildete Mann konnte sich doch glücklich schätzen, eine Frau zu ehelichen, deren Interessen über Kinder, Küche und Kirche hinausgingen.

Möglicherweise war ein solcher Heiratskandidat sogar schon in Sicht. Es war Harry, Jandorfs einziges Kind und nur ein Jahr älter als Judith.

Paul Bergmann hatte Adolf Jandorf vor einigen Jahren im Rahmen seiner Tätigkeit als Rechtsanwalt für den Verband Deutscher Waren- und Kaufhäuser kennengelernt, deren Mitglied Jandorf war. Schnell war Adolf sein bester Freund geworden. Nur zu gern hatte sich Paul deshalb vor zwei Jahren als Justiziar für Jandorfs Warenhauskonzern abwerben lassen. Schon bald danach träumten Rebekka und Jandorfs Ehefrau Margarete von einer zukünftigen Hochzeit ihrer Kinder.

Ein heftiges Klopfen an der Kontortür ließ sowohl Bergmann als auch Judith aufschrecken. Ohne auf ein Zeichen zu warten, stürmte Adolf Jandorf herein. Obwohl von kleiner Statur, sodass nicht nur Bergmann, sondern die meisten seiner Angestellten ihn mindestens um Haupteslänge überragten, dominierte er, wie üblich, mit seiner Persönlichkeit sofort den Raum.

Auch Adolf war wie Paul in einen schwarzen Maßanzug mit blütenweißem Hemd, steifem Kragen und schwarzer Seidenkrawatte gekleidet. Lange hatte man vor dem Besuch des Königs überlegt, zur Feier des Tages sogar im Frack aufzutreten. Da der König gestern jedoch selbst nur einen schlichten Anzug, wenn auch aus teurem Stoff, getragen hatte, waren Adolf und Paul im Nachhinein froh gewesen, nur ihre Sonntagskleidung angelegt zu haben.

»Rama ist bereits eingetroffen«, rief Jandorf jetzt aufgeregt ohne jegliche Begrüßung. »Eine geschlagene Viertelstunde früher als angekündigt. Sein Wagen ist gerade vor dem Haupteingang vorgefahren.«

Kurz darauf eilten Paul Bergmann und Judith hinter Adolf Jandorf durch die Halle zum Haupteingang in der Tauentzienstraße. Gerade noch rechtzeitig, bevor der König die Eingangshalle betrat, war der rote Teppich ausgerollt worden, den man ihm zu Ehren schon gestern ausgelegt hatte.

»Ich hoffe, jeder Abteilungsleiter ist schon an seinem Platz«, knurrte Jandorf leise, bevor er auf den siamesischen König zutrat. Er verbeugte sich formvollendet vor dem Herrscher und ergriff danach freudig beide Hände, die Rama ihm entgegenstreckte.

Dann winkte er Bergmann und Judith näherzutreten. »Meinen lieben Konzernjustiziar und Freund Paul Bergmann haben Eure Hoheit ja bereits gestern kennengelernt«, sprach er den König in perfektem Englisch an. Diese Sprache hatte Jandorf als junger Mann während eines einjährigen Aufenthalts in den Vereinigten Staaten erlernt und sprach sie noch heute fließend.

Auch Bergmann trat nun vor und begrüßte Chulalongkorn ebenfalls mit einer tiefen Verbeugung, der ein kräftiger Händedruck folgte. Danach zog er Judith nach vorn, die sich plötzlich sehr unbeholfen vorkam.

»Darf ich Eurer Hoheit meine Tochter Judith vorstellen? Sie

wollte unbedingt einmal einen leibhaftigen König kennenlernen.«

Schon gestern hatte sich herausgestellt, dass Chulalongkorn im Umgang mit seinen Gastgebern kaum Wert auf Förmlichkeiten legte, sodass sich Bergmann diese etwas unkonventionelle Rede erlauben konnte. Natürlich wäre Gleiches bei Kaiser Wilhelm II. undenkbar gewesen.

Tatsächlich lächelte der König Judith herzlich an, was sie nur flüchtig wahrnahm, bevor sie in einen tiefen Knicks versank. »Thank you very much for this great honour, Your Royal Highness«, stammelte sie. Und hoffte inständig, dass sie nicht allzu viele Fehler bei Grammatik und Aussprache gemacht hatte.

»What a nice little girl!« Diese Worte, mit denen sich Rama an ihren Vater wandte, verstand Judith noch. Allerdings nicht, was der König als Nächstes sagte. Aus dem Augenwinkel heraus bemerkte sie, dass Adolf Jandorf die Stirn runzelte.

Es folgte ein weiterer kurzer Wortwechsel auf Englisch. Dann wandte sich Paul Bergmann an seine Tochter. »Seine Majestät möchte, dass du uns durch das Warenhaus begleitest«, eröffnete er Judith zu deren großer Überraschung. Denn eigentlich war vorgesehen gewesen, dass sie nach der Begrüßung bis zum Beginn des Festessens in Begleitung des Dienstmädchens, das sie heute Morgen ins KaDeWe gebracht hatte, im Kontor ihres Vaters warten sollte.

»Seine Majestät möchte nämlich Kleider und Spielsachen für seine Töchter erwerben«, erläuterte ihr Vater. »Dabei sollst du ihn beraten.«

Zunächst sprachlos vor Staunen folgte Judith den Männern durch die einzelnen Abteilungen des Warenhauses. In Chulalongkorns Begleitung waren noch einige siamesische Diplomaten, die der Botschaft in Berlin angehörten, wie Judith später erfuhr. Außerdem stieß Herr Hofer, der kaufmännische Leiter des KaDeWe, zu ihnen, der persönlich den Rollwagen schob, auf dem die Einkäufe des Königs gestapelt wurden. Zunächst folgte Judith den Männern schweigend.

In den ersten Abteilungen, in denen der König Waren einkaufte, war ihr Rat auch noch gar nicht gefragt. Doch Geld spielte für Rama offensichtlich keine Rolle. Ohne zu zögern, zeigte er auf mehrere farbenfrohe Perserteppiche, die im Erdgeschoss ausgestellt waren. Auch an der Schmuckabteilung ging Rama nicht vorbei, ohne mehrere Brillantcolliers, -armbänder und -broschen zu erstehen. Ab und zu erhaschte Judith einen Blick auf die Preisschilder der Waren. Dann stockte ihr jedes Mal der Atem. Obwohl ihre Familie durchaus wohlhabend war, wurde ihr rasch klar, dass der König dabei war, im KaDeWe ein Vermögen auszugeben.

Tatsächlich hätte ihr Vater ihr später sagen können, dass der Wert von Chulalongkorns Einkäufen sein eigenes, durchaus beträchtliches Jahresgehalt von fünfzigtausend Mark in Summe schließlich um das Fünffache überstieg. Am Ende hatte der König ungefähr zweihundertfünfzigtausend Mark ausgegeben.

Doch noch war es nicht so weit. Schon während der König die Lederwaren-, die Parfümerie- und die Weißwarenabteilung durchschritt, füllte der Rollwagen sich rasch. In der Stoffabteilung musste das Gefährt zum ersten Mal ausgetauscht werden, weil Rama fast jeden der kostbaren Seidenstoffe, die zur Auswahl standen, gleich ballenweise erwarb. In den höheren Stockwerken kaufte er zwei der modernsten Fotoapparate sowie Operngläser, eine Kuckucksuhr und viele weitere Gegenstände. Er ließ sogar ein Mikroskop auf den Rollwagen laden. Im vierten Stock, wo sich auch die Spielwaren befanden, erstand er schließlich ein mit zarten Blumenmotiven bemaltes einhundertzwanzigteiliges Service aus der Königlichen Porzellan-Manufaktur.

Dann erreichte man endlich die Spielzeugabteilung. Rama winkte Judith zu sich heran.

Mit einer Mischung aus Stolz und leiser Beunruhigung beobachtete Paul seine Tochter, die gerade mit dem König von Siam über Puppen diskutierte. Während Paul dolmetschte, spürte er, dass Adolf Jandorf alle Mühe hatte, seinen Unmut darüber, nicht mehr im Vordergrund zu stehen, zu zügeln. Zwar standen die Abteilungsleiter in jedem Rayon nahezu stramm, wenn sich der König näherte. Doch Adolf Jandorfs Persönlichkeit hatte die Einkaufstour bislang eindeutig dominiert.

Wieder einmal hatte sich Paul darüber gewundert, welche Ausstrahlung dieser Mann trotz seiner geringen Körpergröße besaß. Er schien jeden Raum mit seiner Präsenz vollständig auszufüllen, selbst wenn er so weitläufig war wie ein Stockwerk des KaDeWe. Doch hier, in der Spielzeugabteilung, galt Chulalongkorns Aufmerksamkeit vollkommen Pauls Tochter Judith.

Gerade zeigte diese mit neu erwachtem Selbstbewusstsein auf vier sehr teure Puppen mit Porzellanköpfen und rüschenbesetzten Kleidern. »Ich würde Eurer Majestät diese Modelle empfehlen«, übersetzte Paul die Worte seiner Tochter. »Schließlich ist für Prinzessinnen nur das Allerbeste gut genug.«

Paul verkniff sich ein Schmunzeln. Tatsächlich kostete jede der Puppen fast zweihundert Mark. Doch der König zögerte keinen Augenblick und zeigte auf die Ware, die sofort vom Abteilungsleiter auf den Rollwagen gelegt wurde, den der kaufmännische Leiter, immerhin nach Adolf Jandorf der wichtigste Vorgesetzte des KaDeWe, nunmehr seit Stunden durch das Kaufhaus schob. War der Rollwagen voll, winkte Herr Hofer einem Abteilungsleiter, der den Wagen in einen Nebenraum des Fürstenzimmers brachte, in dem die erstandenen Waren seit gestern Vormittag gesammelt wurden.

In der Spielwarenabteilung erstand Rama mit Judiths Hilfe des Weiteren ein vollständig eingerichtetes Puppenhaus, natürlich ebenfalls das teuerste der angebotenen Modelle, zwei Puppenwagen aus Korbgeflecht, einen ganzen Spielzeugkoffer voll Puppenkleider sowie Stofftiere aller Art.

Schließlich ließ sich Chulalongkorn sogar von Judith dabei beraten, welches Spielzeug er seinen noch kindlichen Söhnen mitbringen solle, und erstand unter anderem eine ganze Armee von Zinnsoldaten und mehrere Spielzeugschiffe.

Paul Bergmann kannte inzwischen die Anlässe dieser Einkäufe. Obwohl Rama V. als sehr moderner Herrscher galt, der zudem diplomatisch so geschickt war, dass Siam das einzige südostasiatische Land ohne europäische Kolonialherrschaft war, hing er in seiner Heimat noch den uralten Traditionen der Königsfamilie an. Gestern Abend hatte Adolf Jandorf Paul erklärt, der König habe sage und schreibe einhundertdreiundfünfzig Ehefrauen, wobei er allerdings nur mit fünfunddreißig von ihnen geschlechtlich verkehren würde. Diese hätten ihm insgesamt sechsundsiebzig Kinder geboren, von denen viele noch nicht erwachsen seien.

Schließlich kehrte der König in die Abteilung für Kinderkleidung im ersten Stock zurück und erstand zum Abschluss seiner Einkaufstour mindestens drei Reisekoffer voll Kleidungsstücken aller Art für Mädchen und Jungen im Alter zwischen zwei und zwölf Jahren. Auch hierbei zog er immer wieder Judith zurate.

Nach dem nahezu zweistündigen Gang durch das KaDeWe waren jetzt alle erschöpft. Deshalb wirkte sogar Adolf Jandorf erleichtert, als Chulalongkorn schließlich nach dem angekündigten Mittagessen fragte. Tatsächlich war es jetzt kurz vor ein Uhr, und der König hatte bereits angekündigt, am Nachmittag weitere ärztliche Termine wahrnehmen zu müssen.

Denn der Grund für seine zweite Europareise war nicht wie vor zehn Jahren die Diplomatie, sondern Chulalongkorns angeschlagene Gesundheit. Von der Behandlung durch europäische Ärzte versprach sich der König eine rasche Besserung seiner diversen Leiden, wenn nicht sogar völlige Genesung.

Doch das zwölfgängige Mittagsmenü würde mindestens zwei, wenn nicht sogar drei Stunden in Anspruch nehmen.

Und es wäre doch jammerschade, wenn der krönende Abschluss von Ramas Besuch im KaDeWe durch seinen überhasteten Aufbruch vorzeitig beendet werden müsste.

## Im Vorraum zum Fürstenzimmer des KaDeWe

*Ungefähr eineinhalb Stunden früher, gegen halb zwölf Uhr*

Behutsam strich Riekes Mutter Käthe mit einem aus Schwanenfedern bestehenden Staubwedel über die Einkäufe, die der siamesische König bislang getätigt hatte und die sich in einem der Nachbarräume des Fürstenzimmers, wie man den Speisesaal nannte, mittlerweile fast bis unter die Decke stapelten. Obwohl Rieke ihrer Mutter erneut ihre Hilfe angeboten hatte, lehnte Käthe dies ab. Zu groß war ihre Sorge, dass Rieke einen der kostbaren Gegenstände beschädigen könnte. Deshalb beschäftigte sich Rieke mit dem Betrachten der königlichen Einkäufe.

Seit sie sich in diesem Teil des ersten Stockwerks des KaDeWe aufhielt, der weder der Öffentlichkeit noch dem Großteil des Personals zugänglich war, schoben grimmig dreinblickende Männer in steifen schwarzen Anzügen ungefähr alle zwanzig Minuten einen Rollwagen mit weiteren Waren herein. Mittlerweile war nur noch ein schmaler Pfad zwischen den Bergen der Einkäufe des Königs frei geblieben.

Die beiden Reinemachefrauen, die unter Käthes Aufsicht die Fenster des Fürstenzimmers noch einmal geputzt und den Parkettboden gebohnert hatten, waren schon seit einer halben Stunde mit ihrer Arbeit fertig und hatten den Raum mittlerweile verlassen. Die Möbel im Speisesaal hatte Käthe selbst abgestaubt, nachdem sie sich eine weiße, mit Spitzen besetzte Halbschürze über ihr schwarzes Kleid gezogen hatte. Zur Einrichtung gehörte der große rechteckige Tisch aus glänzendem

Mahagoniholz, um den mit Brokat bezogene Stühle für vierundzwanzig Personen gruppiert waren. Außerdem zwei geschnitzte Anrichten und mehrere Vitrinen mit wunderschönem Geschirr, die an den mit grünem Seidenstoff bespannten Wänden standen.

Nach Riekes Ansicht waren all diese Putzarbeiten völlig überflüssig gewesen. Weder die Fenster noch der Parkettboden wiesen auch nur den geringsten Schmutzfleck auf, bevor sie erneut gereinigt wurden. Denn schon nach dem Ende des gestrigen Festessens hatte man den Raum unter Käthes Aufsicht von oben bis unten geputzt. Doch das schien keine Rolle zu spielen, wenn ein leibhaftiger König erwartet wurde. Alles musste perfekt sein.

Dies galt natürlich auch für die Waren, die aus den verschiedenen Abteilungen des Kaufhauses hereingebracht wurden. Auch sie wiesen kein Stäubchen auf, bevor Käthe trotzdem mit dem Schwanenfederwedel darüberfuhr.

Schon als Rieke den Raum kurz nach zehn Uhr betreten hatte, stapelten sich Hutschachteln und Schuhkartons in mehreren Reihen hintereinander fast bis zur Decke. Auf einem Kleiderständer, der sich über eine ganze Längswand hinzog, hing Damen- und Herrengarderobe aller Art. Rieke, der ihre Mutter streng verboten hatte, irgendetwas anzufassen, vertrieb sich die Zeit mit dem Zählen der Kleider. Sie kam allein auf fünfundsiebzig Damenroben in allen Farben des Regenbogens.

»Das sind Ballkleider«, erklärte Käthe kurz angebunden, als Rieke sie nach dem Zweck einiger besonders aufwendiger Gewänder fragte, deren Stoffe im Sonnenlicht glänzten, das durch das kleine Fenster hereinfiel. Die Roben waren mit allerlei Zierrat geschmückt, den Rieke nur vom Hörensagen kannte. Denn die Bewohnerinnen im ärmlichen Meyers Hof trugen weder kostbare Stickereien noch Fransen oder Volants an ihren einfachen Waschkleidern.

»Dit Kleid dort jefällt mir besonders jut.« Rieke zeigte auf ein goldfarbenes Gewand mit Schleppe, das über und über mit schwarzen Ranken und Blumenmotiven bestickt war. Im Vorbeihasten warf Käthe einen flüchtigen Blick auf das Preisschild, das an dem Kleid befestigt war.

Dann schürzte sie verächtlich die Lippen. »Dit is ooch keen Wunder. Dit Kleid kostet zweitausend Mark.«

Rieke schnappte nach Luft. Zweitausend Mark? So ein König musste wirklich unendlich reich sein, dachte sie bei sich. Denn das Kleid war ja nur eines von den zahlreichen, die dort auf dem Ständer hingen.

*Was tun die mit so viel Anziehsachen?*, lag es ihr schon auf der Zunge. Sie selbst besaß außer ihrem Sonntagskleid nur noch zwei andere, je eines für Sommer und Winter. Dazu ein paar verschlissene Röcke und Blusen. Doch gerade wurde ein neuer Rollwagen hereingeschoben, sodass Rieke ihre Frage vergaß.

Diesmal schloss der Herr, der ihn gebracht hatte, einen Schrank auf und verstaute eine Reihe von Schachteln darin. *Fotoapparat von Kodak,* las Rieke aus der Ecke, in die sie sich zurückzog, wenn ein neuer Rollwagen kam, die Aufschrift auf einem der Kartons. *Opernglas,* las sie auf einer anderen Schachtel, konnte mit dem Begriff jedoch nichts anfangen. Auf jeden Fall musste alles, was in diesem Schrank aufbewahrt wurde, besonders wertvoll sein, vermutete sie. Denn schon vorher hatte man kleine, mit rotem oder blauem Samt bezogene Behälter darin verstaut, die wahrscheinlich Schmuck enthielten, wie Käthe Rieke erklärte.

Einige Zeit nachdem der Mann den Raum verlassen hatte, öffnete sich die Tür erneut. Die Gegenstände, die diesmal hereingebracht wurden, ließen Riekes Herz noch höherschlagen als die kostbaren Gewänder. Es waren Puppen dabei, so schön, wie sie noch keine gesehen hatte. Sie selbst besaß nur eine einzige, mittlerweile arg zerfledderte Puppe, deren Stoffkörper mit Stroh gefüllt war und deren Schürzenkleid mehrere Risse aufwies, die Rieke notdürftig geflickt hatte.

»Dass du mir ja nichts anrührst«, schnauzte der Herr, der den Rollwagen gebracht hatte, Rieke an, als die unwillkürlich einen Schritt näher trat.

Sie knickste erschrocken. »Nein, mein Herr, ick fass schon nüscht an«, versprach sie.

Draußen schlug eine Uhr gerade die Mittagsstunde. »Was hast du überhaupt hier zu suchen, du Gör?« Offensichtlich misstraute der Mann Rieke trotz ihrer Zusicherung.

Glücklicherweise kam ihre Mutter gerade aus dem Speisesaal herein. »Das ist meine Tochter«, erklärte sie. »Ich pass schon auf sie auf.« Käthe bemühte sich nun, alles Berlinerische aus ihrer Aussprache zu verbannen, wie immer, wenn sie mit höhergestellten Personen aus dem KaDeWe sprach.

»Das will ich Ihnen auch geraten haben«, knurrte der Mann, bevor er den Raum verließ.

»Jetz kommste besser mit mir, Rieke!«, befahl ihr die Mutter. »Gleich sind ooch die Lakaien wieder da, die beim Essen bedienen.«

Tatsächlich ertönten genau in diesem Moment Stimmen aus dem Fürstenzimmer. Als Rieke ihrer Mutter hineinfolgte, erblickte sie vier Männer im Raum. Sie trugen glänzende rote Anzüge, die Rieke an Uniformen erinnerten. Allerdings reichten die Hosen den Herren nur bis zu den Knien, darunter trugen sie weiße Strümpfe und schwarze Lackschuhe. Ihre Jacken waren mit goldenen Knöpfen und Schnüren besetzt. Die Haare hatten die vier mit seltsamen gepuderten Perücken bedeckt.

Das mussten die kaiserlichen Diener sein, von denen ihre Mutter Rieke erzählt hatte. Zwar lieferte die Küche des Ka-DeWe das Festessen. Kaiser Wilhelm hatte jedoch angeordnet, dass Bedienstete aus seinem Hof dem königlichen Gast aufwarten sollten.

»Sie können jetzt gehen«, beschied einer der Lakaien, offensichtlich der Anführer, Käthe zu Riekes Entsetzen. »Zum Tischeindecken werden Sie nicht mehr gebraucht.«

In diesem Augenblick ertönte aus einem Nebenraum am Kopfende des Fürstenzimmers ein Klirren, gefolgt von einem heftigen Fluch. Alarmiert stürzte der oberste Lakai hinein, nur um im nächsten Augenblick Käthe herbeizuwinken. »Da ist gerade ein Malheur passiert. Dieser Idiot hat eine Flasche Spätburgunder fallen lassen. Sputen Sie sich, damit alles tadellos aufgewischt ist, wenn das Festessen beginnt!«

»Dazu muss ich mir erst mal Eimer und Lappen besorgen«, hörte Rieke ihre Mutter sagen. »Denn eigentlich waren wir mit dem Reinemachen schon fertig.«

»Dann machen Sie hin!«, befahl ihr der oberste Lakai in barschem Ton. »Und rasch, damit Sie hier raus sind, bevor die Herrschaften eintreffen!«

In ihrer Ecke hörte Rieke die Ankündigung des kaiserlichen Dieners. Würde sie den siamesischen König etwa gar nicht zu Gesicht bekommen?, dachte sie mit einem Anflug von Verzweiflung.

Anfangs fühlte sie sich wie gelähmt vor Enttäuschung. Doch dann fasste sie einen kühnen Entschluss. Sie wollte den König sehen, koste es, was es wolle. Und gerade war die Gelegenheit günstig. Niemand außer ihr war im Speisesaal.

Die hohen Fenster des Fürstenzimmers wurden von schweren dunkelgrünen Samtportieren umrahmt. Geschwind schlüpfte Rieke hinter zwei davon, die genau nebeneinanderhingen.

»Rieke! Rieke, wo bist du denn nur?«

Mit schlechtem Gewissen, aber mehr denn je entschlossen, ihr Versteck nicht zu verlassen, hörte Rieke ihre Mutter ungefähr zwanzig Minuten später nach ihr rufen. Vorsichtig lugte sie durch den Spalt zwischen den Vorhängen. Käthes Tracht hatte die Beseitigung des Rotweins nicht unbeschadet überstanden. Ihre weiße Spitzenschürze war mittlerweile mit roten Flecken gesprenkelt.

»Rasch, machen Sie sich von hinnen, gute Frau!«, drängte sie der oberste Diener. »Die Herrschaften kommen schon bald. Denen dürfen Sie nicht unter die Augen kommen, zumal mit dieser schmutzigen Schürze! Außerdem stehen Sie uns hier nur im Weg herum.«

Rieke rührte sich nicht in ihrem Versteck. »Na warte, die Jöre kann wat erleben!«, hörte sie ihre Mutter noch murmeln, bevor der Lakai Käthe am Arm packte und unsanft aus dem Fürstenzimmer schubste.

Erst nach längerer Zeit, während der die Diener, dem Geklapper und Geklirr nach zu urteilen, den Tisch deckten, wagte Rieke es ein weiteres Mal, vorsichtig durch den Spalt zwischen den beiden Portieren zu spähen. Tatsächlich war das glänzende Holz des Tischs mittlerweile unter einem weißen Tafeltuch verschwunden. Vor jedem Platz stand ein Gedeck des mit bunten Vögeln und Blumen bemalten Geschirrs mit Goldrand, das Rieke bereits in den Vitrinen des Fürstenzimmers bewundert hatte. Dazu viele funkelnde Gläser in verschiedenen Größen und zu beiden Seiten der Teller eine ganze Reihe silberglänzendes Besteck.

Rieke wunderte sich, wozu dies wohl alles gebraucht würde. Bei ihr zu Hause aß man die einfachen Mahlzeiten von oft angeschlagenen irdenen Tellern oder ausgebleichten Holzbrettchen und benutzte dazu Löffel, Gabeln und Messer aus einfachem Blech. Wobei das Besteck nicht einmal für alle reichte, wenn die ganze Familie rund um den weiß gescheuerten Küchentisch aus grobem Fichtenholz saß. Gläser gab es im ganzen Haushalt nur zwei, die Käthe wie ihren Augapfel hütete. Man trank aus Ton- oder Holzbechern, der Vater das Bier meistens gleich aus der Flasche.

Und mit diesen merkwürdig gefalteten weißen Tüchern, die auf den Tellern drapiert waren, konnte Rieke schon gar nichts anfangen.

Plötzlich hörte sie Stimmen aus dem Flur, der zum Fürsten-zimmer führte. Mehrere Männer betraten den Raum, einige mit elegant gekleideten Frauen am Arm. Vornweg schritt ein kleiner, etwas dicklicher Mann mit einer fliehenden Stirn und einem schlichten Schnauzbart, der ihm zu beiden Seiten des Munds bis zum halben Kinn reichte. Ihm folgte der Eigner des Kaufhauses, den Rieke nach einer Fotografie erkannte, die ihre Mutter ihr einmal gezeigt hatte. Die Frau an seinem Arm war wahrscheinlich seine Gattin.

Ganz zuletzt kamen drei Personen herein, ein schlanker Herr, umrahmt von einer Dame in einem wunderschönen roten Kleid und zu Riekes Erstaunen von einem Mädchen, das er an der rechten Hand führte und das Rieke nicht älter schätzte als sich selbst. Alle drei nahmen am unteren Ende der Tafel Platz, das Mädchen unmittelbar vor Riekes Versteck.

Unwillkürlich senkte Rieke den Kopf, was eine Bewegung hinter den Vorhängen erzeugte, die zum Glück offenbar nie-mand bemerkte. Sie verglich ihr eigenes Sonntagskleid mit dem prächtigen Kleid ihrer Altersgenossin. Bislang war sie überaus stolz auf das dunkelblaue Matrosenkleid mit dem wei-ßen Kragen und den gleichfarbigen Manschetten gewesen, das sie erst kürzlich zum zehnten Geburtstag erhalten hatte. Im Vergleich zum hellblauen schimmernden Kleid des Mädchens kam es ihr jetzt billig und gewöhnlich vor.

*Wo bleibt denn der König nur?*, dachte sie immer wieder bei sich, als alle Herrschaften rund um den Tisch Platz genommen hatten. Jetzt wurde der erste Gang serviert, flache graue Mu-scheln mit einer Scheibe Zitrone. Der kleine Herr im schwar-zen Anzug, der am Kopfende der Tafel Platz genommen hatte, wurde vom obersten Lakaien zuerst bedient, verbunden mit einer tiefen Verbeugung. Erst jetzt begann es Rieke zu däm-mern, dass dies der siamesische König sein musste. Zumal der Herr tatsächlich fremdländisch aussah.

Natürlich hatte sie einen Herrscher in einem prächtigen goldenen Gewand erwartet, der einen mit weißem Pelz besetzten dunkelroten Samtmantel und eine Krone auf dem Kopf trug. So sahen jedenfalls die Könige in ihrem Schulbuch aus.

Ihr Verdacht verdichtete sich zur Gewissheit, als die gesamte Tafelgesellschaft wartete, bis der Mann am Kopfende zu essen begann. Er träufelte ein wenig Zitronensaft über die graue Muschel und schlürfte den Inhalt deutlich hörbar aus der Schale. Wenn sich Rieke beim Essen in der elterlichen Wohnküche ähnlich benommen hätte, hätte es ihr eine Kopfnuss eingetragen.

Zunehmend fühlte sie sich um die Sensationen betrogen, die sie anlässlich des Besuchs des siamesischen Königs erwartet hatte. Erschwerend kam hinzu, dass sie kaum etwas von der Unterhaltung verstand, die überwiegend in einer fremden Sprache geführt wurde.

Außerdem begann ihr der Magen bei jedem weiteren Gericht, das nach den Muscheln aufgetragen wurde, stärker zu knurren. Die nächsten Speisen rochen recht köstlich. Doch das meiste davon konnte Rieke gar nicht benennen. Bei ihnen daheim gab es hauptsächlich grobes Roggenbrot, bestrichen mit Margarine und Marmelade oder mit billigem Käse belegt. Als warmes Essen kochte Käthe meistens Eintöpfe mit Graupen und getrockneten Erbsen oder Bohnen. War genug Geld da, auch einmal mit etwas Speck oder Räucherwurst. Diese Leute hier verschlangen bei einer einzigen Mahlzeit mehr Essen, als es bei den Krauses in drei Tagen gab.

Während des schier endlosen Festmahls wurde Rieke die Zeit immer länger. Schließlich fragte sie sich, ob dieses Erlebnis das Donnerwetter, das sie zweifellos später von ihrer Mutter zu erwarten hätte, überhaupt wert gewesen war.

Auch Judith begann, sich im Lauf des Festessens immer stärker zu langweilen. Dies hatte zwei Gründe:

Zum einen waren ihr die zwölf Gänge, die zum heutigen

Menü gehörten, viel zu viel. Vor den Austern, die als erste Vorspeise gereicht wurden, ekelte sie sich sogar und überließ sie nur zu gern ihrem Vater. Die nachfolgende Rindfleischsuppe mochte sie, ebenso wie die geräucherten Forellenfilets, wobei sie die dazugehörige Meerrettichsahne wegließ. Am besten mundete ihr das Erdbeersorbet, das man als Zwischengang reichte. Schon nach dem ersten Hauptgang, einem Kalbsfrikassee mit Reis, war sie völlig gesättigt. Von den restlichen Gängen, darunter ein Hühnersalat, ein Wildgericht und ein Lammbraten, ließ sie sich erst gar nichts mehr vorlegen.

Selbst die Bayerische Creme, eines ihrer Lieblingsdesserts, musste sie nach nur einem Löffel fast unberührt abräumen lassen. Deshalb war sie von Herzen froh, als endlich der Kaffee serviert wurde. Auch von dem in buntes Glanzpapier eingepackten Konfekt, das dazu aufgetragen wurde, nahm sie kein einziges Stück.

Schwerer im Magen als das Essen lagen Judith jedoch die vorwurfsvollen Blicke ihrer Mutter Rebekka, die diese ihr über den Tisch hinweg immer wieder zuwarf. Für Judith lag es auf der Hand, dass man ihre Eltern nur ihretwegen ganz ans Ende der Tafel platziert hatte. Wie alle Paare saßen sie einander gegenüber.

Wahrscheinlich war auch Adolf Jandorf nicht sehr begeistert darüber gewesen, dass Judith am heutigen Bankett für den König teilnehmen sollte, hatte seinem Freund Paul dessen Bitte aber nicht abschlagen wollen. Rebekka schien die Situation ebenfalls auf den Magen zu schlagen. Wie Judith nahm auch sie gegen Ende des Festmahls kaum noch etwas zu sich.

Plötzlich ertönte ein leises Klingeln. Als Judith aufsah, war König Rama bereits aufgestanden und schlug mit seinem silbernen Mokkalöffelchen gegen eines der Kristallgläser. Zu ihrem Erstaunen sprach der König im Anschluss einige Sätze in gebrochenem Deutsch.

»Ich mich bedanken sehr für Gastfreundschaft, verehrter

Herr Jandorf.« Er wandte sich dem Besitzer des KaDeWe zu und bedeutete ihm mit einer Geste, sich ebenfalls zu erheben. »Deshalb ich dem ehrenwerten Herrn Jandorf verleihe Orden vom Weißen Elefanten, 5. Klasse.«

Ein Raunen lief durch den Saal, während Chulalongkorn einem der Diplomaten, die ebenfalls am Festessen teilgenommen hatten, einen Wink gab. Auch der stand nun auf, zog eine kleine rote Schachtel aus der Innentasche seines Jacketts und öffnete sie. Dann zeigte er deren Inhalt mit erhobener Hand herum.

Von ihrem Platz am Ende der Tafel konnte Judith nur die silberne Form des Ordens in Gestalt eines vielzackigen Sterns erkennen sowie einen Teil des roten Bandes, an dem er befestigt war. »Das ist die höchste Auszeichnung des siamesischen Königreichs«, flüsterte ihr der Vater ins Ohr.

»Warum heißt der Orden so merkwürdig?«, wisperte sie zurück.

»In der Mitte des Sterns befindet sich ein weißer Elefant aus Emaille. Weiße Elefanten sind überaus selten. Auch in Siam, wo diese Tiere ja heimisch sind. Für Adolf Jandorf ist diese Auszeichnung eine überaus große Ehre.«

In der Tat war Jandorf mittlerweile vor Freude errötet. Nun streckte Chulalongkorn die Hand aus und ließ sich den Orden an seinem roten Band reichen. Dann trat er vor Adolf Jandorf, der rechts neben ihm am Tisch gesessen hatte, und befestigte die Auszeichnung an der linken Brustseite seines Jacketts.

Spontan sprang Paul Bergmann auf und klatschte laut in die Hände. Sofort tat es ihm der Rest der Tischgesellschaft nach. Unter den lauten Hochrufen seiner Gäste verneigte sich Jandorf nach allen Seiten.

Dann hob er die Hand. Erst als wieder Schweigen rund um die Tafel eingekehrt war, begann er mit zitternder Stimme zu sprechen. Er brauchte drei Anläufe, bis er sich klar artikulieren konnte. Jedes Mal verbeugte er sich zuvor tief vor dem König.

»Es ist eine außerordentlich hohe Gnade, die Sie mir zuteil-werden lassen, Eure Majestät. Mein ewiger Dank ist Ihnen ge-wiss. Ich hoffe, Eure königliche Hoheit bald wieder in Berlin und in meinem Haus begrüßen zu dürfen.«

In seiner Aufregung sprach Adolf Jandorf Deutsch, sodass auch Judith die Worte diesmal verstand. Als er seinen Irrtum bemerkte, setzte Jandorf noch einmal in Englisch zum Spre-chen an, wurde jedoch durch eine Geste Ramas daran gehin-dert. Offensichtlich hatte der König auch so begriffen, dass Adolf Jandorf seinen Dank zum Ausdruck gebracht hatte.

Sofort nach der Zeremonie brach Chulalongkorn überhas-tet auf. Er verabschiedete sich nicht einmal von allen Teilneh-mern des Festmahls, sondern hauchte nur einen angedeuteten Kuss auf die Hand von Jandorfs Gattin und schüttelte ihm zum Abschied kräftig die Rechte. Dann winkte er in die Runde und eilte hinaus.

»Es ist schon beinahe vier Uhr«, erklärte Paul seiner er-neut enttäuscht wirkenden Gattin Rebekka. »Wahrscheinlich kommt Rama viel zu spät zu seinem Termin in der Charité.«

»Ist der König denn krank?«, fragte Judith erschrocken.

Paul Bergmann zuckte mit den Schultern. »Angeblich hat er ein Augen- und ein Nierenleiden. Genaueres weiß ich darüber nicht. Aber nun wird es Zeit für dich, nach Hause zu gehen, Judith. Sicherlich bist du mittlerweile recht müde.«

Sobald der letzte Gast den Raum verlassen hatte, wartete Rieke auf eine günstige Gelegenheit, um aus ihrem Versteck hin-ter den Vorhängen zu kommen und sich unbemerkt aus dem Fürstenzimmer zu stehlen. Zum Glück begaben sich die vier Lakaien, beladen mit einem Teil des zuletzt gebrauchten Ge-schirrs, schon nach wenigen Minuten ins Nebenzimmer. Rieke hörte sie dort herumhantieren und ergriff die Chance beim Schopf.

Rasch schlüpfte sie hinter den Samtportieren hervor und

schlich auf Zehenspitzen zur Tür, die in den Flur führte. Als sie gerade nach dem Knauf griff, öffnete sich die Tür von der anderen Seite.

Zu Riekes Entsetzen stand das andere Mädchen davor. Auch es erstarrte einen Moment lang vor Schreck. Dann begann sie zu Riekes Verwunderung plötzlich zu lächeln.

»Dann hatte ich also doch recht«, sagte sie. Als Judith Riekes verständnislosen Blick sah, fügte sie hinzu: »Ich hatte die ganze Zeit den Eindruck, dass mich irgendjemand in meinem Rücken beobachtet.«

In der Tat hatte Rieke ja genau hinter Judiths Stuhl gestanden, nur ungefähr einen Meter von ihr entfernt.

»Hast du dich hinter dem Vorhang versteckt?«, traf Judith ins Schwarze.

Rieke nickte verlegen und senkte den Blick. »Ja«, gab sie zu, was ohnehin auf der Hand lag. »Ich wollte so gerne einmal einen richtigen König sehen.« Unbewusst ahmte sie ihre Mutter nach und sprach Hochdeutsch mit Judith.

Jetzt wurde deren Lächeln herzlich. »Und? Hat er dir denn gefallen?«

Angesichts Riekes verlegener Miene begann Judith jetzt sogar zu lachen. »Er ist sehr nett und freundlich«, sagte sie. »Aber einen richtigen König, zumal einen derart sagenhaft reichen, hätte ich mir auch imposanter vorgestellt.«

Genau in diesem Moment kam der oberste Lakai aus dem Nebenraum, um weiteres Geschirr zu holen. Sobald er Riekes ansichtig wurde, verzog sich seine Miene vor Zorn. »Was hast du denn hier zu suchen?«, schnauzte er sie an. »Deine Mutter hat dich schon vor Stunden vermisst. Warst du etwa die ganze Zeit hier drin?« Drohend machte er zwei Schritte auf Rieke zu, die unwillkürlich zurückstolperte.

Da trat Judith vor, hob den Kopf und schaute dem Lakaien trotzig in die Augen. »Dieses Mädchen ist meine Freundin«, sagte sie so bestimmt, dass der Diener keine Widerrede wagte.

»Ich wollte ihr einmal das Fürstenzimmer zeigen. Haben Sie etwas dagegen einzuwenden?«

Der Lakai zögerte einen Moment lang, entschied sich dann aber für die pragmatische Lösung, mit der er im Umgang mit hochgestellten Persönlichkeiten noch immer die besten Erfahrungen gemacht hatte.

Er verbeugte sich knapp. »Wenn das gnädige Fräulein dies so sagt, wird es schon seine Richtigkeit haben.«

Er verneigte sich noch einmal und deutete dann zur Tür. »Doch jetzt möchte ich die jungen Damen bitten, den Raum zu verlassen. Er muss noch aufgeräumt und gereinigt werden.«

Judith neigte huldvoll den Kopf. Sie schickte sich schon an, der Aufforderung des Lakaien Folge zu leisten, als sie sich plötzlich noch einmal umdrehte und mit beiden Händen in die Konfektschale griff, die noch nahezu unberührt auf dem Tisch stand. Kaum waren sie in den Vorraum getreten, steckte sie Rieke die Süßigkeiten in die Taschen ihres Matrosenkleids. »Als kleine Erinnerung an den König«, raunte sie ihr zu. Dann stutzte sie. »Wie heißt du eigentlich? Ich bin Judith.«

»Ich heiße Rieke.« Fassungslos zog sie ein Stück des in rotes Papier gewickelten Konfekts aus der Tasche und starrte darauf. »So etwas habe ich noch nie gegessen.«

»Dann lass es dir schmecken, Rieke!« In Unkenntnis dessen, dass Rieke solche Süßigkeiten kaum kannte, fügte Judith hinzu: »Wahrscheinlich ist es sowieso nur Schokolade.« Bevor Rieke ihr danken konnte, schlug sie sich an die Stirn.

»Ach herrje!«, rief sie. »Jetzt hätte ich meine Handtasche ja fast zum zweiten Mal vergessen.«

Während Judith zurück ins Fürstenzimmer eilte, beschloss Rieke, sich rasch aus dem Staub zu machen. Vor dem Trakt des KaDeWe, zu dem das Fürstenzimmer gehörte, lief sie allerdings geradewegs ihrer Mutter in die Arme. Käthe hatte ihr schwarzes Leinenkleid mittlerweile wieder mit einer Kittelschürze vertauscht und wartete mit zwei ihrer Untergebenen auf den Abzug der Lakaien, um drinnen zu spülen und sauber zu machen.

Die Ohrfeige, die sie Rieke verpasste, als sie sie erblickte, war die heftigste, die Rieke jemals von ihrer Mutter bekommen hatte.

# Teil 1

*Euphorie*

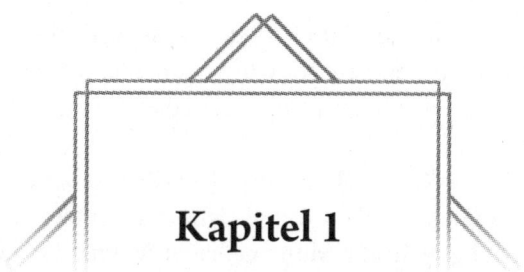

# Kapitel 1

**Wohnung der Familie Krause in Meyers Hof**

*Mai 1914*

Als Rieke aufwachte, dachte sie anfangs, das leise Schnarchen ihres Bruders Robert oder der Druck auf ihre Blase habe sie geweckt. Noch schlaftrunken warf sie einen Blick auf den kleinen Wecker neben dem Bett. Erst viertel nach fünf. Eine ganze Stunde zu früh zum Aufstehen.

Dann hörte sie wieder das Poltern, begleitet vom wütenden Knurren ihres Vaters und gefolgt von einem gedämpften Aufschrei ihrer Mutter. Die Geräusche mussten aus der Wohnküche kommen, die ihrer Schlafstube gegenüberlag, und waren wahrscheinlich der eigentliche Grund, dass sie vorzeitig aufgewacht war.

Vorsichtig, um ihre vier Jahre jüngere Schwester Sanni, mit der sie sich das Bett teilte, nicht zu wecken, schälte sich Rieke aus den Laken. Dann öffnete sie die Kammertür und lugte hinaus. Zu dieser frühen Tageszeit war noch kein anderer Bewohner ihrer Etage im dritten Stock des vierten Hinterhauses von Meyers Hof unterwegs. Denn der fensterlose Gang, der die Zweizimmerwohnung der Familie Krause wie alle anderen gleichartigen Wohnungen dieser Mietskaserne durchschnitt, war ein Gemeinschaftsflur.

Die Hand schon auf dem Knauf, verharrte Rieke einen Augenblick lang unschlüssig vor der Küchentür. Dann beschloss sie widerstrebend, zunächst den Gemeinschaftsabort aufzusuchen, der auf dem Treppenabsatz zwischen der dritten und vierten Etage lag. Er wurde von allen Bewohnern des dritten Stockwerks benutzt und war daher häufig ekelerregend schmutzig.

Auch jetzt erkannte Rieke im fahlen Morgenlicht, das durch das Fensterchen fiel, dass sich die letzten Benutzer nach ihrem Toilettengang nicht die Mühe gemacht hatten, das Klosett zu reinigen. Nicht einmal den Holzdeckel hatten sie geschlossen. Es stank zum Gotterbarmen in dem winzigen Kabuff.

Wenigstens war ausreichend Zeitungspapier vorhanden. Mit spitzen Fingern ergriff Rieke eines der Blätter und wischte damit über die Brille. Dann hockte sie sich darüber, ohne die Brille zu berühren, und erleichterte sich.

»Nu stell dir nich so an, Rieke«, hörte sie die Stimme ihrer Mutter in ihrem Kopf. »Früher war'n die Klos im Hof. Sie wurden nur zweemal am Tag jespült, mit Wasser aus 'ner Dachzisterne. Wat meinste wohl, wie's da erst ausjeseh'n und jerochen hat?«

Rieke, die die früheren Klosetts nicht kannte, weil deren Nachfolgemodelle 1897, im Jahr ihrer Geburt, in Meyers Hof installiert worden waren, war das herzlich egal. Sie verglich die Klos in der Mietskaserne mit den Personaltoiletten im KaDeWe, wo sie seit fast zwei Jahren als Kassenmädchen beschäftigt war. Schon zwischen den reinlichen weiß gekachelten Kabinen für die Angestellten und den stinkenden Löchern in Meyers Hof gab es einen himmelweiten Unterschied. Gar nicht zu reden von den mit Marmor verkleideten Kundentoiletten, die Rieke zwar nicht benutzen durfte, aber in die sie ab und zu einen Blick werfen konnte, wenn sie ihre Mutter nach Dienstschluss noch auf deren abendlichem Inspektionsgang begleitete.

Erst als jemand hart an die Holztür hämmerte, wurde Rieke bewusst, dass sie sich trotz des Gestanks schon länger auf dem Abtritt aufhielt, als es nötig gewesen wäre. Sie huschte in ihrem weißen Nachthemd an dem grobschlächtigen Nachbarn, der Einlass begehrt hatte, vorbei und spürte ihr Herz vor Angst heftig pochen. Was mochte sie wohl in der Küche erwarten?

Die Wohnküchen der Zweizimmerwohnungen in Meyers Hof waren die größeren der beiden Räume. Dort spielte sich das gesamte Familienleben ab. Es wurde gekocht, gewaschen und Heimarbeit verrichtet, wenn es denn welche gab. Wie Riekes Eltern, die sich ein ausziehbares Sofa als Bett teilten, schlief ein Teil der Familie auch darin.

Rieke pochte zaghaft an die Tür. Zu ihrer Erleichterung waren die auf einen Streit hindeutenden Geräusche mittlerweile verstummt. Da sie von drinnen kein Zeichen erhielt, einzutreten, öffnete sie schließlich vorsichtig die Tür.

Ihre Mutter Käthe stand am Ausguss und kühlte mit Wasser ihre nackten Arme, auf denen sich blaue Flecken abzuzeichnen begannen. Riekes Vater Otto lag dagegen bäuchlings auf der Liege, die ihren Eltern als Bett diente, und schnarchte mit offenem Mund. Offensichtlich hatte er ihre Mutter wieder geschlagen. Und ebenfalls offensichtlich war dies wieder im Suff geschehen, dem sich ihr Vater zunehmend ergab. Eine halb volle Schnapsflasche stand auf dem Küchentisch.

»Wat willste denn schon hier, Rieke?« Ihre Mutter drehte sich zu ihr um. Erleichtert konstatierte Rieke, dass Käthes Gesicht unversehrt war. Zumindest hielt sich ihr Vater an das Versprechen, seine Frau nicht mehr ins Gesicht zu schlagen, seit ihm Käthe damit gedroht hatte, sie würde sonst ihre Stellung im KaDeWe verlieren. Denn ihr Chef Adolf Jandorf würde keine Angestellte in der Öffentlichkeit seines Warenhauses dulden, die regelmäßig Spuren von Misshandlungen durch ihren Ehemann aufwies.

»Dit is der Kundschaft nich zuzumuten, würd er sagen«, erklärte Käthe. »Ick muss tagsüber präsentabel ausseh'n, wenn's was zu putzen jibt.«

Rieke wusste bis heute nicht, ob dies eine Finte ihrer Mutter gewesen war oder der Wahrheit entsprach. Aber selbst ihr verkommener Vater wusste, dass die ganze Familie endgültig im Elend versinken würde, falls Käthe ihre gut bezahlte Stellung im KaDeWe verlor. Dabei war genau diese gut bezahlte Stelle immer öfter der Auslöser für die heftigen Streitigkeiten ihrer Eltern. Denn Otto war neidisch auf seine Frau, erst recht, seitdem er seinen eigenen Arbeitsplatz verloren hatte.

Dass Otto für ihre Mutter einst der Mann ihrer Träume gewesen war, wie Käthe ihr einmal in einer schwachen Stunde verraten hatte, konnte Rieke heute kaum glauben. Doch der zehn Jahre ältere Otto war einst der schniekste Frauenheld im ganzen Viertel gewesen. Und die damals nicht einmal zwanzigjährige Käthe nur zu stolz darauf, dass er ausgerechnet sie zu seinem Liebchen erwählt hatte.

Als sie schließlich merkte, dass sie mit Otto doch nicht das große Los gezogen hatte, war es zu spät. Käthe war bereits mit Riekes älterem Bruder Robert schwanger. Also hatten ihre Eltern geheiratet, und damit schien die ganze Misere begonnen zu haben.

Lange hatte Otto in der nahe der Ackerstraße gelegenen Apparatefabrik der AEG eine gute Stelle als Lagerarbeiter innegehabt. Doch immer häufiger kam es vor, dass er seinen gesamten Wochenlohn vertrank und Käthe nicht wusste, wovon sie die größer werdende Familie ernähren, geschweige denn die Miete bezahlen sollte.

Eine Weile half ihr Ottos Vorarbeiter Fritz, der sich ehemals selbst um Käthe bemüht, damals aber den Kürzeren gezogen hatte. Er traf die Übereinkunft mit ihr, dafür zu sorgen, dass Otto nur die Hälfte seines Lohns ausbezahlt wurde. Die andere Hälfte händigte er Käthe aus. Da Fritz Otto immer wieder deckte, wenn er angetrunken am Arbeitsplatz erschien, ließ der sich das nach anfänglichem Protest schließlich mürrisch gefallen.

Trotzdem reichte das Geld hinten und vorn nicht. Als Riekes kleine Schwester Sanni aus dem Gröbsten heraus war, nahm

Käthe daher die Stellung als Putzfrau in Adolf Jandorfs Warenhaus am Weinberg an, der sie danach ihren raschen Aufstieg verdankte. Da Käthe durch ihren Wechsel ins KaDeWe sogar die beträchtliche Summe von siebzig Mark Lohn pro Monat erhielt, ging es der Familie eine kurze Zeit lang sogar verhältnismäßig gut. Wenn man einmal davon absah, dass Otto, der ehemals selbst nur fünfzehn Mark mehr verdient hatte, Käthe ihren Aufstieg nicht gönnte und dies immer häufiger zu Streitigkeiten und schließlich zu Gewalttätigkeiten führte.

Dann brach vor drei Jahren im Frühjahr 1911 das Unglück über die Familie herein. Otto war wieder einmal betrunken zu seiner Schicht im Lager der Fabrik erschienen. Deshalb vergaß er, Bremsklötze unter die Räder eines mit schwerem Gerät beladenen Rollwagens zu legen. Der Wagen setzte sich in Bewegung und gewann auf der leicht abschüssigen Bahn der Lagerhalle immer rascher an Fahrt. Zuerst brach sich Otto beim vergeblichen Versuch, den Wagen zu stoppen, den linken Arm. Dann traf das Gefährt mit voller Wucht einen seiner Arbeitskollegen in den Rücken. Der Mann brach sich dabei die Wirbelsäule und war seither von der Hüfte an abwärts gelähmt.

»Nu kann ooch ick nüscht mehr für dein Otto tun«, bedauerte der Vorarbeiter Fritz gegenüber Käthe dessen unmittelbar darauffolgende fristlose Entlassung. Dabei konnte Otto noch von Glück sagen, dass die Fabrik ihn nicht auf Schadenersatz für die beschädigte Fracht des Rollwagens verklagte und dem verletzten Kollegen freiwillig eine Invalidenrente zahlte.

Doch Ottos Beitrag zum Familieneinkommen, der schon vorher aufgrund seiner Trunksucht überschaubar gewesen war, sank nun nahezu gegen null. Wenn überhaupt, nahm er ab und zu auf wenige Tage befristete Gelegenheitsarbeiten am Bau oder bei Umzügen an. Käthe musste das bisschen vorhandene Geld noch vor ihm verstecken, damit er es nicht in die verkommenen Kneipen trug, von denen es im Arbeiterviertel Wedding nur so wimmelte.

In ihrer Not blieb Käthe daher nichts anderes übrig, als die Stube, in der ihre drei Kinder schliefen und in die gerade einmal zwei schmale Betten passten, tagsüber an Schlafburschen zu vermieten. Das waren alleinstehende Arbeiter, die sich keine andere Bleibe leisten konnten und nach ihrer Nachtschicht dort Quartier bezogen. Es brachte immerhin fast die Hälfte der fünfundzwanzig Mark Miete im Monat ein, die die Wohnung kostete. Doch seither war die Stube tagsüber für die Familie nicht mehr zu gebrauchen. Auch die Kinder hatten keine Möglichkeit mehr, ihrem betrunkenen Vater aus dem Weg zu gehen.

»Also, wat willste schon?«, wiederholte Käthe jetzt ihre Frage.

»Jeht's dir jut, Mutter?«, fragte Rieke schüchtern.

Käthe nickte unwillig. »Kümmer dir nich um mich!«, befahl sie barsch. Noch immer versuchte sie, ihre Eheprobleme so gut wie möglich vor ihren Kindern zu verbergen.

Dann wies sie auf eine verbeulte Blechkanne. »Willste 'ne Tasse Muckefuck?«, fragte sie etwas freundlicher.

Rieke nickte und kam erst jetzt ganz in die Küche hinein. Den Kaffeeersatz aus Zichorienwurzeln hatte Käthe gerade frisch aufgebrüht. Er war heiß und schmeckte Rieke gut, die bislang noch nie echten Bohnenkaffee getrunken hatte. Außerdem weckte er ihre Lebensgeister.

»Soll ick schon mal dit Frühstück für Sanni und Robert machen?«, bot sie an. Ihre kleine Schwester ging noch in die Volksschule. Robert dagegen stand kurz vor dem Abschluss seiner Lehre als Tischler, die ihm Käthe im KaDeWe besorgt hatte. Wie Rieke selbst würden Sanni und Robert erst eine Stunde nach ihrer Mutter die Wohnung verlassen müssen. Denn Käthes Dienst im KaDeWe begann morgens bereits um sieben Uhr, und damit eine Stunde früher als Roberts und Riekes Tätigkeit.

»Dit wär jut«, stimmte Käthe zu. »Denn ick muss jetzt los.«

Unwillkürlich warf Rieke einen Blick auf die kleine Küchenuhr an der Wand. Es war erst zwanzig vor sechs, eigentlich noch viel zu früh für ihre Mutter, um aufzubrechen. Aber Rieke konnte sich denken, dass Käthe noch eine Weile für sich sein wollte, um sich nach dem morgendlichen Streit mit Otto für ihre Tätigkeit im KaDeWe zu sammeln. Denn dort sollte niemand etwas von ihrer elenden familiären Situation mitbekommen.

Während Rieke Stullen mit Marmelade und Rübenkraut schmierte, warf sie immer wieder ängstliche Blicke auf ihren Vater, der zum Glück jedoch nicht erwachte. Um sechs Uhr weckte sie Sanni und Robert, schickte sie zum Frühstück hinüber und wusch sich derweil flüchtig mit Wasser, das sie zuvor aus dem Hahn in der Küche in die Waschschüssel gezapft hatte. Auch fließendes Wasser in jeder Wohnung war ein noch gar nicht so alter Luxus, wie Käthe Rieke immer wieder erzählte. Zu der Zeit, als die Abtritte noch im Hof gewesen waren, gab es auf jedem Flur nur einen einzigen Wasserhahn für alle Familien, die dort wohnten.

Schließlich warf Rieke hastig ihre Kleider über. Zum Schluss wechselte sie noch den Kopfkissenbezug ihres Betts aus. Es gab weder genug Zeit noch genug Geld, um die Bettwäsche häufig zu waschen. Also benutzten die Schlafburschen wochenlang die gleichen Laken und Zudecken wie die Krause-Kinder. Doch wenigstens ihren Kopfkissenbezug wollte Rieke nicht mit dem unreinlichen Schlafburschen teilen, dessen schwere Schritte sie jetzt schon auf dem Flur hörte.

Auf dem Weg zum KaDeWe war Rieke schweigsam und sprach kaum ein Wort mit ihrem Bruder Robert. Erst gestern hatte sie Hermann lachend einen Korb gegeben, als er ihr sein Angebot machte. Sie war sogar davon ausgegangen, dass er es nicht einmal ernst damit meinte.

Doch heute Morgen sah die Sache schon anders aus. Zwar verdankte sie Käthe ihre Stelle als Kassenmädchen im KaDeWe, sie wusste allerdings bis jetzt noch nicht, ob man sie auch als Lehrmädchen übernehmen würde. Auch das »verdankte« sie ihrer Mutter, die ihr damals die schlimmsten Monate ihres Lebens beschert hatte. Obwohl eigentlich auch daran, bei Licht besehen, ihr Vater die Schuld trug.

Das schlechte Gewissen gegenüber ihrer Mutter und die Sehnsucht, ihr schlimmes Zuhause bald verlassen zu können, kämpften in Riekes Brust zunächst miteinander. Die Gefühle hielten sich die Waage, bis die U-Bahn in die Station am Wittenbergplatz einfuhr. Erst als sie ausstieg, fasste Rieke einen Entschluss.

Wenn Hermann sein Angebot wirklich ernst meinte, würde sie es annehmen.

## Wohnung der Jandorfs in der Tiergartenstraße

### *Mai 1914*

»Möchte jemand noch ein Stück Zitronenkuchen?« Margarete Jandorf sah auffordernd in die Runde ihrer kleinen Teegesellschaft.

»Nein, danke, meine Liebe«, antwortete Paul Bergmann als Erster. »Aber Ihr Kuchen ist wirklich außerordentlich köstlich.«

Auch Rebekka, Judith und Margaretes Gatte Adolf schüttelten den Kopf. Nur Harry, der achtzehnjährige Sohn der Jandorfs, hielt seiner Mutter auffordernd den Kuchenteller aus feinem Porzellan entgegen.

Judith erkannte das Service als das gleiche, das der siamesische König Rama V. seinerzeit bei seinem Besuch im KaDeWe erworben hatte. Zu ihrem Bedauern war der König schon im Oktober 1910 im Alter von nur siebenundfünfzig Jahren verstorben, wie sie von ihrem Vater wusste. Offensichtlich hatten die vielen medizinischen Behandlungen, die der Grund seiner

Europareise gewesen waren, die Gesundheit des Königs nicht nachhaltig verbessern können.

»Mutters Kuchen ist wirklich unübertrefflich!« Harry Jandorf steckte sich ein großes Stück in den Mund und kaute mit vollen Backen.

Judith bemerkte, dass ihre Mutter Rebekka ein wenig gequält lächelte, während sie zustimmend nickte. Dass Margarete Jandorf bis heute noch ab und zu in der Küche werkelte, war für ihre aus einer wohlhabenden jüdischen Bankiersfamilie stammende Mutter undenkbar. Sie überließ solche Hausarbeiten von jeher dem Personal.

Doch Judith wusste von ihrem Vater, dass Adolf Jandorf aus sehr bescheidenen Verhältnissen stammte. Das hätte ein uneingeweihter Besucher, der in der aus neunzehn Zimmern bestehenden Wohnung in der vornehmen Tiergartenstraße zu Gast war, heute allerdings nicht mehr vermutet. Allein die Jahresmiete für die Wohnung betrug fünfzehntausend Mark.

Jandorf, der seinen jüdischen Vornamen Abraham schon in jungen Jahren abgelegt hatte, war in einem Dorf namens Hengstfeld aufgewachsen, das im Hohenloher Land im Königreich Württemberg lag. Er war der Sohn eines einfachen Bauern, hatte sich auch als Metzger und Viehhändler betätigt und war das zweitälteste von insgesamt sieben Geschwistern.

Im Alter von vierzehn Jahren war Adolf als Lehrling in ein kleines Textilgeschäft in Mergentheim eingetreten. Judith hatte ihren Vater einmal zu ihrer Mutter sagen hören, Jandorf habe wahrscheinlich nie eine höhere Schule besucht, sondern lediglich die Volksschule abgeschlossen. Denn Adolf verstehe kein einziges Wort Latein, was nicht mit seiner Behauptung übereinstimme, er sei bis zur Untertertia auf dem Gymnasium gewesen.

Wie es aber mit Jandorfs Schulbesuch vor dem Beginn der Lehre auch immer aussah, seiner späteren Laufbahn tat die möglicherweise fehlende höhere Bildung keinen Abbruch.

Im Gegenteil reiste der unternehmungslustige junge Mann im Alter von zwanzig Jahren in die Vereinigten Staaten von Amerika, wo er sich trotz anfangs fehlender Englischkenntnisse ein volles Jahr lang aufhielt und die Sprache in dieser Zeit perfekt erlernte.

Vorgeblich war der Anlass seiner Reise, den in den USA verschollenen älteren Bruder Louis zu suchen, der schon als Sechzehnjähriger dorthin ausgewandert war. Tatsächlich fand Adolf Louis binnen weniger Tage in New York. Karriere im eigentlichen Sinn hatte der Ältere dort jedoch nicht gemacht. Er hatte es lediglich zum Straßenbahnschaffner gebracht.

Adolfs Ehrgeiz war ungleich höher. Da er über fast keine Mittel verfügte, arbeitete er in verschiedenen amerikanischen Warenhäusern und sog begierig alles auf, was es dort zu lernen gab. Denn im Gegensatz zum Deutschen Reich, wo es in den 1890er-Jahren noch kaum größere Kaufhäuser gab, hatten diese in den USA bereits eine jahrzehntelange Tradition.

Kaum nach Hause zurückgekehrt, verdingte sich Adolf als Verkäufer in einer Filiale der Hamburger Firma M. J. Emden Söhne in Bremerhaven. Dort stieg er rasch auf. Bereits 1892, also im Alter von nur zweiundzwanzig Jahren, wurde er von Jakob Emden, dem Chef der Firma, damit betraut, für die expandierende Textilkaufhauskette eine Filiale in Berlin zu eröffnen.

Ausgestattet mit nur fünfhundert Mark Startkapital, gelang es Adolf Jandorf binnen sechs Wochen, ein kleines Geschäft an der Ecke Spittelmarkt/Leipziger Straße zu eröffnen. Dabei riskierte er einen kühnen Schachzug. Anstatt das Geschäft als eine Filiale der Firma Emden auszugeben, ließ er es unter seinem eigenen Namen eintragen: *A. Jandorf, Hamburger Engros Lager*. Aus dem darauffolgenden unvermeidlichen Krach mit Jakob Emden ging Adolf erstaunlicherweise als Sieger hervor. Er durfte weiterhin unter seinem eigenen Namen als Partner und Mitunternehmer der Firma Emden firmieren.

Von diesem Zeitpunkt an war Adolf Jandorf nicht mehr aufzuhalten. Schon bald kaufte er Jakob Emden das Warenhaus am Spittelmarkt ab, und schon 1897 eröffnete er sein zweites Geschäft in der Belle-Alliance-Straße in Kreuzberg. Bis zum Jahr 1906 erweiterte er sein Unternehmen um vier weitere Warenhäuser.

Allerdings galten alle seine Läden als billige »Volkswarenhäuser« und hatten als Zielgruppe die besser verdienende Berliner Arbeiterschaft. Folgerichtig lagen sie, wie das 1904 eröffnete Warenhaus am Weinberg im Wedding, auch in deren typischen Wohnvierteln. Mit dem Luxus der Warenhäuser von Georg Wertheim oder Hermann Tietz, die hauptsächlich die gehobene Gesellschaft oder zumindest den gut betuchten Mittelstand bedienten, konnten Jandorfs Geschäfte nicht mithalten.

Adolf beschloss, das mit dem Bau des KaDeWe nachhaltig zu verändern. Dazu erwarb er zunächst Grundstücke in Groß-Berlin, auf denen erst vor kaum zehn Jahren mehrstöckige Wohnhäuser errichtet worden waren, die Jandorf wieder abreißen ließ. Allen Unkenrufen seiner Kritiker zum Trotz gelang es ihm tatsächlich, ein weiteres Luxuskaufhaus zu etablieren, das im aufstrebenden und durch die U-Bahn bestens mit der Berliner Innenstadt vernetzten Westen der Stadt lag.

Mit heute vierundvierzig Jahren zählte Adolf Jandorf mittlerweile zu den reichsten Bürgern von Groß-Berlin. So weit war es allerdings beileibe noch nicht gewesen, als er Margarete Hirschfeld im Jahr 1894 heiratete. Möglicherweise konnte Jandorf sich damals noch nicht einmal ein Dienstmädchen leisten, sodass alle Hausarbeit von seiner Gattin verrichtet worden war.

Und so schloss sich der Kreis: Heutzutage hätte Margarete es beim besten Willen nicht mehr nötig gehabt, selbst in der Küche zu stehen. Doch sie liebte es noch immer, persönlich dort zu arbeiten. Daher verdankte die Teegesellschaft ihr jetzt den köstlichen Zitronenkuchen.

»Und du hast dein Mädchenlyzeum mittlerweile erfolgreich abgeschlossen, liebe Judith?«, wandte Adolf Jandorf sich jetzt an sie.

Judith nickte freudig. »Das habe ich, Herr Jandorf. Und sogar mit einem recht guten Abschlusszeugnis.«

»Ihr Zeugnis ist wirklich ganz hervorragend«, warf Paul Bergmann mit sichtlichem Stolz ein. »Nur Noten von gut oder sogar sehr gut!«

»Und was beabsichtigst du jetzt, weiter zu tun?«, erkundigte sich Margarete Jandorf.

»Ich stelle mich demnächst in der Sozialen Frauenschule von Alice Salomon vor. Dort möchte ich eine dreijährige Ausbildung absolvieren. Danach kann ich entweder eine soziale Berufstätigkeit beginnen oder die Hochschulqualifikation erlangen, um ein Studium an der Friedrich-Wilhelm-Universität aufzunehmen.«

Eine solche Laufbahn stand Mädchen erst seit der Preußischen Mädchenschulreform von 1908 überhaupt offen. Vorher waren in Preußen sowohl ein Studium als auch die Aufnahme einer Berufstätigkeit für Mädchen aus gutbürgerlichem Hause die absolute Ausnahme gewesen. Doch selbst einige Jahre nach dieser Reform hieß keineswegs jeder diesen Fortschritt gut.

»Aha«, machte Margarete denn auch nur und gab dabei durch ihren Gesichtsausdruck deutlich zu verstehen, dass sie Judiths Pläne missbilligte. Rebekka sah sich genötigt einzugreifen.

»Ob Judith wirklich einmal arbeiten oder sogar studieren wird, bleibt noch dahingestellt«, erklärte sie. »Aber ich habe mich natürlich ausführlich über den Lehrplan der Sozialen Frauenschule informiert. Dort werden viele Fächer unterrichtet, die hervorragend dazu geeignet sind, auch auf eine zukünftige Rolle als Hausfrau und Mutter vorzubereiten. Das wird in den Schulunterlagen ausdrücklich betont.«

»Außerdem ist Judith im Augenblick ja ohnehin noch viel zu jung, um zu heiraten«, mischte sich Paul Bergmann mit einem raschen Seitenblick auf Harry Jandorf ein. »Es kann also beileibe nicht schaden, wenn sie noch drei Jahre lang viele nützliche Dinge lernt.«

»Zudem ist die Schule aus der Idee einer gezielten Wohltätigkeit bürgerlicher Kreise für die ärmeren Schichten hervorgegangen«, fügte Rebekka hastig hinzu. »Die Ausbildung wird daher auch viele praktische Elemente enthalten. Zum Beispiel die Betreuung von Arbeiterkindern, deren Mütter berufstätig sind. Auch dadurch kann sich Judith auf ihre eigene Rolle als Mutter vorbereiten und dabei noch Gutes tun.«

»Jedenfalls halte ich den Besuch der Sozialen Frauenschule von Alice Salomon, die in Berlin übrigens einen ausgezeichneten Ruf genießt, für weitaus sinnvoller als den Besuch eines Lehrerinnenseminars. Denn Lehrerin willst du doch auf keinen Fall werden, oder?«, fragte Bergmann seine Tochter.

Die schüttelte energisch den Kopf. »Was ich nach dem Abschluss der Frauenschule tun werde, entscheide ich, wenn es so weit ist«, äußerte sie selbstbewusst mit einer Spur Trotz in Stimme und Körperhaltung. »Vielleicht beginne ich eine Berufstätigkeit im Wohlfahrtsbereich. Vielleicht schreibe ich mich aber auch als Gasthörerin an der Universität ein. Das würde ich im Augenblick bevorzugen.«

Die Frauen am Tisch warfen sich einen resignierten Blick zu.

Adolf Jandorf reagierte ganz anders auf Judiths Aussagen. »Du hast in der Tat sehr ehrgeizige Kinder, Paul.« Er lächelte Bergmann zu. »Schon Johannes hat für seine jungen Jahre bereits Bewundernswertes geleistet.« Judith entging nicht, dass Jandorf Harry mit einem kurzen Blick streifte, während er sprach.

»Auch auf Johannes sind wir sehr stolz«, erwiderte Paul. Das Wir schloss seine Gattin mit ein.

Anders als bei ihren Reaktionen auf Judiths Rede nickte Rebekka jetzt begeistert Zustimmung. »Dabei gebührt natürlich auch Ihnen unser ganz herzlicher Dank, Herr Jandorf. Nicht jeder junge Mann bekommt eine solch wunderbare Chance, sich zu bewähren.«

Johannes Bergmann hatte nach seinem Abitur 1909 eine kaufmännische Lehre im KaDeWe begonnen und vor zwei Jahren mit den besten Noten abgeschlossen. Schon nach einem Jahr Mitarbeit als Verkäufer hatte Jandorf ihn zum Einkäufer und damit Abteilungsleiter für Wäschestoffe befördert, was für einen erst Zweiundzwanzigjährigen ungewöhnlich war. In der Regel waren Verkäufer mindestens fünfunddreißig oder sogar vierzig Jahre alt, wenn ihnen eine solche Position übertragen wurde.

»Ich war genauso alt wie Johannes, als sich mir die Gelegenheit bot, schon früh Karriere zu machen«, grinste Adolf Jandorf. Nun blickte er Harry an und fuhr fort: »Auch dir, mein Sohn, steht eine solche Laufbahn offen, wenn du deine Lehre im Warenhaus am Weinberg so erfolgreich abschließt wie Johannes seine im KaDeWe.«

Harry errötete. Judith wusste gerüchteweise, dass er bei seiner ersten Lehre im Kaufhaus Oberpollinger in München nur recht mäßig abgeschnitten hatte. Das renommierte Geschäft gehörte zum Emden-Warenhauskonzern, zu dem Adolf Jandorf nach wie vor beste Beziehungen unterhielt.

Zuvor hatte Harry bereits das Jungengymnasium wegen unzureichender Leistungen vorzeitig verlassen. Deshalb hatte Adolf Jandorf verfügt, dass Harry eine zweite Lehre zu absolvieren habe, und zwar im Warenhaus am Weinberg.

»Dort hast du das beste Vorbild für deine zukünftige kaufmännische Laufbahn«, ergänzte Adolf.

»Ich komme mit Gunter Perl auch viel besser zurecht als mit dem Warenhausleiter in München«, bestätigte Harry.

»Gunter Perl habe ich zum Einkäufer gemacht, da war er erst einundzwanzig. Er hat ein so beeindruckendes kaufmännisches Talent und verfügt über ein geradezu fotografisches Gedächtnis. Er vergisst nie auch nur die geringste Einzelheit.«

»Und kann darüber hinaus viel besser erklären als alle Abteilungsleiter im Oberpollinger zusammen«, fügte Harry hinzu.

»Deshalb leitet Gunter Perl ja mit Mitte zwanzig bereits eines meiner Warenhäuser«, ergänzte Jandorf. »Er ist nicht nur ehrgeizig, sondern auch ungeheuer talentiert. Mit achtzehn Jahren kam er aus Eberswalde nach Berlin und hoffte auf eine Anstellung bei Tietz oder Wertheim. Doch die wollten ihn nicht, hat er mir einmal gestanden. Also blieb ihm nur die Stelle in meinem ersten Kaufhaus am Spittelmarkt. Die freute ihn anfangs nicht. Denn vor der Eröffnung des KaDeWe galt ich mit meinen Warenhäusern noch als der billige Jakob.«

»Und dann hast du ihn entdeckt, Vater?«, fragte Harry fasziniert.

Jandorf nickte grinsend. »Ganz recht, mein Sohn! Doch für diese Entdeckung hat Gunter mit Fleiß selbst gesorgt. Ein wenig eigenmächtig, in der Tat. Aber die von ihm initiierten Verkaufsaktionen waren allesamt ein großer Erfolg. Und eigenmächtig war ich, ehrlich gesagt, als junger Mann ja auch.« Jandorf blickte triumphierend in die Runde. »Und sage daher auch immer, wer nicht wagt ...« Er machte eine winzige Pause, und Rebekka nutzte dies sofort aus, um auf das Thema zu kommen, das ihr am Herzen lag.

»Ich bin sicher, dass Harry in die Fußstapfen all dieser beeindruckenden Vorbilder treten wird«, mischte sie sich ein. »Doch wenn du es erst einmal zum Einkäufer gebracht hast, lieber Harry«, wandte sie sich nun direkt an Adolfs Sohn, »legst du dann Wert darauf, dass deine zukünftige Ehefrau berufstätig ist oder sogar studieren will?«

»Wohl kaum, Frau Bergmann«, grinste Harry spöttisch.

Judith spürte ihr Gesicht heiß werden.

»Kommt Zeit, kommt Rat«, rettete Adolf Jandorf die Situation, bevor sich rund um den Tisch ein peinliches Schweigen ausbreiten konnte.

»Wart ihr eigentlich schon einmal im neuen Aquarium im Zoologischen Garten?«, wechselte er dann das Thema.

»Nein, bislang noch nicht«, nahm Paul Bergmann den Faden dankbar auf. »Ein großes Versäumnis. Denn der Urwaldtümpel mit den Krokodilen soll wirklich sensationell sein. Wir sollten den Besuch also unbedingt bald nachholen, was meint ihr dazu, Rebekka und Judith?«

»Ich habe das Aquarium auch noch nicht gesehen«, mischte sich Harry ein. »Vielleicht können wir einmal alle gemeinsam dort hingehen.«

Der Rest des Nachmittags verlief mit leichtem Geplauder. Nur Judith blieb schweigsam.

Wenn Harry sich nicht ändert, wird das mit einer Verlobung nichts, dachte sie bei sich. Und wenn sich unsere Mütter auf den Kopf stellen.


## Vor der Kaiser-Wilhelm-Gedächtnis-Kirche in Berlin

### Mitte Juni 1914


»Wat hat der olle Röder denn nu jesagt?«

Riekes Puls beschleunigte sich, nachdem sie Hermann die Frage gestellt hatte.

Schon am Tag nach dessen Heiratsantrag im Mai nahm Rieke ihn an. Dabei war sie zunächst überzeugt, dass Hermann den Antrag tatsächlich ernst meinte. Zwischenzeitlich kamen ihr allerdings immer mehr Zweifel.

Wenn ein Verkäufer des KaDeWe heiraten wollte, brauchte er dazu die Erlaubnis seines vorgesetzten Abteilungsleiters. Denn mit der Hochzeit war eine beträchtliche Gehaltserhöhung von einhundertfünfzig auf zweihundertfünfundzwanzig Mark im Monat verbunden. Damit trug man im KaDeWe der Tatsache Rechnung, dass ein Ehemann nicht nur seine Frau, sondern recht bald auch eine ganze Familie zu ernähren hätte. Da Ehen zwischen Angestellten des KaDeWe nicht selten waren, kompensierte die Lohnerhöhung von fünfundsiebzig Mark zudem ungefähr das Gehalt einer ausscheidenden Verkäuferin.

Denn zu den Gepflogenheiten des KaDeWe gehörte es, dass verheiratete Verkäuferinnen entweder schon kurz vor der Hochzeit kündigten oder spätestens, wenn sie ihr erstes Kind erwarteten. Mit sichtbaren Zeichen einer Schwangerschaft wäre ohnehin keine Verkäuferin weiterbeschäftigt worden.

Verheiratete Frauen im Verkauf waren daher selten im KaDeWe. Auch die meisten Aufsichtsdamen, wie man die hochrangigste weibliche Vorgesetzte nannte, waren entweder ledig oder verwitwet mit bereits erwachsenen Kindern. Aufsichtsdame zu werden war die höchste Führungsposition, die einer Frau in einem Warenhaus offenstand. Ab der Ebene der ihr vorgesetzten Abteilungsleiter gab es ausschließlich Männer in den höheren Führungsetagen.

Zu Riekes Enttäuschung wich Hermann ihrem Blick aus. Er zupfte verlegen an der Schiebermütze, die er sich für die zweistündige Mittagspause, die er gemeinsam mit Rieke verbrachte, aufgesetzt hatte. Die karierte Mütze stand in einem merkwürdigen Kontrast zu seinem strengen schwarzen Anzug, den er als Verkäufer in der Herrenkonfektionsabteilung zu tragen hatte. Dazu gehörte kein Hut, doch heute schien eine warme Junisonne vom Himmel, gegen deren Strahlen sich Hermann mit der Mütze schützen wollte.

Auch Rieke hatte ihr billiges Hütchen aus dem Spind geholt und trug es zu dem schlichten schwarzen Kleid, in dem sie ihren Dienst als Kassenmädchen versah.

Zum Glück stellte der Arbeitgeber allen Angestellten im Verkauf diese Kleidung zur Verfügung. Denn weder Rieke noch Hermann, der in einer heruntergekommenen Mietskaserne in Moabit aufgewachsen war, hätten sich zu Beginn ihrer Tätigkeit eine solche Ausstattung leisten können. Geschweige denn in doppelter Ausfertigung, damit die Arbeitskleidung auch regelmäßig gereinigt werden konnte.

Aufgrund seines komfortablen Verdiensts war Hermann mittlerweile zur Untermiete in ein nettes kleines Zimmer in einer gutbürgerlichen Wohnung nahe dem Kurfürstendamm gezogen. Leider war die Hausherrin, eine Beamtenwitwe, sehr streng und erlaubte ihren drei ledigen Untermietern keinen Damenbesuch. Deshalb kannte Rieke Hermanns derzeitige Wohnung bisher nur vom Hörensagen.

Um Zeit zu gewinnen, biss Hermann jetzt in sein mitgebrachtes Wurstbrot und nahm einen Schluck aus der Bierflasche, die er sich an einer Bude in der Nähe der Kaiser-Wilhelm-Gedächtnis-Kirche gekauft hatte. Auch Rieke hatte er eine Fassbrause spendiert. Beide verbrachten ihre Mittagspause auf einer Bank im Halbschatten vor der beeindruckenden Kirche, die erst vor knapp einem Jahrzehnt fertiggestellt worden war und nur zehn Minuten Fußweg vom KaDeWe entfernt lag.

Rieke hielt es nun nicht mehr aus. »Du hast noch jar nich mit dem Röder jesprochen«, sagte sie Hermann auf den Kopf zu. »Dabei hastes mir fest versprochen.«

Ob ihres vorwurfsvollen Tonfalls sah Hermann Rieke nun endlich in die Augen. Obwohl er seine vollen Lippen trotzig vorschob, durchfuhr Rieke, wie so oft, ein kleiner Stich. Hermann, der mit zweiundzwanzig Jahren über fünf Jahre älter als die noch nicht siebzehnjährige Rieke war, sah mit seinen blaugrauen Augen und den blonden Locken, auf denen keck die Schiebermütze saß, einfach zu gut aus.

»Der Röder hat heut einfach zu schlechte Laune jehabt«, bestätigte er nun Riekes Befürchtung.

»Aber dit versprichste mir schon seit vier Wochen«, insistierte Rieke wider besseres Wissen. Eigentlich hätte sie sich aus ihrer bisherigen Erfahrung mit ihrem Verlobten in ähnlichen Situationen denken können, dass Hermann umso sperriger reagierte, je mehr man ihn unter Druck setzte.

»Ja, ja«, antwortete er denn auch gereizt. »Aber et nutzt doch nüscht, wenn der Röder nur Nee zu der Heirat sagt, weil ihm jrade ein Furz quersitzt. Dit musste doch einsehen. Denn is die Chance vertan.«

Rieke spürte ein Brennen hinter den Augen und wich Hermanns Blick aus, damit er nicht merkte, dass sie den Tränen nahe war. Denn er hasste heulende Weiber, wie er ihr einmal bei einer ähnlichen Gelegenheit vorgeworfen hatte.

Doch obwohl Rieke sich zusammennahm, sprang Hermann von der Bank auf. »Ick jeh noch 'ne Runde spazieren«, erklärte er kurz angebunden. »Ick brauch noch een bisschen Bewegung, bevor et zurück in die Tretmühle jeht.«

Rieke machte, aus Erfahrung klug geworden, gar nicht den Versuch zu fragen, ob sie ihn begleiten dürfe. Sie wusste, dass er ihre Bitte schroff ablehnen würde.

Sobald Hermann außer Sichtweite war, konnte sie die Tränen nicht mehr zurückhalten und schlug beide Hände vors Gesicht, um sich auszuweinen. Sie war so tief in ihren Jammer versunken, dass sie ihren älteren Bruder Robert und Peter Hauser, der seine Gesellenprüfung als Tischler bereits erfolgreich abgelegt hatte, erst bemerkte, als Robert ihr sanft auf die Schulter klopfte.

»Also is et wahr«, konstatierte er, als Rieke ihr tränenüberströmtes Gesicht hob. »Den Holzkopf willste tatsächlich heiraten.«

»Hermann is keen Holzkopf«, fuhr Rieke empört auf. »Woher weißte dit überhaupt mit der Heirat?«, fiel ihr erst danach auf.

»Wir ham direkt uff der Bank neben euch jesessen«, grinste Robert. »Ihr seid so beschäftigt jewesen, dass ihr uns jar nich bemerkt habt.«

»Et jeht euch ooch jar nüscht an, wat ick vorhab.« Rieke wandte trotzig den Blick ab und machte Anstalten aufzustehen.

»Dit seh ick aber janz anders!«, widersprach Robert. »Willste Mutter wirklich im Stich lassen, wo se doch so viel für dir jetan hat?«

Nun wurde Rieke zornig. »Jetan hat Mutter nur wat für dir!«, schnappte sie. »Als du in der Fabrik uffjehört hast und die Lehre im KaDeWe anjefangen, musst ick neben der Schule den janzen Haushalt führen! Und noch jeden Tag stundenlang Topflappen häkeln. Weil der Zaster sonst nich jereicht hätt.«

»Du weeßt jenau, dass ick fast mein janzen Lohn daheim abgeb und nur zwee Mark Taschenjeld für mir behalt!« Nun wurde auch Robert laut. »Und die Mutter hat im Adlon die Klos jeschrubbt. Da war dir ja wohl dit bisschen Haushalt zuzumuten.«

»Aber dit is der Grund, warum mein Schulzeugnis so schlecht is, weil ick überhaupt keene Zeit mehr zum Lernen jehabt hab«, schoss Rieke zurück.

»Is doch nur 'ne faule Ausrede!«, konterte Robert. »Du warst eben zu blöd, dit is der Grund.«

Während der Streit zwischen den Geschwistern immer mehr eskalierte, sah Peter Hauser ratlos von einem zum anderen. Er wohnte mit seiner verwitweten Mutter ebenfalls in Meyers Hof und hatte seine Lehre als Tischler in einer der Werkstätten gemacht, die sich seit jeher rund um die Hinterhöfe in der Mietskaserne befanden.

Er selbst betrachtete es noch immer als ausgemachten Glücksfall, dass man ihn nach bestandener Gesellenprüfung im KaDeWe angenommen hatte. Und erwartete die gleiche Dankbarkeit daher sowohl von Robert als auch von Rieke. Zumal beide ihre jetzige Stellung ausschließlich ihrer fleißigen Mutter zu verdanken hatten.

Natürlich wusste Peter, dessen Wohnung auf dem gleichen Flur wie die der Familie Krause lag, von deren häuslicher Misere. Und bewunderte Käthe Krause daher umso mehr.

Tatsächlich hatte sie zuerst für ihren Sohn Robert erfolgreich Fürbitte beim Eigner des KaDeWe eingelegt, ihn als Tischlerlehrling aufzunehmen, sobald sie von Peter Hauser erfahren hatte, dass diese Möglichkeit überhaupt bestand. Denn bis dato hatte man im KaDeWe ausschließlich kaufmännische Lehrlinge angenommen.

Da jedoch nach dem Ausfall des väterlichen Verdiensts jetzt auch die vierzig Mark Monatslohn in der Haushaltskasse fehlten, die Robert nach seinem Volksschulabschluss als Hilfsarbeiter bei der AEG verdient hatte, verdingte sich Käthe von Mittwoch- bis Samstagabend nach ihrem anstrengenden Dienst im KaDeWe zusätzlich als Toilettenfrau im Hotel Adlon unweit des Brandenburger Tors. Dass man sie in dem vornehmen Haus überhaupt für diesen Posten angenommen hatte, verdankte Käthe ausschließlich ihrer Stellung im KaDeWe. Ihre Qualifikation als Leiterin der dortigen Reinigungskolonne hielt man offensichtlich im Adlon gerade für ausreichend genug, um ihr eine Tätigkeit als Toilettenfrau zuzutrauen.

Doch Käthe war schon immer hart im Nehmen gewesen. Und die knapp dreißig Mark, die sie monatlich einschließlich Trinkgeld im Adlon verdiente, hatten erst einmal Roberts fehlenden Lohn zum größten Teil ersetzt.

Doch Käthes Nebenverdienst hatte auch seinen Preis. Die damals knapp vierzehnjährige Rieke hatte sie in der Tat mit der Haushaltsführung belastet, zu der sie ja selbst kaum mehr kam, wenn sie dreimal pro Woche erst mitten in der Nacht heimkehrte und außer sonntags nach nur drei Stunden Schlaf schon wieder ins KaDeWe aufbrechen musste. Für die immer noch fehlenden zehn Mark von Roberts Lohn ließ sie Rieke und die kleine Sanni zusätzlich Topflappen in Heimarbeit häkeln.

Doch dann wendete sich das Blatt wieder zugunsten der Krauses. Eines Abends lief Käthe Adolf Jandorf in die Arme, der im Restaurant des Adlon zu Abend gegessen und die Herrentoilette aufgesucht hatte. Als Jandorf Käthe am nächsten Morgen in sein Kontor bestellte, rechnete sie fest damit, fristlos entlassen zu werden. Stattdessen fragte Jandorf sie, warum sie einen solchen Nebenverdienst nötig hätte. Diesmal verlor die stolze Käthe tatsächlich die Contenance und gestand angesichts von Jandorfs Mitgefühl weinend ein, dass sie das zusätzliche Geld nötig brauchte, um ihre Familie über die Runden zu bringen.

Adolf Jandorf reagierte großartig. Er erhöhte Käthes Gehalt um weitere fünfundzwanzig Mark und nahm ihr als Gegenleistung nur das Versprechen ab, Stillschweigen darüber zu bewahren.

Außerdem gestand er Robert bereits im ersten Lehrjahr einen Verdienst von zwanzig Mark im Monat zu, auf den er eigentlich erst ab dem dritten Lehrjahr Anspruch gehabt hätte.

Nur als Käthe, kühn geworden durch Jandorfs Großzügigkeit, Riekes stürmischen Bitten nachgab, auch sie als Lehrmädchen im KaDeWe unterzubringen, stieß sie an Grenzen. Denn Roberts Abschlusszeugnis aus der Volksschule war gut, Riekes dagegen sehr mäßig. Fast wäre sie in der letzten Klasse sogar sitzengeblieben.

Jandorf hatte Käthes Bitte deshalb schon abgelehnt, als sie erneut ihren Stolz überwand und eingestand, dass sie Rieke während ihrer Tätigkeit als Toilettenfrau über Gebühr mit Haus- und Heimarbeit belastet hätte, sodass ihre Tochter in der letzten Klasse der Volksschule kaum mehr zum Lernen gekommen sei.

Das bewog Adolf Jandorf schließlich dazu, Rieke eine zweijährige Probezeit als Kassenmädchen aufzuerlegen. Würde sie sich in dieser Zeit bewähren, könnte sie danach eine Lehre zur Verkäuferin beginnen.

Rieke hatte sich anfangs sehr über diese Chance gefreut, zumal Jandorf auch ihr ein Monatsgehalt von zwanzig Mark auszahlen ließ. Erst im Lauf der ersten Wochen erkannte sie, dass sie als Kassenmädchen auf der untersten Stufe der Hierarchie des Verkaufspersonals im KaDeWe stand.

Ihre einzige Aufgabe war es, die in der Damenkonfektionsabteilung gekaufte Ware mit einer Kopie des Kassenzettels, den die zuständige Verkäuferin ausgefüllt hatte, für die Kundinnen zum nächsten Kassenplatz zu tragen. Diese Tätigkeit war ebenso eintönig wie anstrengend, denn über das Verkaufen an sich oder die Ware, die Rieke den ganzen Tag transportierte, erfuhr sie so gut wie nichts. Und gab es in der Damenkonfektion einmal etwas weniger zu tun, schickte die Aufsichtsdame Rieke sofort in die benachbarte Damenwäscheabteilung, um dort auszuhelfen. So war sie den ganzen Tag auf den Beinen und abends entsprechend erschöpft.

Zumal sich auch die regulären Lehrmädchen angewöhnten, Rieke bei jeder Gelegenheit einzuspannen. Sie wälzten oft die Dienste als Kassenmädchen auf sie ab, zu denen sie selbst verpflichtet gewesen wären. Insbesondere von Else, die in der Damenkonfektion gerade einmal im ersten Lehrjahr war, fühlte sich Rieke herumgescheucht wie von einer Vorgesetzten.

Das alles schoss Peter Hauser durch den Kopf, während er die streitenden Geschwister beobachtete. Schließlich entschloss er sich zum Eingreifen.

»Nu lasst et mal jut sein! Ihr zwee könnt eurer Mutter dankbar sein. Ooch du, Rieke«, kam er deren Protest zuvor. »Und so'n hübsches Mädchen wie du hat et wirklich nich nötig, so 'nem Schnösel wie dem Hermann nachzuloofen. Bald haste zehn Verehrer an jeder Hand.«

Rieke blieb der Mund vor Verblüffung offen stehen. Dass sie ein hübsches Mädchen war, hatte ihr noch niemand gesagt.

Peter hätte Rieke allerdings bestätigen können, dass er sie mit dem aparten Kontrast ihrer hellblonden Haare zu den dunkelbraunen Augen sehr attraktiv fand und sogar ein wenig verliebt in sie war.

Doch sich ihr zu erklären hatte er bislang nicht gewagt. Er war ein Jahr älter als Hermann und konnte mit dessen Aussehen nicht mithalten. Peters rötlich braunes Haar wurde bereits schütter, seine Gesichtszüge waren im Vergleich mit denen Hermanns grob, besonders die knollenartig geformte Nase. Das wusste er leider recht gut, da er sich schon so manche Abfuhr von jungen Mädchen und Frauen geholt hatte, wenn er um sie warb.

»Und außerdem wirste bestimmt als Lehrmädchen anjenommen«, beeilte Peter sich nun hinzuzufügen. »Aber nur, wennste nich verheiratet bist. Dann nimmt dir in janz Berlin keener mehr als Verkäuferin.«

»Na, ick weeß nich, ob sie mir nehmen«, entgegnete Rieke zweifelnd.

»Wart's mal ab!«, bekräftigte Peter. Er warf einen Blick auf die große Uhr am Turm der Gedächtniskirche. »Aber nu jeh'n mer mal besser zurück! Sonst komm wa noch zu spät aus der Mittagspause.«

## Im Café Kranzler Unter den Linden

### *Sonntag, 28. Juni 1914*

»Möchtest du wirklich noch ein Stück Kuchen essen, Harry?«, fragte Judith mit einer Mischung aus Verwunderung und Amüsement, während Harry der Kellnerin heftig winkte.

»Natürlich«, bestätigte der. »Nirgendwo ist die Kirschtorte so gut wie hier im Kranzler.«

»Ich dachte, deine Mutter sei die beste Bäckerin der Welt«, entgegnete Judiths Bruder Johannes mit leichtem Spott.

Harry ließ sich nicht verunsichern und zwinkerte Johannes sogar verschwörerisch zu. »Meine Mutter backt sehr guten Kuchen, das ist wahr. Aber so eine vierstöckige Kirschtorte ginge über ihr Können hinaus.« Er senkte die Stimme. »Aber verratet mich nicht bei ihr, sonst ist sie beleidigt.«

Judith, Johannes und Harry saßen unter einem eleganten

Sonnenschirm auf der Straßenterrasse, die das Kranzler am Prachtboulevard Unter den Linden als einziges Café in ganz Berlin unterhielt. Da es ein wunderbarer Sommernachmittag war, hatten die drei Glück gehabt, nach ihrem Spaziergang im Großen Tiergarten hier überhaupt noch einen freien Tisch zu ergattern.

»Wollt ihr zwei denn wirklich nichts mehr?« Harry blickte auffordernd von Judith zu Johannes. »Entscheidet euch rasch, denn jetzt kommt die Kellnerin. Bei dem Betrieb hier dauert es bestimmt eine halbe Ewigkeit, bis ihr die nächste Bestellung aufgeben könnt, wenn ihr es euch doch noch anders überlegt.«

Während Johannes nur den Kopf schüttelte, antwortete Judith für sie beide. »Nach dem üppigen Sonntagsmahl, das es heute Mittag bei uns zu Hause gegeben hat, sind wir froh, dass wir überhaupt ein Stück Torte hinunterbekommen haben.«

Harry zuckte mit den Schultern und wandte sich dann lächelnd an die Kellnerin, die gerade an ihren Tisch trat. »Bringen Sie mir noch ein Stück von dieser fantastischen Kirschtorte, Fräulein!«

Zu seiner Enttäuschung verzog die Serviererin bedauernd den Mund. »Es tut mir leid, gnädiger Herr. Die Kirschtorte ist gerade ausgegangen. Wir hätten aber noch eine sehr leckere französische Orangentarte im Angebot. Vielleicht möchten Sie davon einmal ein Stück kosten.«

Harry zog unwillig die Stirn kraus. »Ich esse doch nichts, was von diesen Froschfressern stammt«, lehnte er schroff ab. Ohne die anderen beiden zu fragen, fuhr er fort. »Dann bringen Sie uns allen noch eine schöne Kanne heißen Kaffee.«

»Sehr wohl, mein Herr«, antwortete die Serviererin steif.

Als sie sich außer Hörweite befand, tadelte Johannes Harry. »Du hättest nicht so unfreundlich sein müssen. Was kann denn das Mädel dafür, dass der Konditor des Kranzler auch eine französische Torte gebacken hat.«

»Es gibt sicher genug deutsche Rezepte für Kuchen und

Torten«, erwiderte Harry ungerührt, während Judith vor Verlegenheit nicht mehr wusste, wohin sie ihren Blick richten sollte. Nicht zum ersten Mal an diesem Sonntagnachmittag bereute sie es, Harrys Einladung zu einem Spaziergang überhaupt angenommen zu haben.

Wenigstens war sie nicht mit Harry allein. Ihr älterer Bruder Johannes diente als Chaperon. Denn es schickte sich nicht für eine junge Frau, allein mit einem Mann unterwegs zu sein, der nicht ihr Verwandter war. Allerdings hatte es ihre Mutter Rebekka eine Menge Überredungskunst gekostet, den älteren Sohn dazu zu bewegen, Harry und Judith zu begleiten. Johannes mochte Harry nicht besonders, wusste Judith. Er war ihm zu großmäulig und großspurig.

Und wenn ich ganz ehrlich bin, geht es mir genauso, seufzte sie innerlich. Ich wünschte, unsere Mütter würden endlich aufhören, uns miteinander verkuppeln zu wollen.

»Extrablatt, Extrablatt!«, tönte es da plötzlich laut über den Boulevard. Gleich mehrere Jungen kamen aus verschiedenen Richtungen angerannt und zogen kleine, hoch mit Zeitungen beladene Handwagen hinter sich her. »Extrablatt! Attentat in Sarajevo! Österreichischer Thronfolger samt Gattin ermordet!«

Alarmiert sprangen Männer im ganzen Café auf, fischten Münzen aus ihrem Jackett und winkten die Zeitungsjungen herbei. Auch Johannes und Harry erstanden je ein Blatt.

Judith las in Johannes' Zeitung mit und erschauerte vor Entsetzen. Erzherzog Franz Ferdinand war heute am späten Vormittag von den Kugeln eines serbischen Terroristen getroffen worden und verstorben. »Und mit ihm seine Frau«, flüsterte sie mit blutleeren Lippen. »Die Gräfin wurde sogar als Erste erschossen, wenn man diesem Blatt glauben darf. Wie furchtbar!«

»Immerhin starb Franz Ferdinand als Held«, sagte Harry mit einem stolzen Unterton. »Hier steht, dass es sogar das zweite Attentat im Rahmen seines Besuchs in Sarajevo war. Schon kurz vorher hat jemand heute Morgen eine Bombe auf seinen Wagen geworfen, die aber nicht ihn und seine Frau, sondern zwei seiner Begleitoffiziere und ein paar Schaulustige verletzte.«

»Wieso hältst du Franz Ferdinand für einen Helden?« Johannes fixierte Harry provozierend. »Ich halte ihn eher für einen Idioten. Er wusste doch, dass er sich in Gefahr begab, und kam folgerichtig darin um.«

Harry hielt Johannes' Blick stand. »Ich bewundere den Mann«, wiederholte er. »Er hat bewiesen, dass er sich von solch einem Gesindel nicht aufhalten lässt.«

Johannes schürzte spöttisch die Lippen. »Das kommt auf den Blickwinkel an«, erwiderte er. »Nach meiner Auffassung hat man Franz Ferdinand auf die denkbar nachhaltigste Weise aufgehalten. Und seine Gattin hat er gleich mit in den Tod gerissen.«

»Das wird sich Österreich-Ungarn garantiert nicht gefallen lassen«, brachte Harry den Disput auf einen neuen Aspekt. »Sicherlich wird man Serbien den Krieg erklären. Denn der Mörder war ein bosnischer Serbe. Wahrscheinlich gesteuert von dieser hinterhältigen Regierung in Belgrad. Man wird hundertfache Vergeltung fordern.«

»Das traue ich den Österreichern in der Tat zu.« Jetzt klang Johannes sogar zynisch. »Wer die Ehre anderer Völker derartig mit Füßen tritt, wird auch nicht davor zurückschrecken, einen Krieg zu entfachen.«

»*Wessen Ehre* hat Österreich-Ungarn denn mit Füßen getreten?« Harry betonte die Worte höhnisch.

Johannes deutete mit dem Zeigefinger auf eine Stelle des Sensationsberichts. »Heute ist der Sankt-Veits-Tag, ein serbischer Feiertag, der an die Befreiung ihres Volks von der osmanischen Herrschaft erinnert. Was hat dieser dämliche Thronfolger denn ausgerechnet an diesem Tag im erst vor wenigen Jahren annektierten Bosnien zu suchen?«

Judith sah ratlos von einem der Streithähne zum anderen. Für Politik hatte sie sich bislang nie interessiert. Doch jetzt lag Gefahr in der Luft, das spürte sie deutlich. Auch rings um ihren Tisch debattierten die Männer lautstark miteinander.

»Glaubst du wirklich, es gibt Krieg?«, richtete sie ihre Frage mit leiser Stimme an Johannes.

Der nickte bedrückt. »Gut möglich. Zumindest Krieg zwischen Serbien und Österreich-Ungarn. Doch wenn die Habsburger-Monarchie Serbien den Krieg erklärt, wird Russland als Schutzmacht Serbiens eingreifen.«

»Dann wäre ja halb Europa davon betroffen«, erkannte Judith betroffen.

Johannes nickte. »Es könnte sogar noch viel schlimmer kommen. Wenn es keine diplomatische Lösung gibt, wird auch Deutschland als wichtigster Verbündeter Österreich-Ungarns in einen solchen Krieg hineingezogen.«

Judith schwieg schockiert, während Harry grinste.

»Das scheint dir ja völlig egal zu sein«, fuhr Johannes ihn an.

»Egal ist es mir nicht«, beteuerte der. »Ganz im Gegenteil! So ein Krieg käme mir jetzt gerade recht.«

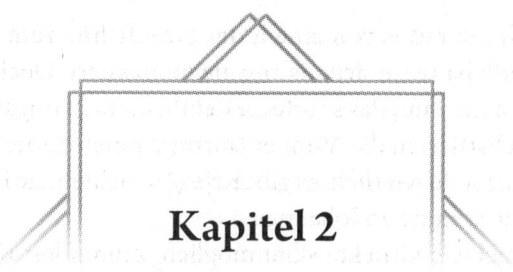

# Kapitel 2

### Siegesallee in Berlin
*Sonntag, 26. Juli 1914*

»Meinst du nicht, der Röder wird es sich noch mal anders überlegen?«

Rieke stellte die Frage mit ängstlicher Stimme. Gerade hatte ihr Hermann eröffnet, dass der Abteilungsleiter seine Bitte um die Heiratserlaubnis gestern barsch abgelehnt hatte.

Hermann zuckte mit den Schultern. »Dit gloob ick nich, Rieke. Der Hund hat jesagt, ick wär ›noch nicht reif genug dafür, eine Familie zu grunden‹«, ahmte Hermann bei den letzten Worten Röders Begründung mit salbungsvoller Stimme nach. »Und zu faul oberdrein für so viel Zaster«, fiel Hermann dann wieder in seinen Dialekt zurück. »Aber dem werd ick's zeigen, wenn ick als Held zurückkomm. Dann is der so kleen mit Hut!« Hermann deutete eine Spannbreite von einem Zentimeter mit Daumen und Zeigefinger an. »Also spielt dit im Aujenblick jar keene Rolle, wat der sagt.«

»Warum spielt es keine Rolle? Willst du mich nicht mehr heiraten?«

Rieke spürte ihre Hände schweißfeucht werden und war froh, dass sie sich nur bei Hermann untergehakt hatte und nicht Hand in Hand mit ihm die Siegesallee entlangschlenderte. Zuvor hatten sie sich am Potsdamer Platz zu einem Sonntagsspaziergang getroffen. Rieke war voller Hoffnung gewesen, dass Hermann gute Nachrichten mitbringen werde, die jetzt wie eine Seifenblase zerplatzt war. Deshalb hatte sie keine Augen für die vielen Statuen zu beiden Seiten der mit schattigen Laubbäumen bestandenen Allee, die auf Befehl Kaiser Wilhelms II. dort aufgestellt worden waren.

Es waren Abbilder sämtlicher Vorgänger des amtierenden Herrschers, angefangen von den ersten brandenburg-preußischen Markgrafen über die brandenburgischen Kurfürsten und preußischen Könige bis hin zu seinem Großvater Wilhelm I. und seinem Vater Friedrich III., der nach nur neunundneunzig Tagen Regentschaft im Jahr 1888 verstorben war. Die letzte Statue vor der Siegessäule, auf die die Allee zulief, stellte den jetzigen Kaiser Wilhelm II. als Kronprinzen dar.

Ohnehin war Rieke die »Puppenallee«, wie die Berliner die breite Straße respektlos nannten, in allerschlechtester Erinnerung. Denn in der letzten Klasse der Volksschule sollte sie damals die Namen aller vierunddreißig ehemaligen Herrscher Preußens auswendig lernen. Als der Lehrer sie abfragte, hatte Rieke nur die Namen der drei Kaiser seit der Gründung des Deutschen Reichs im Jahr 1871 gewusst. Entsprechend schlecht war ihre Note ausgefallen.

Nun schien ihr diese vertrackte Straße heute zum zweiten Mal Unglück zu bringen.

»Natürlich will ick dir heiraten, Rieke«, versicherte Hermann ihr, blieb kurz stehen und drückte ihr einen keuschen Kuss auf die Stirn. »Wart mal ab, wenn der Krieg rum is, kriecht der Röder vor mir im Staube. Den Ollen zieht keener mehr ein.«

Hermanns Ankündigung war nicht dazu angetan, Rieke zu beruhigen. »Glaubst du denn auch, dass es Krieg gibt?« Im KaDeWe und auch zu Hause in Meyers Hof sprachen die Leute seit Tagen von nichts anderem mehr.

»Also, dit hoff ick doch sehr!«, erklärte Hermann im Brustton der Überzeugung. »Wir Deutsche können doch nich tatenlos abwarten, bis der Russ und der Franzos über uns herfallen. Ick melde mir jedenfalls schon am ersten Tag freiwillig, wenn der Krieg endlich losjeht.«

Riekes Sorge wuchs. »Und was wird aus mir, wenn dir etwas passiert?«

»Mir passiert schon nüscht.« Hermann warf sich stolz in die Brust. »Dit wirste sehn! Weihnachten sind wa schon wieder daheeme.«

Als Rieke bedrückt schwieg, zeigte Hermann mit ausgestrecktem Arm auf die Säule mit der Siegesgöttin Viktoria auf der Spitze, von der sie jetzt nur noch ungefähr hundert Meter entfernt waren.

»Kiek doch nur mal die Joldelse an! Die is doch der Beweis, dass Deutschland nich besiegt werden kann. Die Säule is aus Kanonen von drei Kriegen jeschmiedet. Die hat unser Heer erbeutet. Alle Kriege hamm nur een paar Monate jedauert.«

Mit dieser Information konnte Rieke mehr anfangen als mit den Statuen der preußischen Herrscher. Denn zu der Zeit, als sie in der Volksschule den deutsch-dänischen Krieg von 1864, den deutsch-österreichischen von 1866 und den deutsch-französischen von 1870/71 behandelt hatten, war sie noch eine gute Schülerin gewesen.

Plötzlich stutzte Hermann, blieb stehen und sah Rieke forschend in die Augen. »Wat redste eijentlich schon die janze Zeit so jeschwollen daher?«

Rieke errötete. »Das hat mir die Mutter befohlen«, antwortete sie, wie schon während des ganzen Spaziergangs, in reinem Hochdeutsch. »Ich soll das üben, weil der Herr Jandorf morgen persönlich darüber entscheiden wird, ob er mich als Lehrmädchen nimmt.«

Hermann grinste über das ganze Gesicht. »Und dit sagste mir erst jetzt, Rieke! Dann is et doch noch besser, dass wa jetzt noch jar nich heiraten können. Jetzt machste erst mal deine Lehre fertig und dann seh'n mer weiter.«

»Aber ich weiß doch noch gar nicht, ob der Jandorf mich

nimmt«, wandte Rieke ein. »Und selbst wenn, dauert die Lehre drei Jahre und du hast gesagt, du bist schon Weihnachten wieder zurück.«

»Nu warten mer erst mal ab, wie's wirklich weiterjeht«, wich Hermann ihr aus. »Du weeßt morgen, ob das KaDeWe dir als Lehrmädchen nimmt. Un ick wart ab, bis Österreich Serbien den Krieg erklärt. Dann macht ooch der Russ mobil, heeßt et, und dit kann Deutschland nich dulden. Also werden mer Österreich beispringen müssen. Dit is janz sonnenklar für mir.«


## Vor dem Berliner Stadtschloss

### *Samstag, 1. August 1914, gegen fünf Uhr am Nachmittag*

Die Menge, die sich vor dem Berliner Stadtschloss und auf der Schlossbrücke drängte, war nahezu unübersehbar. Es mussten Tausende von Männern und Frauen aller Altersgruppen sein, die sich heute hier versammelt hatten.

Auch Judith, ihr Bruder Johannes und Harry Jandorf hatten es nicht mehr zu Hause ausgehalten und sich schon nach dem Mittagessen gemeinsam zum Stadtschloss aufgemacht. Die Stimmung der drei war allerdings unterschiedlich.

Judith verhielt sich eher passiv und klammerte sich immer wieder ängstlich an die Arme von Harry und Johannes, die sie zum Schutz vor der riesigen Menschenmenge in die Mitte genommen hatten.

Harry prahlte voller Euphorie damit, dass man es den Russen schnell heimzahlen würde, wenn sie der gestern befohlenen Generalmobilmachung die Kriegserklärung ans Deutsche Reich folgen lassen würden.

Johannes sah dagegen besorgt aus. In den letzten Tagen waren die Ereignisse Schlag auf Schlag eskaliert. Am 23. Juli hatte das Habsburger-Reich Serbien ein unannehmbares Ultimatum gestellt. Nachdem die Serben dies wie erwartet abgelehnt hatten, erfolgte am 28. Juli die gegenseitige Kriegserklärung.

Daraufhin hatte Russland als Schutzmacht Serbiens gestern die Generalmobilmachung verfügt. Als Konsequenz war ebenfalls am gestrigen Nachmittag der »Zustand drohender Kriegsgefahr« im gesamten Deutschen Reich verkündet worden.

Da Russland sich erwartungsgemäß weigerte, der deutschen Aufforderung Folge zu leisten, die eigene Mobilmachung rückgängig zu machen, hegte Johannes mittlerweile keinen Zweifel mehr daran, dass die Mobilmachung des Deutschen Reichs als Reaktion nur noch eine Frage von Stunden war. Die Unruhe, wie es weitergehen würde, hatte ihn daher aus dem Haus getrieben. Mit Harry, den Rebekka zum Mittagessen eingeladen hatte, und Judith war er vor drei Stunden zum Berliner Schloss aufgebrochen.

Sollte es Krieg geben, würde er mit Sicherheit zu den Ersten gehören, die den Einberufungsbefehl erhielten. Zwar hatte Johannes bisher keine militärische Erfahrung, da man ihn noch nicht zum Wehrdienst herangezogen hatte. Doch bei seiner Musterung vor drei Jahren war er als wehrtauglich eingestuft worden. Deshalb rechnete er seither jedes Jahr damit, seinen Pflichtwehrdienst im Oktober, wenn die neuen Rekruten einberufen wurden, antreten zu müssen.

Doch bislang war dies nicht der Fall gewesen. Denn aufgrund der großen Zahl von Männern im wehrpflichtigen Alter wurde die Hälfte der Wehrtauglichen zunächst zurückgestellt und der sogenannten Ersatzreserve zugeteilt, wie Johannes einmal in einer militärischen Fachzeitschrift gelesen hatte. Bislang hatte er sich sogar mit der vagen Hoffnung getragen, der Kelch werde bis zum Ende der zwölfjährigen Ersatzreservepflicht an ihm vorübergehen.

Dies erschien ihm nun völlig unwahrscheinlich. Denn die Mannschaften der Ersatzreserve waren explizit zur Ergänzung des Heers im Kriegsfall bestimmt, wie Johannes ebenfalls aus der Fachzeitschrift wusste. Zwar rechnete er nicht damit, sofort an die Front verlegt zu werden, da er ja über keinerlei militärische Ausbildung verfügte. Aber dass das Kaiserreich im Fall eines Kriegs mit der Einberufung dieser Ersatzreservekräfte noch lange warten würde, hielt Johannes für ausgeschlossen. Denn mit an Sicherheit grenzender Wahrscheinlichkeit würden auch die Franzosen als Verbündete des Zarenreichs Deutschland den Krieg erklären. Dann müsste Deutschland sogar an zwei Fronten kämpfen.

Fast beneidete Johannes Harry darum, dass er mit seinen achtzehn Jahren noch nicht eingezogen werden konnte, weil die Wehrpflicht erst mit zwanzig begann. Kein Wunder, dass der jetzt so große Töne spuckte. Allerdings war Harry mit seiner Kriegsbegeisterung keineswegs allein. Rings um sie herum schwenkte die Menge Hüte und Fähnchen, johlte patriotische Lieder und grölte Parolen wie »Nieder mit Serbien!« und »Pfui Russland!«.

Plötzlich setzte sich die Menge in Bewegung. Männer und Frauen drängelten sich so eng an den dreien vorbei, dass Harry und Johannes schließlich ihre Ellenbogen gebrauchen mussten, um sich die Leute vom Leib zu halten. Schließlich blieb ihnen nichts anderes übrig, als sich dem Strom der Menschen anzuschließen, der sich von ihrem Standort auf der Schlossbrücke auf den Schlossplatz zuschob.

Dann verharrte die Menge auf einmal. Nach und nach wurde es mucksmäuschenstill. Harry, Johannes und Judith konnten den Grund dafür anfangs nicht ausmachen. Dann erklang plötzlich eine sonore Stimme.

»Auf Befehl unseres ehrwürdigen Kaisers Wilhelm teile ich Ihnen mit, dass Seine Allerhöchste Majestät Russland soeben den Krieg erklärt und die Generalmobilmachung befohlen hat.«

Den Überbringer dieser Botschaft konnten die drei von

ihrem Platz aus nicht sehen. Aus der Zeitung würden sie später erfahren, dass es ein einfacher Schutzmann war, den Kaiser Wilhelm mit diesem Auftrag betraut hatte und der direkt vor dem Schlossportal stand.

Noch einen Augenblick lang herrschte ehrfürchtig anmutendes Schweigen. Dann geschah etwas Unerwartetes: Anstatt in frenetischen Jubel auszubrechen, stimmten die Ersten plötzlich einen Choral an, in den rasch die gesamte Menge einfiel. »Nun danket alle Gott«, tönte es über den ganzen Schlossplatz hinweg. Es war ein protestantischer Choral, den Judith, Johannes und Harry trotz ihrer jüdischen Herkunft kannten. Denn alle drei hatten überkonfessionelle Schulen besucht.

Sofort stimmte auch Harry in den Gesang ein. Johannes und Judith wechselten einen bestürzten Blick. Auch wenn es zu laut war, um miteinander sprechen zu können, errieten sie gegenseitig ihre Gedanken. Nun würde bald ein furchtbarer Krieg beginnen. War dies tatsächlich ein Anlass, Gott dafür zu danken? Wie verrückt waren die Deutschen denn mittlerweile in ihrer Begeisterung für kommende Schlachten und Gemetzel? Schon die vergangenen Kriege, die Deutschland geführt hatte, hatten Hunderttausenden das Leben oder die körperliche Unversehrtheit geraubt. Kriegskrüppel aus den damaligen Schlachten sah man heute noch ab und zu auf den Straßen Berlins.

Doch der letzte Krieg gegen die Franzosen war über vierzig Jahre her. Hatte man in dieser langen Periode des Friedens vergessen, was Krieg wirklich bedeutete?

»Komm, lass uns gehen!«, schrie Johannes über die Klänge des Chorals hinweg Judith ins Ohr. Trotzdem konnte sie seine Worte kaum verstehen. Als Judith an Harrys Arm zerrte, um ihn zum Mitkommen aufzufordern, schüttelte der unwillig den Kopf.

So zwängten sich die beiden allein zurück durch die Menge. Es dauerte fast eineinhalb Stunden, bis sie sich wieder frei auf dem Uferweg entlang der Spree bewegen konnten.

»Glaubst du, es wird schlimm werden, Johannes?«, durchbrach Judith als Erste das bedrückte Schweigen.

Johannes nickte. »Ich glaube, es wird schlimmer als alle Kriege, die wir Deutschen bisher erlebt haben«, antwortete er ihr voll düsterer Ahnungen.

## Vor dem Berliner Stadtschloss

### *Samstag, 1. August 1914, am Abend*

Mit der Zeit begannen Riekes Füße in den zu klein gewordenen Schuhen, die eigentlich dringend hätten ersetzt werden müssen, unerträglich zu schmerzen. Seit dem frühen Nachmittag stand sie gemeinsam mit Hermann, Robert und Peter im dichten Gedränge auf dem Schlossplatz. Von heute Morgen um acht bis um eins, als das KaDeWe an diesem besonderen Tag ausnahmsweise vorzeitig schloss, weil sich kaum noch Kunden im Warenhaus aufhielten, hatte Rieke zudem gearbeitet.

Die Augustsonne schien heiß vom Himmel. Die kleine Flasche mitgebrachten Wassers hatte Rieke längst ausgetrunken. Ihr Mittagessen hatte nur aus einer trockenen Schrippe bestanden. Doch an Nachschub war nicht einmal zu denken. Auf dem Weg hierher waren ihnen entlang der Spree zwar ein paar fliegende Händler begegnet. Doch mit ihren Handkarren hätten sie in der Kopf an Kopf stehenden Menschenmenge keine Möglichkeit gehabt durchzukommen.

Ein Blick auf Hermanns und Roberts entschlossene Mienen zeigte Rieke, dass sie mit der Bitte, jetzt endlich nach Hause zu gehen, nicht den geringsten Erfolg haben würde. Nur Peter erwiderte mitfühlend ihren verzweifelten Blick. Einen Moment lang überlegte Rieke, allein mit Peter in den Wedding zu fahren, verwarf den Gedanken dann aber wieder. Hermann würde ihr das sicher sehr übel nehmen.

Dessen Kriegsbegeisterung hatte sich in den letzten Tagen im Vergleich zu ihrem Spaziergang durch die Siegesallee noch einmal gewaltig gesteigert. Schon morgen würde er sich freiwillig melden, sobald die ersten dafür zuständigen Ämter in den Kasernen der Stadt öffneten, hatte er bereits mehrfach erklärt.

»Die ziehen uns doch sowieso in den nächsten Tagen ein«, erwiderte Peter jedes Mal, wenn Hermann ihn nach seinen Plänen fragte. »Du weeßt ... äh ... du weißt doch, dass wir zur Ersatzreserve gehören.«

»Darauf verlass ick mir nich«, antwortete Hermann. »Ick heeß mit Nachnamen Wolters, du heeßt Hauser. Wenn se die Ersatzreserve nachm ABC zieh'n, komm ick vielleicht erst dran, wenn alles schon rum is.«

Er sprach wie selbstverständlich wieder im Berliner Dialekt, obwohl Rieke auch Hermann dringend gebeten hatte, erst einmal nur noch Hochdeutsch mit ihr zu sprechen, wie er es als Verkäufer im KaDeWe ja auch täglich tun musste. Anfangs hatte Hermann weder Ja noch Nein dazu gesagt, bei der dritten Bitte Riekes jedoch schroff abgelehnt: »Dit tu ick nich! Schon jar nich wejen dem ollen Jandorf. Der soll sich nich so anstellen.«

Tatsächlich hatte Riekes Bitte mit Adolf Jandorf zu tun. In einem fast einstündigen Gespräch, das er am vergangenen Montag mit ihr geführt hatte, war Rieke einige Male unwillkürlich ins Berlinerische verfallen. Anfangs hatte Jandorf sie lediglich korrigiert. Doch nachdem es ihr in ihrer Nervosität zum vierten Mal passiert war, wurde er deutlicher:

»Sie wissen doch, Fräulein Krause, dass Sie als Verkäuferin einwandfreies Deutsch mit unseren Kundinnen zu sprechen haben. Ihr Berliner Dialekt gehört in den Wedding, nicht ins KaDeWe.«

Als Rieke sich stammelnd entschuldigte, wobei sie ihr Gesicht glühend heiß werden spürte, schnitt Jandorf ihr das Wort ab. »Als Kassenmädchen haben Sie eine durchaus ordentliche Arbeit geleistet. Doch da bestand Ihre Aufgabe nicht darin, unsere gut betuchte Kundschaft zu beraten, wie Sie es als Verkäuferin zu tun hätten.«

Jandorf siezte grundsätzlich auch seine Lehrlinge, im Gegensatz zum gesamten Verkaufspersonal in der Damenkonfektion, in der vom Abteilungsleiter über die Aufsichtsdame bis zu den Verkäuferinnen jedermann Lehr- und Kassenmädchen duzte. Jetzt hielt der Warenhauseigner inne und überlegte kurz.

Rieke verfluchte bereits innerlich ihre Unaufmerksamkeit und rechnete damit, die Lehrstelle nicht zu erhalten. Doch Jandorf fand wie bei ihrer Einstellung als Kassenmädchen einen Kompromiss.

»Ich gebe Ihnen ein halbes Jahr Zeit, um sich als Lehrmädchen im Verkauf zu bewähren, Fräulein Krause. Stellen Ihre Vorgesetzten Ihnen danach ein gutes Zeugnis aus, werde ich Sie für den Rest der Lehrzeit und bei einem guten Abschluss sogar später als Verkäuferin übernehmen. Aber eine Grundvoraussetzung dafür ist einwandfreies Deutsch im Umgang mit Kunden und auch mit Ihren Kolleginnen. Denn Kunden könnten ja auch bei Gesprächen des Personals untereinander in der Nähe sein und das Kauderwelsch mitbekommen. Das dulde ich nicht in meinem Haus.«

Nach dieser Anweisung Jandorfs hatte Rieke alle Personen, mit denen sie regelmäßig zu tun hatte, gebeten, nur noch Hochdeutsch mit ihr zu sprechen, damit sie sich diese Ausdrucksweise angewöhnen konnte. Lediglich ihr Vater Otto und Hermann hielten sich nicht daran. Selbst ihre kleine Schwester Sanni gab sich äußerste Mühe und entschuldigte sich für jeden Rückfall in den Dialekt.

Unruhig trat Rieke auf dem Schlossplatz nun von einem Fuß auf den anderen und versuchte, ihre verkrampften Glieder zu strecken, so gut es zwischen all den Menschen ging. Seit sie gemeinsam diesen Choral gesungen hatten, um Gott für den

Kriegseintritt Deutschlands zu danken, waren sicherlich mehr als zwei Stunden vergangen.

Plötzlich lief ein Raunen durch die Menge. Rieke stellte sich auf die schmerzenden Zehenspitzen, ohne etwas sehen zu können. Doch Robert, der einen Kopf größer als sie war, rief fast gleichzeitig mit den meisten Umstehenden: »Der Kaiser! Der Kaiser tritt auf den Balkon!«

Die Menge ringsum verstummte abrupt. »Der Kaiser hat die Hand gehoben und will wohl zu uns sprechen«, flüsterte Peter Rieke zu. Trotz seiner gedämpften Stimme handelte er sich von allen Seiten ein ärgerliches Zischen ein. Dann lauschten die Menschen andächtig, was der Kaiser ihnen zu sagen hatte.

Wilhelm II. erklärte zunächst, dass nun auch Frankreich die Generalmobilmachung befohlen habe. Dann ließ er sich einige Zeit darüber aus, dass man das friedliebende Deutsche Reich in diesen Krieg gezwungen hätte. An die Adresse Russlands gerichtet, schloss er mit den Worten:

»Will unser Nachbar es nicht anders, gönnt er uns den Frieden nicht, so hoffe ich zu Gott, dass unser gutes deutsches Schwert siegreich aus diesem schweren Kampfe hervorgeht.«

Seine letzten Worte gingen beinahe in den Begeisterungsschreien und Hochrufen der Menge unter.

Danach beschwor Kaiser Wilhelm die Einigkeit des deutschen Volks: »Wenn es zum Kriege kommen soll, dann kenne ich keine Parteien mehr, dann kenne ich nur noch deutsche Brüder!«

Der ohrenbetäubende Jubel, der dem Kaiser nach diesem Satz entgegenscholl, war womöglich noch lauter als alle Beifallsbekundungen vorher.

Auch Peter klatschte halbherzig in die Hände. In der Menge hatte er mittlerweile etliche Mitglieder der sozialdemokratischen Partei erkannt, die genau wie er noch vor vier Tagen gegen den Krieg demonstriert hatten. Nun schwenkten auch sie ihre Schiebermützen und johlten begeistert. Peter beschloss, über seine Teilnahme an der Protestdemonstration Stillschweigen gegenüber seinen Freunden zu wahren. Die Würfel waren ohnehin gefallen, die Sache entschieden. Er würde in diesen Krieg ziehen müssen, ob es ihm nun gefiel oder nicht.

Erst zwei Stunden später machten sich Peter, Robert und Rieke endlich zurück auf den Heimweg nach Meyers Hof. Unter den Linden hatte sich Hermann von ihnen verabschiedet und dabei erneut seine Absicht bekundet, sich gleich morgen freiwillig zu melden.

»Wie willst du das mit deiner Einberufung halten, Peter?«, fragte jetzt Robert, als sie in der Straßenbahn saßen, um in den Wedding zurückzukehren.

Peter hob die Schultern. »Ich warte auf jeden Fall auf meinen Bescheid«, erklärte er. »So lange gehe ich einfach weiter meiner Arbeit im KaDeWe nach.«

Robert zog eine Schnute. »Haste keene Lust, unter die Helden zu jehen?« Unwillkürlich verfiel jetzt auch er zurück ins Berlinerische.

»Nein, das habe ich nicht.« Peter schüttelte energisch den Kopf. »Und sprich weiter Hochdeutsch! Wir haben es deiner Schwester versprochen.«

»Wenn ich so könnte, wie ich wollte, würde ich mich auch morgen melden«, äußerte Robert zu Riekes Bestürzung.

»Und was wird dann aus deiner Lehre?«, fragte sie ängstlich.

»Ick hab doch jesagt, wenn ich so könnte, wie ich wollte.«

Peter blickte Robert eindringlich an. »Wenn du dich freiwillig meldest, wäre dit der schwerste Schlag, mit dem du deine Mutter treffen könntest, Robert. Du weeßt doch, welche Opfer sie und Rieke gebracht ham, um dir so 'ne Ausbildung zu ermöglichen. Und wennste erst mal Geselle bist, verdienste achtzig Mark im Monat anstatt der zwanzig, die du jetzt kriegst.«

Wäre das Thema nicht so ernst gewesen, hätte sich Rieke sogar darüber amüsiert, dass sich auch in Peters Sprache jetzt ab und zu der Berliner Dialekt einschlich. So seufzte sie nur.

»Versprich es mir in die Hand, Robert«, sie hielt ihrem Bruder die Rechte entgegen, »dass du zumindest nichts unternimmst, bevor du im November deine Lehre abgeschlossen hast.«

»Aber dann ist der Krieg doch schon vorbei!«, begehrte ihr Bruder auf.

»Dit wollen wir alle hoffen«, sagte Peter. »Und nu tu deiner Schwester den Gefallen und versprich es ihr!«

Robert zögerte noch einen Moment lang. Dann legte er seine Hand in Riekes. Sie fühlte sich schlaff und leblos an wie ein totes Tier.

### Adolf Jandorfs Kontor im KaDeWe

#### *Sonntag, 2. August 1914*

»Hat Johannes seine Einberufung schon bekommen?«, fragte Adolf Jandorf Paul Bergmann nach der kurzen Begrüßung, als er dessen ernsten Gesichtsausdruck bemerkte.

Paul schüttelte den Kopf. »Noch nicht. Aber es ist ja auch erst später Sonntagvormittag. Ob die Post aufgrund der Kriegserklärung an Russland heute Sonderzustellungen macht, weiß ich nicht. Doch Johannes ist im besten Mannesalter für einen Rekruten. Binnen Kurzem werden sie ihn daher einziehen, da sind wir uns beide sicher.«

Jandorf schlug seinem Freund mitfühlend auf die Schulter. »Lass uns einfach hoffen, dass der Krieg wirklich schon in wenigen Wochen zugunsten Deutschlands entschieden ist«, versuchte er, Paul zu trösten.

Der schüttelte wieder den Kopf. »Das glaube ich nicht.

Wenn unser Heer den Schlieffen-Plan umsetzt, wovon ich ausgehe, wird es ins neutrale Belgien einmarschieren. Das wiederum wird sich Großbritannien nicht gefallen lassen. Und da
gestern bereits Frankreich mobil gemacht hat, hätten wir es
dann an zwei Fronten mit insgesamt drei starken Gegnern zu
tun.«

»Aber auch das Deutsche Reich steht ja nicht allein da«,
machte Jandorf den halbherzigen Versuch, Optimismus aus-
zustrahlen. »Schließlich haben die Österreicher den Krieg begonnen.«

»Glaubst du wirklich, die k. u. k. Armee ist dem Krieg im
Osten gewachsen? Alles, was man über sie hört, klingt nach
maroden Zuständen. Man munkelt, der alte Kaiser Franz
Joseph habe zeitlebens jede ernsthafte Reformbestrebung im
Heer verhindert.«

Jandorf seufzte. »Wir müssen es abwarten, Paul. Gelingt
der Schlieffen-Plan, ist Frankreich in wenigen Wochen besiegt. Und dann sieht man weiter.« Diese deutsche Kriegsstra-
tegie sah vor, die französischen Truppen von zwei Seiten in die
Zange zu nehmen, die Hauptstadt Paris zu erobern und Frankreich so zur Kapitulation zu zwingen.

»Für Johannes werde ich jedenfalls das Schlimmste verhindern«, kündigte Bergmann an.

Jandorf runzelte fragend die Stirn.

»Einige Kommilitonen aus meinem Jurastudium sitzen
an Schaltstellen im Kriegsministerium. Dort werde ich noch
heute Nachmittag vorstellig werden, um dafür zu sorgen, dass
Johannes eine Leutnantscharge mit entsprechender vorheriger
Ausbildung erhält, wenn er eingezogen wird. Zumindest als ge-
meiner Rekrut soll er nicht ins Feld ziehen müssen.«

Jandorf war überrascht. »Die Idee ist grundsätzlich gut,
Paul. Doch glaubst du denn, dass sie Erfolg haben wird? Jüdische Offiziere sind selten im deutschen Heer.«

»Ich werde mein Bestes tun«, erklärte Paul bestimmt. »Und

dieses Argument«, er machte die uralte Geste für Geld, indem er Daumen, Zeige- und Mittelfinger der rechten Hand aneinander rieb, »hat noch immer gezogen.«

Zum Glück ist wenigstens Harry noch nicht betroffen, schoss es Adolf Jandorf durch den Kopf. Schon im nächsten Moment schämte er sich für diesen egoistischen Gedanken.

»Dann wünsche ich dir und Johannes von Herzen Erfolg«, sagte er laut. »Doch nun lass uns zum eigentlichen Zweck unseres sonntäglichen Zusammentreffens kommen.« Jandorf griff nach einem versiegelten Umschlag, der schon gestern mit dem Hinweis, ihn nur im Kriegsfall zu öffnen, aus dem preußischen Kriegsministerium im KaDeWe eingetroffen war.

Während Jandorf das Siegel erbrach und zu lesen begann, ließ Paul seine Blicke im Kontor umherschweifen. Plötzlich musste er trotz seiner Sorge um Johannes schmunzeln. Auf einer gepolsterten Liege an der Wand, die Jandorf als Ruhebett diente, wenn ihn während seines oft vierzehn- bis sechzehnstündigen Arbeitstags einmal die Erschöpfung übermannte, lag ein kleines Kissen.

Der blaue Samt des Bezugs war schon ausgeblichen. Doch der mit Silberfäden darauf gestickte Spruch *Nur ein Viertelstündchen* war noch immer deutlich zu lesen.

Dieses Kissen, das sich bislang mehr als eine Million Mal verkauft hatte, war Jandorfs erstes erfolgreiches Produkt gewesen. Er hatte es schon als Leiter seines kleinen Geschäfts am Spittelmarkt ersonnen. Bis heute führte jedes der sieben Jandorf'schen Warenhäuser das Kissen, das sich nach wie vor gut verkaufte. Das Exemplar auf dem Sofa musste zu einer der ersten Generationen der Produktion gehören, dem etwas verschlissenen Zustand nach zu urteilen.

»Margarete wollte das Kissen schon wegwerfen.« Offensichtlich war Jandorf mit dem Lesen der Nachricht fertig und Pauls Blick gefolgt. »Sie meinte, es passt nicht mehr zu den vornehmen Möbeln im Salon. Da habe ich es hierher gerettet, denn ich hänge daran. Es gehört zu den ersten, die ich damals herstellen ließ«, bestätigte er Pauls Vermutung. »Ich betrachte das Kissen als eine Art Glücksbringer.«

»Dann solltest du es unbedingt behalten! Glück können wir alle in den Zeiten, die uns jetzt bevorstehen, wahrlich gebrauchen. Doch sag an, was steht in dem Schreiben des Kriegsministeriums?«

»Es kommt aus der Intendanturabteilung, die reichsweit für die gesamte Ausrüstung der Feldarmee verantwortlich ist. Man weist uns an, haltbaren Proviant in Form von getrockneten Hülsenfrüchten, Backobst und Fleischkonserven zu liefern sowie Tee und Kaffee.«

Wie alle Warenhäuser verfügte auch das KaDeWe über eine Lebensmittelabteilung, die den gesamten zweiten Stock des Kaufhauses einnahm.

Jandorf überflog das Schreiben noch einmal. »Außerdem Bettdecken, Feldbetten und Stoffe für Uniformen. Die Preise, die geboten werden, sind gut. Auch unsere hauseigenen Produktionsstätten sollen auf kriegswichtige Materialien umgestellt werden, wünscht die Intendantur«, fügte er hinzu.

Im Lauf der Zeit hatte Jandorf wie auch seine Konkurrenten Wertheim und Tietz mehrere externe Produktionsstätten gegründet oder erworben, darunter eine große Gärtnerei, die Obst, Gemüse und Blumen anbaute, sowie etliche Werkstätten für Lederwaren und Wäsche. Durch die Herstellung in Eigenregie wurden die großen Warenhausketten unabhängiger von konzernfremden Fabriken und konnten kostengünstiger und bedarfsgerechter produzieren.

»Angefordert werden Ledergürtel, Patronentaschen und Tornister. Außerdem Lazarettkittel und Bettlaken. Auch dafür bietet das Kriegsministerium gute Preise.«

»Dann sollten wir schon morgen mit den Werkstätten über die Änderung der Produktionspläne sprechen«, schlug Paul vor. »Auch die zuständigen Einkäufer sollten wir einbestellen, um sicherzugehen, dass sie die richtigen Materialien ordern.« Auf einmal durchfuhr ihn ein Stich. Hoffentlich kann Johannes überhaupt noch dabei sein. Sein Sohn war der zuständige Einkäufer für Wäschestoffe im KaDeWe.

Bergmann riss sich zusammen, um sich nichts anmerken zu lassen. Hier ging es jetzt ums Geschäft, nicht um seine privaten Sorgen.

»Vielleicht können wir sogar neue Produktionsstätten eröffnen, um weitere kriegswichtige Produkte herzustellen«, machte er einen weiteren Vorschlag. »Wir hatten doch schon in einer der letzten Geschäftsführersitzungen überlegt, eine eigene Schuhproduktion aufzubauen. Dort könnte man unter anderem Militärstiefel anfertigen lassen.«

Jandorf nickte zustimmend. »Ich erinnere mich. Insbesondere Gunter Perl und mein Bruder Robert, der jetzt das Haus am Spittelmarkt führt, haben sich dafür ausgesprochen.«

Im Zuge des beständigen Wachstums seines Konzerns hatte Jandorf immer stärker auf seine Brüder gesetzt, die er nach und nach als Führungskräfte in sein Unternehmen berufen hatte. Mit Ausnahme seines ausgewanderten Bruders Louis waren mittlerweile alle anderen vier in leitenden Positionen tätig.

Bergmann setzte gerade zu einer Antwort an, als auf dem Korridor Türenschlagen und hastige Schritte zu vernehmen waren. Kurz darauf wurde Jandorfs Kontortür aufgerissen, ohne dass zuvor angeklopft worden wäre. Herein stürmte seine Gattin Margarete. Sie wirkte völlig aufgelöst. Der Hut saß ihr schief auf dem Kopf, ihr Gesicht war tränenüberströmt.

»Harry!«, schluchzte sie, sie konnte nicht weitersprechen.

Alarmiert sprang Jandorf auf. »Was ist mit Harry? So sprich doch, Margarete! Ist ihm etwas zugestoßen?«

Margarete schüttelte den Kopf und schnäuzte sich in ein bereits recht mitgenommen aussehendes spitzenumsäumtes Taschentuch. »Nein!« Durch den Stoff, den sie sich vor Mund und Nase hielt, war sie nur undeutlich zu verstehen. »Zugestoßen ist Harry bisher noch nichts. Aber er hat mir gerade mitgeteilt, dass er sich freiwillig zu den Gardedragonern gemeldet hat. Er soll schon übermorgen ausrücken!«

## Auf dem Kurfürstendamm

### *Montag, 3. August 1914*

Tief in Gedanken, die Hände trotz der Sommerhitze in den Taschen vergraben, ging Johannes den Kurfürstendamm entlang. Für das lebhafte Treiben ringsum hatte er keinen Blick. Geschweige denn für die Reklameplakate der Vergnügungsstätten, die seit einigen Jahren wie Pilze aus dem Boden schossen. Seit der Eröffnung des KaDeWe wandelte sich die ehemals vornehme Wohnstraße mehr und mehr zu einer pulsierenden Geschäfts- und Amüsiermeile.

Am liebsten hätte sich Johannes in seinem Zimmer in der elterlichen Villa in Charlottenburg verkrochen. Doch seit er am frühen Vormittag den erwarteten Einberufungsbescheid erhalten hatte und daher wusste, dass er morgen Nachmittag zu seinem Garnisonsstandort nach Brandenburg aufbrechen musste, rang seine Mutter Rebekka ununterbrochen klagend die Hände. Sie und womöglich auch seine Schwester Judith würden ihn in Charlottenburg vollständig mit Beschlag belegen. Anstatt ihn mit seinen Ängsten und Sorgen in Ruhe zu lassen, was er sich gewünscht hätte.

Denn ganz im Gegensatz zum Großteil der Berliner Bevölkerung begrüßte in seiner Familie niemand den bevorstehenden Krieg, alle befürchteten das Schlimmste für Johannes und das Land.

Inzwischen hatte sich Johannes' düstere Vorahnung bestätigt, dass Deutschland auch gegen Frankreich anzutreten hätte. Extrablätter berichteten, dass deutsche Truppen bereits gestern die Neutralität des kleinen Staats Luxemburg missachtet und dessen gleichnamige Hauptstadt besetzt hätten. Es hieß außerdem, dass erste deutsche Patrouillen bereits in Frankreich einmarschiert seien. Die Kriegserklärung war nur noch eine Frage von Stunden.

»Extrablatt! Extrablatt!«, ertönte es da schon wieder entlang des Ku'damms. »Extrablatt! Kriegserklärung an Frankreich! Extrablatt!« Johannes hätte sich am liebsten die Ohren zugehalten, hätte er damit nicht unwillkommenes Aufsehen erregt. Trotzdem erstand er eine Zeitung und überflog ihren Inhalt im Gehen. Außer einem Bericht über die deutsche Kriegserklärung an Frankreich stand in einem weiteren der hastig hingeschmierten Artikel, die vor falschen Zeilenumbrüchen und sogar Rechtschreibfehlern nur so strotzten, dass Großbritannien einen Einmarsch der deutschen Truppen ins neutrale Belgien, wie es der Schlieffen-Plan vorsah, ebenfalls mit einer Kriegserklärung an Deutschland beantworten werde.

»Doch nur zu!«, hieß es in einem Kommentar des Redakteurs. »Kriegserklärungen werden noch angenommen.« Zynischer konnte man kaum auf die bevorstehenden Schrecken reagieren.

In einem Anfall von Zorn zerknüllte Johannes die Zeitung und warf sie in einen Papierkorb. Am Nachmittag hatte er seinem Vertreter als Einkäufer und Abteilungsleiter für Wäschestoffe alle notwendigen Informationen gegeben, damit dieser die am Morgen in einer Besprechung im KaDeWe beschlossene Produktion für die Feldlazarette baldmöglichst aufnehmen konnte. Dann hatte er seinen Schreibtisch geräumt und das Warenhaus verlassen, eigentlich mit der Begründung, für seine morgige Abreise packen zu müssen. Doch nach Hause zog es ihn nicht. Im Gegenteil war sein Bedürfnis, allein zu sein, geradezu übermächtig geworden. Stundenlang wanderte er nun schon über die Straßen rund um den Kurfürstendamm.

Arm in Arm kamen ihm jetzt drei johlende Burschen entgegen. Johannes schätzte ihr Alter auf höchstens zwanzig Jahre. Abzeichen an ihrer Kleidung und Schmisse auf den Wangen wiesen sie als Mitglieder einer schlagenden Studentenverbindung auf. Wahrscheinlich hatten sich die drei freiwillig gemeldet und konnten es kaum erwarten, auf die Schlachtfelder zu kommen.

Nun ließen sich Johannes' panische Gedanken nicht länger verdrängen. Wie sollte er es mit seiner Veranlagung, die er bisher niemandem anvertraut hatte, nur aushalten, Tag um Tag und Nacht für Nacht mit Menschen seines Geschlechts auf engstem Raum zusammenleben zu müssen?

Lange hatte Johannes sich selbst nicht eingestehen wollen, dass es ihn nicht zu jungen Frauen, sondern zu jungen Männern hinzog. Als er sich endlich dessen bewusst wurde, schämte er sich dafür in Grund und Boden. Anfangs versuchte er sogar, mit einigen der jungen Damen, die ihm seine Mutter bei jeder gesellschaftlichen Gelegenheit vorstellte, eine engere Beziehung einzugehen. Er lud die ein oder andere ins Theater oder zu Sonntagsausflügen an den Wannsee ein, regelmäßig begleitet von seiner Schwester Judith, damit alles seine Ordnung hatte. Doch die von seiner Mutter erhoffte Verlobung war bislang ausgeblieben. Stattdessen hatte Johannes nur zu deutlich gemerkt, dass er mit dem weiblichen Geschlecht nichts anzufangen wusste.

Vielleicht erweist sich das ja sogar als Vorteil meiner Einberufung, dachte er jetzt sarkastisch. Zumindest muss Mutter auf ihre beständigen Versuche verzichten, mich zu verheiraten.

Auf einmal ließen ihn Schreie und Flüche aus seinen trüben Gedanken aufschrecken. Nur wenige Meter vor ihm entwickelte sich gerade ein Tumult. Ein Mann riss einer schlanken Frau den Hut vom Kopf, worauf ihr schwarzes Haar sichtbar wurde. Zu Johannes' Empörung packte der Angreifer die Frau beim Schopf und schrie: »'ne Russin! Dit is 'ne Russin! Die will spionieren.«

Schon kamen zwei weitere Männer drohend auf die Frau zu. Johannes überlegte nicht lange und trat beherzt an ihre Seite.

»Was fällt Ihnen ein?!«, donnerte er den Mann an, der nun Anstalten machte, die Frau an ihren Haaren zu Boden zu zerren. Der Kerl kam ihm vage bekannt vor. »Lassen Sie die Frau sofort los! Sonst rufe ich einen Schutzmann!«

»Dit is 'ne russische Spionin!«, schrie der Bursche, ohne der Aufforderung Folge zu leisten.

In diesem Moment fiel Johannes' Blick auf das panische Gesicht der Frau. Er erkannte sie sofort.

»Sie machen sich strafbar!«, brüllte er den Mann an. »Das ist eine bekannte dänische Filmschauspielerin. Ihr Name ist Asta Nielsen.«

»Nie jehört!« Erst jetzt ließ der Kerl die Frau verblüfft los. Bevor sich Johannes bei der Dame entschuldigen konnte, raffte sie ihren Hut vom Boden auf und drängte sich durch die Umstehenden davon.

Als ihr Angreifer ihm das Profil zuwandte, fiel Johannes ein, wer der Mann war. »Sie kenne ich doch«, sprach er ihn an. »Ihr Name ist Wolters. Sie arbeiten als Verkäufer in der Herrenkonfektion des KaDeWe.«

Er holte tief Luft, um seinen Zorn zu bezwingen. »Frau Nielsen ist eine Stammkundin unseres Hauses. Ich werde Sie Ihrem Abteilungsleiter melden und dafür sorgen, dass Sie umgehend entlassen werden. Leute wie Sie haben im Kaufhaus des Westens nichts verloren. Sie sind eine Schande für unser Haus!«

Das Mienenspiel von Hermann Wolters wandelte sich rasch von anfänglichem Erschrecken zu einer höhnischen Grimasse. Er stellte sich breitbeinig vor Johannes auf und stemmte die Arme in die Hüften.

»Sie können mir jar nüscht, Herr Bergmann!« Auch er hatte Johannes also erkannt. »Ick rücke schon morgen een. Da, wo ick jetzt hingeh, hat een dreckiger Jud wie Sie zum Glück nüscht zu sagen.«

Damit drehte sich Hermann auf dem Absatz um und verschwand in der Menge.

## Bahnhof Zoologischer Garten in Berlin

### *Dienstag, 4. August 1914, am Nachmittag*

Vorsichtig steuerte Johannes Bergmann den weinrot lackierten Mercedes seines Vaters in eine Lücke vor dem Bahnhof Zoologischer Garten in Charlottenburg. Von hier aus würde ihn sein Zug in die Garnison nach Brandenburg bringen, wo er vor seinem ersten Fronteinsatz zunächst eine dreimonatige Ausbildung absolvieren sollte.

Als er den Motor ausschaltete, hörte er seine Mutter Rebekka in seinem Rücken erleichtert aufatmen. Rebekka fürchtete sich vor diesen neuartigen Automobilen und zog ihnen die allerdings seltener werdenden Pferdedroschken vor. Besonders fürchtete sie sich, wenn Johannes den Wagen steuerte. Aufgrund seiner jungen Jahre hielt sie ihn absurderweise für einen schlechteren Fahrer als ihren Ehemann Paul. Dabei hatten sowohl Paul als auch Johannes Bergmann den sogenannten Führerschein erfolgreich erworben, der im Deutschen Reich seit 1909 von allen Fahrern eines Automobils gefordert wurde.

In eine weitere Lücke steuerte Adolf Jandorf nun seinen Mercedes des gleichen Modells wie das der Bergmanns. Es unterschied sich von ihrem eigenen Automobil nur durch seine goldene Lackierung.

Auf der Rückbank von Jandorfs Mercedes saßen Harry und Judith. Harrys Mutter Margarete war nicht mitgekommen, um ihren Sohn zu verabschieden. Sie nahm Harry nach wie vor übel, dass er freiwillig zu den Fahnen geeilt war.

Harrys Zug war derselbe wie der von Johannes, würde ihn aber einige Stationen weiter in eine andere Garnison bringen, da sich Harry zur Kavallerie gemeldet hatte, während Johannes zur Infanterie einberufen worden war.

Auf dem ganzen Weg hierher waren ihre Fahrzeuge immer wieder von jubelnden Soldaten behindert worden, die, häufig mit ihren winkenden Liebchen am Arm, mitten auf der Straße marschierten und ebenfalls dem Bahnhof Zoo zustrebten. Ihre feldgrauen Uniformen und die Gewehre, die sie über der Schulter trugen, waren mit Blumen geschmückt und wiesen sie als bereits fertig ausgebildete Rekruten aus. Deshalb würden sie, anders als Harry und Johannes, gleich an die Westfront fahren.

Gerade als sich Johannes von dem mit rotem Leder bezogenen Fahrersitz hinter dem Lenkrad hinauszwängte, näherte sich eine Gruppe Soldaten, die im Gleichschritt marschierten und dabei Parolen skandierten: »Jeder Schuss ein Russ! Jeder Stoß ein Franzos! Jeder Tritt ein Britt!«

Tatsächlich würde sich auch Großbritannien ab Mitternacht mit Deutschland im Kriegszustand befinden. Dann lief das Londoner Ultimatum ab, das von Deutschland die Anerkennung der Neutralität Belgiens forderte und das der deutsche Kanzler Bethmann Hollweg bereits für unannehmbar erklärt hatte.

Im Bahnhof begaben sich die Familien Jandorf und Bergmann zu dem Bahnsteig, von dem Harrys und Johannes' Zug abfahren sollte. Genau gegenüber füllte sich gerade ein Zug mit Soldaten, die offensichtlich nach Frankreich aufbrechen sollten. Der Zug war über und über mit Sprüchen in weißer Farbe bemalt. Auch sie spiegelten die allgemeine Kriegseuphorie wider.

»Zum Frühstück auf nach Paris!« Judith las halblaut, was auf den Zugwaggons stand. »Auf Wiedersehen auf dem Boulevard!« Und daneben schon wieder der scheußliche Spruch: »Jeder Stoß ein Franzos!« Aus den offenen Zugtüren winkten Soldaten ihren Angehörigen und warfen ihnen Kusshändchen zu, manche auch über die Gleise in Judiths Richtung.

Jetzt fuhr mit einem lauten Signalton der Zug, mit dem Harry und Johannes abreisen würden, aus der Gegenrichtung in den Bahnhof ein und verdeckte die Sicht auf den Zug an die Westfront.

Als Erste schloss Rebekka Johannes fest in die Arme. »Ich hoffe, die Parolen dort drüben behalten recht und du bist bald unversehrt wieder daheim. Vielleicht musst du ja nicht einmal kämpfen, weil der Krieg schon vorbei ist, wenn du deine Ausbildung abgeschlossen hast.« Ihre Stimme klang belegt.

Auch Paul Bergmann umarmte seinen Sohn. »Pass auf dich auf«, raunte er ihm ins Ohr. »Riskiere dein Leben niemals unnötigerweise!« Offensichtlich wollte Paul nicht, dass Rebekka seine letzten Worte an Johannes hörte. Im Gegensatz zu seiner Frau hegte er nicht die geringste Hoffnung, dass dieser Krieg spätestens Weihnachten vorbei sein würde, eine Auffassung, die Johannes teilte.

Nun trat auch Adolf Jandorf auf Johannes zu und klopfte ihm auf die Schulter. »Mach es gut, mein Junge, und komm unbeschadet wieder zurück! Du weißt, das KaDeWe braucht Einkäufer wie dich.« Im privaten Kontext duzte er Johannes noch immer. Im KaDeWe siezte er ihn.

Nacheinander verabschiedeten sich die Bergmanns nun auch von Harry, den sein Vater bereits zuvor umarmt hatte. Als Letzte trat Judith auf ihn zu und reichte ihm die Hand. Dann geschah etwas Unerwartetes.

Mit Judiths Hand in der seinen sank Harry vor ihr auf die Knie. »Möchtest du mich heiraten, Judith, wenn ich wieder zu Hause bin?«

Später würde Judith sich klarmachen, dass Harry ihr seinen Antrag hauptsächlich aus theatralischen Gründen genau in diesem Augenblick gemacht hatte: Ein tapferer Soldat zog in einen gerechten Krieg und riskierte dabei sein Leben fürs Vaterland.

Jetzt war sie anfangs völlig verblüfft und danach tödlich verlegen. Ein rascher Blick in die Runde zeigte ihr, dass auch alle anderen Anwesenden überrascht von Harrys Antrag waren. Als Erstes verzogen sich Rebekkas Lippen zu einem zaghaften Lächeln. »Wie wunderbar!«, hauchte sie. »Wie romantisch, lieber Harry, dir ausgerechnet diesen Moment für deinen Antrag an Judith auszusuchen!«

Im Gegensatz zu seiner Frau blickte Paul Bergmann finster drein. Adolf Jandorf bemerkte dies. »Solltest du nicht erst einmal Judiths Vater um die Erlaubnis zu einer Hochzeit mit seiner Tochter bitten?«, mahnte er seinen Sohn.

Harry ließ sich nicht beirren. »Ich gehe davon aus, lieber Papa, dass der Vater meiner zukünftigen Frau mir seine Zustimmung in diesem besonderen Moment nicht verweigern wird.«

»Natürlich wird er das nicht tun, nicht wahr, lieber Paul?«, mischte Rebekka sich hastig ein. »Du bist doch von ganzem Herzen einverstanden?«, insistierte sie.

Aller Augen waren jetzt auf Paul Bergmann gerichtet, der schließlich widerstrebend nickte. »Wenn es auch Judiths Herzenswunsch ist, Harrys Antrag anzunehmen, werde ich dem Glück der beiden nicht im Wege stehen.«

Die ersten zukünftigen Rekruten, die mit ihnen am Bahnsteig standen, begannen einzusteigen. Die Zeit drängte.

»Nun zier dich nicht so und sag Ja, Judith!«, forderte Rebekka sie auf. »Lass diesen tapferen jungen Mann nicht ohne den Trost eurer Verlobung ins Feld ziehen!«

Ein Mann in Uniform, ihr Vater würde Judith später sagen, dass es ein Feldwebel war, winkte Johannes und Harry, ebenfalls einzusteigen. Doch Harry kniete weiterhin vor Judith und hielt ihre Hand umklammert.

»Nu machen Se schon, gnä's Fräulein!«, drängte nun auch der Uniformierte, der sich natürlich zusammenreimte, was da gerade geschah. »Se woll'n diesen jungen Mann doch nich mit 'ner Abfuhr ins Feld ziehen lassen! Dit wär ooch nich patriotisch!«

Alles in Judiths schrie innerlich Nein. Sie wollte Harry nicht heiraten, das spürte sie deutlicher denn je. Doch dem Druck der Erwartungen, nun auch von den Rekruten, die sich bereits im Zug befanden und sie aus den Fenstern beobachteten, hielt sie nicht stand.

»Ja, ich will deine Frau werden«, flüsterte sie mit blutleeren Lippen.

Harry sprang triumphierend auf und schwenkte seine Mütze. »Hurra!«, schrie er so laut, dass es über den ganzen Bahnsteig schallte. »Hurra!«, schlossen sich ihm einige der Rekruten an.

Dann drückte Harry Judith einen hastigen Kuss auf den Mund und bestieg den Zug. Noch völlig verwirrt von der Szene, die er gerade miterlebt hatte, folgte Johannes ihm nach.

Als die Bergmanns wenig später wieder in ihrem Automobil saßen, Judith auf dem Vordersitz an der Seite ihres Vaters, flüsterte sie Paul im Schutz des Motorenlärms ins Ohr: »Aber ich will ihn gar nicht heiraten, Papa!« Sie hoffte, dass ihre Mutter nichts mitbekam.

Ihr Vater zog grimmig die Augenbrauen zusammen. »Auf dem Bahnsteig dort blieb dir nichts anderes übrig, als erst einmal zuzustimmen. Doch solange ihr nicht verheiratet seid, kannst du ihm immer noch einen Korb geben.«

Etwas getröstet lehnte sich Judith in ihrem Sitz zurück. Und überrumpelt, wie sie sich fühlte, hoffte sie in diesem Moment sogar, dass der Krieg doch länger als bis Weihnachten dauern werde.

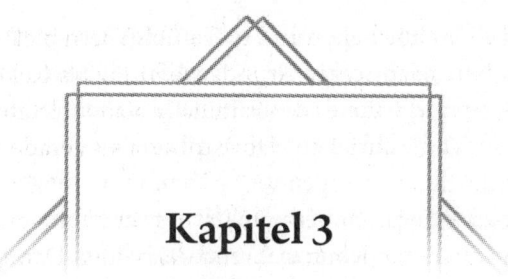

# Kapitel 3

## Meyers Hof im Wedding

### *Zweite Septemberwoche 1914*

Schon als Rieke und ihre Mutter Käthe, atemlos vom Treppensteigen in den dritten Stock und mit schweren Einkaufstaschen voller Lebensmittel beladen, den düsteren Flur zu ihrer Wohnung entlanghasteten, hörten sie Roberts Stimme durch die dünne Holztür ihrer Wohnküche.

Die beiden warfen sich einen Blick zu, der sowohl Erleichterung als auch Beunruhigung zum Ausdruck brachte. Hatte sich Robert heute nur deshalb zwei Stunden vor Arbeitsschluss freigenommen, wie einer seiner Kollegen ihnen erzählt hatte, um einen kleinen Bummel über den Kurfürstendamm zu machen und sich in einer der zahlreichen Gaststätten ein Bier zu genehmigen? Überstunden hatte er wahrlich genug angehäuft, seit über die Hälfte der Handwerker des KaDeWe eingerückt waren.

Normalerweise pflegte Robert nach Dienstschluss auf Käthe und Rieke zu warten, um mit ihnen gemeinsam nach Hause zu fahren. Käthes Dienst endete erst um neun Uhr abends, nachdem sie ihren Rundgang durch die Verkaufsräume abgeschlossen und die ihr untergebenen Putzfrauen, die noch bis Mitternacht zu tun haben würden, in ihre Aufgaben eingewiesen hatte.

Da sie bereits um sieben Uhr morgens begann, standen Käthe insgesamt viereinhalb Stunden Pause pro Tag zu. Im Lauf der

Jahre hatte sie sich angewöhnt, diese lange Pause am Stück zu nehmen. Nur selten ruhte sie sich in der kleinen Kammer im Souterrain aus, die ihr als Leiterin der Putzkolonne zur Verfügung stand. Viel häufiger fuhr sie zurück in die Ackerstraße, um ihren Haushalt zu besorgen und sich um ihre jüngere Tochter Sanni zu kümmern, wenn die aus der Schule kam.

Die zunehmend besseren Verkehrsverbindungen in Berlin hatten es ihr vor dem Krieg ermöglicht, in vergleichsweise kurzer Zeit hin- und zurückzufahren. Da sie außerdem über ein Monatsabonnement für den gesamten öffentlichen Nahverkehr verfügte, das Adolf Jandorf ihr nach wie vor finanzierte, entstanden Käthe dadurch auch keine zusätzlichen Fahrtkosten.

Doch schon in den ersten Wochen nach Kriegsbeginn waren viele Omnibus- und Straßenbahnlinien in ihren Fahrzeiten reduziert oder sogar ganz eingestellt worden. Denn Busse und Personal wurden an der Front gebraucht. Mittlerweile lohnte es sich kaum mehr für Käthe, ihre Mittagspause daheim zu verbringen.

Wenigstens ihre Einkäufe versuchte sie, tagsüber zu erledigen. Dabei kam es ihr natürlich zupass, dass das KaDeWe wie alle großen Warenhäuser seinen Angestellten Rabatte für Lebensmittel gewährte, die für den allgemeinen Verkauf nicht mehr geeignet waren. Auch heute hatte Käthe einen Teil ihrer Pause genutzt, um verbilligte Lebensmittel einzukaufen. Und deshalb natürlich gehofft, Robert werde beim Tragen helfen.

Zum Glück konnte Käthe zumindest auf Riekes Hilfe zählen. Denn die hatte sich angewöhnt, freiwillig in der Damenkonfektion aufzuräumen, wenn das KaDeWe um acht Uhr abends schloss. Eigentlich hätte sie sich bei dieser Aufgabe mit den beiden anderen Lehrmädchen der Abteilung abwechseln sollen. Doch Rieke hatte sich erboten, diese Pflicht dauerhaft zu übernehmen.

Einerseits hoffte sie, sich durch ihren Fleiß bei der Aufsichtsdame und dem Abteilungsleiter besonders hervorzutun. Rieke wollte alles daransetzen, um auch nach ihrer sechsmonatigen Probezeit als Lehrmädchen weiter im KaDeWe beschäftigt zu werden. Andererseits ermöglichte ihr die freiwillige Verlängerung ihrer Arbeitszeit, den Heimweg gemeinsam mit ihrer Mutter anzutreten.

Denn im beginnenden Herbst wurde es immer früher dunkel. Und im Schutz dieser Dunkelheit gab es zunehmend Übergriffe auf unbegleitete Frauen. Das war auch schon vor Beginn des Kriegs so gewesen, hatte sich nach Ansicht vieler Frauen jedoch in jüngster Zeit gesteigert, obwohl die Zeitungen solche Gerüchte empört zurückwiesen. Doch in Meyers Hof erzählten Frauen jeden Alters, sie seien von zukünftigen Rekruten angepöbelt worden, die sich offensichtlich das Recht herausnahmen, Frauen zu belästigen und ihnen im schlimmsten Fall sogar Gewalt anzutun. Gerechtfertigt wurde dies von den Grobianen mit dem Hinweis, sie würden ja bald ihr Leben fürs Vaterland riskieren. Und da sei es geradezu die patriotische Pflicht von Frauen und Mädchen, ihnen den Abschied von der Heimat ein wenig zu versüßen.

Normalerweise schloss sich deshalb auch Robert seiner Mutter und seiner Schwester auf dem Heimweg an. Zumindest gab er ihnen Bescheid, wenn er sie nicht begleiten würde, weil er mit einem Kumpel noch irgendwo ein Bier trinken wollte. Das hatte er heute jedoch unterlassen, obwohl Käthe Robert sogar noch am späten Nachmittag in der Personalkantine begegnet war.

Voll banger Vorahnungen folgte Rieke ihrer Mutter nun in die Wohnküche. Ihr Vater Otto und Robert saßen einander gegenüber am Küchentisch. Vor beiden stand je eine Flasche Bier, in der Mitte des Tischs zusätzlich billiger Branntwein. An Ottos bereits glasigem Blick erkannte Rieke, dass er wie üblich angetrunken war.

Doch es war die inzwischen dreizehnjährige Sanni, die Riekes und Käthes schlimmste Befürchtungen als Erste bestätigte. Auch sie saß mit am Tisch und hielt nun nach der kurzen Begrüßung triumphierend ein geflochtenes Armband in die Höhe.

»Kiek mal, Mutter! Dit jeb ick dem Robert mit ins Felde!«, rief sie. »So wat bringt Glück!« Sanni hatte aus Garnresten, die aus der ehemaligen Topflappenproduktion übrig geblieben waren, einen schmalen Strang in den Nationalfarben Schwarz, Weiß und Rot geflochten.

Rieke sank das Herz in die Schuhe. »Hast du dich etwa doch freiwillig gemeldet, Robert?«, flüsterte sie. Kraftlos lehnte sie sich an den Küchenschrank.

Anders als sie reagierte ihre Mutter wütend, als Robert grinsend nickte. Mit erhobenem Arm stürzte sie auf ihn zu, um ihn zu ohrfeigen. »Du ausgekochter Schuft, du Verräter!«, schrie sie ihn an. »Du hast versprochen, die Lehre als Tischler fertig zu machen! Wie willste dit jetz noch hinkriegen?«

Rasch sprang Robert auf und fing Käthes Hand ab. »Beruhige dir, Mutter! Ick erklär's dir!«

Obwohl Käthe keine Anstalten machte, ihm zuzuhören, sondern sich stattdessen aus seinem Griff zu befreien versuchte, fuhr Robert hastig fort.

»Den janzen Tag ham se mir in der Werkstatt jehänselt!«, schrie nun auch er. »'nen Feigling hamm se mir jenannt, weil ick mir noch nich freiwillig jemeldet hab. Und der Peter is ooch nich da, der mir immer jeholfen hat. Wer weeß, ob ick die Prüfungen überhaupt bestanden hätt!«

Als hätte sie plötzlich alle Kraft verlassen, sank Käthe erschöpft auf den einzigen freien Stuhl am Tisch.

»Wie kannste mir dit antun, Robert?«, flüsterte sie. »Wo et mir so viel Mühe jekostet hat, dir im KaDeWe überhaupt unterzubringen.« In ihrer Erregung verfiel sie seit Langem wieder in den Dialekt, obwohl sie sich Rieke zuliebe sonst um ein gutes Hochdeutsch bemühte.

Jetzt mischte sich Otto ein. »Nu hab dir mal nich so,

Weib!« Seine Stimme klang bereits verwaschen. »Anstatt dass de hier rumkeifst, kannste stolz uff unsern Sohn sein. Der kommt schon in paar Wochen wie'n siegreicher Held zurück. Und dann kannste diese dämliche Lehre immer noch fertig machen«, wandte er sich an Robert. »Mit Kusshand nehmen sie dir wieder in dem schnieken KaDeWe.«

Zwar hielt Rieke, die der Auseinandersetzung in Schockstarre folgte, dies einerseits tatsächlich aufgrund der allgemeinen Tendenz zur Verklärung der eingerückten Soldaten für möglich. Andererseits hatte sie erst vor wenigen Tagen ungewollt ein Gespräch zwischen zwei Abteilungsleitern im KaDeWe mitgehört. Angeblich war der Plan mit dem komischen Namen bereits gescheitert, und die deutschen Truppen hatten sogar eine wichtige Schlacht in Frankreich verloren und sich zurückgezogen. Ob das stimmte oder nur eines der vielen Gerüchte war, die beständig in Berlin umliefen, konnte sie nicht beurteilen.

Allerdings entfachte Ottos Widerrede zu ihrem Entsetzen Käthes Zorn aufs Neue. »Halt du nur die Fresse!«, fuhr sie Otto an. »Wenn du 'ne anständije Arbeit hättst und nich den janzen Tag saufen tätst, müsst ick mir nich so viele Sorjen um Robert machen, wenn er später keen ordentlichen Beruf hat.«

In Ottos Augen trat ein gefährlicher Glanz, den Rieke bereits kannte. Doch Käthe bemerkte ihn entweder nicht oder war nun nicht mehr zu bremsen. »Und nu quatschste blöde vom Heldentum rum! Aber dit is ja ooch keen Wunder! Selber biste nämlich een jämmerlicher Versager!«

Erstaunlich schnell für seinen angetrunkenen Zustand sprang Otto auf. Schon im nächsten Moment knallte seine rechte Faust mit solcher Wucht in Käthes Gesicht, dass sie samt ihrem Stuhl umfiel und sich dabei hart den Hinterkopf am Spülstein anschlug. Benommen blieb sie liegen.

»Dit lass ick mir von der Schlampe nich bieten!«, brüllte Otto und machte Anstalten, auf Käthe einzutreten. Während

Sanni laut zu weinen begann und Rieke vor Schreck kein Glied rühren konnte, stieß Robert seinen Vater mit voller Wucht zurück. »Schluss jetz!«, brüllte er. »Ick rücke schon morjen een! Hört mit dem Firlefanz uff, dit bringt Unglück!«

Wie recht Robert am Ende behalten sollte, konnte Rieke in diesem Moment noch nicht ahnen. Käthes Wange färbte sich jedenfalls rasch dunkelblau und schwoll so stark an, dass sie sich zum ersten Mal seit dem Beginn ihrer Tätigkeit im KaDeWe eine volle Woche lang krankmelden musste.

## Neubau der Sozialen Frauenschule in Schöneberg

### Montag, 5. Oktober 1914

Erwartungsvoll betrat Judith an der Seite ihrer Mutter Rebekka die Aula des erst vor wenigen Tagen eingeweihten Neubaus der Sozialen Frauenschule von Alice Salomon. Heute war ihr erster Schultag.

Wie der vorige Schulstandort befand sich auch der Neubau im wohlhabenden Vorort Schöneberg. Dass der erst 1908 eröffneten Schule ein solcher Erfolg beschieden war, dass man schon wenige Jahre später ein eigenes Gebäude errichten konnte, unter anderem finanziert aus den Überschüssen des Schulgelds, beeindruckte selbst Judiths bislang eher skeptische Mutter Rebekka.

Während weitere neue Schülerinnen mit ihren Müttern hereinströmten, sah Judith sich in der Aula um. Die Stuhlreihen und das Rednerpult bestanden aus hellem Holz, was dem Raum, gemeinsam mit den großen Fenstern, ein freundliches, ansprechendes Aussehen verlieh. Es wurde noch verstärkt durch die Bilder an den Wänden, die Blumen-Stillleben und ländliche Szenen zeigten.

Der Saal füllte sich zunehmend. Schließlich wartete man nur

noch auf die Schulleiterin, Dr. Alice Salomon. Judith kannte die Gründerin der ersten Sozialen Frauenschule im Deutschen Reich bislang noch nicht persönlich. Ihr Vorstellungsgespräch im vergangenen Mai hatte sie bei einer der weiblichen Lehrkräfte absolviert, da Alice Salomon, die sich auch national und international im Vorstand des Bunds Deutscher Frauenvereine engagierte, damals gerade auf Reisen gewesen war.

Erst später erfuhr Judith, dass ihre Aufnahme in die Soziale Frauenschule keineswegs so selbstverständlich gewesen war, wie sie ursprünglich gedacht hatte. Denn von den über sechzig Bewerberinnen für die Unterstufe, wie man das erste Schuljahr hier nannte, waren mit dreißig jungen Frauen und Mädchen weniger als die Hälfte angenommen worden.

Natürlich hatte auch Judiths gutes Abschlusszeugnis im Mädchenlyzeum eine Rolle bei ihrem Erfolg gespielt. Doch die Schule begründete ihre Zusage, die im Lauf des Frühsommers eintraf, zum einen mit Judiths sympathischer Ausstrahlung, zum anderen mit ihrem lebhaften Interesse an der Sozialfürsorge, das sie in ihrem Vorstellungsgespräch zum Ausdruck gebracht habe.

Inzwischen teilten einige ältere Mädchen, wahrscheinlich Schülerinnen der oberen Klassen, Papierbögen an die Neuankömmlinge aus. Ein rascher Blick auf den Inhalt zeigte Judith, dass man darin ankreuzen oder in ein freies Feld eintragen sollte, für welche praktischen Tätigkeiten bei der Kinderbetreuung, dem Praxisthema der Unterstufe, man sich besonders interessieren würde.

Judith überlegte nur kurz, bevor sie einen kühnen Vorschlag in das freie Feld schrieb. Sie wusste, dass er ihrer Mutter wahrscheinlich nicht gefallen würde, und verdeckte ihn daher mit der Hand. Zum Glück wurden die Fragebögen schon bald wieder eingesammelt.

Jetzt betrat Alice Salomon den Raum, trat ans Rednerpult und ordnete ihre Unterlagen. Judith betrachtete sie dabei. Im echten Leben wirkte Frau Salomon keineswegs so Ehrfurcht gebietend und unnahbar wie auf der Porträtfotografie, die im Eingangsbereich der Schule hing.

Alice war für eine Frau relativ groß und von schlanker Gestalt. Ihre hellbraunen Haare trug sie rechts gescheitelt, über den Ohren locker gefasst und am Hinterkopf zu einer losen Nackenrolle zusammengebunden. Das Gesicht mit den schmalen Lippen und der auffällig großen Nase war nicht im klassischen Sinne schön zu nennen. Doch die ausdrucksvollen graublauen Augen, mit denen Alice nun über die Reihen im Saal blickte, verliehen ihm einen ganz eigenen Reiz.

Frau Salomon trug ein schlicht geschnittenes dunkelblaues Samtkleid, dessen einziger Zierrat ein großer Spitzenkragen war. Nach und nach würde Judith feststellen, dass Alice Salomon solche Kragen liebte und viele ihrer Kleider damit schmückte.

Im Vorfeld der heutigen Veranstaltung hatte Judith im *Berliner Tageblatt*, das ihr Vater abonniert hatte, einen Artikel über Alice Salomons Werdegang gelesen, der anlässlich des Neubaus der Sozialen Frauenschule veröffentlicht worden war. Alice war heute zweiundvierzig Jahre alt und unverheiratet geblieben, Letzteres laut *Tageblatt* zum großen Bedauern ihrer großbürgerlichen jüdischen Familie. Alices Mutter hatte der Tochter ursprünglich sogar jede Berufstätigkeit verboten, hieß es in dem Beitrag.

Doch Alice widersetzte sich mit der Zeit nicht nur erfolgreich den Wünschen ihrer Mutter. Obwohl sie kein reguläres Abitur gemacht hatte, gelang es ihr, ein Hochschulstudium an der philosophischen Fakultät der Friedrich-Wilhelm-Universität zu absolvieren. Im Jahr 1906 promovierte sie dort sogar als eine der ersten deutschen Frauen. Dies war zwei Jahre vor der Reform der preußischen Mädchen- und Frauenbildung, die es Mitgliedern des weiblichen Geschlechts per Gesetz erlaubte, sich an einer Universität zu immatrikulieren.

Alice Salomons beeindruckende Karriere bestärkte Judith daher noch einmal in ihrem Wunsch, anstatt des vierjährigen Lehrerinnenseminars die dreijährige Ausbildung an der Sozialen Frauenschule zu absolvieren.

Zwar berechtigte der erfolgreiche Abschluss des Lehrerinnenseminars seit 1913 unmittelbar zum Studium an einer Hochschule. Doch als sich Judith in den letzten Monaten am Mädchenlyzeum mit ihrer beruflichen Zukunft beschäftigt hatte, war ihr diese Laufbahn weit weniger interessant erschienen als die Ausbildung an der Frauenschule. Schon damals hoffte sie, nach dem erfolgreichen Abschluss über einen Status als Gasthörerin schließlich auch zu einem Studienplatz zu kommen. Nachdem sie nun wusste, dass Alice Salomon dies bereits geschafft hatte, als den meisten Frauen der Zugang zu einer Universität noch verwehrt war, stimmte sie das erst recht optimistisch.

Nun räusperte sich Alice Salomon und hob die Hand. Sofort erstarb jedes Geräusch im Raum, aller Augen richteten sich auf das Rednerpult.

»Gesegnet, wer seine Arbeit gefunden hat!«, begann Salomon ihre Rede mit wohltönender Stimme. Mit diesem Satz schien sie viele ihrer Ansprachen zu beginnen. Denn Judith kannte ihn aus dem Artikel im *Berliner Tageblatt*.

»Dieses Wort enthält im Grunde alles, was ich unseren Schülerinnen in dieser feierlichen Stunde sagen kann«, fuhr Alice fort. »Zweck und Ziel unserer Schule und all die guten Wünsche, die wir für unsere Entwicklung hegen.«

Dann erläuterte Salomon den Unterschied zwischen erfüllender Arbeit und bloßer Beschäftigung zum Zeitvertreib.

Nachdem sie den interkonfessionellen Charakter der Schule betont hatte, an der katholische, protestantische und jüdische Schülerinnen gleichermaßen willkommen waren, ging die Schulleiterin auf den Inhalt der Unterstufe ein. Nach Salomons Ausführungen sollten in diesem Schuljahr die Grundlagen für die Ausbildung von besoldeten und ehrenamtlichen Kräften in der sozialen Arbeit geschaffen werden.

Im Mittelpunkt würden Fächer wie Erziehungslehre, Bürgerkunde, Hygiene sowie die praktische Arbeit im Kindergarten und der Kinderpflege stehen, führte Salomon weiter aus. Für den letzten Aspekt interessierte sich Judith besonders.

Während Salomon im Anschluss kursorisch die Inhalte der Oberstufe, wie das zweite Schuljahr genannt wurde, erläuterte, ließ Judith ihre Gedanken schweifen. Wie würde die Schulleitung wohl auf ihren Vorschlag einer praktischen Tätigkeit in ihrem ersten Schuljahr reagieren? Hatten möglicherweise auch andere Schülerinnen denselben Wunsch geäußert? Sicherlich gab es auch weitere Jüdinnen unter ihnen, die auf diese Idee gekommen waren.

Erst als Salomon das dritte Schuljahr in Form des Praktikantenjahrs erwähnte, in dem die erworbenen Kenntnisse und Fähigkeiten durch selbstständige Arbeit im sozialen Bereich verfestigt und vertieft werden sollten, hörte Judith wieder aufmerksam zu. Auf diesen letzten Teil ihrer Ausbildung freute sie sich am meisten.

Dem lang anhaltenden Applaus nach dem Ende der Rede folgte zum Abschluss der Veranstaltung die Einladung zu einem Imbiss mit Kuchen, Kaffee oder Tee. Deswegen hatte man in der Zwischenzeit ein Büfett in der Eingangshalle aufgebaut. Judith ließ sich gerade ein Stück Sahnetorte auf ihren Teller legen, als eine der älteren Schülerinnen, die die Fragebögen verteilt und wieder eingesammelt hatten, ihr auf die Schulter tippte.

»Bist du Judith Bergmann?«, versicherte sie sich zunächst. Um danach auf Judiths erstauntes Nicken hin fortzufahren: »Dann bittet dich Frau Dr. Salomon, in Begleitung deiner Mutter kurz in ihr Kontor zu kommen.«

Wenig später saßen Judith, Rebekka und Alice Salomon rund um einen kleinen, mit einer gehäkelten Decke belegten Tisch im Arbeitszimmer der Schulleiterin. Nach der kurzen Begrüßung und dem Angebot eines weiteren Getränks, das sowohl Judith als auch ihre Mutter ablehnten, musterte Alice Judith aufmerksam.

Aus der Nähe erkannte Judith die feinen Fältchen, die sich um Alices Augen und Mundwinkel gebildet hatten. Ihren Blick empfand sie als noch intensiver als vom Rednerpult aus.

Nach kurzer Zeit zog Alice den Fragebogen heran, der vor ihr auf dem Tisch lag. »Liebe Judith«, begann sie. »Du hast für deine erste praktische Tätigkeit im Rahmen der Unterstufe einen sehr außergewöhnlichen Wunsch geäußert. Warum möchtest du dich ausgerechnet im Scheunenviertel für die Kinderfürsorge engagieren?«

Judith hörte, wie Rebekka scharf die Luft einzog. Offensichtlich wollte ihre Mutter gerade selbst auf Alice Salomons Frage antworten, als diese sie durch eine Handbewegung zu schweigen bat. »Bitte lassen Sie mich zuerst hören, warum Ihre Tochter als Einzige der gesamten Gruppe diese ungewöhnliche Bitte geäußert hat.«

Judith holte tief Luft, bevor sie antwortete. Dass ihr Eintrag in den Fragebogen eine solche Wirkung zeitigen würde, hatte sie nicht erwartet. Dennoch spürte sie ganz genau, dass sie an ihrem Vorhaben festhalten wollte.

»Das Scheunenviertel ist einer der ärmsten Stadtteile in ganz Berlin. Dort leben vor allem viele jüdische Familien, die vor Pogromen aus Osteuropa nach Deutschland geflüchtet sind, in bitterster Armut. Sie bestreiten ihren Lebensunterhalt erbärmlich in Heimarbeit, meistens durch die Herstellung von Zigaretten, und wohnen mit ihren oft großen Familien auf engstem Raum.«

Alices Gesicht blieb unbewegt, während sie Judiths Ausführungen lauschte. »Woher weißt du das, Kind?«, fragte sie sanft.

»Ich habe es in der Zeitschrift *Vorwärts* gelesen«, antwortete Judith mit einem Anflug von Trotz. Ein rascher Seitenblick auf ihre Mutter zeigte ihr, dass deren Mund vor Empörung offen stand. Der *Vorwärts* war die Zeitung der Sozialdemokraten.

»Woher ... woher hast du solch ein Blatt?«, stammelte Rebekka, nachdem sie sich wieder etwas gefasst hatte.

»Ich habe es in einem Papierkorb gefunden«, antwortete Judith wahrheitsgemäß, verschwieg dabei jedoch, dass dieser Papierkorb im heimischen Dienstbotenzimmer gestanden hatte.

»Du ... du wühlst im Abfall?« Nun mischte sich ein hysterischer Unterton in Rebekkas Stimme. »Was ... was soll deine Schulleiterin denn jetzt von dir halten?«

»Das lassen Sie bitte meine Sorge sein, Frau Bergmann!« Alices Stimme klang ebenso konziliant wie bestimmt. »Denn meine Frage hast du, liebe Judith, noch nicht vollständig beantwortet. Warum möchtest du dich ausgerechnet für die Ärmsten der Armen einsetzen?«

»Weil ihnen sonst niemand beisteht«, antwortete Judith mit dem Mut der Verzweiflung. »So steht es zumindest im *Vorwärts*. Durch den Krieg fehlen im Scheunenviertel jetzt überall die Männer, die zu den Waffen gerufen wurden. Und die Mütter erhalten als Ersatz für den Verdienst der Familienväter nur neun Mark im Monat und weitere vier Mark für jedes Kind. Zu wenig zum Leben, zu viel zum Sterben. Die Frauen müssen also den ganzen Tag einer Arbeit nachgehen, entweder in Heimarbeit oder in einer Fabrik. Und haben daher keine Sekunde lang Zeit, sich um ihre Kinder zu kümmern. Die aus diesem Grund völlig verwahrlosen.«

Alice Salomon nickte bedrückt. »Leider hast du recht, Judith.«

Dadurch ermutigt fuhr Judith fort. »Sie lehren, dass Wohltätigkeit eine erfüllende Aufgabe ist, Frau Dr. Salomon. Wo könnte man also besser wahre Armenfürsorge leisten als im Scheunenviertel?«

»Auch damit hast du recht, Judith«, bestätigte Alice erneut.

»Aber ... aber Sie wissen doch, was sonst noch im Scheunenviertel geschieht!« Nun klang Rebekkas Stimme schrill. »Das ist beim besten Willen keine Umgebung für ein junges unschuldiges Mädchen!«

Rebekka spielte darauf an, dass sich auch allerlei lichtscheues Gesindel im Scheunenviertel herumtrieb. Zudem galt der Stadtteil als eine Hochburg der Prostitution.

»Auch das stimmt«, betonte Alice Salomon, ohne vor Judith Rebekkas Andeutungen zu konkretisieren. »Aus diesem Grund ist es selbstverständlich völlig ausgeschlossen, dass junge Mädchen ohne Aufsicht im Scheunenviertel tätig werden.«

Während die Enttäuschung Judith die Kehle zuschnürte, atmete ihre Mutter hörbar auf. »Also halten Sie den Wunsch meiner Tochter ebenfalls für absurd?«

Alice Salomon schüttelte den Kopf. »In der Sache hat Judith recht. Dort, wo die Not am größten ist, ist Hilfe am nötigsten. In der Tat richtet der Nationale Frauendienst gerade eine Reihe von Kindergärten in Berlin ein, um die Sprösslinge erwerbstätiger Mütter tagsüber betreuen zu können.« Nun fixierte Alice Salomon Rebekka Bergmann. »Man plant dies auch für das Scheunenviertel.«

Rebekka schluckte. »Und ... und was wollen Sie damit andeuten, Frau Dr. Salomon, wenn ich fragen darf?«

Die Schulleiterin reagierte mit einer überraschenden Gegenfrage: »In welcher Kommission des Nationalen Frauendiensts sind Sie denn im Augenblick schon aktiv, Frau Bergmann?«

Rebekka errötete bis zu den Haarwurzeln. Judith spürte einen Anflug von Schadenfreude. Obwohl der Nationale Frauendienst überall als Pendant zum Kriegsdienst der Männer propagiert wurde, war es Rebekka Bergmann bislang gelungen, sich vor einem solchen Engagement zu drücken.

»Ich ... ich habe mich noch nicht entschieden«, stammelte sie erneut.

Alice Salomon lächelte wissend. »Nun, dann wäre doch jetzt eine gute Gelegenheit für Sie, gleich zwei Fliegen mit einer Klappe zu schlagen. Sie treten der Kommission für die Kinderfürsorge bei, liebe Frau Bergmann, und engagieren sich für den Aufbau und den späteren Unterhalt von kostenlosen Kindergärten im Scheunenviertel. Natürlich nur in den Regionen des Stadtteils, die als einigermaßen respektabel gelten«, kam Alice Rebekkas Protest zuvor. »Sie wissen doch, dass die Stadt Berlin schon vor Jahren einige Gassen abreißen und wieder neu aufbauen ließ. Dort haben wir bereits zwei Gebäude im Auge, die wir für geeignet erachten.«

Rebekka focht einen inneren Kampf mit sich aus. »Warum muss es denn ausgerechnet das Scheunenviertel sein, für das Judith und ich uns einsetzen sollen?«

Nun verhärteten sich Salomons bislang freundliche Gesichtszüge. »Weil Sie Jüdinnen sind, Frau Bergmann«, sagte sie offen. »Viele andere Damen aus der sogenannten guten Gesellschaft sind sich leider zu fein dazu, in einem überwiegend von Juden bewohnten Viertel wohltätig zu werden. Ich werde mich übrigens auch selbst in dieser Kommission engagieren«, kündigte Alice Salomon abschließend an. Dann richtete sie ihren Blick wieder auf Judith.

»Und wenn es dir ein Anliegen ist, meine Liebe, kann ich dich sogar selbst in die praktische Arbeit einweisen, sofern es meine knappe Zeit erlaubt. Schließlich habe ich meine eigene Tätigkeit in der Sozialfürsorge vor vielen Jahren ebenfalls in einem Kinderhort begonnen.«

# In der Umgebung der belgischen Stadt Ypern

## 9. November 1914

»Kiek mal, Peter! Da kommt dit nächste Kanonenfutter!«

Hermann zeigte mit dem ausgestreckten Zeigefinger auf eine Gruppe neuer Rekruten, die im Gleichschritt heranmarschierten. Schon von Weitem hörte man sie singen.

»Das ist das Deutschlandlied«, sagte Peter bedrückt. »Es scheinen tatsächlich wieder Freiwillige zu sein, die nicht die geringste Ahnung haben, was sie hier erwartet.«

Hermann rümpfte die Nase. »Willste wirklich jetz dauernd so jeschwollen reden?«

Peter nickte. »Nicht jeder Verwundete versteht unseren Berliner Dialekt. Das haben wir beide doch in den letzten Wochen immer wieder gemerkt.«

Dass Peter mit seiner Ausdrucksweise in Hochdeutsch auch die Erinnerung an Rieke aufrechterhielt, verschwieg er Hermann natürlich. Der galt ja noch immer als Riekes Verlobter, obwohl Peter mittlerweile nicht mehr damit rechnete, dass Hermann sie nach dem Ende des Kriegs wirklich heiraten wollte. Dazu hatte er nach seinem Geschmack schon zu häufig die Gutscheine benutzt, die für die Feldbordelle in der Etappe ausgegeben wurden.

Zwar missbilligte Peter Hermanns Verhalten zutiefst, er hegte jedoch wieder die zarte Hoffnung, dass es eines Tages mit Rieke und ihm selbst doch noch etwas werden könnte. Sofern dieser furchtbare Krieg irgendwann aufhörte und er mit heilen Gliedern nach Hause käme.

Vorläufig musste er sich allerdings mit Hermann wohl oder übel arrangieren. Dessen Kriegseuphorie hatte sich während der verlustreichen Schlachten der vergangenen Monate recht schnell in Ernüchterung verwandelt. Doch auch Peter selbst hatte niemals damit gerechnet, schon nach kurzer Zeit einem solchen Grauen ausgesetzt zu sein, wie er es seit Kriegsbeginn erlebte.

Schon am 9. September war der hochgelobte Schlieffen-Plan gescheitert. Den deutschen Armeen war es nicht gelungen, den französischen Gegner einzukreisen, geschweige denn dessen Hauptstadt Paris zu erobern. Stattdessen hatte es eine verlust-reiche Schlacht an der Marne gegeben mit dem Ergebnis, dass sich die deutschen Truppen sogar bis zum Fluss Aisne zurück-gezogen hatten.

Spätestens seit dieser Schlacht hatten es die Deutschen nicht nur mit den französischen, sondern auch mit den britischen Truppen zu tun. Die bestanden größtenteils aus erfahrenen Be-rufssoldaten. Versuche, dieses britische Expeditionskorps von seinen Versorgungslinien entlang der Kanalküste abzuschnei-den, waren bislang erfolglos geblieben. Zumal schon bei die-sen Kämpfen junge, unerfahrene deutsche Soldaten gegen die kampferprobten britischen Truppen eingesetzt worden waren und dabei massenhaft ihr Leben umsonst opferten.

Nun hatten sich die gegnerischen Heere rund um die belgi-sche Stadt Ypern in Flandern eingegraben, um ...? Ja, warum eigentlich? Peter hätte diese Frage gar nicht mehr genau beant-worten können.

Angesichts der riesigen Verluste, die die deutschen Truppen bislang erlitten hatten, war ihm dies mittlerweile auch völlig egal. Hier ging es nur noch ums Überleben. Zumal die veraltete Kolonnenstrategie vieler Offiziere, die noch aus dem deutsch-französischen Krieg von 1870/71 stammte und schon damals viele Todesopfer gefordert hatte, verheerend war: Aufrecht und mit aufgepflanztem Bajonett stürmte Kompanie um Kom-panie deutscher Soldaten auf den Befehl ihrer Offiziere gerade-wegs ins feindliche Feuer.

Darunter waren besonders viele teilweise blutjunge Freiwil-lige. Schüler und Studenten, die jüngsten erst fünfzehn Jahre alt, deren höchstens achtwöchige Ausbildung ebenfalls von

Offizieren durchgeführt worden war, deren aktive Zeit schon Jahrzehnte zurücklag. Doch durch die verlustreichen Kämpfe brauchte man jeden jungen kräftigen Offizier an der Front und griff daher in der Heimat auf schon jahrelang pensionierte Ausbilder zurück, die die ahnungslosen Rekruten auf ihren Einsatz im Feld vorbereiten sollten.

Während Peter Tag um Tag damit rechnete, schwer verletzt oder sogar getötet zu werden, kam Hermann die rettende Idee. Nachdem seine und Peters Kompanie bereits nach den ersten Tagen der Flandernschlacht, die vor ungefähr drei Wochen entbrannt war, auf ein Drittel ihrer ursprünglichen Größe zusammengeschrumpft war, meldete er sich spontan als Krankenträger und animierte Peter, es ihm gleichzutun.

Denn auch das Sanitätswesen des deutschen Heers hatte mit einer kurzen Kriegsdauer gerechnet und war vor allem auf eine solch hohe Anzahl zum Teil Schwerstverwundeter, wie sie seit den ersten Kriegstagen anfiel, nicht vorbereitet. Es fehlte an Ärzten, Pflegern und Krankenschwestern sowie an Hilfspersonal aller Art.

Krankenträger waren von allen Gruppen im Sanitätsdienst zwar noch immer am meisten gefährdet. Denn sie hatten die Aufgabe, die Verwundeten inmitten des Kampfgeschehens von den Schlachtfeldern zu bergen, aus der unmittelbaren Gefahrenzone zu bringen und ihnen notdürftig Erste Hilfe zu leisten, bevor man sie zum nächsten Hauptverbandsplatz transportierte.

Natürlich schützten weder die Fahne mit dem Roten Kreuz noch die entsprechende Armbinde davor, von einem Artilleriegeschoss zerfetzt zu werden, das der Feind viele hundert Meter entfernt auf die deutschen Stellungen schoss. Aber zumindest im Nahkampf war die Wahrscheinlichkeit, von einem Scharfschützen oder durch eine gezielt geworfene Handgranate getötet zu werden, für Krankenträger weitaus geringer als für normale Soldaten. In den wenigen Artilleriefeuerpausen bargen beide Seiten sogar in stillschweigender Übereinkunft, die Waffen derweil ruhen zu lassen, ihre Toten und Verwundeten.

Nach nur einem Tag Schnellkursus in Erster Hilfe hatten Hermann und Peter ihre Ausrüstung erhalten und ihren ersten Einsatz absolviert. Mit dem Sanitätsdiensttornister, »Affe« genannt, auf dem Rücken und einer zusammenklappbaren Trage, die sie hinter sich her schleiften, krochen sie durch Schlamm, Granattrichter und zerschossene Gräben, um ihrer neuen Aufgabe nachzukommen. Bis auf einen durch einen Einschlag aufgeschleuderten Stein, der Peter hart am Arm getroffen und einen mächtigen blauen Fleck hinterlassen hatte, war ihnen seither tatsächlich körperlich nichts passiert.

Doch psychisch konnte Peter den Anblick der grauenhaft zerfetzten Leiber, mit denen er nun ununterbrochen konfrontiert war, kaum ertragen. Jede Nacht, die er überhaupt schlafen konnte, quälten ihn Albträume. Besonders seit viele dieser unbedarften Halbwüchsigen oft schon am ersten Tag ihres Einsatzes fielen oder schwer verwundet wurden. Immer wieder starben sie ihnen unter den Händen weg, bevor sie überhaupt aus der Schusslinie gelangten.

Ob Hermann die Tätigkeit als Krankenträger genauso schwer zu schaffen machte wie ihm selbst, wusste Peter nicht. Wenn es der Fall war, verbarg der es jedenfalls erfolgreich hinter Sarkasmus und schlechten Witzen.

Nun marschierten die neuen Rekruten an Hermann und Peter vorbei. Wie es Peter befürchtet hatte, waren es überwiegend Jugendliche. Viele hatten noch nicht einmal einen Bartflaum auf Oberlippe und Kinn. Ganze Gymnasialklassen waren bereits gefallen, weil ihre durch Patriotismus verblendeten Lehrer sie dazu motiviert hatten, in den Krieg zu ziehen, anstatt das Abitur abzulegen.

»Da loofen sie, die Spinner!«, wiederholte Hermann seine abfällige Bemerkung. Plötzlich erkannte Peter ein bekanntes Gesicht und erschrak bis ins Mark.

»Hermann, kiek! Dit … dit is doch der Robert!« Wenn er aufgeregt war, fiel Peter doch noch ab und zu in den Dialekt zurück. Auf dem Schlachtfeld war es ihm allerdings nie wieder passiert, seitdem ein schwer verwundeter Soldat ihn nicht verstanden hatte, als er ihn zu trösten und zu beruhigen versuchte.

»Recht haste!«, bestätigte Hermann und winkte Robert bereits zu. Auch der erkannte die beiden und winkte zurück.

Wenig später kam Robert auf Peter und Hermann zu. Unmittelbar nach ihrer Ankunft in der Etappe hatte man seiner Kompanie den restlichen Tag freigegeben. Die Jungen sollten sich nach der anstrengenden Reise in Viehwaggons noch einmal erholen, bevor es morgen zu ihrem ersten Fronteinsatz gehen würde.

»Wie kommst du denn hierher?« Peter klang unfreundlicher, als ihm zumute war. In Wirklichkeit machte er sich große Sorgen um Robert.

Der starrte ihn mit einer Mischung aus Erstaunen und Kränkung an. »Ick hab mir freiwillig jemeldet!«, erklärte er dann und bestätigte damit Peters Vermutung.

»Aber die Abschlussprüfungen für die Tischlerlehre sind doch erst jetzt im November«, wandte er ein. »Und du hast deiner Mutter versprochen, die Lehre auf jeden Fall abzuschließen, bevor du irgendwas unternimmst.«

»Dit hol ick nach, wenn ick wieder daheeme bin«, erwiderte Robert sorglos.

»Wennste je wieder nach daheeme kommst«, warf Hermann mit brutaler Offenheit ein.

»Ach, darüber mach ick mir keenen Kopp!« Offensichtlich hatte Robert nicht die geringste Vorstellung davon, was ihn am morgigen Tage erwarten würde.

Instinktiv unterließen sowohl Hermann als auch Peter es zunächst, Robert ihre wahren Gründe dafür zu nennen, warum sie sich als Krankenträger gemeldet hatten. Sie fürchteten, angesichts von Roberts Ahnungslosigkeit auf Unverständnis zu stoßen. So erwähnten sie lediglich, sich aus freien Stücken gemeldet zu haben, als in ihrem Frontabschnitt dringend Krankenträger gesucht wurden.

Mittlerweile hatten sich alle drei ihre Furage, bestehend aus Erbsensuppe mit Mettwurst, aus der Gulaschkanone geholt, sie saßen zusammen und tranken ein Bier dazu.

»Wenn mir also doch wat passiert, bin ick ja in den besten Händen«, sagte Robert, nachdem er erfahren hatte, dass auch Hermann und Peter morgen wieder während der Schlacht zum Einsatz kommen sollten.

Peter hielt es nun doch nicht länger aus und ergriff die Gelegenheit beim Schopf. »Am besten siehste zu, dass dir erst gar nüscht passiert! Was habt ihr denn für 'ne Angriffsstrategie in eurer Ausbildung gelernt?«

»Na, uff den Feind zu und dann immer feste druff!«, bestätigte Robert erneut Peters schlimmste Befürchtungen.

»Dann nimm einen guten Rat von mir an, Robert! Mach, dass de dich in den hinteren Reihen hältst. Da is die Chance am größten, dass dich zumindest keene Kugel trifft.«

Diesmal starrte Robert Peter empört an. »Hältste mir für een Feigling?«, protestierte er.

»Nein«, beteuerte Peter. »Ick möcht nur, dass du unbeschadet wieder heemkommst.«

»Mir passiert schon nüscht«, wehrte Robert wieder ab. Dann hob er den rechten Arm und zog seine Uniformjacke ein wenig zurück. Ums Handgelenk trug er ein Armband in den Farben der deutschen Reichsflagge Schwarz-Weiß-Rot.

»Dit hat mir die Sanni mitjegeben, als Glücksbringer sozusagen! Hat se eijens für mir jeflochten, bevor ick einjerückt bin. Also, mach dir man keene Sorjen um mir!«

## Auf dem Schlachtfeld von Langemarck

### 10. November 1914

»Dit is nu schon der zehnte, der eenfach krepiert is!« Hermann wischte sich den Schweiß von der Stirn und beschmierte dabei sein Gesicht weiter mit Blut. Mittlerweile sah er selbst aus, als hätte ihn eine Kugel oder ein Granatsplitter getroffen.

Die Schlacht um den kleinen Ort Langemarck tobte bereits seit Mitternacht. Zwischen den Franzosen, die das Dorf verteidigten, und den deutschen Angreifern ging es seit Stunden hin und her. Geringe Geländegewinne von höchstens fünfzig, manchmal sogar nur zwanzig Metern gingen kurz darauf wieder verloren. Seit Stunden trommelte das Artilleriefeuer beider Seiten auf die jeweils feindlichen Stellungen ein.

Die Verluste an diesem Tag schienen Peter noch höher zu sein als bei den vorigen Kampfhandlungen im Rahmen der Flandernschlacht. Eng am Boden kriechend, im besten Fall auf Händen und Knien, näherten Hermann und er sich seit dem Morgengrauen den zahllosen Verwundeten und schoben und zerrten sie auf der bereits blutgetränkten Bahre aus Segeltuch mehr schlecht als recht ins Hinterland.

Ihr Glaube daran, als Krankenträger sicherer zu sein als die Frontkämpfer, war am heutigen Morgen zum ersten Mal nachhaltig erschüttert worden. Nur knapp fünfzig Meter von ihnen entfernt mähte eine feindliche Maschinengewehrsalve zwei andere Krankenträger nieder. Auf dem Bauch robbend, hatte sich Peter, die Rotkreuzfahne über seinen Kopf erhoben, den beiden genähert. Er kam nur rechtzeitig, um mit dem noch Lebenden gemeinsam ein Vaterunser zu beten, bevor auch der, von Kugeln durchsiebt, seinen Geist aufgab.

Auch viele weitere Schwerverwundete waren ihnen heute noch auf dem Schlachtfeld weggestorben. Trotzdem war Peters gesamtes Verbandszeug aus dem Affen bereits aufgebraucht.

»Wir müssen zurück!«, schrie er Hermann über den Gefechtslärm hinweg zu. »Wenn wir nicht mal mehr leichtere Wunden verbinden können, verbluten die Kameraden uns auch noch. Oder kriegen noch mehr Dreck ab und verrecken später am Wundbrand.«

Gerade jetzt drang schon wieder undeutlich der Ruf »Sanitäter« über das Schlachtfeld. Peter hob unwillkürlich den Kopf und blickte über seine Schulter. Ein Soldat rannte gebückt aus Richtung der Frontlinie auf sie zu und hielt sich den offensichtlich verletzten Arm.

»Mir braucht ihr nicht zu helfen, Kameraden!«, schrie er Peter ins Ohr. »Ich komme klar. Ist ein glatter Durchschuss, den ich mir schon selbst abgebunden habe. Aber das arme Schwein dort drüben stöhnt schon mindestens eine Viertelstunde lang zum Gotterbarmen. Den hat's heftig erwischt.«

»Wir haben gar kein Verbandszeug mehr!«, schrie Peter zurück. Den merkwürdigen Ausdruck in den Augen im rußgeschwärzten Gesicht des Soldaten konnte er nicht einordnen. Der nestelte jetzt etwas aus seiner Gürteltasche und warf es Peter zu. Es war eines der Verbandspäckchen, die jeder Soldat bei sich haben musste.

»Du wirst es wahrscheinlich gar nicht brauchen«, rief er noch kryptisch, bevor er geduckt weiter zum Schlachtfeldrand lief.

Peter winkte Hermann, ihm zu folgen. An dessen Gesichtsausdruck und Lippenbewegungen erkannte er, dass der heftig fluchte. Aber Hermann wusste, dass Peters Kräfte allein nicht ausreichen würden, um den Verwundeten zu bergen.

Sie bewegten sich ungefähr zehn Minuten, dicht an den Boden gepresst, in die Richtung, die ihnen der armverwundete Soldat gewiesen hatte. In einer kurzen Feuerpause hörten sie tatsächlich ein erbärmliches Röcheln und Stöhnen.

»Ach, du Scheiße«, entfuhr es Peter. Plötzlich wusste er, was der Soldat gemeint haben könnte. Wenn Peters Verdacht sich bestätigte, brauchte man bei dieser Verwundung wirklich keinen Verband. Dort lag wahrscheinlich wieder einer jener Kriegszermalmten, wie man die Verletzten nannte, die einen Treffer mitten ins Gesicht erhalten hatten und für ihr ganzes Leben entstellt bleiben würden, falls sie überlebten.

Obwohl er sich für den Anblick zu wappnen versucht hatte, überstieg die Grässlichkeit der Verletzung alles bisher Gesehene, als Peter den Stöhnenden schließlich erreichte. Er musste sich erst einmal abwenden, um seinen Brechreiz zu bezwingen.

Das Gesicht des Verletzten war eine einzige offene Wunde. Tiefe Löcher klafften an den Stellen, wo einmal Mund und Nase gewesen waren. Die ganze untere Gesichtshälfte schien dem armen Kerl weggeschossen worden zu sein.

Einen Kameraden mit einer solch furchtbaren Verletzung konnte man tatsächlich nicht verbinden. Die Gefahr, dadurch auch noch die Atemwege zu blockieren, war allzu groß.

Auch Hermann wirkte schockiert, als er endlich herangerobbt war. »Der krepiert uns doch ooch, bevor er den Verbandsplatz erreicht«, schrie er Peter ins Ohr. »Wir lassen ihn liejen! Für den können mer ohnehin nüscht mehr tun.«

Der letzte Teil von Hermanns Worten fiel genau in eine winzige Feuerpause. Offenbar hatte der Verwundete sie ebenfalls gehört. Verzweifelt hob er den rechten Arm, wobei der blutige Ärmel seiner Uniformjacke ein wenig zurückrutschte.

Hermann und Peter sahen es zur gleichen Zeit. Obwohl er ebenfalls blutbefleckt war, erkannten beide den Gegenstand sofort. Fassungslos starrten beide auf das schwarz-weiß-rote Flechtarmband.

# Im Lazarettzelt

## 10. November 1914, Stunden später

»Können Sie denn noch etwas für Robert Krause tun, Herr Stabsarzt? Kann er mit solchen Verletzungen überhaupt überleben?«

Der völlig erschöpft aussehende Arzt hob resigniert die Schultern. »Das weiß im Augenblick nur der Herrgott allein, Hauser. So ist doch Ihr Name, richtig?« Auch die Stimme des Arztes klang müde.

Peter nickte. Seit mehreren Stunden wartete er nun schon vor dem Lazarettzelt in der Etappe. Auf eigene Verantwortung hatten Hermann und er ihren Posten am Schlachtfeld vor Langemarck verlassen und eine Fuhre Verwundete, darunter auch Robert, bis ins Hinterland zum Feldlazarett gebracht, was eigentlich die Aufgabe anderer Sanitäter war. Möglicherweise würden sie deswegen Ärger mit ihrem Feldwebel bekommen. Doch das war Peter im Augenblick einerlei.

»Wenn Ihr Freund die nächsten Tage übersteht, kann er vielleicht zum ersten Mal operiert werden. Er hat auf jeden Fall ein Auge verloren. Nase, Lippen und beide Wangen sind völlig zerfetzt. Der Unterkiefer ist zur Hälfte weggeschossen worden. Wahrscheinlich Granatsplitter. Bisher konnten wir die Wunden nur notdürftig säubern und die Fleischfetzen entfernen.«

»Aber wenn Robert operiert werden kann, wird er dann wieder gesund?« Ein winziger Hoffnungsfunke glühte in Peter auf. Und erlosch sofort wieder, als der Arzt ihn mitleidig ansah.

»Mit *einer* Operation wird es nicht getan sein«, kündigte er an. »Damit können wir höchstens die Atemwege stabilisieren, damit Ihr Freund transportfähig wird. In Deutschland gibt es mittlerweile Kliniken, die sich auf solche Gesichtsverletzungen spezialisiert haben. Sie entnehmen Fleisch aus den Oberschenkeln oder dem Bauch und flicken damit die schlimmsten

Löcher aus. Dazu braucht's manchmal mehr als zehn Operationen. Wenigstens hat Ihr Freund nicht noch weitere schwere Verletzungen am Körper erlitten. Das ist womöglich sein Glück.«

»Sein Glück?«, echote Peter wie gelähmt. Dit is mein Glücksbringer! Mir passiert schon nüscht, hörte er Roberts Stimme in seinem Kopf.

Wieder zuckte der Arzt mit den Achseln. »Ein Krüppel wird er auf jeden Fall bleiben. Bis an sein Lebensende entstellt und möglicherweise nicht mehr in der Lage, normal zu essen. Sprechen wird er auch nicht mehr können, da auch die Zunge getroffen wurde.«

Oh nein, oh nein! Die Gedanken rasten durch Peters Kopf. Der fesche Robert, dem die Mädchen auf der Straße hinterhergesehen hatten! Das männliche Ebenbild von Rieke, nur dass seine Augen blau anstatt dunkelbraun waren! Der als Held nach Hause zurückkommen wollte und nun sein ganzes weiteres Leben als menschliches Ungeheuer fristen würde! War es da nicht besser, er starb noch hier und heute? Dann wäre er wenigstens ein Held, wenn auch ein toter!

Während Peter noch entsetzt nach Worten rang, stand der Stabsarzt auf. »Doch nun ruft mich wieder die Pflicht, Hauser.«

Am Eingang der kleinen, vom restlichen Lazarettzelt abgetrennten Kabine drehte er sich noch einmal um und sprach Peters eigene Gedanken aus. »Wenn ich es recht bedenke, wäre es für den armen Kerl eigentlich doch das Beste, er würde die nächsten Tage nicht überleben.«

## Damenkonfektionsabteilung im KaDeWe

### 11. November 1914

Aufmerksam beobachtete Rieke, wie die Erste Verkäuferin der Damenkonfektion eine Kundin bediente. Es war eine ältere, korpulente Matrone, die es sich durchaus in den Kopf gesetzt hatte, ein Nachmittagskleid in einer Pastellfarbe zu erwerben, die überhaupt nicht zu ihrem Alter und ihrer Statur passte, daher war es in der gewünschten Größe nicht vorrätig.

Die Farben Rosé, Hellblau und Apricot wurden hauptsächlich von jüngeren schlankeren Frauen nachgefragt. Deshalb gab es in diesen Farben nur Modelle in kleinerer Größe. Immer wieder schüttelte Fräulein Sigismund, so hieß die Erste Verkäuferin, bedauernd den Kopf, wenn die Matrone auf ein neues Kleid an einem der Ständer wies.

Gemäß der Verkaufsphilosophie des KaDeWe, einem Kunden niemals etwas aufzudrängen, gab die Erste Verkäuferin jeden Versuch, der Dame passende Nachmittagsroben in dunklem Violett, Weinrot oder Maronenbraun zu zeigen, sofort auf, wenn diese unwillig den Kopf schüttelte.

Schließlich seufzte Fräulein Sigismund resigniert, was zum Glück nur Rieke, nicht die Kundin bemerkte. »Darf ich der Dame einen Vorschlag machen?«, fragte sie vorsichtig.

Die Antwort der Kundin, die ungehalten nickte, verstand Rieke leider nicht. Denn in diesem Augenblick kehrte ihre Kollegin Else Lemke, die jetzt im zweiten Lehrjahr war und Rieke bereits schikaniert hatte, als diese noch Kassenmädchen gewesen war, von einem Botengang zurück und drängte sie rücksichtslos zur Seite.

Rieke bezwang ihren Zorn, wie immer in diesen Situationen. Sie rieb sich verstohlen die schmerzende Stelle, in die Else ihren Ellenbogen gerammt hatte, und versuchte, sich nichts anmerken zu lassen.

Seit Rieke vom Kassenmädchen zum Lehrmädchen auf Probe aufgerückt war, hatte Else ihre Bemühungen noch verstärkt, Rieke das Leben schwer zu machen. Else Lemke stammte aus einer kleinbürgerlichen Familie. Ihr Vater arbeitete als Postbeamter ebenfalls im KaDeWe, das im Erdgeschoss eine eigene Poststelle unterhielt. Da Else schon vor längerer Zeit erfahren hatte, dass Rieke aus einer Arbeiterfamilie stammte und im Wedding wohnte, hielt sie sich offenbar für etwas Besseres.

»Ach, mach dir nichts draus«, riet Käthe Rieke eines Tages, als die ihrer Mutter auf der Rückfahrt nach Hause ihr Leid klagte. »Die Else ist doch nur neidisch, weil du viel hübscher bist als sie. Und wahrscheinlich auch klüger.«

Dass Käthe mit Letzterem richtig lag, wusste Rieke mittlerweile. Denn schon mehrmals waren Else gravierende Fehler unterlaufen. Einmal hatte sie die Namen zweier Kundinnen verwechselt. Die Waren, die diese in der Damenkonfektion erstanden hatten, waren an der Sammelkasse daher zunächst nicht auffindbar gewesen, als die Damen ihre vielen Einkäufe, die sie auch in anderen Abteilungen getätigt hatten, bezahlen wollten. Ein anderes Mal hatte Else auf dem Weg zur Kasse den Kassenblockzettel verloren, auf dem die Verkäuferin den Preis der Ware verzeichnet hatte.

Dass Rieke jedoch auch hübsch sein sollte, hörte sie nun schon zum zweiten Mal in diesem Jahr. Das erste Mal hatte es ihr Peter bei jenem Aufenthalt vor der Kaiser-Wilhelm-Gedächtnis-Kirche gesagt, als er sie vor ihrem Verlobten Hermann warnte.

Doch attraktiv fand Rieke Else auch selbst nicht. Das Lehrmädchen war klein und korpulent, ihre dünnen, strähnigen Haare mausgrau, die Finger kurz und dick.

»Womöglich hätte man sie als Lehrmädchen gar nicht genommen, wenn ihr Vater nicht auch im KaDeWe arbeiten würde«, traf Käthe den Nagel wohl auf den Kopf. Trotzdem war Else bei jedem ihrer Fehler heftig von der Aufsichtsdame der Konfektionsabteilung gescholten worden, was Rieke schadenfroh registriert hatte.

Auch jetzt war Rieke das Glück hold, obwohl es im ersten Moment nicht so aussah. Denn die Erste Verkäuferin winkte sie zu sich heran. »Bring diese Dame bitte in die Stoffabteilung im Erdgeschoss und begleite sie hernach in den Maßsalon, wenn sie einen passenden Stoff für ihr neues Kleid gefunden hat«, befahl sie ihr.

Rieke spürte vor Enttäuschung einen Kloß im Hals. Dieser Auftrag würde sie womöglich eine volle Stunde lang von der Damenkonfektion fernhalten. Dabei warteten schon drei weitere Kundinnen auf ihre Bedienung. Zu den Gepflogenheiten des KaDeWe gehörte es auch, alle Kunden streng in der Reihenfolge ihres Eintreffens zu bedienen, unabhängig von ihrem Rang oder Vermögen. Demgemäß warteten die drei Frauen geduldig auf den samtbezogenen Lehnsesseln und beobachteten das Verkaufsgeschehen, bis sie selbst drankämen. Rieke wäre nur zu gern dabei gewesen, wenn es mit dem Verkauf in der Abteilung weiterging.

Zumal die Damenkonfektion heute personell unterbesetzt war. Zwei der drei anderen Verkäuferinnen und das Mädchen im dritten Lehrjahr hatten sich schon vor einigen Tagen mit einer schweren Erkältung krankgemeldet. Die letzte verbliebene Verkäuferin befand sich gerade in ihrer Mittagspause. Rieke hatte daher die seltene Gelegenheit, einmal die Erste Verkäuferin, die den übrigen gegenüber weisungsbefugt war, bei ihrer Arbeit zu beobachten und von ihr zu lernen.

Da ertönte die tiefe Stimme der Aufsichtsdame, Frau Liebermann, in ihrem Rücken. »Else soll die Kundin begleiten!«, bedeutete sie Fräulein Sigismund. Die Schnute, die Else daraufhin zog, würde ihr nicht zum Vorteil gereichen, sofern die Aufsichtsdame es bemerkt hatte, dachte Rieke. Einen Widerspruch gegen die Anordnung der höchsten Vorgesetzten der

Abteilung wagte Else natürlich nicht, und so ging sie der Matrone nun voran.

»Ich habe noch eine kurze Unterredung mit Herrn Kreutzfeld«, beschied Frau Liebermann danach der Ersten Verkäuferin. Herr Kreutzfeld war der Einkäufer und zugleich Abteilungsleiter der Damenkonfektion. »Sobald sie beendet ist, eile ich Ihnen zu Hilfe.« Als Aufsichtsdame beteiligte sich Frau Liebermann nur noch selbst am Verkauf, wenn sehr viel zu tun war oder es, wie heute, an Personal fehlte.

Mit einem etwas gezwungenen Lächeln trat Fräulein Sigismund nun auf die nächste Kundin zu, die an der Reihe war. Angesichts von deren modischer Aufmachung mit dem wagenradgroßen Hut, dem mit Pelz besetzten Cape und den feinen Schnürstiefeln, die unter dem dunkelgrünen Humpelrock hervorlugten, hoffte sie wahrscheinlich, diesmal erfolgreicher beim Verkauf zu sein als bei der anspruchsvollen Matrone. Diese Dame verfügte jedenfalls unzweifelhaft über einen guten Geschmack.

Als Privileg stand der Ersten Verkäuferin nämlich neben ihrem Gehalt eine kleine Provision für jeden erfolgreichen Verkauf zu. Die Aufsichtsdame und der Abteilungsleiter erhielten wiederum zu Weihnachten einen Bonus, sofern die Umsätze eine zu Jahresbeginn festgelegte Summe überschritten.

Doch auch diese Kundin erwies sich recht bald als schwierig, wie Rieke beobachtete.

»Haben Sie kein Kostüm mit einem raffinierteren Schnitt?«, bemängelte sie, nachdem Fräulein Sigismund ihr einige Modelle gezeigt hatte.

Die schüttelte bedauernd den Kopf. »Wie Sie wissen, gnädige Frau, beziehen wir aufgrund des Kriegs keine Mode mehr aus Paris. Diese Kostüme stammen daher aus deutscher Produktion und sind schlichter geschnitten als die Herbstmodelle aus der vorigen Saison.«

»Das möchte ich auch wohl meinen!«, mischte sich auf einmal eine der noch auf den Samtsesseln wartenden Damen ein. »Schließlich kann man ja keine Waren des Erzfeinds anbieten!«

»Zumal keine Frau in diesen absonderlichen Röcken richtig gehen kann«, fügte die zweite noch wartende Kundin hinzu. »Ein sichtbares Zeichen für die Dekadenz dieser *Erzeugnisse aus Feindesland*.« Die letzten Worte betonte sie verächtlich.

Tatsächlich waren die sogenannten Humpelröcke zwar in den Jahren vor Kriegsbeginn der letzte Schrei aus Paris gewesen, sie ermöglichten ihren Trägerinnen aufgrund des engen Saums rund um die Fußgelenke jedoch nur winzige Trippelschritte.

»Meine sehr verehrten Damen, ich bitte Sie«, versuchte die Erste Verkäuferin zu begütigen. Doch vergebens.

»Undeutsch ist sie fürwahr, eine solche Frauentracht!«, ereiferte sich nun die wartende Kundin, die sich als erste kritisch geäußert hatte.

Nun bemerkte Rieke, dass diese Dame anscheinend schon im Erdgeschoss des KaDeWe eingekauft hatte. Dort gab es allerlei kitschige Gegenstände im Zusammenhang mit dem Krieg.

Aus einer Einkaufstasche mit dem Signet des KaDeWe, der Handelskogge, ragte der Griff eines der schwarzen Holzschwerter heraus, die die blutrote Aufschrift »Jeder Stoß ein Franzos« trugen und für zehn Pfennige als Spielzeug für Knaben an einem Sondertisch zu erstehen waren. Dort wurden unter anderem auch Feldpostkarten angeboten, die den Kaiser am Steuerrad des »Deutschen Kriegsschiffs« zeigten oder mit Parolen wie »Lieb Vaterland, magst ruhig sein« beschriftet waren. Blickfang und Hauptattraktion dieses Sondertischs war eine aus Schokolade nachgebildete *Dicke Bertha*. Dies war die bekannteste Kanone der deutschen Artillerie aus dem Hause Krupp.

»Solche Unverschämtheiten muss ich mir wahrlich nicht

bieten lassen«, schnaubte nun die Dame im Humpelrock, sie drehte sich auf den hohen Absätzen ihrer Stiefelchen um und trippelte so rasch davon, wie es der enge Saum erlaubte.

»Fort mit Schaden!«, rief ihr die zweite Dame nach. Dann wandte sie sich an Fräulein Sigismund. »Es ist doch wahr!«, bekräftigte sie, als sie deren verlegenen Gesichtsausdruck bemerkte. »Dass wir dem Erzfeind hundertfach überlegen sind, wurde ja gerade erst wieder überzeugend bewiesen!«

Die andere Dame, offensichtlich ihre Freundin, nickte heftig dazu.

»Das ist schön zu hören«, sagte die Erste Verkäuferin gefällig. »Darf ich fragen, auf welche gute Nachricht sich die Damen beziehen?«

Beide Frauen kramten in ihren Handtaschen und zogen jeweils ein verknittertes Extrablatt hervor. »Haben Sie es denn noch nicht gehört?«, fragte die eine in vorwurfsvollem Ton.

Mit ausgesuchter Höflichkeit, gemäß den eisernen Maximen des Hauses, antwortete die Erste Verkäuferin: »Zu meinem allergrößten Bedauern, nein, verehrte Damen. Wir sind heute in der Abteilung unterbesetzt und hatten daher sehr viel zu tun. Doch hätten Sie die Güte, mich aufzuklären?«

Die Dame runzelte missbilligend die Stirn, zog aber ein Lorgnon hervor. »Ich zitiere die Bekanntmachung unserer Obersten Heeresleitung. Hören Sie aufmerksam zu! Hier steht wörtlich: ›Westlich Langemarck brachen junge Regimenter unter dem Gesange ›Deutschland, Deutschland über alles‹ gegen die erste Linie der feindlichen Stellungen vor und nahmen sie. Etwa zweitausend Mann französischer Linieninfanterie wurden gefangen genommen und sechs Maschinengewehre erbeutet.‹«

»Langemarck liegt in Belgien, genauer gesagt in Flandern nahe der Stadt Ypern«, fügte die zweite Dame hinzu. »Dort wird unser glorreiches Heer bald einen fantastischen Sieg erringen.«

Rieke beschlich ein ungutes Gefühl. Ypern hieß der Ort, an den Robert nach seiner Grundausbildung als Rekrut versetzt werden würde, hatte er der Familie in seinem letzten Brief aus der Heimat geschrieben. Dort tobte also gerade eine große Schlacht.

Hoffentlich ist Robert nichts passiert, fuhr es ihr immer wieder durch den Kopf, während die beiden Damen ihre Einkäufe tätigten. Auf die Verkaufsmethoden Fräulein Sigismunds konnte sie sich kaum mehr konzentrieren.

# Teil 2

## *Verzweiflung*

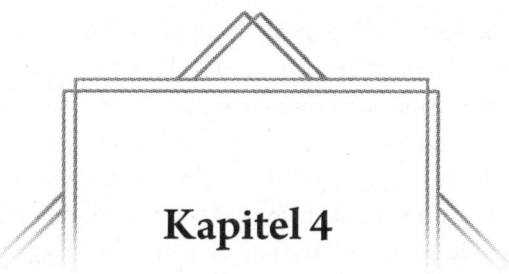

# Kapitel 4

**Villa der Bergmanns in Charlottenburg**

*Samstag, 15. Mai 1915*

Es roch verführerisch, als das Dienstmädchen Lisa Judith die Haustür der elterlichen Villa öffnete. Offensichtlich hatte sich ihre Mutter Rebekka erneut über das bereits Ende März von der Stadt Charlottenburg erlassene Verbot, Kuchen zu backen, hinweggesetzt.

»Also, das sehe ich nun überhaupt nicht ein!«, hatte sie argumentiert, als sie zum ersten Mal aus der Zeitung von diesem Verbot erfuhr. »Es ist schon schlimm genug, dass seit Kriegsbeginn alle Vergnügungen verboten sind. Es gibt keine Tanzveranstaltungen mehr, auch alle Schauspielhäuser wurden geschlossen. Da möchte ich wenigstens am Sonntag zum Nachmittagstee einen delikaten Kuchen verzehren dürfen.«

Wie schon an den vorigen Samstagen schlugen zwei Herzen in Judiths Brust. Einerseits aß sie selbst die Kuchen der Bergmann'schen Köchin Martha, die eine fantastische Bäckerin war, für ihr Leben gern. Andererseits wusste sie seit ihrem regelmäßigen Einsatz im Scheunenviertel, dass Lebensmittel schon seit Kriegsbeginn teurer und teurer wurden und für die unteren Schichten zum Teil kaum mehr erschwinglich waren. Gerade Zutaten wie die Butter, das feine Weizenmehl oder die exotischen Gewürze, die Martha als Zutaten für ihre Kuchen verwendete.

Judiths Magen begann vernehmlich zu knurren, als sie ihre

Nase in die Höhe reckte und schnupperte. Diesmal war es anscheinend Marthas legendärer Haselnusskranz, dessen Duft von der Küche im Souterrain bis in die Eingangshalle zog.

Wie schade, dass der Kuchen noch nicht fertig ist, bedauerte Judith und verdrängte ihr schlechtes Gewissen. Zu gern hätte sie schon ein Stück davon gekostet. Sie kam direkt aus der Frauenschule, wo der Unterricht an jedem Werktag bis ein Uhr dauerte, und hatte noch nichts zu Mittag gegessen.

In diesem Augenblick kam ihre Mutter, die Judith offensichtlich gehört hatte, die geschwungene Wendeltreppe mit dem geschnitzten Geländer aus der Beletage herab in die Eingangshalle. Sie lächelte über das ganze Gesicht. Die feinen Züge mit den hohen Wangenknochen, die kleine Stupsnase und die herzförmig geschwungene Oberlippe hatte sie ihrer Tochter vererbt. Die schwarzen Locken hatte Judiths Vater beigesteuert. Nur woher Judiths tiefblaue Augen stammten, blieb allen Familienmitgliedern ein Rätsel. Denn sowohl beide Eltern als auch ihr älterer Bruder Johannes hatten braune Augen in verschiedenen Farbschattierungen.

»Im Esszimmer ist noch für dich gedeckt«, sagte Rebekka, nachdem sie Judith zur Begrüßung auf beide Wangen geküsst hatte. Sie selbst aß jeden Tag um Punkt zwölf zu Mittag und damit rund zwei Stunden früher, als es jetzt war. »Wenn du möchtest, leiste ich dir Gesellschaft, und du erzählst mir von deinem Tag.«

Das war Judith recht. Während sie ihre Hühnersuppe löffelte, ließ sie sich von ihrer Mutter zunächst bestätigen, dass diese erneut gegen das Backverbot verstoßen hatte.

Doch die Renitenz gegen Eingriffe des Charlottenburger Magistrats in ihren ganz persönlichen Lebensstil hatte gerade heute noch eine zweite, gute Seite. Denn schon das erste Gebot des Magistrats, dass sich jede Familie zu melden habe, die über mehr als einen Zentner Kartoffeln verfügte, hatte Rebekka missachtet.

Der Grund dafür verursachte Judith jedoch keine Schuld-
gefühle. Denn er hatte unmittelbar mit den immer hungrigen
Kindern im Scheunenviertel zu tun, die Rebekka und sie, abwechselnd mit einigen Klassenkameradinnen und deren Müttern, an zwei Nachmittagen pro Woche betreuten. Judith hatte
dazu sogar die vier Praxis-Pflichtstunden pro Woche, die ihr
der Lehrplan der Unterstufe auferlegte, freiwillig mehr als ver-
doppelt.

Die Kindertagesstätte war erst im Februar in einem der
neueren Häuser am Bülowplatz eröffnet worden, gleich gegenüber der derzeit geschlossenen Volksbühne. Um die fünfundzwanzig Kinder der Gruppe im Alter zwischen zwei und sechs
Jahren zu betreuen, hatten ihre Mutter und sie alle Hände
voll zu tun, obwohl ihnen eine Kinderschwester half, die die
Soziale Frauenschule bereits erfolgreich absolviert und eine
Zusatzausbildung als Krankenschwester daran angeschlossen
hatte.

Im Gegensatz zu ihren ursprünglichen Befürchtungen fand
auch Rebekka mehr und mehr Freude an der Arbeit mit den
Kindern. Denn sie zeigten sich überaus dankbar für jede noch
so kleine Wohltat, die man ihnen erwies. Dazu gehörte vor
allem, dass Rebekka und Judith schon nach ihrem ersten Einsatz damit begonnen hatten, zusätzliche Lebensmittel für die
Kinder mitzubringen.

»Wir haben heute in der Hauswirtschaftslehre ein Rezept
für eine wunderbare Kartoffelsuppe ausprobiert«, erklärte
Judith ihrer Mutter, als gerade das für sie warm gehaltene Hüh-
nerfrikassee aufgetragen wurde. »Mit viel frischem Gemüse,
Lauch, Möhren und Sellerie. Einen großen Topf Suppe möchte
ich am Dienstag für unsere Kindergartengruppe mitnehmen.
Sicher kann Martha sie am Vormittag zubereiten und noch
einen Schuss Sahne hineintun. Ich sehe die Augen der Kleinen
schon funkeln, wenn wir ihnen etwas so Feines zum Mittagessen anbieten.«

»Vielleicht bleibt sogar noch etwas für die Mütter übrig, wenn sie die Kinder nach ihrer schweren Arbeit abholen«, fügte sie mit vollem Mund hinzu.

Rebekka nickte lächelnd, ohne Judith wegen ihres Verstoßes gegen die Tischsitten zu tadeln. »Das ist eine ganz wunderbare Idee, Judith. Und wenn die Suppe so gut schmeckt, wie du sagst, soll Martha auch für uns etwas davon zum Abendessen zurückhalten. Du weißt doch, wie gern dein Vater Herzhaftes isst.«

Nun kamen Judith doch Bedenken. Besorgt zog sie die Stirn kraus. »Ich habe das Rezept für die Suppe natürlich in mein Hauswirtschaftsheft geschrieben. Hoffentlich ist Martha nicht beleidigt, wenn sie es daraus eins zu eins nachkochen soll, anstatt ihr eigenes zu verwenden.«

»I wo!«, beschwichtigte ihre Mutter. »Ganz im Gegenteil! Ich werde Martha sagen, sie soll das Rezept noch nach ihrem Gutdünken verfeinern«, zwinkerte sie Judith zu. »Sicher wird sie dann auch eine tüchtige Scheibe Räucherspeck oder ein paar Mettwürste in der Suppe mitkochen und später herausfischen. Den hungrigen Kindern ist es wahrscheinlich egal, wenn das Essen nicht koscher zubereitet ist. Zumal ja gar nicht alle jüdisch sind.«

»Unsere Portion fürs Abendessen soll Martha natürlich vorher abschöpfen«, sagte sie noch.

Schweinefleisch gab es im Hause Bergmann in der Regel nur für das Personal. Auch wenn Judiths Familie keineswegs gläubig war und sich daher auch nicht an die jüdischen Regeln für koscheres Essen hielt, war Schweinefleisch innerhalb der Familie eher verpönt.

Doch gerade davon gab es im Augenblick im Überfluss, zumindest für diejenigen, die es sich wie die Bergmanns leisten konnten.

»Das nächste eklatante Beispiel für die Unfähigkeit der Kriegswirtschaftsbehörden«, hatte Paul Bergmann vor einiger

Zeit beim Abendessen geschimpft. »Sie lernen durchaus nichts dazu, sondern drehen sich beständig im Kreis.«

Hintergrund für die Schimpftirade ihres Vaters war der sogenannte Schweinemord, wie man die Massenschlachtungen nannte, die die Behörden im ganzen Reich verfügt hatten. Der Anlass dafür war, dass die Viehzüchter, insbesondere die reichen Landjunker auf ihren großen Gütern, dazu übergegangen waren, Kartoffeln als Viehfutter zu verwenden, nachdem ihnen verboten worden war, Brotgetreide zu verfüttern.

Die Spirale behördlicher Verbote, die die Bauern einfach unterliefen, drehte sich nun schon seit dem vergangenen Herbst. Sobald sich abzuzeichnen begonnen hatte, dass schnelle Siege der Mittelmächte, wie man das Deutsche Reich, Österreich-Ungarn und deren Verbündete nannte, weder an der West- noch an der Ostfront zu erwarten waren, verteuerten sich Lebensmittel, darunter auch Brot als Grundnahrungsmittel.

Als die Getreidepreise Woche für Woche weiter stiegen, setzte die Regierung Höchstpreise dafür fest. Doch dieser Schuss ging nach hinten los. Denn nun verknappte sich das Angebot an Getreide so drastisch, dass man dem Brotteig Kartoffelmehl zusetzen musste. Die Bauern, die es nicht gewohnt waren, dass ihnen die Behörden in ihre Wirtschaft hineinredeten, verfütterten ihr Getreide lieber, als es zu Schleuderpreisen auf den Markt zu werfen.

Obwohl dies schließlich verboten wurde, hatte die Getreideknappheit im Großraum Berlin drastische Folgen. Als erste Region im Reich musste man schon Ende Februar 1915 Brot rationieren. Offiziell konnte man es in Berlin heutzutage nur noch auf Marken bekommen.

Schon bald verursachte die umstrittene Lösung für den Getreidemangel das nächste Problem. Bis dahin war man überall davon ausgegangen, dass Kartoffeln in beliebiger Menge und zu erschwinglichen Preisen als Grundnahrungsmittel für alle Bevölkerungsteile zur Verfügung stünden. Doch jetzt verfütterten die Bauern Kartoffeln anstelle des Getreides, vor allem an ihre Schweine. Infolgedessen verteuerten und verknappten sich nun die Kartoffeln. Erst recht, nachdem man auch dafür Höchstpreise festgesetzt hatte, die die Landjunker erneut skrupellos unterliefen.

Ein weiteres Mal versuchte die Regierung mit einem sinnlosen Gebot gegenzusteuern. »Ein Drittel aller Schweine im Deutschen Reich musste auf Anordnung der Behörden geschlachtet werden!«, ereiferte sich Paul Bergmann, nachdem er den entsprechenden Artikel im *Berliner Tageblatt* gelesen hatte. »Bis Mitte April sollen es schon neun Millionen Tiere gewesen sein. Und nun weiß man wiederum nicht, wohin mit all dem Fleisch.«

Wenigstens hatte sich die Situation bei den Kartoffeln im Lauf der nachfolgenden Wochen wieder etwas entspannt. Doch die Mütter im armen Scheunenviertel, deren Ehemänner im Feld standen oder sogar gefallen waren, profitierten nur wenig davon.

Zwar schufteten viele der Frauen zwölf Stunden pro Tag in Munitionsfabriken oder ersetzten die fehlenden Männer als Straßenbahnschaffnerinnen und sogar Müllwerkerinnen, sie erhielten dafür aber nur einen Bruchteil des Lohns männlicher Arbeiter. Und konnten sich von diesem kargen Einkommen weder Schweinefleisch noch andere hochwertige Lebensmittel in ausreichender Menge kaufen, um ihre Kinder und sich selbst gut zu ernähren.

Auch die öffentliche Wohlfahrt stieß bereits an ihre ersten Grenzen. Immer mehr Familien gefallener oder kriegsversehrter Soldaten waren auf staatliche Unterstützung angewiesen. Volksküchen schossen zwar wie Pilze aus dem Boden, boten jedoch kaum mehr preiswerte und nahrhafte Mahlzeiten an. Denn selbst Hülsenfrüchte waren so teuer geworden, dass Armenspeisungsanstalten sie sich nicht mehr leisten konnten.

Daher gab es auch für die Kinder im Scheunenviertel mittags in der Regel nur eine dünne Suppe, in der bestenfalls ein paar Rüben- und Kartoffelstücke schwammen, sowie ein trockenes Stück Brot. Das Mittagessen, das Rebekka und Judith, deren Tisch trotz der schweren Zeiten so reichlich gedeckt war wie vor dem Krieg, den Kindern zweimal pro Woche als Ersatz mitbrachten, zählte für die Kleinen daher mittlerweile zu den Höhepunkten der Woche.

Judith war gerade beim Nachtisch, einem Vanillepudding, angelangt, als es an der Haustür läutete. Wenig später hörten sie das Dienstmädchen die Treppe heraufkommen. Was mochte das zu bedeuten haben? Besuch erwartete man nicht, kam er unaufgefordert, brachte er meist schlechte Nachrichten mit. Schließlich herrschte Krieg.

Schon als Rebekka die betretene Miene des Dienstmädchens sah, fasste sie sich ans Herz. Auf dem silbernen Tablett aus der Halle, mit dem man die Post zu überbringen pflegte, lag ein grauer Umschlag. Mit zitternden Fingern griff Rebekka danach, als Lisa ihr das Tablett entgegenstreckte.

»Oh nein«, hauchte sie, bevor ihr der Brief aus den Händen glitt und sie ohnmächtig auf ihrem Stuhl zusammensackte. Im letzten Augenblick fingen Judith und Lisa sie auf.

### Kontor Adolf Jandorfs im KaDeWe
#### 15. Mai 1915, ungefähr zur gleichen Zeit

»Also, die fristlose Kündigung deines Vertrags mit August Hajduk dürfte kein Problem sein, auch wenn du dich verpflichtet hast, ihn regelmäßig mit Aufträgen zu versorgen und eine reguläre Kündigungszeit von sechs Monaten einzuhalten.«

Die Augen immer noch auf das Dokument gerichtet, das Paul Bergmann gerade im Auftrag Jandorfs geprüft hatte, fuhr er fort: »Hajduk hat dich, wahrscheinlich aufgrund seines immer exzessiveren Alkoholkonsums, jetzt schon so oft versetzt und die Abgabetermine für die versprochenen Inserate teilweise wochenlang überschritten, dass eine fristlose Kündigung selbst dann Bestand haben dürfte, wenn Hajduk dagegen klagen sollte. Schließlich musstest du dadurch immer wieder Werbekampagnen verschieben oder die Inserate nach den herkömmlichen Methoden schalten.«

Erst als Adolf Jandorf keinerlei Kommentar zu seinen Ausführungen abgab, blickte Paul irritiert auf. Der Warenhausbesitzer saß hinter seinem Schreibtisch mit der gerade eingetroffenen Post vor sich. Etwas an seinem Gesichtsausdruck verstörte Bergmann.

»Ist irgendetwas nicht in Ordnung, Adolf?«, erkundigte er sich.

Der winkte ab. »Lass uns erst über die Causa Hajduk sprechen. Zumal es auch da eine neue Entwicklung gibt.«

Bergmann irritierte das Wörtchen »auch«. Das klang so, als sei noch etwas im Busch, das sich jedoch erst in den letzten zwanzig Minuten ergeben haben konnte, in denen er in seinem eigenen Büro Jandorfs Vertrag mit dem Grafiker August Hajduk geprüft hatte.

Forschend blickte er seinem Freund ins Gesicht. Tatsächlich wirkte Adolf Jandorf erschüttert. Der Blick aus seinen dunklen Augen hinter dem rand- und bügellosen Kneifer flackerte und huschte immer wieder unstet im Raum umher, als ob etwas Jandorf heftig beschäftigen würde.

Bei näherem Hinsehen wirkte Adolf sogar gealtert. Plötzlich sah man ihm seine mittlerweile fünfundvierzig Jahre an, obwohl weder sein fast schwarzes Haar noch sein kurz gehaltener Schnauzbart eine einzige graue Strähne aufwiesen. Lediglich an den immer ausgeprägter werdenden Geheimratsecken ließ sich erkennen, dass Jandorf nicht mehr der Jüngste war. Im normalen Alltag überstrahlte seine Vitalität jedoch dieses Zeichen des Alterns. An seinem Arbeitsplatz agierte Adolf Jandorf lebendiger und energiegeladener als die meisten zehn Jahre jüngeren Männer.

Mit einem Mal kam Paul ein furchtbarer Verdacht. »Ist etwas mit Harry?« Anders als Johannes, der an die Westfront versetzt worden war, kämpfte Harry im Osten. Und dort tobte in Galizien bei den Städten Gorlice und Tarnów gerade wieder eine heftige Schlacht, wie Paul Bergmann aus dem täglichen Bericht der Obersten Heeresleitung wusste, den jede Berliner Gazette abdruckte. Zwar hielt Paul diese Mitteilungen inzwischen für geschönt. Doch auch in einer angeblich siegreichen Schlacht konnte ein Soldat verwundet oder sogar getötet werden.

Zu seiner Erleichterung schüttelte Adolf Jandorf den Kopf. »Harry ist zum Glück nichts geschehen, zumindest nichts, von dem ich wüsste.«

Ehe Paul weiterfragen konnte, winkte Jandorf fahrig ab. »Lass uns zunächst über Hajduk sprechen!«, wiederholte er. »Und da du gerade Harry erwähnt hast, das hier hat mir Hajduk soeben durch einen Boten überbringen lassen.«

Er hielt Bergmann eine jener Karikaturen entgegen, für die der aus Österreich stammende und in Graz und München ausgebildete Grafiker mittlerweile berühmt war. Sie zeigte einen deutschen Patrioten im Schlafrock, der gerade kleine Fähnchen in Nationalfarben in eine Karte steckte, die den Verlauf der aktuellen Ostfront abbildete. Die Figur glich auffallend Wilhelm Buschs Lehrer Lämpel, zumal sie genüsslich aus einer langstieligen Pfeife rauchte.

Paul musste grinsen. »Für welche Waren soll das Inserat werben, für das Hajduk am Ende jetzt doch die Zeichnung geliefert hat?«

»Eigentlich für unsere Feldpostpäckchen an die Front. Mittlerweile überlege ich jedoch, ob man die Anzeige nicht besser für unsere neueste Kollektion von Herrenschlafröcken verwenden sollte.«

»Da hast du recht, Adolf«, stimmte Paul spontan zu. »Die Feldpostpäckchen sind Liebesgaben der Angehörigen an unsere Truppen, die täglich ihr Leben fürs deutsche Vaterland aufs Spiel setzen. Hier karikiert Hajduk jedoch den behäbigen, Wohlstandsbürger, der zu Hause in seinem gemütlichen Sessel sitzt und mit zufriedenem Gesichtsausdruck Fähnchen in die Regionen steckt, für deren Eroberung viele ihr Leben gelassen haben. Das könnten die Familien der Frontsoldaten fürwahr als ungehörig empfinden.«

Er warf noch einen Blick auf die Zeichnung. »Aber man kann über August Hajduks Zuverlässigkeit denken, wie man will. Genial ist der Mann allemal.«

»In der Tat ist er das«, bestätigte Jandorf.

Tatsächlich hatten die Grafiken dieses Künstlers schon vom Tag seiner Eröffnung an zur raschen Popularität des KaDeWe beigetragen. Während Jandorfs Konkurrenten Wertheim und Tietz bis heute nur mit ausschließlich schriftlichen Inseraten warben, hatte August Hajduk eine ausgefeilte Technik entwickelt, die auch den Abdruck von sogenannten Bildanzeigen ermöglichte. Die dazugehörigen Grafiken konnten neutral gehalten sein, wie die Abbildung des KaDeWe in der Eröffnungsanzeige vom März 1907 oder der Hinweis auf die umfangreiche Leihbibliothek, die zum Angebot des Warenhauses gehörte und über mehrere Tausend Bücher verfügte.

Zum Lachen reizten jedoch jene Grafiken, die die Zielgruppe der Inserate subtil aufs Korn nahmen. Paul erinnerte sich insbesondere an eine Werbeanzeige für Pelzwaren aus dem Jahr 1910, die eine junge Dame der höheren Gesellschaft zeigte, die lässig auf einem Schemel saß. Im Kontrast zu ihrer entspannten Körperhaltung war ein hinter ihr stehender Page abgebildet, der ihr stocksteif mit weit ausgestreckten Armen und dadurch gebührendem Abstand gerade ein Pelzcape umlegte.

Leider verfiel August Hajduk mehr und mehr dem Alkohol.

Das hatte zwar bisher die Einhaltung seiner Abgabetermine aufs Schwerste beeinträchtigt, nicht aber die Kreativität seiner Zeichnungen, wie Paul jetzt zugeben musste.

»Also willst du Hajduk doch nicht entlassen«, konstatierte er, während er Jandorf die Grafik mit dem Mann im Schlafrock zurückgab.

Der zuckte mit den Achseln. »Jedenfalls vorläufig nicht. Jetzt im Krieg sind Werbemaßnahmen ohnehin nicht sehr populär. Das Geld wird knapper, und die Kundschaft hält es eher zusammen. In Zukunft planen wir Sonderaktionen eben erst dann, wenn Hajduk geliefert hat. Auf ein bis zwei Wochen kommt es dabei ja wahrlich nicht an.«

Jandorf zog sich den Kneifer von seiner großen Nase und rieb sich die Dellen, die die Brille verursacht hatte.

Paul holte tief Luft. »Also, dann rück jetzt bitte damit heraus, was dich wirklich bedrückt!«

Wortlos griff Jandorf zwischen die Papiere auf seinem Schreibtisch und zog ein amtlich aussehendes Dokument hervor. *Strafanzeige*, las Paul zu seinem Entsetzen, noch bevor Jandorf es ihm gereicht hatte. Auch den Stempel des Polizeipräsidenten Traugott von Jagow, der im Präsidium am Alexanderplatz residierte und ein ausgesprochener Gegner Jandorfs war, erkannte Paul sofort.

Rasch überflog er das Dokument. »Man beschuldigt dich und die übrigen Gesellschafter des Schuhkonsortiums des Betrugs an der k. u. k. Armee Österreich-Ungarns?«, fragte er ungläubig. Dann riss er sich zusammen. »Aber die fehlerhaften Militärstiefel der ersten Charge, die man zurückgesandt hat, wurden doch mittlerweile ersetzt!«

Jandorf schüttelte resigniert den Kopf. »Das habe ich auch geglaubt. Zumal ich den Werkstattleiter sofort entlassen habe, unter dessen Aufsicht dieser Schund weiland produziert worden ist.«

Tatsächlich hatte Jandorf im Herbst 1914 eine eigene Produktionsstätte für Militärschuhe gegründet, wie er es bereits in den ersten Kriegstagen beschlossen hatte. Als dann binnen Kurzem ein Auftrag über dreihunderttausend Militärstiefel und -schnürschuhe von der k. u. k. Armee kam, konnte sich Jandorf vor Freude anfangs kaum fassen.

Schnell stellte sich jedoch heraus, dass die Lieferung einer solch großen Menge an Schuhwerk die Kapazitäten seines eigenen Hauses überstieg. Deshalb hatte er sich mit zwei weiteren Kaufleuten zu einem Konsortium zusammengeschlossen. Dabei handelte es sich um den Münchner Kaufmann Karl Kohn, zu dem Jandorfs ehemaliger Geschäftspartner Jakob Emden den Kontakt hergestellt hatte. Der zweite Partner mit Namen Arthur Jacoby war wie Jandorf in Berlin ansässig und unterhielt hier ein großes Schuh- und Textilkaufhaus.

Die ersten dreißigtausend Paar Militärstiefel wurden paritätisch in den Werkstätten aller drei Geschäftspartner angefertigt. Adolf Jandorfs Schustermeister, der damals die neue Werkstatt leitete, lieferte die Produktionsvorlagen dafür. Pünktlich zum ersten vereinbarten Termin wurden die Stiefel zu Beginn des neuen Jahres ausgeliefert.

Doch schon zu Jandorfs damaligem Entsetzen stellte sich bei einer Überprüfung durch die k. u. k. Heeresintendantur heraus, dass die Stiefel untauglich waren. Sie waren nicht wasserdicht, zudem lösten sich die Sohlen unter größerer Belastung rasch ab. Insbesondere mitten im Winter war dieses Schuhwerk für die kämpfende Truppe absolut ungeeignet.

Die schadhafte Lieferung wurde umgehend zurückgesandt. Paul Bergmann erinnerte sich gut daran, wie erleichtert Adolf Jandorf darüber gewesen war, dass er wenigstens noch kein Geld dafür erhalten hatte.

Dennoch fehlten die entsprechenden Summen jetzt natürlich in den Kassen der Geschäftspartner, die neue Materialien für die Ersatzproduktion einkaufen mussten.

»Und deshalb haben diese Schufte es tatsächlich gewagt, die

fehlerhaften Stiefel lediglich neu zu verpacken und sie im April als deklarierte Ersatzware noch mal nach Wien zu liefern. Ich selbst wusste überhaupt nichts davon«, beteuerte Jandorf mit zitternder Stimme. »Aber was mich noch mehr bedrückt als die Anzeige und die betrügerischen Machenschaften meiner Geschäftspartner ist die Tatsache, dass auch Leute aus meinem eigenen Haus in den Betrug verwickelt sein müssen.«

Denn offensichtlich hatte der Einkäufer für Lederwaren, der die Materialien für die Ersatzlieferung ordern sollte, sich bestechen lassen, die Füße still zu halten, bis die schadhaften Stiefel erneut versandt worden waren. Auch der neue Werkstattleiter musste eingeweiht gewesen sein, denn die Schuhe wurden dort ja anteilig aufs Neue verpackt. Nur Jandorf selbst war ahnungslos wie ein neugeborenes Kind. Natürlich aus gutem Grund, denn er wäre den Gaunern sofort in die Parade gefahren. Aber als der Betrug aufflog, hatte ihn die k. u. k. Botschaft in Berlin bei der deutschen Polizei natürlich ebenso angezeigt wie Kohn und Jacoby.

Paul war erschüttert. Mitten im Krieg war mit einem solchen Vergehen beileibe nicht zu spaßen. Sollte Jandorf schuldig gesprochen werden, stand ihm eine jahrelange Gefängnisstrafe bevor. Und auch die antisemitischen Vorurteile, die in weiten Teilen der Bevölkerung gegen jüdische Unternehmer herrschten, würden neue Nahrung bekommen. Denn alle drei Geschäftspartner waren jüdischer Herkunft.

»Also müssen wir deine Unschuld beweisen«, sagte Paul schließlich, um seine eigenen Befürchtungen zu beschwichtigen. »Wenn du kein Dokument unterzeichnet hast, das dich mit dieser betrügerischen zweiten Lieferung in Verbindung bringt, kann man dir keine Beteiligung nachweisen.«

Er überlegte kurz. »In den Protokollen unserer Geschäftsführungssitzungen ist ja explizit vermerkt, dass du vor jeder neuen Lieferung eine hausinterne Qualitätsprüfung angewiesen hast. Die meines Erachtens bislang noch nicht erfolgt ist.«

Jandorf bestätigte dies. »Die echte Ersatzlieferung war auch erst für Ende Mai geplant. Schon blamabel genug für unser Konsortium. Aber mitgegangen ist eben mitgefangen und womöglich mitgehangen«, zitierte Adolf das bekannte Sprichwort und setzte mit sorgenvoller Miene hinzu: »Und Traugott von Jagow wird alles daransetzen, mich mit in den Schlamassel hineinzuziehen.«

Warum der langjährige Polizeipräsident so sehr gegen Adolf Jandorf eingestellt war, blieb Bergmann bis heute ein Rätsel. Jedenfalls existierte schon seit Jahren eine Polizeiakte über Jandorf. Ob von Jagow Jandorf seinen raschen Aufstieg missgönnte oder sein bekannter Antisemitismus sich ausgerechnet in dessen Person eine Zielscheibe gesucht hatte, wusste Paul nicht. Auch war ihm nicht bekannt, ob Jandorfs große Konkurrenten Georg Wertheim und Oscar Tietz, die ebenfalls jüdischer Herkunft waren, von Traugott von Jagow in gleicher Weise verfolgt und bespitzelt wurden wie Adolf.

Allerdings hatte sich schon der Vorgänger des Polizeipräsidenten, Georg von Borries, im Jahr 1907 dagegen ausgesprochen, Jandorf den Titel eines preußischen Kommerzienrats zu verleihen. Gerüchteweise hatte Paul Bergmann durch seine Kontakte zum Polizeipräsidium erfahren, dass man kurz nach Amtsantritt Traugott von Jagows Jandorf sogar verdächtigt hatte, außereheliche Beziehungen zu gleich zwei seiner Mitarbeiterinnen zu unterhalten.

Obwohl er Jandorf damals erst ein paar Jahre lang kannte, hielt Paul dies für völlig absurd. Adolf war seiner Margarete absolut treu, da war er sich hundertprozentig sicher. Und selbst wenn Jandorf tatsächlich in dieser Hinsicht einmal der Hafer gestochen hätte, wäre er niemals ein Verhältnis mit einer Untergebenen eingegangen. Dazu verstand sich Adolf Jandorf viel zu sehr als Patriarch seines Unternehmens, und er hielt deshalb gebührenden Abstand zu all seinen Angestellten.

Immerhin hatte man 1907 nicht auch noch verhindert, dass

König Chulalongkorn Adolf den »Orden vom weißen Elefanten« verlieh. Obwohl die königlich-bayerische Regierung Jandorf im Jahr 1910 ihrerseits mit dem Titel eines Kommerzienrats geehrt hatte, war dieser Orden bis heute Jandorfs höchste Auszeichnung.

Dies alles ging Paul durch den Kopf, während er blicklos auf die Strafanzeige starrte, anstatt deren Wortlaut genau zu studieren.

Plötzlich hörte man rasche Schritte im Vorzimmer von Jandorfs Kontor. Nach einem kurzen gedämpften Wortwechsel öffnete Adolfs Vorzimmerdame nach kurzem Anklopfen die Tür.

Für Paul war es ein Déjà-vu, nur mit anderen Protagonistinnen. Bleich wie eine gekalkte Wand und am ganzen Körper zitternd wie Espenlaub stürzten seine Ehefrau Rebekka und seine Tochter Judith herein.

Doch diesmal ging es womöglich um Schlimmeres als um Harrys freiwillige Meldung zur Gardekavallerie, wie im vergangenen August. Rebekka trug einen noch ungeöffneten Brief in Feldpostgrau in der Hand, den sie ihm bebend entgegenstreckte, bevor sie kraftlos auf Jandorfs Sofa sank.

»Johannes«, flüsterte sie mit blutleeren Lippen. »Dieser Brief ist gerade eingetroffen. Johannes ist etwas zugestoßen.«


## An der Kasse der Damenkonfektionsabteilung des KaDeWe

### *15. Mai 1915, ungefähr eine halbe Stunde früher*


Ungeduldig trat die Kundin, die schon seit über zehn Minuten an der Kasse der Damenkonfektionsabteilung auf ihr Wechselgeld wartete, von einem Fuß auf den anderen. Immer wieder sah sie demonstrativ auf ihre kleine goldene Armbanduhr.

»Wenn ich Ihnen das Kleid nicht schon bezahlt hätte, gäbe ich es jetzt zurück«, sagte sie schließlich ungnädig zu der Kassiererin.

Die warf noch einmal einen Blick auf den Kassenzettel, den ihr Rieke zusammen mit dem Kleid der Kundin gebracht hatte. Einen zweiten identischen Kassenzettel hatte die Kundin erhalten. Obwohl der Preis für die Nachmittagsrobe herabgesetzt worden war, kostete sie immerhin noch einhundertfünfzig Mark. Kein Geschäft, das man sich so einfach durch die Lappen gehen lassen konnte. Zumal das Kleid bereits aufwendig in eine Hülle aus Seidenpapier verpackt worden war.

Unglücklicherweise hatte die Kundin mit zwei Hundertmarkscheinen bezahlt. Das zu erwartende Wechselgeld von fünfzig Mark betrug mehr als das Doppelte von Riekes Lehrlingsgehalt.

Nachdem weitere drei Minuten verstrichen waren, ohne dass das Wechselgeld aus der Zentralkasse gekommen war, seufzte die Kassiererin resigniert. »Es tut mir sehr leid, meine Dame«, sprach sie die Kundin an. »Wahrscheinlich ist unser Kassensystem wieder einmal …« Sie stockte und presste die Lippen zusammen. Fast hätte sie der Kundin verraten, dass die hochmoderne Zentralkasse, die im KaDeWe bei der Eröffnung installiert worden war, wohl wieder einmal versagte.

Stattdessen fuhr die Kassiererin fort: »Das Lehrmädchen wird sofort prüfen, warum Ihr Wechselgeld noch nicht eingetroffen ist«, bestätigte sie die Befürchtung, die Rieke bereits seit einigen Minuten hegte. »Lauf rasch hinunter in die Zentralkasse und bring der Kundin ihr Geld!«, befahl sie ihr dann.

Rieke versuchte, sich ihre Resignation nicht anmerken zu lassen. Jedes Lehr- und Kassenmädchen, das eine Käuferin zur Kasse begleitete, hatte zu warten, bis der Kauf endgültig abgeschlossen war. Diese Anweisung war ursprünglich für den Fall ergangen, dass eine Kundin es sich im allerletzten Moment noch anders überlegte und die Ware doch nicht erwarb. Dann hatte das Lehrmädchen sie samt dem Kassenzettel in die entsprechende Abteilung zurückzubringen. In letzter Zeit wurden die jungen Mädchen jedoch immer häufiger auch zur Zentralkasse geschickt, um das Wechselgeld zu holen, das wieder einmal in dem verzweigten Rohrpostsystem verschollen war.

Obwohl Rieke das in der Regel nichts ausmachte, traf die Anweisung sie jetzt hart. Denn da am heutigen Samstag so viel in der Damenkonfektionsabteilung zu tun gewesen war, hatte sie noch keine Gelegenheit gehabt, ihre zweistündige Mittagspause anzutreten. Jetzt war es schon fast halb drei. Die Chance, noch ein Mittagessen für zwanzig Pfennig in der Personalkantine zu erhalten, sank für Rieke nun gegen null.

Zwanzig Pfennig kostete das Essen ohnehin nur für die Lehrlinge. Reguläre Mitarbeiter mussten fünfzig Pfennig pro Mahlzeit bezahlen. Da Lebensmittel von Tag zu Tag teurer wurden, war Rieke dringend auf diese einzige nahrhafte Mahlzeit am Tag angewiesen. Doch warmes Essen gab es in der Personalkantine nur bis zum offiziellen Ende der Mittagspause, die man eigentlich zwischen elf Uhr vormittags und drei Uhr nachmittags zu nehmen hatte.

Dass ein Lehrmädchen seine Pausen verschieben oder sogar verkürzen musste, wenn es viel zu tun gab, gehörte zu den selbstverständlichen Erwartungen der Vorgesetzten. Ihre Mittagspause würde Rieke trotzdem irgendwann nehmen können, zumindest teilweise. Doch bis sie in die Zentralkasse gelaufen war und das Wechselgeld zurückgebracht hatte, würde es zu spät für eine warme Mahlzeit sein. Wenn die Geldscheine der Kundin überhaupt in der Kassenstation angekommen und das Transportgefäß, in das die Kassiererin sie hineingelegt hatte, nicht in einem der Rohre zur Zentralkasse stecken geblieben war.

Seinerzeit war das Zentralkassensystem, das Adolf Jandorf während seines Aufenthalts in den USA kennengelernt hatte, technisch auf dem neuesten Stand gewesen, hatte man Rieke erzählt. Jede der insgesamt einhundertvierundfünfzig Kassen des Warenhauses war daran angeschlossen. Wenn es funktionierte, spielte sich der Kassiervorgang folgendermaßen ab:

Das Geld wurde mit dem Kassenzettel, den die Kassiererin erhalten hatte, in ein kleines verschließbares Gefäß, Wagen genannt, gelegt und über das Rohrpostsystem auf den Weg geschickt. Zwei Motoren, die in einem Kellerraum installiert waren, trieben beständig eine Pumpe an, die Luft durch das bis in alle Gebäudeteile verzweigte, insgesamt achtzehn Kilometer lange Rohrnetz blies. Dadurch wurden die Wagen der einzelnen Kassen zunächst zur dazugehörigen Station in der Zentralkasse befördert. Der Kassenzettel blieb dann gleich dort und wurde mit der Einnahme in die Buchhaltung weitergegeben.

Hatte ein Kunde den zu zahlenden Betrag nicht passend, wurden beide Kassenzettel zunächst mit dem zu wechselnden Geld auf den Weg geschickt. Dann nahm die zuständige Zentralkassiererin nur den Kassenzettel der Verkäuferin aus dem Wagen und schickte das Wechselgeld mit dem Kassenzettel des Kunden zurück. Dazu betätigte sie einen Mechanismus, der das Gefäß auf dem gleichen Weg genau dorthin beförderte, wo es abgesandt worden war. Normalerweise dauerte dieser Vorgang kaum drei Minuten.

Doch dieses Kassensystem hatte sich unseligerweise von Anfang an als extrem störanfällig erwiesen. Im Lauf der Jahre musste man immer wieder eigens aus London Techniker kommen lassen, da in Deutschland keine Firma mit der komplexen Mechanik vertraut genug war, um größere Störungen dauerhaft beseitigen zu können.

Nach Kriegsbeginn war dies natürlich ein unlösbares Problem für das KaDeWe geworden. Da sich Deutschland mit Großbritannien im Krieg befand, konnte man keinen Londoner Techniker engagieren. Also pfuschten deutsche Ersatzkräfte mehr schlecht als recht an der Anlage herum, die dadurch immer störanfälliger wurde.

Für den recht wahrscheinlichen Fall, dass der Wagen mit dem Geld der Kundin erst gar nicht in der Zentralkasse angekommen war, ließ Rieke sich geistesgegenwärtig eine Notiz der Kassiererin mitgeben, was die Kundin an Wechselgeld zu bekommen hatte. Dann eilte sie die Treppe vom ersten Stock ins Erdgeschoss hinunter.

Außer Atem vom schnellen Laufen erreichte Rieke schließlich den Raum, in dem die Zentralkasse untergebracht war. Es war ein Anbau im hinteren Teil des KaDeWe. Natürlich hatte kein Kunde Zugang zu dem riesigen lichtdurchfluteten Saal. Für optimale Beleuchtung sorgten nicht nur die hohen Fenster, sondern auch die gänzlich verglaste Decke. An langen Arbeitstischen saßen die Zentralkassiererinnen vor den Rohren, die von den einzelnen Kassen im Warenhaus zu ihrem Platz verliefen.

An der Tür fing einer der Wachmänner Rieke erst einmal ab. »Wohin des Wegs, Frollein?« Natürlich wurde die Zentralkasse gut geschützt. Auch das Personal erhielt nur aus triftigen Gründen Zugang.

Rieke erklärte kurz ihr Anliegen und erfuhr dabei, dass das Gebläse des Rohrpostsystems tatsächlich schon wieder ausgefallen war. Der Wachmann wies ihr den Weg zu der für die Damenkonfektion zuständigen Zentralkassiererin, obwohl sie ihn bereits kannte.

Wie Rieke es auch schon von früheren Botengängen gewohnt war, ließ sich die Zentralkassiererin mit der Abwicklung der Angelegenheit Zeit. Umständlich prüfte diese zunächst, ob der Wagen mit dem Geld der Kundin noch vor dem Ausfall der Rohrpost angekommen war. Nachdem sie festgestellt hatte, dass das nicht der Fall war, füllte sie ein Formular aus, stellte Rieke dazu Fragen über die gekaufte Ware und heftete endlich die Notiz der Kassiererin daran. Erst dann bequemte sie sich, einen Fünfzigmarkschein herauszugeben, und ließ sich dessen Empfang von Rieke quittieren. Resigniert stellte die nach einem Blick auf die große Wanduhr fest, dass die Mittagessenszeit in der Kantine nun endgültig vorbei sein würde, bis sie ihre Pause antreten könnte. Für ihre zwanzig Pfennig würde sie jetzt nur noch eine Schrippe mit Käse erhalten, denn die übrigen Lebensmittel in der Personalkantine waren im Verhältnis viel teurer als die verbilligte Mittagsmahlzeit.

Angesichts der extrem knappen Kasse daheim beschloss Rieke, lieber hungrig zu bleiben, als so viel Geld zu verschwenden. Noch bekam man für zwanzig Pfennig beim Bäcker mehr als den Gegenwert einer einzigen Schrippe. Obwohl es bereits seit Februar Brotmarken gab, die jeder Person in Berlin nur noch zwei Kilogramm Brot pro Woche zugestanden.

Auf dem Rückweg durchs Erdgeschoss fiel Rieke ein gerade neu aufgebauter Sondertisch ins Auge. Sie blieb kurz stehen, um das Szenario zu betrachten, das man dort präsentierte. Es war eine Schlachtszene, ausgerechnet aus Flandern, wie Hinweisschilder über dem Tisch bekannt gaben. Also von jenem Ort, an dem ihr Bruder Robert im vergangenen Herbst so furchtbar verletzt worden war.

Zwar hatte er seine schrecklichen Verwundungen überlebt, er befand sich jedoch bereits seit fast einem halben Jahr in einer Klinik in Norddeutschland, wo er bislang elfmal operiert worden war. Noch wusste niemand, wann er wieder nach Hause kommen würde. Auf jeden Fall würde er überleben, freute sich Käthe und verdrängte dabei, was für ein elendes Leben ihren ältesten Sohn, der seit jeher ihr Liebling gewesen war, womöglich daheim erwartete.

Rieke, die Peter Hausers Briefe, in denen er von Roberts Verwundung berichtete, genauer gelesen hatte als ihre Mutter, machte sich da weit weniger Illusionen. Obwohl sich Peter dezent ausdrückte, ließ er durchblicken, Robert könne bis an sein Lebensende entstellt bleiben und aufgrund einer schweren Zungenverletzung, wenn überhaupt, nur noch lallend sprechen.

Angewidert wandte sich Rieke jetzt von dem Schlachtpano-rama ab und stieg die Treppe zur Damenkonfektion wieder hi-nauf. Dort war mittlerweile sogar Frau Liebermann, die Auf-sichtsdame, zur Kasse geeilt, um die immer zorniger werdende Kundin zu beruhigen. Sie riss Rieke den Geldschein nahezu aus der Hand, um ihn der Kundin zu übergeben.

Dann geschah etwas, mit dem Rieke nicht gerechnet hatte. Nachdem die Kundin den Schein in ihrer Börse verstaut hatte, kramte sie noch im Münzfach herum und zog fünfzig Pfennig heraus, die sie Rieke als Trinkgeld in die Hand drückte.

»Dessen bedarf es nicht, gnädige Frau«, mischte sich die Aufsichtsdame ein. »Unser Personal erwartet keine Gegenleis-tung für seine Dienste.«

»Immerhin hat dieses Mädchen dafür gesorgt, dass ich end-lich zu meinem Wechselgeld gekommen bin«, antwortete die Dame schnippisch. »Das ist mehr, als man von Ihrem übrigen Personal behaupten kann. Das nächste Mal kaufe ich wieder bei Wertheim.«

Frau Liebermann verzog kurz vor Unmut die Lippen, dann hatte sie sich wieder in der Gewalt. »Wir danken Ihnen herz-lich für Ihre Großmut und Ihre Geduld«, verabschiedete sie die Kundin höflich, die sich schon während ihrer letzten Worte umdrehte und davonrauschte. Ihr Dienstmädchen, das das Paket mit dem Kleid trug, bemerkte Rieke erst jetzt.

Kurz überlegte sie, sich für die geschenkten fünfzig Pfennig doch noch einen kleinen Imbiss in der Personalkantine zu gön-nen, als auch dieses Vorhaben scheiterte.

»Hat man eigentlich Herrn Jandorf schon über die erneute Störung des Zentralkassensystems informiert?«, fiel der Auf-sichtsdame ein. Dann wandte sie sich an Rieke. »Lauf noch einmal ins Erdgeschoss und sag im Kontor von Herrn Jandorf Bescheid, Rieke! Doppelt genäht hält besser, heißt es so schön. Selbst wenn man Herrn Jandorf bereits unterrichtet hat.«

# Im Erfrischungsraum des KaDeWe

## 15. Mai 1915, *wenig später*

Mit knurrendem Magen betrat Rieke den Erfrischungsraum, auch Teesalon genannt, im zweiten Stock. In diesem luxuriös ausgestatteten Raum war sie bisher noch nie gewesen, da der Zugang dem Personal an sich verboten war.

Trotz ihres Hungers sah sie sich einen Moment lang fasziniert um. Der Teesalon war in den Farben Gelb und Grün gehalten. Auf dem Boden lag gelber Teppich, die Wände waren bis zur Höhe von ungefähr zwei Metern mit hellem Holz verkleidet, aus dem auch die Stühle bestanden. Die restliche Wandfläche bis zur Decke hatte man grün gestrichen.

Mehr noch als durch die Einrichtung wurde Riekes Blick nun wie magisch von den Köstlichkeiten angezogen, die auf den mit blütenweißen Tüchern eingedeckten Tischen standen.

Da gab es Kuchen und Torten aller Art, auch mit verschiedenen Wurst- und Käsesorten belegte, hübsch garnierte Weißbrotschnittchen. Der Saal war um diese Nachmittagszeit nahezu voll besetzt. Es roch nach frisch aufgebrühtem echtem Bohnenkaffee.

Einen Augenblick lang wurde Rieke schwarz vor Augen. Sie hatte seit ihrem kargen Frühstück in Meyers Hof nichts zu sich genommen. Das war nicht mehr als eine grobe Roggenbrotscheibe gewesen, dünn mit Margarine und noch dünner mit Rübenkraut bestrichen. Dazu gab es eine Tasse Muckefuck, der fast so dünn war wie pures Wasser.

Doch das Publikum hier im Erfrischungsraum des KaDeWe musste im Gegensatz zu ihrer Familie und allen Bewohnern der Mietskaserne im Wedding offensichtlich nichts entbehren. Dies traf für den Großteil der ärmeren Schichten in Berlin nicht zu. Anstatt der Räucherspeckscheiben, die die Eintöpfe vor dem Krieg bereichert hatten, gab es jetzt höchstens einmal eine Speckschwarte. Selbst getrocknete Erbsen und Bohnen waren so teuer geworden, dass der Eintopf eher einer dünnen Suppe glich als einem nahrhaften Gericht.

Dabei hatte Käthe im KaDeWe nach wie vor ihre gut bezahlte Stelle als Leiterin der Reinigungskolonne inne. Auch Rieke gab den größten Teil ihres monatlichen Verdiensts von zwanzig Mark zum Haushaltsgeld hinzu und behielt nur jene zwanzig Pfennig pro Tag für sich, für die sie in der Regel ihre warme Mittagsmahlzeit in der Personalkantine bekam.

Doch die Familie hatte sowohl Roberts Einkommen eingebüßt als auch die Einnahmen durch die Schlafburschen. Beide Untermieter waren bereits vor Monaten eingezogen worden. Und Roberts Invalidenrente, die ohnehin nur knapp vierzehn Mark im Monat betrug, wurde nicht ausbezahlt, solange er sich noch in der Klinik befand.

Trotzdem hätte die Familie zumindest keinen Hunger leiden müssen, wenn sich die Nahrungsmittel nicht seit Kriegsbeginn so verteuert hätten. Butter gab es im Haushalt der Krauses schon lange nicht mehr. Eier kamen nur noch sonntags auf den Tisch, Wurst überhaupt nicht mehr.

Auch die Quelle verbilligter, unverkäuflicher Lebensmittel versiegte zunehmend für die Angestellten. Unter anderem aufgrund der seit Kriegsbeginn herrschenden britischen Seeblockade wurden Lebensmittel selbst im KaDeWe immer knapper. Aus dem regulären Verkauf blieb kaum mehr etwas übrig, und wenn doch, waren die preisreduzierten Produkte im Nu vergriffen. Man munkelte, dass sich vor allem die Angestellten der Lebensmittelabteilung selbst so stark bedienten, dass die restlichen Mitarbeiter des KaDeWe zum größten Teil das Nachsehen hatten.

Mit Riekes Vater Otto wurde es außerdem immer schlimmer. Schon einige Male hatte er sich heimlich an den Brotmarken bedient, die von den Berliner Behörden für insgesamt dreiundzwanzig Wochen von Ende Februar bis zum 1. August 1915 auf einmal ausgegeben worden waren. Otto hatte einen Teil davon mitgehen lassen und in seiner Stammkneipe gegen Branntwein eingetauscht.

Als Käthe ihren Mann zur Rede stellte, versuchte er anfangs, ihre Vorwürfe wieder mit Gewalt zu unterdrücken. Doch in ihrer Verzweiflung ließ Käthe sich diesmal nichts gefallen. Nachdem Otto sie geschlagen hatte, stach sie ihn mit einem Küchenmesser in den Oberarm. Otto habe Glück gehabt, dass sie keine Arterie getroffen hatte, erklärte der hastig herbeigeholte, für den Wedding zuständige Armenarzt. Dieser wurde von der Gemeinde bezahlt, die Behandlung war für Bedürftige kostenlos.

Seither versteckte Käthe Bargeld, Brotmarken und sogar die wenigen Wertgegenstände des Haushalts vor Otto. Ihre beiden Kristallgläser hatte sie in ihrem Spind im KaDeWe deponiert.

»Was hast du hier zu suchen?«, sprach Rieke plötzlich jemand mit gedämpfter Stimme von hinten an. Erschrocken drehte sie sich um. »Für Personal, erst recht für ein Lehrmädchen, ist der Zutritt verboten«, zischte der Mann mit zorniger Miene.

Rieke kannte ihn nicht persönlich, schloss aus seinem schwarzen Anzug und der gleichfarbigen Fliege jedoch, dass es der Oberkellner des Erfrischungsraums war.

Eingeschüchtert streckte sie ihm den Zettel entgegen, auf den Adolf Jandorf hastig seine Bestellung gekritzelt hatte. Er hatte ihr den Zettel durch seine Vorzimmerdame überreichen lassen, der Rieke auftragsgemäß Meldung über die erneute Störung des Zentralkassensystems erstattet hatte.

Als die Frau sie bat, Adolf Jandorf diese Botschaft persönlich auszurichten, hatte der zuerst harsch abgewinkt. Offenbar spielte sich zwischen den Personen, die sich in seinem Kontor befanden, gerade irgendeine Art von Krise ab. Rieke erkannte das Ehepaar Bergmann und dessen Tochter Judith, die sie bei dem Festessen für den König von Siam kennengelernt hatte.

Judiths Mutter hatte ganz verweinte Augen, auch Judith selbst wirkte erschüttert. Der Vater faltete gerade einen Brief auseinander.

»Die Zentralkasse ist mir im Augenblick völlig gleichgültig«, erklärte Jandorf zu Riekes Erstaunen. »Aber wenn das Mädel schon einmal da ist, ach, das ist ja das Fräulein Krause«, erkannte Jandorf sie erst jetzt durch die geöffnete Tür, »kann sie rasch in den Teesalon laufen und eine Erfrischung bestellen.«

Jandorf ging zu seinem Schreibtisch und schrieb etwas auf einen Zettel, den er der Sekretärin überreichte. »Sie halten sich hier weiter zu meiner Verfügung, Fräulein Goldmann«, gab er Anweisung. Um nach kurzer Überlegung seine Entscheidung wieder zu ändern. »Andererseits, wenn ich es recht bedenke, laufen Sie selbst rasch zu Herrn Hofer hinüber. Er ist der kaufmännische Direktor und soll sich um den Schaden an der Zentralkasse kümmern.«

Damit war Rieke entlassen, und sie beeilte sich natürlich, dem Auftrag des Warenhausbesitzers nachzukommen.

Nun hatte der Oberkellner das Studium des Zettels beendet. »Du kannst gehen, wir werden uns sofort um alles kümmern«, scheuchte er Rieke mit einer Handbewegung hinaus.

Eine Minute lang war Rieke versucht, auf der Stelle in die Personalkantine zu gehen, um endlich etwas zu essen, ohne vorher die Erste Verkäuferin oder die Aufsichtsdame der Damenkonfektion um Erlaubnis zu bitten. Doch womöglich würde ihr eine solche Eigenmächtigkeit Schwierigkeiten bereiten, und davon hatte ihre Familie gerade schon genug.

Also machte sie sich zurück zu ihrer Arbeit auf, noch immer mit leerem Magen.

## Kontor Adolf Jandorfs im KaDeWe

### 15. Mai 1915, zur gleichen Zeit

»Also wird Johannes wieder ganz gesund werden?«

Paul Bergmann, der in einer Hand den geöffneten Brief, im anderen Arm seine vor Erleichterung immer noch weinende Frau hielt, nickte.

»So steht es zumindest in dem Schreiben, das Johannes' Hauptmann verfasst hat, Judith. Johannes' Augen und auch seine Atemwege waren wohl einige Tage lang geschädigt, nachdem er mitten in einen deutschen Gasangriff geraten war. Doch zum Glück sind die Symptome schon wieder zurückgegangen. Johannes wird sein Augenlicht auf jeden Fall behalten. Der behandelnde Arzt ist außerdem zuversichtlich, dass sich auch seine Lunge wieder vollständig erholen wird.«

»In einen *deutschen* Gasangriff geraten!«, knurrte Adolf Jandorf. »Das ist nachgerade unglaublich! So etwas steht natürlich nicht in den Berichten der Obersten Heeresleitung. Dort wird Chlorgas als die neue Wunderwaffe angepriesen, die den deutschen Truppen schnell zum Gesamtsieg verhelfen soll. Zumal der Feind angeblich über eine solche Waffe noch gar nicht verfügt.«

»Was sich sicherlich schon in kurzer Zeit ändern wird«, sagte Paul sarkastisch. »Schließlich ist Chlorgas eine Allerwelts-Chemikalie. Warum sollten unsere Gegner nicht bald ebenfalls darüber verfügen?«

»Aber wie kann so etwas denn überhaupt geschehen?«, warf Judith ein. »Wieso wurde Johannes durch eine Waffe verletzt, die seine eigenen Kameraden eingesetzt haben?«

»Ob ein Angriff mit dieser scheußlichen Waffe erfolgreich ist, hängt von der Windrichtung ab«, erklärte Paul. »So habe ich es mir zumindest aus den spärlichen Informationen zusammengereimt, die darüber im *Berliner Tageblatt* standen. Angeblich wird das Gas aus irgendwelchen Behältern abgelassen, wenn der Wind günstig steht und das Gift daher direkt auf die feindlichen Linien geweht wird. Aber der Wind kann sich eben drehen«, fügte er bedeutungsschwanger hinzu. »So erkläre ich mir Johannes' Verwundung.«

»Dass sich ein so renommierter Wissenschaftler wie Fritz Haber für eine solche Teufelei hergibt, hätte ich mir vor dem Krieg nicht träumen lassen.« Jandorf war noch immer empört.

Professor Fritz Haber war ein im Deutschen Reich sehr bekannter Chemiker.

»Nun, ihm und seinem Kollegen Carl Bosch ist die Herstellung von Ammoniak zu verdanken«, versetzte Paul. »Ein hervorragendes Düngemittel, aber auch geeignet zur Herstellung von Sprengstoffen. Aus diesem Grund hat sich Haber gleich zu Kriegsbeginn als wissenschaftlicher Berater des Kriegsministeriums zur Verfügung gestellt. Und wer an *einer Art* tödlicher Waffen mitarbeitet, hat wahrscheinlich keine Hemmungen, dies auch auf andere Arten von Angriffswaffen auszudehnen.«

»Auf jeden Fall ist Haber ein *glühender Patriot*«, konstatierte Jandorf verächtlich. »Und überaus ehrgeizig obendrein. Schließlich ist er jüdischer Herkunft wie wir und hat sich trotzdem schon vor vielen Jahren taufen lassen. Als Protestant hatte er nämlich die Karrierechancen, die man ihm als Jude an der Hochschule verwehrt hätte.«

»Aber die Hauptsache ist doch, dass Johannes wieder gesund wird. Und danach sogar für ein paar Tage nach Hause kommen darf.«

In ihrem Disput über den Erfinder der Gaswaffen war es Paul und Adolf entgangen, dass sich Rebekka inzwischen wieder beruhigt hatte. Sie löste sich aus Pauls Arm und versuchte sich an einem schiefen Lächeln. »Das bewahrt mich zumindest davor, mich selbst als *schlechte* Patriotin zu zeigen.«

Paul musterte seine Frau verständnislos. »Was meinst du denn damit?«

»Wahrscheinlich bezieht sich Mama auf den Kondolenzbesuch, den sie neulich gemeinsam mit Margarete Jandorf machen wollte«, erklärte Judith. »Den bei Frau Mertens«, fügte sie hinzu, da ihr Vater nach wie vor ratlos wirkte.

»Frau Mertens? Wer soll das sein?«

»Also hast du mir neulich abends wieder einmal nicht richtig zugehört«, beschuldigte Rebekka ihren Mann mit vorwurfsvoller Stimme.

Adolf Jandorf fühlte sich bemüßigt einzugreifen. »Das ist eine Geschichte, die Frauen wahrscheinlich mehr berührt als Männer«, beschwichtigte er. »Margarete hat mir auch von diesem Besuch bei Frau Mertens erzählt. Und Patriotismus hin oder her, das Verhalten dieser Frau empfinde ich im höchsten Maße als unnatürlich.«

»Ach so!« Paul begann, sich vage zu erinnern. »Das ist jene Dame, die nicht einmal Beileidsbekundungen akzeptiert hat, als sie zuerst ihren einzigen Sohn und wenige Tage später auch den Mann ihrer einzigen Tochter auf dem Schlachtfeld verloren hat.«

»Sie wirkte sogar völlig ungerührt, als Margarete und ich ihr unser Beileid aussprechen wollten«, sagte Rebekka empört. »Stattdessen bat sie uns, von jeder Bezeigung von Mitgefühl Abstand zu nehmen. Fürs Vaterland sei kein Opfer zu groß, betonte sie. Und dass sie sogar stolz darauf sei, dass ihrer Familie dieses größtmögliche Opfer abverlangt wurde.«

»Eine solche Haltung ist nicht einmal die Ausnahme«, fügte Judith aufgeregt hinzu. »Erst heute Morgen hat mir eine Mitschülerin, deren Vater vor einigen Wochen gefallen ist, erzählt, dass der Pfarrer sie und ihre Mutter bei der Totenmesse von der Kanzel herab gescholten hat, weil sie um den Gefallenen weinten.«

»So etwas ist unglaublich!«, echauffierte sich Rebekka. »Ich jedenfalls ließe mir weder das Weinen verbieten, wenn Johannes wirklich gefallen wäre, noch würde ich Menschen zurückweisen, die mir ihr Mitgefühl bezeigen wollten.« Wieder schluchzte sie auf.

»Zum Glück ist beides jetzt gar nicht erforderlich«, beruhigte sie Paul und nahm Rebekka erneut in den Arm. »Johannes wird wieder gesund und kommt sogar auf ein paar Tage Urlaub nach Berlin.«

In diesem Augenblick klopfte es an die Tür. »Das werden die Erfrischungen sein«, vermutete Jandorf.

In der Tat öffnete seine Vorzimmerdame dem Oberkellner des Teesalons. Der Mann trug ein großes Tablett mit Kaffee, Tee und einigen appetitlich arrangierten Kuchenstücken in beiden Händen.

Trotzdem war Judith ein wenig enttäuscht. Aus irgendeinem Grund hatte sie erwartet, dass Rieke die bestellten Dinge selbst abliefern würde. Für diesen Fall hätte sie Adolf Jandorf gebeten, das für sie vorgesehene Tortenstück Rieke überlassen zu dürfen.

Denn das Mädchen hatte vorhin bleich und ausgezehrt auf sie gewirkt. Und sie hätte sich daher sicherlich über den Kuchen genauso gefreut wie über das Schokoladenkonfekt, das Judith ihr weiland beim Besuch des siamesischen Königs verschafft hatte.

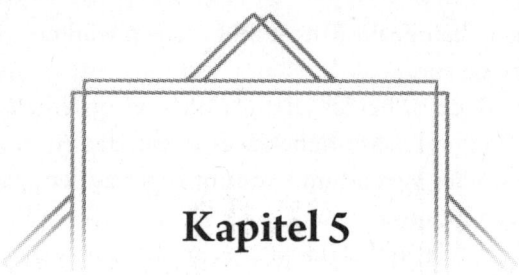

# Kapitel 5

### Ein Dorf in der Champagne

*Oktober 1915*

Unschlüssig betrachtete Johannes die Szenerie, die sich ihm darbot, und er überlegte bereits, ob er den Gutschein für das Frontbordell im Wert von zehn Mark nicht einfach verfallen lassen sollte.

Einen solchen Gutschein hatte man ihm und den unverletzten Soldaten seiner Kompanie nach den letzten heftigen Grabenkämpfen in ihrem Frontabschnitt in der Champagne als Prämie ausgehändigt. Der Besuch im Bordell sollte ihm und seinen Kameraden die kurze Ruhepause in der Etappe ein wenig angenehmer machen.

Feldbordelle waren mittlerweile an der gesamten Westfront eingerichtet worden. Damit wollte die Heeresleitung verhindern, dass die Soldaten sexuelle Beziehungen zu einheimischen Frauen eingingen, die keiner Gesundheitskontrolle unterlagen.

Aus purer Not verdingten sich mittlerweile viele französische Frauen als Prostituierte. Denn während die Verpflegung selbst für die kämpfenden Truppen immer spärlicher wurde, litt die Zivilbevölkerung erst recht immer größeren Mangel am Lebensnotwendigsten.

Die Felder der französischen Bauern waren durch die Kämpfe verwüstet, der größte Teil der diesjährigen Ernte vernichtet. Das meiste Großvieh war beschlagnahmt worden, sowohl von den eigenen als auch von den feindlichen deutschen Truppen. Kleinvieh, insbesondere Geflügel, fiel privaten Raubzügen einzelner Soldatengruppen zum Opfer. Also verkauften viele Frauen und Mädchen ihren Körper für ein Stück Brot. Dies leiste allerdings der Ausbreitung von Geschlechtskrankheiten Vorschub, sorgten sich die Militärärzte. Deshalb war es auch hinter dieser neuen Frontlinie in der Champagne rasch zur Einrichtung von Bordellen gekommen.

Hier arbeiteten ebenfalls nahezu ausschließlich einheimische Frauen. Sie wurden für ihre Dienstleistungen zwar bezahlt und regelmäßig ärztlich untersucht. Man munkelte jedoch, dass eine Frau diese Tätigkeit maximal drei Wochen lang durchhielt. Angesichts der riesigen Schlange, die sich vor dem Mannschaftsbordell, erkenntlich an der roten Laterne über der Eingangstür, gebildet hatte, konnte sich Johannes dies lebhaft vorstellen. Zumal ein Besuch in diesem Haus für den einfachen Soldaten nur mit zwei Mark zu Buche schlug.

Auf den ersten Blick ging es in den Freudenhäusern für Offiziere feudaler zu. Doch auch die Frau, die die ranghöheren Freier vor dem zur Unterscheidung vom Mannschaftsbordell mit einer blauen Laterne gekennzeichneten Eingang mit einem maskenhaften Lächeln begrüßte, wirkte ausgezehrt. Das konnte die viel zu starke Schminke in ihrem verhärmten Gesicht nicht kaschieren. Selbst wenn Johannes ernsthaft in Betracht gezogen hätte, die Dienste einer dieser armen Frauen in Anspruch zu nehmen, hätte er angesichts ihres offensichtlichen Elends jetzt davon Abstand genommen.

Da er jedoch ohnehin kein Interesse am weiblichen Geschlecht hatte, war er lediglich in das Dorf, in dem man die Versorgungseinheiten für seinen Frontabschnitt eingerichtet hatte, aufgebrochen, um seinen Gutschein gegen Zigaretten einzutauschen. Vor dem Krieg war Johannes Nichtraucher gewesen. Jetzt war er wie die meisten seiner Kameraden regelrecht tabaksüchtig geworden. Allerdings waren auch diese anfangs üppigen

Rationen, die zur täglichen Verpflegung der Soldaten gehörten, im Lauf des Kriegs immer kleiner geworden.

Plötzlich tippte ihm jemand von hinten auf die Schulter. »Möchtest du meinen Bordellgutschein für ein paar Zigaretten haben?«, hörte Johannes zu seinem Erstaunen. Er drehte sich um und musterte den Mann, der das Gleiche vorhatte wie er selbst.

An den Abzeichen erkannte er, dass es sich ebenfalls um einen Leutnant handelte. Der Mann war blond und blauäugig und entsprach mit seiner muskulösen Statur und den breiten Schultern dem Urbild eines Germanen. Eher das Gegenteil von Johannes mit seiner Schlankheit und den dunklen Locken und Augen. Aber ungemein attraktiv. Spontan verspürte Johannes ein Ziehen in der Magengrube.

Lächelnd schüttelte er den Kopf. »Mitnichten, Kamerad. Im Gegenteil trieb mich derselbe Wunsch hier an diese schäbige Stätte.«

Der Leutnant betrachtete ihn intensiv. »Dich kenne ich doch«, sagte er schließlich. »Bist du nicht der Johannes Bergmann?«

Zwar kam Johannes die Stimme des Offiziers vage bekannt vor, doch gesehen hatte er ihn mit Sicherheit noch nie. »So ist es, Kamerad. Aber woher kennst du meinen Namen?«

Nun streckte ihm der Mann mit einem breiten Grinsen die Rechte entgegen. »Ich bin Sebastian Häfner«, erklärte er. »Nach dem Gasangriff auf Höhe 60 habe ich dich seinerzeit noch im Lazarett besucht. Dann wurde ich vorübergehend nach Galizien an die Ostfront versetzt.«

Johannes durchfuhr es heiß und kalt. Vor ihm stand der Mann, der ihm im Mai dieses Jahres das Leben gerettet hatte. An seinen Namen konnte sich Johannes sehr gut erinnern. Er hatte nach seiner Genesung sogar nach Sebastian Häfner geforscht, um ihm noch einmal persönlich für seine Rettung zu danken.

Doch anders als er selbst war Häfner damals schon in Galizien gewesen. Dort an der Ostfront hatte es im Mai nach der gewonnenen Schlacht bei den Städten Gorlice und Tarnów einen siegreichen Durchbruch der Mittelmächte gegen die russischen Streitkräfte gegeben, den die Oberste Heeresleitung unbedingt ausweiten wollte. Alle verfügbaren Kräfte waren aus diesem Grund von der Westfront abgezogen worden. Die zweite Flandernschlacht endete daher trotz der immensen Verluste auf beiden Seiten unentschieden.

Dennoch stellte diese Schlacht einen entscheidenden Wendepunkt in diesem furchtbaren Krieg dar. Auf Betreiben des Chemikers Professor Fritz Haber hatte sich die deutsche Wehrmacht am 22. April zum ersten Mal zum Einsatz von Giftgas gegen die feindlichen Truppen entschlossen. Das dazu verwendete hochgiftige Chlorgas wurde in eisernen Behältern angeliefert, die man zunächst eingrub, um sie in dem Moment, in dem der Wind günstig stand, zu öffnen.

Das gelbliche Gas, das schwerer als Luft war, wurde danach in Bodennähe zu den feindlichen Linien geweht. Seine Wirkung auf alle Soldaten, die mitten in einen solchen neuartigen Angriff gerieten, war furchtbar. Das Chlorgas verätzte Atemwege und Schleimhäute, darunter auch die Augen. Noch heute verfolgten Johannes die Schreie der Briten, die diese erste Gaswolke erfasst hatte, in seinen Albträumen.

Doch nur zwei Wochen später war er selbst zum Opfer eines solchen Gasangriffs geworden. Denn das, was die Gegner dieser heimtückischen Waffe von Anfang an prophezeit hatten, trat schneller ein als von den kommandierenden Generälen erwartet.

Den ganzen Tag über hatte der Kampf zwischen deutschen und britischen Soldaten um einen Hügel mit strategischer Bedeutung in der Nähe von Ypern, Höhe 60 genannt, hin- und hergewogt. Wie so häufig waren unter riesigen Verlusten erzielte Geländegewinne fast unmittelbar danach wieder verloren gegangen. Am Abend fasste der Regimentskommandeur den fatalen Entschluss, an diesem Frontabschnitt erneut Chlorgas gegen den Feind einzusetzen.

Als die Mitglieder der sogenannten Gaskompanie, Chemiestudenten, die sich freiwillig gemeldet hatten und deren Zahl durch vergangene Kampfhandlungen bereits erheblich reduziert worden war, damit begannen, die Gasbehälter einzugraben, versuchte nicht nur Johannes, dagegen zu protestieren. Der Wind hatte bereits den ganzen Tag immer wieder gedreht, und daher bestand die Gefahr, dass das Chlorgas diesmal auch die eigenen Truppen treffen könnte.

Doch Johannes' Bedenken waren auf taube Ohren gestoßen. Und so kam es dann, wie es kommen musste: Bereits nach wenigen Minuten drehte der Wind wieder und blies das freigelassene Gas in Richtung der eigenen Kompanie. Nie würde Johannes den furchtbaren Chlorgeruch vergessen, den die gelbliche Wolke verströmte. Erst recht nicht die entsetzlichen Schmerzen in Brust und Augen, die der Kontakt mit dem Gas zur Folge hatte. In seiner Panik kletterte Johannes schließlich blindlings aus seinem Graben und wäre geradewegs ins feindliche Feuer gelaufen, hätte Sebastian Häfner, dessen Kompanie gerade zur Verstärkung aus den hinteren Reihen vorgerückt war, ihn nicht zurückgerissen und in Sicherheit gebracht. Zum Glück drehte der Wind in diesem Augenblick erneut, sogar mit einer heftigen Böe, sodass Sebastian weitgehend unverletzt blieb.

Er brachte Johannes zum nächsten Hauptverbandsplatz, wo dessen Lunge sofort mit reinem Sauerstoff behandelt wurde, sodass sich die Atemwege im Lauf der Zeit wieder erholten. Einmal hatte Sebastian Johannes sogar im Lazarett besucht. Doch damals konnte Johannes seinen Retter nicht sehen, da ihm die Augen aufgrund der Verätzungen durch das Chlorgas noch verbunden waren.

Als Johannes nach drei anfangs qualvollen Wochen endlich

genesen war, hatte man Sebastian Häfner bereits längst an die Ostfront versetzt.

»Ich … ich kann dir gar nicht genug danken, Kamerad«, stammelte Johannes nun.

Sebastian lächelte noch immer, musterte ihn aber jetzt mit einem seltsamen Blick. »Wenn ich dich richtig verstanden habe, Johannes, bist auch du nicht hierhergekommen, um diesem zweifelhaften Vergnügen nachzugehen.« Er machte eine Handbewegung in Richtung der beiden Feldbordelle, die in einem zwangsgeräumten Bauernhaus eingerichtet worden waren.

»Nein, Sebastian. Aus so was mache ich mir gar nichts«, antwortete Johannes spontan und erschrak unmittelbar darauf über seine Offenheit.

»Bist du verlobt oder verheiratet und möchtest deiner Liebsten die Treue bewahren?«, fragte Sebastian jedoch vorsichtig nach.

Johannes schüttelte den Kopf. »Nein.«

»Also findest du einfach keinen Gefallen an solchen Vergnügungen?«, hakte Sebastian noch einmal nach.

Johannes errötete wider Willen. »So ist es«, presste er hervor.

»Dann geht's dir wie mir«, erwiderte Sebastian zu Johannes' Erstaunen. Der Blick aus seinen blauen Augen wurde immer intensiver.

Eine kurze Weile schwiegen sie beide. Johannes spürte sein Herz heftig klopfen.

»Was hältst du davon, wenn wir uns ein Bier besorgen und es uns damit irgendwo gemütlich machen?«, schlug Sebastian schließlich vor.

Das Ziehen in der Magengrube, das Johannes bereits im ersten Moment ihrer Begegnung ergriffen hatte, wandelte sich nun zu einem heftigen Ziehen im Unterleib. Schon spürte er entsetzt, dass sich eine Erektion entwickelte, und er hoffte, Sebastian würde nichts bemerken.

Dessen Lächeln bekam nun einen wissenden Ausdruck. »Bist du einverstanden, Johannes?«, insistierte er.

Der nickte nur, seine Kehle fühlte sich plötzlich wie ausgedörrt an.

Der restliche Tag würde Johannes trotz des furchtbaren Kriegs, der die Kulisse für ihre Begegnung bildete, für immer als einer der schönsten Tage seines Lebens in Erinnerung bleiben. Es war der Beginn einer großen und in dieser Form von ihm nie erwarteten Liebe.

## Auf dem Heimweg vom KaDeWe zu Meyers Hof

### *Oktober 1915*

Als Käthe und Rieke am Potsdamer Platz aus der U-Bahn stiegen, um von dort aus mit dem Bus nach Meyers Hof zu fahren, warf Rieke einen scheuen Seitenblick auf ihre Mutter.

Im grellen Licht der elektrischen Deckenlampen in der Station wirkte sie im Vergleich zum Kriegsbeginn um Jahre gealtert. Die täglichen Entbehrungen, die der Krieg mit sich brachte, aber vor allem ihre Sorge um Robert hatten tiefe Falten in ihr Gesicht gegraben.

Käthe war erst in diesem Sommer vierzig Jahre alt geworden, wirkte nun aber zehn Jahre älter. Ihr ehemals dichtes dunkelblondes Haar war dünn und strähnig geworden. Da es ihr mittlerweile beim Kämmen gleich büschelweise ausfiel, hatten sich sogar einige kahle Stellen am Hinterkopf gebildet, die Käthe nur unzureichend mit ihrer zu einem Dutt gedrehten Frisur kaschieren konnte.

Obwohl fast alle Nahrungsmittel immer knapper und teurer wurden, brachte Käthe bei vielen Mahlzeiten nicht einmal das Wenige herunter, das an Essen zur Verfügung stand, und überließ ihren Töchtern große Teile ihrer Portion. Infolgedessen war sie stark abgemagert. Obwohl sie ihre Kleidung schon mehrfach enger gemacht hatte, schlackerte sie ihr schon wieder lose um den Körper.

Was wird uns wohl zu Hause erwarten?, dachte Rieke bang, als sie den Bus bestiegen. Er war brechend voll, an einen Sitzplatz war gar nicht zu denken. Denn auch die Linie in den Wedding war im Vergleich zur Vorkriegszeit stark ausgedünnt worden. Die Busse fuhren nur noch halb so oft wie früher und waren natürlich entsprechend überfüllt. Auch jetzt schon am späten Nachmittag. Adolf Jandorf hatte Rieke und Käthe auf deren Bitte hin früher freigegeben, damit sie Robert zu Hause empfangen konnten.

Denn heute würde er endlich heimkommen! Nach fast einem Jahr, in dem er in einer Klinik nahe Hamburg viele Male operiert worden war. Zwei Sanitäter würden Robert in einem Lazarettzug begleiten und nach der Ankunft in Berlin nach Hause bringen, hatte ihnen der behandelnde Arzt geschrieben. Von ihnen erhielte die Familie auch genaue Instruktionen für Roberts Pflege. Er bedürfe vorläufig der Schonung und sei noch nicht völlig genesen. Weiter ließ sich der Arzt in seinem Brief über diesen Aspekt nicht aus.

Ausführlich erwähnte er dagegen, dass Robert aus unerfindlichen Gründen nicht mehr allein gehen könne, obwohl seine Beine und seine Wirbelsäule durch die Granate nicht in Mitleidenschaft gezogen worden waren. Der Arzt machte psychische Gründe hierfür verantwortlich und äußerte in seinem Schreiben die Hoffnung, Robert werde das selbstständige Laufen wieder erlernen, sobald er sich endlich im Kreise seiner Familie befand.

»Hauptsache, er lebt«, beteuerte Käthe immer wieder, seit das Schreiben vor einer Woche in Meyers Hof eingetroffen war. Doch dafür, wie man zu Hause Roberts Pflege bewerkstelligen sollte, gab es noch keinen Plan. »Wir entscheiden, was wie zu tun ist, wenn wir die Instruktionen der Sanitäter erhalten haben«, hatte Käthe sie kurz abgefertigt, als Rieke vor einigen Tagen auf dieses Thema zu sprechen gekommen war.

Wahrscheinlich hofft Mutter auf Sannis Hilfe, vermutete Rieke. Ihre jetzt vierzehnjährige Schwester hatte vergangene Ostern die Volksschule abgeschlossen und führte nun in Meyers Hof mehr schlecht als recht den Haushalt. Deshalb hegte Rieke beträchtliche Zweifel, ob Sanni der Pflege ihres kriegsversehrten Bruders gewachsen sein würde.

Aber vielleicht hat Mutter ja auch andere Pläne, sinnierte sie, als der Bus in die Invalidenstraße einbog. In diesem Moment bremste das Gefährt scharf ab. Eine einfach gekleidete ältere Frau prallte gegen Rieke und ließ dabei ein Päckchen fallen. Als Rieke sich im Gedränge bückte, um es aufzuheben und der Frau zurückzugeben, sah sie, dass es ein Feldpostpäckchen war.

Das lenkte sie einen Moment lang von dem Gedanken daran ab, was ihr zu Hause bevorstand. Und erinnerte sie stattdessen an einen Vorfall, den sie heute Morgen beobachtet hatte.

Feldpostpäckchen für die Frontsoldaten wurden in jedem Berliner Geschäft und natürlich auch im KaDeWe angeboten. Sie durften maximal fünfhundert Gramm schwer sein und kosteten zwanzig Pfennig Porto, unabhängig davon, an welchen Abschnitt der Front sie geschickt werden sollten. Im KaDeWe gab es Standardpäckchen zu vier Mark, die mit Zigaretten, Dauerwurst, Hartkäse und Kaffee gefüllt waren.

Allerdings konnte sich jeder Kunde den Inhalt auch individuell zusammenstellen. Begüterte Käufer tauschten den Standardinhalt oft gegen Luxuswaren wie Schokolade, Kandiszucker oder Honig in Blechdosen aus. Nur Kaffee und Zigaretten waren regelmäßig dabei. Da das Gewicht pro Päckchen die fünfhundert Gramm nicht überschreiten durfte, gab es auch immer wieder Kunden, die sich für ein und denselben Adressaten gleich mehrere Päckchen zusammenstellen ließen.

Waren dies Kundinnen, die vor dem Erwerb der Feldpostpäckchen auch etwas in der Damenkonfektionsabteilung erstanden hatten, wurden die Lehrmädchen damit beauftragt, die Damen in die Lebensmittelabteilung im zweiten Stock und nach dem Zusammenstellen der Päckchen an die Sammelkasse zu begleiten, wo die Kosten für alle Einkäufe, die in verschiedenen Abteilungen des KaDeWe getätigt worden waren, beglichen wurden.

Dazu erwarb der Kunde für ein Pfand von drei Mark zuvor ein sogenanntes Sammelbuch, das insgesamt dreißig Coupons enthielt, mit denen die Kassenzettel der an der Sammelkasse aufbewahrten Einkäufe zunächst gekennzeichnet wurden. Bezahlte der Kunde die erstandene Ware, verrechnete man das Pfandgeld für das hernach entwertete Sammelbuch mit der Kaufsumme.

Selbstverständlich wurden die erworbenen und bereits frankierten Feldpostpäckchen von den Lehrmädchen der einzelnen Abteilungen zur Poststelle im Erdgeschoss gebracht. So sollten es die Kunden möglichst bequem haben.

Nun hatte Rieke heute eine auffällige Beobachtung gemacht: Kurz hintereinander hatten zuerst Else Lemke, dann sie selbst jeweils eine Kundin in die Lebensmittelabteilung begleitet. Am Stand für die Päckchen, an dem wegen der hohen Nachfrage mehrere Verkäuferinnen bedienten, hatte sich Elses Kundin für den gleichen Empfänger, wahrscheinlich einen engen Verwandten, vier Päckchen zusammenstellen lassen, immerhin für die erkleckliche Summe von achtundzwanzig Mark. Das war Rieke aufgefallen, denn die Verkäuferinnen beschrifteten die Päckchen natürlich auch gemäß den Kundenangaben. Ihre Kundin hatte dagegen nur zwei Standardpäckchen erworben, die an unterschiedliche Adressaten gingen.

Nachdem ihre Kundin die beiden Päckchen bezahlt hatte, brachte Rieke sie zur Poststelle. Auf dem Rückweg begegnete sie Else. Diese war später dran als sie selbst, obwohl Else mit ihrer Kundin früher an der Sammelkasse gewesen war. Erst dachte sich Rieke gar nichts dabei. Vielleicht hatte Else die Toilette aufsuchen müssen und die vier Päckchen zwischenzeitlich irgendwo abgestellt. Erst auf den zweiten Blick fiel Rieke auf, dass Else nur drei Päckchen bei sich trug.

Spontan machte Rieke auf dem Absatz kehrt und folgte Else unter dem Vorwand, etwas verloren zu haben, zurück in die Poststelle. Dort gelang es ihr, einen kurzen Blick auf die Adresse des Empfängers von Elses Päckchen zu werfen. Es war die, an die Elses Kundin in der Lebensmittelabteilung alle vier Sendungen schicken wollte.

Sofort kam Rieke ein Verdacht. Hatte Else das vierte Päckchen womöglich unterschlagen? Auffallen würde dies sicherlich nicht. Denn täglich wurden Tausende von Feldpostbriefen und -päckchen zur Front befördert. Wenn einmal eine Sendung verloren ginge, würde sich niemand darüber wundern. Erst recht nicht, wenn der Empfänger drei Päckchen auf einmal erhielte. Ein viertes würde er sicher nicht erwarten, geschweige denn vermissen.

Auch Peter Hausers Mutter, die in Meyers Hof auf dem gleichen Flur wie die Krauses wohnte, hatte Käthe berichtet, dass Liebesgaben für ihren Sohn sogar schon zweimal abhandengekommen waren. Ein paar Feldpostbriefe Peters von der Front hatten seine Mutter ebenfalls nie erreicht, was sie sich aufgrund der nachfolgenden Briefe zusammenreimte.

Der Bus hielt jetzt an der Haltestelle in der Ackerstraße, wo Käthe und Rieke aussteigen mussten. Rieke beschloss, Else weiter im Auge zu behalten, und wappnete sich während des kurzen Fußwegs zu Meyers Hof nunmehr für das, was sie dort erwarten mochte.

Als die Frauen wenig später die dritte Etage ihres Hinterhauses erreichten, stand sowohl die Tür zu ihrer Wohnküche als auch die gegenüberliegende Tür zur Schlafstube weit offen. Käthe hastete aufgeregt in die Wohnküche.

»Wo ist Robert? Wo ist mein Sohn?«, sprach sie den weiß gekleideten Sanitäter an, den sie dort antraf. Außer ihm war nur noch Sanni anwesend. Otto hatte sich offensichtlich aus dem Staub gemacht, wie so oft, wenn etwas Unangenehmes bevorstand.

Der Sanitäter, ein untersetzter, bulliger Mann, legte einen Finger an die Lippen.

»Pscht, Frau Krause!«, machte er. »Robert schläft. Wir haben ihm eine Spritze gegeben, um Sie ungestört in seine Pflege einweisen zu können.«

»Warum denn das?« Käthes Stimme zitterte.

»Kommen Sie mit, dann sehen Sie gleich, was ich meine!«

Hinter dem Sanitäter und Käthe drängten sich auch Rieke und Sanni in die enge Stube. Robert lag bis zum Hals zugedeckt in einem der schmalen Betten. Neben ihm stand ein zweiter Pfleger. Über Roberts Gesicht lag ein Tuch.

Als Käthe sich an dem Sanitäter vorbeidrängen wollte, hielt der sie zurück. »Gemach, gemach, liebe Frau!«

»Was soll das?!«, rief Käthe. »Darf ich meinen Sohn nicht einmal umarmen? Weshalb haben Sie ihn denn überhaupt betäubt?«, fügte sie hinzu.

Anstatt einer Antwort gab der bullige Sanitäter seinem Kollegen neben dem Bett ein Zeichen. »Zieh das Tuch zurück, Mattes! Aber dass ihr Weibsvolk mir ja nicht kreischt!«

Den Grund für diesen sonderbaren Befehl erkannten die Frauen sofort, als Mattes das Tuch entfernte. Entsetzt pressten sich alle drei die Hände auf den Mund. Trotz des Befehls des Pflegers konnten sie ein Stöhnen nicht unterdrücken. Sanni drehte sich sogar auf der Stelle um und rannte wimmernd zurück in die Küche.

Vor ihnen im Bett lag ein menschliches Ungeheuer. Kein einziger von Roberts ehemals ebenmäßigen Zügen seines attraktiven Gesichts war noch zu erkennen. Die rechte Augenhöhle war zugenäht. Dort wo sich einst seine Nase und die vollen Lippen befunden hatten, gab es nur unförmige Gebilde aus rotem Fleisch.

»Man musste Ihrem Sohn Stücke aus den Oberschenkeln und dem Bauch entnehmen, um sein von den Granatsplittern völlig zerrissenes Gesicht notdürftig zusammenzuflicken«, erklärte der Mattes genannte Sanitäter.

Er zog vorsichtig das, was einmal ein Unterkiefer gewesen war, ein wenig herab. Über Lippen verfügte Robert nicht mehr.

»Den größten Teil seiner Zähne hat Robert schon durch die Granatsplitter verloren«, erklärte der Mann. »Denn ihm wurde der ganze Unterkiefer zerfetzt. Die wenigen Zähne im Oberkiefer musste man ziehen, da sie ebenfalls beschädigt waren.«

»Deshalb kann Ihr Sohn nur noch flüssige oder Nahrung in Breiform zu sich nehmen«, fuhr der bullige Sanitäter fort. »Denn er kann nicht mehr kauen. Auch seine Zunge wurde verletzt, Robert kann kaum mehr sprechen.«

»Doch ansonsten ist er gesund!«, betonte der Pfleger Mattes betont fröhlich. »Er wird zwar keinen Schönheitswettbewerb mehr gewinnen, aber er kann seine Arme und eigentlich auch seine Beine gebrauchen. Da er nur ein Auge verloren hat, könnte er sogar wieder einer Tätigkeit nachgehen, sobald er sich hier eingelebt hat. Selbst wenn er weiterhin nicht laufen will, kann er immerhin sitzen. Das ist viel mehr, als man von vielen verwundeten Kameraden sagen kann.«

Rieke fühlte sich noch immer vor Entsetzen wie gelähmt. Das sollte ihr Bruder sein? So würde Robert nun bis zum Rest seines Lebens aussehen?

»Kann ... kann man denn nicht noch mehr für sein Gesicht tun?«, fragte sie schließlich mit erstickter Stimme. »So erschreckt sich doch jedermann vor ihm, sobald er einen Fuß vor die Tür setzt.«

»Genau deshalb sollten Sie Ihren Bruder auch hier in Ihren vier Wänden halten und sein unverhülltes Gesicht nur Men-

schen sehen lassen, die diesem Anblick gewachsen sind!«
Mattes' Stimme klang ernst. Er blickte sich in der Stube um.
»Gibt es hier irgendwo einen Spiegel?«

»In der Küche hängt ein kleiner über dem Ausguss«, antwortete der bullige Sanitäter anstelle von Käthe und Rieke.

»Lassen Sie diesen Spiegel sofort verschwinden«, wandte
sich Mattes an Käthe. »Bevor sich Roberts psychischer Zustand nicht weiter stabilisiert hat, darf er auf gar keinen Fall
einen Blick auf sein zerstörtes Gesicht werfen. Haben Sie das
verstanden?«

Als Käthe und Rieke nicht reagierten, insistierte der Pfleger
mit lauter Stimme. »Haben Sie das verstanden?«

Beide brachten nur ein schwaches Nicken zustande.

Mattes drückte Käthe ein Stück Stoff in die Hand. »Das ist
eine Haube mit einem Sehschlitz für sein verbliebenes Auge.«
Er blickte sich kurz um. »Wenn er den Abort, der ja außerhalb
Ihrer Wohnung liegt, aufsucht, muss er sich das übers Gesicht
ziehen. Sagen Sie ihm, es sei aus hygienischen Gründen notwendig. Damit sich die kaum vernarbten Wunden nicht entzünden.«

»Aber wird Robert denn immer so aussehen müssen?«,
hakte Rieke, deren Frage beim ersten Mal nicht beantwortet
worden war, noch einmal nach.

Die beiden Sanitäter blickten sie mitleidig an. »Um ihn wieder so hinzukriegen, wie Sie ihn heute sehen, waren vierzehn
Operationen nötig«, antwortete Mattes. »Ich fürchte, sein
Gesicht ist das beste, was die Chirurgen noch daraus machen
konnten.«

»Nun, meine Herren. Ich warte auf Ihre Vorschläge.« Adolf Jandorf blickte auffordernd in die Runde.

Um den Konferenztisch aus Mahagoniholz im kleinen Besprechungszimmer hatte sich heute eine Gruppe versammelt, die in dieser Konstellation nur selten zusammentraf. Der Leiter der Lebensmittelabteilung nahm zwar an vielen Besprechungen der oberen Führungskräfte des KaDeWe teil. Da er jedoch auch der Vorgesetzte des Personals des Erfrischungsraums war, waren in der Regel weder der Chefkoch noch der Restaurantleiter bei solchen Konferenzen vertreten.

Von der restlichen Führungsebene war lediglich Paul Bergmann anwesend. Aufgrund des beständigen Stroms neuer Bestimmungen, die sowohl die Regierung als auch der Berliner Stadtrat erließen, war seine Kompetenz als Konzernjustiziar gefragter denn je.

Soeben hatte Bergmann daher die neuesten Erlasse referiert. Ab dem morgigen Tag würde auch Milch in Berlin nur noch auf Marken erhältlich sein, und zwar ausschließlich für Kinder, stillende Mütter und Kranke.

Wesentlich mehr Kopfzerbrechen machten den Konferenzteilnehmern jedoch die neuen reichsweiten Bestimmungen für sogenannte fett- und fleischlose Tage. Ab der kommenden Woche durften dienstags und freitags weder Fleisch noch fleischhaltige Produkte in den Geschäften verkauft werden. Restaurants war es wiederum auferlegt worden, weder montags noch donnerstags Gerichte anzubieten, zu deren Zubereitung Fett oder Speck benötigt wurde. Darüber hinaus durften samstags keine Gerichte mit Schweinefleisch auf der Speisekarte stehen.

Auf Jandorfs Frage meldete sich zuerst der Restaurantleiter

zu Wort. »Also darf man in Zukunft nur noch mittwochs frei entscheiden, welche Lebensmittel verkauft oder in Gaststätten serviert werden dürfen.« Er kratzte sich eine kahle Stelle an seinem Schädel.

Jandorf schnaubte ungeduldig. »Das liegt doch nach den Ausführungen von Herrn Bergmann auf der Hand, Herr Niehaus. Haben Sie keine größeren Weisheiten einzubringen?«

Der solcherart Gescholtene errötete. Adolf Jandorf war dafür bekannt, gegenüber seinen Angestellten kein Blatt vor den Mund zu nehmen, wenn sie seine Erwartungen nicht erfüllten.

Nun hob der Chefkoch die Hand. »An den Dienstagen könnten wir in den Küchen des Erfrischungsraums und der Personalkantine vorrangig Speisen aus Waren zubereiten, die montags an den Fleisch- und Wursttheken der Lebensmittelabteilung übrig geblieben sind. Außerdem könnten wir bestimmte Gerichte, zum Beispiel Eintopf mit Rind- oder Hammelfleisch, schon auf Vorrat kochen, die man dann mittwochs anbieten kann.« Er wandte sich an den Leiter der Lebensmittelabteilung. »Voraussetzung ist allerdings, dass Sie nicht zu viel Ware aus den Kühlhäusern holen lassen, Herr Köhler. Denn wir dürfen ja wiederum donnerstags nichts anbieten, bei dessen Zubereitung Fett oder Speck verwendet wurde. Es können also keine Fleischgerichte auf Vorrat für die Donnerstage hergestellt werden.«

»Um zu verhindern, dass uns Ware verdirbt, muss ich auf jeden Fall meine Einkaufsstrategie ändern«, erklärte Köhler. »Wenn wir den Verkauf von Fleischwaren jeweils dienstags und freitags unterbrechen müssen, darf ich nicht mehr so viele Vorräte anlegen. Insbesondere teures Fleisch könnte dann allerdings knapp werden oder vielleicht sogar einmal ausgehen. Denn es wäre die reine Verschwendung, Schweine- und Rinderfiletstücke oder Hühnerbrüste für die Mittagsmahlzeiten in den Personalkantinen zu verwenden. Im Erfrischungsraum spielt das Mittagessen ja eine eher untergeordnete Rolle.

Wie schon der Name Teesalon sagt, ist die Hauptfrequenz hier am Nachmittag bei Kaffee, Kuchen und Kanapees.«

»Dann müssen wir das Angebot des Erfrischungsraums eben um ein veritables Mittagsmahl erweitern«, konterte Jandorf mit einem Anflug von Ungeduld. »Um Gäste auch zu dieser Tageszeit ins Restaurant zu locken. Vielleicht könnte man sogar einen frühen Abendbrottisch anbieten. Wir schließen doch erst um acht Uhr abends.«

Die Männer rund um den Tisch nickten beifällig. »Wenn August Hajduk ein nettes Werbeinserat dazu einfällt, hat diese Kampagne sicherlich rasch Erfolg«, sagte Bergmann.

»Jaa, wenn denn die Montage und die Donnerstage nicht wären«, versetzte der Restaurantleiter Niehaus gedehnt. »Was wir an diesen Tagen überhaupt im Erfrischungsraum anbieten dürfen, ist mir im Augenblick noch ein komplettes Rätsel. Oder fallen Ihnen Kuchen- und Tortenrezepte ein, von warmen Mahlzeiten ganz zu schweigen, die man gänzlich ohne Fett herstellen könnte, Herr Arendt?«, wandte er sich an den Chefkoch.

Nun kratzte der sich verlegen am Kopf. »Wie man unser feines Gebäck ohne Butter oder wenigstens Margarine herstellen soll, erschließt sich mir tatsächlich nicht. Fällt Sahne denn auch unter Fett?«, kam ihm plötzlich eine Idee. Er blickte Paul Bergmann an.

Der studierte noch einmal das Dokument mit den neuen Bestimmungen. »Unter ›Fett‹ werden hier nur Margarine, Butter, Schmalz, Talg und Speck aufgeführt.«

»Auch kein Sonnenblumen- oder Olivenöl?«, bemerkte der Restaurantleiter aufgeregt.

Bergmann schaute noch einmal auf den entsprechenden Paragrafen und schüttelte den Kopf. »Auch von Öl steht hier nichts«, räumte er ein. »Dennoch handelt es sich bei Öl zweifelsohne um eine Art von Fett.«

»Doch solange das nicht explizit verboten ist, könnte man

hochwertiges Öl und Sahne als Ersatz für Schmalz und Butter nehmen«, schlug der Chefkoch vor.

Adolf Jandorf nickte bereits zustimmend, als er Paul Bergmanns leichtes Kopfschütteln bemerkte. Er deutete dieses Zeichen richtig. »Der Vorschlag ist grundsätzlich gut, Herr Arendt. Trotzdem muss ich ihn mir noch einmal durch den Kopf gehen lassen, und ich sollte ihn auch mit unserem Justiziar diskutieren. Dies geschieht gleich im Anschluss an diese Besprechung. Danach erhalten Sie umgehend Bescheid.«

Die restliche Besprechung drehte sich nur noch um einige Einzelheiten. Schließlich fiel dem Leiter der Lebensmittelabteilung doch noch etwas Wichtiges ein. »Wenn Milch ab morgen nur noch auf Marken abgegeben werden darf und der Genuss auf bestimmte Personengruppen beschränkt ist, muss ich eine ganze Verkaufskraft nur für den Milchstand abstellen, um zu kontrollieren, dass mit der Abgabe auch alles seine Richtigkeit hat. Und das, obwohl die Milchmenge im Vergleich zu der, die ich bislang einkaufe, sogar reduziert werden muss. Denn der Großteil unserer Kunden ist zu ihrem Bezug ja nicht mehr berechtigt.«

»Ehe meine Milch sauer wird, schenke ich sie meinen Kunden!«, donnerte Jandorf. Auch für seine plötzlichen Anfälle von Jähzorn war er bekannt. »Das wollen wir doch einmal sehen, ob diese dämlichen Beamtenköpfe im Ministerium mich dazu zwingen können, Nahrungsmittel wegzuwerfen.«

Paul Bergmann hob begütigend die Hand. »Auch darüber sollten wir gleich noch einmal in Ruhe sprechen, Adolf. Ich schlage daher vor, dass die restlichen Herren jetzt an ihren Arbeitsplatz zurückkehren.«

Wenig später waren Adolf Jandorf und Paul Bergmann allein im Konferenzzimmer. Mit großen Schritten, die seinen noch immer lodernden Zorn verrieten, ging Jandorf zu einem Wandschrank und entnahm ihm eine Flasche Cognac und zwei Gläser.

»Es ist zwar erst fünf Uhr nachmittags, trotzdem brauche ich jetzt etwas zur Beruhigung.« Er goss sich und Bergmann zwei Fingerbreit der goldfarbenen Flüssigkeit in die Cognacschwenker.

»Die hohen Herren da oben haben gut reden«, sagte er schließlich etwas ruhiger, nachdem er einen großen Schluck genommen hatte. »Doch was sie uns Kaufleuten mit ihren ewigen Regeln und Bevormundungen antun, davon haben sie nicht die geringste Ahnung. Schließlich handelt es sich bei meinen Kaufhäusern nicht um kleine Kramläden. Zum Glück haben wir nur im Warenhaus am Weinberg einen weiteren Erfrischungsraum. Doch Lebensmittelabteilungen, die mit den jetzt entstandenen Problemen umgehen müssen, gibt es in jedem meiner sieben Häuser.«

»Trotzdem solltest du äußerst vorsichtig sein, was du tust, Adolf«, mahnte Bergmann. »Du bist dem Teufel gerade von der Schippe gesprungen. Da solltest du dein Glück wegen ein paar Litern sauer gewordener Milch oder ein paar Pfund verdorbenem Hackfleisch nicht gleich wieder aufs Spiel setzen. Denn diesmal könnte es ins Auge gehen.«

»Du hast recht, Paul. Auch wenn man wegen dieser k. u. k. Schuhaffäre keinen Grund fand, mich zu verhaften, und sogar die Anzeige zurückziehen musste, da es keinen Beweis für meine Mittäterschaft gibt, wird der Polizeipräsident Traugott von Jagow mich persönlich im Auge behalten. Und beim geringsten Fehlverhalten sein Mütchen an mir kühlen.«

Paul nickte. »So ist es, Adolf. Lass mich daher kurz über ein paar Dinge nachdenken!« Er überlegte eine Weile, während Jandorf sein Cognacglas leerte und sich sofort nachschenkte.

»Wir halten uns selbstverständlich ab der nächsten Woche akribisch an alle neuen Bestimmungen«, machte Paul schließlich seine Vorschläge. »Sahne und hochwertiges Öl zu verwenden, um weiterhin täglich im Erfrischungsraum braten, backen und kochen zu können, erscheint mir nach reiflicher Überlegung doch als gerechtfertigt, und ich nehme es daher auf meine Kappe. Ich habe zwar noch nie an einem Herd gestanden. Doch welche Gerichte, sei es Gebäck, seien es warme Mahlzeiten, man überhaupt noch zubereiten könnte, wenn auch Sahne und hochwertige Öle verboten wären, wüsste ich nicht. Beides sind allerdings Zutaten, die sich die einfachen Leute nur selten oder gar nicht leisten können. Vielleicht hat man sie deshalb sogar absichtlich nicht aufgelistet, da man keine Notwendigkeit sieht, sie ebenfalls zu verbieten.«

Er stockte kurz und nahm einen Schluck Cognac. »Genauso halten wir es mit den Mahlzeiten in der Personalkantine. In dem Erlass ist nur von Gaststätten die Rede. Trotzdem sollte es montags und donnerstags dort natürlich nur einfache Speisen geben. Und nur noch mittwochs Wurstschrippen. Ansonsten welche mit Käse.«

Jandorf runzelte zweifelnd die Stirn. »Und wenn du doch Unrecht hast, Paul? Man wird die Einhaltung der neuen Bestimmungen sicherlich kontrollieren.«

»Dann sagst du, du hättest dich auf meinen Rat als Konzernjustiziar verlassen, und ich begründe meine Empfehlungen an dich genau so, wie ich es gerade getan habe. Mit Lücken in den Bestimmungen, die nicht darauf hinweisen, dass auch Sahne und Öl rationiert sind«, erwiderte Bergmann. »Dich trifft daher keine Schuld. Im schlimmsten Fall hätten wir ein Bußgeld zu erwarten. Jedoch keine Gefängnisstrafe. Zumal nicht, wenn wir die restlichen Bestimmungen sorgfältig einhalten.«

»Vielleicht gibt es für Lebensmittel, die nur auf Karten verkauft werden dürfen und bei zu geringer Abnahme verderben würden, ja auch eine pragmatische Lösung«, sagte Jandorf nach einer kleinen Weile einträchtigen Schweigens. »Wir könnten unseren Kunden garantieren, dass sie auf Marken erhältliche Ware nur noch dann verlässlich in unserem Haus erwerben können, wenn sie dafür eine Art Abonnement akzeptieren. Mit einem solchen festen Kundenstamm könnten wir dann zumindest ungefähr berechnen, wie viele der rationierten Lebensmittel wir wöchentlich brauchen. Für Kunden, die sich nicht an uns binden wollen, können wir noch eine kleine Menge zusätzlich ordern. Hier gilt dann der Grundsatz >solange das Angebot reicht<. Und sollte trotzdem etwas übrig bleiben, werde ich es an die Armenküchen spenden, bevor es mir verdirbt. Deswegen dürfte mich nicht einmal ein Traugott von Jagow anzeigen.«

»Das ist eine ganz wunderbare Idee«, lobte Paul. »Zumal ich leider davon ausgehe, dass es bald noch viel mehr Lebensmittel und auch andere Güter des täglichen Bedarfs geben wird, die nur noch auf Marken erhältlich sind. Denk doch nur einmal an den eklatanten Mangel an Petroleum, der schon im letzten Winter herrschte.«

»Natürlich werde ich diese Methode in all meinen sieben Warenhäusern einführen«, spann Jandorf den Faden weiter. Dann hob er die Hand und klatschte in Pauls Rechte, nachdem dieser sie ebenfalls erhoben hatte.

»Die Hauptsache ist doch, dass wir immer wieder Lösungen finden, selbst für die ausgefallensten Probleme«, sagte er lächelnd. »Wir beide sind wahrlich ein unschlagbares Gespann.«

### Kindergarten am Bülowplatz im Scheunenviertel

#### *Ende Oktober 1915*

»Hast du denn zu Hause etwas Schlechtes gegessen, Leni?«

Besorgt wischte Judith dem vierjährigen Mädchen die Reste des Erbrochenen aus dem Gesicht. Der Kleinen war es unmittelbar nach dem Mittagessen, einem Teller der Bohnensuppe, die Rebekka und Judith Bergmann heute mit in den Kindergarten gebracht hatten, übel geworden.

Oder hat sie einfach nur zu hastig gegessen und dabei zu viel Luft geschluckt?, überlegte Judith, da ihr zuvor aufgefallen war, dass das kleine Mädchen die Suppe regelrecht hinuntergeschlungen hatte.

Leni blieb zunächst stumm, dann schüttelte sie den Kopf und murmelte etwas Unverständliches.

Judith beugte sich näher zum Gesicht der Kleinen hinunter und bemühte sich, den sauren Geruch aus dem Mund des Mädchens zu ignorieren. »Was hast du gesagt, Leni? Ich habe es gar nicht verstanden.«

»Ick hab daheeme jar nüscht jegessen«, wiederholte das Kind nun etwas lauter.

»Du hast nichts zum Frühstück bekommen?«, fragte Judith ungläubig nach.

Leni schüttelte den Kopf.

»Aber warum denn nicht, Leni?« Dann kam Judith ein Gedanke. »Habt ihr heute Morgen verschlafen und keine Zeit fürs Frühstück gehabt?«

Lenis Mutter arbeitete als Straßenbahnschaffnerin und musste ihren Dienst oft schon um sechs Uhr früh antreten.

Wieder schüttelte Leni den Kopf und flüsterte ein paar Worte.

»Du musst ein wenig lauter sprechen, Leni!«, ermahnte Judith die Kleine sanft. »Sonst verstehe ich dich nicht.«

»Daheeme jibt's nüscht zum Essen«, äußerte das Mädchen jetzt wieder lauter.

Schockiert richtete Judith sich auf. Konnte das denn wahr sein? Brachte Lenis Mutter Marianne das Kind frühmorgens hungrig in den Kindergarten, obwohl es hier erst um die Mittagszeit seine erste Mahlzeit bekommen würde? Zumal es außerhalb der Dienstage und Donnerstage, an denen Judith mit ihrer Mutter nach wie vor in der Kindertagesstätte am Bülowplatz arbeitete, nur eine noch dünnere Suppe gab als im Februar, als die beiden ihre Tätigkeit aufgenommen hatten.

Gern hätte Judith jetzt die Kinderschwester befragt, die anfangs mit ihnen gemeinsam im Kindergarten gearbeitet hatte. Doch die Schwester hatte sich längst zum Freiwilligendienst in einem Frontlazarett gemeldet. Seither betreuten Rebekka und Judith die Kinder allein, obwohl die Gruppengröße von ehemals fünfundzwanzig auf jetzt über dreißig Schutzbefohlene angestiegen war.

Leni muss auf jeden Fall etwas essen, das sie bei sich behält, beschloss Judith nun. Zumal sie so erbarmungswürdig dünn ist. Doch was kann ich ihr bloß geben?

Sie kramte in ihrer Handtasche und fand zum Glück zwei Brotmarken, die sie bislang nicht eingelöst hatte. Auch im Haushalt der Bergmanns ging es nicht mehr so üppig zu wie im Frühjahr. Aber ihr Vater Paul brachte abends immer wieder Brot, das in der Lebensmittelabteilung des KaDeWe übrig geblieben war, mit nach Hause, ohne dass man dafür Marken abgeben musste. Das Brot zur Suppe, das Judith und ihre Mutter heute dabeigehabt hatten, war jedoch längst von den Kindern aufgegessen worden.

»Mama! Ich muss ganz kurz zum Bäckerladen um die Ecke laufen«, erklärte Judith jetzt ihrer Mutter. »Kannst du die Kleinen derweil allein beaufsichtigen?« Sie erklärte Rebekka kurz den Grund ihres Weggehens.

Rebekka hob resigniert die Schultern. »Aber beeile dich, Judith!«, bat sie. Gerade begannen drei kleine Jungen, die sich um einige Bauklötze stritten, laut zu weinen. »Du siehst ja, was hier los ist.«

Vielleicht hat Leni ja die Bohnensuppe nicht vertragen, kam Judith ein neuer Gedanke, als sie mit drei Schrippen, die sie sorgfältig in ihrer Handtasche versteckt hatte, zurück in den Kindergarten kam.

In der Tat war eine Suppe, die überwiegend aus weißen getrockneten Bohnen bestand, ein recht schweres Gericht für kleine Kinder. Doch schon wieder wurden Kartoffeln knapp. Und seit man die Bevölkerung vor Kurzem dazu aufgerufen hatte, an allen Dienstagen auf Fleisch und Wurst zu verzichten, wollten Judith und Rebekka auch bei ihrer Lebensmittelspende für die Kleinkinder nicht offen dagegen verstoßen.

Zu Hause hatte Rebekka Bergmann der Köchin Martha zwar die Anweisung gegeben, eine Scheibe Rauchfleisch in der Suppe mitzukochen. Diese war von Martha allerdings ebenfalls weisungsgemäß entfernt worden, bevor Judith und Rebekka den Topf mitgenommen hatten.

Nachdenklich tauchte Judith nun das weiche Innere einer Schrippe in etwas heißes Wasser und fütterte Leni in einem Nebenraum damit, um die anderen Kinder nicht darauf aufmerksam zu machen. Sie bedauerte sehr, dass sie den Kleinen keine Milch mehr mitbringen durfte. Denn auch diese gab es seit einigen Tagen in Berlin offiziell nur noch auf Karten. Zwar herrschte im Haushalt der Bergmanns auch daran kein Mangel, weil Paul Milch ebenfalls aus dem KaDeWe mitbrachte. Doch eigentlich stand niemand im Haushalt der Bergmanns Milch zu. Daher hätte Judith auch nicht erklären können, woher die Milch für die Kinder kam.

Zum Glück behielt Leni die Nahrung diesmal bei sich und verzehrte sogar das Innere einer weiteren Schrippe.

Trotzdem kann das nicht mehr so weitergehen, beschloss Judith. Heute Abend muss ich einmal ein ernstes Wörtchen mit Lenis Mutter reden.

»Sie haben zu Hause nicht einmal Milch für die Kleine?« Judith konnte es kaum fassen. »Aber dem Kind steht die Milch doch zu«, insistierte sie. »Sie müssen doch Milchmarken dafür erhalten haben.«

Lenis Mutter Marianne blickte Judith mit einer Mischung aus Trotz und Verzweiflung an.

»Marken hab ick schon«, erklärte sie. »Aber keene Zeit!

Ick schaff jrad mal die Brot-Polonaise, nich ooch noch die für die Milch.«

»Polonaise« nannten die spottsüchtigen Berliner mittlerweile die langen Schlangen, die sich regelmäßig vor den Geschäften für Waren aller Art bildeten.

»Und nich mal Brot krieg ick immer, wenn ick anjestanden hab«, fügte Lenis Mutter hinzu.

Einen Augenblick lang war Judith versucht, noch einmal zu protestieren. Dann überlegte sie es sich anders. Sie wusste, dass Marianne Bott mit ihren beiden Kindern allein war. Der Mann stand wie so viele im Felde. Mariannes älteren Sohn Horst kannte Judith aus dem Kinderhort, in dem sie seit dem Beginn der Oberstufe in der Sozialen Frauenschule ebenfalls mitarbeitete. Im Hort wurden nachmittags schulpflichtige Kinder betreut.

»Vielleicht weiß ich ja einen Rat für Sie«, schlug sie stattdessen vor. Marianne Bott war nur zu gern damit einverstanden.

Doch schon nach wenigen Tagen war Judith klar, dass sie mit dieser Methode keinen Ausweg aus der Misere finden würde.

## Soziale Frauenschule in Schöneberg

### *Anfang November 1915*

»Leni und Horst Bott sind keine Einzelfälle, Frau Dr. Salomon«, erklärte Judith. »Fast die Hälfte der Mütter in den Einrichtungen, in denen ich tätig bin, finden keine Zeit, um Milch auf Karten zu erwerben. Und diejenigen, die dafür stundenlang anstehen, gehen sogar häufig leer aus.«

Aufmerksam geworden durch das Gespräch mit Marianne Bott, hatte Judith systematisch Nachforschungen in allen Einrichtungen angestellt, in denen sie seit Beginn des ersten Trimesters der Oberstufe Anfang Oktober tätig war.

Da der Schwerpunkt der Oberstufe in der Sozialen Frauenschule auf dem praktischen Teil der Ausbildung lag, gab es nur
noch an zwei Vormittagen in der Woche theoretischen Unterricht. Die restliche Zeit verbrachten die Schülerinnen in verschiedenen Institutionen der Armenfürsorge.

Judith hatte sich dafür entschieden, ihrer Vorliebe für die Arbeit mit Kindern treu zu bleiben. An zwei der unterrichtsfreien
Vormittage arbeitete sie in einer weiteren Kindertagesstätte im
Scheunenviertel. Montag-, mittwoch- und freitagnachmittags
war sie in einem Hort tätig, der schulpflichtige Kinder zwischen sechs und zwölf Jahren aufnahm. Die Arbeit dort reizte
sie mittlerweile fast noch mehr als die Betreuung der Kinder-
gartenkinder. Denn Judiths Hauptbeschäftigung im Hort bestand darin, den Mädchen und Jungen bei ihren Hausaufgaben
zu helfen, damit sie in der Volksschule nicht zurückblieben.

Im Hort waren neben Mitschülerinnen auch angehende
Lehrerinnen tätig. Die jungen Frauen besuchten ein Lehrerin-
nenseminar und bereiteten sich mit der freiwilligen Betreuung
der Hortkinder auf ihren zukünftigen Beruf vor.

Leider sah Judith sich außerstande, auch die Kinder im Hort
und in der zweiten Tagesstätte mit Lebensmitteln zu versorgen.
Das hätte das Haushaltsbudget der Bergmanns ebenso wie die
Kapazitäten der Köchin Martha überfordert.

Doch mittlerweile wuchsen Judith auch die Probleme mit
den Milchkarten über den Kopf. Deshalb hatte sie beschlossen,
sich ihrer Schulleiterin anzuvertrauen.

»Wenn ich nur für wenige Kinder Milch auf Karten im Ka-
DeWe organisiere, wo mein Vater tätig ist, wecke ich Begehrlichkeiten bei den nicht berücksichtigten Müttern. Allein in
der Gruppe am Bülowplatz haben mir zehn Mütter gestanden,
die Milchkarten für ihre Kleinen nicht regelmäßig einlösen zu
können, weil sie das stundenlange Schlangestehen nicht mit
ihrer Arbeitszeit vereinbaren können. Aber für über achtzig
Kinder Milch mitzubringen, zählt man alle zusammen, wo ich

tätig bin, übersteigt meine Kräfte. Könnte man die Milchliefe-
rung an die Kindergärten und Horte denn nicht zentral organisieren?«

Alice Salomon sah Judith mit einem resignierten Ausdruck
in ihren graublauen Augen an. Die Schulleiterin wirkte erschöpft. Ihre Arbeit im Nationalen Frauendienst wurde immer
umfangreicher. Dennoch hatte Alice den Ehrgeiz, den Unterricht für ihre Schülerinnen weiterhin mitzugestalten und für
deren Sorgen und Nöte in ihren Sprechstunden zur Verfügung
zu stehen. Wie sie es auch heute für Judith tat.

»Ich schätze dein Engagement sehr, liebe Judith«, betonte
Alice zunächst. »Du arbeitest freiwillig zwei Einheiten in der
Woche mehr, als es die Oberstufe verlangt. Und das, obwohl
du für jede deiner Tätigkeiten sogar ein Berichtsheft führen
musst.«

Als Kompensation für den reduzierten theoretischen Unterricht war es die Pflicht einer jeden Oberstufenschülerin, regelmäßige Arbeitsberichte über ihre Tätigkeit einzureichen und
am Ende des Schuljahrs sogar einen umfangreichen Abschluss-
bericht zu erstellen.

»Doch wie ich dir helfen kann, weiß ich nicht, Judith«,
fügte Salomon traurig hinzu. »Eine Zentralstelle für Milchlie-
ferungen gibt es nicht. Die Ausgabe erfolgt ausschließlich über
die örtlichen Händler. Jede Familie muss sich daher selbst darum kümmern.«

»Aber der Nationale Frauendienst betreibt doch auch
öffentlichen Küchen. Wäre es Ihnen denn nicht möglich, dort
Einfluss zu nehmen, damit wenigstens die Kinder in den Armenfürsorgestellen eine vernünftige Mittagsmahlzeit erhalten?«, brachte Judith einen weiteren Vorschlag vor.

»Das geht leider auch nicht, Judith.« Alice Salomon schüttelte müde den Kopf. »Selbst wenn ich Einfluss an dieser
Stelle hätte, die jedoch von ganz anderen Damen des Nationalen Frauendiensts betreut wird, wäre dies nicht möglich. Denn

dann müssten wir hochwertigere Mahlzeiten ja für alle Kinder in ganz Groß-Berlin anbieten. Und dazu fehlen uns einfach die Mittel. Eine Ausnahme für das Scheunenviertel können wir auf keinen Fall machen. Das würde nur den zunehmenden Antisemitismus verstärken. Denn man würde uns Juden vorwerfen, dass wir uns nur um Unseresgleichen kümmern.«

»Aber viele arme Kinder in den betreuten Einrichtungen im Scheunenviertel sind doch gar nicht jüdischer Herkunft«, protestierte Judith. »Zudem schicken uns strenggläubige jüdische Familien ihre Kinder oft gar nicht. Hauptsächlich aus Angst, dass dort gegen die kosheren Essensregeln verstoßen wird.«

Alice Salomons Augen verdunkelten sich. »Das spielt im Zweifelsfall keine Rolle. Es entspricht leider den gängigen Vorurteilen, uns Juden Egoismus und Eigennutz vorzuwerfen. Solche Vorurteile würden durch ein einseitiges Engagement mit Sicherheit verstärkt werden, selbst wenn auch nicht jüdischen Kindern damit geholfen wäre.«

»Aber den armen Kindern geht es jetzt im Krieg von Tag zu Tag schlechter!« Vor Frustration fühlte sich Judith den Tränen nahe. »Viele sind krank, auch weil die Tage kälter werden und zu Hause aus Mangel an Geld und Kohle nicht geheizt werden kann. Gestern waren zwei Kinder fiebrig, ich mache mir die allergrößten Sorgen um sie. Denn als ich ihre Mütter abends darauf ansprach, die Kleinen wenigstens dem Armenarzt vorzustellen, lehnten sie das empört ab.«

Alice Salomons resignierter Gesichtsausdruck vertiefte sich. »Leider haben die Armenärzte in Berlin einen überaus schlechten Ruf«, bestätigte sie. »Denn sie werden von der Gemeinde bezahlt, und das häufig außerordentlich schlecht. Tatsächlich ist deshalb manch ein Kurpfuscher darunter, der durch seine Behandlung mehr Schaden als Nutzen anrichtet. Dem sind auch und besonders schon Kinder zum Opfer gefallen. Deshalb geht eine Mutter in der Regel erst dann zum Armenarzt, wenn es um Leben und Tod ihres Kindes geht.«

»Also können Sie mir gar nicht helfen?« Judith fühlte sich zunehmend verzweifelt. »Haben Sie denn nicht wenigstens einen guten Rat für mich?«

Alice Salomon senkte den Kopf und rieb sich mit beiden Händen die Schläfen. »Wir haben nun einmal Krieg, und der allgegenwärtige Mangel betrifft vor allem die Armen. Doch lass mich einen Moment lang nachdenken, Kind! Tatsächlich hast du zu Beginn unseres Gesprächs irgendetwas gesagt, das vielleicht hilfreich sein könnte.«

Nach einer kleinen Weile hob die Schulleiterin den Kopf. »Jetzt fällt es mir wieder ein. Du hast gesagt, dass du die Milchkarten für einige deiner Schützlinge bislang im KaDeWe eingelöst hast. Und danach erklärt, du müsstest dich aber eigentlich um so viele Kinder kümmern, dass allein der Transport der Milch in die einzelnen Einrichtungen deine Kräfte überfordern würde.«

Schon während Alice Salomon sprach, begann Judith zu ahnen, worauf sie hinauswollte.

»Aber wenn ich den Transport gar nicht selbst organisieren müsste, sondern nur die Milchkarten einsammeln und abgeben, wäre dies die Lösung«, nutzte sie eine winzige Gesprächspause von Salomon.

Die Schulleiterin nickte. Ein kleines Lächeln ließ sie gleich vitaler und um mehrere Jahre jünger aussehen. »Vielleicht bittest du deinen Vater, den Eigner des KaDeWe um seine Unterstützung beim Transport der Milch zu ersuchen. Adolf Jandorf ist ja ebenfalls jüdischer Herkunft. Und das KaDeWe unterhält seit der Eröffnung wie alle großen Warenhäuser einen Lieferdienst für ganz Groß-Berlin.«

»Diese Idee ist mir soeben auch gekommen, liebe Frau Dr. Salomon«, stimmte Judith begeistert zu. »Aber ich werde meinen Vater lediglich bitten, einen Termin für ein Gespräch mit Herrn Jandorf auszumachen. Mein Anliegen möchte ich ihm ganz persönlich vortragen.«

# Vor einem Milchgeschäft in der Ackerstraße

## *Anfang November 1915*

Sanni besaß zwar keine Uhr, doch nach ihrem Gefühl stand sie jetzt schon eine halbe Ewigkeit vor dem Milchgeschäft Berthold in der Ackerstraße. Es war bitterkalt und hatte inzwischen sogar zu nieseln begonnen.

Verfluchter Robert, dachte sie nicht zum ersten Mal bei sich, während sie die Arme um den Leib schlug und von einem Fuß auf den anderen trat, um sich warm zu halten.

Seit ihr ältester Bruder vor einigen Wochen mit seinen schrecklichen Verstümmelungen nach Hause gekommen war, hatte sich Sannis Leben noch mehr verschlechtert, als es schon vorher der Fall gewesen war. Nun musste sie nicht nur waschen, sauber machen und kochen, so gut sie es bereits konnte, sondern auch noch diesen elenden Krüppel versorgen. Eigentlich hatte ihre Mutter Käthe auch Sannis Vater Otto darum gebeten, tagsüber auf Robert aufzupassen. Doch dass dies nicht funktionieren würde, war bereits vom ersten Tag an klar geworden.

Nicht Otto, der sich entweder betrank oder seinen jüngsten Rausch ausschlief oder sich erneut in die nächste Kneipe aufmachte, sondern Sanni musste den Haferbrei für ihren Bruder kochen, ihm das Waschwasser wärmen, sein Bett beziehen und allerlei andere Dienste leisten. Sie musste ihn sogar auf den Abort bringen, wovor sie sich besonders ekelte. Aber obwohl der Klinikarzt behauptet hatte, es sei nur eine Willensfrage ihres Bruders, wieder eigenständig zu gehen, weigerte Robert sich hartnäckig, es zu tun. Tagsüber benutzte er den Rollstuhl mit dem Segeltuchsitz, den die Sanitäter dagelassen hatten. Wenn er überhaupt aus seinem Bett aufstand.

Doch zum Abort auf dem Treppenabsatz vom dritten zum vierten Stock waren ein paar Stufen zu überwinden. Deshalb musste Sanni Robert dabei stützen, sie hinaufzusteigen, und ihn sogar aufs Klosett setzen. Hatte er sein Geschäft verrichtet, musste sie ihm aufhelfen und ihm die Hosen wieder hochziehen.

Einmal hatte sie es darauf ankommen lassen und Robert schnippisch befohlen, selbst zum Klo zu gehen, als er ihr das mit Käthe vereinbarte Zeichen gab. Doch stattdessen hatte er einfach in die Hose gemacht und Sanni dadurch die dreifache Arbeit beschert. Denn damit ihre Mutter nichts merkte und Sanni beim Heimkommen für ihre Nachlässigkeit auch noch eine Maulschelle verpasste, wie es schon mehrere Male vorgekommen war, musste sie Robert zuerst aus der durchnässten Hose helfen und ihm Waschwasser und Kleidung zum Wechseln bringen. Danach war sie über zwei Stunden damit beschäftigt gewesen, den Küchenboden aufzuwischen, den verpinkelten Rollstuhlsitz zu reinigen und schließlich Roberts verdreckte Wäsche zu waschen.

Seit es diese verfluchten Milchkarten gab, war noch eine weitere Aufgabe für Sanni hinzugekommen. Aufgrund seines Krankenstatus stand bei den Krauses Robert diese Milch zu. Sanni konnte froh sein, wenn sie ein Schlückchen für sich abzweigen konnte. Und für den halben Liter pro Tag, den Kranke bekamen, musste sie immer vor Bertholds Milchladen anstehen, bis sie endlich an der Reihe war. Doch so lange wie heute hatte es noch nie gedauert.

Außerdem war Robert jetzt womöglich allein zu Hause, falls Otto sich wieder einmal in die nächste Kneipe begeben hatte. Hoffentlich hat sich der Kerl nich schon wieder bepinkelt, bis ick daheeme bin, schoss es ihr durch den Kopf.

Sanni wusste zwar nicht, woher ihr Vater das Geld für seine beständigen Sauftouren nahm, vermutete inzwischen jedoch, dass er immer wieder Käthes Verstecke ausfindig machte, in denen sie ihr Bargeld verbarg.

Im Schneckentempo rückte die Schlange voran. Endlich

standen nur noch drei Frauen vor Sanni. Außer der Milch gab es bei Berthold noch verschiedene Sorten Käse sowie Eier und Butter zu kaufen. Die Butter war allerdings so teuer geworden, dass die Krauses sie sich schon lange nicht mehr leisten konnten. Zuletzt war der Preis auf über drei Mark für ein einziges Pfund gestiegen.

Als die nächste Frau an der Reihe war, war gerade die Butter in der Verkaufstheke ausgegangen. Berthold begab sich in die Kühlkammer neben dem Ladengeschäft und kam kurz darauf mit einer neuen Kiste Butter zurück. Doch anstatt jetzt weiter zu bedienen, drehte sich der vierschrötige Kaufmann um und wischte die Schiefertafel hinter dem Tresen ab. Interessiert beobachtete Sanni, dass Berthold anstatt der vorigen 3,10 Mark jetzt einen Preis von 3,50 Mark für das Pfund Butter mit Kreide auf die Tafel schrieb.

»Wat soll dit denn heißen!«, schrie die Frau, die als Nächste dran gewesen wäre. »Sind Se bescheuert jeworden? Se können doch nich eenfach so die Preise erhöhen. Von eener Minute zur nächsten sozusagen.«

Provozierend langsam drehte sich der Ladeninhaber zu der Frau um und stemmte seine dicken Arme in die Hüften.

»Wat willste denn dajejen machen, du Schlampe?«, duzte er die Frau nicht nur, sondern beleidigte sie sogar.

Nun mischten sich auch andere Wartende in den Streit ein. »Haste nich mehr alle Tassen im Schrank?« »Biste jetzt völlig meschugge jeworden?«, tönte es aus mehreren zornigen Mündern.

Berthold grinste höhnisch und enthüllte dabei gelbe Zähne. »Wenn dit so is, meene Damen, dann schließe ick den Laden jetz uff der Stelle.«

Das empörte Geschrei, das sich nun erhob, übertönte der Kaufmann, indem er aus Leibeskräften brüllte: »Bald fresst ihr Heringslake und sojar Scheiße, ihr dämlichen Trullas!«

Nun ging das Geschrei der wartenden Frauen in lautes Gekreische über. Danach ging alles sehr schnell. Mit wüsten Beschimpfungen stürmte die Menge in den Laden. Auch Sanni wurde mitgerissen. Im Nu war die gläserne Scheibe der Verkaufstheke zerschlagen und ihr Inhalt geraubt. Auch Sanni bekam ein Stück Käse und ein halbes Pfund Butter zu fassen.

So schnell sie konnte, drängte sie sich damit durch den wütenden Mob hinaus und rannte zurück zu Meyers Hof.

Erst als sie die Treppen hinaufhastete, fiel ihr ein, dass sie nun keine Milch für Robert geholt hatte. Aber das würde sicher kein Grund für Käthe sein, zornig zu werden. Denn Käse gab es, wenn überhaupt, nur noch sonntags und Butter seit Ewigkeiten schon gar nicht mehr.

Also würden sich alle sehr über ihre Beute freuen. Erst recht, da sie Sanni keinen Pfennig gekostet hatte.

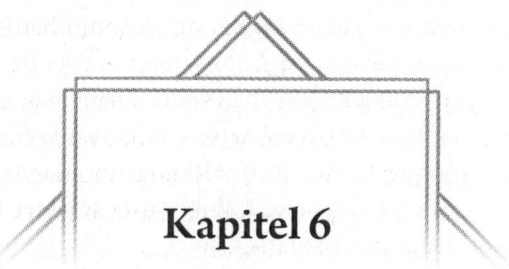

# Kapitel 6

## Adolf Jandorfs Kontor im KaDeWe

### *Januar 1916*

»Du bringst mir sicher die Milchkarten für die kommende Woche, Judith.« Adolf Jandorf stand hinter seinem imposanten Schreibtisch auf, ging mit ausgestreckter Hand auf Judith zu und bot ihr schließlich einen Platz auf einem der Sessel in seiner Besprechungsecke an.

»So ist es, Herr Jandorf«, bestätigte Judith. Sie nahm ein Bündel aus ihrer Handtasche und reichte es dem Warenhausbesitzer. »Und ich habe noch etwas Schönes dabei. Aber leider auch etwas Unangenehmes anzusprechen.«

Jandorf musterte Judith aufmerksam. »Dann erst einmal heraus mit der schlechten Nachricht«, forderte er sie auf. »Das Schöne hebe ich mir hernach als Belohnung auf, wenn ich hoffentlich eine Lösung für das erste Problem gefunden habe.«

Judith lächelte erleichtert. Mittlerweile wusste sie aus ihren vorigen Gesprächen, dass auch dies eine Eigenart von Adolf Jandorf war. Er packte den Stier bei den Hörnern, wenn es etwas zu klären gab.

»Leider haben mir schon wieder fünf Mütter die Milchkarten nicht gebracht«, gestand Judith. Dieses Problem war nicht neu. Immer wieder kam es vor, dass die Mütter die Karten entweder zu Hause vergaßen oder ihre Kinder gar nicht in die Tagesstätten oder den Hort brachten, da sie erkrankt waren.

Diesmal reagierte Jandorf anders als bei früheren ähnlichen Anlässen. Er runzelte die Stirn.

»Dann werden die Kinder dieser Mütter leider in der nächsten Woche auf ihre Milch verzichten müssen«, erklärte er zu Judiths Bestürzung. »Wie du ja selbst weißt, werden die Lebensmittel von Woche zu Woche knapper. Und ich kann leider nur noch die Menge Milch herausgeben, die exakt zu den abgegebenen Milchkarten passt. Denn auch im KaDeWe werden wir von den Behörden kontrolliert, ob alles mit rechten Dingen zugeht.«

»Aber dann werden die Kinder, die in der nächsten Woche keine Milch erhalten, sehr traurig sein. Und insbesondere die Kleinen, die gefehlt haben, weil sie krank waren, bräuchten sie doch ganz besonders, um wieder zu Kräften zu kommen.«

Adolf Jandorf blickte finster auf seinen Schreibtisch. Den wahren Grund für seine heutige Absage an Judith, Milch ohne Karten auszuliefern, hätte ihr nur ihr Vater Paul verständlich machen können.

Denn vor einigen Tagen hatte der Prozess gegen Jandorfs ehemalige Geschäftspartner wegen des Betrugs in der k. u. k. Schuhaffäre begonnen. Die Zeitungen berichteten ausführlich darüber, wobei diejenigen, die antisemitisch eingestellt waren, immer wieder anzweifelten, dass ausgerechnet Adolf Jandorf, der finanzkräftigste der drei Geschäftspartner, nichts von der ganzen Sache gewusst haben sollte.

Wahrscheinlich aus diesem Grund, vermuteten Jandorf und Judiths Vater Paul, waren Abgesandte der Lebensmittel-Kontrollbehörden im neuen Jahr, das erst eineinhalb Wochen alt war, bereits in vier der sieben Warenhäuser Jandorfs gewesen, um die verkaufte Menge kontingentierter Nahrungsmittel mit den dafür eingelösten Lebensmittelmarken abzugleichen. Natürlich waren sie auch im KaDeWe gewesen. Jandorf und Bergmann befürchteten daher, dass der Polizeipräsident Traugott von Jagow anlässlich des Prozessbeginns nichts unversucht lassen wollte, um Jandorf zumindest Unregelmäßigkeiten bei seinen anderen Geschäften nachzuweisen.

Natürlich würde man dabei nicht vermuten, dass Jandorf den Kindern der Einrichtungen, in denen seine zukünftige Schwiegertochter Judith tätig war, die Milch schenkte und nur die Marken dafür verlangte. Erst recht nicht, dass er Milch sogar ohne Marken spendete. Von dieser Idee aus dem vergangenen Oktober hatte Jandorf daher seit Prozessbeginn wieder Abstand genommen. Stattdessen würden die misstrauischen Behörden von Schwarzmarktgeschäften ausgehen, wie sie tatsächlich überall in Berlin aufzublühen begannen, falls mehr Milch ausgegeben würde, als Marken dafür vorhanden waren.

Judith beobachtete Jandorfs wechselndes Mienenspiel besorgt. Er schien einen inneren Kampf mit sich auszufechten, den sie sich angesichts der paar Liter Milch, um die es ging, nicht erklären konnte.

Spontan beschloss sie, Jandorf die positive Überraschung, die sie für ihn bereithielt, schon jetzt zu zeigen. Sie griff in eine mitgebrachte Papiertüte und zog eine Mappe hervor.

»Das haben die Kinder für Sie gemacht, Herr Jandorf.« Mit diesen Worten überreichte sie drei mit Wachsmalstiften bunt gestaltete Bilder.

»Es sind die gemalten guten Wünsche der Kleinen für Sie und Ihre Familie zum neuen Jahr«, lächelte sie in der Hoffnung, Jandorf gnädiger zu stimmen. »Die jeweils schönsten Bilder aus den drei Einrichtungen habe ich für Sie ausgewählt.«

Tatsächlich verfing ihre Methode. Lächelnd betrachtete Jandorf die Skizzen der Kinder. Judith hatte zunächst mit ihren Gruppen besprochen, welche Glückssymbole sie zeichnen wollten. Die Kindergartengruppen hatten sich für eine von einem blauen Himmel strahlende Sonne, Blumen und fröhlich lachende Menschen entschieden. Sie hielten sich an den Händen und stellten offenbar Familien dar. Die älteren Hortkinder waren etwas differenzierter gewesen und wählten heimkehrende Soldaten, Kleeblätter und Glückskäfer sowie ein Feuerwerk als Motive. Doch auf keinem der Bilder fehlte ein reich gedeckter Tisch, beladen mit Essen.

Judith hatte jedes Kind ein Bild malen lassen. Nachdem sie das schönste ausgewählt hatte, wurden die übrigen Zeichnungen an den Wänden der Einrichtungen aufgehängt.

»Ich danke recht schön, liebe Judith!« Jandorf sah auf. Ihre Rechnung schien aufzugehen, seine Miene wirkte jetzt viel entspannter.

»Dann will ich ein allerletztes Mal Gnade vor Recht ergehen lassen«, sagte er. »Ein paar Milchkarten mehr oder weniger für die kommende Woche werden den Kohl sicher nicht fett machen bei den über tausend Portionen, die wir allein im KaDeWe wöchentlich ausgeben. Aber ich setze dir eine Bedingung, Judith. Bitte teile den fraglichen Müttern mit, dass dies leider meine letzte Ausnahme ist. Ohne Milchkarten kann ich die Portionen für ihre Kinder in Zukunft nicht mehr liefern lassen.«

Judith nickte. Bei ihrem Gespräch mit Jandorf, das sie auf Anraten von Alice Salomon schon im November geführt hatte, hatte sie offene Türen eingelaufen. Die Einrichtungen, in denen Judith tätig war, wurden fortan täglich mit der den Kindern zustehenden Milch beliefert. Großzügig ließ Jandorf auch immer wieder eine Kiste frisches Obst oder Gemüse zu diesen Ladungen hinzulegen. Denn auch Äpfel, Karotten oder Kohlköpfe wurden beständig teurer, waren aber noch nicht rationiert. Zu Weihnachten hatte er jedem Kind sogar eine Orange und ein Täfelchen Schokolade geschenkt.

Und zu Judiths großer Freude hatte sich Adolf Jandorf sogar spontan dazu bereit erklärt, übrig gebliebene warme Speisen aus dem Erfrischungsraum oder der Personalkantine des KaDeWe am nächsten Tag den Kindern zu spenden. So gab es in Judiths Einrichtungen seither im Wechsel, da die Reste selten für alle reichten, immer wieder ein reichhaltiges Mittagessen für die Kleinen. Manchmal blieb sogar noch etwas übrig, was deren Mütter, wie das gespendete Gemüse, abends mit nach Hause nehmen konnten.

Der einzige, aber wöchentlich größer werdende Wermutstropfen war, dass sich diese Lebensmittelspenden mittlerweile im Scheunenviertel herumgesprochen hatten. Immer wieder versuchten Mütter, ihre Kinder aus den übrigen Einrichtungen in die drei von Jandorf versorgten umzumelden, was natürlich nur in wenigen Ausnahmefällen möglich war. Das führte zunehmend im Kleinen genau zu dem Neid und der Missgunst, die Alice Salomon im November im Großen vorausgesagt hatte, sofern alle Einrichtungen für Kinder im Scheunenviertel mit einem Extramittagessen versorgt worden wären. Erst gestern hatte eine Frau Rebekka und Judith übel beschimpft, als sie nach dem Ende ihrer Schicht den Kindergarten am Bülowplatz verließen.

»Ich soll dich auch recht schön von Harry grüßen«, riss diesmal Jandorf Judith aus ihren trüben Gedanken.

»Ach ja, ganz herzlichen Dank«, zwang sie sich zu einem hoffentlich gerührt wirkenden Lächeln. Natürlich konnte Harrys Vater nicht wissen, wie unangenehm auch dieses Thema für Judith war. »Wie geht es Harry denn?«, beeilte sie sich, hinzuzufügen. »Hat er den Weihnachtsurlaub sehr vermisst?«

Angeblich hatte man in Harrys Einheit, die weiterhin an der Ostfront stand, gelost, wer an Weihnachten und wer erst um Ostern herum Urlaub nehmen könnte. Harry hatte dabei, was das Christfest anging, den Kürzeren gezogen.

»Natürlich, Judith. Er hätte uns alle und natürlich besonders dich so gern wieder einmal in die Arme geschlossen.«

»Ja, wirklich schade, dass dies nicht möglich war.« Judith verbarg ihre wahren Gefühle. In Wirklichkeit war sie froh darüber gewesen, an Weihnachten nicht wieder mit Harry zusammentreffen zu müssen. Dass auch Johannes keinen Urlaub bekam, hatte ihr weitaus mehr ausgemacht.

Seit seiner freiwilligen Meldung zur Gardekavallerie war Harry bislang zweimal auf Urlaub in Berlin gewesen. Zum Glück jeweils nur für wenige Tage. Außer den Begegnungen im Kreise beider Familien hatte er Judith ins Café Kranzler und ins Hotel Adlon ausgeführt, und sie waren einige Male spazieren gegangen. Theater und Lichtspielhäuser waren kriegsbedingt geschlossen.

Zu Judiths Erleichterung hatte sich Harry mit ein paar Küssen begnügt und war ihr ansonsten nicht zu nahegetreten. Obwohl er keinen Zweifel daran gelassen hatte, dass er dies weidlich bedauerte. Doch Judith hatte sorgfältig darauf geachtet, niemals an einem verschwiegenen Ort mit ihm allein zu sein.

»Ich freue mich wirklich sehr darauf, Harry zu Ostern wiederzusehen.« Sie hoffte, dass sie glaubwürdig klang.

»Ja, wenn sie ihn diesmal gehen lassen.« Kaum waren die Worte heraus, sah Adolf Jandorf so aus, als hätte er sich am liebsten die Zunge abgebissen. Wieder hätte nur Judiths Vater als Vertrauter Adolfs gewusst, was dieser Judith verschwieg. Nämlich, dass er aufgrund einiger Äußerungen Harrys in dessen letzten Briefen vermutete, man habe seinen Sohn bewusst beim Weihnachtsurlaub übergangen. Und er werde darüber hinaus immer wieder schikaniert.

Jandorf hatte Judiths Vater zudem erzählt, dass er glaube, wegen der allseits herrschenden Zensur der Feldpost habe Harry ihm dies natürlich nur sehr verklausuliert mitteilen können. Doch er meinte, Harrys Botschaft zwischen den Zeilen sehr wohl verstanden zu haben.

»Ich bin sehr froh, dass du in dieser elenden Schuhaffäre völlig unschuldig bist, Papa«, lautete die Passage, die Jandorf Bergmann als besonders auffällig gezeigt hatte. »Denn in meiner Einheit ist der bevorstehende Prozess durchaus Tagesgespräch. Betrug an der kämpfenden Truppe gilt hier als unverzeihlich, zumal, wenn Juden daran beteiligt sind.«

»Was meinst du denn damit, ›wenn sie ihn diesmal gehen

lassen‹?«, fragte Judith, die von alldem ja nichts wusste, jetzt nach.

»Nichts, nichts. Das war nur so dahingesagt«, wehrte Jandorf ab. Dann sah er auf die Uhr. »Leider muss ich unsere Unterredung jetzt beenden, liebe Judith. Mein nächstes Gespräch wartet bereits.«

## Im Vorzimmer von Jandorfs Kontor

### *Januar 1916, etwas früher am gleichen Tag*

»Nehmen Sie bitte noch einen Moment lang Platz, Frau Krause.« Jandorfs Vorzimmerdame wies auf einen lederbezogenen Lehnstuhl an der Wand. »Herr Jandorf ist gerade noch beschäftigt.«

Seufzend setzte sich Käthe und versuchte, sich zu beruhigen. Sie fürchtete sich vor dem bevorstehenden Gespräch. Denn sie ahnte, dass Jandorf, der seit fast einem Jahrzehnt ihr Gönner und Förderer war, sehr enttäuscht über ihren Entschluss sein würde.

Doch es gab keinen anderen Ausweg, machte sich Käthe erneut klar. Sie konnte sich bei Roberts Pflege weder auf Sanni noch auf ihren Ehemann Otto verlassen.

Otto war sowieso ein hoffnungsloser Fall. Erst vorgestern hatte ihn Käthe erwischt, wie er den Küchenschrank durchwühlte, offensichtlich auf der Suche nach Geld. Zum Glück hatte sie genau an diesem Morgen ihre kleine Barschaft unter Roberts Matratze versteckt. Dort war sie jedenfalls sicher. Denn ihr Mann, der Roberts Heldenmut einst so gepriesen hatte, schreckte nun vor seinem eigenen Sohn zurück, seit die Vaterlandsliebe diesen zum Krüppel oder, schlimmer noch, zum Monstrum gemacht hatte. Er mied Robert, wo er nur konnte.

Doch auch auf Sanni war kaum mehr Verlass. Sie maulte und murrte beständig über die ihr auferlegten Pflichten und erfüllte sie immer nachlässiger. Dass Käthe sie bereits mehrmals aus ihrer eigenen Überforderung und Hilflosigkeit heraus geohrfeigt hatte, machte die Sache nicht besser.

»Du hättest Sanni nicht schlagen dürfen, als sie die Lebensmittel von Berthold mit heimbrachte«, hörte Käthe Riekes Vorwürfe in selbstkritischen Momenten vor in ihrem Kopf. »Natürlich war es, streng genommen, Diebstahl. Aber sie hat es letztlich nur gut gemeint. Hätte sie die Butter und den Käse nicht selbst genommen, hätte es eine der anderen plündernden Frauen getan.«

»Diebstahl bleibt Diebstahl«, entgegnete Käthe hartnäckig wider besseres Wissen. Denn seit dem vergangenen Herbst kam es in ganz Berlin und den angrenzenden Gemeinden immer wieder zu Plünderungen von Lebensmittelgeschäften. Außerdem hatte der Kaufmann Berthold die Frauen vor ihrer Attacke auf sein Geschäft offenbar aufs Gemeinste beleidigt.

»Er hat uns Schlampen und Trullas jeschimpft«, hatte Sanni geweint, nachdem Käthe sie rechts und links geohrfeigt hatte. »Und jesagt, dass mer bald Scheiße fressen.«

Käthe wollte dies anfangs nicht glauben und hielt es für eine Ausrede Sannis. Bis Peter Hausers Mutter Hedwig, die ebenfalls in der Schlange gestanden und sich an der Plünderung beteiligt hatte, es ihr bestätigte.

Trotzdem war Käthe zu stolz gewesen, um sich bei Sanni zu entschuldigen, wie es ihr Rieke geraten hatte.

Die Konsequenz war, dass Käthe Robert im Lauf der nächsten Wochen immer vernachlässigter und elender vorfand, wenn sie nach ihrer anstrengenden Arbeit im KaDeWe spätabends nach Hause kam. Einmal hatte er den ganzen Tag nichts gegessen, weil Sanni, anstatt Brei oder passierte Gemüsesuppe für ihn zu kochen, Robert einfach ein Stück Brot hingestellt hatte, das er, in seiner Milch aufgeweicht, essen sollte. Mehrere

Male hatte er sich in die Hosen gemacht, einmal sogar gekackt, weil ihn weder Sanni noch Otto zum Abort gebracht hatten. Doch das waren nur die Spitzen des Eisbergs.

Sowohl ihr Trunkenbold von Mann als auch ihr Luder von Tochter ließen Robert tagsüber stundenlang allein, wie Käthe mühsam aus ihrem Sohn herausbekommen hatte. Da er nicht sprechen konnte, musste sie ihm Fragen stellen, die er mit einem Kopfnicken oder einem Kopfschütteln beantwortete. Dabei liefen ihm die Tränen aus seinem verbliebenen Auge, aus seinem verstümmelten Mund drangen heftige Schluchzer. Käthe hatte es fast das Herz zerrissen vor Mitleid und Hilflosigkeit ob Roberts grausamen Schicksals.

»Daran ist er selbst schuld«, sagte Rieke eines Abends hart, als sie und Käthe allein in der Wohnküche saßen. Sanni war schon in ihr Bett in Hedwig Hausers Wohnung gegangen. Sie hatten es für sie mieten müssen, als Robert zurückkehrte, da das zweite schmale Bett in der Stube, in dem die Schwestern früher gemeinsam geschlafen hatten, jetzt zu klein für sie und Sanni geworden war. Auch hätte sich Sanni wahrscheinlich geweigert, mit Robert in einem Raum zu schlafen.

Doch auch Rieke fühlte sich von ihm abgestoßen, wie Käthe aus ihren nächsten Worten schloss. »Er hat sein Versprechen gebrochen, sich nicht freiwillig zu melden, bevor er die Lehre abgeschlossen hat. Er hat nicht auf Peter Hausers Rat gehört, sich in den hinteren Reihen zu halten, sondern hat sich mitten ins Kampfgetümmel gestürzt. Und jetzt tut er sich vor allem leid. Denn er könnte gehen, sich selbst etwas kochen oder sogar einer Invalidentätigkeit nachgehen, wenn er nur wollte. Das sagen sowohl der Klinik- als auch der Armenarzt. Denn Robert kann zwar nicht mehr sprechen, aber sehr wohl noch sehen und ist an all seinen Gliedmaßen unversehrt.«

Ganz tief im Innern spürte Käthe, dass an dem, was Rieke sagte, ein gutes Stück Wahrheit war. Doch dann verhärtete sie ihr Herz gegen solche Einsichten. Robert war zu jung gewesen, um zu wissen, auf was er sich einließ, als er sich freiwillig meldete, verteidigte sie ihn innerlich. Und er wollte ein Held werden. Nur deshalb hatte er seine Gesundheit so leichtfertig aufs Spiel gesetzt. Offen wagte sie diese Ansicht nicht zu äußern. Denn instinktiv spürte sie, dass es auch zu einem Streit mit Rieke geführt hätte.

Also versuchte Käthe seit Wochen, Robert in der wenigen Zeit, die sie in Meyers Hof verbrachte, so gut zu pflegen, wie sie nur konnte. Und fühlte sich jeden Tag durch den Schlafmangel und die körperliche Anstrengung mehr erschöpft.

Nur rund um Weihnachten hatte es eine kleine Verschnaufpause für sie gegeben. Da war Peter Hauser von der Westfront auf Urlaub gekommen. Und hatte sich rührend um Robert gekümmert.

Der war regelrecht aufgeblüht, wenn Peter ihm Geschichten erzählte, aus einer mitgebrachten Zeitung vorlas und ihm mittags eine schmackhafte Suppe kochte. Auch dafür, Robert auf den Abort zu bringen, war sich Peter nicht zu schade gewesen. Roberts Genesung hatte dies außerordentlich gutgetan. In den letzten Tagen von Peters Urlaub machte er tatsächlich ohne Hilfe die ersten Schritte.

Gerade schöpfte Käthe deshalb etwas Hoffnung, als alles binnen eines Tages wieder zunichte wurde, Gleich nach Neujahr musste Peter an die Front zurückkehren. Vorher verabschiedete er sich in der Wohnküche von Rieke. Käthe hatte schon vor dem Krieg bemerkt, dass Peter Rieke zugetan war. Doch die zeigte ihm seit jeher die kalte Schulter, da sie in diesen Angeber von Hermann verschossen war. Käthe hatte Hermann vor dem Krieg ein paarmal im KaDeWe getroffen und fand ihn hochnäsig und viel zu sehr von sich überzeugt.

»Ich danke dir für alles, was du für Robert getan hast«, hörte Käthe Rieke sagen. Sie war gerade im Begriff, selbst einzutreten, als Peters Antwort sie auf dem Flur verharren ließ. »Du weeßt, äh, du weißt doch, Rieke, dass ich es nicht nur für

Robert, sondern vor allem für dich getan habe. Wenn wir nach dem Krieg zusammenkämen, wäre mir auch dein Bruder willkommen.«

»Um Himmels willen«, hatte Rieke geantwortet. »Ich will mich doch nicht mein Leben lang an einen entstellten Krüppel binden.«

Hinter sich hörte Käthe Robert laut aufstöhnen, und sie fuhr entsetzt herum. Nicht nur die Küchentür, auch die Tür zu Roberts Schlafstube stand halb offen. Er musste Riekes herzlose Antwort gehört haben.

Am gleichen Abend machte Robert zum ersten Mal ins Bett. Das wiederholte sich danach regelmäßig Tag für Tag. Selbst Otto wurde es zu viel. Er brüllte ihn an, riss ihn von seinem Rollstuhl hoch und schüttelte ihn, nachdem Robert unter den Küchentisch gepinkelt hatte. Käthe kam gerade noch rechtzeitig dazu, um Schlimmeres zu verhindern. Otto hatte schon die Hand zum Schlag erhoben, den sie selbst abbekam, als sie ihm in den Arm fiel.

Das war vor drei Tagen gewesen. Da es Sonntag war, hatte Käthe Ottos ehemaligen Vorarbeiter Fritz, der ebenfalls in Meyers Hof wohnte, gleich angetroffen und ihm ihre Bitte vorgetragen. Gestern Abend hatte er ihr die Zusage überbracht.

In diesem Augenblick öffnete sich die Kontortür, und Käthe wurde aus ihren Gedanken gerissen. Eine junge Frau kam heraus, die Tochter des Konzernjustiziars, wie sie wusste. Hinter ihr in der Tür erschien Jandorf und winkte Käthe herein.

»Nun, liebe Frau Krause, was liegt Ihnen denn auf dem Herzen?«

Käthe verkrampfte ihre Hände im Schoß. Jandorf hatte ihr den Platz vor seinem mächtigen Schreibtisch angewiesen, wie bei allen Gesprächen, die er mit seinen Angestellten führte.

Käthe straffte den Rücken und holte tief Luft. »Ich möchte Ihnen meine Kündigung bekannt geben, Herr Jandorf«, fiel sie mit der Tür ins Haus. »Ich bitte schon zum Ende dieser Woche darum.«

Jandorf starrte Käthe entgeistert an. »Zum Ende dieser Woche?«, echote er. »Aber warum denn nur, gute Frau? Fehlt Ihnen etwas an Ihrem Arbeitsplatz?«, fuhr er hastig fort, ohne Käthe Zeit für eine Antwort zu lassen. »Sind Ihre Untergebenen unbotmäßig? Was ist Ihr Problem? Ich bin sicher, wir werden eine Lösung dafür finden.«

Als Käthe nicht reagierte, hielt Jandorf endlich inne. Noch einmal fragte er sie: »Also, warum möchten Sie Ihren sicheren und gut bezahlten Arbeitsplatz im KaDeWe verlassen? Zumal mitten im Krieg?«

Käthe nahm das Stichwort auf wie einen Rettungsring. »Der Grund ist der Krieg«, antwortete sie zunächst kryptisch. »Ich war und bin Ihnen von Herzen dankbar für alles, was Sie im Lauf der Jahre für mich und meine Familie getan haben. Aber vielleicht erinnern Sie sich auch noch an meinen Sohn Robert?«

Jandorf überlegte kurz, bevor er nickte. »Er war als Tischlerlehrling bei uns tätig und meldete sich freiwillig an die Front, bevor er die Lehre abgeschlossen hatte. Was ist mit ihm?« Seine Stimme verriet jetzt seine Unruhe. »Ich hoffe doch sehr, Robert ist nicht gefallen.«

Käthe schüttelte den Kopf. »Nein, Herr Jandorf, gefallen ist Robert nicht. Aber er wurde schon vor Langemarck schwer verwundet. Nun ist er seit Oktober wieder zu Hause und bedarf der ständigen Pflege. Deshalb muss ich hier leider aufhören.«

»Aber gibt es denn niemanden, der Sie bei der Pflege Ihres Sohnes unterstützen könnte?« Wieder überlegte Jandorf kurz. »Natürlich, Ihr Ehemann muss ja arbeiten«, zog er die falschen Schlüsse, da Käthe immer ängstlich darauf bedacht gewesen war, ihre häusliche Misere im KaDeWe zu verbergen. »Und Ihre Tochter Rieke ist ebenfalls bei uns beschäftigt. Aber gibt es da nicht noch eine jüngere Tochter?«

Käthe bejahte das mit resignierter Miene. »Sie haben recht, Rieke hat eine jüngere Schwester. Sie heißt Sanni und wird im Februar fünfzehn Jahre alt. Doch Robert ist aufs Schwerste verwundet worden. Sanni kann seine Pflege nicht allein bewältigen. Dazu ist sie noch zu jung. Und ich kann ihr nicht genügend helfen, wenn ich von sechs Uhr morgens bis zehn Uhr abends nicht da bin. Die Verkehrsverbindungen sind nämlich so schlecht geworden, dass selbst meine lange Pause nicht ausreicht, um tagsüber hin und zurück in den Wedding zu kommen und meine Tochter zu unterstützen.«

»Das tut mir aufrichtig leid, Frau Krause.« Aus Jandorfs Stimme klang echtes Mitgefühl. »Wahrscheinlich würde auch meine Ehefrau unseren Sohn pflegen, wenn er so schwer verwundet wäre, dass er nicht mehr laufen kann«, zog Jandorf schon wieder die falschen Schlüsse, ohne vorher nachzufragen.

Käthe kam sein Irrtum gerade recht. Deshalb klärte sie ihn auch nicht auf. So entging sie womöglich bohrenden Fragen, warum ein Mann, der nur im Gesicht verwundet, aber ansonsten unversehrt war, einer so intensiven Pflege bedurfte.

Doch seit Roberts kurzfristiger Erholung während Peter Hausers Besuch hegte Käthe die Hoffnung, er werde doch wieder neuen Lebensmut schöpfen und am Ende so weit wie möglich genesen, wenn sie sich nur intensiver und liebevoller um ihn kümmerte.

Zum Glück hakte Jandorf nicht weiter nach. Stattdessen wandte er sich ganz praktischen Überlegungen zu Käthes plötzlicher Kündigung zu.

Er seufzte. »Muss es denn schon zum Ende dieser Woche sein? Geben Sie mir doch Zeit bis zum Ende des Monats! Damit ich eine Nachfolgerin für Sie finde, die Sie noch einarbeiten können.«

Auf diesen Einwand war Käthe vorbereitet. »Als Nachfolgerin möchte ich Ihnen meine jetzige Stellvertreterin, Frau Anneliese Gaul, empfehlen. Sie ist genauso wie ich von Beginn an im KaDeWe tätig und mit all meinen Pflichten hervorragend vertraut. Deshalb bedarf es keiner Übergangszeit. Ich möchte meinen Sohn keinen Tag länger unbeaufsichtigt lassen, als es unbedingt nötig ist.«

Dass sie trotz ihrer Vorsicht mehr gesagt hatte, als sie eigentlich wollte, wurde ihr bei Jandorfs Antwort sofort klar. »Ihr Sohn ist tagsüber gänzlich unbeaufsichtigt?«, wiederholte er. »Ich dachte, Ihre jüngere Tochter ...«

»Eine Nachbarin hilft Sanni ab und zu, wenn sie selbst gar nicht mehr zurechtkommt«, unterbrach Käthe Jandorf mit einer Notlüge. Auf gar keinen Fall wollte sie Adolf Jandorf eingestehen, dass sie schon am nächsten Montag in der Nachtschicht der Rüstungsabteilung anfangen wollte, die es mittlerweile auch in diesem Teil der AEG gab, der Apparatefabrik, Ottos ehemaligem Arbeitsplatz. Alle großen Fabriken hatten im Lauf des Kriegs solche Rüstungsabteilungen eingerichtet und suchten laufend Personal.

Daher war es auch Fritz, ihrem ehemaligen Verehrer und Ottos früherem Vorarbeiter, ein Leichtes gewesen, Käthe bei der AEG unterzubringen. Ihr Lohn würde zwar weniger als die Hälfte dessen betragen, was sie hier im KaDeWe verdiente. Aber zumindest tagsüber könnte sie bei Robert sein.

Und es gab noch weitere Vorteile: Die Ackerhalle, eine große Markthalle, lag nicht weit von Meyers Hof entfernt. Dort könnte sie täglich einkaufen oder Sanni damit betrauen. Bei Berthold, dem Milchhändler, hatte die ganze Familie Krause allerdings seit der Plünderung Hausverbot.

Jandorf musterte noch einmal Käthes entschlossenes Gesicht und gab dann auf. »Dann wenden Sie sich bitte an die Personalabteilung, um sich Ihren restlichen Lohn auszahlen und ein Zeugnis ausstellen zu lassen.« Er stand auf und reichte Käthe die Hand. »Ich wünsche Ihnen alles Gute für Ihre Zukunft. Und sollten Sie Ihren Entschluss einmal bereuen, scheuen Sie sich nicht, sich wieder an mich zu wenden.«

Käthe würgte es in der Kehle. Mit aller Kraft hielt sie die Tränen zurück. »Ich danke Ihnen noch einmal von Herzen für alles, was Sie für uns getan haben«, verabschiedete sie sich mit erstickter Stimme.

Dann wandte sie sich um und verließ Jandorfs Kontor so rasch, wie es die Höflichkeit zuließ. Denn sie spürte, dass sie sonst haltlos zu weinen beginnen würde.

## In der Etappe irgendwo an der Ostfront

### *April 1916*

»Ruhig, ruhig, Pegasus, alles wird gut!«

Harry Jandorf streichelte seinem Fuchshengst beruhigend über den Hals. Das Tier war bei ihrem letzten gemeinsamen Fronteinsatz durch einen Granatsplitter am linken Vorderbein getroffen worden. Nun war Harry in die Stallungen gekommen, um den Verband des Pferds zu wechseln.

Konzentriert untersuchte Harry die Verletzung im trüben Licht der Petroleumfunzel, die er mitgebracht hatte. Zum Glück hatte sich die Wunde nicht entzündet. Sie eiterte nicht und verströmte auch keinen üblen Geruch.

Harry war so vertieft in seine Tätigkeit, dass er die drei Männer, die den Stall betreten hatten, erst bemerkte, als sie miteinander sprachen.

»Da ist ja die Judensau«, sagte der Anführer der drei, in dem Harry einen Unteroffizier der Infanterie erkannte. Er war dem Mann bislang nur flüchtig begegnet und hatte ihn nicht weiter beachtet.

Nun fuhr er ihn wütend an. »Was fällt Ihnen ein, mich derart zu beleidigen? Ich werde Sie bei Ihrem Leutnant melden, Sie unverschämter Kerl!«

Anstatt sich einschüchtern zu lassen, trat der untersetzte

Mann grinsend auf Harry zu. Bevor dieser auch nur die Arme zur Abwehr erheben konnte, spürte er einen heftigen Schlag auf die Nase. Es knirschte hörbar, als der Knochen brach.

Harry schnappte noch nach Luft, derweil ihm das Blut in Strömen übers Gesicht lief, da trat jeweils einer der anderen Kerle rechts und links neben ihn und packte ihn am Arm. Schon traf Harry der nächste Schlag des Unteroffiziers, diesmal in die Magengrube.

»Der hier ist für die Grabenfüße, die dein Sauhund von Vater unseren österreichischen Kameraden bescheren wollte«, knirschte der Mann zwischen den Zähnen. »Mit Stiefeln, bei denen sich die Sohlen ablösen, sollten sie im Matsch der Schützengräben kämpfen! Nur damit sich diese jüdischen Gauner ihre Taschen füllen können!« Bei jedem Halbsatz schlug der Mann weiter auf Harry ein.

»Nein! Aufhören!« Harry brachte die Worte nur mühsam hervor. »Mein Vater ist unschuldig. Er hat mit diesem Betrug nichts zu tun.«

Als Reaktion handelte er sich einen noch heftigeren Fausthieb ein. »Das glaubst du doch selbst nicht«, knurrte der Mann, der seinen rechten Arm festhielt. »Verlogen seid ihr Judenschweine doch seit jeher!«

Verzweifelt versuchte Harry, sich aus dem eisernen Griff der Soldaten zu befreien. Doch es gelang ihm nicht.

Schon war er einer Ohnmacht nahe, als plötzlich ein scharfes Kommando ertönte: »Halt! Was geht hier vor?«

Da seine Augen bereits zuzuschwellen begannen, erkannte Harry seinen Rittmeister, den Grafen Eberhard von Schliefen, nur undeutlich. Offenbar war auch er in die Stallungen gekommen, um nach den Pferden zu sehen.

»Was macht ihr Kerle hier? Lasst sofort von dem Mann ab! Ich bring euch ansonsten vors Kriegsgericht!«, waren die letzten Worte, die Harry bewusst wahrnahm. Dann traf ihn ein weiterer heftiger Faustschlag an der Schläfe. Um ihn herum wurde alles schwarz.

## Kontor Adolf Jandorfs im KaDeWe

*April 1916, zehn Tage später, am frühen Abend*

»Nun sag an, Adolf, was liegt dir denn auf dem Herzen, das unsere Frauen nicht wissen dürfen?«

Eigentlich wollten die Ehepaare Jandorf und Bergmann, gemeinsam mit Judith, heute einen fröhlichen Abend in Jandorfs Wohnung in der Tiergartenstraße verbringen. Der Prozess wegen der Schuhaffäre war vorbei, und auch die Bedrohung Adolfs durch den Polizeipräsidenten Traugott von Jagow schien zum Glück abgewendet.

Doch bevor Bergmann aufbrechen konnte, um sich für die Abendgesellschaft umzuziehen, hatte Jandorf ihn noch zu einer vertraulichen Unterredung in sein Kontor gebeten. Jetzt zog Adolf an einer Zigarre und nahm einen Schluck Cognac, bevor er einen zerknitterten Feldpostbrief aus der Innentasche seines Jacketts nahm.

»Der kam heute Mittag an, als ich zu Hause speiste. Der Brief ist von Harrys Rittmeister, Graf von Schliefen. Zum Glück hat Margarete ihn nicht zu Gesicht bekommen, bevor ich ihn erhielt.«

»Ist Harry verwundet worden?«, fragte Bergmann alarmiert.

Jandorf zuckte mit den Schultern. »Wie man es nimmt. Auf jeden Fall lag er zum Zeitpunkt, an dem dieses Schreiben verfasst wurde, noch im Lazarett.«

»Also ist er verwundet?« Paul verstand nicht, worauf Adolf hinauswollte.

Wieder zuckte der mit den Achseln. »Ja und nein. Man hat

Harry in den Stallungen zusammengeschlagen, als er sein verletztes Pferd versorgen wollte.«

»Zusammengeschlagen? Wer soll das gewesen sein?«

»Der Rittmeister behauptet, die Täter seien unerkannt entkommen. Möglicherweise seien es sogar Russen gewesen, die Pferde stehlen wollten. Aber das glaube ich nicht.«

»Was glaubst du denn, Adolf?«

Jandorf nahm noch einen Schluck Cognac. Dann hob er den Kopf und sah Paul Bergmann gerade in die Augen.

»Ich glaube, dass man jetzt auch Harry immer heftiger für diese vermaledeite Schuhaffäre büßen lässt. Schließlich hat man ihm schon den Weihnachtsurlaub verweigert.«

»Das hast du bislang nur vermutet. Doch wenn es stimmt, steckten die befehlshabenden Offiziere dahinter. Glaubst du jetzt, die gingen so weit, einen Schlägertrupp auf Harry anzusetzen? Denn woher will der einfache Soldat an der Ostfront überhaupt von dieser unseligen Sache wissen?«

»Bei dem Wirbel, der in den Berliner Zeitungen rund um den Prozess gemacht wurde, ist die Kunde sicherlich auch zu den Mannschaften an die Ostfront gedrungen. Jeden Tag werden Tausende von Feldpostbriefen aus der Heimat dorthin befördert. Da wird sicherlich auch was über diesen Prozess dringestanden haben. Zumal wenn man weiß, dass mein Sohn in derselben Einheit dient wie die Adressaten. Doch selbst wenn es nur ein einziger Soldat erfahren hätte, wird er es seinen Kameraden sicherlich weitererzählt haben«, fügte Jandorf schließlich noch hinzu.

Paul Bergmann stöhnte vernehmlich auf. Nahm diese Angelegenheit denn nie ein Ende? Vor einigen Wochen waren die des Betrugs an der k. u. k. Armee Angeklagten in einem aufsehenerregenden Prozess samt und sonders zu Haftstrafen verurteilt worden. Dabei erhielten die beiden jüdischen Geschäftspartner Jandorfs die höchsten Strafen. Arthur Jacoby war zu über fünf Jahren, Karl Kohn zu viereinhalb Jahren Haft verurteilt worden. Die in den Betrug verwickelten ehemaligen Angestellten des KaDeWe mussten zwischen achtzehn und drei Monaten ins Gefängnis.

Paul Bergmann hatte als Abgesandter Jandorfs den Prozess persönlich verfolgt. Zwar war der Eigner des KaDeWe nie direkt in einen Zusammenhang mit dem Betrug gebracht worden. Doch sein Name wurde häufig genug erwähnt, um sowohl das Auditorium als auch die anwesenden Reporter misstrauisch zu machen.

Durch den Prozess wusste Paul Bergmann auch, welche Folgen die schwerwiegenden Materialfehler bei der Anfertigung der Schuhe und Stiefel gehabt hätten. Als »Grabenfuß« wurde eine der vielen Plagen bezeichnet, die die ununterbrochen in den matschigen Schützengräben ausharrenden Soldaten zu erdulden hatten. Oft stand das Wasser dort sogar knöchelhoch. Waren die Füße nahezu ununterbrochen der Nässe ausgesetzt, konnten sie sich im Lauf der Zeit so schwer entzünden, dass die betroffenen Soldaten kampfuntauglich wurden.

Zwar hatte Bergmann im Prozess den Eindruck gewonnen, dass nicht die Sorge um die Gesundheit der Soldaten, sondern die um die Kampffähigkeit der Truppe im Mittelpunkt der Diskussion um die Folgen eines solch schlechten Schuhwerks stand. Doch die Erbitterung über diesen Betrug an einer verbündeten Armee war nicht nur dem Staatsanwalt, sondern auch den Richtern des Strafgerichts deutlich anzumerken gewesen.

Auch Traugott von Jagow, der Polizeipräsident, hatte nichts unversucht gelassen, um Adolf Jandorf doch noch zur Rechenschaft zu ziehen. Er hatte vorgeschlagen, Jandorf einzuziehen, um ihm die Gelegenheit zu geben, »wenigstens einen kleinen Teil der schweren Schuld, welche er, wenn auch nicht juristisch, so doch moralisch auf sich geladen hat, mit seinem Blute abzutragen«.

Sein Appell an das Generalkommando war leider nicht auf

taube Ohren gestoßen. Erst gestern Morgen hatte man Adolf Jandorf gemustert und zum Glück aufgrund seines Alters und seiner geringen Körpergröße erst einmal für untauglich befunden.

Aus diesem Anlass hatten Jandorfs heute Abend in die Tiergartenstraße eingeladen, da sie ursprünglich mit der Ausmusterung das Ende dieser furchtbaren Angelegenheit gekommen sahen und das gebührend feiern wollten.

»Wie schwer ist Harry denn nun verletzt?«, kam Paul auf den Kern von Adolf Jandorfs Sorge zurück.

»Sein Rittmeister drückt sich in dieser Hinsicht nur vage aus. Er betont, dass Harry unmittelbar nach seiner Genesung wieder fronttauglich sei. Über den Osterurlaub, auf den wir alle hofften, verliert er kein Wort.«

In diesem Augenblick klopfte es an der Tür. Fräulein Goldmann, Jandorfs Vorzimmerdame, trat ein. »Falls es Ihnen recht ist, würde ich jetzt gern nach Hause gehen, Herr Jandorf.« Es war in der Tat schon nach halb sieben. Prüfend blickte Fräulein Goldmann über Jandorfs Schreibtisch. »Haben Sie das Schreiben gefunden, das ich Ihnen in Ihr Fach gelegt habe? Es wurde vor ungefähr zwei Stunden für Sie abgegeben, als Sie gerade Ihren Rundgang machten. Ich hatte Sie bei Ihrer Rückkehr noch kurz darauf hingewiesen.«

»Persönlich abgegeben?«, fragte Jandorf verblüfft nach.

Die Vorzimmerdame nickte.

»Das habe ich dann leider falsch verstanden«, gab Jandorf zu. »Ich dachte, es wäre ein gewöhnlicher Brief.« Er griff in sein Postfach, zog einen ebenfalls feldgrauen Brief hervor und riss ihn hastig auf. Dann überflog er ihn kurz und reichte ihn an Bergmann weiter.

»Lies das! Ich hatte recht!«

Während Paul nach dem Schreiben griff, sprang Jandorf auf. »Ich habe noch einen letzten Auftrag für Sie, Fräulein Goldmann!« Dann eilte er hinaus.

# Im Schützengraben bei Verdun

## April 1916, am gleichen Tag

Das Artilleriefeuer von beiden Seiten hielt nunmehr seit über neun Stunden an. Johannes und seine Kameraden saßen geduckt in ihren zum Teil bereits zerschossenen Schützengräben. Aufgrund des Trommelfeuers der feindlichen Franzosen war an einen erneuten Ausfall aus dem Graben nicht zu denken. Das war das einzig Gute an diesem nervenzermürbenden Beschuss. Wenigstens die geringe Deckung musste man nicht verlassen.

Schon jetzt hatte Johannes' Kompanie einige Volltreffer in den entfernteren Teilen ihres Grabens erhalten. Er war nicht mehr durchgängig begehbar. Erdhaufen, aus denen Arme und Beine Gefallener ragten, versperrten den Weg.

Zu gern hätte sich Johannes einmal den schweren Stahlhelm abgenommen, den er seit über drei Tagen ununterbrochen trug und unter dem seine Kopfhaut mittlerweile entsetzlich juckte. Doch das wäre viel zu gefährlich gewesen.

Erst kurz bevor seine Einheit nach Verdun verlegt worden war, hatte die Feldintendantur den Soldaten diese neuen Kopfbedeckungen ausgehändigt. Tatsächlich schützten sie viel besser vor Splittern und umherfliegenden Steinen als die vorher üblichen Lederkappen. Ein Nachteil des Stahlhelms war jedoch, dass er mit 1,3 Kilogramm Gewicht nach vielen Stunden des Tragens die Nackenmuskeln so stark belastete, dass sie irgendwann unerträglich zu schmerzen begannen.

Was tue ich eigentlich in dieser Blutmühle? In letzter Zeit befiel Johannes immer häufiger der Eindruck des Surrealen. Besonders dann, wenn die Artillerie ihre tödliche Fracht unablässig in die jeweils feindlichen Linien feuerte. »Blutmühle« oder »Hölle von Verdun« nannte man aufgrund der riesigen Verluste auf beiden Seiten diese jetzt schon fast zwei Monate währende Schlacht.

Daher mutete es wie ein Wunder an, dass weder Johannes noch Sebastian Häfner bis heute mehr als ein paar harmlose Schrammen davongetragen hatten. Schon vor zwei Wochen waren die Reste ihrer beiden stark dezimierten Kompanien zusammengelegt worden. Sebastian hatte man zum Kommandeur ernannt und gleichzeitig zum Oberleutnant befördert.

Dies war bereits die zweite Auszeichnung in kurzer Zeit für seinen Freund und Geliebten. Gleich nach der ersten Eroberung der Höhe Toter Mann im März war er mit dem Eisernen Kreuz Erster Klasse für besondere Tapferkeit vor dem Feind geehrt worden.

Genau über Johannes heulte jetzt eine Granate, abgeschossen aus den eigenen Reihen. Zum Glück landete sie im Niemandsland zwischen den Stacheldrahtverhauen, wo sie mit einem ohrenbetäubenden Knall explodierte. Es wäre nicht das erste Geschoss aus der Schlanken Emma oder der Dicken Bertha gewesen, das die eigenen Truppen getroffen hätte. Die Briten hatten dafür sogar einen eigenen Namen. *Friendly Fire* nannten sie diese Irrläufer, hatte ihm Sebastian erzählt.

Was tue ich in diesem widerwärtigen Graben? Umgeben von Leichengestank und unsäglichem Dreck?, fragte sich Johannes aufs Neue, als ihm der scharfe Pulverdampf in die Nase stieg. Zwei Meter neben ihm krümmte sich ein junger Rekrut, der seinen ersten Fronteinsatz hatte, zusammen und presste sich die Hände auf die Ohren. Johannes hätte ihn gern getröstet, wagte aber nicht, sich vom Fleck zu rühren. Der Grabenrand war schon so zerschossen, dass jede Bewegung vom Feind gesehen werden und zum Ziel für Scharfschützen werden konnte.

Die kleine Stadt Verdun in Lothringen hatte Johannes vor dem Beginn der Schlacht im Februar 1916 nur aus dem Geschichtsunterricht im Gymnasium gekannt. Vage erinnerte er sich daran, dass das Reich Karls des Großen in diesem Ort unter seinen drei Enkeln aufgeteilt worden war. Den genauen Zeitpunkt hatte er vergessen.

Auch warum die Franzosen so erbittert um diesen Flecken Erde kämpften und erst recht, warum die Oberste Heeresleitung des Deutschen Reichs hier diese furchtbare Schlacht führen musste, erschloss sich Johannes nicht.

»Angeblich halten es die Franzosen für ihre patriotische Pflicht, diesen unbedeutenden Ort mit Zähnen und Klauen zu verteidigen«, hatte ihm Sebastian bei ihrer letzten Ruhepause in der Etappe erklärt. Zuvor hatten sie sich in einer Scheune, verborgen im Heu des Vorjahrs, leidenschaftlich geliebt. »Die Kräfte des Feinds hier zu binden, ist der einzige Grund, den ich mir strategisch von deutscher Seite her vorstellen kann. Denn Paris liegt mehr als zweihundertfünfzig Kilometer entfernt, also viel zu weit weg, um die französische Hauptstadt nach einem Sieg bei Verdun rasch erobern zu können.«

»Lass uns von etwas anderem sprechen, Basti!«, hatte Johannes damals gebeten. Damals? Es war erst zehn Tage her und kam ihm doch vor wie eine halbe Ewigkeit. Immerhin stand die nächste Ruhepause von der Hölle, in die man ihre Kompanien bald danach wieder geschickt hatte, jetzt unmittelbar bevor. Heute um Mitternacht würden sie von Truppen, die sich zwei Tage lang im Hinterland erholen konnten, abgelöst werden.

Und dann … Hätte jemand in diesem Augenblick Johannes' Gesicht gesehen, hätte er sich verwundert gefragt, was es denn in diesem entsetzlichen Trommelfeuer zu lächeln gebe. Es waren nur wenige Stunden, die Johannes und Sebastian hinter der Front bisher ungestört miteinander verbracht hatten. Doch sie zählten, all dem Blut und Tod in ihrem Alltag zum Trotz, zu den wunderbarsten in Johannes' Leben.

Schon am ersten Tag ihrer Begegnung vor dem Feldbordell in der Champagne hatte sich Sebastian Johannes als homosexuell zu erkennen gegeben. Und ihn danach ebenso zielsicher wie zärtlich verführt, nachdem Johannes verschämt eingestanden hatte, die gleiche Neigung zu haben. Nie zuvor hatte

Johannes solche Gefühle verspürt, sie nicht einmal in seinen kühnsten Träumen für möglich gehalten, wie sie jetzt in ihm aufstiegen und sich in einer gewaltigen Eruption der Lust entluden, wenn er mit Sebastian schlief.

»Also stimmt die uralte Weisheit doch«, sagte er einmal nach dem Liebesakt, während er mit Sebastians Haaren spielte. »Auch die fürchterlichste Katastrophe hat eine gute Seite. Ohne den Krieg wären wir beide uns nie begegnet.«

Sebastian stammte aus Hamburg, war zwei Jahre älter als Johannes und sexuell im Unterschied zu ihm bereits erfahren. Was seiner zärtlichen Liebe zu Johannes jedoch keinen Abbruch tat, wie er immer wieder beteuerte.

Auch Sebastian verabscheute den Krieg und hatte ihm von Anfang an skeptisch gegenübergestanden. Was ihn jedoch nicht daran hinderte, immer wieder Kameraden unter Einsatz seines eigenen Lebens vom Schlachtfeld zu retten. So wie er es auch mit Johannes bei jenem Gasangriff vor nunmehr fast einem Jahr getan hatte. Für diese Tapferkeit hatte Sebastian schließlich das Eiserne Kreuz Erster Klasse erhalten.

Mit einem schrillen Pfeifen schlug eine Artilleriegranate der Franzosen jetzt ganz in der Nähe ein. Instinktiv duckte sich Johannes, den Kopf zwischen den Knien, so tief in den schlammigen Graben, dass er die Pfütze, die sich zwischen seinen Füßen gebildet hatte, fast mit der Nasenspitze berührte. Ängstlich lauschte er nach dem Einschlag auf das Wimmern und Schreien verletzter Kameraden. Doch diesmal schien niemand getroffen worden zu sein. Wieder versuchte Johannes, sich mit seinen Erinnerungen an vergangene Stunden mit Sebastian abzulenken.

Die allerglücklichste Zeit hatte er mit ihm während ihres gemeinsamen Weihnachtsurlaubs verbracht. Zwar plagte Johannes noch immer das schlechte Gewissen, seine Familie in Berlin diesbezüglich belogen und behauptet zu haben, er hätte keinen Urlaub bekommen. Doch von jener Woche mit Sebastian in Hamburg zehrte er noch immer, erst recht hier in diesem grausigen Schützengraben auf halber Höhe des Hügels Toter Mann.

Mittlerweile hatte diese Anhebung, deren Eroberung und Verlust Johannes' und Sebastians Regiment schon seit März in Atem hielten, ihrem schaurigen Namen wahrlich alle Ehre gemacht. Eigentlich ging der Name auf den Fund eines ermordeten Reisenden zurück, den man vor ungefähr vierhundert Jahren auf dem Hügel gefunden hatte. Doch inzwischen hatten Tausende von französischen und deutschen Soldaten ihr Leben dabei gelassen, diese angeblich strategisch so wichtige Höhe zu erobern, zu verteidigen und hernach wieder zu verlieren. Bereits im März war der Hügel kurze Zeit vollständig in deutscher Hand gewesen. Doch wie so oft war auch dieser Geländegewinn nicht von Dauer.

So wie die ganze Schlacht einmal mehr nach der raschen Eroberung des Forts Douaumont vielversprechend für die Deutschen begonnen hatte, um sich kurz danach, wie an vorigen Frontabschnitten, wieder in diesen elenden Stellungskrieg zu verwandeln.

Noch wenige Stunden, dann sind wir erlöst und können uns ausruhen. Zu gern hätte Johannes mit diesen Worten auch den jungen Rekruten getröstet, der sich, zwei Meter von ihm entfernt, zusammengekauert hatte und, die Arme um die Knie geschlungen, vor- und zurückschaukelte. Diese Zeichen der Panik kannte Johannes sehr wohl. Doch das feindliche Feuer war viel zu stark. Im Moment konnte er nichts für den Kameraden tun.

## Kontor Adolf Jandorfs im KaDeWe

### April 1916, am gleichen Abend

Verwundert griff Paul nach dem Brief und begann zu lesen, während er Jandorf im Vorzimmer Anweisungen geben und Fräulein Goldmann kurz danach mit klappernden Absätzen den Raum verlassen hörte.

*Lieber Vater,*

*diesen Brief gebe ich einem jüdischen Kameraden mit, der morgen seinen Heimaturlaub in Berlin antreten wird. Gegen die Zusage eines großzügigen Lebensmittelpakets hat er sich bereit erklärt, Dir das Schreiben persönlich ins KaDeWe zu bringen. Bitte entlohne den Mann reichlich! Seine Familie lebt im Scheunenviertel und leidet dort wahrscheinlich große Not, nach allem, was man hier an der Front gerüchteweise über die Nahrungsmittelknappheit in Berlin mitbekommt.*

*Falls der Mann Dich nicht persönlich antrifft und Du ihn nicht gleich in die Lebensmittelabteilung schicken kannst, ist hier seine Anschrift:*

Paul überlas die Passage. Er vermutete, dass dies der Auftrag war, den Jandorf Fräulein Goldmann soeben erteilt hatte, und studierte den Rest des Schreibens.

*Wahrscheinlich hat Rittmeister von Schliefen Dir nicht die Wahrheit über den Angriff auf mich mitgeteilt. Er hat die drei Schurken, die mich im Pferdestall überfallen und so heftig zusammengeschlagen haben, dass meine Nase gebrochen ist und ich eine Gehirnerschütterung sowie Prellungen am ganzen Körper davongetragen habe, nämlich gedeckt. Zwar haben sie von mir abgelassen, als der Rittmeister, der zufällig zur gleichen Zeit in den Stall kam, es ihnen befahl. Aber angezeigt hat er sie nicht. Im Gegenteil hat er mir mit-*

*geteilt, ich hätte nun für den Betrug meines Vaters zu büßen gehabt,*
*als er mich kurz im Lazarett aufsuchte.*
*Auf jeden Fall waren es deutsche Kameraden, die mir das ange-*
*tan haben. Offiziell wird es marodierenden Angehörigen der rus-*
*sischen Zivilbevölkerung in die Schuhe geschoben, die angeblich*
*Pferde stehlen wollten. Natürlich wurden die diesbezüglichen Er-*
*mittlungen inzwischen eingestellt.*
*Trotzdem schreibe ich Dir heute nicht, um Dich noch mehr zu*
*beunruhigen, sondern im Gegenteil, um Dir mitzuteilen, dass ich*
*mich bereits auf dem Wege der Besserung befinde. Bitte sag Mut-*
*ter nichts von der ganzen Sache, es würde sie nur unnötig aufregen.*
*Es umarmt Dich ganz herzlich*
*Dein Dich liebender Sohn Harry*

Erschüttert ließ Bergmann das Schreiben sinken. Mittlerweile
war Jandorf in sein Kontor zurückgekehrt und hatte seinen
Cognacschwenker aus dem Vorrat in seinem Wandschränk-
chen wieder gefüllt.

»Wenn sich das alles wirklich so zugetragen hat, was ich
nicht bezweifle, dürfte auch jede Möglichkeit dahin sein, Harrys vorzeitige Entlassung aus der Armee zu bewirken.« Bergmann wusste, dass Jandorf schon seit Längerem mit diesem
Gedanken spielte.

Harrys Vater nickte traurig. »Das denke ich auch. Du weißt
ja, dass es mir noch vor Prozessbeginn gelungen ist, meine
wenigen verbliebenen fähigen Einkäufer im wehrpflichtigen
Alter vor der Einberufung zu bewahren. Damals konnte ich
das noch unter Hinweis auf die Kriegsnotwendigkeit der
Dienstleistungen tun, die meine Produktionsstätten beständig
für die deutsche Armee erbringen. Außerdem habe ich eine
erkleckliche Kriegsanleihe gezeichnet. Doch ich befürchte,
für Harry kann ich jetzt leider gar nichts machen. Selbst wenn
ich ihn ebenfalls als Einkäufer anfordern würde, der er leider
ja nicht einmal ist.« Harry hatte in der Tat seine zweite kauf-

männische Lehre im Warenhaus am Weinberg noch nicht abgeschlossen, bevor er sich gleich zu Kriegsbeginn freiwillig meldete.

Jandorf drückte seine qualmende Zigarre aus und nahm einen weiteren Schluck Cognac. »Ich kann im Gegenteil froh sein, wenn mir wenigstens Leute wie Gunter Perl erhalten bleiben. Auch wenn ich seinen schon fast sechzigjährigen Stellvertreter zum Nachfolger bei der Leitung des Warenhauses am Weinberg machen musste. Doch da hatte ich keine Wahl. Hätte ich Gunter Perl nicht als Textileinkäufer und Leiter der Lazarettwäsche-Produktionsstätte ins KaDeWe versetzt, hätte man ihn am Ende doch noch eingezogen.«

Paul Bergmann nickte dazu, ohne einen Kommentar abzugeben. Ein wenig hatte er sich darüber geärgert, dass Adolf Jandorf Johannes' ehemalige Position im KaDeWe gleich mit an Gunter Perl vergeben hatte und diesen mit weit mehr Befugnissen ausstattete, als sein Sohn je gehabt hatte. Doch auch Johannes stand ja im Feld und würde so schnell nicht nach Hause kommen.

»Ach so!«, sagte Jandorf jetzt. »In der ganzen Aufregung um Harry habe ich das hier beinahe vergessen. Es kam heute Mittag an.« Er zog ein weiteres Schreiben aus der Jackettasche und reichte es Paul.

Der musterte den Brief. Er kam nicht von der Front, sondern trug das Siegel des Kriegsministeriums. Beunruhigt öffnete er ihn.

*Sehr geehrter Herr Jandorf,*
 *leider sehen wir uns dazu gezwungen, das Ihnen zugedachte Verdienstkreuz für Kriegshilfe wieder abzuerkennen,* stand darin in fast unhöflicher Kürze.
 *Hochachtungsvoll*

Darunter befanden sich eine unleserliche Unterschrift und der Stempel der entsprechenden Abteilung des Kriegsministeriums.

Paul ließ das Schreiben sinken und seufzte. »Das Ganze tut mir wirklich sehr leid für dich, Adolf«, betonte er. »Niemand weiß besser als ich, wie sehr man dir in dieser Schuhaffäre unrecht tut.«

Jandorf winkte ab. »Sag bitte auch davon weder Rebekka noch Margarete etwas! Irgendwann wird dieser furchtbare Krieg einmal zu Ende sein. Die Hauptsache ist doch, dass Harry und Johannes unversehrt heimkehren.«

»Und jetzt lass uns aufbrechen, damit unser Dinner pünktlich um acht Uhr beginnen kann. Und noch mal, Paul«, Jandorf hob mahnend den Zeigefinger. »Kein Wort darüber zu den Damen!«

## Im Schützengraben von Verdun

### April 1916, am gleichen Tag kurz vor Mitternacht

»Bald ist es so weit.« Johannes konnte Sebastians Worte kaum verstehen, obwohl der den Mund dicht an sein Ohr brachte. Noch immer heulten die Granaten rings um sie her. »Die Ablösung ist auf dem Weg. In spätestens einer halben Stunde können wir uns zurückziehen.«

Johannes nickte zum Zeichen, dass er verstanden hatte, und winkte Sebastian seinerseits, den Kopf zu seinem Mund zu senken.

»Für den jungen Willi ist das auch allerhöchste Zeit.« Er wies auf den Rekruten neben ihm, der seit einiger Zeit unkontrolliert am ganzen Körper zu zittern begonnen hatte. »Der hält nicht mehr lange durch und ist jetzt schon frontuntauglich, wenn du mich fragst.«

Sebastian nickte ebenfalls und ließ sich auf alle viere nieder, um sich dem jungen Willi zu nähern. Er wusste, dass der kaum achtzehn Jahre alt war.

Johannes' Puls begann zu rasen. Obwohl es mittlerweile stockfinster war, war die Grabenkante durch weitere Einschüsse in der Nähe jetzt noch niedriger als am Tag. Sieh dich vor, mein Geliebter!, schickte er Sebastian einen stummen Wunsch hinterher.

Genau in diesem Augenblick jaulte wieder eine Granate dicht über ihre Köpfe hinweg, die offensichtlich von der eigenen Artillerie abgeschossen worden war. Mit einem Schrei aus dem weit aufgerissenen Mund sprang der junge Rekrut auf, stemmte sich an dem niedrigen Grabenrand hoch und rannte blindlings auf das Schlachtfeld. Unmittelbar danach stieg eine Leuchtrakete in den Himmel.

»Nein! Nein! Sebastian, bleib hier!« Johannes schrie aus Leibeskräften und wusste doch gleichzeitig, dass es vergeblich war. Tatsächlich setzte Sebastian dem Jungen mit einem einzigen Satz aus dem Graben nach und hatte ihn fast schon erreicht.

Die nächsten Augenblicke erlebte Johannes Sekunde für Sekunde, als hätte jemand den Lauf der Geschehnisse unendlich verlangsamt. Er hörte das Sirren der heranfliegenden Handgranate so deutlich, als stünde er gleich daneben. Offensichtlich war ein Stoßtrupp des Feinds im Dunkel der Nacht weit über die eigenen Linien hinaus vorgedrungen. Im verglühenden Licht der Leuchtkugel sah Johannes, dass das Geschoss genau zwischen Sebastian und Willi, den sein Geliebter gerade am Arm herumriss, einschlug.

Durch die Explosion taghell erleuchtet, spritzte eine Blutfontäne gen Himmel. Einige Tropfen trafen Johannes' Gesicht, als er gerade selbst im Begriff war, aus dem Graben zu klettern. Dann umfing ihn eine gnädige Ohnmacht.

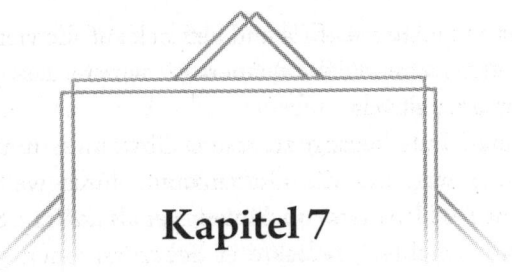

# Kapitel 7

## Im KaDeWe

### *Anfang Mai 1916*

Vorsichtig schaute Rieke sich um, bevor sie mit ihren beiden Feldpostpäckchen den Lastenaufzug im Souterrain des Ka-DeWe verließ. Es war schon halb neun Uhr abends. Die meisten Angestellten hatten das Kaufhaus längst verlassen.

Schnell schlüpfte Rieke mit ihrer verräterischen Fracht in eine der Personaltoiletten für Damen, die gleich neben dem Aufzug lag. Dort deponierte sie die Päckchen, um sich danach ihren Mantel und die Handtasche aus dem Spind zu holen.

Zurückgekehrt in den Schutz der Toilettenkabine riss sie die Verpackung auf. Den Inhalt kannte sie schon, da sie ja beim Zusammenstellen dabei gewesen war. Vor ihr lagen Tabak, Kaffee und Tee, außerdem Dauerwurst, je eine Blechdose mit Honig und vor allem die kostbare Seife.

Rieke verdrängte ihr schlechtes Gewissen. Die Päckchen hatte eine sehr wohlhabende Kundin heute gekauft, deren Ehemann, Bruder und beide Söhne an der Westfront standen.

Wie alle Lebensmittel war auch der Inhalt der Feldpostpäckchen in den letzten Monaten beständig teurer geworden. Doch Seife war inzwischen ein echter Luxusartikel. Pro Monat und Person wurden der Zivilbevölkerung nur noch fünfzig Gramm zugestanden. Die Seife war zudem von schlechter Qualität. Sie bestand nur noch zu zwanzig Prozent aus Fett, der Rest war eine Beimischung aus Ton oder gemahlenem Speckstein.

Schon während des Einkaufs der Kundin hatte Rieke mit sich gerungen, für welche Adressaten sie zwei der vier Päckchen bei der Poststelle aufgeben sollte. Denn insbesondere die Seife war für sie sehr begehrenswert. Da Waren für die Frontsoldaten bislang keiner Rationierung unterlagen, hatte die Kundin sogar die doppelte Menge, also hundert Gramm, in jede Sendung einpacken lassen.

»Mein Peter hat mir gerade geschrieben, dass er befürchtet, sich Läuse eingefangen zu haben. Da wird ihm die Seife hoffentlich helfen, zumindest diese Mistviecher wieder loszuwerden«, hatte die Kundin der Verkäuferin anvertraut. »Gegen die Ratten, von denen es in den Gräben ja nur so wimmeln soll, hilft Seife ja leider nicht.«

Auf dem Weg in das Versteck, in dem sie ihr Diebesgut tagsüber lagerte, hatte Rieke sich die Adressaten der Päckchen angesehen. Und das für Peter zusammen mit der Sendung für den zweiten Sohn der Kundin später bei der Poststelle abgegeben.

Die beiden übrigen Päckchen deponierte sie zuvor an einer Stelle, auf die niemand so schnell gekommen wäre. Nämlich in dem Nebenraum des Fürstenzimmers, in dem seinerzeit die Einkäufe des siamesischen Königs gestapelt worden waren. Den Schlüssel zu diesen Räumlichkeiten hatte ihr Käthe vor einigen Wochen mitgegeben, da sie ihn bei ihrer Kündigung zurückzugeben vergessen hatte. Bisher waren die Schlüssel noch nicht vermisst worden, da das Fürstenzimmer seit Jahren unbenutzt war. Selbst im nach wie vor vornehmen KaDeWe gab es mitten im Krieg keine Festmähler für Ehrengäste.

Rieke, deren Anwesenheit im ersten Stock nicht auffiel, da auch die Damenkonfektion dort angesiedelt war, musste nur einen unbeobachteten Moment abwarten, in dem sie um die Ecke zum Eingang in diese stets verschlossenen Räumlichkeiten schlüpfen konnte. Dabei kam ihr die Weitläufigkeit der Stockwerke im KaDeWe zupass, in denen sich jetzt im Krieg die weniger zahlreichen Kunden verliefen. Adolf Jandorf hätte

Rieke sagen können, dass sein Warenhauskonzern seine maß-
geblichen Umsätze im Augenblick hauptsächlich durch Kriegslieferungen erzielte.

Außerdem war die freie Sicht in jedem Stockwerk durch die
aufwendigen Warenpräsentationen immer wieder verstellt.

Im Innern der verschlossenen Räumlichkeiten führte ein
Lastenaufzug gleich vom Flur ins Souterrain. Auch er wurde
im Augenblick kaum mehr benutzt, obwohl er noch in Betrieb
war. Diesen Weg nahm Rieke abends, um ihr gestohlenes Gut
hinauszutransportieren.

Nun stopfte sie die vier Stück Seife in ihre Manteltaschen.
Seit es mit Robert schlimmer und schlimmer wurde, war Seife
fast unverzichtbarer als Lebensmittel für die Familie Krause.
An den ständig nagenden Hunger gewöhnte man sich mit der
Zeit. Aber nicht an den Gestank von Roberts Körper, seiner
Kleidung und Bettwäsche. Der wurde unerträglich, wenn ihr
Bruder wieder einmal eingenässt oder sogar sein großes Ge-
schäft in die Hose oder ins Bett gemacht hatte.

Denn Käthes Hoffnung, Roberts Zustand werde sich bes-
sern, wenn sie sich mehr um ihn kümmerte, hatte sich bislang
nicht erfüllt. Dabei war der Preis überaus hoch, den Käthe für
ihre mütterliche Fürsorge bezahlte.

Für ihre sechs Nachtschichten in der Munitionsfertigung
der Apparatefabrik erhielt sie mit vierzig Mark nicht einmal
die Hälfte des Lohns, den sie im KaDeWe verdient hatte. Zusammen mit Riekes Lehrlingsgehalt von zwanzig Mark und
Roberts lächerlich geringer Invalidenrente von dreizehn Mark
und siebenundachtzig Pfennigen lag das Einkommen der gesamten Familie nunmehr unter Käthes ehemaligem Gehalt.

Da nutzte es wenig, dass die Regierung schon seit Kriegsbeginn verboten hatte, die Mieten zu erhöhen. Die fünfundzwanzig Mark pro Monat fraßen trotzdem mehr als die Hälfte von
Käthes jetzigem Verdienst.

Dem gegenüber standen die ständig steigenden Lebensmittelpreise. Schweinefleisch war so teuer geworden, dass sich Krauses höchstens eine Portion der zweihundertfünfzig Gramm inklusive eingewachsener Knochen leisten konnten, die es wöchentlich für jeden Erwachsenen auf Marken gab.

Im April war auch der Zucker rationiert worden. Seither wurden Roberts Mahlzeiten zum Problem. Der halbe Liter Milch, der ihm täglich zustand, reichte sowieso kaum für mehr als eine Portion Grieß- oder Haferbrei. Mit Wasser angerührten Brei ohne Zucker spuckte Robert jedoch immer häufiger aus und verdreckte sich dadurch seine Kleidung noch mehr.

Mehr als einmal war Rieke so hungrig gewesen, dass sie selbst den kalt gewordenen Rest von Roberts derart verschmähter Mahlzeit gegessen hatte. Denn der Brei schmeckte immerhin noch besser als das widerliche Ersatzfleisch, das Sanni einmal nach Hause gebracht hatte, nachdem die Schweinefleischvorräte in der Ackerhalle, in der sie stundenlang angestanden hatte, erschöpft gewesen waren. Sodass ihre Schwester nicht einmal die lächerlichen zweihundertfünfzig Gramm bekam, die die Krauses bezahlen konnten.

Ersatzfleisch bestand aus einer Mischung von eingesalzenem und getrocknetem Fisch mit gehacktem, oft minderwertigem Schweinefleisch. Die Masse stank so erbärmlich, wenn man sie briet, dass selbst dem Hungrigsten der Appetit verging.

Mit Todesverachtung hatte Käthe nach ihrer Nachtschicht die widerliche Mahlzeit hinuntergewürgt. Seither musste Sanni bereits um vier Uhr morgens die Wohnung verlassen, um sich für Fleisch, Zucker, Milch, Brot und Seife in die Schlangen zu stellen. Manchmal löste Käthe Sanni kurz nach sechs Uhr ab, wenn ihre Nachtschicht beendet war. Doch oft war sie einfach zu müde dazu und musste, nachdem sie Robert das Frühstück gekocht und eingeflößt hatte, erst einmal ein paar Stunden schlafen.

Wie in der Zeit, als sie tagsüber noch an Bettgeher vermietet hatten, schlief man in der Stube nun reihum. Nach heftigen

Diskussionen hatte sich Otto widerwillig bereit erklärt, Rieke und Sanni das Schlafsofa in der Wohnküche zu überlassen und nachts im zweiten Bett neben Robert zu schlafen. Denn die fünf Mark pro Monat für Sannis Mietbett in der Nachbarwohnung konnte man jetzt natürlich nicht mehr erübrigen.

Wenn Käthe frühmorgens von der Nachtschicht kam, schlief Otto jedoch häufig noch seinen Rausch aus. Hatte Robert in der Nacht ins Bett gemacht, blieb Käthe nichts anderes übrig, als ihn erst einmal in seinem eigenen Dreck liegen zu lassen und eine Mütze voll Schlaf auf dem Sofa in der Küche zu nehmen. Sanni schickte sie derweil auf die Straße oder in die Wohnung von Hedwig Hauser. Rieke war dann bereits unterwegs zur Arbeit im KaDeWe.

Die Atmosphäre zu Hause wurde immer angespannter. Sanni und Otto ekelten sich nun offen vor Robert und gingen ihm aus dem Weg, wo sie nur konnten. Doch auch Riekes Geduld mit ihrem Bruder war erschöpft. Seit Robert den von ihr gekochten Brei eines Morgens rücksichtslos auf ihr Kleid gespuckt hatte, mit dem sie wenig später zur Arbeit aufbrechen wollte, weigerte auch sie sich, sich aktiv an seiner Pflege zu beteiligen. Stattdessen machte sie ihrer Mutter immer öfter die heftigsten Vorwürfe, da sie sie für viel zu nachsichtig mit Roberts widerwärtigem Verhalten hielt.

»Wenn du ihn einmal einen Tag lang hungern oder in seiner Pisse und Kacke liegen ließest, würde er sich vielleicht eines Besseren besinnen und sich endlich zusammenreißen«, hielt sie ihrer Mutter vor. Denn nach wie vor war der Armenarzt, der regelmäßig nach Robert sah, überzeugt, dass er nicht zu krank, sondern nur zu willensschwach war, um aktiv an seiner Genesung mitzuwirken.

Deshalb war für Rieke die Versuchung einfach zu groß gewesen, als eine Kundin eines Tages Anfang April gleich fünf Feldpostpäckchen auf einmal im KaDeWe erstanden hatte, die Rieke hernach zur Poststelle bringen sollte. Sie erinnerte sich dabei an Else Lemke, deren Familie weitaus weniger Not litt als ihre eigene, da der Vater als Postbeamter eine sichere Stelle hatte und zu alt war, um eingezogen zu werden. Trotzdem hatte Else keinerlei Skrupel gehabt, Feldpostpäckchen zu stehlen, und tat es wahrscheinlich auch heute noch, obwohl Rieke sie kein weiteres Mal dabei ertappt hatte.

Also benutzte sie den Schlüssel zum Fürstenzimmertrakt, den sie noch nicht abgegeben hatte, und schaffte zum ersten Mal eines der Päckchen beiseite. Damals wie heute entfernte sie abends die Umhüllung im Schutz einer Toilette, riss das Packpapier in winzige Fetzen und spülte diese im Klosett hinunter. Die erbeuteten Waren verstaute sie zum Teil in den Taschen ihres Mantels, den sie trotz des fortschreitenden Frühlings aus diesem Grund noch immer jeden Tag trug. Den Rest verbarg sie in ihrer Handtasche.

Käthe hatte ihr keine Fragen gestellt, als Rieke zum ersten Mal mit je einem Päckchen Tabak, Kaffee und Tee sowie der wertvollen Seife nach Hause gekommen war. Hatte sie Sanni im November noch geohrfeigt, als diese bei der Plünderung von Bertholds Milchgeschäft ein wenig Butter und Käse mitgehen ließ, sah ihre Mutter heute wohl ein, dass die Familie wahrscheinlich verhungern würde, wenn sie ehrlich bliebe.

Denn auch Käthe tätigte mithilfe des Vorarbeiters Fritz bereits seit einiger Zeit indirekt Schwarzmarktgeschäfte. Besonders die Fleischmarken, die die Krauses nicht alle einlösen konnten, waren dort sehr begehrt und brachten ein paar zusätzliche Mark ein. Mit Ausnahme der Seife, der Dauerwurst und des Honigs, den man anstelle des fehlenden Zuckers verwendete, hatte Fritz für Käthe auch alle übrigen Waren aus den Feldpostpäckchen auf dem Schwarzmarkt verkauft.

Außer Robert wurde auch Otto ein von Tag zu Tag schlimmeres Problem. Mittlerweile hatte sich Käthe angewöhnt, alles, was man zu Geld machen konnte, und auch die wenigen Lebensmittelvorräte entweder auf dem gleichen Flur in der

Wohnung von Hedwig Hauser oder bei Fritz zu verstecken, dessen Einzimmerwohnung im dritten Hinterhaus lag. Zuvor hatte Otto zweimal Tabak und Kaffee aus den Feldpostpäckchen in seiner Stammkneipe gegen Schnaps eingetauscht. Zudem pflegte er sich nicht mit seinen Essensportionen zu begnügen, sondern bediente sich in unbeobachteten Momenten hemmungslos auch an den Rationen seiner Frau und seiner Kinder.

Not kennt kein Gebot, dachte Rieke denn auch traurig, als sie sich jetzt mit den Taschen voll der Waren aus den beiden Feldpostpäckchen aus der Toilette begab und wenig später das KaDeWe verließ.

Sie ahnte nicht, dass jemand sie heute den ganzen Tag lang beobachtet hatte.

## Im KaDeWe

### Mitte Mai 1916

»Herr Bergmann, Herr Bergmann!« Die Stimme von Jandorfs Vorzimmerdame Fräulein Goldmann klang ungewohnt aufgeregt. Normalerweise war die ältliche Frau die Ruhe in Person. »Hier bringe ich Ihnen Herrn Köhler, den Leiter der Lebensmittelabteilung. Er wollte Herrn Jandorf sprechen, doch der ist noch nicht wieder da. Vielleicht können Sie Herrn Köhler ja helfen.«

Bergmann winkte Köhler einzutreten. Er ahnte schon, worum es dem Mann ging. Denn der Lärm, der von der Straße auch in sein Büro drang, war binnen der letzten halben Stunde immer lauter geworden.

Köhler standen Schweißperlen auf der Stirnglatze, sein Gesicht war vor Aufregung puterrot. »Ich danke Ihnen, dass Sie mich empfangen, Herr Bergmann. Ich weiß, dass meine Angelegenheit nicht zu Ihrem Ressort gehört, aber Herr Jandorf ist noch nicht zurück, und Herr Hofer«, er stockte kurz, »Herr Hofer ist ja im Moment nicht im Dienst.«

Hofer war der kaufmännische Leiter des KaDeWe, der gestern die traurige Nachricht erhalten hatte, dass sein ältester Sohn gefallen war. Selbstverständlich hatte Jandorf Hofer erst einmal eine Woche lang bezahlten Urlaub gewährt.

Wieder einmal war Paul Bergmann von ganzem Herzen froh darüber gewesen, dass sein Sohn Johannes bei einem Angriff der Franzosen in Verdun nur leicht verletzt worden war. Zwar hatte er wohl einen Hörschaden erlitten, denn beide Trommelfelle waren durch die Artillerie-Einschläge geplatzt. Doch das war womöglich sogar sein Glück. Denn Adolf Jandorf hatte beim Kriegsministerium bereits den Antrag gestellt, Johannes Bergmann als kriegswichtig von der Front abziehen zu lassen und wieder als Einkäufer für Kriegslieferungen beschäftigen zu dürfen. Die Entscheidung stand allerdings noch aus.

Allerdings hätte der Zeitpunkt von Hofers familiärer Tragödie aus Sicht des KaDeWe nicht ungünstiger sein können. Auch hier wurde seit heute Morgen pünktlich um acht Uhr eine Sonderpartie Schmalz verkauft.

Denn vor einigen Tagen hatte das Kriegsministerium den drei größten Berliner Warenhauskonzernen Wertheim, Tietz und Jandorf den Auftrag erteilt, gegen zehn Prozent Provision eine große Menge Schweineschmalz zu verkaufen. Allein für die Warenhäuser von Jandorf waren zehntausend Kilogramm angeliefert worden. Davon hatte Adolf wiederum den Löwenanteil von dreitausend Kilo für das KaDeWe bestimmt.

In der Annahme, Herr Hofer könne ihn im KaDeWe vertreten, falls es irgendetwas zu regeln gebe, hatte Jandorf, kurz bevor er die Nachricht vom Tod des Sohns seines Angestellten erhielt, beschlossen, die wöchentliche Runde zu seinen sechs anderen Warenhäusern diesmal auf die beiden Tage zu verlegen, an denen der Schmalzverkauf stattfinden sollte. Davon nahm er auch keinen Abstand, als er Hofer den Sonderurlaub gewährte.

»Hier im KaDeWe ist ja alles aufs Beste geregelt«, begründete er dies gegenüber Bergmann. »Herr Köhler ist routiniert genug, um den Schmalzverkauf zu organisieren. Und die KaDeWe-Kunden sind dabei sicher weitaus disziplinierter als die Kunden aus den ärmeren Vierteln.«

Deshalb befand sich Jandorf wahrscheinlich jetzt in der Belle-Alliance-Straße oder am Spittelmarkt in einem seiner sogenannten Volkswarenhäuser, in denen man den stärksten Andrang erwartete. Denn diese Warenhäuser lagen inmitten der Arbeiterviertel. Das Interesse der Bewohner dort an billigem Schweineschmalz hielt Jandorf für weitaus höher als das der wohlhabenden Kunden des KaDeWe.

Dennoch reservierte Jandorf die größte Menge Schmalz für das KaDeWe, obwohl es dafür einen vom Ministerium bestimmten Festpreis gab. Denn er wollte sicherstellen, dass in seinem Luxuskaufhaus jeder Kunde bedient werden könnte, womit er in den Warenhäusern der Arbeiterviertel von vornherein nicht rechnete. Sollte im KaDeWe etwas übrig bleiben, könnte man das Schmalz daher mit Leichtigkeit auch noch später in den ärmeren Stadtvierteln losschlagen.

Doch sosehr Jandorf in der Regel mit seinem kaufmännischen Instinkt richtig lag, sosehr hatte er sich diesmal verkalkuliert. Denn in der großflächigen Anzeige, die er nur für das KaDeWe geschaltet hatte, versprach er, dass hier jeder Kunde Schmalz kaufen könne. Aus diesem Grund hatte sich bereits vor der Öffnung des Warenhauses um acht Uhr eine riesige Menschenmenge vor den beiden Eingängen in der Ansbacher und der Tauentzienstraße gebildet.

Sobald die Eingangsportale aufgeschlossen worden waren, hatten sich Hunderte von Kunden in die Räume des KaDeWe gedrängt, berichtete Köhler nun. Obwohl die hausinternen Wachleute die Tore schon nach einer Viertelstunde geschlossen hatten, waren in dieser kurzen Zeit viel zu viele Menschen ins Kaufhaus geströmt. Darunter in der überwiegenden Mehrzahl keineswegs die erwarteten wohlhabenden Stammkunden, sondern, ihrer Kleidung nach zu schließen, hauptsächlich ärmere Bürger. Sie hatten den weiten Weg in den Berliner Westen offenbar in Kauf genommen, um auf jeden Fall an das versprochene Schmalz zu kommen.

»Vor dem Sonderstand in der Lebensmittelabteilung, an dem wir das Schmalz verkaufen, hat sich bereits eine riesige Schlange gebildet«, berichtete Köhler weiter. »Ich habe vier zusätzliche Verkäuferinnen abgestellt, um die Leute möglichst rasch bedienen zu können. Aber das reicht bei Weitem nicht aus. Und der Stand ist zu klein für noch mehr Angestellte.«

»Also sollten wir einen entsprechend größeren Stand im Erdgeschoss aufbauen«, schlug Bergmann spontan vor.

Köhler fiel ihm sofort ins Wort. »Das ist eine ausgezeichnete Idee! Daran hatte ich auch schon gedacht. Denn ich befürchte, das Volk, das ins KaDeWe gekommen ist, wird sich sonst selbst zu bedienen wissen. Und keineswegs nur am Schmalz. Das sind Leute, die wahrscheinlich kaum mehr etwas zu essen haben. Und die sehen nun die Warenvielfalt in unserer Lebensmittelabteilung.«

Paul Bergmann nickte. Innerlich verfluchte er sich dafür, dass niemand bei den Vorbereitungen des Schmalzverkaufs daran gedacht hatte, dass diesmal auch ärmere Kunden ins KaDeWe kommen könnten, die hier noch nie zuvor gewesen waren. Auf sie musste die riesige Lebensmittelabteilung, die sich über das gesamte zweite Stockwerk erstreckte, wirken wie das Schlaraffenland aus dem Märchen.

Wir waren einfach zu unbedarft, schoss es Paul nun durch den Kopf. »Sind denn schon Diebstähle vorgekommen?«, fragte er laut.

»Zumindest versuchte Diebstähle«, räumte Köhler ein. »Unsere Wachleute und Hausdetektive haben alle Hände voll damit zu tun, die Täter zu fassen und zu überführen. Auch andere Abteilungen sind anscheinend schon betroffen, wie mir einige aufgeregte Angestellte berichteten. Wir haben einfach nicht genug Wachpersonal, um bei dieser Menge an Kunden ein so riesiges Gebäude im Auge behalten zu können.«

Paul holte tief Luft und griff zum Hörer des Fernsprechapparats auf seinem Schreibtisch. »Dann müssen wir zuallererst einmal polizeiliche Verstärkung anfordern«, sagte er energisch.

Köhler errötete noch tiefer. »Ich habe mir erlaubt, Fräulein Goldmann bereits darum zu bitten. Schließlich geht es nicht an, dass man das KaDeWe ausplündert.«

»Und? Wie war die Reaktion?«

»Man sagte mir zu, uns umgehend eine Kohorte Polizisten zu schicken«, antwortete Fräulein Goldmann selbst. Paul bemerkte erst jetzt, dass sie sich nicht, wie üblich, zurückgezogen hatte, nachdem ihr Auftrag erfüllt war. »Doch ich befürchte, es wird einige Zeit dauern, bis sie vom Alexanderplatz zu uns gelangt sind.«

Trotzdem war Bergmann erleichtert. Aufgrund der Feindseligkeit des Polizeipräsidenten gegenüber Jandorf hätte die Sache auch anders entschieden werden können. »Sind denn unsere Hausdetektive und Wachleute heute alle im Dienst?«

»Soviel ich weiß, ja.« Fräulein Goldmann antwortete wieder.

Dass das KaDeWe zwölf Wachleute und acht Hausdetektive beschäftigte, fünf Männer für jedes der vier Verkaufsstockwerke, war eigentlich eine unerhört hohe Zahl. Doch auch bei der reichen Kundschaft kamen immer wieder Diebstähle vor. Sie wurden allerdings auf Jandorfs Anordnung hin in den meisten Fällen diskret behandelt und lediglich mit einem Hausverbot geahndet. Angestellten, die man bei einem Diebstahl ertappte, wurde dagegen selbstverständlich auf der Stelle fristlos gekündigt.

Doch heute schien selbst das Wachpersonal mit den Geschehnissen im KaDeWe hoffnungslos überfordert zu sein. Die Gedanken rasten durch Bergmanns Kopf. Viel Zeit blieb ihm nicht für die Entscheidungen, die man jetzt offensichtlich von ihm erwartete.

»Lassen Sie sofort einige Wachleute an den Aufgängen zum dritten Stock postieren, damit sich kein Kunde von der Lebensmittelabteilung mehr in die höheren Stockwerke begeben kann. Geben Sie außerdem den Fahrstuhlführern den Auftrag, keine Kunden mehr dorthin zu befördern. Alle Angestellten im dritten und vierten Stock sollen bereits darin befindliche Kunden ansprechen und sie höflich, aber bestimmt hinausweisen, wenn sie nichts zu kaufen beabsichtigen.«

Er überlegte weiter. »Ziehen Sie außerdem alles entbehrliche Verkaufspersonal aus dem Erdgeschoss und dem ersten Stock ab, um Kunden, die ihr Schmalz bereits erhalten haben, zu einem der Ausgänge zu begleiten. Und sorgen Sie dafür, dass man einen ausreichend großen Stand gleich in der Halle hinter dem Eingang Tauentzienstraße aufbaut. Einen weiteren unmittelbar hinter dem Eingang Ansbacher Straße. Dort wird alles noch unverkaufte Schmalz hingeschafft.«

Ihm kam eine weitere Idee. »Ziehen Sie außerdem alle Lehrmädchen an den Schmalzständen zusammen, damit sie beim Verkauf helfen können. Und solange die Polizei noch nicht eingetroffen ist, lassen Sie keine neuen Kunden mehr herein.«

»Auch unsere Stammkunden nicht, so leid es mir tut«, kam Bergmann einer Frage Fräulein Goldmanns zuvor. »Geben Sie mir umgehend Bescheid, wenn die Gendarmen eingetroffen sind. Dann möchte ich mich mit deren Vorgesetzten verständigen, dass pro Eingang nur noch höchstens fünfzehn Kunden auf einmal ins Haus gelassen werden, wenn sie nur Schmalz kaufen möchten.«

Es war schon spät am Nachmittag, als Rieke, die am Stand vor dem Ausgang zur Tauentzienstraße bediente, die letzten Reste

Schmalz aus einem der Holzfässchen kratzte, in dem es angeliefert worden war. Ihr ganzer Körper schmerzte mittlerweile
von der ununterbrochenen Anstrengung, der sie ausgesetzt
war, seit man sie aus der Damenkonfektion zum Schmalzverkauf ins Erdgeschoss abgeordnet hatte.

Nun waren die riesigen Vorräte bis auf wenige Reste erschöpft. Denn fast alle Kunden hatten das ganze Pfund
Schmalz, das als Höchstmenge abgegeben werden durfte, zum
festgesetzten Preis von einer Mark erstanden. Riekes Aufgabe
bestand seit dem Vormittag darin, das Schmalz abzuwiegen
und in Ölpapier zu wickeln. Kassiert wurde selbstverständlich nicht mittels der Zentralkasse, sondern gleich an Ort und
Stelle. Dazu hatte man an beiden Ständen je zwei Aufsichtsdamen postiert.

Nun waren nur noch zwei Fässchen mit jeweils zehn Kilogramm Inhalt übrig. Das hätte auf jeden Fall mindestens für
vierzig weitere Kunden gereicht. Doch der Mann, den Rieke
als Judiths Vater erkannte und der am Eingang Tauentzienstraße das Kommando übernommen hatte, gab nun einem
Wachmann die Anweisung, keine weiteren Kaufwilligen mehr
einzulassen.

Dann wandte er sich kurz an das Verkaufspersonal am
Schmalzstand. »Ich danke Ihnen, auch im Namen von Herrn
Jandorf, ganz außerordentlich für Ihren Einsatz. Zum Dank
dafür, dass Sie heute alle auf jede Pause verzichtet haben, hat
mir der Eigner die Erlaubnis gegeben, Ihnen jeweils ein halbes
Pfund Schmalz kostenlos auszuhändigen.«

Riekes Herz begann, schneller zu schlagen. Bei der chroni-
schen Lebensmittelknappheit zu Hause war dies ein mehr als
willkommenes Geschenk. Ihre Freude lenkte sie sogar einen
Moment lang von dem unangenehmen Eindruck ab, dass einer
der Hausdetektive sie an ihrem Stand schon seit einiger Zeit
beständig beobachtete. Es war ein älterer Mann mit einem gewaltigen Schnauzbart und einer fettig glänzenden Glatze, die

nur noch von einem spärlichen grauen Haarkranz begrenzt wurde. Einige Male war er Rieke sogar so nahe gekommen, dass sie einen unangenehmen Schweißgeruch wahrzunehmen glaubte.

Sie schob den Gedanken, es könne sich bei dem Hausdetektiv um einen ungewollten Verehrer handeln, beiseite und freute sich stattdessen an dem halben Pfund Schmalz, das ihr der Leiter der Lebensmittelabteilung wenig später persönlich in die Hand drückte.

Als Paul Bergmann an Jandorfs Seite vor den Eingang zur Tauentzienstraße trat, begann sich sein Puls unwillkürlich zu beschleunigen. Noch immer harrte eine unübersehbare Menge vor dem Tor aus, um das versprochene Schmalz zu erwerben.

Auch Jandorf, der am Mittag ins KaDeWe zurückgekehrt und das Kommando über den Eingang an der Ansbacher Straße übernommen hatte, schien sich nicht allzu wohl in seiner Haut zu fühlen. Trotzdem bestieg er nun beherzt ein kleines Podest, das man eigens für ihn herbeigeschafft hatte, damit er trotz seiner kleinen Gestalt für die Menge sichtbar wurde.

Dann hob Jandorf die trichterförmige Sprachröhre an die Lippen, damit ihn die Menge auch verstünde. Das Gerät hatte sich zum Glück in der unendlichen Warenvielfalt des KaDeWe in der Apparateabteilung finden lassen.

»Meine sehr verehrten Damen und Herren«, begann Jandorf. »Zu meinem Bedauern muss ich Ihnen mitteilen, dass unsere Schmalzvorräte vollständig ausverkauft sind.«

Seine letzten Worte wurden bereits von einem lauten Protestgeschrei übertönt. Paul konnte nur einzelne Worte aus dem Lärm heraushören. »Lügner! Ausbeuter! Dieb!«, brüllte man von allen Seiten.

Als die Menge sogar Anstalten machte, das Gebäude zu stürmen, bedurfte es des Einsatzes aller Polizeikräfte, um sie schließlich auseinanderzutreiben. Nicht anders ging es vor dem Eingang in der Ansbacher Straße zu, als Jandorf seine Ansprache kurz danach wiederholte.

Am nächsten Tag war in einigen Berliner Gazetten zu lesen, dass allein vor dem KaDeWe über zweitausend Kunden leer ausgegangen waren. Das Kriegsministerium hätte daher den Schmalzverkauf niemals den großen Warenhausketten anvertrauen dürfen. Stattdessen hätte man die kleinen Händler in den Berliner Stadtteilen damit beauftragen sollen, um eine gerechtere Verteilung des begehrten Fetts zu gewährleisten und auch den kleinen Geschäften den Verdienst daran zu gönnen. »Denn so haben sich nur die Reichen noch mehr bereichert«, war in der sozialdemokratischen Zeitung *Vorwärts* zu lesen.

Dass die geringe Provision, die man im KaDeWe für den Schmalzverkauf erhalten hatte, bei Weitem nicht einmal den Umsatzausfall ersetzte, der durch die an diesem Tag nahezu vollständig fehlende übliche Kundschaft des Warenhauses entstanden war, wurde dabei selbstverständlich mit keinem Wort erwähnt.

## Im Souterrain des KaDeWe

### *Mai 1916, ungefähr eine Woche später*

»Kiek mal an, wen hamm wa denn da?«

Rieke erstarrte vor Schreck zu Eis. Gerade hatte sich die Fahrstuhltür des Lastenaufzugs geöffnet, der vom Flur zum Fürstenzimmer ins Souterrain führte. Obwohl es bereits nach halb neun Uhr abends war, standen zwei Personen davor: der Hausdetektiv, der Rieke bereits während des Schmalzverkaufs beobachtet hatte, und ihre Kollegin, das Lehrmädchen Else Lemke aus der Damenkonfektion.

In beiden Händen trug Rieke das Feldpostpäckchen, das sie heute entwendet hatte. Es war längere Zeit her, dass eine Kundin wieder mehr als drei Päckchen gekauft hatte. Waren es weniger, hatte Rieke bislang keinen Diebstahl gewagt.

Der Hausdetektiv grinste hämisch. »Sicher wollten Sie das Päckchen noch in die Poststelle bringen! Haben Sie vergessen, dass die schon um acht Uhr die Schotten dicht macht? Wie das ganze KaDeWe, übrigens.«

»Sehen Sie, ich hab Ihnen ja gesagt, dass die klaut. Jetzt haben Sie den Beweis!« Elses Schadenfreude war ebenfalls nicht zu übersehen.

Spontan verwandelte sich Riekes Entsetzen in Wut. »Du musst dich gar nicht so aufspielen, Else! Schließlich hast du schon im letzten Jahr solche Päckchen gestohlen. Obwohl bei euch daheim nie...« ...mand hungern muss, hätte sie den Satz fortgesetzt, wenn Else ihr nicht in diesem Augenblick mit voller Wucht ins Gesicht geschlagen hätte.

Rieke fasste sich spontan an die brennende Wange und hob schon den Arm, um zurückzuschlagen, als der Hausdetektiv ihn packte.

»Gemach, gemach, Frollein! Wir wollen es doch nicht schlimmer machen, als es schon ist.«

Dann wandte er sich zu Else um. »Geh jetzt heim! Für den Rest brauch ich dich nicht mehr.«

Else wollte noch etwas erwidern, unterließ es jedoch angesichts der lauernden Miene des Detektivs. »Oder soll ich mal prüfen, ob das Frollein auch recht hat, was dich angeht?«

Ohne ein weiteres Wort drehte Else sich um und ging den Flur hinunter. Wenig später hörte man die Tür des Personaleingangs ins Schloss fallen.

»Und nun zu uns zwei.« Der Mann musterte Rieke mit einem noch viel aufdringlicheren Blick, als er es am Verkaufsstand getan hatte. Ihr wurde heiß und kalt vor Entsetzen. »Komm jetzt mal mit!«

Zitternd und völlig verzagt folgte Rieke dem Mann ins verlassene Erdgeschoss. Dort öffnete er die Tür zum Büro der Hausdetektive.

Mit einer barschen Handbewegung wies er Rieke an, sich vor einen ausladenden Schreibtisch zu setzen. Dann schob er ihr ein Papier zu, das er offensichtlich bereits vorher aufgesetzt hatte.

»Hier unterschreibst du, dass du geklaut hast!« Der Mann wies mit einem dicken schwarzbehaarten Zeigefinger auf eine leere Stelle des Dokuments. »Die Else, die dich erwischt hat, hat schon unterschrieben.«

Tatsächlich erkannte Rieke Elses krakelige Handschrift. Sie bezeugte, dass Rieke schon einige Male Feldpostpäckchen mitgehen hatte lassen, anstatt sie an der Poststelle abzugeben. Entsetzt erkannt Rieke anhand der danebenstehenden Daten, dass Else sie vor dem heutigen Tag schon zweimal dabei beobachtet hatte.

»Ich kann das erklären«, sagte sie mit erstickter Stimme. »Und werde den Schaden natürlich ersetzen. Aber zu Hause leiden wir Hunger …« Weiter kam sie nicht, da der Hausdetektiv ihr das Wort abschnitt.

»Es ist mir schnuppe, warum du geklaut hast. Ich muss dich morgen melden. Du weißt sicher, was das heißt.«

Riekes Kehle fühlte sich an wie ausgedörrt. Die Gedanken überschlugen sich in ihrem Kopf.

Gerade hatte ihr die Aufsichtsdame der Damenkonfektion mitgeteilt, dass sie ihrem Abteilungsleiter und damit auch Herrn Jandorf vorschlagen wolle, Rieke aufgrund ihres Fleißes bereits im Herbst zur Prüfung als Verkäuferin zuzulassen. Auf ihre bis dahin zweijährige Lehre sollte ihr die Zeit als Kassenmädchen angerechnet werden. Rieke war überglücklich gewesen, hieß das im Falle der Zustimmung der Vorgesetzten doch, dass sie schon bald siebzig Mark im Monat verdienen würde, auf die ihre Familie dringend angewiesen war.

Stattdessen drohte ihr jetzt die fristlose Kündigung. Denn dass der Eigner des KaDeWe ihr noch einmal eine Chance geben würde, sich zu bewähren, hielt Rieke für ausgeschlossen. Schließlich hatte er ihr ehemals sowohl eine Probezeit als Kassenmädchen als auch als Lehrmädchen auferlegt, weil sie ein schlechtes Abschlusszeugnis und zu viel berlinert hatte.

Zudem arbeitete Käthe, die vielleicht noch ein gutes Wort für sie hätte einlegen können, nicht mehr im KaDeWe. Doch selbst deren Fürsprache wäre wahrscheinlich vergeblich gewesen. Unerkannte Diebstähle verursachten jedes Jahr einen beträchtlichen Schaden, wusste Rieke inzwischen, da sie schon zweimal bei der jährlichen Inventur geholfen hatte.

Ließ Jandorf in der Regel bei Kunden noch Gnade vor Recht ergehen, galt dies für seine Angestellten nicht. Selbst ein Familienvater, der schon seit der Eröffnung im KaDeWe arbeitete, war erst vor wenigen Wochen fristlos entlassen worden, nachdem man ihn beim Diebstahl einer Flasche Wein aus der Lebensmittelabteilung ertappt hatte.

»Also, willst du jetzt unterschreiben, oder soll ich dich auch noch bei der Polizei anzeigen?«, drohte der Hausdetektiv, als Rieke zögerte.

Diese Drohung verfing endgültig. Rieke fügte sich ins Unvermeidliche. Ihre Hand zitterte so sehr, dass sie einen dicken Tintenklecks neben ihrer Unterschrift hinterließ. Dass der Hausdetektiv daneben kein Datum eingetragen hatte, fiel ihr in ihrer Aufregung an diesem Tag noch nicht auf.

In der Erwartung, jetzt gehen zu können und am nächsten Tag entlassen zu werden, stand sie auf.

»Wo willste denn hin?«, fragte der Detektiv jetzt zu ihrem Erstaunen.

»Nach Hause!« Es würgte sie in der Kehle.

»Nuuun!«, sagte der Mann gedehnt. Wieder musterte er sie mit diesem lüsternen Blick, der ihr vor Ekel Gänsehaut am ganzen Körper verursachte. Er leckte sich mit der Zunge über die Lippen. »Vielleicht hab ich ja noch 'ne andere Lösung für dich.«

Ein wahnwitziger Hoffnungsschimmer blitzte gleichzeitig mit einem noch stärkeren Gefühl drohenden Unheils in Rieke auf.

»Wenn du ein bisschen nett zu mir bist, lass ich dich vielleicht laufen!«

»Nett?«, echote Rieke. Eine furchtbare Ahnung überkam sie.

»Nett«, wiederholte der Mann. Dann stand er auf, kam um seinen Schreibtisch herum auf Rieke zu und fasste sie unvermittelt brutal zwischen die Beine.

»Bist du noch Jungfrau?«

Rieke brachte keine Silbe heraus. Hektisch ließ sie ihren Blick durch den Raum schweifen. Um diese Zeit waren nur noch die Putzfrauen im KaDeWe unterwegs. Wenn sie jetzt laut um Hilfe schrie, würde man sie möglicherweise hören.

»Hier ist sowieso keiner!« Offensichtlich erriet der Detektiv ihre Gedanken. »Und wenn doch, sag ich, du hast mich verführen wollen, damit ich nichts von deiner Dieberei erzähle.«

Mit untrüglicher Sicherheit erkannte Rieke, dass sie unrettbar in der Falle saß. Wie erstarrt ließ sie es geschehen, dass der Hausdetektiv ihren Rock hob, ihr den Schlüpfer herunterstreifte und seinen Zeigefinger tief in ihre Vagina einführte. Es tat weh. Rieke stöhnte vor Schmerz auf.

Jetzt schubste der Mann sie auf seinen Schreibtisch, sodass sie rücklings auf dem harten Holz lag. Er schob ihr den Rock bis übers Gesicht und streifte ihr den Schlüpfer vollends ab. Dann spreizte er ihr gewaltsam die Beine und drang brutal in sie ein.

# Im Grunewald

## Mitte Oktober 1916

»Jakob, Benjamin, Matthias! Was tut ihr da?«

Durch das Geschrei des erst siebenjährigen Benjamin alarmiert, eilte Judith auf die drei Jungen zu. Benjamins Gesicht war tränenüberströmt. Da es mittlerweile mit Erde beschmiert war, zeichneten sich helle Furchen auf seinen Wangen ab.

»Der Jakob will mir den Beutel klauen«, schluchzte Benjamin. »Zum Glück is mir der Matthias zu Hilfe jekommen.«

Matthias war Benjamins bester Freund und gehörte mit seinen sieben Jahren ebenfalls zu den jüngeren Kindern der Hortgruppe, mit der Judith heute Nachmittag in den Grunewald aufgebrochen war, um Kastanien, Eicheln und Bucheckern zu sammeln.

Nun wandte sie sich mit strenger Miene an den elfjährigen und viel kräftigeren Jakob. »Stimmt es, was Benjamin sagt?«

Jakob starrte trotzig zu Boden und schüttelte den Kopf. »Ick wollt nur mal kieken, wat Benjamin schon jesammelt hat.«

Judith seufzte. Immer wieder gab es Probleme mit Jakob. Er stammte aus einer besonders armen Familie im Scheunenviertel und hatte sich schon einmal im Sommer an Benjamins Beutel vergriffen. Damals sammelte Judith Wildkräuter mit der Hortgruppe, Sauerampfer, Brennnesseln und Giersch. Kurz davor hatte das im Mai neu gegründete Kriegsernährungsamt ein Kochbuch für Wildgemüse herausgegeben und über den Nationalen Frauendienst kostenlos an alle Haushalte im Scheunenviertel und in anderen armen Berliner Vierteln verteilen lassen.

»So weit ist es jetzt schon mit uns gekommen«, hatte Judiths Vater Paul damals beim Abendessen geknurrt, als sie ihm ein Exemplar dieses Kochbuchs zeigte. »Jetzt hat man eigens eine Reichsbehörde mit einem halben Dutzend Unterbehörden gegründet, um die Ernährung der Bevölkerung sicherzustellen.

Und die hat gleich nichts Besseres zu tun, als den Leuten zu empfehlen, die Wälder und Wiesen zu plündern, weil es nicht einmal mehr ausreichend Gemüse gibt.«

Nun packte Judith Jakob sanft am Arm und bedeutete ihm, mit ihr zu kommen. Sie wollte ihren Tadel nicht vor den Ohren der anderen Hortkinder aussprechen, um ihm die Demütigung zu ersparen.

»Du weißt, dass du mit Benjamins Beutel nichts zu schaffen hast, Jakob«, ermahnte sie den Jungen, mit dem sie sich hinter den dicken Stamm einer Eiche zurückgezogen hatte. Den Boden rings um den Baum hatten die Kinder bereits Zentimeter für Zentimeter abgesucht, um nur ja keine Eichel zu übersehen. Denn für jedes Kilo Eicheln und Kastanien zahlte die Sammelstelle, an der die Waldfrüchte abgegeben werden konnten, den Kindern fünf Pfennig. Sogar zehn Pfennig für die kleineren Bucheckern. Daraus wurde Öl gepresst, das es noch ohne Marken zu kaufen gab. Dieses Öl war das einzige Fett, das sich ärmere Familien überhaupt noch ab und zu leisten konnten. Denn Butter war mittlerweile mit fast zehn Mark pro Pfund unerschwinglich für sie geworden.

Noch immer wich Jakob ihrem Blick aus. Judith fasste den Jungen sanft unters Kinn und hob seinen Kopf. Dabei sah sie, dass auch Jakobs Augen inzwischen feucht waren.

»Geht es bei euch zu Hause denn noch immer so schlecht?«, fragte sie besorgt.

Erst zeigte Jakob keine Reaktion. Dann nickte er fast unmerklich und schluchzte trocken auf.

»Ist deine Mutter noch krank?«

Jakob nickte wieder.

Jakobs Mutter Rahel war in der Rüstungsindustrie beschäftigt und hätte daher an sich über einen sicheren Arbeitsplatz und ein regelmäßiges Einkommen verfügt. Zumal seit Ende August das Hindenburg-Programm in Kraft getreten war.

Schon wenige Tage nachdem Paul von Hindenburg und

Erich Ludendorff den Oberbefehl über das deutsche Heer übernommen hatten, legten sie einen Plan vor, wie man die Rüstungsproduktion steigern könne. Die neuen Heerführer beabsichtigten, die riesigen Verluste der deutschen Armee durch noch mehr Material auf den Schlachtfeldern zu kompensieren. Alles andere war für diese Männer zweitrangig.

Doch die schwache Konstitution von Jakobs Mutter zeigte sich dieser harten Arbeit von Woche zu Woche weniger gewachsen. Anfang Oktober hatte Judith die Familie besucht und dabei festgestellt, dass sie große Not litt.

Bereits damals war Rahel Kirschbaum bettlägerig gewesen und verdiente nichts, da sie während ihrer Krankheitstage keinen Lohn erhielt. Das einzige Einkommen der Familie bestand in der mageren Hinterbliebenenrente, denn Jakobs Vater war vor einigen Monaten vor Verdun gefallen. Obwohl Rahel es bestritt, vermutete Judith schon damals, dass Jakob und seine beiden jüngeren Geschwister, die tagsüber in den Armenfürsorgestellen des Scheunenviertels betreut wurden, als einzige Mahlzeit am Tag das warme Mittagessen in den Einrichtungen erhielten. Und auch das wurde von Woche zu Woche dürftiger.

Die Lebensmittelsituation der Bevölkerung hatte sich während der letzten Monate so drastisch verschlechtert, dass selbst die Mahlzeiten aus dem KaDeWe, die Adolf Jandorf nach wie vor spendete, immer weniger reichhaltig waren. Alle Arten von Fleisch waren nahezu unerschwinglich geworden. In den Metzgereien der ärmeren Viertel bot man anstelle von Schweine-, Rind- und Hammelfleisch mittlerweile Saatkrähen, Eichhörnchen und Sperlinge an.

»Also ist deine Mutter nicht mehr arbeiten gegangen, seit ich euch neulich besucht habe?«, versicherte sich Judith. Ihr war sehr bewusst, dass diese Frage überflüssig und nur ein Zeichen ihrer eigenen Hilflosigkeit war. Aber es kam noch schlimmer.

»Mama jeht jar nich mehr zurück«, erwiderte Jakob mit erstickter Stimme.

»Ist sie entlassen worden?« Judith war entsetzt.

Jakob nickte und schluchzte wieder auf.

Judith nahm sich sofort vor, der Familie so rasch wie möglich einen weiteren Hausbesuch abzustatten. Schon morgen Nachmittag wollte sie dies mit ihrer betreuenden Lehrkraft in der Sozialen Frauenschule besprechen.

Ende September hatte Judith auch die Oberstufe erfolgreich abgeschlossen, sie befand sich jetzt im dritten und letzten Ausbildungsjahr, das fast ausschließlich der praktischen Tätigkeit gewidmet war. Judith hatte sich dafür entschieden, ihre Arbeit in den beiden Kindertagesstätten und der Hortgruppe, in denen sie bislang tätig gewesen war, fortzusetzen und auszuweiten.

In diesem Zusammenhang gehörten regelmäßige Hausbesuche bei den Familien, die ihre Kinder tagsüber in die Einrichtungen schickten, zu ihren neuen Aufgaben. Dort leitete Judith Mütter bei der Säuglings- und Kleinkinderpflege an, beriet sie bei der Zubereitung von Kriegskost und lauschte vor allem ihren Sorgen und Nöten. Konkrete Hilfe konnte Judith dabei nur in den seltensten Fällen anbieten. Doch dies war oft gar nicht nötig: Vielen Frauen half es schon, sich einmal aussprechen zu können.

Ihre Erlebnisse brachte Judith zweimal pro Woche in das Treffen ihrer Gruppe ein, die aus ihr selbst und vier weiteren Mitschülerinnen bestand. Es fand ab dem späten Nachmittag in der Schule statt. Dort besprachen die jungen Frauen die aktuellen Ereignisse, teilten ihre Erfahrungen und holten sich in schwierigen Fällen Rat bei der durch viele Jahre in der Wohlfahrt erfahrenen Lehrkraft, die die Gruppe betreute.

Doch das nächste Treffen würde erst übermorgen stattfinden. Heute wusste Judith erst einmal nicht, wie sie Jakobs Leid lindern konnte. Natürlich ging es nicht an, dass er schwächeren Kindern abnahm, was diese gesammelt hatten. Selbst ihre eigene Ausbeute musste sie gerecht unter allen zehn Kindern verteilen, um nicht den Eindruck zu erwecken, sie würde eines von ihnen begünstigen. Erst recht keinen Jungen, der in seiner Not die anderen Kinder drangsalierte.

Nicht einmal Geld konnte sie Jakob in einem unbeobachteten Moment unter dem Siegel der Verschwiegenheit zustecken. Denn für die fünf Mark, die Judith dabeihatte, hätte er nichts in den Geschäften erstehen können, da fast sämtliche Grundnahrungsmittel nur noch auf Lebensmittelmarken erhältlich waren.

Es blieb ihr nur, Jakob jetzt nicht noch länger aufzuhalten und ihn damit vom Weitersammeln abzuhalten. Nicht zum ersten Mal in den letzten Wochen fühlte Judith sich völlig hilflos.

## Villa Bergmann in Charlottenburg

### *Mitte Oktober 1916, am gleichen Abend*

»Und es wird sogar alles noch schlimmer werden«, prophezeite Judiths Vater Paul beim gemeinsamen Abendessen, als Judith von ihrem Ausflug in den Grunewald und der Not von Jakobs Familie berichtete. Auch er wusste zu Judiths Enttäuschung keinen Rat.

»Seit Hindenburg dieses Programm aufgelegt hat, erhalten wir im KaDeWe selbst die bestellten Lieferungen für die Lebensmittelabteilung nur mit immer größerer Verzögerung. Von anderen Waren gar nicht zu reden! Die Transportkapazitäten der Eisenbahn werden durch die erhöhte Rüstungsproduktion blockiert. Schon jetzt wird in ganz Berlin das Heizmaterial knapp. Und sogar die Kartoffeln.«

»Apropos Kartoffeln«, mischte sich Judiths Mutter Rebekka ein. »Unsere Vorräte sind nahezu aufgebraucht. Ich würde gern ein paar Zentner einlagern, auch damit wir den Kindern noch ab und zu eine warme Mahlzeit mitbringen können.«

Paul Bergmann musterte seine Gattin mit einem finsteren Blick. Der galt allerdings nicht ihr, wie seine nächsten Ausführungen zeigten.

»Es gibt kaum Kartoffeln! Davon habe ich doch gerade gesprochen. Man munkelt überall von einer Kartoffelfäule aufgrund des verregneten Herbsts. Ich fürchte daher, dass wir im kommenden Winter im Vergleich zu den vergangenen Jahren nur einen Bruchteil an Kartoffeln zur Verfügung haben werden.«

»Keine Kartoffeln?« Rebekka war entsetzt. »Aber wovon sollen die Leute denn leben?«

»Erste Gerüchte besagen, dass Steckrüben als Ersatz herhalten sollen.« Bislang hatte Johannes sein Abendbrot schweigend verzehrt und der Unterhaltung am Familientisch nur zugehört.

Während jenes Angriffs des französischen Stoßtrupps in Verdun, bei dem Sebastian gefallen war, was allerdings niemand in seiner Familie wusste, war auch Johannes verletzt worden. Granaten und Artilleriegeschosse hatten ihn zwar wie durch ein Wunder verfehlt. Doch durch den Knall der Explosionen waren ihm beide Trommelfelle geplatzt. Denn in der vergeblichen Hoffnung, wenigstens Sebastians Leichnam bergen zu können, hatte er keine Deckung im Graben gesucht. Obwohl die Verletzungen schnell verheilt waren, hörte er seither schlechter, vor allem auf dem rechten Ohr.

Doch die Unterhaltung am heutigen Abendbrottisch wurde so erregt und damit lautstark geführt, dass er ihr bislang folgen konnte.

»Steckrüben?« Selbst sein Vater starrte Johannes nun entsetzt an. »Aber das ist doch Viehfutter! Wer hat dir denn solch einen Unfug erzählt?«

Johannes zuckte mit den Achseln. »Herr Heinrich war es, Vater. Und der muss es ja wissen. Schließlich sitzt er an der Quelle solcher Informationen.«

Herr Heinrich war ehemals Einkäufer und gleichzeitig Leiter der Stoffabteilung für Oberbekleidung und der Werkstatt für Uniformen gewesen. Da man Johannes nach seiner Genesung tatsächlich als Einkäufer für kriegswichtige Lieferungen des KaDeWe vom Dienst an der Front freigestellt hatte, musste Jandorf diesen Posten zunächst für ihn freimachen.

Da der Nachschub so kompliziert geworden war, benötigte die nach wie vor große Lebensmittelabteilung des KaDeWe allerdings ohnehin einen zweiten Abteilungsleiter, der sich fortan mit Herrn Köhler die Aufgaben teilte. Zumal der bürokratische Aufwand durch die vielen Unterbehörden, die das Kriegsernährungsamt für Fleisch, Fett, Eier und eine Vielzahl weiterer Lebensmittel eingerichtet hatte, von Woche zu Woche höher wurde.

»Heinrich hat mir im Vertrauen mitgeteilt, dass es demnächst auch eine Unterbehörde für Kartoffeln geben wird. Eben weil man im kommenden Winter einen eklatanten Mangel befürchtet.«

»Ich hatte mich mit Herrn Heinrich besprochen, um seinen Rat bezüglich eines Auftrags für Uniformhosen einzuholen«, fügte Johannes erklärend hinzu.

Zum Glück hatte Heinrich seine Versetzung nicht übel genommen. Er erhoffte sich, zu Recht, wie sich bald herausstellte, in diesen schlimmen Zeiten Vorteile von einer leitenden Tätigkeit in der Lebensmittelabteilung.

Denn auch in wohlhabenderen Haushalten wie dem der Bergmanns wurden Nahrungsmittel von Woche zu Woche ein kostbareres Gut. Schon im Sommer hatte die Köchin Martha mit Einverständnis Rebekkas ihren kleinen Kräutergarten um einen Gemüsegarten erweitert, dem einige Blumenrabatten zum Opfer gefallen waren. Anstelle von Herbstastern und Fetter Henne wuchsen dort jetzt Kohlköpfe, Sellerie, Lauch und Karotten. Kartoffeln hatte Martha allerdings nicht zum Anbau vorgeschlagen. Denn obwohl Kartoffeln im Frühjahr des letzten Jahres schon einmal knapp geworden waren, war dies nur ein vorübergehender Zustand gewesen. Niemand rechnete damit, dass Kartoffeln gar nicht mehr zur Verfügung stehen könnten.

Judith und Rebekka ließen das Käsebrot, das sie gerade zum Mund führen wollten, jetzt nahezu gleichzeitig sinken. Käse und Kräuterquark hatten werktags zum Abendessen als Brotaufstrich die früher gewohnten kalten Rinder- und Lammbratenscheiben mit wenigen Ausnahmen ersetzt. Noch konnten die Bergmanns sich nicht dazu durchringen, stattdessen die preiswertere Mett- oder Leberwurst aus Schweinefleisch zu essen, die das Personal erhielt. Doch auch guter Käse war immer teurer geworden und seit dem Spätsommer aus vielen kleinen Geschäften sogar ganz verschwunden.

Selbst Rebekkas geliebten Kuchen gab es nur noch an jedem zweiten Sonntag. Zwar hätte sich die Familie Bergmann auf dem Schwarzmarkt jedes Lebensmittel besorgen können. Doch davon wollte Paul Bergmann nichts wissen.

Im KaDeWe hatte Adolf Jandorf wiederum vor einigen Wochen die Maxime ausgegeben, dass die leitenden Angestellten dort nach Möglichkeit keine Lebensmittel einkaufen sollten. Hintergrund war eine Beschwerde aus der Lebensmittelabteilung über den ehemaligen Warenhausleiter und jetzigen Textileinkäufer Gunter Perl gewesen. Dieser hatte eines Tages all seine Marken für einen kompletten Monat auf einmal im KaDeWe eingelöst und zusätzlich hochpreisige Ware wie Forellenfilets und Hammelfleisch erstanden. Darüber hatte sich die Belegschaft der Lebensmittelabteilung natürlich mokiert.

Mit seiner Klage war der Abteilungsleiter Köhler bei Jandorf auf offene Ohren gestoßen. Der legte tatsächlich den allergrößten Wert darauf, dass seine gut verdienenden leitenden Angestellten den wesentlich geringer entlohnten Mitarbeitern die Nase nicht lang machten mit dem, was sie sich noch alles von ihrem Gehalt leisten konnten.

Aber Perls Verhalten war noch in anderer Hinsicht problematisch. Denn Jandorf hatte vor einigen Wochen auch jedem Mitarbeiter ohne Führungsfunktion die Möglichkeit eingeräumt, seine Lebensmittelmarken für Grundnahrungsmittel abends ab sechs Uhr, wenn der größte Kundenansturm vorbei war, im KaDeWe einzulösen, wobei die Angestellten der Lebensmittelabteilung den Vorrang hatten. Nach sechs Uhr abends waren daher ohnehin kaum mehr frische oder rationierte Lebensmittel übrig:

Die teuren waren in der Regel ausverkauft, weil die wohlhabende Kundschaft sie schon tagsüber erstanden hatte. Die Nahrungsmittel auf Marken waren größtenteils ebenfalls von jenen Kunden erstanden worden, die sich fest für die Einlösung ihrer Marken beim KaDeWe eingeschrieben hatten. Das Wenige, was abends um sechs Uhr noch übrig war, reichte bei Weitem nicht für die kleinen Angestellten außerhalb der Lebensmittelabteilung aus.

Jandorfs Bitte, die aufgrund seines Tonfalls eher einer Anweisung glich, lautete daher, dass zumindest die leitenden Angestellten ab der Einkäufer- und Abteilungsleiterebene nur im Notfall aufs KaDeWe zurückgreifen sollten, falls sie ihre Lebensmittel nirgendwo anders erstehen konnten. Eine Sonderstellung hatte Jandorf, wie allen Angestellten der Lebensmittelabteilung, nur deren zwei Leitern eingeräumt. Er hielt es für unzumutbar, diese den ganzen Tag mit Nahrungsmitteln hantieren zu lassen, ohne diese käuflich erwerben zu können.

Dass diese Ausnahme nicht für die übrigen Führungskräfte galt, teilte und vertrat Paul Bergmann aus vollem Herzen. Doch auch seine Köchin Martha, die ehemals die meisten Einkäufe für seinen Haushalt besorgt hatte, stieß immer öfter an Grenzen. Die Auswahl in den Charlottenburger Geschäften war mit den Vorkriegszeiten nicht zu vergleichen. Deshalb musste Martha, die sich das Schlangestehen mittlerweile mit den beiden Dienstmädchen teilte, sich ebenso wie der ganze Haushalt Bergmann häufig mit einfacheren Lebensmitteln begnügen.

Und nun sollte es nicht einmal mehr ausreichend Kartoffeln geben? Was wird nur aus unseren Kindern, die ihre Kartoffelsuppe doch so lieben? Judiths Sorge, die am heutigen Tag ohnehin schon gewachsen war, verstärkte sich noch einmal. Steckrüben hatte niemand, den sie kannte, bislang essen müssen. Stand zumindest der ärmeren Bevölkerung diesmal sogar ein Hungerwinter bevor?

## Meyers Hof

### *Anfang November 1916*

Erschöpft, aber so zufrieden wie lange nicht mehr, stieg Käthe Krause die steilen Stufen in den dritten Stock zu ihrer Wohnung in Meyers Hof empor. Schultern, Arme und Hände schmerzten sie zwar vom Tragen der beiden schweren Taschen, die bis zum Rand mit Kohlen gefüllt waren.

Dennoch war sie sehr froh, dass der kleine Kellerladen vier Häuserblocks weiter gerade eine neue Lieferung des kostbaren Heizmaterials erhalten hatte, als sie ankam. Denn Kohle wurde seit Wochen in Berlin immer knapper, und in den Nächten fror es bereits. Schon ein paarmal war der einzige Ofen der Wohnung, der gleichzeitig Kochherd und Backofen in der Wohnküche war, für ein paar Stunden ausgegangen, weil das Heizmaterial fehlte.

Auch dass Kohle wie alles andere nahezu stündlich teurer wurde, scherte Käthe heute ausnahmsweise einmal nicht. Denn die Steigerung der Granatenproduktion aufgrund des Hindenburg-Programms erforderte in der Munitionsfabrikation der AEG, in der sie arbeitete, jetzt eine siebte Nacht-schicht pro Woche. Da es die Nacht von Samstag auf Sonntag war, wurde diese Schicht besonders gut bezahlt. Ohne einen Gedanken daran zu verschwenden, wie sie ohne diesen einzi-gen Ruhetag in der Woche überhaupt zurechtkommen würde, hatte sich Käthe daher sofort gemeldet, als der Vorarbeiter Fritz heute nach Freiwilligen für diese siebte Schicht gesucht hatte.

Auch Rieke gab allen Anlass zur Hoffnung. In der nächsten Woche würde sie, wenn alles gut lief, vorzeitig ihre Prüfung zur Verkäuferin ablegen. Und ab Dezember für ein Gehalt von siebzig Mark monatlich fest im KaDeWe übernommen wer-den. Es galt also nur noch eine geringe Zeitspanne zu über-brücken, bis die Hoffnung bestand, dass es der Familie endlich wieder etwas besser ginge.

Gleich nach Riekes Prüfung werde ich mit ihr darüber reden, wo die Sachen herkommen, die sie immer wieder mit nach Hause bringt, beschloss Käthe, als sie die letzte Stiege in An-griff nahm. Denn mit rechten Dingen geht es dabei bestimmt nicht zu. Mit meiner zusätzlichen Schicht und ihrer neuen Po-sition als Verkäuferin haben wir es aber nicht mehr nötig, zu stehlen oder auf dem Schwarzmarkt zu handeln. Wer weiß, was Rieke tut, um an Tabak, Seife und all das andere zu kommen. Wohlweislich hatte Käthe bislang lieber nicht nachgefragt.

Nun bog sie in den Flur ein, der zu ihrer Wohnung führte. Zu ihrem Erstaunen stand die Tür zur Kammer, in der Otto und Robert nachts und sie selbst tagsüber schliefen, weit offen. Sollte Robert sich schon zu Bett gelegt haben?, grübelte Käthe, als sie sich der Wohnung mit schweren Schritten näherte. Be-vor sie zum Kellerladen aufgebrochen war, hatte sie ihrem Sohn mit den letzten Briketts seinen Grießbrei gekocht. Und obwohl er in jüngster Zeit nur noch selten in die Hose oder ins Bett machte, war es ungewöhnlich, dass Robert ohne Hilfe von der Wohnküche in die Schlafstube gegangen sein sollte. Doch weder Otto noch Sanni waren daheim gewesen, als Käthe Meyers Hof vor einer knappen Dreiviertelstunde verlassen hatte.

Mit Sanni, die immer öfter ohne Erlaubnis verschwand, während Käthe schlief, würde sie noch ein Hühnchen zu rupfen haben, wenn die heimkam. Otto dagegen hatte Käthe bereits seit langer Zeit abgeschrieben. Der würde sich nicht mehr ändern, da war Hopfen und Malz verloren. Als sie heute Morgen aus der Nachtschicht gekommen war, hatte er noch seinen Rausch ausgeschlafen, und um die Mittagszeit war er dann verschwunden, gerade so rechtzeitig, dass sich Käthe noch ein paar Stunden aufs Ohr legen konnte, bevor sie Robert in der Küche mit seinem Abendessen versorgte und die Kohlen kaufen ging. In knapp zwei Stunden würde sie wieder in die Fabrik aufbrechen müssen.

Erst jetzt fiel Käthe auf, dass der schwache Schein einer Petroleumfunzel aus der offenen Schlafkammer drang. Das war wirklich erstaunlich. Denn Robert hatte sich seit seiner Heimkehr noch niemals bemüht, mit der Lampe zu hantieren. Eine eiskalte Hand griff plötzlich nach Käthes Herz. Sie stellte die schweren Taschen ab und hastete die letzten Schritte zur Kammer.

Der Anblick, der sich ihr bot, übertraf ihre schlimmsten Befürchtungen. Otto, der Roberts Bett seit dessen Rückkehr noch nie angerührt hatte, da es nach Urin stank, kniete nun vor der Schlafstatt und wühlte mit ausgestrecktem Arm unter der Matratze herum, von der er zuvor die Laken abgezogen hatte.

Genau in dem Moment, als Käthe entsetzt aufschrie, zog Otto den Arm zurück. In der Hand hielt er den kleinen Lederbeutel, in dem Käthe ihre geringe Barschaft verwahrte.

»Gib das sofort zurück!« Käthes Stimme klang hoch und schrill. In diesem Beutel war alles Geld, mit dem sie in der nächsten Woche Lebensmittel einkaufen konnte. Sie stürzte auf Otto zu und ergriff in ihrer Panik mit beiden Händen seinen Arm. Doch obwohl er nach Schnaps stank, also offensichtlich wieder getrunken hatte, wehrte Otto sie ab. Mit der freien Hand schlug er sie rechts und links ins Gesicht.

»Verschwinde, du Sauluder!«, knurrte er mit gefletschten gelben Zähnen, und er erinnerte Käthe dabei an einen tollwütigen Hund.

Sie spürte, dass ihre Oberlippe aufgeplatzt war und das Blut ihr übers Kinn rann. Doch sie gab nicht auf und trat Otto mit voller Wucht gegen das Schienbein. Er geriet nur kurz ins Straucheln und ließ Käthe ihren Angriff sofort mit einem Faustschlag in den Magen büßen. Vor Schmerz krümmte sie sich zusammen.

Otto nutzte seinen Vorteil, riss den Arm mit dem Lederbeutel, den sie noch immer umklammert hielt, los und stieß sie rücklings auf das andere Bett, wobei sie mit dem Hinterkopf an die Wand prallte. Einen Moment lang blieb sie benommen liegen. Otto nutzte die Gelegenheit und huschte aus der Kammer.

Dann rappelte Käthe sich auf. Die Angst verlieh ihr Riesenkräfte. Wenn Otto mit ihrer Barschaft verschwand, musste die ganze Familie hungern. Es war erst Anfang November. Nicht nur ihr eigener Wochenlohn und die paar Münzen vom Schwarzmarkt befanden sich in dem Beutel. Auch Riekes Lehrlingsgehalt war darin, ebenso wie Roberts Invalidenrente. Selbst mit der Entlohnung für ihre siebte Nachtschicht würde das Geld nicht für den ganzen Monat November reichen, wenn sie Otto nicht abfing, bevor er das so mühsam erworbene Geld versoff.

Diese Gedanken schossen durch Käthes Kopf, als sie Otto, so schnell sie konnte, nachsetzte. Um Hilfe zu schreien hatte keinen Sinn. Hier in Meyers Hof hielt sich jedermann aus fremden Familienstreitigkeiten heraus. So hielt sie es ja auch selbst. Allenfalls Peter Hauser hätte ihr beigestanden, doch der war an der Front.

Sie raffte ihren Rock, um noch schneller zu sein, und fing

Otto, der sich allerdings keine Mühe gab, sich zu beeilen, noch vor dem ersten Treppenabsatz ab. Höhnisch grinsend drehte er sich zu ihr um.

»Willste dir noch so 'ne Maulschelle fangen, Saumensch?« Im Bewusstsein seiner überlegenen Körperkräfte hielt er das Lederbeutelchen siegessicher mit der linken Hand in die Höhe und schwenkte es hin und her. Gleichzeitig ballte er die rechte Hand zur Faust.

Er holte gerade zu einem weiteren Schlag aus, als Käthe sich mit voller Kraft auf ihn warf. Während er schwankte, bekam sie das Beutelchen zu fassen, das Otto jedoch nicht losließ. Mit der freien Hand krallte sie sich in Ottos Gesicht, fest entschlossen, ihm die Augen auszukratzen.

Durch die Raserei ihres Angriffs überrascht, trat Otto unwillkürlich einen Schritt über die Kante der ersten Stufe zurück. Dabei verlor er den Halt. Kurz ruderte er noch mit beiden Armen, um das Gleichgewicht wiederzugewinnen. Dabei ließ er zu Käthes Triumph das Beutelchen los.

Dann stürzte er rücklings die steile Stiege hinab, wobei er sich mehrmals überschlug. Am Fuß der Treppe blieb er leblos liegen.

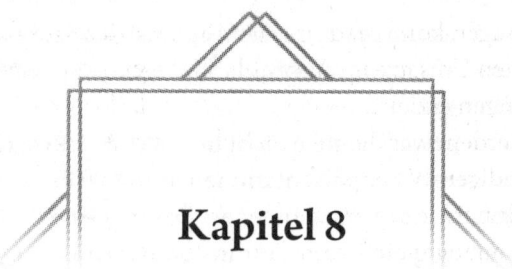

# Kapitel 8

## Villa Bergmann in Charlottenburg

### *Dezember 1916*

Judith und ihre Mutter Rebekka kamen fast gleichzeitig zu Hause an. Es war gegen fünf Uhr nachmittags und schon völlig dunkel. Zudem herrschte eine bittere Kälte. Den ganzen Tag zeigte das Thermometer weit unter null Grad.

Auch aus diesem Grund war Judith von Herzen froh, dass sie ihren Dienst im Kindergarten heute etwas früher beenden konnte. Seit einigen Wochen arbeitete dort eine weitere Praktikantin im dritten Ausbildungsjahr der Sozialen Frauenschule. Judiths Kollegin und sie selbst waren übereingekommen, dass eine von ihnen früher Schluss machen durfte, sobald weniger als zehn Kinder zu betreuen waren.

Das traf heute zum wiederholten Mal in den letzten Tagen zu. Der Anlass war jedoch traurig. Viele Kinder waren schwer erkältet und mussten zu Hause mit Fieber das Bett hüten. Zwei der Kleinen waren sogar bereits an Lungenentzündung verstorben.

Dies lag hauptsächlich am eklatanten Mangel an Heizmaterial aller Art, der sich von Woche zu Woche verschlimmerte. Auch in den Kindergärten konnten die Öfen tagsüber nur notdürftig in Betrieb gehalten werden. Für die meisten Kinder bedeuteten die knapp fünfzehn Grad in den Räumen jedoch eine Wohltat im Vergleich zu den Temperaturen in der eigenen Wohnung.

Obwohl Judith sich angewöhnt hatte, zwei Garnituren warmer Unterwäsche übereinander und darüber noch einen Wollpullover zu tragen, fröstelte sie spätestens in den letzten beiden Stunden jeder Schicht, seitdem es so kalt geworden war. Jetzt, nach der Fahrt in der ungeheizten Straßenbahn und dem Fußmarsch von der Haltestelle nach Hause fühlte sie sich völlig durchgefroren. Ein leichtes Kratzen im Hals kündigte möglicherweise sogar eine beginnende Erkältung an.

Wundern würde es mich nicht, dachte sie, als sie in die Straße einbog, in der die elterliche Villa lag. Auch wenn sie und die anderen Betreuerinnen Kinder mit Fieber konsequent mit ihrer Mutter zurück nach Hause schickten, um die Ansteckungsgefahr für die übrige Gruppe so gering wie möglich zu halten, schniefen und husteten die meisten Kleinen den ganzen Tag über. In einem Stoffbeutel trug Judith daher die völlig durchweichten Taschentücher mit sich, die aus ihrem eigenen Haushalt stammten und die sie tagsüber benutzte, um die vielen kleinen Nasen zu putzen und so manch eine Träne zu trocknen.

Rebekka, die Judith kommen sah, erwartete sie vor der Haustür, die das Dienstmädchen Lisa bereits geöffnet hatte. »Was für eine abscheuliche Kälte!«, empfing sie ihre Tochter mit den gleichen Worten, die Judith sicher schon mehr als hundert Mal in den letzten Tagen gehört hatte. Sie stampfte mit den Füßen in ihren pelzgefütterten Stiefeln. »Spute dich, Judith! Drinnen wartet ein heißer Tee auf uns.«

Wenig später saß Judith vor dem geheizten Kamin im Salon und wärmte ihre eiskalten Finger an der Teetasse, die sie mit beiden Händen umklammert hielt. Obwohl auch im Hause Bergmann nur noch wenige Räume tagsüber geheizt wurden, spürte sie erneut das Privileg, selbst in diesem furchtbaren Winter weder hungern noch frieren zu müssen wie mittlerweile der Großteil der Berliner Bevölkerung.

Denn ihre schlimmsten Befürchtungen, die sie bereits im

Herbst gehegt hatte, waren nun zur Realität geworden. Tatsächlich fehlte es den meisten Berlinern am Allernötigsten. Ohne Marken gab es nur noch Luxusgüter zu kaufen, die sich keineswegs nur die Arbeiter, sondern auch die meisten Bürger längst nicht mehr leisten konnten. Oder das genaue Gegenteil davon, Steckrüben oder Wruken, wie die Berliner dieses ehemals überwiegend als Viehfutter verwendete Gemüse nannten.

Den Diskussionen ihres Vaters und ihres Bruders Johannes hatte Judith vor einigen Tagen entnommen, dass das Kriegsernährungsamt mangels Kartoffeln bei der Ernährung der Bevölkerung in den kommenden Monaten nahezu vollständig auf Steckrüben setzte. Schon am 4. Dezember waren reichsweit sämtliche Vorräte davon beschlagnahmt worden, um sie zentral zu verwalten.

Nachdem Rebekka ihre zweite Tasse Tee getrunken hatte, zog sie ein Büchlein aus ihrer Handtasche. »Dies ist ein Kochbuch zur Zubereitung von Steckrübengerichten«, erklärte sie Judith. »Es wurde heute auf unserer Versammlung ausgegeben.« Rebekka hatte am Nachmittag an einem Treffen des Nationalen Frauendiensts von Charlottenburg teilgenommen. »Lass uns doch einmal hineinschauen!«

Judith, die langsam aus ihrer Kältestarre auftaute, rückte ihren Lehnsessel ein wenig näher an den ihrer Mutter heran. Gemeinsam beugten sich die beiden über das Büchlein.

Nach drei Seiten überflüssiger Ermahnungen, wie man die Verschwendung von Lebensmitteln vermeiden sollte, da es selbst in einem Haus wie dem der Familie Bergmann nichts mehr zu verschwenden gab, lasen sie die ersten Rezepte.

Schon nach kurzer Zeit blickten sich beide ungläubig an. »Wer hat denn so einen Unsinn zusammengeschrieben?«, fragte Judith ärgerlich. »Wenn man die Zutaten für diese Rezepte liest, käme man gar nicht auf den Gedanken, dass Steckrüben das nahezu einzige Lebensmittel sind, das auch für die Armen noch erschwinglich ist.«

»Schau dir nur einmal das Rezept für den Steckrübenauflauf an! Oder«, Rebekkas Stimme klang zunehmend schrill vor Empörung, »das hier für diese sogenannten Steckrübenfrikadellen! Für beide Gerichte sollen Kartoffeln verwendet werden, bei den Frikadellen sogar fast so viel Kartoffel- wie Steckrübenmasse. Wenn es Kartoffeln in dieser Menge zu kaufen gäbe, wie man sie für diese Gerichte benötigt, bräuchte man die Steckrübe doch kaum mehr!«

»Es wird noch besser, Mama«, äußerte Judith sarkastisch. »Zu diesem Steckrübenpudding benötigt man Grieß und als Gewürz Muskatnuss. Beides dürfte heutzutage für die meisten unerschwinglich sein.«

»Gäbe es genügend Grieß oder zumindest Mehl, das als Ersatz empfohlen wird, müsste man das Brot ja nicht mit Steckrüben strecken«, fügte Rebekka hinzu.

»Hier steht noch ein alternatives Rezept für Steckrübenpudding.« Judith wies auf die nächste Seite. »Fünfzig Gramm Zucker, eine Prise gestoßenen Zimt, die Schale einer Zitrone, wieder Grieß und dreißig Gramm Butter!« Ihre Stimme klang von Zutat zu Zutat ungläubiger. Schließlich lachte sie laut auf. »Und das Ganze soll man dann eine geschlagene Stunde lang kochen und am Ende mit einer Sauce von Apfelwein genießen.«

Fassungslos schauten sich die Frauen an. »Wo leben diese Rezeptschreiberlinge? Viele Familien sind froh, wenn sie genügend Kohle oder Briketts ergattern können, um ihren Ofen eine Stunde am Tag anzufeuern. Da werden sie das kostbare Heizmaterial sicherlich nicht dazu verwenden, um einen solchen Pudding zu kochen.«

»Und Zitronen gibt es höchstens noch in der Obstabteilung des KaDeWe«, ergänzte Rebekka. »Seit dem Handelsembargo gleich zu Kriegsbeginn kommen doch so gut wie keine ausländischen Güter mehr nach Deutschland.«

Bevor die Frauen weiterblättern konnten, um sich die nächsten Ungeheuerlichkeiten in diesem Rezeptbuch anzuschauen, klingelte es an der Haustür. Rebekka warf einen Blick auf die Uhr. Es war bereits nach sechs.

»Wer mag das um diese Uhrzeit sein?«

Wenig später hörten sie hastige Schritte auf der Treppe. Nach kurzem Anklopfen riss das Dienstmädchen Lisa die Tür auf, ohne auf ein Zeichen zu warten. »Draußen stehen zwei Kriegsinvaliden, gnädige Frau. Sie sammeln Metalle.«

Hinter Lisa erschien das vor Aufregung gerötete Gesicht der Köchin Martha. Bevor Rebekka auf Lisas Information reagieren konnte, sprudelte es aus ihr heraus. »Ich habe nur noch einen einzigen Satz Kochtöpfe, gnädige Frau. Einen in jeder Größe. Und nur noch zwei Kupferpfannen!«

Rebekka hob begütigend die Hand. »Beruhigen Sie sich, Martha! Es kommt nicht infrage, dass wir noch ein einziges Stück unserer verbliebenen Kochgeschirre opfern.« Bereits den ganzen Herbst über hatte es eine Metallsammlung nach der anderen gegeben. Es seien kriegswichtige Rohstoffe, hieß es, deren Spende zum Sieg der deutschen Truppen beitragen werde. Bevor einmal mehr an die Opferbereitschaft der Bevölkerung appelliert wurde.

Rebekka stand energisch auf. »Ich rede selbst mit diesen Männern und schicke sie weg.« Schon ging sie die Treppe hinunter, dicht gefolgt von Judith und den beiden Dienstboten.

Tatsächlich standen zwei abgerissen aussehende Männer mit rot gefrorenen Nasen vor der Haustür. Lisa hatte sie wohlweislich nicht in die Halle gebeten.

Unter anderen Umständen hätte Judith Mitgefühl für die Veteranen empfunden. Beiden fehlte der linke Arm, der Ärmel ihres schäbigen Uniformmantels hing schlaff herunter. Doch der herausfordernde Blick in den Augen der Invaliden ärgerte sie.

»Wir haben bereits den ganzen Herbst über immer wieder Metalle gespendet«, erklärte Rebekka jetzt, wie sie es sich vorgenommen hatte. »Nun ist unser Vorrat erschöpft. Ich möchte Sie daher bitten, wieder zu gehen.«

Der jüngere der beiden Männer, er mochte noch keine dreißig Jahre alt sein, setzte ein spöttisches Grinsen auf. Mit der unversehrten Hand ergriff er den Messingklopfer in Form eines Löwenkopfs an der Haustür.

»Und was ist das hier, gnädige Frau?« Zu Judiths Erstaunen sprach er Hochdeutsch. »So was brauchen Sie doch gar nicht, wo Sie doch eine Klingel haben!«

»Genauso wenig wie das schmiedeeiserne Gitter.« Der zweite Mann deutete auf das Geländer, das die Außentreppe zu beiden Seiten begrenzte. »Für die paar Stufen braucht's doch nüscht zum Festhalten.« Auch bei ihm hörte man den Berliner Dialekt kaum heraus.

»Oder gehören Sie etwa zu den Kriegsgewinnlern, die sich auf Kosten der kämpfenden Truppe einen schlauen Lenz machen?« Nun trat ein gefährliches Funkeln in die Augen des ersten Invaliden.

Rebekkas Blick huschte hilfesuchend zu Judith. Weder ihr Mann noch ihr Sohn waren zu Hause. Männliche Dienstboten gab es auch nicht.

»Die Platzteller«, raunte Judith ihrer Mutter zu. »Die könnten wir doch noch entbehren.«

»Aber sie sind Bestandteil meiner Aussteuer«, protestierte Rebekka. Als bereits im Oktober Zinn aller Art gesammelt worden war, hatte sie sich zwar von den Deckeln einiger Bierkrüge getrennt, die Existenz der Platzteller jedoch verschwiegen.

»Uns is alles willkommen, gnädige Frau«, bekräftigte der zweite Invalide.

Einen Moment lang verharrte Rebekka noch unschlüssig. Dann seufzte sie und gab den Dienstboten ein Zeichen.

Wenig später wechselten zwölf mit getriebenen Girlanden und Rebekkas Initialen verzierte zinnene Platzteller den Besitzer.

# Ein kleiner Bahnhof in der Nähe von Berlin

## Dezember 1916, einige Tage vor Weihnachten

Um sich zumindest ein wenig warm zu halten, stapften Adolf Jandorf und Paul Bergmann Seite an Seite sicherlich schon zum zwanzigsten Mal den schmalen Bahnsteig entlang, der zum kleinen Dorf Ahrensfelde nordöstlich von Berlin gehörte. Obwohl er dabei immer wieder mit den Füßen aufstampfte, spürte Bergmann seine Zehen trotz der pelzgefütterten Stiefel mittlerweile kaum mehr.

Seit über einer Stunde warteten sie nun schon auf das Eintreffen des Güterzugs, mit dem ein Teil von Harrys Gardedragonerregiment samt Pferden von der Ost- an die Westfront transportiert werden sollte. Bergmann hätte die Wartezeit lieber in der zwar ungeheizten, aber immerhin vor den beißenden Winden geschützten Bahnhofshalle verbracht. Doch Adolf Jandorfs Ungeduld, seinen Sohn Harry endlich wiederzusehen, hatte ihn von Anfang an zum Bahngleis getrieben, an dem der Zug einen ungefähr halbstündigen Halt einlegen sollte.

Nach weiteren zehn Minuten schielte Bergmann verstohlen auf die Bahnhofsuhr. Mittlerweile fühlten sich auch seine Finger in den Fellhandschuhen erfroren an. »Sollen wir nicht doch endlich ein wenig hineingehen?«, versuchte er es ein weiteres Mal. Dann kam ihm ein Geistesblitz. »Ich habe einen Eisenofen in der Bahnhofshalle gesehen. Vielleicht könnten wir ihn mit ein wenig der mitgebrachten Kohle anfeuern und uns daran wärmen, bis der Zug endlich eintrifft. Versäumen würden wir ihn ja auf keinen ...«

»Das kommt überhaupt nicht infrage«, fiel ihm Jandorf ungewohnt unhöflich ins Wort. »Jedes einzelne Brikett ist für Harry und seine Kameraden bestimmt. Schließlich haben sie noch eine Strecke von weit mehr als tausend Kilometern vor sich. Und so, wie ich die glorreiche Intendantur unseres Reichsheers einschätze, ist ihnen das Heizmaterial schon längst ausgegangen«, fügte er sarkastisch hinzu.

Paul Bergmann verkniff sich die Entgegnung, dass es sogar fraglich war, ob es überhaupt Öfen in den Güterwaggons gab, für die man die Briketts verwenden konnte. Er ahnte, dass auch dieser Einwand keinen Erfolg haben würde. Denn selten hatte er seinen Freund so aufgeregt gesehen wie heute.

Auch Jandorfs Gesicht war von der Kälte gerötet. An seiner Nasenspitze hatte sich sogar ein Eistropfen gebildet. Doch der Eigner des KaDeWe schien völlig unempfindlich für die eisigen Temperaturen zu sein.

Erst vor drei Tagen war ein Feldpostbrief von Harry in Adolf Jandorfs Kontor im KaDeWe eingetroffen. Darin machte Harry seinem Vater die betrübliche Mitteilung, dass er erneut keinen Weihnachtsurlaub bekomme. Stattdessen werde seine Einheit an die Westfront verlegt. Glücklicherweise nannte Harry in seinem Brief das genaue Datum der Reise.

*Berlin werde ich, wenn überhaupt, nur im Vorbeifahren erblicken können,* schrieb er. *Dort ist nicht einmal ein Halt vorgesehen, bei dem ich Mutter und Dich und meine Verlobte Judith kurz in die Arme schließen könnte. Deshalb schweig über meine Reise still gegenüber den Frauen, damit sie nicht allzu traurig sind.*

Daran hatte sich Adolf Jandorf auch dann noch gehalten, als es Paul Bergmann auf seine Bitte hin gelungen war, durch die Beziehungen ins Kriegsministerium die genaue Fahrtroute des Zugs und den Zeitpunkt des geplanten Halts in Ahrensfelde herauszufinden. Denn bei dem immer strenger werdenden Frost, der in der vergangenen Nacht erstmals zwanzig Grad minus erreicht hatte, wäre es den Frauen nicht zuzumuten gewesen, stundenlang auf dem zugigen Bahnhof zu warten.

Tatsächlich hatte Harry auch Judith geschrieben, dass seine Einheit verlegt und er daher Weihnachten nicht zu Hause sein werde, ohne die genaue Reiseroute oder das Datum zu erwähnen.

Über diese Geheimnistuerei gegenüber seiner Tochter war Paul Bergmann allerdings insgeheim froh. Einerseits erholte sich Judith gerade von einer schweren Erkältung, die sie einige Tage lang ans Bett gefesselt hatte. Andererseits wusste er, dass Judith nicht den geringsten Wert darauf legte, Harry bald wiederzusehen, und über den ausgefallenen Weihnachtsurlaub sogar erleichtert war.

So blieb es Paul erspart, Adolf zu erklären, warum seine Tochter heute nicht dabei war. Denn Bergmann vermutete, Jandorf hätte in seiner Freude darüber, den Sohn zumindest kurz zu treffen, kein Verständnis dafür aufgebracht, dass Judith nach der gerade überstandenen Erkrankung nicht an den Bahnhof gekommen wäre, sofern sich Harry das gewünscht hätte.

Weitere zehn Minuten vergingen, in denen Jandorf und Bergmann beständig hin- und herwanderten. Vor der Bahnhofshalle standen zwei unauffällige geschlossene Lieferwagen, die Jandorf eigens zu diesem Zweck gemietet hatte. Denn alle Lieferwagen des KaDeWe trugen nicht nur die auffällige Firmenaufschrift, sondern auch das Signet des Kaufhauses, die Kogge mit den geblähten Segeln. In dem kleinen Marktflecken hätten diese Fahrzeuge sofort allergrößtes Aufsehen erregt. Zumal die auch hier darbende Bevölkerung sofort vermutet hätte, dass Lebensmittel in ihnen transportiert wurden. Neben den Lieferwagen stand noch ein offenes Fuhrwerk mit Heu und Stroh für die Pferde von Harrys Regiment.

Hätten wir doch jetzt zumindest ein heißes Getränk, dachte Paul missmutig, als sie, am Ende des Bahnsteigs angelangt, erneut wendeten. Allerdings wäre es sowieso längst kalt geworden, tröstete er sich dann. Eigentlich hatte er vorgehabt, heißen Tee aus dem Restaurant des KaDeWe mitzunehmen, das aber sofort vergessen, als Adolf Jandorf ihn darüber unterrichtete, welche Lebensmittel er an den Bahnhof bringen wolle, um sie der Truppe zu überlassen.

»Glaubst du wirklich, es ist klug, vier Schwarzwälder Schinken, drei Räder echten Schweizer Käse, eine ganze Fuhre Weißbrot und mehrere Kisten Wein mitzunehmen?«, fragte er zweifelnd. »Das sind Luxusgüter in diesem Hungerwinter, die sich reichsweit nur noch die oberen Zehntausend leisten können.«

Adolf Jandorf blickte trotzig auf. »Zweifellos gehört Harry zu diesen oberen Zehntausend. Und wenn ich meinem Sohn schon kein Festmahl zu Weihachten bieten kann, soll er zumindest einen kleinen Ausgleich dafür bekommen. Und die Kameraden, die sein bitteres Los teilen, gleich mit ihm.«

Paul lag es schon auf der Zunge, Jandorf darauf hinzuweisen, dass sich aus den Reihen dieser treuen Kameraden auch die drei Schläger rekrutierten, die Harry im April verprügelt hatten. Doch er unterließ es, denn es wäre ihm schäbig vorgekommen. Sein eigener Sohn Johannes würde dank Jandorfs Intervention das Weihnachtsfest mit seiner Familie verbringen können. Alle Versuche Adolfs, auch Harry vom aktiven Kriegsdienst freistellen zu lassen, waren dagegen gescheitert. Nicht einmal die großzügige Kriegsanleihe von einhunderttausend Mark, die Jandorf gezeichnet hatte, konnte daran etwas ändern.

Immerhin spielte wahrscheinlich bei der Weigerung, Harry zu entlassen, auch eine Rolle, dass er bislang weitgehend unverwundet geblieben war. Die Blessuren, die er bei der Schlägerei im April abbekommen hatte, waren glücklicherweise die schwersten Verletzungen, die er bislang erlitten hatte.

»Du vergisst, lieber Adolf, dass Harrys Kameraden trotz ihrer Zugehörigkeit zu einer Eliteeinheit keineswegs alle aus reichen Häusern stammen. Sie wären sicherlich bereits froh über Dauerwürste, gutes Roggenbrot und Bier«, argumentierte Paul stattdessen.

Wie von der Tarantel gestochen sprang Jandorf auf. Zu Pauls Entsetzen schickte er Fräulein Goldmann sofort ein weiteres Mal in die Lebensmittelabteilung, um auch den gesamten Warenbestand an diesen Artikeln aufladen zu lassen. »Und laufen Sie auch in den Erfrischungsraum, um nachzusehen, wie viel es noch von dem Dresdner Christstollen gibt. Der Restaurantleiter soll alles herausgeben, was er zur Verfügung hat. Auch alles Weihnachtsgebäck, das wir noch auf Vorrat haben«, fügte er hastig hinzu.

Danach gab es Paul auf, diesbezüglich auf Jandorf einzuwirken. Immerhin hatte der zumindest auf Hafer für die Pferde verzichtet. Denn Getreide zu verfüttern war mittlerweile auf das Strengste verboten und hätte eine saftige Strafe für Jandorf nach sich ziehen können, hätte er sich nicht daran gehalten.

Angesichts des Hungers der meisten Menschen zu Recht, schoss es Paul nun durch den Kopf, als er am Ende des Bahnsteigs auf dem Bahnhofsplatz das Fuhrwerk mit dem Pferdefutter erblickte. Mittlerweile begann es bereits zu dämmern. Da tauchten endlich Lichter in der Ferne auf, die das Nahen eines Zugs ankündigten. Mit zweistündiger Verspätung rollte der Güterzug kurz danach mit schrillem Pfeifen in den Bahnhof ein.

Zehn Minuten später lagen sich Vater und Sohn schweigend in den Armen. Bergmann hielt sich diskret im Hintergrund. Zärtlichkeiten unter Männern, zumal in der Öffentlichkeit, waren vor dem Krieg auch unter Verwandten ersten Grads im wilhelminischen Kaiserreich absolut verpönt gewesen. Allenfalls schüttelte man sich die Hand oder schlug sich auf die Schulter. Doch das hatte sich mittlerweile mit der unendlichen Erleichterung von Vätern, Söhnen und Brüdern, sich bei all den Tausenden von Toten und Schwerstverletzten unversehrt wiederzusehen, nachhaltig geändert.

Als sich die Männer voneinander lösten und Paul Bergmann Harry begrüßte, sah er aus dem Augenwinkel, dass die Bediensteten aus dem KaDeWe, die Jandorf mitgenommen hatte, mittlerweile aus den Lieferwagen ausgestiegen und dabei waren, die Lebensmittel- und Getränkekisten auszuladen und auf dem Bahnsteig aufzustapeln.

»Du hast sicher großen Hunger, Harry«, unterstellte Adolf Jandorf seinem Sohn in nahezu mütterlicher Weise. »Und deine Kameraden auch.«

Harry nickte. »Wir sind schon fast zwei Tage lang unterwegs. Außer hartem Brot, einer dünnen Suppe und gelegentlich heißem Tee haben wir nichts erhalten. Schließlich gehören wir ja augenblicklich nur zur reisenden und nicht zur kämpfenden Truppe«, fügte er in ironischem Ton hinzu. Auch wenn die Verpflegung der Soldaten an der Front noch weitaus besser war als die Nahrungsmittelsituation in der Heimat, herrschte auch dort längst großer Mangel. Daran hatte das Hindenburg-Programm nichts ändern können. Im Gegenteil, es hatte die Situation sogar noch verschärft. Denn es förderte lediglich die Produktion von Waffen und Munition, nicht die ausreichende Versorgung der Armee mit dem Lebensnotwendigen.

»Sind denn die Güterwaggons wenigstens geheizt?«, erkundigte sich Harrys Vater.

Sein Sohn grinste spöttisch. »Die paar Holzscheite hatten wir schon nach einem halben Tag verbraucht.«

»Aber es gibt zumindest Öfen?«

Harry zuckte mit den Achseln. »Ja, schon, Vater. Aber sie nützen uns nichts, wenn sie kalt sind.«

Jetzt strahlte Adolf über das ganze Gesicht. »Dann habe ich ein paar wunderbare Weihnachtsüberraschungen für euch.«

Wenig später bildete sich bereits die erste Schlange vor den Lebensmittelkisten. Harry, der an ihrem Kopfende stand, beharrte darauf, keinen größeren Anteil an den Delikatessen zu erhalten als seine Kameraden. Zuvor hatte er Adolf seinen unmittelbaren Vorgesetzten, einen gedrungenen Mann mit einem imponierenden Schnauzbart, als Wachtmeister Herbert Otto vorgestellt. Harry selbst war trotz der über zwei Jahre, die er seit seiner freiwilligen Meldung gleich zu Kriegsbeginn an der

Front diente, immer noch einfacher Gardekavallerist und noch kein einziges Mal befördert worden.

Mit ungläubigem Staunen nahmen die Männer ihre Portionen an Schinken, Wurst, Käse und Brot auf ihren Essgeschirren in Empfang. Dazu erhielten sie noch einen Becher Wein oder Bier. Jedem Soldaten überreichte Jandorf persönlich mit dem Wunsch »Fröhliche Weihnachten« außerdem einige Plätzchen und ein Stück Stollen.

Wachtmeister Otto erwies sich nicht als so zurückhaltend wie Harry. Mit einer Verbeugung nahm er die ganze Flasche Rotwein in Empfang, die Adolf ihm überreichte, und ließ sie in der Tasche seines unförmigen Uniformmantels verschwinden.

Plötzlich ertönte ein scharfes Kommando. »Stillgestanden! Was geht hier vor sich?«

Als Jandorf und Bergmann aufblickten, sahen sie einen hageren, hoch gewachsenen Mann mit leichten O-Beinen und den Abzeichen eines Rittmeisters auf sich zukommen. »Das muss Graf von Schliefen sein, der die beiden Kompanien in diesem Güterzug befehligt«, raunte Jandorf Paul zu.

Er trat selbst an eine der Weinkisten und zog gleich zwei Flaschen daraus hervor, einen Riesling und einen Spätburgunder. Dann wandte er sich, die Flaschen in den ausgestreckten Armen haltend, zu von Schliefen um.

»Gestatten, Herr Rittmeister«, kam ihm Harrys Wachtmeister Otto mit der Vorstellung zuvor. »Dies ist Herr Adolf Jandorf, der Vater des Dragoners Harry Jandorf, seines Zeichens Eigner des KaDeWe. Er besitzt die außerordentliche Güte, uns Lebensmittel, Pferdefutter und Heizmaterial zu bringen. Sozusagen als vorgezogenes Weihnachtsgeschenk.«

Schon trat Jandorf näher und machte Anstalten, dem Rittmeister die Flaschen mit einer Verbeugung zu überreichen. Doch angesichts des finsteren Blicks, mit dem der Graf ihn musterte, gefror sein breites Lächeln. »Habe die Ehre, Herr Rittmeister«, presste er dennoch hervor.

Eigentlich hätte es die Höflichkeit geboten, dass der Graf mit der Antwort, die Ehre sei ganz seinerseits, oder etwas Ähnlichem reagierte. Stattdessen trat er einen Schritt zurück, übersah Jandorfs noch immer ausgestreckte Arme mit den Weinflaschen, drehte den Kopf kurz zur Seite und spuckte demonstrativ einen Strahl Kautabaksaft auf den Boden.

»Soso, der Herr Jandorf«, knurrte er schließlich nach einer schier endlosen Pause.

Derweil standen Harry, seine Kameraden und der Wachtmeister Otto wie erstarrt. Auch Paul Bergmann verfolgte die Szene entsetzt. Er ahnte bereits, was sich nun ereignen würde, bevor von Schliefen seine nächsten fatalen Worte, für jedermann hörbar, aussprach.

»Ist das Ihre Art, der glorreichen Armee Genugtuung für den Stiefelbetrug zu gewähren? Um das Unrecht, welches Sie unseren Kriegshelden zufügen wollten, zumindest ein wenig wiedergutzumachen? Dann lassen Sie sich gesagt sein, solche Almosen von einem Juden brauchen wir nicht.«

Ringsumher zogen die Männer hörbar den Atem ein. Der Rittmeister ließ seinen Blick herausfordernd über die versammelten Soldaten schweifen. »Jeder von euch, der auch nur einen Funken Anstand im Leib hat, sollte auf den Empfang dieses Judaslohns verzichten.«

Allerdings ließ die Wirkung seiner Worte in Anbetracht der Köstlichkeiten, die manche der Männer womöglich noch nie genossen hatten, alle aber auf jeden Fall seit langer Zeit entbehrten, zu wünschen übrig. Zwar hörten die Männer auf, zu kauen oder einen Schluck aus ihren Bechern zu nehmen. Aber sie wichen dem scharfen Blick des Rittmeisters aus und senkten die Augen beharrlich zu Boden.

Paul Bergmann konnte den inneren Kampf, der sich infolge seiner vergeblichen Bemühungen, die Soldaten zum Verzicht auf Jandorfs Geschenke zu bewegen, in von Schliefen abspielte, an dessen Mienenspiel deutlich erkennen.

Wenn er jetzt den Kavalleristen befiehlt, ohne die Lebensmittel und Briketts wieder in den Zug zu steigen, droht eine Meuterei, schätzte Paul die Situation offenbar genauso ein wie der Rittmeister.

Denn der drehte sich schließlich abrupt auf dem Absatz um und kehrte Jandorf damit grußlos den Rücken zu. Dann begab er sich ohne ein weiteres Wort zurück zu seinem eigenen Abteil im hinteren Teil des Zugs. Kein einziger Mann folgte ihm. Stattdessen wichen ihm auch weitere Soldaten aus, die mittlerweile ausgestiegen waren, um sich ihre Lebensmittelrationen abzuholen. Sie traten zur Seite und blickten trotzig an von Schliefen vorbei, der mit hoch erhobenem Kopf durch die derart entstandene Gasse schritt. Wie ein Spießrutenlaufen ohne Prügel, zog Paul einen bizarren Vergleich.

Doch die fröhliche Stimmung unter den Männern war dahin. Schweigend stellten sich die, die noch nichts erhalten hatten, in die Reihe und mieden nach einem gemurmelten Dank ebenfalls Jandorfs Blick, bevor sie sich abwandten.

Bergmann konnte Jandorf die Enttäuschung ansehen. Dennoch wahrte Harrys Vater Haltung und überreichte jedem der Männer weiterhin mit einem Weihnachtsgruß das Gebäck. Aber die Freude über Jandorfs Überraschung hatte von Schliefen sowohl den Schenkenden als auch den Beschenkten gründlich verdorben.

## Im KaDeWe

### Januar 1917

»Es tut mir leid, Fräulein Krause, aber ich muss Sie heute schon wieder an eine andere Stelle versetzen. Bitte gehen Sie in die Weißwäscheabteilung im Erdgeschoss! Dort wird Hilfe benötigt, weil etliche Kräfte heute fehlen.«

»Wie Sie wünschen, Frau Liebermann«, antwortete Rieke. Wenn sich die Aufsichtsdame der Damenkonfektion, die mittlerweile auch für die benachbarte Damenwäscheabteilung zuständig war, persönlich hierherbemühte, um Rieke diesen Auftrag zu erteilen, musste es sich um etwas Wichtiges handeln.

»Soll ich die restlichen Nachtgewänder noch auspacken oder sofort hinuntergehen?«, fragte sie dennoch.

Frau Liebermann winkte ungeduldig ab. »Sofort, Fräulein Krause. Die Nachthemden können ruhig warten. Sobald Sie unten fertig sind, machen Sie damit weiter!« Sie blickte sich prüfend im ersten Stockwerk um. »Heute ist hier ohnehin kaum Betrieb, wie Sie sehen.«

Dies stimmte. Gerade einmal drei Kundinnen hielten sich in der Damenkonfektion und der Damenwäscheabteilung auf. Draußen herrschten bereits seit Wochen auch tagsüber Temperaturen unter dem Gefrierpunkt. Die wenigen wohlhabenden Berlinerinnen, die sich die Waren des KaDeWe in diesen harten Kriegszeiten überhaupt noch leisten konnten, zogen es daher bei diesem Wetter vor, in ihren geheizten Wohnungen zu bleiben, anstatt ohne Not auf die Straße zu gehen.

Außerdem grassierte in Berlin gerade eine Erkältungswelle. Obwohl es im KaDeWe wohlig warm war, hatte sich eine ganze Reihe von Angestellten daher krankgemeldet.

Zu ihnen gehörte auch Else Lemke, die im vergangenen November, gleichzeitig mit Rieke, ihre Prüfung zur Verkäuferin bestanden hatte. Allerdings mit so viel schlechteren Noten, dass sowohl für Frau Liebermann als auch für den Eigner Herrn Jandorf, der sich bei allen Personalfragen wie üblich das letzte Wort vorbehielt, sofort klar war, dass die freie Verkäuferinnenstelle in der Damenkonfektion an Rieke Krause gehen würde. Else war dagegen in die Damenwäscheabteilung versetzt worden.

Dass sie sich seither in nahezu jeder zweiten Woche krankmeldete, hielt Rieke für ein Zeichen dafür, dass Else ihre Versetzung gründlich übel nahm. Schon ihre Rechnung, dass

Rieke aufgrund der Diebstähle der Feldpostpäckchen sofort fristlos entlassen würde, war ja nicht aufgegangen.

Im Gegenteil erpresste der Hausdetektiv Gregor Eckstein – mittlerweile kannte Rieke natürlich seinen Namen – auch Else mit ihren Diebstählen. Geschickt spielte er die beiden jungen Frauen gegeneinander aus, da sie gegenseitig die Entwendung der Feldpostpäckchen durch die jeweils andere bezeugen konnten. Sogar ihr Vater sei in Gefahr, seine Position in der Poststelle zu verlieren, wenn Elses Diebstähle bekannt würden, hatte Eckstein ihr eines Tages in Anwesenheit Riekes gedroht. Zuvor hatte Else die Absicht geäußert, sich wegen Riekes Fehlverhalten gleich an Herrn Jandorf zu wenden.

Von Else erwartete der Hausdetektiv nur, dass sie Stillschweigen bewahrte. Für Rieke galt dies nicht. Sie musste Eckstein nach wie vor sexuell zu Diensten sein, wenn er Spätdienst im KaDeWe hatte. Das war ein- bis zweimal pro Woche der Fall, sobald die kaufmännischen Angestellten das Gebäude verlassen hatten.

Wenigstens hatte sich Rieke in einer Hinsicht gegen Ecksteins Forderungen gewehrt, indem sie lediglich vaginalen Geschlechtsverkehr zuließ. Als der Hausdetektiv sie das erste Mal zwingen wollte, ihn oral zu befriedigen, und Anstalten machte, Riekes Kopf auf seinen entblößten Penis zu pressen, hatte sie sich über seinem Unterleib erbrochen. Und ihm danach mit dem Mut der Verzweiflung gedroht, sich freiwillig zu stellen, wenn er sie noch einmal zu so etwas zwingen wolle. Dass sie dies todernst meinte, hatte ihr Eckstein offenbar geglaubt und sie nie wieder damit bedrängt. Doch Riekes Preis dafür, diese Drohung wahr zu machen, wäre im Sommer noch sehr erheblich gewesen.

Heute würde es ihr nicht mehr ganz so schwerfallen, ihre Kündigung in Kauf zu nehmen, wie es kurz nach ihrer Entlarvung der Fall gewesen wäre. Denn den Unfalltod ihres Vaters Otto betrachtete Rieke tatsächlich als Glücksfall.

Anfangs hatte ihre Mutter in ihrer Freude darüber, Otto das gestohlene Geld entwunden zu haben, gar nicht bemerkt, dass er sich bei seinem Treppensturz das Genick gebrochen hatte. Sie hielt ihn für bewusstlos. Deshalb war sie erst nach zehn Minuten auf den Gedanken gekommen, dass Otto sich sehr ernstlich verletzt haben könnte. Da war ihr gewalttätiger Ehemann längst tot, wie der hastig herbeigerufene Armenarzt feststellte.

Aufgrund der Tatsache, dass Ottos Leichnam nach Alkohol stank und Käthe sichtbare Spuren seiner jüngsten Misshandlungen aufwies, kam der Arzt gar nicht auf die Idee, dass Käthe etwas mit seinem Sturz zu tun haben könnte. In den Totenschein schreibe er daher bedenkenlos als Todesursache »Unfalltod durch Treppensturz unter erheblichem Alkoholeinfluss«.

Dennoch fühlte sich Käthe zunächst schuldig und schilderte Rieke daher die wahren Umstände von Ottos Ableben, nachdem diese an jenem schicksalhaften Tag nach Hause gekommen war. Doch als Rieke spontan erleichtert reagierte, da sie ihren Vater seit Jahren verabscheut hatte, verschwand auch Käthes schlechtes Gewissen.

Auch sonst hatte Ottos Tod keine negativen Folgen für die Familie. Denn auf die Diskretion der Nachbarn konnte man sich wie immer verlassen. Genauso wenig, wie sie Käthe bei ihrem Streit mit Otto zu Hilfe geeilt waren, obwohl der handgreiflich geworden war, hätten sie einem Polizisten auch nur ein Sterbenswörtchen über die Auseinandersetzung im Stiegenhaus gesagt, wäre deshalb ein Gendarm in Meyers Hof erschienen. Sobald Otto in einem Armengrab auf einem Weddinger Friedhof lag, dachten Käthe und Rieke kaum mehr an ihn und falls je, dann nur wie an einen bösen Albtraum.

Trotz der weiter steigenden Teuerung war die finanzielle Situation der Familie durch Riekes Verkäuferinnengehalt und Käthes zusätzliche Nachtschicht im Vergleich zu vorher weit entspannter. Doch jetzt machte Riekes fast sechzehnjährige Schwester Sanni zunehmend Probleme.

Seit Ottos Tod war sie noch unzuverlässiger geworden. Eigentlich gehörte es zu ihren Pflichten, sich regelmäßig in die Schlangen vor den Geschäften einzureihen, um mittels der Lebensmittelmarken für die ganze Familie einzukaufen.

Das wurde ohnehin von Tag zu Tag schwieriger. Denn das Warenangebot schrumpfte, und vieles war ausverkauft, bevor auch nur die Hälfte der Kaufwilligen an die Reihe gekommen war. Auch im KaDeWe hatte Rieke immer öfter das Nachsehen, wenn sie ihre Marken nach sechs Uhr abends einlösen wollte und die Vorräte längst aufgebraucht waren.

Doch selbst wenn sie einmal Glück hatte, durfte Rieke ja nur ihre eigenen Marken eintauschen. Diejenigen für Käthe, Robert und Sanni mussten in den Geschäften rund um Meyers Hof eingelöst werden. Außerdem führte das KaDeWe natürlich in seinen noblen Verkaufsräumen keine Kohle, die ebenfalls von Tag zu Tag knapper wurde.

Sanni verschwand zwar stundenlang von zu Hause, kehrte dann aber oft ohne Einkäufe mit der Begründung zurück, sie habe vergeblich angestanden. Käthe und Rieke verdächtigten sie, Ausreden zu erfinden, hatten aber keine Beweise dafür.

Also stellte sich Käthe, wie auch schon früher, gleich nach ihrer Nachtschicht in die endlosen Schlangen, ohne sich darauf verlassen zu können, dass Sanni Robert betreute, wie Käthe es ihr aufgetragen hatte. Im Gegenteil war ihre jüngere Tochter häufig nicht da, wenn Käthe endlich nach Hause kam.

Mittlerweile vermutete sie auch den Grund dafür. Einige Nachbarn hatten ihr nämlich erzählt, dass sie Sanni schon öfter in Begleitung eines jungen Mannes aus dem zweiten Hinterhaus gesehen hätten. Sanni stritt zwar ab, einen Freund zu haben. Doch auch das glaubten ihr weder Käthe noch Rieke.

Neuerdings griff Käthe mit Riekes Hilfe daher zu einem drastischen Mittel, um Sanni daran zu hindern, die Wohnung zu verlassen, wenn sie selbst nicht da waren. Bevor Rieke ins KaDeWe aufbrach, schloss sie Sanni und Robert in der Wohnküche ein, derweil sich Käthe nach Lebensmitteln oder Heizmaterial anstellte. Dass beide ihr Geschäft im Falle des Falles in einen Nachttopf verrichten mussten, da Käthe ja meistens noch stundenlang weg war, nahm die Mutter trotz des hysterischen Protests ihrer jüngeren Tochter billigend in Kauf.

Trotzdem war es zu Hause oft klirrend kalt, wenn Rieke nach Hause kam. Denn Käthe ergatterte keineswegs immer ausreichend Heizmaterial, um den Herd anzufeuern. Rieke war daher doppelt froh über ihre Stellung im KaDeWe. Denn besonders die Damenkonfektion war stets gut geheizt, damit sich die Kundinnen bei Anproben nicht verkühlten.

Deshalb seufzte Rieke nun innerlich, als sie die Treppe zum Erdgeschoss hinunterging, in dem sich die Weißwarenabteilung befand. Aufgrund der sich ständig öffnenden Eingangsportale war es dort sehr viel zugiger als im ersten Stock.

Ihr Herzschlag setzte einen Moment lang aus, als sie den Hausdetektiv Gregor Eckstein im Gespräch mit dem Abteilungsleiter für Kleiderstoffe erblickte, die ebenfalls im Erdgeschoss angeboten wurden. Sie wusste mittlerweile, dass er Johannes Bergmann hieß und der ältere Bruder von Judith war, die ihr damals nach dem Besuch des Königs von Siam das Konfekt zugesteckt hatte.

Er hat traurige Augen, kam es ihr flüchtig in den Sinn, bevor Furcht und Ekel vor Gregor Eckstein wieder die Oberhand gewannen. Heute hatte der Hausdetektiv Spätdienst und würde Rieke am Abend erneut in seinem Kontor im dann menschenleeren KaDeWe erwarten.

Hoffentlich kann ich diesmal der Versuchung standhalten, gestohlene Lebensmittel anzunehmen, dachte sie bang, als sie sich mit einem höflichen Gruß an den beiden Männern vorbeidrückte und dabei angelegentlich Ecksteins begehrlichem Blick auswich.

»Wenn du lieb zu mir bist, kriegst du das da.« Schon bei ihrer zweiten Begegnung hatte ihr Eckstein einen kleinen Laib Brot und ein halbes Pfund Butter angeboten. »Schließlich hast du ja jetzt nichts mehr aus den geklauten Feldpostpäckchen.«

Angesichts ihres damals noch größeren häuslichen Elends und ihres beständig knurrenden Magens konnte Rieke zunächst nicht widerstehen. Zumal Gregor unter »lieb sein« diesmal lediglich verstand, dass sich Rieke freiwillig ihrer Röcke und ihres Schlüpfers entledigte und sich ihm darbot, ohne dass er sie bei der Vergewaltigung festhalten musste. Schnell stellte Rieke fest, dass der erzwungene Geschlechtsakt auf diese Weise weniger schmerzhaft war.

Deshalb nahm sie die angebotenen Lebensmittel weiter an, obwohl sich Eckstein den Empfang von ihr, wie weiland den Diebstahl der Feldpostpäckchen, ebenfalls als Diebstahl quittieren ließ. So konnte er auch diese »Geständnisse« jederzeit gegen sie verwenden. Dass er Rieke immer undatierte Formulare unterschreiben ließ, mit denen er den Zeitpunkt der vorgeblichen Diebstähle also jederzeit manipulieren konnte, war ihr erst im Lauf der Zeit aufgefallen.

Dadurch blieb ihre Abhängigkeit von Eckstein natürlich bestehen. Selbst als das KaDeWe aufgrund der Lebensmittelknappheit ab dem Herbst gar keine Feldpostpäckchen mehr anbieten durfte. Zwar hätte der Hausdetektiv Rieke mit dem Geständnis eines solchen Diebstahls jetzt gar nicht mehr erpressen können, ohne selbst enttarnt zu werden, weil er die Anzeige verschleppt hatte. Doch zu diesem Zeitpunkt hatte sie bereits viele Scheindiebstähle zugegeben, von denen jeder einzelne ihre fristlose Kündigung bedeuten würde.

Zumal Else auch dafür falsches Zeugnis gegen sie abgelegt hätte. Rieke vermutete, dass Eckstein Else ebenfalls mit Lebensmitteln versorgte und sie dafür unterschreiben ließ, sodass er sie beide in der Hand hatte.

Außerdem war Eckstein erst kürzlich zum Leiter der Hausdetektei ernannt worden, wie er Rieke prahlerisch mitteilte. Das erklärte ihr, wie er an die, von ihm zweifellos ebenso gestohlenen Lebensmittel kam.

Natürlich wollte Rieke ihre mühsam erarbeitete Stelle im KaDeWe auf keinen Fall aufs Spiel setzen, solange Eckstein sie nicht aufs Neue zu Perversitäten zwingen würde. Doch aus Loyalität gegenüber Adolf Jandorf, dem sie und ihre Mutter so viel zu verdanken hatten, nahm sie sich vor, spätestens nach der Auszahlung ihres ersten Verkäuferinnengehalts Ecksteins gestohlene Lebensmittel abzulehnen. Ihren ersten regulären Lohn hatte Rieke Ende Dezember des vergangenen Jahres erhalten.

Doch bei dem Versuch, Ecksteins Drängen etwas entgegenzusetzen, ging der Schuss gleich nach hinten los.

»Dann eben nich«, erklärte der Schurke ungerührt, als Rieke sich weigerte, eine Dauerwurst anzunehmen und den Empfang erneut mit ihrer Unterschrift als »Diebstahl« zu deklarieren. »Aber nützen tut es dir nüscht!«

Dann biss Eckstein selbst genüsslich ein Stück Wurst ab, bevor er Rieke so brutal vergewaltigte, wie er es seit dem ersten Mal nicht mehr getan hatte. Seither befand sie sich wieder in einem unauflösbaren Dilemma.

Jedes Mal nahm sie sich vor, Ecksteins Offerte zu widerstehen. Doch bislang war sie stets schwach geworden. Denn der Hausdetektiv bot ihr immer seltenere Köstlichkeiten an.

Wie er an den Honig, den Käse und sogar an das Gebäck kam, das man im Erfrischungsraum für teures Geld verkaufte, wusste Rieke nicht, und sie wollte es lieber auch nicht wissen. Möglicherweise erpresste Eckstein auch Angestellte aus der Lebensmittelabteilung und dem Restaurant, die sich mit den gestohlenen Waren freikauften.

Das letzte Mal legte Eckstein sogar ein Päckchen echten Kakao für Rieke hin. Den hatte sie seit Jahren nicht mehr getrunken, geschweige denn mit der fetten Milch zubereitet, die Eckstein ihr dazu anbot. Die wenige Milch, die es für Robert noch auf Marken gab und von der Rieke ab und zu einen Schluck stibitzte, wenn ihr vor Hunger ganz elend war, wurde wahrscheinlich inzwischen mit Wasser gestreckt. Jedenfalls schmeckte sie so.

Also war Rieke erneut schwach geworden. Nie wieder, schwor sie sich, als sie die Augen zur Decke richtete, während Eckstein in sie eindrang. Danach begann sie, stumm das ABC aufzusagen, ein Ablenkungsmanöver, das sie sich schon früh angewöhnt hatte, um Ecksteins Stöße in ihren Unterleib besser ertragen zu können. Bevor sie den Buchstaben Z das zweite Mal erreichte, ergoss er sich in der Regel bereits in das Kondom, das er zu Riekes Erleichterung benutzte. Wenigstens würde sie auf diese Weise nicht schwanger werden.

Heute Abend nehme ich nichts an, schwor sie sich innerlich ein weiteres Mal, als sie die Weißwarenabteilung erreichte. Dort erhielt sie die Aufgabe, Laken, Kopf- und Oberbettbezüge sowie Kittel zusammenzufalten. Sie waren offenbar als Spende für ein Lazarett gedacht, das Adolf Jandorf heute Nachmittag besuchen wollte.

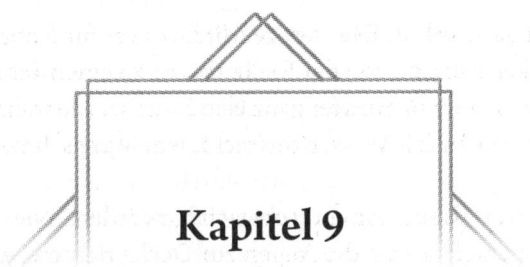

# Kapitel 9

In Jandorfs Auto auf der Rückfahrt vom Lazarett

*Januar 1917, am gleichen Abend*

Im Dunkel des Wageninneren knetete Rieke nervös die Hände. Sollte sie Adolf Jandorf um Hilfe bitten, oder würde der allmächtige Besitzer des KaDeWe sie barsch zurückweisen und ihr Anliegen als unverschämt ablehnen? Könnte das womöglich sogar ihrer Stellung im KaDeWe schaden? Es war schon schlimm genug, dass das Damoklesschwert ihrer erzwungenen Beziehung zu dem Hausdetektiv darüber hing.

Wenigstens ersparte Jandorfs überraschende Bitte, ihn am späten Nachmittag ins Lazarett zu begleiten, Rieke das heutige Treffen mit Gregor Eckstein. Nur zu gern hatte sie daher zugestimmt mitzufahren, nachdem sie die angeforderte Wäsche auf Anweisung der Aufsichtsdame der Weißwarenabteilung mit einem Rollwagen in Jandorfs Vorzimmer gebracht hatte.

Eigentlich hätte Fräulein Goldmann Jandorf begleiten sollen. Doch auch die Sekretärin entwickelte offensichtlich eine Erkältung und fühlte sich fiebrig. Als sie Jandorf dies mitteilte, bat er spontan, wie es für ihn typisch war, Rieke mitzukommen.

»Sofern Sie keine Sorge haben, den Anblick der vielen Schwerverletzten nicht aushalten zu können, Fräulein Krause«, versicherte er sich vor der Abfahrt. »Das Letzte, was die Pflegerinnen im Lazarett brauchen können, sind in Ohnmacht fallende junge Damen.«

Rieke schüttelte schon den Kopf, als er hinzufügte: »Sie müssen wissen, die beiden Soldaten aus meinem Heimatdorf Hengstfeld, die ich heute besuchen möchte, sind schwer versehrt. Der eine Mann, er ist noch keine zwanzig Jahre alt, hat beide Beine und einen Unterarm durch Granatsplitter verloren. Der andere Mann, dessen Familie ich noch aus meiner Kindheit kenne, gehört zu den Kriegszermalmten. Sein Gesicht ist völlig zerstört, obwohl er viele Operationen hinter sich hat.«

Riekes Herz begann schon bei diesen Worten, schneller zu schlagen. War es die Vorsehung, die sie heute zuerst als Vertretung der erkrankten Angestellten in die Weißwarenabteilung und schließlich in Jandorfs Kontor geführt hatte?

Doch noch wagte sie nicht, Jandorf auf das Thema anzusprechen, das sie bewegte. Stattdessen beschloss sie, im Lazarett erst einmal Eindrücke zu sammeln.

»Ich finde es sehr bewundernswert, dass Sie sich persönlich um Verletzte aus Ihrem Geburtsort kümmern, Herr Jandorf«, sprach sie ihren obersten Vorgesetzten auf der Hinfahrt zumindest schon einmal auf seine Hilfsbereitschaft an.

»Das ist Ehrensache, Fräulein Krause«, antwortete er. »Schließlich ist Hengstfeld nicht nur der Ort, aus dem ich selbst und meine Familie stammen, sondern man hat mir im Jahr 1908 sogar die Ehrenbürgerschaft verliehen. Ich hätte mich auch längst um andere Bewohner des Dorfs gekümmert, die ihre Gesundheit an der Front eingebüßt haben. Doch die Mutter des Kriegszermalmten war die Erste, die sich an mich gewandt hat, nachdem sie erfuhr, dass ihr Sohn in einem Berliner Lazarett liegt. Außerdem würde ich für jeden jungen Mann, den ich persönlich kenne und der ein solch schweres Schicksal zu meistern hat, alles tun was in meiner Macht steht«, fügte er überzeugt hinzu.

Da es draußen schon dunkelte, konnte Rieke hoffen, dass Jandorf, der neben ihr auf der Rückbank saß, nicht merkte, wie ihr das Blut vor Aufregung ins Gesicht schoss. Würde er auch etwas für Robert tun? Lag nach dem Unfalltod ihres unseligen Vaters Otto in dieser Fahrt eine Chance, auch die für ihre Familie unerträglich gewordene Belastung durch ihren Bruder zu erleichtern?

Im Lazarett assistierte Rieke der überarbeiteten Krankenschwester bereitwillig dabei, die Betten der beiden Schwerverletzten mit Wäsche aus dem mitgebrachten Vorrat frisch zu beziehen. Die restliche Wäsche hatte Jandorf zuvor der Stationsleiterin übergeben. Die zeigte sich überaus dankbar für diese Spende. »Sie wissen gar nicht, Herr Jandorf, welche Wohltat Sie unseren armen Patienten in Ihrer Güte tun.« Es hätte nicht viel gefehlt, und die Schwester wäre vor Jandorf auf die Knie gesunken und hätte ihm die Hände geküsst.

»Obwohl wir hier in der Hauptstadt sind, fehlt es für unsere Soldaten an allem. Zu viele Laken mussten wir schon zerreißen, um Verbände daraus herzustellen, damit wir zumindest die Wunden der Ärmsten versorgen können. Viele liegen daher auf nackten Strohsäcken. Und die wimmeln oft genug von Ungeziefer, dessen wir einfach nicht Herr werden können.«

Am beeindruckendsten und gleichzeitig erschütterndsten war für Rieke der Besuch am Bett des Kriegszermalmten gewesen. Während der bein- und unterarmamputierte Soldat sich lebhaft mit Jandorf unterhielt und herzlich für die frische Wäsche bedankte, reagierte der Kriegszermalmte auf keine Frage und keinen Zuspruch. Er drehte sogar sein bis auf Augen und Löcher für Nase und Mund von Verbänden bedecktes Gesicht zur Wand. Jandorf suchte schließlich den verantwortlichen Stationsarzt auf.

»Mich beunruhigt die Apathie dieses jungen Mannes«, erklärte er dem Arzt. »Er ist zwar älter als der amputierte Soldat, aber noch weit unter dreißig, soviel ich aus dem Brief seiner Mutter weiß. Warum reagiert er denn auf gar nichts? Oder steht er am Ende unter schweren Medikamenten?«

Der Arzt, der das Greisenalter bereits erreicht und sich

wahrscheinlich angesichts der Not in den heimischen Lazaretten zur Rückkehr in seinen Beruf entschlossen hatte, schüttelte resigniert den Kopf.

»Dieses Phänomen haben wir bei den Kriegszermalmten immer wieder. Weil sie so schlimm verstümmelt sind, dass viele einem menschlichen Ungeheuer gleichen, verlieren sie oft sämtlichen Lebensmut. Sie wagen sich nicht mehr in die Gesellschaft anderer Menschen aus Sorge, verlacht, verhöhnt und am Ende gar ausgegrenzt und gemieden zu werden.«

»Aber kann man dagegen denn gar nichts tun?« Jandorf war sichtlich erschüttert.

Der alte Arzt zuckte mit den Achseln. »Vor zwei Wochen hat den Kriegszermalmten aus Hengstfeld sogar seine junge Frau mit dem ältesten, sechsjährigen Sohn besucht. Wegen der schlechten Eisenbahnverbindungen waren sie von Württemberg aus in dieser eisigen Kälte fast zwei Tage lang in ungeheizten Zugabteilen unterwegs. Die Familie hat ihre letzten Ersparnisse zusammengerafft, um der Ehefrau und dem Kind diese Reise bezahlen zu können. Aber es ging den beiden genauso wie Ihnen heute. Der Mann machte nicht den geringsten Versuch, Kontakt zu seinen Angehörigen aufzunehmen. Er ignorierte sie einfach, sodass sie unverrichteter Dinge wieder gehen mussten.«

»Und danach hat sich die Mutter des Versehrten in ihrer Seelenqual um Hilfe an mich gewandt«, murmelte Jandorf mehr zu sich selbst als zu Rieke oder dem Arzt.

»Ein einziges Mittel gäbe es vielleicht schon, um diesem Kriegszermalmten zu helfen«, fuhr der Arzt überraschenderweise fort.

»Und wie sieht das aus?« In Jandorfs Augen trat das charakteristische Funkeln, woran Menschen, die ihn gut kannten, sogleich bemerkten, dass sein Unternehmergeist nun über seine Niedergeschlagenheit siegte.

»Es gibt da ein Heim in der Nähe von Bremen für diese Art

Schwerverletzter. Es hat erst vor zwei Monaten eröffnet. Dort bemühen sich Ärzte, die sich auch mit seelischen Störungen auskennen, darum, die Kriegszermalmten wieder auf ein möglichst normales Leben vorzubereiten.«

»Und wie machen sie das?« Die Frage entfuhr Rieke spontan. Sie errötete heftig. Doch sowohl Jandorf als auch der Arzt empfanden die Frage offenbar nicht als vorlaut, sondern nahmen sie als Zeichen ihres großen Interesses am Schicksal dieser Unglücklichen. Deshalb gab der Arzt bereitwillig Auskunft.

»Sie müssen wissen, junges Fräulein, dass die Gesichtsverletzungen häufig allein gar nicht so schlimm sind, sieht man einmal von den Entstellungen ab, die damit einhergehen. Doch viele Kriegszermalmte verfallen in eine tiefe Melancholie. Manche weigern sich, das Bett zu verlassen und selbstständig zu gehen, obwohl ihre unteren Gliedmaßen völlig unversehrt sind. Andere nässen und koten sogar ein, da es ihnen völlig gleichgültig ist, was für ekelhafte Umstände sie unserem Pflegepersonal damit bereiten. So wie ich das Konzept dieses Heims verstanden habe, bemüht man sich dort mit einer Mischung aus konsequenter Strenge und liebevoller Fürsorge, die Patienten so weit wie möglich wiederherzustellen.«

»Was bedeutet ›konsequente Strenge und liebevolle Fürsorge‹?«, fragte Jandorf nach.

»Vergünstigungen aller Art, angefangen von einer möglichst reichhaltigen Nahrung bis hin zur Teilnahme an kleinen Vergnügungen wie Gesellschaftsspielen und sogar Theateraufführungen des Personals, werden nach einer Eingewöhnungszeit nur den Patienten gewährt, die sich aktiv an ihrem Heilungsprozess beteiligen. Also umhergehen, soweit sie es können, die Bettschüsseln oder den Abort benutzen, anstatt die Wäsche zu verschmutzen, und sich im Lauf der Zeit je nach ihren Möglichkeiten in der Hauswirtschaft oder dem Garten engagieren.«

»Das ist die Strenge. Was ist die Fürsorge?«

»Viele Kriegszermalmte sind zum Glück weder blind noch armamputiert. Doch selbst, wenn sie Armprothesen brauchen würden, vermittelt man ihnen in diesem Heim Fertigkeiten, die sie dazu befähigen, wieder selbst zu ihrem Lebensunterhalt beizutragen. In feinfühligen Gesprächen mit eigens dazu ausgebildetem Personal lernen sie außerdem, ihre Behinderung zu akzeptieren und sich wieder als menschliches Wesen anzunehmen. Jeder Fortschritt wird nicht nur belohnt, sondern mit der ganzen Gruppe gefeiert.«

»Und gibt es bereits Heilungserfolge?«

»Wie ich bereits erwähnt habe, existiert dieses Heim erst seit zwei Monaten und arbeitet mit einem neuartigen Konzept. Doch ich weiß von meinem Sohn, der es leitet«, in der Stimme des alten Arztes schwang unverhohlener Stolz mit, »dass einige Patienten bereits ermutigende Fortschritte gemacht haben.«

»Dann bitte ich Sie, umgehend dafür zu sorgen, dass dieser junge Mann in diesem Heim aufgenommen wird.«

Die Miene des Stationsarztes verfinsterte sich wieder. »Wie ich der Gattin des Unglücklichen bereits mitteilte, steht das leider nicht in meiner Macht, Herr Jandorf. Es ist ein privat finanziertes Heim. Die Unterbringung dort ist außerordentlich kostspielig.«

Über Jandorfs Gesicht huschte ein flüchtiges Lächeln. Rieke vermutete, dass er den eigentlichen Grund für das Hilfeersuchen der Mutter des Hengstfelders nun richtig einordnete. »Was kostet es denn?«, fragte er dann.

»Fünfhundert Mark im Monat.«

»Pah!« Jandorf machte eine wegwerfende Geste. »Das soll mir die Sache auf jeden Fall wert sein. Ich komme für diese Kosten auf und möglicherweise auch noch für die Unterbringung weiterer Kriegszermalmter, wenn sie hier eingeliefert werden.«

Es waren diese Worte, die Rieke jetzt auf der Rückfahrt ins KaDeWe nicht mehr aus dem Kopf gingen. Plötzlich sah Jandorf, der bislang tief in Gedanken versunken schien, auf.

»Es ist ja schon nach acht Uhr, Fräulein Krause.« Er klopfte seinem Chauffeur vom Rücksitz der Limousine aus auf die Schulter. »Ändern Sie Ihren Kurs! Wir fahren Fräulein Krause zuerst nach Hause.«

»Sie wohnen noch immer in der Ackerstraße im Wedding, nehme ich an?«, wandte er sich an Rieke. »Sie wissen ja, dass ich Ihre verehrte Frau Mutter noch aus dem Warenhaus am Weinberg kenne. Wie geht es ihr übrigens?«, setzte er nach. »Meines Wissens wollte sie sich ja persönlich um Ihren kriegsversehrten Bruder kümmern. Macht er denn die Fortschritte, die das Opfer wert sind, das Ihre Frau Mutter für ihn gebracht hat? Immerhin hat sie ihre gut bezahlte Stelle im KaDeWe dafür aufgegeben.«

Mit jedem Wort Jandorfs beschleunigte sich Riekes Puls. Ihr wurde abwechselnd heiß und kalt. Jetzt oder nie! Dies war die einmalige Chance, Jandorf auf Roberts Schicksal anzusprechen.

Sie musste sich nicht verstellen, um aufrichtig betrübt zu antworten. »Leider nein, verehrter Herr Jandorf.« Ihre Stimme zitterte. Sie holte tief Luft, bevor sie die nächsten Worte sprach. »Auch mein Bruder Robert gehört zu jenen schwer verstümmelten Kriegszermalmten, von denen im Lazarett die Rede war. Er weigert sich ebenfalls zu gehen, sich zu waschen, den Abort aufzusuchen und manchmal sogar, selbstständig zu essen, obwohl seine Gliedmaßen völlig unversehrt sind und er nur auf einem Auge blind geworden ist. Meine Mutter reibt sich vergeblich mit seiner Pflege auf. Wir alle wissen schon lange nicht mehr ein noch aus.« Ihre Stimme erstarb. Das Herz klopfte ihr nun bis zum Hals. Sie wagte nicht, Jandorf in die Augen zu sehen.

Der reagierte völlig anders, als sie es befürchtet hatte. »Und warum haben Sie sich nicht schon längst um Hilfe an mich gewandt, Fräulein Krause?«, polterte er. »Ganz zu schweigen von Ihrer Frau Mutter, der ich immer nur gerecht und freundlich begegnet bin. Womit habe ich es verdient, dass Sie beide mir das Vertrauen versagten, mich über das schreckliche Schicksal Ihres Bruders und Sohnes aufzuklären? Schließlich war er ja sogar Lehrling in der Tischlerwerkstatt des KaDeWe.«

Rieke suchte nach den richtigen Worten. »Ja ... ja ... wären ... wären Sie denn bereit, auch meinem Bruder zu helfen?«, stammelte sie schließlich mit heiserer Stimme. Ihre Kehle fühlte sich vor Aufregung wie ausgedörrt an.

»Selbstverständlich bin ich das!«, polterte Jandorf erneut. »Sollte es einen weiteren Platz in diesem Genesungsheim für Kriegszermalmte geben, lasse ich ihn gleich am Montag für Ihren Bruder Robert reservieren.«

## Soziale Frauenschule in Schöneberg

### *Januar 1917*

Als Judith pünktlich zur Sprechstunde von Alice Salomon in der Sozialen Frauenschule eintraf, stellte sie enttäuscht fest, dass sie nicht die Erste war, sondern bereits ein junges Mädchen im Vorzimmer von Alices Büro wartete. Zwar ließ sich die Schulleiterin nicht daran hindern, ihren Schülerinnen diese Sprechstunden weiterhin anzubieten, hatte sie aufgrund ihrer vielen Verpflichtungen allerdings auf einmal wöchentlich reduziert. Allerdings war Salomon noch gar nicht da, wie ihre persönliche Sekretärin Judith mitteilte, bevor sie selbst ihren Dienst beendete. Alice werde aber jeden Augenblick erwartet.

Judith seufzte innerlich. Draußen begann es bereits zu dämmern. Ihr grauste schon jetzt vor dem Heimweg bei dem immer noch herrschenden klirrenden Frost. Wenigstens verbreitete ein kleiner Ofen im Vorzimmer ein wenig Wärme. Trotzdem behielt Judith ihren Wintermantel an.

Verstohlen musterte sie die zweite Wartende aus dem Augenwinkel. Sie hatte sie noch nie in der Schule gesehen. Das mochte allerdings nicht viel heißen, denn Judith hielt sich in ihrem dritten Ausbildungsjahr dort kaum mehr auf. Aber das Mädchen sah regelrecht verhungert aus. Ihre Arme, die gelegentlich unter dem wollenen Schultertuch, ihrem einzigen Schutz vor der bitteren Kälte, hervorlugten, waren spindeldürr. Auch die Wangen des Mädchens wirkten eingefallen, ihre Augen lagen tief in den Höhlen.

Da das Mädchen ihrem Blick beharrlich auswich, beschloss Judith schließlich, sie nicht anzusprechen. Offensichtlich wollte sie in Ruhe gelassen werden. Aber neugierig war Judith doch.

Denn wäre das Mädchen wirklich eine Schülerin der Unterstufe, hätte man sich längst vonseiten des Lehrkörpers darum gekümmert, dass sie ausreichend zu essen erhielt und anständige Winterkleidung bekam. Wenn sie außerdem tatsächlich schon das Aufnahmealter von siebzehn Jahren erreicht hatte, sah sie sehr viel jünger aus. Älter als höchstens fünfzehn schätzte Judith sie nicht. Was also konnte sie hier in der Schulsprechstunde von Alice Salomon wollen?

In diesem Moment öffnete sich die Tür. Mit Alice Salomon drang ein eisiger Luftzug aus der ungeheizten Halle herein. Auch die Schulleiterin wirkte müde und abgehetzt. In diesen schlimmen Zeiten sah kaum jemand gesund und unbeschwert aus.

»Ich bitte um Entschuldigung für die Verspätung!« Während Alice Salomon die Handschuhe auszog, dann Hut und Mantel ablegte und an der Garderobe aufhängte, musterte sie ihre beiden Besucherinnen mit ihren ausdrucksvollen Augen.

»Wer war denn zuerst hier?« Judith fiel auf, dass Salomon die direkte Ansprache vermied. Sie selbst wurde von der Schulleiterin seit dem Beginn des dritten Ausbildungsjahrs gesiezt. Offenbar hielt Alice das Mädchen noch für zu jung dafür.

Judith wies auf die blutjunge Frau, die vor Aufregung zu zittern begann. Sie brachte kein Wort über die blassen Lippen.

Alice blickte sie kritisch an. »Ich kenne dich gar nicht, junges Fräulein«, bestätigte sie Judiths Vermutung, dass es sich nicht um eine Schülerin handelte. »Was kann ich also hier in der Schulsprechstunde für dich tun?«

»Ich ... ich ... weiß, dass es ... dass es eigentlich ... eine Angelegenheit des Kriegsamts ist, in der ich Sie aufsuche«, stammelte die junge Frau. »Doch dort habe ich schon zweimal vergeblich auf Sie gewartet. Deswegen wollte ich es heute einmal hier versuchen.« Ihre Stimme erstarb.

Der intensive Blick, mit dem Alice das junge Mädchen weiterhin betrachtete, entging Judith nicht. Doch dann winkte sie die Besucherin ohne ein weiteres Wort in ihr Kontor und schloss die Tür.

Was mag das junge Ding denn mit dem Kriegsamt zu tun haben?, grübelte Judith. Außer der Schulleitung und ihrer Arbeit für den Nationalen Frauendienst leitete Alice Salomon seit Beginn des Jahres 1917 auch das Frauenreferat des Kriegsamts für die Provinz Brandenburg. Dort war sie verantwortlich für die Organisation eines freiwilligen Frauenhilfsdiensts, der in den von den Deutschen besetzten Gebieten hinter der Ostfront Tätigkeiten übernehmen sollte, die vor dem Krieg ausschließlich Männern vorbehalten gewesen waren. Die wurden nämlich jetzt als Soldaten gebraucht.

Alice Salomon war für die Rekrutierung dieser freiwilligen Helferinnen genauso verantwortlich wie für die Organisation ihrer Arbeits- und Wohnverhältnisse in den besetzten Gebieten vor Ort. Zu all ihren übrigen Verpflichtungen würden in nächster Zeit also auch noch regelmäßige Inspektionsreisen zu den Standorten erforderlich werden, für die sie zuständig war.

Hoffentlich kann Frau Salomon vorher noch rechtzeitig

etwas für die Kirschbaum-Kinder tun, hing Judith nun ihren eigenen trüben Gedanken nach. Anlass ihres heutigen Besuchs der Sprechstunde war der Tod der noch nicht dreißigjährigen Rahel Kirschbaum. Das war die Mutter von Jakob aus dem Hort, der wegen ihrer Armut immer wieder jüngere und schwächere Kinder bestohlen hatte.

Rahel hatte an Tuberkulose gelitten, wie Judith schließlich herausfand. Die Krankheit hatte sich in den letzten Wochen zu einer sogenannten galoppierenden Schwindsucht ausgewachsen und die junge Mutter binnen weniger Tage hinweggerafft. Nach dem Tod des Vaters vor Verdun waren die drei Kinder nun innerhalb eines knappen Dreivierteljahrs zu Vollwaisen geworden.

Deshalb war es Judith ein Herzensanliegen, die Geschwister zumindest gemeinsam in einem Waisenhaus unterzubringen, damit die Familie nicht völlig auseinandergerissen wurde.

»Aber ich bin darauf angewiesen, Frau Salomon«, drang die schrille Stimme des Mädchens plötzlich so laut durch die verschlossene Tür, dass Judith jedes Wort verstand.

»Wenn Sie mich ins Frauenhilfskorps aufnehmen, bekomme ich nicht nur genug zu essen, sondern verdiene sogar Geld. Damit kann ich dann meine Familie unterstützen und ihnen etwas von meinen Essensrationen nach Hause schicken. Bitte, Frau Salomon!« Nun schrie das Mädchen fast. »Es ist meine einzige Hoffnung, sonst werden wir alle verhungern! Ich habe noch neun jüngere Geschwister!«

Offenbar lehnte Alice Salomon das Anliegen des Mädchens trotz der flehentlichen Bitte weiter ab. Ihre Worte verstand Judith allerdings nur gedämpft. »Knapp sechzehn Jahre alt«, »viel zu jung«, drangen Wortfetzen an ihr Ohr. Dann hörte Judith nur noch das laute Weinen des armen Dings.

Bedrückt verkrampfte sie die Hände im Schoß. Der Lebensmittelmangel der ärmeren Bevölkerungsschichten spitzte sich nahezu täglich zu. Nach Ansicht ihres Vaters konnte kein

Mensch von achtzehnhundert Gramm mit Steckrübenmehl gestrecktem Brot, achtzig Gramm Butter, einem halben Pfund Fleisch inklusive Knochen und einem halben Ei pro Woche leben, sofern man diese Waren überhaupt bekam. Deshalb hatte sogar Paul seinen ehemals heftigen Widerstand gegen den Kauf von markenfreien Sonderrationen im KaDeWe und sogar von Schwarzmarktartikeln mittlerweile aufgegeben.

Trotzdem ging es auch im Haushalt der Bergmanns im Vergleich zu früher spartanisch zu. Fleisch gab es, wenn überhaupt, nur noch sonntags, Kuchen gar nicht mehr.

Doch ein Großteil der Bevölkerung ernährte sich mittlerweile fast ausschließlich von Steckrüben in jeder erdenklichen Form. Man aß sie morgens als Marmelade zum Frühstück, mittags als Suppe und Kotelett, abends als salzigen Brotaufstrich, getrocknet dienten sie sogar als Kaffeeersatz. Angeblich wurden Steckrüben selbst zum Bierbrauen verwendet.

Dagegen hatten sie es in der Villa Bergmann geradezu fürstlich gut. Dort gab es noch eingemachtes Obst und Gemüse, Konfitüre aus echten Sommerfrüchten und jeden Tag Butter und frisches Brot ohne Steckrübenzusatz. Dazu immer wieder die mittlerweile begehrten Kartoffeln, die gebraten oder als Püree auch bei den Bergmanns inzwischen als Delikatesse galten.

Allerdings reichten die Kartoffeln nicht aus, um wie früher auch die Eintopfgerichte für den Kindergarten daraus herzustellen. Hierzu verwendete die Köchin Martha nun ebenfalls Steckrüben und wertete die Gerichte zumindest mit Gemüse wie Sellerie und Möhren auf, die sie als Ernte aus dem eigenen Garten im Keller eingelagert hatte. Auch die gespendeten Eintöpfe aus dem KaDeWe bestanden jetzt größtenteils aus Steckrüben.

Plötzlich wurde die Tür zu Alice Salomons Kontor aufgerissen. Mit verschwollenen Augen und immer noch schluchzend stürzte das Mädchen heraus. Voller Wut und Verzweiflung warf sie die Tür zum Vorzimmer laut knallend hinter sich zu.

Bedrückt stand Judith auf, als Alice Salomon ihr mit trauriger Miene winkte einzutreten. Es wunderte sie später nicht, dass die Schulleiterin zwar sagte, sie werde sich dafür einsetzen, dass die drei Waisenkinder gemeinsam untergebracht wurden, könne jedoch keine Garantie dafür übernehmen.

## Wohnküche der Krauses in Meyers Hof

### Ende Januar 1917

Sanni stand vor der Spiegelscherbe in der Wohnküche, die sie aus ihrem Versteck im Küchenschrank genommen und an den ursprünglich dafür vorgesehenen Haken gehängt hatte. Seit Roberts Rückkehr nach Hause hatte ihre Mutter Käthe diesen Spiegel sorgfältig vor dem Sohn verborgen.

Immer wieder warf Sanni einen Blick auf die kleine Küchenuhr. Es war fast acht Uhr früh. Jeden Augenblick musste ihr Berti eintreffen.

Sie leckte sich über die vollen Lippen, damit sie glänzten, und kniff sich in die Wangen, damit sie röter erschienen. Dann schüttelte sie ihre blonden Haare auf. Die zur Nachtruhe geflochtenen Zöpfe hatte sie bereits nach dem Aufstehen gelöst, ohne sie durchzukämmen. Jetzt fiel ihr dichtes Haar in langen korkenzieherähnlichen Locken zu beiden Seiten ihres schmalen Gesichts bis über die bereits gut entwickelten Brüste.

Sanni fühlte sich freudig erregt. Sie unternahm gar keinen Versuch, ihre zunehmende Aufregung vor Robert zu verbergen. Allerdings vermied sie es, ihm ins Gesicht zu sehen. Denn obwohl seit Roberts Rückkehr nun schon viele Monate vergangen waren, grauste es ihr noch immer vor seinem Anblick.

Um fünf nach acht begann Sanni, unruhig zu werden. Verspätete sich Berti nur oder kam er etwa gar nicht? War ihm acht Uhr für ein Treffen mit ihr etwa immer noch zu früh?

Ärgerlich erinnerte sich Sanni an die Diskussion bei ihrem letzten Stelldichein. Zunächst hatte sie sich wie doll gefreut, als ihr Berti eröffnete, er könne das alte Schloss der Küchentür mit Leichtigkeit knacken und nach ihrer Rückkehr auch wieder von außen versperren. Ihre Mutter würde also gar nicht merken, dass Sanni Robert allein gelassen hatte. Und der konnte ja nicht sprechen, um sie zu verraten!

Doch als sie vorschlug, Berti solle doch gleich um sieben Uhr kommen, nachdem Rieke ins KaDeWe aufgebrochen war, weigerte er sich.

»Dit is mir zu früh«, hatte er argumentiert. »Da penn ick noch.«

Zu Sannis Ärger ließ er sich nicht umstimmen.

Jetzt hörte sie Schritte auf dem Gang. Kurz danach kratzte tatsächlich ein metallischer Gegenstand im Schloss der Wohnküchentür.

»Berti! Biste endlich da?«, rief Sanni.

»Pscht!«, zischte es von draußen. »Willste, dass mer jleich ufffliejen?«

Jetzt wurde auch Robert, der eben noch seinen Brei gelöffelt hatte, auf die Geschehnisse aufmerksam. Wie üblich, hatte er sich über und über verschmiert. Der Brei war ihm aus dem verstümmelten Mund über das, was sich in seinem zerstörten Gesicht Kinn nannte, gelaufen und hatte auch sein Nachthemd befleckt.

Obwohl Sanni das winzige Fenster geöffnet hatte, stank es in der Wohnküche wie die Pest. Leider nutzte es gar nichts, dass sie sofort den Deckel über den Nachttopf gestülpt hatte, nachdem Robert sein großes Geschäft hinein verrichtet hatte. Ihre Erbitterung über das ekelhafte Monstrum, zu dem ihr früher so verehrter Bruder geworden war, wuchs mit jeder Sekunde, die Berti an der Tür fummelte.

Wenigstens verdarb ihr der furchtbare Gestank nicht die Vorfreude aufs Frühstück mit Berti. Hier hätte es auch für sie nur wieder mit Wasser zu Brei zerkochte und mit einer Prise Salz gewürzte Steckrüben gegeben. Steckrübengerichte aller Art hingen Sanni jedoch schon lange zum Halse heraus. Erst recht dieser fade Brei. Berti hatte ihr heute frische Schrippen versprochen. Sogar mit echter Marmelade.

»Aaa, uuu, aaa!« Jetzt gab Robert lallende Geräusche von sich. Schon oft hatte Sanni bedauert, dass er nicht auch noch taub geworden war. Doch leider hörte Robert sogar erstaunlich gut. Seine Laute sollten wahrscheinlich die Frage danach bedeuten, was da draußen im Flur vor sich ging.

Sanni beschloss, Robert zu ignorieren, und drehte sich nicht einmal zu ihm um. Ungeduldig trat sie von einem Fuß auf den anderen.

Würde es Berti gelingen, das Türschloss mit den Werkzeugen, die er sich dafür besorgt hatte, zu knacken? Schon drehte sich der Knauf, aber noch leistete das Schloss Bertis Dietrich Widerstand. Durch das Holz der Tür, an die sie ihr Ohr presste, hörte sie ihn leise fluchen.

Plötzlich packte sie jemand von hinten am Arm. Verblüfft fuhr Sanni herum. Da nur sie und Robert im Raum waren, hatte sie nicht erwartet, dass ihr Bruder vom Tisch aufstehen und schon gar nicht, dass er nach ihrem Arm greifen würde.

»Wat haste zu melden?«, herrschte sie ihn an. »Lass mir sofort los!«

Stattdessen verstärkte Robert den Griff noch. Sanni kam ein unglaublicher Verdacht. Wollte er sie etwa daran hindern, die Wohnküche zu verlassen?

Rote Wut wallte in ihr auf. Seit dieses Ungeheuer aus dem Krieg zurückgekommen war, wurde ihr Leben von Tag zu Tag unerträglicher. Der Vater hatte vor seinem Tod noch mehr gesoffen als früher. Die Mutter hatte ihre gut bezahlte Stelle im KaDeWe aufgegeben, sodass das Geld seither kaum mehr für etwas Anständiges zum Essen reichte. Selbst als die Lebensmittel noch nicht so stark rationiert waren wie heute.

Wärste doch nur janz druffjegangen, schoss es ihr durch den Kopf.

»Lass mir jehn!«, befahl sie Robert noch einmal. Doch der hatte tatsächlich die Frechheit, den Kopf zu schütteln. Offenbar wollte er sie wirklich hier drinnen festhalten.

»Deibel!«, schrie Sanni in rasendem Zorn. Dann strebte sie vor die Spiegelscherbe und zerrte Robert, der sie immer noch festhielt, mit sich. »Deibel!«, schrie sie noch einmal. »Kiek dir doch an, wat du für'n Unjeheuer jeworden bis! Dit is ja für keenen zum Aushalten! Jetzt lass mir jehn!«

Zu ihrer Genugtuung lockerte Robert seinen Griff sofort. Sanni riss sich los.

Den wimmernden Laut, der aus Roberts zerstörtem Mund drang, hörte sie nur noch beiläufig. Denn genau in diesem Moment öffnete sich die Tür. Sanni stürzte hinaus.


### Meyers Hof

*Januar 1917, eineinhalb Stunden später*


Beschwingt eilte Rieke die Ackerstraße entlang und bog mit großen Schritten in die Einfahrt zur Mietskaserne ein, in der ihre Familie lebte. Gleich heute Morgen hatte Fräulein Goldmann sie abgeholt, kaum dass sie ihren Dienst in der Damenkonfektion angetreten hatte.

»Herr Jandorf bittet Sie, sofort mit mir in sein Kontor zu kommen. Er hat wichtige Neuigkeiten für Sie.«

Der letzte Satz Fräulein Goldmanns hatte Rieke dahingehend beruhigt, dass der Eigner des KaDeWe sie nicht wegen ihrer angeblichen Diebstähle zu sich beordern ließ. Wahrscheinlich ging es stattdessen um Robert. Mit klopfendem Herzen eilte sie Fräulein Goldmann nach.

Rieke behielt recht. »Ich habe gerade die Nachricht erhalten, dass Ihr Bruder und der Kriegszermalmte aus Hengstfeld schon heute nach Bremen abreisen können. Ein Wagen wird Robert gegen elf Uhr in Meyers Hof abholen. Ich gebe Ihnen daher für heute frei, damit Sie sich verabschieden und Roberts Sachen packen können.«

Beglückt wie seit vielen Monaten nicht mehr, zwängte sich Rieke in die überfüllte U-Bahn und danach in den Bus zum Wedding. Sie konnte es kaum erwarten, ihrer Mutter die frohe Botschaft zu überbringen. Sie hoffte nur, dass Käthe rechtzeitig von ihren Einkäufen zurück sein werde, um sich noch von Robert verabschieden zu können.

Robert selbst hatten sie vorsichtshalber erst einmal nichts davon gesagt, dass die Chance bestand, ihn in dem Bremer Genesungsheim für Kriegszermalmte unterzubringen. Sie wollten ihm nicht das Gefühl vermitteln, dorthin abgeschoben zu werden. Aus diesem Grund hatten sie auch Sanni nicht in die Pläne eingeweiht, damit sie Robert nichts verriet. Zumal Rieke ja nicht abschätzen konnte, ob Robert überhaupt einen Heimplatz erhielte und falls ja, wie lange das dauern würde.

Schon im dritten Hinterhof hörte sie ungewohnten Lärm. Es klang so, als hätte sich im vierten Hof, der sich ans Hinterhaus mit ihrer Wohnung anschloss, eine Menschenmenge versammelt. So früh am Morgen? Es ist ja nicht einmal zehn, dachte Rieke verblüfft. Hoffentlich ist kein Unglück geschehen.

Mit einem unbestimmten Gefühl der Unruhe eilte Rieke durch den düsteren Durchgang in den Hinterhof des vierten Querhauses, anstatt abzubiegen und sofort die Treppe zu ihrer Wohnung emporzusteigen. Tatsächlich hatten sich viele Bewohner von Meyers Hof dort versammelt. Als sich die ersten Nachbarn zu Rieke umdrehten, wichen sie spontan zurück, sodass eine Gasse für sie entstand. Erst jetzt erkannte sie, dass die Leute im Kreis um etwas herumstanden, was sich offenbar in dessen Zentrum befand.

Das Gefühl drohenden Unheils verstärkte sich, als Rieke mit

starrem Blick zwischen den Leuten hindurcheilte. Dann verharrte sie vor Entsetzen mitten im Schritt.

Da lag ein Mann mit weit ausgestreckten Armen und Beinen auf dem Bauch. Um ihn herum hatte sich bereits eine große Blutlache gebildet. Auch ohne sein durch den Krieg zerstörtes Gesicht zu erkennen, wusste Rieke sofort: Das war Robert, ihr älterer Bruder.

# Teil 3

## Aufbegehren

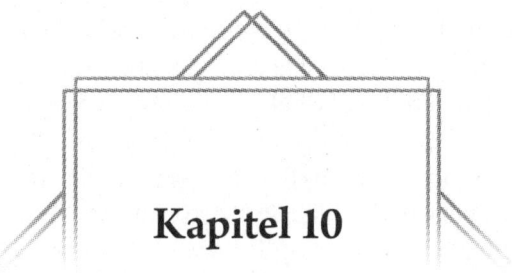

# Kapitel 10

Vor dem Reichstag in Berlin

*9. November 1918, kurz vor zwei Uhr nachmittags*

Je näher Paul und Johannes Bergmann dem Reichstagsgebäude kamen, desto dichter wurde die Menschenmenge. Unwillkürlich verglichen sie die Stimmung der Massen mit der, die im August 1914 zu Beginn des Kriegs geherrscht hatte.

Von Begeisterung oder gar Euphorie konnte heutzutage nicht mehr die Rede sein. Stattdessen wirkte der Ausdruck der Augen in den verhärmten Gesichtern vieler Männer und Frauen hart. Johannes fielen die Kriegsversehrten in der Menge auf. Etliche trugen noch ihre Uniform. Manche hatten sogar ihr Eisernes Kreuz Erster oder Zweiter Klasse angelegt.

Auch die Gesichter der meisten Soldaten wirkten verbittert. Der Kaiser sei feige ins belgische Spa geflohen, hieß es in Berlin seit Tagen. Die offizielle Version lautete, dass sich der oberste Befehlshaber der Truppen ins Hauptquartier nach Spa begeben hätte. Doch so recht wollte dies kaum ein Berliner glauben. Viele Soldaten zeigten ihre Solidarität mit den Revolutionären dadurch, dass sie ihre Uniformen nur schlampig trugen. Trotz der Novemberkühle hatten sie die Jacken aufgeknöpft oder sogar die Ärmel hochgekrempelt.

Denn die überstürzte Abreise des Kaisers war genau in die ersten Tage des Beginns der Revolution gefallen. Schon seit Ende September war von einem Waffenstillstand die Rede gewesen, um den ausgerechnet die deutschen Heerführer Hindenburg und Ludendorff gebeten hatten. Noch im März dieses Jahres hatte es im Gegensatz dazu geheißen, dass kein Zweifel am Sieg der Mittelmächte über die Entente-Mächte bestehen könne, wie man die verbündeten Kriegsgegner bezeichnete. Doch wie schon so oft in diesem Krieg war die erfolgreich begonnene deutsche Frühjahrsoffensive an der Westfront schon nach wenigen Wochen zum Erliegen gekommen. Allzu stark war die Übermacht der nun durch die amerikanischen Truppen verstärkten Entente. Dennoch gaukelte man noch den ganzen Sommer hindurch dem Volk vor, all die entsetzlichen Entbehrungen würden sich nach dem nun in Reichweite liegenden Sieg mehr denn je lohnen.

Angesichts der harten Bedingungen für einen Waffenstillstand, die der amerikanische Präsident Woodrow Wilson als Sprecher der Entente den Mittelmächten gestellt hatte, war dann eine erneute Kehrtwende erfolgt. Nun hieß es für kurze Zeit wieder »Kampf bis zum Sieg«. Einen Rückhalt für diese Linie gab es im größten Teil der hungernden und frierenden Bevölkerung allerdings nicht mehr. Man sehnte sich nach Frieden, koste es, was es wolle.

Auch im deutschen Heer war man des Kriegs müde. So führte die Initiative einiger verblendeter Admiräle schließlich zur Revolution. Denn ausgerechnet von der Marineflotte, die im Krieg bislang kaum eine Rolle gespielt hatte, erwarteten deren Befehlshaber, dass sie sich noch in diesem aussichtslosen Stadium des Kriegs in eine Schlacht gegen die britische Übermacht im Ärmelkanal begeben solle. Zumindest Paul und Johannes Bergmann hatten sich nicht darüber gewundert, dass die Matrosen von Anfang an dagegen meuterten.

Es wäre wahrlich ein völlig sinnloses Opfer gewesen, waren beide sich einig. Angezettelt von einigen Admirälen, die nur von der Furcht getrieben wurden, ihre eigenen Posten einzubüßen.

Und so kam es, wie es kommen musste. Nach dem vergeblichen Versuch der Admiralität, die Rädelsführer der Meuterei inhaftieren zu lassen, hatten sich nicht nur weitere Marinetruppen sowie Werft- und Industriearbeiter in Kiel dem Aufstand angeschlossen. Nein, wie ein Buschfeuer verbreitete sich die Revolution in ganz Deutschland. Überall entstanden sogenannte Arbeiter- und Soldatenräte, die die Macht übernahmen. Schon am 8. November stürzte man die bayerische Monarchie in München. Auch andere Fürsten im Deutschen Reich büßten ihre Krone ein.

Erstaunlicherweise war die Revolution erst am heutigen Tag nach Berlin übergeschwappt. Nun überschlugen sich hier jedoch die Ereignisse. Da sich der Kaiser den vielstimmigen Forderungen nach seiner Abdankung, allen voran denen der Sozialdemokraten, hartnäckig widersetzte, rief die SPD den Generalstreik aus. Seit dem frühen Morgen bewegten sich Massendemonstrationszüge durch ganz Berlin.

Vor ungefähr zwei Stunden erfolgte dann um die Mittagszeit der Paukenschlag. Der erst vor wenigen Wochen von Wilhelm II. als Reichskanzler eingesetzte Max von Baden verkündete die Abdankung des Kaisers. Eigenmächtig, wie sich später herausstellte. Gleichzeitig trat von Baden zurück und überließ sein Amt dem Sozialdemokraten Friedrich Ebert.

Schon am späten Vormittag hatte Adolf Jandorf angesichts des Generalstreiks und der vielen Demonstrationen die Schließung all seiner Warenhäuser für diesen Tag angeordnet. Doch anstatt zum Mittagessen nach Hause zu fahren, hatten sich Paul und Johannes Bergmann entschlossen, zum Reichstag zu gehen. Hartnäckig hielten sich die Gerüchte, dass die Deutsche Republik ausgerufen werden sollte. Diesen historischen Moment wollten die Bergmanns persönlich miterleben, sollte er denn tatsächlich erfolgen.

Immer wieder gestoßen von der drängelnden Menge um sie herum, erreichten Paul und Johannes schließlich den Platz vor dem Reichstagsgebäude. Gern wären sie noch weiter nach vorn gekommen. Doch in den dichten Menschenmassen gab es kein Durchkommen mehr. Eingekeilt in der Menge blieben beide stehen.

Auf einmal öffnete sich ein Fenster im ersten Stock des Gebäudes. Ein Mann in einem dunklen Anzug mit Weste und Gehrock trat in die Öffnung und hielt sich mit beiden Händen am Fensterrahmen fest. Die Menge reagierte anfangs mit ohrenbetäubendem Lärm, verstummte aber, als der Mann eine Hand hob.

»Das ist gar nicht Friedrich Ebert, der neue Kanzler«, raunte Paul seinem Sohn ins Ohr.

»Nein, das ist Philipp Scheidemann«, flüsterte Johannes zurück. Das war ein anderer führender Sozialdemokrat. Erst später würden sie erfahren, dass Scheidemanns Auftritt gar nicht mit Ebert abgesprochen war.

Ringsum ertönte ein ärgerliches Zischen, um sie zum Schweigen zu bringen. Dann herrschte atemlose Stille in der vieltausendköpfigen Menge.

Philipp Scheidemann begann zu sprechen: »Das deutsche Volk hat auf der ganzen Linie gesiegt. Das alte Morsche ist zusammengebrochen; der Militarismus ist erledigt! Die Hohenzollern haben abgedankt! Es lebe die deutsche Republik! Der Abgeordnete Ebert ist zum Reichskanzler ausgerufen worden. Ebert ist damit beauftragt worden, eine neue Regierung zusammenzustellen. Dieser Regierung werden alle sozialistischen Parteien angehören.«

Daraufhin begann die Menge wieder frenetisch zu jubeln. Scheidemann wartete eine Weile ab, bis er sich durch ein Handzeichen erneut Gehör verschaffte. Nur mit halbem Ohr vernahmen Paul und Johannes Scheidemanns Aufforderung, diesen glänzenden Sieg des deutschen Volks nicht durch eine Störung der Sicherheit zu gefährden.

Beiden gingen dieselben Gedanken durch den Kopf, die sie später auf dem Heimweg austauschten.

»Ein teuer erkaufter Sieg«, erklärte Paul. »Ihn glorreich zu nennen erscheint mir regelrecht anmaßend. Ich hätte dem eine friedliche Revolution ohne die Hunderttausenden von Toten dieses furchtbaren Kriegs entschieden vorgezogen.«

Vor Johannes' innerem Auge erschien unwillkürlich das lächelnde Gesicht seines toten Geliebten Sebastian. Seine Kehle schnürte sich zu, er spürte die Augen feucht werden. In der Hoffnung, dass ihm sein Vater die Rührung nicht anmerkte oder sie zumindest auf die jüngsten Ereignisse zurückführte, antwortete er mit belegter Stimme: »Bei Gott, das wünschte ich auch. Niemand, der die Bluthölle von Verdun nicht miterlebt hat, kann die Opfer ermessen, die unser Volk erbracht hat, um schließlich zum heutigen Tag zu gelangen.«

»Zumal ich dem Frieden gar nicht recht traue«, ergänzte Paul.

Wie recht er behalten sollte, würde sich bereits in den nächsten Wochen erweisen.

## Meyers Hof

### 9. November 1918, etwas früher

Schon auf dem Flur hörte Rieke bekannte Stimmen aus der Wohnküche dringen. Trotzdem dachte sie, sie müsse sich geirrt haben, bis sie Peter Hauser und Hermann Wolters tatsächlich mit ihrer Mutter Käthe um den Küchentisch sitzen sah. Beide waren abgemagert und trugen abgerissen aussehende Zivilkleidung, die ihnen um den Leib schlotterte.

»Wo kommt ihr denn her?«, fragte sie nach der ersten Begrüßung. Sie war erleichtert, dass auch Hermann ihr nur die Hand gereicht hatte, anstatt sie zu umarmen. Das war wahrscheinlich Käthes Gegenwart geschuldet, die von Riekes Verlobung mit ihm nie etwas erfahren hatte.

An sich war es schon merkwürdig genug, dass sowohl sie selbst als auch ihre Mutter an einem Samstag um die Mittagszeit zu Hause waren. Doch wegen des Generalstreiks, den die Sozialdemokraten ausgerufen hatten, war Käthe heute Morgen erst gar nicht zur Arbeit in die Fabrik gegangen. Nach Roberts Tod hatte sie die anstrengende Nachtschicht aufgegeben und mit der Frühschicht getauscht.

Rieke wiederum war wie allen Angestellten des KaDeWe nach der vorzeitigen Schließung des Warenhauses freigegeben worden. Sie hatte allerdings keine Lust gehabt, sich ihren Kolleginnen anzuschließen, die sich in der Innenstadt umtun wollten, um nur ja keines der spektakulären Ereignisse zu versäumen, die man an einem Tag wie dem heutigen erwartete. Stattdessen wollte sie den unverhofft freien Tag zum Ausruhen nutzen. Zumal sie ungeheuer erleichtert darüber war, dem abendlichen Treffen mit Gregor Eckstein zu entgehen, der heute Spätschicht gehabt hätte.

»Wir sind schon seit vorgestern in Berlin, haben uns bis heute aber in einer Absteige in Kreuzberg versteckt«, antwortete Peter Hauser.

»Jetzt kann uns nüscht mehr passieren«, fiel Hermann Wolters ein. »Da hamm mer Peters Mutter und euch mal bejrüßen wollen.«

»Wieso seid ihr denn schon zwei Tage in Berlin?«, hakte Rieke nach. »Gibt es denn schon einen Waffenstillstand?«

Hermann zuckte mit den Achseln. »Ick hab halt keene Lust jehabt, dass ick noch janz zuletzt abjeschlachtet werd«, erklärte er. »Da bin ick abjehaun. Und der da is am Ende mitjekommen. Obwohl er die janze Zeit wat zu meckern jehabt hat.«

Peter Hauser blickte säuerlich drein. »Hermann hat sich unerlaubt von der Truppe entfernt«, erklärte er im Gegensatz zu seinem Kameraden auf Hochdeutsch. Damit hielt er sich auch noch Jahre später an die Vereinbarung, die er einst mit Rieke getroffen hatte.

»Ihr seid desertiert?«, entfuhr es ihr ungläubig. »Ihr wärt erschossen worden, wenn man euch geschnappt hätte!«

»Mumpitz«, entgegnete Hermann. »Dit hamm jede Menge Soldaten so jemacht. Keener von denen wollte noch als Kanonenfutter krepieren. Wo doch alle vom Waffenstillstand jequatscht hamm und von Sieg keene Rede mehr war. Du weeßt doch, dass selbst unser Kaiser sich aus dem Staube jemacht hat, die feije Sau!«, fügte er noch hinzu.

»Und wie habt ihr das angestellt zu desertieren?«

Diesmal antwortete Peter Hauser. Rieke erfuhr, dass Hermann schon seit den ersten Gerüchten über Waffenstillstandsverhandlungen, die sich seit Anfang Oktober in der kämpfenden Truppe verbreiteten, mit dem Gedanken gespielt hatte zu desertieren. Schließlich fügte er sich eine harmlose Fleischwunde am linken Oberarm zu und ließ sich ins Lazarett einweisen.

Schon am nächsten Tag wurde Hermann zu seiner Enttäuschung wieder entlassen und entfernte sich daraufhin unerlaubt von der Truppe, anstatt zu seinem Sanitätsposten zurückzukehren. Peter, der ihn abholen wollte, lief mit ihm und versuchte vergeblich, ihn zur Umkehr zu bewegen. Da Hermann sich nicht aufhalten ließ, gerieten sie schließlich so weit ins Hinterland, dass man jetzt auch Peter als Deserteur angesehen hätte, wären die beiden aufgegriffen worden.

Wohl oder übel schloss Peter sich also Hermann an. Bei Nacht und Nebel schlugen sie sich durch Belgien hindurch, vertauschten ihre Uniform mit gestohlenen Zivilkleidern und versteckten sich tagsüber in Schuppen und Kellern. Vor zwei Tagen waren sie schließlich in Berlin angekommen, nachdem sie unterwegs bereits vom Matrosenaufstand erfahren hatten. Als die Arbeiter- und Soldatenräte heute auch in Berlin die Macht übernahmen, wagten sie sich schließlich aus ihrem Versteck.

Rieke konnte den beiden ihre Flucht aus der Kampfzone

beim besten Willen nicht übel nehmen. »Ich bin froh, dass ihr unbeschadet zurückgekommen seid«, sagte sie herzlich, als Peter seinen Bericht beendet hatte. »Ist es denn wahr, dass man dir sogar einen Orden verliehen hat, Peter? Das hat uns deine Mutter erzählt.«

Peter nickte. »Ja, das Eiserne Kreuz Zweiter Klasse. Wäre ich während der Bergung der Verwundeten auch noch selbst schwer verletzt worden, wäre es wahrscheinlich sogar das Kreuz Erster Klasse geworden. Willste mal sehen?«

Als Rieke nickte, grub Peter tief in seiner Hosentasche und zog den Orden hervor.

Rieke betrachtete ihn. Die Auszeichnung bestand aus dunklem Metall. Im oberen der vier symmetrisch gestalteten Kreuzarme war die Kaiserkrone, im unteren Arm die Jahreszahl »1918« eingraviert. Man hatte Peter den Orden während der im Frühjahr stattfindenden Offensive verliehen, die in diesem furchtbaren Krieg ein weiteres Mal mit überdurchschnittlich vielen gefallenen und verletzten Soldaten einhergegangen war.

Hermann blickte während Peters Erläuterungen missmutig drein, enthielt sich jedoch jeder Bemerkung. Rieke vermutete, dass er sich darüber ärgerte, nicht ebenfalls einen Orden erhalten zu haben. Doch das wird sicher seine Richtigkeit haben, dachte sie eingedenk seiner Desertion bei sich.

»Et tut mir sehr leid, dass der Robert nich mehr lebt«, sagte Hermann stattdessen zu Käthe. Anstatt zu antworten, sprang die abrupt auf. »Ich habe noch in der Schlafstube zu tun«, erwiderte sie, ohne sich für die Beileidsbekundung zu bedanken.

Hermann und Peter sahen betreten aus. »Hab ick wat Falsches jesagt?«, fragte Hermann, nachdem Käthe hinausgestürmt war.

Während Rieke noch überlegte, was sie darauf sagen sollte, legte ihr Peter sanft die Hand auf den Arm. »Wir wissen ja nur, dass Robert gestorben ist.«

Beide hatten in den letzten zwei Kriegsjahren keinen Heimaturlaub mehr gehabt. Das einzige Mal, als ihnen ein paar Tage gewährt worden waren, blieb ihr Zug im Niemandsland liegen. Da die Weiterreise sie die drei Heimattage gekostet hätte, sodass sie nach der Ankunft in Berlin sofort zurückfahren hätten müssen, waren beide wohl oder übel umgekehrt und hatten ihren Urlaub in der Etappe hinter der Front verbracht.

»Er soll sich das Leben genommen haben, hat mir meine Mutter geschrieben«, fügte Peter zögernd hinzu. »Und deine Mutter gibt der Sanni die Schuld daran.«

In Rieke kamen die gleichen widersprüchlichen Gefühle hoch, die sie seit Roberts Selbstmord immer wieder empfunden hatte. Der Zorn auf Sanni und Robert hielt sich dabei die Waage. Aber auch Erleichterung schwang mit und, allerdings erst in jüngster Zeit, Mitgefühl mit Roberts schrecklichem Schicksal.

Stockend begann sie zu erzählen. Erst langsam, dann sprudelten die Worte nur so aus ihr heraus. Zum ersten Mal in den jetzt nahezu zwei Jahren, seitdem Robert vom Dach des Hinterhauses in Meyers Hof gesprungen war, sprach sie zusammenhängend über die damaligen Ereignisse.

Wie Sanni im ersten Schock über Roberts Tod ihrer Mutter und Rieke gestand, hatte sie die Wohnküche entgegen Käthes Verbot verlassen, nachdem ihr Freund Berti die Tür mit einem Dietrich von außen aufgeschlossen hatte. In Anbetracht von Roberts bisheriger Weigerung, selbstständig zu gehen, hielten sie es nicht für notwendig, hinter Sanni wieder abzuschließen. Bis heute behauptete Sanni außerdem steif und fest, vergessen zu haben, die Spiegelscherbe, vor der sie sich für ihr Stelldichein zurechtgemacht hatte, wieder im Schrank zu verstecken. Weder Rieke noch Käthe glaubten ihr das.

Wie es auch immer gewesen war, jedenfalls musste Robert sein zerstörtes Gesicht an diesem Tag zum ersten Mal im Spiegel gesehen haben. Dass er danach fähig gewesen war, sich seinen besten Anzug, den er seit der Rückkehr aus dem Krieg nicht mehr getragen hatte, anzuziehen und sich dann ohne Hilfe durch eine Luke im sechsten Stock aufs Dach zu hieven, erbitterte Rieke nachhaltig. Bewies es ihr doch, wie viel Robert schon in Meyers Hof für seine Genesung hätte tun können, hätte er sich nur jemals darum bemüht. Gar nicht zu reden von den Fortschritten, die er in dem Genesungsheim für Gesichtsversehrte hätte machen können.

Obwohl Rieke diese Argumente anfangs einige Male gegenüber Käthe geäußert hatte, um deren Wut auf Sanni zu beschwichtigen und den Hausfrieden halbwegs wiederherzustellen, verzieh Käthe Sanni bis heute Roberts Tod nicht. Daher herrschte in der gemeinsamen Wohnung ein unerträgliches Klima. Käthe ignorierte Sanni soweit als möglich und sprach nur noch die nötigsten Worte mit ihr. Sie kümmerte sich auch nicht mehr darum, was Sanni während ihrer Frühschicht und dem anschließenden stundenlangen Schlangestehen so trieb.

Daran hatten auch Sannis Bemühungen, sich zusammenzunehmen und ihre Pflichten im Haushalt wieder sorgfältig zu erfüllen, nichts geändert. Sie trennte sich sogar von ihrem Freund Berti. Doch da nichts, was Sanni als Wiedergutmachung versuchte, Käthes Zorn auf sie beschwichtigen konnte, war inzwischen wieder alles nahezu beim Alten. Niemand wusste, was Sanni tagsüber machte, wenn Käthe und Rieke außer Haus waren. Gerüchteweise hatte Rieke nur gehört, dass Sanni ihre Beziehung zu Berti wieder aufgenommen habe.

Als Rieke ihren Bericht beendet hatte, herrschte erneut betretenes Schweigen am Tisch. Schließlich sprang Hermann auf.

»Kommt, jetzt jehn mer zusammen in die Stadt«, schlug er vor. »Da jibt et heute 'ne Menge Remmidemmi, hab ick jehört.«

## Auf dem Weg zum Stadtschloss

### 9. November 1918, am Nachmittag

Ohne sich zuvor eigens darauf verständigt zu haben, nahmen Rieke, Hermann und Peter nach ihrer Ankunft in der Innenstadt denselben Weg zum Stadtschloss wie am 1. August 1914. Ob das Zufall oder Intuition war, blieb dahingestellt. Jedenfalls liefen die drei wie damals inmitten einer großen Menschenmenge entlang der Spree zur jetzt ehemaligen Residenz ihres ehemaligen Kaisers.

Immer wieder drängten sich revolutionäre Arbeiter und Soldaten an ihnen vorbei. Man konnte sie an den roten Schleifen erkennen, die sie in einem Knopfloch oder auf der Brust trugen. Manche hatten rote Armbinden umgebunden oder schwenkten rote Fahnen.

»Das waren sicher Anführer bei den Demonstrationen«, erklärte Peter Rieke. Sie alle strebten dem Stadtschloss zu, denn es hieß, dort wolle Karl Liebknecht eine Rede halten.

Wie damals schmetterte die Menge immer wieder lauthals Gesänge. Es waren jedoch nicht die patriotischen Lieder oder gar kirchliche Choräle wie am Tag der Kriegserklärung an Frankreich, sondern sozialistische Kampflieder. Besonders die »Internationale« wurde immer wieder angestimmt. Rieke, die den Text nicht beherrschte, aber die mitreißende Melodie mochte, konnte nur mitsummen, während Peter und Hermann in das Lied einstimmten.

Während einer Gesangspause überholte eine Gruppe ehemaliger Soldaten, jetzt als Revolutionäre erkenntlich an ihrer mit Absicht schlampig getragenen Uniform, die drei Freunde.

Hermann hielt einen von ihnen am Arm fest. »Jibste mir so'n Ding ab?«, fragte er und zeigte auf eine der drei roten Schleifen, die sich der junge Mann in die Knopflöcher seiner Uniformjacke gebunden hatte.

»Willste ooch eene?«, bot der Soldat Peter an. Als der nickte, löste er bereitwillig zwei seiner Schleifen und schenkte sie den beiden.

»Nu brauchen wa nur noch wat Scheenes für dir.« Unvermittelt legte Hermann einen Arm um Rieke und zog sie an sich. Sofort versteifte sie sich. »Wat haste denn?«, wunderte der sich. »Wennste lieb zu mir bist, koof ick dir so'n rotes Halstuch.« Er zeigte auf eine junge Frau, die sich ein solches Tuch um den Hals geschlungen hatte.

In Rieke läuteten alle Warnglocken. Erst als sie später über den Vorfall nachdachte, wurde ihr klar, dass Hermann zufällig die gleichen Worte benutzt hatte wie Gregor Eckstein, als er ihr das erste Mal gestohlene Lebensmittel als Gegenleistung für weitere Liebesdienste anbot. In diesem Moment fühlte sie nur einen Brechreiz in sich aufsteigen, den sie mühsam zu unterdrücken versuchte.

Denn immer noch hatte der Hausdetektiv Rieke in seinen Fängen. Nachdem er vor einigen Monaten begonnen hatte, ihr gegenüber schönzutun, und immer wieder beteuerte, wie gern er sie hätte und wie schön er ihre Treffen fände, bat sie ihn eines Tages mit dem Mut der Verzweiflung, sie in Frieden gehen zu lassen. »Ich werde unsere Zusammenkünfte in schöner Erinnerung behalten«, schwor sie ihm flehentlich. »Und nie jemandem etwas darüber erzählen.«

Sie hoffte, dass Eckstein dem zustimmen würde, sofern er wirklich echte Sympathie für sie empfände. Denn dann müsste er doch einsehen, wie sinnlos diese erzwungene Beziehung für Rieke war.

Doch weit gefehlt. Ecksteins Laune schlug sofort um. Hohnlachend zog er den Stapel von Rieke unterschriebener Diebstahlsgeständnisse aus einer sonst verschlossenen Lade seines Schreibtischs.

»Jedes Einzelne davon würde sofort zu deiner fristlosen Kündigung führen«, hielt er ihr triumphierend vor.

»Aber auch zu Ihrer eigenen«, entgegnete Rieke tapfer. »Denn dann müssten Sie ja zugeben, viele angebliche Diebstähle erst einmal vertuscht zu haben. Wie wollen Sie das dann erklären?«

Tatsächlich wirkte Eckstein verblüfft. Im nächsten Moment grinste er frech. »Du bist gar nicht so dumm, wie du aussiehst. Schau einmal her, was ich tue!«

Damit öffnete er die Ofentür und warf alle Formulare hinein, bis auf ein einziges. »Du hast recht, meine Liebe«, sagte er sarkastisch. »Fände man mehr als ein Formular in meinem Besitz, wäre ich dran. Aber das hier«, er schwenkte das letzte verbliebene Blatt vor Riekes Augen hin und her, »reicht mir doch schon.«

Er stieß sie grob zurück, als Rieke den Versuch machte, ihm das Blatt aus der Hand zu reißen.

»Drei Stück Tonseife«, las er ihr erneut triumphierend vor. »Das Formular hat kein Datum, wie du ja weißt. Ich kann also jederzeit das aktuelle Datum nachtragen und dich damit anzeigen. Dann wirkt es auf Jandorf so, als hättest du gerade erst geklaut.«

Drei Stück Tonseife, wiederholte Rieke innerlich mutlos. Kurz vor Roberts Selbstmord und noch bevor sie wusste, dass Jandorf ihm einen Platz im Genesungsheim für Gesichtsversehrte beschaffen konnte, hatte sie ein allerletztes Mal Ecksteins Offerte als Gegenleistung für ihre Liebesdienste angenommen. Zu Hause gab es kein einziges Stückchen Seife mehr, selbst die geringe Menge, die den Krauses zustand, war auf Marken nicht mehr zu beschaffen.

Roberts schmutzige Wäsche und ihn selbst jedoch nur mit Wasser zu waschen, erwies sich nahezu als ein Ding der Unmöglichkeit. Aus diesem Grund hatte sie noch einmal nachgegeben und das verlangte Dokument im Gegenzug für die Seife unterschrieben. Das war nun schon Monate her, doch es nutzte nichts. Sie hatte sich die Falle selbst gestellt, in der sie nun festsaß.

Während ihr diese trüben Erinnerungen durch den Kopf gingen, derweil sie mit Hermann und Peter weiter in Richtung Stadtschloss ging, wurde ihr plötzlich klar, dass sie auch Hermann inzwischen abstoßend fand. Ich will nichts mehr mit ihm zu tun haben. Weder mit ihm noch mit irgendeinem anderen Mann, beschloss sie in diesem Augenblick.

Hier in der Menschenmenge auf dem Weg zum Schloss war allerdings nicht der richtige Zeitpunkt, es ihm mitzuteilen. Vorläufig entzog sich Rieke Hermanns Griff daher unter dem Vorwand, ihren Schuh neu binden zu müssen.

Doch schon wenig später unternahm er einen neuen Versuch. Diesmal umfasste er sie offensiver, zog ihren Kopf zu sich heran und drückte ihr einen Kuss auf die Lippen. Dabei wollte er ihr seine Zunge in den Mund schieben.

Rieke würgte spontan und stieß Hermann mit beiden Händen von sich. Verblüfft starrte er sie an. »Biste meschugge jeworden? Wat soll dit denn heißen? Willste deinem Liebsten nach der janzen Zeit nich mal 'nen Knutscher jönnen?«

Kreidebleich presste Rieke beide Hände vor den Mund. Als Hermann sich ihr ein drittes Mal näherte, wich sie unwillkürlich drei Schritte zurück. Nun wurde er wütend.

»Weißste wat? Du kannst mir mal! And're Mütter hamm ooch scheene Töchter!« Mit diesen rüden Worten drehte er sich um und verschwand in der Menge.

Peter sah Rieke besorgt an. Instinktiv vermied er es, sie zu berühren. »Was hast du denn, Rieke? Geht's dir nicht gut?«

»Doch, doch! Es ist alles in Ordnung. Hermann stank nur so fürchterlich aus dem Mund«, nahm sie Zuflucht zu einer lächerlich klingenden Behauptung, die Peter jedoch nicht hinterfragte.

Dann holte sie tief Luft. Peter konnte sie ja schon einmal in ihren Plan einweihen. »Außerdem …«, begann sie unbeholfen. »Außerdem mache ich mir nichts mehr aus Hermann.« Ebenfalls erst später wurde ihr klar, dass dies sogar schon kurz nach Kriegsbeginn so gewesen war und mit Eckstein nicht einmal etwas zu tun hatte. »Beim nächsten Treffen mache ich Schluss.«

Auch dies ließ Peter unkommentiert. Schweigend gingen sie weiter nebeneinander her.

Als sie ungefähr hundert Meter vorangekommen waren, gerieten sie mitten in eine unerfreuliche Szene. Ein älterer Mann, offensichtlich ein ehemaliger Oberst, wie Peter Rieke später erläuterte, wurde von einigen jungen Burschen umringt, die die roten Schleifen der Revolution trugen. Warum sich der alte Herr mit allen Abzeichen seines ehemaligen militärischen Rangs und sogar zwei Orden über der Brust heute in dieser für alle kaiser- und militärtreuen Deutschen höchst gefährlichen Situation überhaupt auf die Straße gewagt hatte, blieb Rieke ein Rätsel. Jedenfalls stießen die vier Burschen den Alten von einem zum anderen und pufften ihn dabei auf die Schultern und in die Seiten.

Peter Hauser zögerte keinen Moment lang. »Hört uff!«, blaffte er die jungen Burschen an, von denen keiner älter als achtzehn aussah. Sie grinsten ihm frech ins Gesicht und machten keine Anstalten, sich zurückzuziehen. Daraufhin wurde Peter energisch. Er griff sich den Nächststehenden und nahm ihn in den Schwitzkasten. »Macht ihr nu, dass ihr Land jewinnt?«, brüllte er die übrigen an. »Sonst lernt ihr mir kennen! Ick war vier Jahre lang an der Front.« Unwillkürlich verfiel er ins Berlinerische.

»Is ja schon jut! Beruhig dir!«, beschwichtigte ihn einer der vier, offensichtlich ihr Anführer. Dann drehte er sich blitzschnell zu dem alten Mann um und riss ihm die Schulterklappen und Orden herunter. Er warf sie in den Schmutz und trampelte zweimal darauf herum. In seiner Verblüffung über diesen unerwarteten Angriff lockerte Peter Hauser einen Augenblick lang seinen Griff um den vierten der Burschen. Alle nutzten die Chance sofort und gaben Fersengeld.

Erschüttert bückte sich Rieke zu den zertretenen Orden und Schulterklappen hinunter und hob sie auf. Die Orden waren verbogen und sicherlich nicht mehr zu retten, erkannte sie sofort. Auch die Schulterklappen starrten vor Straßenschmutz.

»Ich bitte Sie stellvertretend um Vergebung«, wandte sich Peter, nun wieder in Hochdeutsch, mit belegter Stimme an den alten Mann. »Doch mich dünkt, dies ist heute kein Pflaster für Leute wie Sie. Gehen Sie jetzt heim, bevor Ihnen noch wirklich ein Unglück geschieht.«

Mit einem verächtlichen Blick auf Peters rote Schleife und ohne ein Wort des Danks riss der Alte Rieke die Insignien seines ehemaligen Status aus den Händen. Dann ging er, stocksteif aufgerichtet, davon.

»Dit kann ja noch heiter werden«, hörte Rieke Peter in seinen Bart murmeln, den er sich mittlerweile stehen ließ.

»Wie meinst du das?«, fragte sie ängstlich nach.

»Ich fürchte, es wird recht gewalttätig zugehen in unserer neuen Republik«, antwortete Peter sorgenvoll. »Hoffentlich ist sich wenigstens die Linke einig.«

Wenig später erreichten sie die gleiche Stelle vor dem Stadtschloss, auf der sie damals mit Hermann und Robert am 1. August 1914 gestanden hatten, als Kaiser Wilhelm das deutsche Volk auf den Krieg einschwor. Tatsächlich trat wenig später ein Mann mit einem dunklen Schnauzer an das hohe Fenster über dem Eingangsportal.

»Das ist Karl Liebknecht, der Führer der Unabhängigen Sozialdemokraten«, erklärte Peter Rieke. Da die sich noch nie für Politik interessiert hatte, war sie verwirrt. »Was heißt ›Unabhängige Sozialdemokraten‹?«

»Das ist die Gruppe um Liebknecht, die USPD, die sich schon vor einiger Zeit von den sogenannten Mehrheits-Sozialdemokraten abgespalten hat. Liebknecht ist der einzige Genosse, der sich schon Ende 1914 gegen den Krieg ausgesprochen hat. Dafür saß er sogar einige Zeit im Gefängnis.«

Der Mann über dem Portal hob die Hand. Die Menge reagierte genauso wie die vor dem Reichstag und verstummte. Mit weit über den Platz tönender Stimme rief Karl Liebknecht die Freie Sozialistische Republik Deutschland aus, die von Arbeiter- und Soldatenräten regiert werden sollte. Die Menge jubelte ihm zu.

Erst später erfuhren Rieke und Peter, dass Philipp Scheidemann Liebknecht zwei Stunden zuvorgekommen war. Deutschland war nun eine parlamentarische Republik.

## Villa Bergmann in Charlottenburg

### 1. Dezember 1918

Wenn Judith ihren Blick über den reich gedeckten Tisch im Esszimmer schweifen ließ, kamen ihr die vergangenen vier Jahre und auch die Zustände, die bei den Armen im Scheunenviertel noch immer herrschten, wie ein böser Traum vor.

Heute Abend waren die Jandorfs bei den Bergmanns zu Gast. Rebekka hatte sich mit einem traditionellen Abendessen zur Feier des vierten Tages von Chanukka, wie das jüdische Lichterfest auf Hebräisch hieß, nicht lumpen lassen. Normalerweise feierten die Bergmanns, die nicht religiös waren, dieses Fest gar nicht. Sie verstanden sich eher als Deutsche denn als Juden und zogen die traditionellen Weihnachtsfeierlichkeiten mit geschmücktem Christbaum und Bescherung an Heiligabend vor.

Allerdings hatten sie sich, anders als viele prominente jüdische Berliner, darunter der Warenhausbesitzer Georg Wertheim und Judiths Mentorin Alice Salomon, trotzdem nicht christlich taufen lassen. Denn dem katholischen oder protestantischen Glauben konnten die Bergmanns ebenfalls nichts abgewinnen, und sie hatten diese Einstellung auch an ihre Kinder weitergegeben.

Die Jandorfs, vor allem initiiert durch Adolfs Gattin Margarete, pflegten dagegen einige der jüdischen Rituale, auch wenn sie keine regelmäßigen Besucher der Synagoge waren. Den arbeitsfreien Sabbat zu ehren verhinderten bereits die Ladenöffnungszeiten. Der Samstag war in der Regel der verkaufsstärkste Tag in Adolfs Warenhäusern, an dem er natürlich vor Ort sein wollte. Doch das diesjährige Lichterfest war für die Jandorfs ein ganz besonderes.

Denn Harry war vor wenigen Tagen aus einer kurzen französischen Gefangenschaft, in die er noch in den letzten Kriegstagen geraten war, nach Hause zurückgekehrt. Dass er trotz der vielen Schlachten, die er mitgemacht hatte, unversehrt geblieben war, grenzte an ein Wunder. Allerdings war er abgemagert und ausgezehrt und hatte während der ersten Tage fast nur gegessen und geschlafen.

Rücksichtsvoll, um die Traulichkeit der Familie Jandorf an den ersten der insgesamt acht Tage des Chanukkafests nicht zu stören, hatte Paul Bergmann ihre Einladung im Auftrag Rebekkas erst für den vierten Tag ausgesprochen, der in diesem Jahr auf einen Sonntag fiel. Der eigentliche Anlass dafür war allerdings nicht das Lichterfest, sondern vielmehr, dass sich Judith und Harry heute zum ersten Mal seit langer Zeit wiedersehen würden, was Rebekka sehr am Herzen lag.

Daher hatte sie den achtarmigen Chanukkaleuchter aus der hinteren Ecke des Schranks, in dem sie ihr Geschirr verwahrte, hervorgekramt. Gleich nach der Ankunft der Gäste zündete Paul die vier für diesen Tag vorgesehenen Kerzen an, nachdem er die beiden traditionellen Segenssprüche gesprochen hatte, allerdings auf Deutsch, da er sie auf Hebräisch nicht beherrschte.

Auf weitere Chanukkarituale, sei es das gemeinsame Singen oder die Erzählung der Geschichte des Lichterfests, das an die Wiedereinweihung des zweiten jüdischen Tempels in Jerusalem im Jahr 164 nach Christus erinnern sollte, wurde ebenso verzichtet wie auf den Austausch von Geschenken. Die bekamen nach althergebrachter Sitte ohnehin nur die Kinder.

Anders war es mit dem traditionellen Chanukkamahl. Dazu gehörte, wie auch beim christlichen Weihnachtsfest, ein Gänsebraten. Die Gans hatte Paul Bergmann für eine Unsumme auf dem Schwarzmarkt erstanden. Die Köchin der Bergmanns bereitete den Braten, den ersten seit dem Weihnachtsfest 1914, auf ihre unnachahmlich köstliche Art zu und füllte ihn mit Maronen und Äpfeln.

Jedenfalls hat Martha trotz der armseligen Nahrungsmittel in den Hungerjahren nichts von ihrer Kochkunst eingebüßt, dachte Judith, während sie trotz ihrer zunehmenden Beklemmung wegen Harrys Anwesenheit ein Stück Gänsebrust zum Mund führte. Dazu gab es Marthas famose Kartoffelklöße, Apfelrotkohl und Feldsalat. Außerdem in Öl gebackene Kartoffelpuffer, eine für das Lichterfest ebenfalls typische Speise. Verschiedene Arten von Chanukkakrapfen würden zum Nachtisch serviert werden. Ebenso wie eine Biskuitcharlotte, die eigentliche Krönung des Festmahls.

Judith verdrängte den Gedanken an den Hunger im Scheunenviertel, während auch sie das Essen in vollen Zügen genoss. Immerhin würde Adolf Jandorf den Kindern zum bevorstehenden Nikolaustag, ebenso wie zu Weihnachten, wieder Schokolade und Plätzchen schenken, sodass sie zumindest eine kleine Freude in all ihrem Elend hatten. Paul Bergmann würde auf Bitten Judiths dagegen zum Christfest einige Zentner Kohle in die Kindertagesstätten bringen lassen, von denen sich die Mütter eine Portion mit nach Hause nehmen sollten, um wenigstens an den Feiertagen etwas kochen zu können und es warm zu haben.

Den lebhaften Gesprächen rings um den Tisch lauschte Judith nur unkonzentriert. Irgendwann würde die Sprache natürlich auch auf Harry und sie kommen. Sie fürchtete sich vor diesem Augenblick. Immer wieder warf sie Harry einen verstohlenen Blick aus dem Augenwinkel zu. Seine dunklen Haare waren so kurz geschoren, dass die Kopfhaut hindurchschimmerte. Wahrscheinlich waren sie völlig verlaust, als er heimkam, dachte sie mit einem Anflug von Schaudern.

Auch Judith hatte sich schon mehrmals Läuse im Scheunenviertel eingefangen. Bislang war es für sie allerdings glimpflich abgegangen. Die Apfelessig- und Lavendelölkuren Marthas taten jeweils ihre Wirkung. Beides hatte die tüchtige Köchin auch in Kriegszeiten hergestellt, wobei sowohl die Äpfel für den Essig als auch der Lavendel aus dem eigenen Garten der Bergmanns stammten.

»Dein Meißner-Porzellan-Service ist wirklich wunderschön«, hörte Judith Margarete Jandorf jetzt das Geschirr ihrer Mutter loben. Die lächelte nur einen Moment lang geschmeichelt, bevor sie die Lippen verzog. »Noch schöner würde es wirken, wenn ich meine zinnenen Platzteller nicht weggegeben hätte«, sagte sie säuerlich. »Hätte ich damals gewusst, dass ich sie nicht für einen Sieg der deutschen Truppen, sondern für diese furchtbare Niederlage opfere, hätte ich sie bei der Metallsammlung mit Zähnen und Klauen verteidigt.«

»Immerhin ist es das einzige Opfer, das du bringen musstest, liebe Mama«, ergriff Johannes tadelnd das Wort. Rebekka errötete leicht.

»Du hast natürlich recht, mein Lieber«, räumte sie ein. »Wir sind unendlich dankbar dafür, dass Harry und du nahezu unversehrt aus dem Krieg heimgekehrt seid.« Das Wörtchen »nahezu« bezog sich auf Johannes' immer noch leichte Schwerhörigkeit, obwohl die sich schon sehr gebessert hatte.

»Dabei hatte ich solche Sorge, dass sich Harry in der Gefangenschaft mit jener furchtbaren Krankheit infizieren könnte, die so viele Soldaten noch in den letzten Kriegswochen hinweggerafft hat. Wie heißt sie noch gleich?« Margarete Jandorf sah fragend in die Runde.

»Du meinst sicher die Spanische Grippe«, antwortete Harry.

Dann kräuselte er verächtlich die Lippen. »Diese Krankheit verdanken wir allerdings nicht den Spaniern. Es heißt, sie sei von den Vereinigten Staaten nach Europa eingeschleppt worden, was bis heute vertuscht wird. Stattdessen wird die Krankheit jetzt einem Volk in die Schuhe geschoben, das gar nichts damit zu tun hat. Nur weil man in Spanien, wo es kaum eine Zensur gibt, zuerst darüber berichten durfte.«

»Ist denn sicher, wo diese Krankheit ihren eigentlichen Ursprung hat?«, erkundigte sich Rebekka.

Harry zuckte mit den Achseln. »Genau weiß ich das nicht. Ich habe nur gehört, was man im französischen Kriegsgefangenenlager erzählt hat, wo so manch ein deutscher Kamerad elendiglich daran krepiert ist.«

»Harry!«, tadelte Jandorf seinen Sohn. »Bitte drück dich ein wenig gewählter aus! Schließlich sind Damen anwesend.«

»Ich bitte um Entschuldigung«, reagierte Harry folgsam, wirkte jedoch keineswegs verlegen.

»So wie die USA reagieren Sieger nun einmal«, sagte Johannes sarkastisch. »Man ist sich ja auch darüber einig, dass Deutschland die alleinige Kriegsschuld trägt.«

»Oh nein, bitte nicht schon wieder!«, flehten Margarete Jandorf und Rebekka Bergmann wie aus einem Mund. Die harten Waffenstillstandsbedingungen, die man den besiegten Deutschen im Wald von Compiègne diktiert hatte, waren in beiden Häusern tagelang fast das einzige Gesprächsthema gewesen. Deutschland musste alle besetzten Gebiete räumen, einschließlich des im Deutsch-Französischen Krieg von 1870/71 annektierten Elsass-Lothringen. Auch die deutsche Kolonie Ostafrika musste abgegeben werden. Alle linksrheinischen Gebiete wurden von Frankreich besetzt mit drei rechtsrheinischen Brückenköpfen in Mainz, Koblenz und Köln. Außerdem war von ungeheuren Reparationszahlungen die Rede, die Deutschland nach Abschluss eines Friedensvertrags zu entrichten hätte.

Denn Frieden zwischen den Kriegsgegnern herrschte offiziell noch gar nicht. Zwar waren alle Kampfhandlungen mit Deutschlands Akzeptanz der Waffenstillstandsbedingungen am 11. November 1918 eingestellt worden. Doch die britische Hungerblockade gegen Deutschland bestand nach wie vor fort.

»Wie geht es dir denn, liebe Judith?«, machte Margarete Jandorf den Versuch, von diesem unseligen Thema abzulenken. Doch ihre Rechnung ging nicht ganz auf.

»Auch wenn man die Waffenstillstandsbedingungen als ungerecht empfindet, bin ich jedenfalls von Herzen froh, dass der Krieg endlich vorbei ist. Und so geht es auch vielen Menschen, die man noch vor wenigen Wochen zu unseren sogenannten Feinden zählte«, sagte Judith statt einer direkten Antwort auf Margaretes Frage.

»Woher weißt du denn so etwas?«, mischte sich Harry ungefragt ein.

Judith spürte, dass sich ihr Pulsschlag beschleunigte. Sie hob trotzig den Kopf und sah Harry gerade in die Augen.

»Ich werde im Januar eine britische Dame kennenlernen, die sich für unsere halb verhungerten Kinder einsetzen will. Alice Salomon wird sie mir vorstellen.«

»Was?« Harry klang ungläubig. Seine dunkelbraunen Augen blitzten Judith ärgerlich an. »So etwas Unpatriotisches willst du tun? Dich mit einer Frau treffen, die zu unseren schlimmsten Feinden gehört?«

»Diese Dame hat den furchtbaren Krieg nie befürwortet«, verteidigte sich Judith. »Und ich sehe nichts Unpatriotisches darin, Spenden für die Schwächsten der Schwachen anzunehmen. Schließlich ist dieses Festmahl«, sie machte eine ausholende Bewegung über den Esstisch, »ja nun nicht die Regel in unserem Land. Viel eher die absolute Ausnahme. Dort draußen sterben die Kinder an Hunger, Kälte und Krankheiten wie die Fliegen. Sie leiden an Tuberkulose, Knochenverkrümmung und ...«

Rebekka hob begütigend die Hand. »Lass es gut sein, Liebes! Wir alle schätzen dein soziales Engagement, das du jetzt auch schon über ein Jahr nach deinem erfolgreichen Abschluss der Sozialen Frauenschule fortsetzt. Aber bitte verdirb uns nicht diese erste gemeinsame Feier im Frieden!«

In der Tat engagierte sich Judith auch nach ihrer dreijährigen Ausbildung ganztags und unentgeltlich in den Kinderfürsorgeeinrichtungen, in denen sie als Praktikantin tätig gewesen war.

»Möchtest du denn jetzt bis zu eurer Heirat auch offiziell den Beruf einer Sozialfürsorgerin ergreifen?«, erkundigte sich Adolf Jandorf.

Judith schüttelte den Kopf. »Ich werde mich weiterhin für die Kinder im Scheunenviertel engagieren und kein Geld dafür nehmen. Schließlich ist unsere Familie reich genug. Doch auf Anraten der Schulleiterin Alice Salomon möchte ich mich zum Frühjahrssemester als Gasthörerin an der Friedrich-Wilhelm-Universität einschreiben. Frau Salomon wird mir einen Kontakt zu ihrem eigenen Mentor, Herrn Professor Max Sering, vermitteln, damit er mich protegiert. Sollte er einen günstigen Eindruck von mir gewinnen, woran Frau Salomon keinen Zweifel hegt, zumal ich ein sehr gutes Abschlusszeugnis vorweisen kann, könnte ich vielleicht schon zum Herbstsemester als reguläre Studentin angenommen werden.«

»Aber du hast doch gar kein Abitur«, warf Harry ein.

»Und außerdem hoffte ich, ihr beiden würdet spätestens nächstes Jahr im Sommer heiraten«, meldete sich Margarete Jandorf zaghaft zu Wort, wozu Judiths Mutter Rebekka zustimmend nickte.

Judith holte tief Luft. »Für besonders begabte junge Frauen gibt es Ausnahmen bei der Aufnahme an der Universität«, erklärte sie, wobei sie Margaretes Anmerkung zunächst überging. »Alice Salomon ist das beste Beispiel dafür. Sie hat sogar promoviert, obwohl sie kein Abitur hatte. Außerdem kann ich doch auch als verheiratete Frau studieren und mich sozial engagieren.«

Dass sie mit diesen provokanten Worten eine Art Versuchsballon gestartet hatte, bestätigte ihr Harrys Reaktion sofort. »Das kommt überhaupt nicht infrage, liebe Judith«, erklärte er kategorisch. »Ich dulde weder, dass meine Ehefrau arbeitet, noch dass sie studiert. Das schickt sich für eine Frau aus unseren Kreisen nicht. Zumal du es überhaupt nicht nötig hast.«

»Darüber ist das letzte Wort noch nicht gesprochen«, widersprach Judith zornig.

Bevor die Situation eskalierte, griff Paul Bergmann ein. »Nun, nun! Beruhigt euch beide! Solch komplizierte Fragen müssen wir doch wahrlich nicht während unseres Chanukkamahls diskutieren. Heute sollten wir uns darüber freuen, dass wir wieder alle gesund und fröhlich beisammen sein können.«

Er warf Judith einen beschwörenden Blick zu, den diese richtig deutete. Lass uns später in Ruhe darüber reden, wie es mit deiner Verlobung weitergeht, interpretierte sie seine Miene.

Da sie wusste, dass ihr Vater auf ihrer Seite stand, fiel es Judith nicht schwer, das unangenehme Thema zu beenden. Der Appetit auf die köstliche Biskuitcharlotte, die Martha persönlich servierte, war ihr allerdings gründlich vergangen. Nur um die Köchin nicht zu kränken, kostete sie ein winziges Stück.

Schon als Harry sie beim Abschied in den Arm nahm, stand ihr Entschluss fest.


Am nächsten Tag führte Judith zuerst ein langes Gespräch mit ihrem Vater. Dann schrieb sie jeweils Harry und seinen Eltern einen Brief, in dem sie ihr Bedauern darüber zum Ausdruck brachte, ihre Verlobung lösen zu müssen.

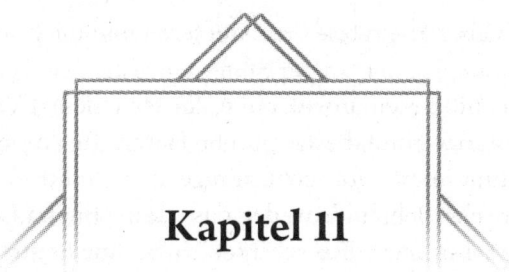

# Kapitel 11

## Im Kaufhaus Tietz am Alexanderplatz

### *8. Januar 1919*

Als der Mietwagen vor dem Kaufhaus Tietz am Alexanderplatz anhielt, stieg Johannes Bergmann als Erster aus. Er hob den Kopf und verglich die Fassade des Warenhauses mit der des KaDeWe.

Der prächtige Bau von Tietz am Alexanderplatz stammte zwar schon aus dem Jahr 1904, war jedoch erst 1911, sogar schon zum zweiten Mal, sehr aufwendig renoviert worden. Spitze Zungen behaupteten, Oscar Tietz, der jetzige Eigner, habe damit auf Jandorfs Luxuskaufhaus reagieren wollen, indem er ihm ein noch repräsentativeres Gebäude entgegensetzte, als es das Tietz'sche Stammhaus in der Leipziger Straße schon war. Schließlich waren seine Wettbewerber nach dem Bau des KaDeWe völlig davon überrascht worden, dass Adolf Jandorf ein so exquisites Geschäft eröffnete, anstatt in seinen Volkswarenhäusern der »billige Jakob« zu bleiben.

Auf den ersten Blick sah man tatsächlich einige Gemeinsamkeiten zwischen den beiden Gebäuden. Sowohl das KaDeWe als auch das Warenhaus Tietz am Alexanderplatz hatten jeweils fünf Stockwerke. Das Erdgeschoss und vier dieser Stockwerke dienten dem Verkauf. Im Dachgeschoss waren allerlei nützliche Räume für Werkstätten und Warenlagerung untergebracht. Beide Kaufhäuser verfügten über imposante Eingangsportale.

Zwei Unterschiede stachen dem Betrachter jedoch auf Anhieb ins Auge: Das Signet von Tietz, ein gewaltiger Globus, prangte unübersehbar an der Spitze eines kleinen Turms mitten auf dem Dach. Jandorfs Signet der Hansekogge war dagegen vergleichsweise bescheiden neben den Eingangsportalen angebracht.

Ebenso bescheiden mutete es an, dass Jandorf beim KaDeWe gänzlich darauf verzichtet hatte, seinen Namen als Titel zu verwenden. Wie bei allen Warenhäusern des Konzerns prangte dagegen der Name »TIETZ« in Großbuchstaben weithin sichtbar auf dem zentralen Giebel des Hauses am Alexanderplatz. Adolf Jandorf hatte sein Gebäude nach dessen damaliger Lage einfach »Kaufhaus des Westens« genannt.

Allerdings war der Standort des KaDeWe schon vor dem Krieg keineswegs mehr »janz weit draußen« gewesen. Im Gegenteil etablierte sich in der Nähe der Tauentzienstraße vor allem auf dem benachbarten Kurfürstendamm ein lebhaftes Geschäfts- und Vergnügungsviertel.

Ob Adolf Jandorf diese Entwicklung tatsächlich vorhergesehen hatte, blieb offen. Johannes' Vater Paul behauptete jedenfalls, dass der Adolfs Selbstbewusstsein zugeschriebene Satz »Wat een juter Standort is, bestimme ick«, mit dem er seinen Kritikern vor dem Bau angeblich entgegengetreten war, ins Reich der Legende gehörte. »Schon allein deshalb, weil Adolf den Berliner Dialekt genauso wenig beherrscht wie das Lateinische«, begründete Paul seine Ansicht gegenüber Johannes. »Außerdem sagt man Oscar Tietz einen ähnlichen Spruch nach.«

Unbestreitbar war jedoch der Erfolg des KaDeWe, der Adolf Jandorf schließlich den Respekt seiner großen Konkurrenten Tietz und Wertheim eingebracht hatte. Auch deshalb statteten Johannes Bergmann und Gunter Perl heute dem Juniorchef Georg Tietz in seinem prachtvollen Warenhaus am Alexanderplatz einen Besuch ab.

Und diesmal ist das meine Idee gewesen, lächelte Johannes

still in sich hinein, während Gunter Perl den Taxifahrer entlohnte. Da man schon wieder Unruhen in Berlin befürchtete, hatten sie vorsichtshalber auf Paul Bergmanns Automobil verzichtet. Denn sollten die Spartakisten die Hauptstadt tatsächlich erneut unsicher machen, wollte man sie auf keinen Fall mit einem solchen Statussymbol provozieren.

Johannes Bergmann verdrängte den Gedanken, dass es so kurze Zeit nach den Kämpfen der Blutweihnacht in Berlin schon wieder zu gewalttätigen Auseinandersetzungen zwischen Regierungstruppen und Aufständischen kommen könnte. Die Folgen waren auch politisch jenseits der Toten und Verwundeten schlimm genug: Denn daran war die Koalition zwischen der Mehrheits- und der Unabhängigen SPD schon nach wenigen Wochen zerbrochen.

Noch beschränkte sich Karl Liebknecht, der Anführer der Letzteren, darauf, die Anhänger seines Spartakusbunds zu Streiks und Demonstrationen aufzurufen. Doch letztlich wusste niemand, ob und wo es erneut zu Unruhen kommen würde. Vielleicht waren sie sogar schon im Gange. Schließlich hatten viele Kunden im KaDeWe ahnungslos ihre Weihnachtseinkäufe erledigt, während im Regierungsviertel die bewaffneten Auseinandersetzungen tobten.

Johannes schüttelte die düsteren Gedanken ab und versuchte, sich auf den bevorstehenden Geschäftstermin zu konzentrieren. Jetzt nach Kriegsende formierte sich auch die Textilindustrie neu. Fabriken, die während des Kriegs fürs Militär produziert hatten, stellten nun wieder auf zivile Güter um. Auch die hauseigenen Betriebsstätten zur Herstellung von Kriegsware, die Jandorf und Tietz wie alle großen Warenhauskonzerne während des Kriegs betrieben hatten, waren jetzt unwirtschaftlich geworden und sollten nach und nach aufgelöst werden.

Umso wichtiger war es, die zukünftigen Lieferanten rechtzeitig daran zu hindern, den Warenhauskonzernen ihre Preise zu diktieren. Deshalb hatte Johannes Bergmann auf der letzten Konferenz der Einkäufer vorgeschlagen, sich mit Tietz und Wertheim auf eine gemeinsame Einkaufsstrategie bei den begehrten Textilien zu verständigen.

»Das ist sowohl für die Fabrikanten als auch für die Warenhausbesitzer eine Gewinnsituation, wenn man es richtig anstellt«, argumentierte er. »Die Fabrikanten können mit der sicheren Abnahme einer großen Menge qualitativ hochwertiger Stoffe und Konfektionswaren rechnen, wenn sie uns im Gegenzug angemessene Preise offerieren. Damit können sie ihre Produktionskapazitäten und die Größe der dazu erforderlichen Belegschaft rechtzeitig planen.«

Adolf Jandorf reagierte spontan begeistert. »Und wir Warenhausbesitzer lassen uns von den Lieferanten nicht gegeneinander ausspielen und erpressen«, nahm er Johannes' Faden auf. Er wandte sich an Gunter Perl. »Das sehen Sie sicher ähnlich, mein Lieber«, legte er ihm die Zustimmung bereits in den Mund.

Perl hatte natürlich gute Miene zum bösen Spiel gemacht und die erwartete Antwort gegeben. Und so fungierten die beiden heute als Abgesandte des KaDeWe bei der ersten Verhandlung mit Georg, dem Juniorchef von Tietz.

Johannes warf Gunter Perl, der seine Krawatte richtete und sein gut geschnittenes Jackett herabzog, einen Seitenblick zu. Nichts am Gesichtsausdruck des hochgewachsenen, schlanken Mannes, der Johannes um einen halben Kopf überragte, deutete darauf hin, dass er ihm den Vorschlag zum heutigen Termin übel nahm. Trotzdem hatte Johannes das sichere Gefühl, dass Gunter Perl ihm seine Idee und die damit verbundene Wertschätzung Adolf Jandorfs neidete.

Aber das sei, wie es sei, sinnierte Johannes, als sie die Eingangshalle des Kaufhauses betraten, in der Georg Tietz sie bereits erwartete. Heute gilt es vor allem, in der Verhandlung eine gute Figur abzugeben.

Zwei Stunden später hatten die drei die ersten brauchbaren Vereinbarungen entworfen, die jetzt noch den zuständigen Seniorchefs vorgelegt werden mussten. Dabei hatte sich Georg, der als ältester Sohn des heutigen Eigners Oscar Tietz vor zwei Jahren Teilhaber geworden und damit auch in die Geschäftsführung aufgestiegen war, als zwar konzilianter, aber dennoch zielstrebiger Verhandlungspartner erwiesen, der seine eigenen Interessen nie aus den Augen verlor. Mit knapp dreißig Jahren war er zwei Jahre älter als Johannes und etwas jünger als Gunter Perl.

Auch Johannes war sehr mit sich zufrieden. Georg, der genau wie Gunter nie eingezogen worden war, nahm während der Verhandlungen große Rücksicht auf seine leichte Schwerhörigkeit. Immer wieder unterbrach Tietz den vorpreschenden Gunter Perl, um Argumente zu wiederholen, Johannes' Meinung dazu einzuholen und dessen eigene Vorschläge in Erfahrung zu bringen.

Das Ergebnis trug daher die Handschrift aller drei Verhandlungspartner. Sollten die Seniorchefs Oscar Tietz und Adolf Jandorf es billigen, würde man im nächsten Schritt den dritten großen Berliner Warenhauskonzern Wertheim auf eine Beteiligung an der Einkaufskooperation ansprechen.

Man saß gerade bei Kaffee und Cognac, um den Geschäftstermin gemütlich ausklingen zu lassen, als vom Alexanderplatz her plötzlich Schüsse ertönten. »Verdammter Mist!«, fluchte Georg Tietz, bevor er wie die beiden anderen aufsprang und an eines der hohen Fenster eilte. Draußen dämmerte es bereits. Trotzdem sah man flüchtende und vor Angst schreiende Passanten ebenso wie Männer mit Gewehren und den roten Abzeichen der Revolution.

»Das sind diese elenden Spartakisten«, rief Tietz. »Sie sind sicher gekommen, um das benachbarte Polizeipräsidium einzunehmen, damit Emil Eichhorn seine Stellung behalten kann.«

Emil Eichhorn war nach dem Auseinanderbrechen der Koalition der einzige Amtsträger der USPD, der sich geweigert hatte, seinen Posten zu räumen. Es war ausgerechnet der des Polizeipräsidenten. Nun waren ihm seine Genossen offensichtlich zu Hilfe geeilt.

Plötzlich wurde heftig an die Tür des kleinen Konferenzraums geschlagen. Draußen stand Tietz' ältliche Sekretärin mit erschrocken aufgerissenen Augen. »Die Spartakisten … die Revolutionäre … Sie … Sie sind mit ihren Waffen ins Haus eingedrungen«, keuchte sie. »Es sind sicher an die zwanzig Mann, sagen die Abteilungsleiter im Erdgeschoss. Sie wollen vor dem Haupteingang eine Wachstube einrichten.«

Ohne auch nur einen Moment lang zu zögern, stürmte Georg Tietz hinaus. Johannes und Gunter Perl folgten ihm wohl oder übel. Schließlich wollten sie nicht als Feiglinge gelten.

Hoch aufgerichtet schritt Tietz im Erdgeschoss auf die Spartakisten zu, die bereits dabei waren, sich einzurichten. Einige schleppten Tische heran, die vorher der Warenauslage gedient hatten. Johannes bemerkte Stapel von durcheinander auf die Erde geworfenen Mützen, Tüchern und Stoffen.

»Wo jibt et hier Stühle?«, raunzte der Anführer, ein schnauzbärtiger Mann unbestimmten Alters, Georg Tietz an.

Der bewahrte zu Johannes' Bewunderung eine unerschütterliche Ruhe. »Ich heiße Sie im Warenhaus Tietz willkommen«, begrüßte er die verblüfften Eindringlinge. Dann winkte er einigen verschüchterten Mitarbeitern, die in Ecken und hinter Regalen Schutz gesucht hatten. »Sorgen Sie dafür, dass unseren Gästen Stühle aus dem Erfrischungsraum gebracht werden«, befahl er einem älteren Mann, den Johannes für einen Abteilungsleiter hielt.

»Darf ich Ihnen auch etwas zu trinken und zu rauchen anbieten?«, fragte er dann. Johannes war erstaunt. Selbst der Anführer der Spartakisten wirkte verdutzt, fing sich aber rasch wieder.

»Wat hamm Se denn anzubieten?«

»Alles, was Ihr Herz begehrt. Es gibt Wein und Bier, aber auch Wodka und Cognac. Außerdem echte Zigarren aus Havanna, Zigaretten und Pfeifen- oder Schnupftabak. Ich stelle Ihnen allerdings einige Bedingungen.«

Johannes stockte der Atem, als sich das Gesicht des Anführers verfinsterte. Doch Georg Tietz hielt ihm mit einem Blick aus seinen dunklen Augen ungerührt stand. Er verzog den Mund zu einem Lächeln. »Darf ich Ihnen meine Konditionen erläutern?«

»Wat woll'n Se von uns?«, knurrte der Anführer. Erst jetzt bemerkte Johannes an einigen Kennzeichen der Uniformen, dass es sich bei den Spartakisten wahrscheinlich um ehemalige Marinesoldaten handelte. Sein Puls beschleunigte sich noch mehr. Von Matrosen waren bereits die Unruhen der Blutweihnacht ausgegangen.

Georg Tietz blieb weiterhin unerschütterlich. Sein markantes Gesicht mit der großen Nase und den schmalen Lippen zeigte nach wie vor einen beherrschten Ausdruck. Auch seine tiefe Bassstimme zitterte nicht.

»Meine Angestellten dürfen zunächst unsere werte Kundschaft, die sich noch im Hause befindet, hinausbegleiten. Danach dürfen auch sie sich ungehindert entfernen. Auch meine Gäste dürfen das Haus verlassen.« Er wies auf Johannes und Gunter Perl.

Der schüttelte zu Johannes' Entsetzen den Kopf. »Wir bleiben bei Ihnen, Herr Tietz«, erklärte er kategorisch. Johannes hatte keine Wahl, als zustimmend zu nicken.

»Ich habe noch eine weitere Bedingung für Sie«, fügte Tietz, wieder an den Anführer gewandt, hinzu. »Wenn Sie Ihre Notdurft verrichten müssen, tun Sie dies bitte nur auf den zur Verfügung stehenden Aborten im Untergeschoss.«

Einen Moment lang zögerte der Anführer der Spartakisten, bevor er zustimmte. »Is jut, Mann. Un nu schaff wat zum Saufen bei!«

Georg Tietz neigte verbindlich den Kopf. »Ich werde die nötigen Anweisungen sofort erteilen.« Dann winkte er Johannes und Gunter, ihm zu folgen.

Sie waren kaum außer Hörweite, als Georg ihnen seinen Plan erläuterte. »Ich danke Ihnen, dass Sie mir Beistand leisten, und verspreche, Sie werden es nicht bereuen. Ich selbst will mich jetzt um unsere Kundschaft und meine Angestellten kümmern. Im Haus befinden sich, über die Stockwerke verstreut, fünfzehn bewaffnete Wachleute. Sobald ich sie sehe, schicke ich sie mit den Aufzügen hinunter ins Souterrain. Ebenso jeden Angestellten, der bereit ist, unser Warenhaus mit uns zu verteidigen. Bitte gehen Sie schon einmal hinunter, um die Männer in Empfang zu nehmen. Ich lasse derweil hier oben so viel Alkohol herbeischaffen, dass diese Schufte sich hoffentlich im Nu betrinken werden. Begeben sie sich dann einzeln oder in Grüppchen auf den Abort ins Souterrain, lasse ich sie durch meine Wachleute entwaffnen und in den Keller sperren. Sobald wir die letzten überwältigt haben, werfen wir sie zur Hintertür hinaus und verbarrikadieren die Eingänge. Das ist der Plan.«

Tietz sah prüfend von einem zum anderen. »Sind Sie dabei?«

Gunter Perl nickte begeistert. Wieder blieb Johannes nichts anderes übrig, als sich anzuschließen.

Ungefähr sechs Stunden später gegen Mitternacht war Georg Tietz' Plan tatsächlich aufgegangen. Keiner der Aufständischen hatte daran gedacht, dass auch die Wachleute im Kaufhaus bewaffnet sein könnten. Einer nach dem anderen ließ sich, zumal schwer betrunken, im Souterrain entwaffnen, einsperren und schließlich samt seinen Kameraden hinauswerfen.

Georg Tietz strahlte über das ganze Gesicht und strich sich über die zurückgekämmten tiefschwarzen Haare. »Das haben wir gut hingekriegt!«, frohlockte er. »Gesindel bleibt Gesindel. Der einzige Wermutstropfen ist, dass auch wir vorläufig im

Warenhaus bleiben müssen. Denn wie Sie hören, geht es draußen recht hoch her.«

Tatsächlich waren auf dem Alexanderplatz immer wieder heftige Schießereien im Gange. »Doch unseren unfreiwilligen Gefängnisaufenthalt können wir uns wenigstens versüßen«, versprach Tietz. »Die besten Tropfen aus unserem Weinkeller habe ich den Gaunern natürlich nicht offeriert. Ebenso wenig wie unsere Delikatessen im Erfrischungsraum. Mögen Sie Lachsschnittchen oder geräuchertes Forellenfilet?«

Sie hatten sich gerade zu einem appetitlich angerichteten Imbiss in den Konferenzraum zurückgezogen, als erneut schwere Schritte in den Fluren zu hören waren. Georg Tietz legte einen Finger an die Lippen.

»Wer kann das sein?«, wisperte Perl. Georg zuckte nur mit den Schultern und griff zu der Pistole, die er sich, ebenso wie die beiden anderen, aus dem Fundus der erbeuteten Waffen eingesteckt hatte. Dann schlich er zur Tür und riss sie unvermittelt auf.

»Hände hoch!«, schrie er jemanden an, den Johannes nicht sehen konnte. Mit gezogenen und entsicherten Pistolen postierten Gunter und er sich zu beiden Seiten des Türrahmens.

Diesmal waren es anscheinend Freikorpsler, also Gegner der Spartakisten, die auf unbekannte Weise ins Warenhaus eingedrungen waren. Ihr Anführer war ein blutjunger Bursche von höchstens zwanzig Jahren. Er hielt eine Maschinenpistole in einer seiner erhobenen Hände.

»Bewahren Sie Ruhe!«, erklärte er Tietz mit noch jugendlich klingender Stimme. »Wir haben Order erhalten, uns hier im Warenhaus festzusetzen, um gegenüber der Alexanderkaserne Stellung zu beziehen.« Dies war die Kaserne eines ehemaligen Gardegrenadierregiments.

Dann überschlugen sich die Ereignisse. Gunter Perl sprang hinter dem Türrahmen hervor und richtete seine Pistole ebenfalls auf die Gruppe der jungen Soldaten. Als Johannes ihm folgte, sah er gerade noch einen der Freikorpsler, der hinter dem Anführer stand, den Arm heben. Der Gegenstand, den er im Begriff war zu werfen, glich einer Handgranate.

Plötzlich war Johannes wieder mitten auf dem Schlachtfeld vor Verdun. In rasender Schnelligkeit zogen Bilder an seinem inneren Auge vorbei. Sebastian, der aus dem Graben sprang, um den jungen Rekruten zurückzuhalten, das Sirren des herannahenden Geschosses, schließlich die Blutfontäne an der Stelle, an der Sebastian gerade noch stand.

Wie damals wurde Johannes schwarz vor Augen. Ihn umfing eine gnädige Ohnmacht.

Als Johannes erwachte, lag er mit gelockerter Krawatte auf einem Sofa in Georg Tietz' Kontor. Zwei Augenpaare starrten ihn an. In Gunter Perls Blick glaubte Johannes unverhohlene Verachtung zu erkennen. Georg Tietz wirkte dagegen eher besorgt.

»Das hätte ich nun nicht von Ihnen gedacht, Bergmann.« Perls abfälliger Tonfall bestätigte Johannes' Vermutung. »Schließlich sind Sie doch der Einzige von uns dreien mit aktiver Fronterfahrung.«

Georg Tietz hob die Hand, um Gunter zum Schweigen zu bringen. »Vielleicht ist das ja genau der Grund für Bergmanns Ohnmacht«, gab er zu bedenken. »Vielleicht hat ihn die Szene an eines jener schrecklichen Ereignisse erinnert, die wir uns gar nicht ausmalen können«, traf er ins Schwarze.

Johannes richtete sich mit aller Kraft auf, die er aufbringen konnte. Er entschloss sich spontan, zumindest einen Teil der Wahrheit preiszugeben. »Sie haben recht, Herr Tietz. Die Szene gemahnte mich an den Moment, als ich meinen besten Freund in der Bluthölle von Verdun verlor. Er wurde vor meinen Augen von einer Granate in Stücke gerissen.«

Georg Tietz nickte verständnisvoll, während Gunter Perl

sein Gesicht abwandte, sodass Johannes seinen Ausdruck nicht mehr erkennen konnte.

»Wie ist denn augenblicklich die Lage hier im Haus?«, trat Johannes die Flucht nach vorn an. »Es geht mir wieder gut, und ich bin zur Verteidigung bereit«, erklärte er.

Georg Tietz schüttelte lächelnd den Kopf. »Das ist zum Glück nicht mehr nötig, Herr Bergmann. In den drei Stunden, in denen Sie ohnmächtig waren, sind wir mit einer List auch die Freikorpsler wieder losgeworden. Wir haben ihnen weisgemacht, dass es eine Übermacht von Spartakisten im Keller gibt, der sie mit ihren paar Mann nicht gewachsen sind. Dann habe ich sie gebeten, mein Warenhaus von Kämpfen zu verschonen. Daraufhin sind sie freiwillig abgezogen.«

Seine Miene verdüsterte sich. »Durch die Schießereien auf dem Alexanderplatz sind allerdings etliche Schaufensterscheiben zu Bruch gegangen. Wir haben sie notdürftig mit Blechplatten und Brettern verbarrikadiert. Aber solange die Kämpfe toben, müssen wir wohl oder übel hier drinnen ausharren.«

Es dauerte noch geschlagene drei Tage, bis der Spartakusaufstand endlich niedergeschlagen war und Johannes Bergmann und Gunter Perl das Warenhaus Tietz verlassen konnten. Gunter Perl verlor nie wieder ein einziges Wort über Johannes' Schwächeanfall. Doch Johannes wurde das Gefühl nicht los, dass er ihn seither zutiefst verachtete.

## Vor einem Wahllokal in Charlottenburg

### 19. Januar 1919

Als Judith und Rebekka die riesige Schlange sahen, die vor dem für sie zuständigen Wahllokal in Charlottenburg stand, äußerte Rebekka sofort ihr Bedauern darüber, dass sich weder Paul noch Johannes in ihrer Begleitung befanden. Stattdessen suchten die beiden noch nach einem Parkplatz für den weinroten Mercedes, mit dem die vier gleich nach dem Mittagessen gemeinsam zum Wahllokal aufgebrochen waren.

Es war ein sehr kalter Wintertag. In die Straße, in der sich das Wahllokal befand, hatte Johannes, der am Steuer saß, nicht einbiegen dürfen. Erst jetzt erschloss sich Rebekka und Judith, warum ein Schutzmann ihnen die Zufahrt verweigert hatte. Angesichts der riesigen Menschenmenge vor dem Wahllokal hätte es gar kein Durchkommen für Automobile gegeben.

»Sollen wir nicht doch auf Vater und Johannes warten?«, fragte Rebekka Judith mit zögerlich klingender Stimme.

Die schüttelte energisch den Kopf. »Nein, Mama. Das hättest du dir früher überlegen müssen. Jetzt sind wir schon einmal hier und werden, auch ohne auf die beiden warten zu müssen, eine ganze Weile brauchen, bis wir an der Reihe sind. Zumal wir nicht einmal wissen, ob die zwei überhaupt gemeinsam kommen können.«

Rebekka schwieg, anstatt auf ihrem Vorschlag zu bestehen. Judith wiederum verkniff sich eine abfällige Bemerkung darüber, dass es nur Rebekkas irrationaler Furcht zu verdanken war, dass sie nun in diese missliche Lage gerieten. Wie immer, wenn Johannes am Steuer saß, hatte sich Rebekka zuvor regelrecht an den Rücksitz des Mercedes geklammert. Ihren Versuch, Johannes schon nach dem Verlassen der Villa unter Hinweis auf seinen Schwächeanfall im Kaufhaus Tietz vom Fahren abzuhalten, hatte ihr Gatte Paul ungewohnt rüde abgewehrt.

»Dass Johannes ohnmächtig geworden ist, weil ihn seine schrecklichen Kriegserlebnisse eingeholt haben, ist doch kein Grund, jetzt seine Fahrtauglichkeit anzuzweifeln. Zumal Johannes so ehrlich war, uns offen von diesem Vorfall zu berichten.«

Dennoch hatte es Rebekka sichtlich kaum mehr im Mercedes ausgehalten, als Johannes schon das dritte Mal die Straßen in der Nähe des Wahllokals abfuhr, ohne einen Abstellplatz für das Automobil zu finden.

»Fahr uns doch an die Kreuzung, an der der Schutzmann steht!«, bat sie schließlich. »Dann gehen Judith und ich schon einmal mit Vater vor.«

Auch das lehnte Paul ab. »Es spricht nichts dagegen, dass ihr euch allein auf den Weg macht«, erklärte er in Unkenntnis der chaotischen Situation vor dem Wahllokal. »Aber wenn wir gar keinen Parkplatz in der Nähe finden, muss einer von uns im Auto bleiben, während der andere wählen geht. Damit er den Wagen notfalls wegfahren kann, wenn wir mitten auf der Straße halten müssen und dadurch andere Fahrzeuge blockieren.«

Also standen die beiden Frauen nun allein am Ende der Schlange. Während es im Schneckentempo voranging, bildete sich rasch auch hinter Rebekka und Judith eine lange Reihe von Wahlberechtigten. Um sich die Wartezeit zu verkürzen, ließ Judith nach ein paar weiteren nichtssagenden Wortwechseln mit ihrer Mutter noch einmal Revue passieren, was sie über den jüngsten Kampf um das Frauenwahlrecht wusste. Erst in den letzten Jahren hatte Judith begonnen, sich für dieses Thema zu interessieren.

Nach Kriegsbeginn waren alle Aktivitäten von Frauenrechtlerinnen im Kampf um ihr Wahlrecht zunächst zum Erliegen gekommen. Erst als der Kaiser Ostern 1917 zwar eine Wahlrechtsreform in Aussicht stellte, dabei das Frauenwahlrecht jedoch mit keiner Silbe erwähnte, kam es wie vor dem Krieg wieder zu Protestaktionen und Demonstrationen gegen diesen Missstand. Wie schon beim Nationalen Frauendienst verbündeten sich bürgerliche und sozialdemokratische Frauenvereine dabei miteinander. Auch Judith hatte in Begleitung ihrer Mutter an einigen Versammlungen in Charlottenburg teilgenommen.

Nach mehreren Jahrzehnten fruchtloser Bemühungen war es nun endlich so weit. Einer der ersten Beschlüsse der bürgerlichen Regierung nach der erzwungenen Abdankung Kaiser Wilhelms war, das Wahlalter von fünfundzwanzig auf zwanzig Jahre herabzusetzen und auch Frauen das Wahlrecht zu gewähren. Heute bei der Wahl zur Konstituierenden Nationalversammlung, deren Aufgabe es sein würde, eine Verfassung für die neue Republik auszuarbeiten, durften sie es zum ersten Mal in Anspruch nehmen.

Plötzlich spürte Judith einen heftigen Puff in ihrem Rücken. Als sie sich umdrehte, erblickte sie einen gutbürgerlich gekleideten Mann ungefähr Mitte vierzig, der offenbar für den Stoß verantwortlich war. Er tippte sich flüchtig an den Hut und neigte den Kopf.

»Verzeihen Sie, Fräulein, das war keine Absicht. Aber Sie sehen doch selbst, dass dies hier kein Ort für eine junge Dame ist. Und Sie, gnädige Frau«, richtete er dann das Wort an Rebekka, »sollten es erst recht besser wissen, als sich gemeinsam mit Ihrer Tochter, noch dazu ohne männliche Begleitung, in diese Situation zu begeben.«

Zu Judiths Ärger hörte sie zustimmendes Gemurmel ringsum.

»Mein Mann und mein Sohn sind bereits auf dem Weg hierher«, verteidigte sich Rebekka, während Judith zeitgleich mit empörter Stimme schnappte: »Was fällt Ihnen ein, mein Herr?«

Der Mann ignorierte Rebekkas Worte und antwortete stattdessen Judith.

»Also habe ich den richtigen Eindruck von Ihnen gewonnen, mein Fräulein«, sagte er sarkastisch. »Nur ein junges Ding ohne Anstand stellt sich heute hier an, um *sein Wahlrecht*«, er betonte die Worte verächtlich, »in Anspruch zu nehmen.«

»Und auch ohne jeden Verstand«, mischte sich nun ein älterer Herr mit Zylinder ein, der vor Judith und Rebekka in der Reihe stand. »Frauen gehören ins Haus und an den Herd und nicht in die Politik«, erklärte er kategorisch. »Es kann uns um unser armes Deutschland nur angst und bange werden, wenn Frauen sich einbilden, die Geschicke unseres Landes mitbestimmen zu können.«

»Sie meinen, weil wir es auch nicht besser anstellen als die Männer, die unser Land in diesen Krieg und diese furchtbare Niederlage getrieben haben?« Judith platzte der Kragen. »Da bin ich allerdings anderer Ansicht, mein Herr.«

Während dem alten Mann der Mund ob Judiths aufmüpfiger Antwort offen blieb, mischte sich nun ein Dritter ein. »Die Mutterschaft ist die hehrste Aufgabe des Weibes«, belehrte er Judith von oben herab. »Es gebäre und behüte die Kinder und wirke im Hause still und dem Manne untertan. Das ist seine göttliche Bestimmung.«

Erst jetzt fiel Judith auf, dass der Mann die Tracht eines protestantischen Geistlichen trug. Obwohl Rebekka ihr beschwichtigend die Hand auf den Arm legte, war ihr Widerspruchsgeist ungebrochen.

»Sie meinen, damit wir das Kanonenfutter für den nächsten Krieg erzeugen, den die Männer anzetteln?«

Der Geistliche musterte sie von oben bis unten, während sich das Murren der Männer rings um sie her verstärkte. »Sie sehen zwar gar nicht so aus, mein Fräulein, mit Ihrem Pelzmantel und Ihrem eleganten Hut. Aber gehören Sie etwa zu diesen unpatriotischen Sozialisten?«

»Da haben Sie nun den Beweis, gnädige Frau«, wandte er sich sofort an Rebekka, bevor Judith ihre nächste scharfe Erwiderung äußern konnte. »Sie haben es nicht einmal fertiggebracht, Ihre Tochter zu einem anständigen Menschen zu erziehen. Wieso maßen Sie sich also an, die Geschicke unseres Vaterlands mitbestimmen zu wollen?«

Jetzt mischte sich sogar ein vierter Mann ein. »Zumal dieses Mädel offensichtlich noch sehr jung ist. Bislang durften auch Männer erst im Alter von fünfundzwanzig Jahren wählen. So alt ist sie bestimmt noch nicht.«

»Sie haben recht, mein Herr. Ich bin einundzwanzig Jahre alt.«

»Daran erkennt man die Unsinnigkeit dieser Beschlüsse der neuen Regierung.« Der Mann würdigte Judith keines Blicks und feixte stattdessen grinsend in die Runde. Aus den Augenwinkeln bemerkte Judith, dass fast alle der umstehenden Männer beifällig nickten. »Selbst uns blieb das Wählen in diesem Alter jedenfalls noch versagt.«

Wieder sah Judith rot. »Das wird sicherlich seine Berechtigung gehabt haben«, versetzte sie. Jetzt war die Empörung der Männer in ihrer Nähe fast mit Händen zu greifen.

Rebekkas Blick irrte verstört umher. Plötzlich entdeckte sie Paul und Johannes am Ende der Schlange. »Komm, Judith! Wir gehen zurück zu deinem Vater und Bruder.«

Judith schüttelte störrisch den Kopf. »Dann müssen wir mindestens eine weitere halbe Stunde in dieser Eiseskälte ausharren. Ich denke gar nicht daran, meinen Platz zu räumen.«

Rebekka neigte sich zu ihr. »Dann halte ab jetzt wenigstens deinen vorlauten Mund!«, flüsterte sie Judith ins Ohr. »Sonst verzichte ich darauf, heute zu wählen, und gehe auf der Stelle nach Hause.«

Ein prüfender Blick in Rebekkas Gesicht zeigte Judith, dass ihre Mutter es todernst meinte. Zähneknirschend beschloss sie, alle weiteren Bemerkungen der Männer um sie herum zu ignorieren. Sie richtete den Blick starr geradeaus auf die Reihen vor ihr und versuchte, ihre Gedanken auf den bevorstehenden Wahlvorgang zu konzentrieren.

Trotzdem konnte sie nicht verhindern, dass immer wieder verächtliche Wortfetzen an ihr Ohr drangen. »Hysterische Konstitution«, »Schwachsinn des Weibes« und »sozialistisches Gift«, schnappte sie auf. Instinktiv fasste sie ihre Mutter unter, um Rebekka daran zu hindern, doch noch vorzeitig die Flucht zu ergreifen.

Dabei erinnerte sie sich daran, dass die Versammlungen zum Frauenwahlrecht im bürgerlich geprägten Charlottenburg tatsächlich nur spärlich besucht gewesen waren. In allen Fällen war die Hälfte der Stühle im Versammlungssaal leer geblieben. Als sie sich auf die Zehenspitzen stellte, um über die Köpfe der Männer hinweg einen Blick auf die Schlange vor ihr zu werfen, stellte Judith außerdem fest, dass sich außer ihr und Rebekka nur wenige Frauen vor dem Wahllokal befanden.

»Die schlimmsten Kritiker des Frauenwahlrechts stammen aus unserem eigenen Geschlecht«, erinnerte sie sich an eine Bemerkung aus ihrem Gespräch mit Alice Salomon, die sie um Rat gebeten hatte, welcher Partei sie ihre Stimme geben solle. Alice hatte für die liberale Deutsche Demokratische Partei plädiert, für die sie sich selbst im Wahlkampf eingesetzt hatte. Bislang war Judith entschlossen gewesen, diesem Ratschlag zu folgen.

Doch nun drang plötzlich eine Bemerkung an ihr Ohr, die sie ihre Absicht vollständig ändern ließ. »Rosa Luxemburg … nicht schade um sie«, verstand sie nur einen Teil des Satzes, der gerade in abfälligem Ton geäußert worden war. Das Blut schoss ihr heiß in den Kopf.

Auch wenn sie bis dato keinerlei Sympathien für die USPD empfunden hatte, da diese die blutigen Unruhen in Berlin, durch die auch Johannes gefährdet worden war, mitverursacht hatte, verurteilte Judith den feigen Mord an Karl Liebknecht und Rosa Luxemburg, den man rechtskonservativen Freikorpslern zuschrieb, aufs Schärfste. Bis jetzt wusste sie nur, dass beide hinterrücks erschossen worden sein sollten. Rosa Luxemburgs Leiche hatte man noch nicht einmal gefunden.

Jetzt änderte Judith ihre Ansicht über die USPD. Schließlich war es die SPD, die sich jahrzehntelang für das Frauenwahlrecht eingesetzt hat, ging es ihr durch den Kopf. Warum soll ich meine Stimme also einer bürgerlichen Partei geben? Viel mehr Sinn ergibt es doch, diejenigen zu unterstützen, denen ich den heutigen Tag maßgeblich zu verdanken habe.

Als Judith mehr als eine Stunde später durchgefroren und mit klammen Fingern ihr Kreuz an die Stelle setzte, wo die Unabhängigen Sozialdemokraten als Partei für die Konstituierende Nationalversammlung aufgeführt waren, konnte sie noch nicht wissen, dass sie damit gegen den allgemeinen Wahltrend ihrer Geschlechtsgenossinnen handelte.

Zwar war die Zurückhaltung der bürgerlichen Frauen im konservativen Charlottenburg, ihr Wahlrecht auszuüben, nicht repräsentativ für ganz Deutschland. Im Gegenteil schritten mit über achtzig Prozent fast ebenso viele wahlberechtigte Frauen zur Urne wie Männer. Doch sie gaben ihre Stimme in der Regel den konservativen Parteien, vor allem dem katholischen Zentrum und der den Protestanten nahestehenden Deutschnationalen Volkspartei. Also ironischerweise genau denjenigen Parteien, die sich bis zum Ende des Ersten Weltkriegs dezidiert gegen das Frauenstimmrecht ausgesprochen hatten.

Immerhin blieb Judith der Triumph, dass die USPD, gemessen an ihrem schwachen Wahlergebnis, prozentual die meisten weiblichen Abgeordneten ins neu gewählte Parlament entsandte. Dicht gefolgt von der MSPD. Insgesamt stellten beide Parteien mit zweiundzwanzig Frauen mehr als die Hälfte aller weiblichen Abgeordneten. Schon aus diesem Grund bereute Judith ihre Wahlentscheidung nie.

## Adolf Jandorfs Kontor im KaDeWe

### 10. Februar 1919

Adolf Jandorf sah unwillig hoch, als seine Vorzimmerdame Fräulein Goldmann nach kurzem Anklopfen die Tür öffnete. »Ich habe Ihnen doch gesagt, dass ich bei meiner Besprechung mit Herrn Bergmann nicht gestört werden will«, knurrte er barsch.

Fräulein Goldmann hielt seinem zornigen Blick stand. »Wenn es nicht überaus wichtig wäre, hätte ich mir nie erlaubt, Ihre Anweisung zu missachten. Aber draußen steht eine junge Verkäuferin, die Ihnen etwas von außerordentlicher Bedeutung mitzuteilen hat.«

Jandorf machte eine unwillige Handbewegung. »Dann schicken Sie die junge Dame herein! Aber wehe Ihnen, wenn es sich nur um eine Lappalie handelt.«

Diesbezüglich wurden Jandorf und Bergmann allerdings rasch eines Besseren belehrt. Anfangs ungläubig, später außerordentlich aufgebracht, lauschten sie dem, was die Verkäuferin ihnen mitzuteilen hatte. Unmittelbar nachdem diese das Kontor wieder verlassen hatte, begannen sie zu beratschlagen, was nun am besten zu tun sei.

### Vor dem KaDeWe

### 12. Februar 1919, zwei Tage später am frühen Morgen

Obwohl Rieke üblicherweise davor zurückscheute, Männer zu berühren, griff sie unwillkürlich nach Peter Hausers Arm, als sie sich der Menge der Streikenden vor dem KaDeWe näherten. Ihre Rechnung, dass sie das Kaufhaus ungehindert betreten könne, sofern sie eine Stunde früher als üblich zum Dienst erschien, war nicht aufgegangen. Offensichtlich hatten auch die Streikenden mit einem solchen Verhalten von Streikbrechern gerechnet.

Peter Hauser legte beruhigend die Hand auf Riekes, mit der sie seinen linken Arm umklammert hielt. Kurz zuckte sie zusammen. Dann entschied sie sich dafür, ihre Hand nicht zurückzuziehen. Zu gefährlich erschien ihr die Situation vor dem Warenhaus.

Schon ungefähr fünfzig Meter vor dem Eingang in der Tauentzienstraße hatten die Streikenden rechts und links davon eine Menschenkette gebildet. Sie standen untergehakt dicht an dicht. Die Gasse, die sie den Angestellten ließen, die sich nicht am Streik beteiligen wollten, war nicht einmal zwei Meter breit. Immer wieder mussten die wenigen Streikbrecher außerdem anhalten.

Die Ursache erkannte Rieke erst, als sie und Peter in die Gasse eintraten. Den vor ihnen Hergehenden sprangen streikende Männer und Frauen direkt in den Weg, hakten sich wieder mit beiden Armen unter und bildeten so eine schier undurchdringliche Barriere.

Nur vor zwei Herren, die einige Meter vor ihnen gingen, teilte sich die Barriere ohne Diskussion mit den Streikbrechern, dies allerdings unter wüsten Beschimpfungen. »Ausbeuter! Knechte des Kapitals!«, ertönte es laut aus der Menge. Schließlich begannen die Menschen, einstimmig zu skandieren: »Judenschweine! Judenschweine!« Entsetzt erkannte Rieke Judiths Vater Paul Bergmann und dessen Sohn Johannes, die sich kerzengerade aufgerichtet und mit hoch erhobenem Kopf, ohne nach rechts und links zu blicken, auf den Eingang zubewegten.

»Das ist ja furchtbar!«, raunte sie Peter zu. »Die Bergmanns sind als freundliche und gerechte Vorgesetzte bekannt. Warum werden sie heute derartig beleidigt?«

Erst jetzt bemerkte sie, dass Peter die freie Hand zur Faust geballt hatte. Eine steile Zornesfalte stand auf seiner hohen Stirn, über der seine rötlich braunen Haare bereits dünn zu werden begannen. Seine grünbraunen Augen blitzten vor Zorn.

»Wenn man ihnen ein Leid zugefügt hätte, wäre ich ihnen beigesprungen«, knirschte er. »Dann hätten diese Feiglinge einmal erlebt, was ein Frontkämpfer kann.«

Angesichts der Übermacht war Rieke von Herzen froh, dass die Bergmanns den Eingang jetzt ungehindert erreicht hatten. Ihre Erleichterung verflog jedoch sofort wieder, als sie ausgerechnet Gregor Eckstein entdeckte, der den beiden die Tür öffnete. Der Hausdetektiv beteiligte sich also offensichtlich ebenfalls nicht am Streik und würde daher auch nicht mit negativen Konsequenzen zu rechnen haben.

Denn diese hatte Adolf Jandorf gestern Nachmittag allen Mitgliedern des Verkaufspersonals über die Abteilungsleiter und Aufsichtsdamen als Sprachrohre angedroht, sollten sie sich an dem Streik beteiligen. Woher Jandorf wusste, dass Angestellte des KaDeWe überhaupt dabei mitmachen wollten, blieb ihr erst einmal ein Rätsel.

Denn auf die Flugblätter, die Sympathisanten des »Sozialistischen Verbands der kaufmännischen Angestellten«, der der USPD nahestand, schon seit Tagen anonym im KaDeWe ausgelegt hatten, war bis dato keine Reaktion der Geschäftsführung erfolgt. Als sich Rieke jetzt jedoch mit Peter der Eingangstür näherte, hatte sie zumindest eine Vermutung, worüber die Erste Verkäuferin der Damenkonfektion, Fräulein Sigismund, in den letzten Tagen so häufig mit Riekes zwei Kolleginnen getuschelt hatte. Auch Else Lemke, Riekes ewige Konkurrentin, war öfter aus der benachbarten Damenwäscheabteilung zu den dreien gestoßen.

Genau diese vier Frauen sprangen nun von den Seiten der Gasse in die Mitte, hakten sich unter und bildeten mit Else im Zentrum eine Sperre vor Rieke und Peter. Herausfordernd funkelten sie die beiden an, als sie näher kamen.

Unwillkürlich klammerte sich Rieke noch fester an Peters Arm. Gestern Abend hatte sie sich mit ihm und ihrer Mutter Käthe in der Wohnküche in Meyers Hof beraten. Alle drei waren sich einig darüber, sich nicht an diesem Streik zu beteiligen. Zu häufig hatten die USPD und die Kommunistische Partei Deutschlands, die sich unter Führung des ermordeten Karl Liebknecht erst um die Jahreswende davon abgespalten hatte, seit Kriegsende zu Streiks aufgerufen. Bislang hatten die Angestellten des KaDeWe dabei jedoch nicht mitgemacht.

»Ich wüsste auch nicht, was ausgerechnet die zu beanstanden hätten«, ließ Käthe gestern Abend zornig verlauten. »Schließlich zahlt Jandorf seinem Personal immer noch einen überdurchschnittlich hohen Lohn. Er hat außerdem alle Kriegsheimkehrer, die zuvor im KaDeWe beschäftigt waren, sofort wieder eingestellt, wenn sie noch arbeitsfähig waren.«

Peter nickte nachdrücklich dazu. Auch er hatte seine Stelle in der Tischlerwerkstatt schon seit Anfang Dezember wieder inne.

»Und der Achtstundentag ist auch kein Argument«, fügte er hinzu. »Zwar hat das KaDeWe ihn noch nicht umgesetzt, und für das Verkaufspersonal herrscht nach wie vor eine zwölfstündige Anwesenheitspflicht. Aber zieht man davon die Pausen ab, bleiben gerade einmal neuneinhalb Stunden Arbeitszeit übrig. Die Mehrstunden werden außerdem seit dem 1. Januar extra bezahlt.«

Das war das Datum, an dem der von der neuen Regierung beschlossene Achtstundentag bei vollem Lohnausgleich in Kraft treten sollte. Allerdings räumte man allen Arbeitgebern eine Übergangsfrist ein, um die bisher übliche Arbeitszeit nach und nach auf acht Stunden täglich zu reduzieren. Obwohl Käthes Fabrik in dieser Hinsicht viel stärker hinterherhinkte als das KaDeWe und sie weit schlechter bezahlt wurde als Rieke, beschloss auch sie, nicht zu streiken.

»Am Ende verliere ich noch meinen Arbeitsplatz«, argumentierte sie vernünftig. »Die Zeiten sind nach wie vor schlecht, und Fabrikarbeit ist nach dem Wegfall der Rüstungsproduktion rar. Zumal für Frauen. Ich kann von Glück sagen, dass ich bislang nicht gefeuert worden bin.«

»Außerdem hat Herr Jandorf allen Mitarbeitern, die während des Streiks treu zu ihm stehen, eine Gratifikation versprochen«, ergänzte Rieke. »Dagegen hat er schon für morgen Stellenanzeigen in sämtlichen großen Berliner Tageszeitungen geschaltet, hat uns die Aufsichtsdame Frau Liebermann berichtet. Zweifellos, um Ersatz für die rebellischsten Streikenden zu finden, die entlassen werden.«

»Und der Achtstundentag kommt früher oder später auch im KaDeWe«, schloss Peter die Diskussion ab. »Schließlich haben die Sozialdemokraten, die sich immer dafür eingesetzt haben, die Wahl zur Konstituierenden Nationalversammlung gewonnen. Auch wenn sie zum Regieren die Zentrumspartei und die DDP brauchen, weil sie die absolute Mehrheit verfehlt haben. Aber den Achtstundentag werden sie sicher nicht aus den Augen verlieren.«

Nach diesem Gespräch war Rieke daher mit sich im Reinen gewesen. Dass die Situation heute früh vor dem KaDeWe so dramatisch werden könnte, hatte sie allerdings nicht erwartet.

Nun versteifte sie sich am ganzen Körper, als sie auf ihre Kolleginnen aus der Damenkonfektion zutrat. Fräulein Sigismund versuchte zunächst freundlich, sie am Betreten des KaDeWe zu hindern.

»Schließen Sie sich uns an, Fräulein Krause!«, forderte die Erste Verkäuferin sie auf. »Auch wir haben das Recht, nach acht Stunden harter Arbeit, in denen wir ununterbrochen auf den Beinen sein müssen, zeitig nach Hause zu gehen. Anstatt volle zwölf Stunden lang mit unnötig langen Pausen im Warenhaus zu verbringen.«

Da es nach wie vor verboten war, dass sich eine Verkäuferin einmal niedersetzte, und es auch nicht gern gesehen wurde, wenn sie sich irgendwo anlehnte, wusste Rieke sehr wohl, dass auch die im Vergleich zur Fabrikarbeit scheinbar leichte Tätigkeit als Verkäuferin sehr anstrengend war.

Trotzdem stand ihr Entschluss fest. Sie holte tief Luft. »Ich möchte mich nicht am Streik beteiligen, Fräulein Sigismund«, erklärte sie zwar vernehmlich, aber dennoch mit zitternder Stimme. »Bitte lassen Sie mich passieren!«

Als eine weitere Bitte Fräulein Sigismunds vergeblich blieb, begann zuerst Else, Rieke zu beschimpfen. »Verräterin! Hinterhältige Speichelleckerin! Feige Sau!«, schrie sie schrill. Jetzt fielen die anderen drei Frauen in die Beleidigungen ein. Vorläufig wich keine zurück. Stattdessen begannen auch die Umstehenden, die die Gasse bildeten, laute Buhrufe auszustoßen.

Entschlossen trat Peter Hauser vor. »Lassen Sie uns durch! Sonst muss ich mir den Weg mit Gewalt bahnen«, drohte er. »Ich war vier Jahre lang an der Front«, fügte er hinzu, als die Frauen immer noch keine Anstalten machten, zurückzuweichen. Stattdessen spuckte Else Rieke mitten ins Gesicht.

Sofort packte Peter sie am Revers ihrer Jacke und schüttelte sie, ungeachtet der Faustschläge, die die anderen drei Frauen auf seinen Rücken niederprasseln ließen. Ehe sich die Szene zu einem richtigen Tumult auswachsen konnte, hörte Rieke hinter sich eine wohlbekannte Stimme.

»Wat jeht hier ab?« Das war unverkennbar Hermann Wolters.

Als Rieke sich umdrehte, erblickte sie als Erstes die rote Binde des Ordners, die Wolters am rechten Arm trug. »Wir hamm jesagt, keene Jewalt!«

Erst jetzt erkannte er Rieke und Peter. In seine Augen trat ein gehässiger Ausdruck. »Ach nee, ihr seid dit! Hätt ick mir denken können, dass ihr uns're Sache boykottiert!«

Dann drehte er sich zu der umstehenden Menge um. »Lasst den Luden mit seiner Nutte durch! So 'ne Mischpoke brauchen mer nich! Soll'n se da drin doch verrecken!«

Peter schoss wütend zu Hermann herum. »Du Schwein!«, knurrte er mit zusammengebissenen Zähnen. Instinktiv griff Rieke wieder nach seinem Arm. »Nicht!«, flehte sie. »Lass uns hineingehen, Peter!«

Mit einem letzten hasserfüllten Blick löste sich Else von ihren beiden Nachbarinnen und ließ Rieke an sich vorbei passieren.

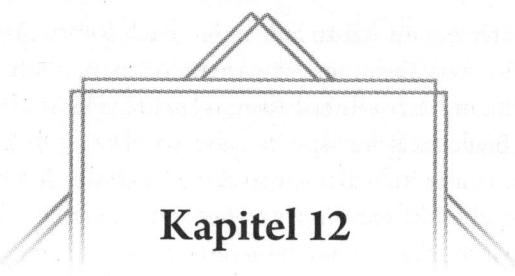

# Kapitel 12

### Im Scheunenviertel

*Mitte Februar 1919*

Als der Mietwagen am Anfang der Grenadierstraße im Berliner Scheunenviertel anhielt, sprang Alice Salomon, die auf dem Vordersitz neben dem Fahrer gesessen hatte, sofort hinaus, damit auch die recht beengt auf der Rückbank zusammengedrängten Frauen das Gefährt verlassen konnten. Drinnen stank es nämlich furchtbar nach dem Qualm des billigen Pfeifentabaks, den der Fahrer gepafft hatte, bevor er die Frauen vor dem KaDeWe abholte. Um das Fenster während der Fahrt zu öffnen, war es draußen zu kalt. Deshalb war es besonders Rebekka Bergmann, die ohnehin nicht gern Automobil fuhr, während der Fahrt recht übel geworden.

Nun sogen alle vier gierig die köstliche, wenn auch eiskalte Luft in sich hinein. Judith, die den Fahrer aus der Börse ihrer Mutter bezahlte, konnte sich kaum dazu überwinden, sich noch einmal in den Wagen zu beugen, um ihm das Geld zu überreichen und ihn zu bitten, gegen entsprechende Entlohnung auf ihre Rückkehr zu warten.

»Ich hoffe, der Gestank im Taxi ist kein Vorgeschmack dessen, was uns bei unseren Besuchen erwartet«, konnte Rebekka Bergmann sich die Bemerkung nicht verkneifen.

Judith ärgerte sich. Du hättest ja nicht mitkommen müssen, Mama, lagen ihr die Worte schon auf der Zunge. Denn sie hatte ihre Mutter im Verdacht, nur aus einem Beschützerinstinkt für ihre Tochter heraus heute mit in den nach Rebekkas Ansicht »gefährlichsten Teil« des Scheunenviertels gefahren zu sein. Dass Judith mittlerweile fast zweiundzwanzig Jahre alt und ohnehin in Begleitung war, spielte dabei wohl keine Rolle.

Offiziell hatte Rebekka vorgeschützt, sich wie Judith weiter für fürsorgebedürftige Kinder engagieren zu wollen. Doch obwohl sich Rebekka im Lauf des Kriegs keineswegs so verwöhnt gezeigt hatte wie in Judiths Kinderjahren, sondern im Gegenteil kräftig zupackte, wo es nötig war, nahm Judith ihr das nicht ab. Aber in Anwesenheit der britischen Dame wollte sie keinen ungünstigen Eindruck machen, indem sie ihre Mutter zurechtwies. Was sollte Eglantyne Jebb am Ende sonst von ihr denken?

Eglantyne hatte trotzdem etwas gemerkt. »What did she say?«, wandte sich Miss Jebb an Alice. Die übersetzte zuerst Rebekkas Bemerkung und dann Miss Jebbs Antwort für Judiths Mutter, die als Einzige kein Englisch sprach. »Leider müssen wir wohl damit rechnen, Frau Bergmann. Seit ich mich mit Kinderarmut beschäftige, habe ich schon so manchen Platz kennengelernt, an dem es weit schlechter roch als in diesem Mietwagen.«

Was für eine bewunderungswürdige Frau, dachte Judith bei sich. Eglantyne Jebb, die ihren ungewöhnlichen Vornamen einer rosafarbenen englischen Strauchrose verdankte, wie Alice Judith erzählt hatte, war unverheiratet und hatte daher nicht einmal selbst Kinder. Trotzdem widmete sie Kindern in Armut bereits viele Jahre ihres Lebens.

In diesem Augenblick hielt der zweite Mietwagen an, der ihnen vom KaDeWe her gefolgt war, und verhinderte so eine weitere Diskussion über die möglicherweise unerfreulichen Szenerien, die vor den vier Frauen lagen. Die drei von Jandorf angekündigten Mitarbeiter des KaDeWe stiegen aus, auf dem Rücken trugen sie Rucksäcke und in beiden Händen Taschen voll gespendeter Lebensmittel.

Denn trotz der immer noch andauernden Bestreikung seines Warenhauses erwies sich Adolf Jandorf erneut als großzügig, nachdem Judith ihn um Lebensmittel für ihren heutigen Besuch bei den Ärmsten der Armen im Scheunenviertel gebeten hatte. Genauso wenig ließ er es sich nehmen, Eglantyne Jebb persönlich in perfektem Englisch im Teesalon des KaDeWe zu begrüßen, wo sich die vier Damen vor ihrer Fahrt ins Scheunenviertel getroffen hatten. Trotz der missbilligenden Blicke, die die kleine Gesellschaft von den Nachbartischen aus geradezu zu durchbohren schienen. Einige Gäste hatten den Teesalon sogar empört verlassen.

»Verbrüderung mit dem Feind«, schnappte Judith ein paar Worte auf, als die Leute an ihrem Tisch vorbeikamen. Eine ähnliche Reaktion kannte sie bereits aus den abfälligen Bemerkungen ihres ehemaligen Verlobten Harry beim Chanukkafestessen. Die Abneigung der meisten Deutschen gegen den ehemaligen Feind war noch zu groß. Zum Glück teilte Adolf Jandorf Harrys Ressentiments nicht, was möglicherweise auf die in seinen jungen Jahren verbrachte Zeit in den USA zurückging.

Auch Alice Salomon hatte sich diversen Anfeindungen ausgesetzt gesehen, als sie arglos im Vorstand des Bunds Deutscher Frauenvereine, dem sie seit Jahren angehörte, vom bevorstehenden Besuch der Britin berichtete.

Natürlich ging es Eglantyne Jebb in ihrer Heimat nicht besser. Sie wurde angegriffen, seit sie sich für das Ende der britischen Hungerblockade gegen die Mittelmächte einsetzte. Jebb ließ sich dadurch allerdings nicht von einem Besuch in den Ländern der ehemaligen Kriegsgegner abhalten.

»Mir liegt das Wohl der Kinder am Herzen«, hatte sie erst vor einer Stunde im Teesalon des KaDeWe erklärt. »Jeder Krieg, ob gerecht oder ungerecht, ob verhängnisvoll oder siegreich, ist ein Krieg gegen Kinder.« Diese Maxime hatte die mittlerweile zweiundvierzigjährige Engländerin auch schon vor dem Beginn des Ersten Weltkriegs verfolgt und sich für Kinder aus Kriegsgebieten eingesetzt. Ihre Zugehörigkeit zur christlichen Glaubensgemeinschaft der Quäker, deren hervorstechendstes Merkmal die Wertschätzung eines jeden menschlichen Lebens war, bereitete den Boden dafür.

Nun trat der Führer der kleinen Angestelltengruppe aus dem KaDeWe vor die vier Damen und verbeugte sich. »Gestatten, mein Name ist Peter Hauser. Herr Jandorf hat mich gebeten, Sie heute zu Ihrem Schutz und zum Transport der Lebensmittel ins Scheunenviertel zu begleiten. Das sind zwei Kollegen aus der Tischlerwerkstatt, in der ich tätig bin.« Da er die Hände voll hatte, machte er nur eine Kopfbewegung in Richtung der beiden anderen Männer.

»Wir sind Ihnen sehr für Ihre Begleitung verbunden«, sagte Alice Salomon herzlich.

Hauser verbeugte sich noch einmal. »Keine Ursache«, erwiderte er. Dann schaute er sich suchend um. »Wohin gehen wir jetzt?«

Alice Salomon zeigte nach vorn. »Unsere erste Adresse ist dieses Haus dort drüben, die Grenadierstraße 23. Dort wohnt eine besonders bedürftige Familie.«

Judiths Blick folgte Salomons ausgestrecktem Zeigefinger. Das Haus, auf das die Schulleiterin wies, machte einen heruntergekommenen Eindruck. Der Putz bröckelte von der schmutzig grauen Fassade, deren einstige Farbe nicht mehr zu erkennen war. Das Haus war zweistöckig und damit kleiner als die umliegenden Gebäude. Auch das Dach war nicht mehr intakt. Etliche Schindeln fehlten.

»Und dort werden wir finden, was ich suche?«, hörte Judith die Britin fragen.

Alice Salomon nickte traurig. »Dort und auch bei den drei anderen Adressen, die ich ausgewählt habe.«

Aus ihrem Vorbereitungstreffen wusste Judith, dass Miss Jebb beabsichtigte, besonders schockierende Fotografien von halb verhungerten Kindern zu machen, um sie in ihrer Heimat Großbritannien zu veröffentlichen und dadurch Spenden zu sammeln. Alice Salomon hatte ihre Kontakte ins Scheunenviertel genutzt, um sich diesbezüglich beraten zu lassen.

Tatsächlich sah die Grenadierstraße weitaus ärmlicher aus als die neueren Gebäude am Bülowplatz, wo sich die Kinderfürsorgeeinrichtungen befanden, in denen Judith und Rebekka bislang tätig waren. Schon einige Jahre vor dem Krieg hatte die Berliner Stadtverwaltung beschlossen, das Scheunenviertel zu sanieren. Bei einem Teil der alten Gassen, eben denjenigen rund um den Bülowplatz, war dies auch noch gelungen, bevor der Krieg alle weiteren Baumaßnahmen unterbrach.

Judith erinnerte sich daran, was sie sonst noch über das Scheunenviertel wusste. Ursprünglich hatte es einmal vor den Stadtmauern gelegen. Seinen Namen verdankte es ehemals großen Scheunen voller Futtermittel, die aufgrund der Brandgefahr außerhalb der Stadt errichtet werden mussten.

Rasch wurde das Viertel nach seiner Eingemeindung zum Anlaufpunkt für osteuropäische Juden, die vor Verfolgung und Pogromen in ihren Heimatländern nach Berlin flüchteten. In diesem Teil des Viertels, das Judith heute zum ersten Mal betrat, lebten hauptsächlich orthodoxe Juden. Ihre Strenggläubigkeit konnte man bereits an der charakteristischen Kleidung der Männer, den schwarzen Mänteln und Hüten, erkennen, aber vor allem an den wallenden Bärten, die ihnen bis weit auf die Brust reichten. Manche Männer trugen zusätzlich die charakteristischen Schläfenlocken.

In den Erdgeschossen der Gebäude befanden sich zu beiden Seiten der Straße überwiegend schäbig aussehende Läden. Hier wurden koschere Lebensmittel und allerhand Trödel verkauft. Judith sah über einer kleinen Buchhandlung und einer Leihbibliothek hebräische Schriftzeichen, die sie allerdings nicht entziffern konnte, da sie diese Sprache trotz ihrer eigenen jüdischen Herkunft nie erlernt hatte.

Zum ersten Mal wurde ihr in vollem Ausmaß bewusst, wie sehr sich ihre Familie durch die gehobene bürgerliche Herkunft und die überwiegend deutschen Sitten, die in der Villa Bergmann gepflegt wurden, von anderen Gruppen ihrer Glaubensgemeinschaft unterschied. So krass hatte sie die Andersartigkeit in den Einrichtungen rund um den Bülowplatz nicht empfunden, zumal sich dort die Anzahl an christlichen und jüdischen Kindern ungefähr die Waage hielt.

Je mehr sie sich der Grenadierstraße 23 näherten, desto mehr verstärkte sich der Eindruck der Verwahrlosung des Hauses. Als sie die Tür mit der abblätternden Farbe erreichten, die schief in den Angeln hing, hielt die Gruppe unwillkürlich an. Peter Hauser trat vor. »Soll ich den Damen vorangehen?«

Eglantyne Jebb schüttelte bereits den Kopf, bevor ihr Alice Peters Angebot übersetzt hatte. Entschlossen stieß sie die Tür auf und ging hinein.

Wieder bewunderte Judith den Mut dieser zart wirkenden schlanken Dame mit den rotbraunen, von grauen Strähnen durchzogenen Haaren. Ihre tiefblauen Augen, das schönste Merkmal ihres schmalen Gesichts mit der etwas zu großen Nase und dem herzförmigen Mund, blitzten erwartungsvoll, als sie sich kurz zu Alice umdrehte. »Where is it?«

»Upstairs. The second floor quite beneath the roof.«

Ohne auf den Schmutz zu achten, der den Eingangsflur und die steile Stiege bedeckte, raffte Jebb ihren schlichten grauen Mantel und begann hinaufzusteigen. Die Wände entlang der Stiege starrten vor grünlichem Schimmel, es roch muffig und dumpf. Im Hausflur konnte man zudem kaum etwas sehen, das Glas der kleinen Fenster war vollständig blind. Eine Leuchte gab es nicht.

Kein Wunder, dass die Kinder in einer solchen Umgebung sterben wie die Fliegen, wurde Judith klar, als sie Eglantyne und Alice folgte. Die Bedeutung mangelnder Hygiene für die Gesundheit der Kleinen war ihr bereits seit der Unterstufe der

Sozialen Frauenschule bewusst. Nun kamen Hunger, Kälte und Entbehrung hinzu. Fast überall im Scheunenviertel grassierten Tuberkulose, Diphtherie, Masern und Scharlach unter den Kindern und forderten viele Todesopfer. Judith kannte mindestens fünf Mädchen und Jungen, die solchen Krankheiten bereits erlegen waren. Aufgrund des geschwächten Zustands der Kinder waren selbst in besseren Zeiten harmlose Erkältungskrankheiten mittlerweile eine Gefahr.

Als die Frauen das Kopfende der Stiege erreicht hatten, drehte sich Alice zu den Männern um, die ihnen folgten. »Bitte warten Sie vor der Tür, bis ich Sie rufe«, bat sie. »Man hat mir gesagt, dass hier eine achtköpfige Familie in einem einzigen Zimmer haust. Wenn wir alle gleichzeitig eintreten, dürften wir uns nicht mehr rühren können.«

»Dann bleibe auch ich hier draußen«, erklärte Rebekka Bergmann rasch. Sie sah schon wieder käsebleich aus. Deshalb schämte sich Judith auch nur flüchtig für die Zimperlichkeit ihrer Mutter. Schließlich sollten die Bewohner dieses Elendsquartiers Rebekka ihren Widerwillen nicht ansehen.

Alice klopfte an die Tür. Ein noch junger Mann öffnete. Sein langer Bart hing ihm verfilzt über das Kinn. Nach einem kurzen Gruß winkte er sie herein.

Sobald Judith hinter den beiden anderen Frauen die Wohnung betrat, war sie sogar froh darüber, dass ihre Mutter draußen wartete. Verstohlen blickte sie sich um und hoffte, dass die Bewohner nicht merkten, wie erschüttert sie war, und dass sie sich ebenfalls vor dem Elend ekelte.

Besonders abscheulich war der Geruch: Es war eine Mischung aus kaltem Rauch, ungewaschener Kleidung und Fäkalien. Die Wohnung verfügte offenbar auch im Stiegenhaus über keinen Abort. Jedenfalls hatte Judith keinen gesehen. Sie entdeckte stattdessen einen Blecheimer, über den nur ein schmutziges Tuch gebreitet war.

Die Mitte des ungefähr zwanzig Quadratmeter großen Raums

wurde von einem Arbeitstisch eingenommen, an dem vier magere Kinder und ihre verhärmt aussehende Mutter Tabak zu Zigaretten drehten. Judith erinnerte sich daran, dass sie einst im *Vorwärts* gelesen hatte, diese Art schlecht bezahlter Heimarbeit sei die Haupterwerbsquelle vieler armer jüdischer Familien im Scheunenviertel.

Alice Salomon stellte sich selbst und ihre beiden Begleiterinnen vor. »Wir kommen von der Armenfürsorge, um Ihnen Nahrungsmittel zu bringen«, erklärte sie. »Und da Ihnen bereits Ihre beiden jüngsten Kinder verstorben sind, wie man mir mitteilte, möchten wir uns gern vom Gesundheitszustand der anderen Kleinen überzeugen.«

Während in die hohlwangigen Gesichter der älteren Kinder rund um den Tisch ein unverkennbarer Ausdruck von Gier trat, winkte der Vater seiner Frau. »Hol die Esther aus ihrem Bettchen!« Dann drehte er sich zu Alice um. »Den Jonas haben wir ebenfalls verloren. Er ist uns vorgestern unter den Händen gestorben.« Aus seinen Worten klang keine Trauer, aber ein fremdartiger Akzent.

Judith fehlten vor Erschütterung die Worte. Auch Alice Salomon sah mitgenommen aus. Lediglich Eglantyne Jebb wirkte gefasst. In ihren Augen stand nichts als Mitgefühl mit dem Elend dieser Familie. Anscheinend sah sie eine solche Szenerie nicht zum ersten Mal.

Judiths Erschütterung steigerte sich zum Entsetzen, als die Mutter ein kleines Mädchen aus einem Bettchen hob, das unmittelbar neben dem Fäkalieneimer stand. Die Augen der Kleinen lagen tief in den Höhlen, sie machte einen völlig apathischen Eindruck.

»Dürfen wir sie einmal ohne Kleidung sehen?« Judith hatte gar nicht auf Jebbs Worte geachtet, bis Alice sie dem Vater übersetzte. Er zögerte kurz und nickte seiner Frau dann zu. Diese stellte das Mädchen auf die Erde und schob ihr den schmuddeligen Kittel bis zum Hals hoch. Darunter war sie nackt.

Der Anblick des kleinen Körpers sollte Judith noch viele Tage verfolgen. Während der Bauch des Kinds aufgetrieben war wie ein Ballon, konnte man unter der Haut des Oberkörpers sämtliche Rippen erkennen.

»Wie alt ist das Mädchen?«

»Sie ist vier«, flüsterte die Mutter.

Judiths Entsetzen wuchs. Das Mädchen sah aus wie eine Zweijährige und wog vermutlich weit unter zehn Kilogramm.

»Darf meine Begleiterin eine Fotografie Ihrer Tochter machen?« Wieder drangen Alice Salomons Worte nur wie durch einen Nebel an Judiths Ohr. »Sie ist Engländerin und möchte in ihrer Heimat Spenden für die hungernden Kinder in Deutschland sammeln. Doch dafür muss sie zeigen können, wie schlecht es ihnen hier geht.«

Der Vater zögerte. »Ich hatte gehofft, Sie würden uns etwas zu essen bringen.«

Alice nickte nachdrücklich. »Draußen warten meine Helfer mit Taschen voller Lebensmittel für Sie. Wir haben Brot, Butter, Käse und Marmelade sowie Milch für die Kinder dabei. Außerdem Mehl, Grieß und Öl.«

»Aber die Bedingung für diese Gaben ist, dass Sie mein armes Mädchen fotografieren?«

Jebb deutete seine Frage anscheinend richtig, obwohl sie kein Deutsch sprach, und schüttelte nachdrücklich den Kopf. Diesmal verstand Judith ihre Worte wieder, bevor Alice sie übersetzte.

»Sie würden uns sehr helfen, wenn Sie uns eine Fotografie der kleinen Esther erlauben würden«, erklärte Eglantyne. »Doch eine Bedingung für den Erhalt der Lebensmittel ist das nicht. Die bekommen Sie auf jeden Fall.«

Der Mann überlegte und gab dann seine Zustimmung. Diesmal zog die Mutter ihrer kleinen Tochter den Kittel ganz aus. So rasch es ihr möglich war, machte Eglantyne Jebb drei Fotografien des nackten Mädchens mit dem Apparat, den sie dazu mitgebracht hatte. Denn im Zimmer war es eiskalt. Judith fror trotz ihres pelzgefütterten Mantels. In dem kleinen Eisenofen brannte offensichtlich kein Feuer.

Ich werde meinen Vater bitten, einige Sack Kohle hierherzu-schicken, dachte sie in Erinnerung an Paul Bergmanns Weih-nachtsgeschenk für die Familien der Kinder am Bülowplatz.

Mittlerweile war Alice bereits an die Tür getreten und winkte Peter Hauser hereinzukommen. Judith erhaschte einen flüchtigen Blick auf das fassungslose Gesicht ihrer Mutter, die Hauser über die Schulter sah.

Dann breitete der Tischler die mitgebrachten Lebensmit-tel auf dem Tisch aus. Als die Kinder Anstalten machten, gie-rig danach zu greifen, hob Alice die Hand. »Wenn die Kinder seit Tagen nur wenig gegessen haben, dürfen sie anfangs nur eine geringe Menge Speise zu sich nehmen«, erklärte sie den Eltern. »Sonst können sie die Nahrung nicht bei sich behal-ten.«

Eglantyne schien Alices Worte erneut ohne Übersetzung zu verstehen und nickte energisch. Dann zeigte sie auf drei Fla-schen aus braunem Glas.

Alice lächelte ihr flüchtig zu, bevor sie sich wieder an die Eltern wandte. »In diesen Flaschen ist Lebertran. Bitte geben Sie Ihren Kindern jeden Tag zwei Esslöffel davon. Jeweils einen morgens und einen abends. Der Lebertran schmeckt nicht gut. Er ist aber das wirksamste Mittel gegen Knochenverkrüm-mung.«

Judith schauderte es ein wenig bei der Erinnerung an die Zeit, als auch sie jeden Morgen einen Esslöffel Lebertran ein-nehmen musste. In der entsprechenden Unterrichtsstunde in der Sozialen Frauenschule hatte sie seinen Wert jedoch schät-zen gelernt. Der Tran wurde aus der Leber verschiedener Fische gewonnen und enthielt viele, für die gesunde Entwick-lung von Kindern wichtige Nährstoffe. Wie gut, dass Herr Jan-dorf selbst an Lebertran gedacht hat. Ich habe völlig vergessen, ihn darum zu bitten. Und wie gut, dass es im KaDeWe selbst in diesen Zeiten eine solche Vielfalt an Waren gibt, dachte sie.

Inzwischen hatte Miss Jebb ihre Börse gezückt, sie zog einen Zwanzigmarkschein heraus. »Davon soll der Vater sofort Heizmaterial besorgen, damit die Mutter den Kleinen einen Grießbrei kochen kann.« Sie legte den Schein auf den Tisch. Erst später würde Judith erfahren, dass zwanzig Mark ungefähr das Zehnfache des Tageslohns waren, den die ganze Familie durch das Zigarettendrehen verdiente.

Nach einigen weiteren freundlichen Worten verabschiedeten sich die Frauen von der jüdischen Familie. Hätte Judith geahnt, welche weiteren Elendsszenarien heute im Scheunenviertel noch auf sie und ihre Begleiterinnen warteten, wäre sie sicherlich versucht gewesen, sich wie ihre Mutter in den stinkenden Mietwagen zu flüchten, der am Anfang der Grenadierstraße auf ihre Rückkehr wartete.

# Kapitel 13

### Adolf Jandorfs Kontor im KaDeWe

### *26. Februar 1919*

»Also, mein liebes Fräulein Krause, was kann ich denn nun für Sie tun?«

Riekes Bitte um eine kleine Audienz hatte Jandorf aufgrund ihrer Loyalität während des Streiks sofort stattgegeben.

»Geht es um Ihre werte Frau Mutter?«, schoss Jandorf ins Blaue. »Möchte sie wieder im KaDeWe beginnen? Sie wissen ja, dass ich mein Versprechen ernst gemeint habe, Ihnen und allen anderen, die mir in dieser schwierigen Zeit die Treue gehalten haben, außer der Gratifikation auch einen Wunsch zu erfüllen, sollte das in meiner Macht stehen.«

In der Tat erwies sich der Eigner des KaDeWe nach der Beendigung des Streiks, der vom 12. bis zum 19. Februar gedauert hatte, als überaus großzügig gegenüber den Angestellten, die sich nicht daran beteiligt hatten. Jedes Mitglied des Personals erhielt ein zusätzliches Monatsgehalt als Gratifikation.

Rieke schüttelte den Kopf. »Nein, es geht um mich selbst.« Sie nahm all ihren Mut zusammen. »Ich möchte Sie um meine Versetzung bitten, Herr Jandorf«, presste sie mühsam hervor.

Wie sie es erwartet hatte, war Jandorf verblüfft. »Aber warum denn nur, Fräulein Krause? Die Damenkonfektion ist eine der Abteilungen mit dem größten Renommee. Und Frau Maurer wird uns nicht mehr allzu lange erhalten bleiben«, fügte er bedeutungsschwanger hinzu.

Frau Maurer war eine langjährige Mitarbeiterin, die zuletzt als Erste Verkäuferin in der Kinderkonfektion tätig gewesen war. Sie war verwitwet und würde bereits in drei Jahren in den Ruhestand gehen. Nachdem Jandorf Fräulein Sigismund aufgrund ihrer aktiven Beteiligung am Streik entlassen hatte, war die Position der Ersten Verkäuferin in der Damenkonfektion vakant geworden.

Die Übernahme der Stellung durch die freundliche Frau Maurer, die Rieke auf Anhieb sympathisch war, machte ihr nichts aus. Im Gegenteil hätte sie sich nur schwer vorstellen können, nach den Szenen vor dem KaDeWe weiterhin mit Fräulein Sigismund als Vorgesetzter zusammenzuarbeiten. Obwohl die Situation an den folgenden Streiktagen nie wieder so dramatisch gewesen war wie am ersten Tag.

Schon am zweiten Tag hatte Jandorf genügend Wachleute angeworben, um die Streikenden zurückzudrängen und seinen loyalen Mitarbeitern den ungehinderten Zugang zu ihrem Arbeitsplatz zu ermöglichen. Während der letzten Streiktage hatte das KaDeWe sogar wieder geöffnet. Davor nutzten die verbliebenen Angestellten die Zeit, um eine vorgezogene Inventur zu machen, die Abteilungen neu zu dekorieren und selbst die kleinste Ecke einmal gründlich aufzuräumen.

Nach und nach war der Streik der KaDeWe-Mitarbeiter ohnehin fast in sich zusammengebrochen. Immer mehr Angestellte wechselten die Seiten und erschienen wieder zur Arbeit. Dazu gehörten auch Fräulein Sigismund und die beiden Kolleginnen Riekes aus der Damenkonfektion. Nur Else Lemke harrte bis zum Schluss bei den Streikenden aus.

Dass Jandorf Fräulein Sigismund trotz ihrer Kehrtwende entließ, wenn auch mit der großzügigen Auszahlung ihres Lohns bis zum Ende des Quartals, hatte Rieke nicht gewundert. Illoyale Führungskräfte konnte sich kein Arbeitgeber leisten. Doch dass er gestern mit Else Lemke im Schlepptau persönlich in der Abteilung aufgetaucht war, um sie wieder als

Verkäuferin in der Damenkonfektion einzusetzen, riss Rieke vor Schreck beinahe den Boden unter den Füßen weg.

»Auch wenn sie zunächst mit Absicht einen völlig anderen Eindruck erweckt hat, trügt der Schein, was die Loyalität von Fräulein Lemke angeht«, erklärte Jandorf den versammelten Mitarbeiterinnen der Damenkonfektion. Herr Kreutzfeld, der Abteilungsleiter, nickte nachdrücklich dazu.

»Fräulein Lemke hatte den Schneid, mich bereits zwei Tage vor dem Beginn des Streiks darüber zu informieren, dass sich mit höchster Wahrscheinlichkeit auch ein größerer Teil der Belegschaft des KaDeWe daran beteiligen werde. Ich gestehe offen ein, dass mir zwar bekannt war, dass sich subversive Elemente anonym im Warenhaus herumgetrieben hatten, um dort ihre Flugblätter zu hinterlassen. Doch dass diese Leute Zulauf in dieser Größenordnung erhalten würden, hätte ich nie für möglich gehalten.«

Jandorf machte mit Absicht eine kleine Pause, damit seine Worte auf seine Zuhörerinnen wirken konnten. Dann fuhr er fort: »Zum Dank habe ich Fräulein Lemke einige Tage bezahlten Urlaub gewährt und ihr die doppelte Gratifikation zugestanden. Ihrem Wunsch, zurück in die Damenkonfektion versetzt zu werden, habe ich selbstverständlich ebenfalls entsprochen.«

Er blickte mit einem breiten Lächeln in die Runde. »Und nun wünsche ich den Damen einen angenehmen Neubeginn Ihrer Zusammenarbeit.«

Wie vor den Kopf geschlagen, blieb Rieke zurück. Die Aussicht, Else wieder als unmittelbare Kollegin zu haben, war ihr unerträglich. Zwar waren die beiden anderen Verkäuferinnen, die sich am Streik beteiligt hatten, nicht entlassen worden, da sie ebenfalls weit vor dem Ende des Ausstands die Seiten gewechselt hatten. Sie wurden jedoch in andere, weniger bedeutsame Abteilungen versetzt und verkauften jetzt Strümpfe oder Tabakwaren im Erdgeschoss.

Deshalb hatte sich Rieke bis zu dem Tag, an dem Jandorf mit Else in der Damenkonfektion erschien, in der Hoffnung gewiegt, Frau Maurer eines Tages als Erste Verkäuferin zu beerben. Auch weil Jandorf ihre beiden jetzigen Kolleginnen im Lauf des Streiks neu eingeworben hatte, sodass diese im KaDeWe viel unerfahrener waren als sie.

Ihre Entscheidung, um die Versetzung zu bitten, hatte sich Rieke daher nicht leicht gemacht, da Else ihr in der kurzen Zeit seit ihrer Versetzung sogar freundlich begegnet war. Doch angesichts dessen, was Else ihr bereits angetan hatte, traute Rieke dem Frieden nicht. Und hatte sich daher nach einigen schlaflosen Nächten zum heutigen Schritt entschlossen.

»Ich bitte um Vergebung, Herr Jandorf, aber meine Entscheidung ist gefallen«, wiederholte sie ihre Bitte nun mit leiser Stimme.

»Aber warum denn nur?«, insistierte Jandorf.

Rieke wich seinem Blick aus. »Ich habe mich noch nie gut mit Fräulein Lemke verstanden. Ich möchte nichts Schlechtes über sie sagen, aber mir gegenüber hat sie sich immer außerordentlich«, sie suchte nach dem richtigen Wort, »außerordentlich unkollegial verhalten. Und daher vermute ich, sie wird alles daransetzen, uns andere in die Ecke zu drängen. Besonders mich, da die übrigen Kolleginnen ja neu sind.«

Sie holte tief Luft und entschied spontan, Jandorf auch ihren größten Vorbehalt anzuvertrauen. »Ich habe Fräulein Lemke im Verdacht, alles dafür zu tun, um dereinst die Nachfolge von Frau Maurer antreten zu können.«

Hätte Rieke es in diesem Augenblick gewagt, Jandorf ins Gesicht zu sehen, wäre ihr sein verdutzter Gesichtsausdruck womöglich aufgefallen. Und wenn er offen zu ihr gewesen wäre, hätte Rieke erfahren, dass Else Lemke tatsächlich um Fräulein Sigismunds Stelle gebeten hatte. Was er allerdings freundlich, aber bestimmt abgelehnt hatte, da ihm Else dafür noch nicht als geeignet erschien.

Rieke hätte sich darüber natürlich gefreut. Denn ihrer Ansicht nach spielte Else ein falsches Spiel. Nach ihrer Kündigung war Fräulein Sigismund, die ehemalige Erste Verkäuferin, noch einmal in die Damenkonfektion gekommen, um sich zu verabschieden. Dabei hatte sie weinend beteuert, von Else Lemke regelrecht zur Beteiligung am Streik aufgehetzt worden zu sein. Doch Adolf Jandorf habe ihr das nicht geglaubt.

Rieke konnte nicht wissen, dass Jandorf sie selbst für weitaus besser geeignet für den Posten der Ersten Verkäuferin hielt als Else. Insofern wertete sie seine nächste Frage bereits als großes Entgegenkommen und beantwortete sie ehrlich.

»Gibt es denn eine Stelle, die Sie sich als Ersatz wünschen?«

»Vielleicht in der benachbarten Damenwäscheabteilung. Da ist Fräulein Lemkes Platz ja nun frei.«

Jandorf nickte. »Das ist eine gute Idee, Fräulein Krause. So bleiben Sie wenigstens in unmittelbarer Nachbarschaft zur Damenkonfektion und können zumindest einen Teil des dortigen Verkaufsgeschehens beobachten. Denn ich hoffe sehr, dass sich unsere diesbezüglichen Geschäfte in der nächsten Zeit konsolidieren.«

Rieke wollte schon aufstehen, um sich mit einem Dank zu verabschieden, als Jandorf sie mit einer Handbewegung zurückhielt. »Ihre Versetzung möchte ich allerdings nicht als den Wunsch verstehen, den ich Ihnen aufgrund Ihrer Loyalität erfülle. Kann ich denn sonst noch etwas für Sie tun? Oder wenn schon nicht für Sie selbst, dann vielleicht für Ihre Frau Mutter?«, kam er auf sein Thema vom Beginn des Gesprächs zurück. »Ihre frühere Position als Leiterin der Putzkolonne im KaDeWe ist zwar leider besetzt. Zudem hat sich ihre Nachfolgerin weder während des Streiks noch vorher etwas zuschulden kommen lassen, was ihre Degradierung rechtfertigen würde. Aber«, er zog die Stirn kraus und überlegte, »aber ich könnte Ihrer Mutter eine nette Position in der Küche des Teesalons anbieten. Dort wird eine tüchtige Kraft zum Spülen des teuren Geschirrs und bei der Zubereitung kleiner Speisen gebraucht.«

Rieke schüttelte mutlos den Kopf. Auch sie selbst war bereits auf die Idee gekommen, den ihr von Jandorf gewährten Wunsch für Käthes Wiedereinstellung zu verwenden, bevor sie von der Versetzung Elses erfuhr. Doch Käthe lehnte dies kategorisch ab. Und zwar genau mit dem Argument, dass sie lieber in der Fabrik bleibe, anstatt von ihrer ehemals leitenden Position zur einfachen Reinemachefrau abzusteigen.

»Ich habe bereits mit meiner Mutter darüber geredet«, entschloss sich Rieke erneut, offen zu sprechen. »Ich glaube, sie geniert sich zu sehr, um Ihre Großmut ein weiteres Mal in Anspruch zu nehmen. Zumal es ja keine leitende Position mehr wäre«, fügte sie zögernd hinzu.

Jandorf wiegte sein Haupt. »Kommt Zeit, kommt Rat«, machte er einen weiteren Versuch. »Immerhin hat sich Ihre Mutter ja schon einmal von der einfachen Putzfrau zur Vorgesetzten hochgearbeitet.«

»Ich danke Ihnen sehr, Herr Jandorf. Doch ich fürchte, für meine Mutter können Sie leider gar nichts tun. Aber vielleicht …«

Der kühne Gedanke entstand wie aus dem Nichts. »… vielleicht etwas für meine jüngere Schwester Sanni. Könnte sie nicht als Hilfsverkäuferin im KaDeWe anfangen?«

Jandorf runzelte skeptisch die Stirn. »Als Hilfsverkäuferin? Wie stellen Sie sich das vor?«

»Ich könnte sie anleiten, Herr Jandorf.« Plötzlich nahm die vage Idee konkretere Formen an. »Sie müssen wissen …«, Rieke holte tief Luft, »Sie müssen wissen, dass Sanni ganz ohne jede Aufgabe ist, seit sich mein Bruder Robert das Leben genommen hat. Durch den Krieg und Roberts Pflege konnte sie nie eine Ausbildung machen. Das verübelt sie meiner Mutter und mir.«

Das war diesmal nicht die ganze Wahrheit. Sanni warf Käthe

zwar immer wieder vor, sie hätte ihr Robert und Rieke vorgezogen. Über eine fehlende Ausbildung hatte sie sich allerdings noch nie beklagt. Doch Käthes Antwort darauf wäre wahrscheinlich nur gewesen, dass Sanni noch nie etwas getaugt habe. Vielleicht würde sich die konfliktbeladene Situation zu Hause tatsächlich mit der Zeit entspannen, wenn Sanni mit einer Stelle im KaDeWe etwas Respektables vorweisen könnte.

»Wie alt ist Ihre Schwester denn jetzt?«, fragte Jandorf.

»Sie ist gerade achtzehn Jahre alt geworden.« Nun fühlte Rieke sich wieder ganz verzagt.

Zumal Jandorf jetzt ihre eigenen Zweifel aussprach. »Das ist sowohl für ein Kassenmädchen als auch für ein Lehrmädchen zu alt. Es bliebe tatsächlich nur eine Position als Aushilfe. Aber wie die genau aussehen könnte, wüsste ich im Moment nicht zu sagen.«

Zum zweiten Mal in diesem Gespräch nahm Rieke all ihren Mut zusammen. »Könnten Sie Sanni denn nicht, wie weiland mich selbst, erst einmal zur Probe einstellen? Es sind doch noch etliche Positionen im KaDeWe nach dem Streik unbesetzt. Vielleicht findet sich ja doch noch etwas Sinnvolles für sie zu tun.«

»Spricht Ihre Schwester denn wenigstens anständiges Deutsch?«

Rieke schöpfte neue Hoffnung. Offenbar beschäftigte sich Jandorf zumindest mit ihrer Idee.

»Ich kann mit ihr üben«, bot sie rasch an. »Sanni hat ja wie wir alle die Volksschule abgeschlossen und dort gutes Deutsch gelernt. Geben Sie mir einfach ein paar Wochen Zeit, sie vorzubereiten. Vielleicht könnten Sie sie zum 1. April einstellen. Und wenn sie sich dann nicht bewährt ...«

»Das werden wir ja sehen«, fiel ihr Jandorf ins Wort. »Also lassen Sie uns diesen Versuch unternehmen. Sie wissen ja, Ihre Familie liegt mir seit jeher am Herzen.«

# Ein Hörsaal in der Friedrich-Wilhelm-Universität zu Berlin

## *Ende April 1919*

Judith versuchte, sich ihre Aufregung nicht anmerken zu lassen, als sie den Hörsaal der Staatswissenschaftlichen Fakultät der ehrwürdigen Friedrich-Wilhelm-Universität zu Berlin heute zum ersten Mal betrat. Professor Max Sering würde eine Vorlesung über das Thema »Soziologie der Ungleichheit« nach den Theorien von Max Weber halten, der einst ebenfalls an dieser Universität gelehrt hatte. Dabei würde es um die verschiedenen Stände und Klassen in der heutigen Gesellschaft gehen. Judith war darauf sehr gespannt.

Als sie den Blick über die stufenförmig angeordneten Sitzreihen schweifen ließ, stellte sie fest, dass sie eine der ersten Studenten war, die der Vorlesung beiwohnen wollten. Und bisher die einzige Frau.

Noch war Judith die sogenannte akademische Viertelstunde unbekannt, von der sie erst im Lauf des Tages erfahren würde. Dies bedeutete, dass eine Vorlesung zwar auf neun Uhr angesetzt war, aber erst um Viertel nach neun begann.

Vorerst wählte sie sich einen Platz in der Mitte der dritten Reihe von unten. Als weitere Studentinnen eintrafen, insgesamt waren es am Ende vier an der Zahl, war es für Judith allerdings zu spät, um den Platz wieder zu wechseln und sich neben ihre Geschlechtsgenossinnen zu setzen. Denn obwohl rechts und links von ihr mehrere Plätze frei blieben, hätte sie sich an jeder Seite der Reihe an mindestens fünf Studenten vorbeidrängen müssen, die näher am Rand saßen.

Das Feixen und das Getuschel manch eines männlichen Kommilitonen erinnerten Judith an die entwürdigenden Szenen vor dem Wahllokal im Januar. Sie versuchte, die spöttischen oder sogar verächtlichen Blicke zu ignorieren, die man ihr zuwarf. Stattdessen erinnerte sie sich wieder einmal an das wunderbare Gespräch mit Professor Max Sering, dem sie ihren heutigen Status als Gasthörerin verdankte.

Das Gespräch hatte durch Vermittlung von Alice Salomon unmittelbar nach den furchtbaren Märzunruhen stattgefunden, die erneut von Massendemonstrationen und Streiks der durch die politische Entwicklung enttäuschten Revolutionäre ausgelöst worden waren. Diesmal verliefen sie so blutig, dass in den Zeitungen von mehr als tausend Toten die Rede war.

Auch aus diesem Grund hatte Judith die Erlaubnis ihrer Mutter, den Professor in der Universität aufzusuchen, letztlich nur mit dem Hinweis erzwingen können, dass sie mittlerweile seit über einem Jahr volljährig war und für sich selbst einstehen könne. Sie glaubte Rebekka zwar einerseits ihre echte Besorgnis darüber, was einer jungen Frau, zumal jüdischer Herkunft, auf den Straßen Berlins drohen könne, wenn sie allein unterwegs war. Doch im Geheimen hatte Judith ihre Mutter im Verdacht, die Gefährlichkeit dieser Situation nur als Vorwand zu benutzen, um Judith ihre Pläne für eine universitäre Ausbildung doch noch auszureden.

Schließlich hatte man im März einen Kompromiss gefunden: Judiths älterer Bruder Johannes nahm sich mit persönlicher Erlaubnis von Adolf Jandorf einige Stunden im KaDeWe frei, um sie mit dem Mercedes zur Universität zu bringen und während des Gesprächs mit Professor Sering in der Mensa auf sie zu warten. Heute war Judith allein mit der Straßenbahn zum Standort der Uni in der Prachtstraße Unter den Linden gefahren, wie sie es von nun an dreimal pro Woche tun würde. Ihre restliche Zeit wollte sie weiterhin der Kinderfürsorge widmen.

Denn ihre Mühe im März hatte sich ausgezahlt. Das Gespräch mit dem Professor für Staatswissenschaften war außerordentlich erfolgreich für sie verlaufen. Wie er es bei Alice Salomon schon vor fast zwanzig Jahren getan hatte, hatte der mittlerweile zweiundsechzigjährige Max Sering auch Judith versprochen, ihr für das Sommersemester zunächst einmal den Status einer Gasthörerin zu verschaffen. Unter der Voraussetzung, dass sie eine qualitativ hochwertige Seminararbeit schriebe, würde er sich darüber hinaus dafür einsetzen, dass man sie zum Wintersemester als reguläre Studentin im großen Fachbereich Philosophie aufnähme.

»Ich bin außerordentlich beeindruckt von dem, was Sie mir über Ihr größtenteils ehrenamtliches Engagement in der Kinderfürsorge des Scheunenviertels berichtet haben«, begründete der weißbärtige und fast kahlköpfige Professor seine Entscheidung, nachdem er Judith viele kluge Fragen gestellt hatte. »Besonders Ihre Beobachtungen zum Verhalten der Kinder wirken sehr scharfsichtig auf mich und sind eine gute Voraussetzung für eine wissenschaftliche Laufbahn.«

Der Blick aus seinen gütigen Augen hinter dem randlosen Kneifer ließ für Judith keinen Zweifel daran, dass er sein Lob ernst meinte. Dass er die Qualität ihrer Arbeit in der Kinderfürsorge beurteilen könne, hatte ihr im Vorfeld bereits Alice Salomon versichert.

»Denn Professor Sering gehörte im Jahr 1893 zu den Mitbegründern der damals noch ehrenamtlich tätigen Mädchen- und Frauengruppen für soziale Hilfsarbeit, aus deren Erfahrungen und Gedankengut meine Soziale Frauenschule hervorgegangen ist«, begründete sie ihre Einschätzung.

Dann fuhr Alice mit einem Seufzer fort: »Leider ist Professor Sering jedoch nicht typisch für die Professorenschaft, was seine liberalen Ansichten über die akademische Ausbildung von Frauen angeht. Sie werden es daher nicht leicht haben, Judith, und sich genau wie ich erst einmal durchbeißen müssen.«

Diese Prophezeiung hatte Judith jedoch nicht entmutigt, sondern ihren Ehrgeiz im Gegenteil sogar angestachelt. Deshalb wartete sie nun voller Vorfreude auf den Beginn der Vorlesung. Mit dem Spott ihrer männlichen Kommilitonen, die ihr immer noch scheele Blicke zuwarfen, würde sie schon fertig werden. Und das nächste Mal wollte sie darauf achten, neben ihren Studienkolleginnen zu sitzen.

## Im KaDeWe

### *Mai 1919*

Stirnrunzelnd versuchte Johannes Bergmann erneut, aus dem Zettel schlau zu werden, den die Aufsichtsdame Frau Liebermann auf seinem Schreibtisch hinterlassen hatte, bevor sie ihren Posten aufgrund eines Unwohlseins heute vorzeitig verließ. Er selbst war zu diesem Zeitpunkt in einer Besprechung mit einem Lieferanten gewesen und wurde nun aus der Nachricht nicht schlau.

Nach dem Krieg hatte es einige Umstrukturierungen im KaDeWe gegeben. So, wie Jandorf nach dem Streik Johannes' Vater Paul gebeten hatte, auch die Personalleitung im KaDeWe zu übernehmen, da sie Adolf bei seinen zahlreichen übrigen Verpflichtungen zu viel wurde, erweiterte er den Verantwortungsbereich weiterer leitender Angestellter. Deshalb hatte Frau Liebermann neben der Aufsicht über die Damenkonfektion nun zusätzlich die über die Damenwäscheabteilung inne.

»Nachbestellung der seidenen Nachthemden aus dem inserierten Sonderangebot erforderlich«, entzifferte er mühsam die ungewohnt krakelige Handschrift Frau Liebermanns. »Es muss ihr wirklich schlecht gegangen sein«, murmelte er geistesabwesend. Dann senkte er den Blick erneut auf den Zettel. »Farbe rosa«, las er weiter. Doch über die nachzubestellenden Größen fehlte jede Angabe.

Das war sehr verdrießlich. Denn als letzte Information hatte die Aufsichtsdame aufgeschrieben, dass Reservierungen von insgesamt fünf Damen vorlägen. Die bestellten Nachthemden waren sogar bereits bezahlt und sollten den Kundinnen nach Hause geliefert werden. Doch um welche Größen handelte es sich? Vielleicht ist Frau Liebermann mit der neuen Doppelaufgabe einfach überfordert, dachte Johannes ärgerlich. Denn durch ihre Nachlässigkeit geriet er nun in eine missliche Lage.

Jeder Kundin wurde in den großflächigen Inseraten, die in allen großen Berliner Tageszeitungen geschaltet worden waren, versichert, dass ausreichend Ware vorhanden sei und keine Wünsche offenbleiben würden. Insofern fühlte sich Johannes natürlich verpflichtet, nicht nur die bereits bezahlten Nachthemden, sondern schnellstens auch Nachschub für alle weiteren potenziellen Kundinnen zu besorgen. Zumal er nicht damit gerechnet hatte, dass ein Teil der Ware so rasch ausgehen könnte. Immerhin war heute erst Mittwoch, und das Angebot galt noch bis Samstag.

Kurz überlegte er, ob man den Damen, die rosa Nachthemden reserviert hatten, nicht solche in den beiden anderen Farben Hellblau und Zartgrün anbieten könnte, verbunden mit einem weiteren Preisnachlass. Dann verwarf er diesen Gedanken rasch wieder. Zum einen war die Ware ja bereits bezahlt, zum anderen hatten sich die Damen explizit für die Farbe rosa entschieden.

Er warf einen Blick auf die Uhr. Es war bereits Viertel nach acht. Die Verkäuferinnen hatten das Warenhaus wahrscheinlich längst verlassen. Jetzt ärgerte er sich über sich selbst, den Eingangskorb auf seinem Schreibtisch nicht früher gesichtet zu haben. Denn die rechtzeitige Nachbestellung dieser Ware war auch eine Angelegenheit seines eigenen Prestiges. Er selbst war als oberster Einkäufer der betroffenen Abteilung noch in der Bewährungsphase. Das hatte ihm Adolf Jandorf in ihrem Gespräch vor drei Wochen sehr deutlich gemacht.

Die jüngsten Ereignisse, denen Johannes seine neue Position verdankte, hatten vor einigen Wochen begonnen mit dem unerwarteten Ableben des damaligen Abteilungsleiters der Damenkonfektion, Herrn Kreutzfeld, der zuletzt wie Frau Liebermann ebenfalls für die Damenwäsche zuständig gewesen war. Er war einem Herzschlag erlegen, der ihn im Schlaf ereilt hatte. Damit wurde die prestigeträchtigste Abteilungsleiter-Position im gesamten Textilbereich des KaDeWe von heute auf morgen vakant.

Doch die Sache ging sogar noch weiter. Jandorf nahm die bevorstehende Neubesetzung der Stelle zum Anlass, den gesamten Textileinkauf des KaDeWe umzuorganisieren. Denn jetzt nach Kriegsende zog besonders in diesem Verkaufsbereich das Geschäft erfreulicherweise wieder spürbar an.

Vor dem Krieg hatte jeder Einkäufer seine eigene Textilabteilung versorgt, für die er gleichzeitig als Abteilungsleiter fungierte. Doch schon während des Kriegs war dieses Gefüge durcheinandergeraten: Einerseits waren etliche jüngere Einkäufer eingezogen worden und keineswegs alle unbeschadet aus dem Krieg heimgekehrt. Das Zusammenlegen von Abteilungen unter einem Leiter war daher bereits während des Kriegs ab und zu notwendig geworden. Andererseits musste damals der Betrieb der Produktionsstätten für Kriegswäsche und Uniformen sichergestellt werden. Die Verantwortung dafür hatte Adolf Jandorf Gunter Perl und, nach seiner Rückkehr von der Front, Johannes anvertraut.

Jandorf, dessen Unternehmergeist ungebrochen war, beschloss schon nach Kriegsende, sowohl Perls als auch Johannes' Karriere im KaDeWe voranzutreiben. In dieser Absicht sah er sich bestärkt, als sich die zwei beim Aushandeln der Einkaufskooperation mit Tietz und Wertheim bewährten. Mit dem Auftrag hatte er nämlich die Eignung der beiden für höhere Aufgaben auf die Probe gestellt, wie es seine Art war. Die Gelegenheit, Johannes und Gunter weiter zu fördern und außerdem ihre Leistungsfähigkeit vergleichen zu können, bot sich ihm nun mit der Vakanz bei der Leitung der Damenober-

und -unterbekleidung, die gut als Anlass für die beabsichtigte Umstrukturierung herhalten konnte.

»Adolf möchte im Einkauf zwei ganz neue Leitungspositionen etablieren«, erklärte Johannes' Vater Paul seinem Sohn eines Abends nach dem Essen in der Villa Bergmann. Als oberster Vorgesetzter der Personalabteilung saß er natürlich an der Quelle für solche Informationen, wobei Jandorf allerdings über die Besetzung von höheren Positionen im Einkauf und Verkauf in der Regel noch immer selbst entschied. All seine innovativen Pläne pflegte er jedoch seit jeher erst einmal mit Bergmann zu diskutieren, bevor er an ihre Umsetzung ging. Schon allein, um dessen rechtliche Expertise dabei zu nutzen.

»Für diese Leitungspositionen hat er dich und Gunter Perl vorgesehen«, erläuterte Bergmann weiter. »Einer von euch soll oberster Einkäufer für Damenkonfektion und Damenwäsche werden, zudem in Personalunion als Nachfolger von Kreutzfeld Abteilungsleiter beider Bereiche. Zu den Pflichten dieses Einkäufers gehört außerdem die Beschaffung von Kinderkleidung und Luxus-Kleiderstoffen wie Seide oder Mohair.«

»Damit ist dieser Einkäufer also auch Vorgesetzter der Abteilungsleiter dieser zwei Bereiche?«, fragte Johannes.

Paul Bergmann bestätigte das. »Der zweite oberste Einkäufer ist für den gesamten restlichen Textilbereich zuständig«, erklärte Bergmann weiter. »Also für alle Weißwaren, farbige Bett- und Tischwäsche, Wäsche- und preiswerte Kleiderstoffe sowie Strümpfe, Handschuhe und sämtliche Accessoires aus den niedrigen Preissegmenten. Zusammengefasst für alle weiteren Textilien außer Teppichen, eben der Ware, die überwiegend im Erdgeschoss angeboten wird.«

»Auch für die Herrenkonfektion?«, fragte Johannes nach.

Sein Vater nickte. Herrenbekleidung war im Vergleich zur Damenkonfektion ein eher unterentwickelter Verkaufsbereich des KaDeWe, der ebenfalls im Erdgeschoss untergebracht war.

»Damit ist der Warenbereich dieses Einkäufers größer«,

konstatierte Johannes. »Und er hat auch viel mehr Abteilungsleiter unter sich.«

Paul Bergmann bejahte das zwar zunächst. »Doch die besseren Aufstiegschancen bietet der Einkauf für die Damenkonfektion, weil dies der umsatzstärkste Textilbereich ist«, wandte er ein. »Wer hier die Verantwortung trägt, könnte eines Tages zum kaufmännischen Leiter des KaDeWe ernannt werden. Oder sogar zum leitenden Textileinkäufer von Jandorfs gesamtem Imperium.«

»Wer hat denn im Augenblick diese Position inne?«, fragte Johannes verblüfft. Von einem leitenden Textileinkäufer für Jandorfs gesamten Konzern hatte er noch nie etwas gehört.

Paul Bergmann lächelte verschmitzt. »Noch gibt es eine solche Position gar nicht. Jandorf selbst hat die Oberaufsicht und das letzte Wort bei der übergeordneten Einkaufsstrategie in seinem Konzern. Das müsstest du doch aus den Verhandlungen mit Tietz und Wertheim wissen. Doch auf Dauer mutet sich Adolf viel zu viel zu. Das habe ich ihm schon oft gesagt. Und deshalb denkt er zunehmend darüber nach, wie er die eigene Verantwortung auf mehreren Schultern verteilen könnte.«

Paul trank einen Schluck des sündhaft teuren Cognacs aus dem KaDeWe. Sie saßen im Herrenzimmer der Villa. »Die Personalleitung im KaDeWe hat er ja bereits an mich abgegeben«, fügte er hinzu.

»Und was ist mit seiner Familie?« Auch Johannes nippte an seinem Cognac.

Wieder lächelte Paul. »Harry fällt zu seinem Leidwesen aus. Zum Glück ist Adolf auf diesem Auge nicht so blind wie andere Patriarchen, die ihre Söhne auch dann bevorzugen, wenn diese sich gar nicht für die Nachfolge eignen.«

Tatsächlich ging Harry momentan unter dem Vorwand, er müsse sich erst einmal von den Kriegsstrapazen erholen, überhaupt keiner Beschäftigung nach.

»Und seine Brüder möchte Adolf an den Stellen belassen, wo sie sich bereits bewährt haben. Also vor allem bei der Leitung seiner übrigen Warenhäuser. Doch meiner persönlichen Ansicht nach wird Adolf erneut einen Zwischenschritt einlegen«, fuhr Paul fort. »Bevor er die Leitung des Konzerneinkaufs in die Hände eines einzigen Mannes legt, wird er vielleicht erst einmal im KaDeWe damit beginnen, die Verantwortung für den gesamten Textileinkauf nur einer Person zu übertragen. Darüber hat er zwar noch nie mit mir gesprochen, aber das ist meine Vermutung.«

Natürlich war Johannes durch diese Informationen, die sein Vater aus erster Hand an ihn weitergab, gegenüber Gunter Perl im Vorteil. Trotzdem bewarb sich auch Gunter Perl nicht um die Leitung des größeren Einkaufsbereichs, sondern wie Johannes um die des prestigeträchtigeren. Perl konnte sich wahrscheinlich selbst zusammenreimen, dass dies die besseren Aufstiegschancen versprach.

Jandorf ließ sich drei Tage Bedenkzeit, bevor er seine Entscheidung traf. Sie fiel zugunsten von Johannes aus, war aber mit einer Einschränkung versehen.

»Leicht habe ich mir diese Entscheidung nicht gemacht, lieber Herr Bergmann«, erklärte er Johannes mit seiner gewohnten Offenheit. »Denn Gunter Perl arbeitet schon einige Jahre länger für mich als Sie und hat sogar schon ein ganzes Warenhaus erfolgreich geleitet. Aber Sie hatten das Pech, einberufen zu werden, und haben damit zwei volle Jahre für Ihre Berufstätigkeit verloren. Diesen unverschuldeten Nachteil gegenüber Gunter Perl möchte ich Ihnen nicht vergelten. Außerdem bin ich Ihrem Vater verbunden, dessen Tätigkeit für das KaDeWe und meinen gesamten Warenhauskonzern von unschätzbarem Wert für mich ist.

Deshalb greife ich zu einem Mittel, mit dem ich in der Vergangenheit immer wieder gute Erfahrungen gemacht habe: Ich erlege Ihnen eine Probezeit für die Leitung des Einkaufs der

Prestigeabteilungen des KaDeWe auf. Sie soll volle fünf Jahre betragen. Nach Ablauf dieser Zeit, in der ich Sie scharf beobachten und jederzeit abberufen werde, sollten Sie sich nicht bewähren, steht Ihnen möglicherweise im Falle Ihres Erfolgs der nächste Aufstieg bevor. Oder eben Gunter Perl, wenn er seine Sache im anderen Einkaufsbereich besser macht. An welche Position ich für den nächsten Karriereschritt denke, möchte ich im Augenblick noch für mich behalten.«

Johannes ließ nicht durchblicken, dass ihm sein Vater schon das ein oder andere verraten hatte. Stattdessen bedankte er sich herzlich für Jandorfs Vertrauen.

Das war zwar nicht ganz fair gegenüber Gunter Perl, doch dessen Handeln hielt Johannes ebenfalls für nicht fair. Seit Perls verächtlicher Reaktion auf seine Ohnmacht im Kaufhaus Tietz während des Spartakusaufstands misstraute er ihm zutiefst.

Doch heute, nur drei Wochen nach Antritt der neuen Position, durfte es nicht schon die erste Panne in seinem Verantwortungsbereich geben. Zumal Gunter Perl gegen Jandorfs Entscheidung nahezu Sturm gelaufen war, wie ihm sein Vater danach im Vertrauen mitgeteilt hatte.

Davon, dass sich Gunter Perl ihm gegenüber formal immer höflich und korrekt verhielt, ließ sich Johannes nicht täuschen. Alles andere hätte Perl nämlich genau die Minuspunkte eingetragen, die er ängstlich zu vermeiden trachtete, wollte er sich seine Aussichten auf einen weiteren Aufstieg bei Jandorf nicht vorzeitig verbauen.

Also, was ist bezüglich der Nachthemden jetzt zu tun?, riss sich Johannes zusammen. Er hatte keine Hemmungen, den Lieferanten, der seine Fabrikationsstätte in der Nähe von Berlin hatte, noch am heutigen Abend anzurufen, um eine Sendung rosafarbener Nachthemden für den nächsten Morgen nachzubestellen. Doch wie sollte er die benötigten Größen in Erfahrung bringen?

Plötzlich fiel ihm die junge Verkäuferin ein, die in der Damenwäscheabteilung arbeitete und die er schon mehrmals nach acht Uhr abends noch in der Abteilung angetroffen hatte. Wie hieß sie doch gleich? Fräulein Krause, erinnerte er sich. Sie war sehr fleißig und räumte nach Dienstschluss oft noch freiwillig auf.

Wenn Fortuna ihm hold war, würde er sie vielleicht antreffen und könnte sie nach den Seidenhemden fragen. Denn zu den Pflichten jeder Verkäuferin gehörte es, der zuständigen Aufsichtsdame einen fehlenden Warenbestand sofort zu melden. Mit etwas Glück war das heute Fräulein Krause gewesen. Dann weiß sie natürlich genau Bescheid darüber, welche Größen fehlen, dachte Johannes, als er sein Kontor verließ, um sich auf die Suche zu machen.

»Na, das wurde jetzt auch mal höchste Zeit.« Gregor Eckstein musterte Rieke von oben bis unten. In seine kleinen Augen trat ein lüsterner Ausdruck, er leckte sich genüsslich mit der Zunge über die Lippen.

Dann trat er näher an Rieke heran, die zitternd vor seinem Schreibtisch stand. Vor Ekel wusste sie sich kaum zu helfen, zumal Eckstein heute besonders durchdringend nach Schweiß stank. Es war ein warmer Maitag, und Rieke sehnte sich nach nichts mehr als einem Spaziergang in der lauen Abendluft und der anschließenden Rückkehr nach Hause.

Doch das Schicksal wollte es heute anders. Und das tatsächlich zum ersten Mal, seit ihre Schwester Sanni am 1. April ihre Stelle als Hilfsverkäuferin angetreten hatte. Da sie sich recht geschickt anstellte, hilfsbereit, höflich und freundlich zu allen Kundinnen und Kolleginnen war und darüber hinaus ein untadeliges Hochdeutsch sprach, hatte sie den Probemonat, den Adolf Jandorf ihr auferlegt hatte, mühelos überstanden.

Dazu trug hauptsächlich bei, dass Sanni die Beschäftigung mit schöner Kleidung und kostbarer Wäsche viel Spaß machte.

Wie mit Jandorf vereinbart, arbeitete sie unter der verstohlenen Aufsicht Riekes in diesen beiden Abteilungen. Bislang hatte sie ihrer älteren Schwester keinerlei Anlass für einen Tadel gegeben.

Denn Sanni war sich glücklicherweise für keine Aufgabe zu schade. Am liebsten half sie beim Dekorieren oder bei der Anprobe. Aber sie übernahm bereitwillig auch Botengänge aller Art, räumte Ware ein und um und wischte sogar einmal Schmutz auf, anstatt die zuständige Putzfrau zu rufen.

Ab dem 1. Mai würde sie fünfzig Mark im Monat verdienen und damit die Hälfte des Lohns, den Rieke nach ihrer Gehaltserhöhung, die Jandorf allen während des Streiks loyalen Angestellten gewährt hatte, erhielt. Obwohl Lebensmittel, auch aufgrund der andauernden Hungerblockade der Briten, in Berlin noch immer teuer waren, war damit die Furcht vor der nackten Not bei den Krauses endgültig gebannt. Selbst Käthe übte mehr Nachsicht mit Sanni und hielt ihr Roberts Tod nur noch selten vor.

Ein für Rieke völlig unerwarteter und höchst willkommener Effekt, an den sie bei der Bitte um Sannis Einstellung gar nicht gedacht hatte, bestand bislang darin, dass sie das KaDeWe abends gemeinsam mit ihrer Schwester verließ. Seither gab es keine Möglichkeit mehr für den Hausdetektiv, Rieke zu sexuellen Dienstleistungen zu erpressen.

Doch ausgerechnet gestern Abend hatte sich Sanni den Magen verdorben und die ganze Nacht erbrochen. Mit solchen Beschwerden zur Arbeit zu kommen, war in der Damenkonfektion streng verboten. Zu groß war die Gefahr, dass sich Kundinnen anstecken könnten.

Riekes Hoffnung, dass Gregor Eckstein Sannis Fehlen nicht bemerken würde und sie sich abends unbehelligt aus dem KaDeWe stehlen könnte, wurde bereits am frühen Nachmittag zunichte. Denn eine Kundin hatte versucht, einen seidenen Unterrock zu stehlen, was die Erste Verkäuferin der Damenwäsche bemerkt und dem Hausdetektiv gemeldet hatte. Zu allem Unglück bestimmte sie ausgerechnet Rieke dazu, diese Kundin in Ecksteins Büro zu begleiten, damit sie ein Schuldeingeständnis unterzeichnete. Jandorf verlangte das, um die Diebin im Wiederholungsfall zur Anzeige bringen zu können. Beim ersten Diebstahl ging es in der Regel glimpflich mit einem Hausverbot ab.

Als Rieke die Kundin wieder hinausbegleiten wollte, hielt Eckstein sie noch einen Moment lang zurück. »Ich weiß, dass deine Schwester heute nicht da ist«, zischte er. »Wie gut, dass ich Spätdienst habe. Heute Abend um spätestens halb neun stehst du auf der Matte. Und wenn du nicht spurst, weißt du ja, was dir blüht«, drohte er angesichts von Riekes entsetzter Miene. Dabei deutete er auf die verschlossene Schublade seines Schreibtischs, in der er ihr letztes verbliebenes Geständnis über den angeblichen Diebstahl von drei Stück Tonseife aufbewahrte.

Auch weil jetzt noch viel mehr auf dem Spiel stand als ihre eigene Stelle, da Rieke nicht daran zweifelte, dass Jandorf Sanni gleich mit entlassen würde, war sie, am ganzen Leib zitternd, in Ecksteins Büro gehuscht, um sich ins Unvermeidliche zu schicken.


Leider fand Johannes Rieke Krause nicht mehr in der Damenwäscheabteilung vor, wie er gehofft hatte. Deshalb fuhr er gleich mit dem Aufzug ins Souterrain und blickte sich dort suchend um. Wenn Fräulein Krause überhaupt noch im KaDeWe war, dann am ehesten hier unten, um sich umzuziehen. Doch der lange Flur lag menschenleer vor ihm.

In seiner Enttäuschung zögerte er nur kurz, bevor er heftig an die Tür des Umkleideraums für die Verkäuferinnen pochte. Als niemand antwortete und er sie vorsichtig öffnete, stellte er fest, dass auch die Umkleide menschenleer war.

Resigniert nahm Johannes die Treppe, um in sein Kontor

im ersten Stock zurückzukehren. Im Erdgeschoss glaubte er plötzlich, leise Stimmen zu vernehmen. Er blickte sich um, ohne jemanden zu sehen. »Ist da wer?«, rief er laut. Als Reaktion hörte er ein merkwürdiges Geräusch. Es klang wie ein erstickter Hilfeschrei. Lauschend blieb er stehen. Doch nun war alles totenstill.

Spielte ihm sein Gehör mal wieder einen Streich? Gerade als Johannes glaubte, dass dies der Fall gewesen sein könnte, drang ein leises Poltern an sein rechtes Ohr, auf dem er weitaus besser hörte als auf dem linken. Es kam anscheinend aus einem Seitengang, an dem die Kontore einiger subalterner Abteilungen lagen, unter anderem die der Buchhaltung. Johannes beschloss, einmal nachzusehen, wer sich jetzt noch dort aufhielt.

Schließlich identifizierte er eine geschlossene Tür, hinter der schon wieder einige undefinierbare Geräusche erklangen. »Hausdetektei« stand auf einem kleinen Schild neben dem Eingang. Johannes klopfte.

Jetzt blieb alles still. Um sicherzugehen, dass alles in Ordnung war, drehte Johannes den Türknauf. Die Tür ließ sich widerstandslos öffnen. Johannes stieß sie vollends auf. Dann verharrte er fassungslos.

»Was geht denn hier vor?«, brachte er im nächsten Moment heraus. Er erkannte Rieke Krause. Doch jeder Gedanke, sie nach den Nachthemden zu fragen, verflog, als er sie im Unterrock dastehen sah, der zudem einen langen Riss aufwies. Ein Blick in ihr verzweifeltes Gesicht mit den deutlichen Tränenspuren ließ die Vermutung, es könne sich hier um ein einvernehmliches Schäferstündchen handeln, erst gar nicht aufkommen.

Auch den dicklichen Mann mit dem grauen Haarkranz rund um die Glatze erkannte Johannes sofort, obwohl der ihm den Rücken zukehrte und sich offenbar an seiner Hose zu schaffen machte. Das war Gregor Eckstein, der leitende Hausdetektiv, den er erst heute Nachmittag in der Damenwäscheabteilung gesehen hatte, als Eckstein eine ertappte Diebin zur Rede stellte.

»Was geht hier vor?«, wiederholte Johannes seine Frage in weit schärferem Ton.

Nun erst drehte Eckstein sich um. Sein Blick aus den kleinen Schweinsäuglein von undefinierbarer Farbe flackerte. Er setzte ein gezwungenes Lächeln auf, das wohl verbindlich wirken sollte, und verneigte sich.

»Ich bedaure außerordentlich, Sie mit dieser unerfreulichen und … äh … sogar unappetitlichen Angelegenheit belästigen zu müssen, Herr Bergmann.« Seine Stimme klang ölig. »Aber das junge Fräulein hier«, er wies mit seinem schwarz behaarten Zeigefinger auf Rieke, »habe ich leider gerade bei einem Diebstahl erwischt. Sie hat drei Stück Seife aus der Parfümerieabteilung mitgehen lassen und soeben ihr Geständnis unterschrieben. Wollen Sie es einmal sehen? Gleich morgen früh wollte ich sie bei der Geschäftsführung zur Anzeige bringen.«

Johannes hörte Rieke schluchzen und sah aus dem Augenwinkel, dass sie den Kopf schüttelte. Vorläufig galt seine Aufmerksamkeit jedoch noch ausschließlich dem Hausdetektiv.

»Und warum steht die junge Frau hier im Unterrock?« Der Verdacht, den er hegte, machte seine Stimme schneidend.

Doch Eckstein ließ sich nicht so leicht ins Bockshorn jagen. Er grinste schmierig. »Na, was glauben Sie wohl, Herr Bergmann? Das Luder wollte mich verführen, damit ich von der Anzeige absehe. Sie wäre nicht die Erste, die das vergeblich versucht hat.«

»Nein, nein, Herr Bergmann, ich schwöre es! So war es nicht!«, weinte Rieke laut auf.

»Wie es war, können Sie mir im Anschluss schildern, Fräulein Krause.« Johannes bemühte sich, seiner Stimme einen beruhigenden Klang zu verleihen, und hoffte, dass sie es auch so auffasste. Später würde er sich um sie kümmern. Erst einmal galt es, diesen Schurken zu überführen.

»Zeigen Sie mir die gestohlene Ware und das Geständnis, Herr Eckstein.« Er streckte fordernd die Hand aus. Zu seiner Genugtuung erschienen hässliche rote Flecken auf Ecksteins Hängebacken.

»Das Geständnis ist hier, Herr Bergmann.« Der Kerl zog tatsächlich ein Formular aus seiner Schreibtischschublade. »Die Ware habe ich allerdings bereits zurückgebracht.«

Johannes studierte das Dokument. Sein Verdacht, dass hier etwas ganz und gar nicht stimmte, erhärtete sich. »Das Datum fehlt«, konstatierte er zunächst nüchtern.

Die roten Flecken in Ecksteins Gesicht vergrößerten sich. »Oh!«, täuschte er Bestürzung vor. »Das muss ich in meiner Verwirrung über das unzüchtige Angebot dieses *Frolleins*«, er betonte das Wort verächtlich, »glatt vergessen haben.«

»Aha«, machte Johannes. »Und es handelt sich um drei Stück Tonseife, die Fräulein Krause gestohlen hat, wie hier aufgeführt ist?«

Sein Tonfall verunsicherte Eckstein noch mehr. Dessen Lider begannen zu flackern. »So ist es, Herr Bergmann«, versicherte er mit einer neuen Verbeugung.

»Und dieser Diebstahl hat heute Abend stattgefunden? In der Parfümerieabteilung?«

»Jawohl, Herr Bergmann«, krächzte Eckstein. Offensichtlich wurde ihm klar, dass Johannes etwas im Schilde führte.

»Sie lügen!« Nun ließ Johannes die Katze aus dem Sack. »Tonseife war ausschließlich Kriegsware. Und wurde daher nie in der exklusiven Parfümerieabteilung angeboten, sondern an einem Extrastand, der längst abgebaut ist. Denn meines Wissens führen wir diese Art Ersatzseife schon seit Jahresbeginn nicht mehr.«

Nun färbte sich Ecksteins gesamtes Gesicht puterrot. Er griff sich mit beiden Händen an den dicken Hals. Unter Johannes' zwingendem Blick trat er schließlich die Flucht nach vorn an. »Was ... was wollen Sie mir unterstellen, Herr Bergmann?«, keuchte er. »Ich bin hier im Hause seit mehr als zehn Jahren beschäftigt. Der Eigner Herr Jandorf hat mich weiland persönlich eingestellt.«

»Irren ist menschlich«, versetzte Johannes kühl. »Auch Herr Jandorf ist davor nicht gefeit.«

Er holte tief Luft, um das starke Verlangen zu bezwingen, diesem Schuft die Faust ins feiste Gesicht zu schlagen. »Doch da mein Vater jetzt der Personalleiter ist, gebe ich Ihnen eine letzte Chance. Wenn Ihre Kündigung bis morgen Abend auf seinem Schreibtisch liegt, werde ich Stillschweigen darüber bewahren, was hier offensichtlich vorgefallen ist. Damit erhalte ich Ihnen die Möglichkeit, ein akzeptables Zeugnis zu bekommen, falls Sie nicht bereits anderweitig unangenehm aufgefallen sind.«

Eckstein blieb der Mund offen stehen. Er brachte nur noch unartikulierte Laute hervor.

»Sollten Sie meinem Vorschlag abgeneigt sein, sehen wir uns übermorgen zu fünft wieder. Außer Fräulein Krause, meinem Vater und mir wird dann auch Herr Jandorf anwesend sein. Das garantiere ich Ihnen. Derweil stecke ich das hier ein.«

Johannes faltete das Formular mit der Diebstahlsanzeige zweimal und steckte es in die Innentasche seines Jacketts. Erst jetzt wandte er sich an Rieke.

»Ziehen Sie Ihren Rock wieder an, Fräulein Krause«, sagte er so sanft, wie es ihm in seiner eigenen Erregung möglich war. »Dann fahre ich Sie persönlich nach Hause.«

Am nächsten Tag um neun Uhr früh reichte Gregor Eckstein seine Kündigung ein. Johannes' Kalkül, Rieke Krause auf diese Weise aus der ganzen ekelhaften Angelegenheit heraushalten zu können, war aufgegangen.

# Teil 4

*Irrsinn*

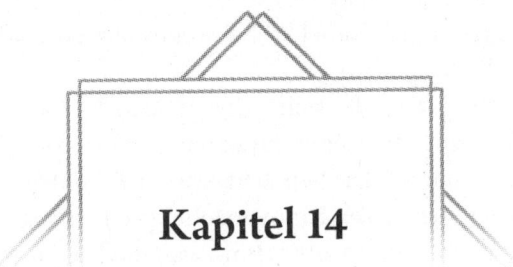

# Kapitel 14

*28. November 1920;*
*ungefähr eineinhalb Jahre später*

Die Bergmanns gehörten zu den ersten Trauergästen, die an diesem trüben Novembersonntag die Trauerhalle des jüdischen Friedhofs in Berlin-Weißensee betraten. Paul und Johannes führten Rebekka, die schon die ganze Fahrt über geweint hatte, an beiden Armen untergehakt, zwischen sich.

Margarete Jandorf war Rebekkas beste Freundin gewesen. Nun hatte sich eine anfangs harmlos erscheinende Erkältung zu einer schweren Lungenentzündung entwickelt und sie schließlich binnen kurzer Zeit hinweggerafft. Vor vier Tagen war sie am späten Abend verstorben.

Angesteckt hatte sich Margarete möglicherweise, als sie vor genau drei Wochen den Spielfilm *Madame Dubarry* im UFA-Filmpalast in der Nähe des Zoos besucht hatte. Der Film war bereits im September 1919 bei der Eröffnung des neuen Großkinos gezeigt worden. Margarete hatte ihn damals verpasst und wollte das Versäumte unbedingt nachholen, zumal Rebekka ihr davon vorgeschwärmt hatte.

Doch Margarete hatte der Film nicht besonders gut gefallen. Das lag auch daran, dass die Luft in dem bis auf den letzten Platz besetzten Kinosaal zunehmend stickig geworden war und viele Zuschauer um sie herum beständig husteten und niesten. Dadurch hatte Margarete manche Szenen akustisch gar nicht verstanden, wie sie Rebekka bei ihrem letzten Kaffeekränzchen erzählte.

Auch dass Harry, der seine Mutter begleitet hatte, fast zeitgleich mit seiner Mutter erkrankte und mit hohem Fieber im Bett lag, verstärkte den Verdacht, dass sich beide den Krankheitserreger bei dieser Kinovorstellung eingefangen hatten. Jandorfs Vermögen erlaubte ihm zwar, die besten Ärzte Berlins ans Krankenbett seiner Gattin zu rufen. Doch leider nützte es nichts.

Margarete und Adolf waren ungefähr gleichaltrig und seit sechsundzwanzig Jahren verheiratet. Sie war also gerade einmal fünfzig Jahre alt geworden. Adolf war so am Boden zerstört, wie Paul ihn noch nie erlebt hatte. Wenigstens hatte sich Harry erholt und konnte an der Beerdigung seiner Mutter teilnehmen.

Paul Bergmann wählte eine Bankreihe in der Mitte der Trauerhalle, in die seine Familie ihm folgte. Schließlich sollte die zahlreiche Verwandtschaft Adolfs und Margaretes, die zur Trauerfeier erwartet wurde, über genügend Platz in den ersten Reihen verfügen.

Auch Judith war sehr traurig über Margaretes Tod. Sie hatte es Harrys Mutter hoch angerechnet, dass sie ihr die Auflösung des Verlöbnisses mit ihrem einzigen Sohn nie übel genommen hatte. Noch immer war Judith von Herzen froh darüber, dass sie sich nach Harrys Rückkehr aus dem Krieg so rasch zu diesem Schritt entschlossen hatte. Denn ihr Leben hatte sich seither sehr zum Positiven gewendet.

Ihre Seminararbeit über den Zusammenhang zwischen Kindersterblichkeit und schlechten Wohn- und Einkommensverhältnissen, die überwiegend auf ihren eigenen Beobachtungen im Scheunenviertel beruhte, hatte Max Sering nicht nur mit der Bestnote zensiert, sondern sie hatte ihn regelrecht begeistert.

»Ich habe bereits bei Ihrem Vorstellungsgespräch geahnt,

dass Sie das Talent zu einer veritablen Wissenschaftlerin haben, Fräulein Bergmann.« Serings Worte klangen Judith noch heute so deutlich in den Ohren, als hätte ihr Gespräch erst gestern stattgefunden. Immer wenn sie sich einmal niedergeschlagen oder durch die nicht enden wollenden spitzen Bemerkungen ihrer männlichen Kommilitonen gekränkt fühlte, rief sie sich dieses Lob des Professors in Erinnerung.

Natürlich hatte Sering Wort gehalten und ihr schon zum Wintersemester 1919 einen regulären Studienplatz an der Friedrich-Wilhelm-Universität verschafft. Mittlerweile studierte Judith dort mit weiterhin anhaltendem Erfolg bereits im dritten Semester.

Von Anfang an hatte sie ihre Schwerpunkte in den Bereichen Pädagogik und Soziologie gewählt, wobei die Fächer »Entwicklung von Kindern« und »Soziales Handeln« sie besonders interessierten. Im Fach Pädagogik erwies sich ihr in der Sozialen Frauenschule erworbenes Wissen als hervorragende Grundlage. Außerdem belegte sie Vorlesungen über ökonomische Themen, in erster Linie rund um alles, was mit Armut zu tun hatte.

Auch praktisch war Judith weiterhin tätig. Nach ihrem erschütternden Besuch bei den Familien des Scheunenviertels gemeinsam mit Eglantyne Jebb und Alice Salomon vor nunmehr fast zwei Jahren, hatte sie kurz danach begonnen, auch in einem Kindergarten in der Grenadierstraße zu arbeiten. In diesem Zusammenhang gehörten auch regelmäßige Hausbesuche zu ihrer nach wie vor ehrenamtlichen Tätigkeit.

Vergleiche ich mich mit Eglantyne Jebb, ist dies wahrlich das Mindeste, was ich zur Linderung der Not von Kindern und ihren Familien beitragen kann, dachte sie häufig, wenn das Elend sie wieder einmal zutiefst berührte.

Da die Trauerhalle sich erst langsam zu füllen begann, ließ Judith ihre Gedanken schweifen und erinnerte sich an den letzten Besuch dieser Verfechterin der Kinderrechte, wie sich

Eglantyne mittlerweile selbst bezeichnete. Er hatte zu Beginn des Jahres stattgefunden.

Zwar hatten die Briten ihre Hungerblockade gegen Deutschland und seine ehemaligen Verbündeten bereits im Sommer 1919 aufgehoben, nachdem die Regierung, wenn auch unter starkem Protest, Ende Juni den Versailler Friedensvertrag unterzeichnet hatte. Dennoch herrschte in Berlin in den Armenvierteln nach wie vor große Not.

Als Jebb mit vielen Zentnern aus englischen Spendengeldern finanzierten Lebensmitteln, darunter Trockenmilch, Kakao und Lebertran, sowie Kinderkleidung und -schuhen im Januar 1920 nach Berlin zurückkehrte, war sie natürlich hochwillkommen. Allerdings erschrak Judith über ihre schwache Konstitution.

Eglantynes ehemals rotbraune Haare waren inzwischen fast weiß geworden. Ihr schlichtes graues Quäkergewand, über dem sie als einzigen Schmuck ein Kreuz an einem schwarzen Samtband trug, schlackerte lose um ihre schmale Gestalt. Ihr Gesicht wirkte eingefallen. Sie litt häufig an Luftnot und konnte an solchen Tagen kaum sprechen. Offensichtlich hatten der zarten Frau die Anstrengungen gewaltig zugesetzt, die sie im Jahr 1919 in ihrer Heimat unternommen hatte, um ihr Projekt umzusetzen.

»Eglantyne hat tatsächlich Flugblätter drucken lassen, auf denen die kleine Esther und noch weitere halb verhungerte Kinder, die sie damals fotografiert hat, abgebildet waren«, erzählte Alice Salomon Judith im Sommer 1919 bei einem ihrer regelmäßigen Treffen. »Sie hat dabei auch nicht verschwiegen, dass Esther schon wenige Tage nach unserem Besuch gestorben ist. Zunächst schlug Eglantyne wegen ihres Engagements blanke Abneigung entgegen«, fuhr Alice fort, die in weiterhin regelmäßigem Briefwechsel mit der Engländerin stand. »Als sie ihre Flugblätter auf dem Londoner Trafalgar Square an die Passanten verteilte, wurde sie sogar von der Polizei abgeführt und wegen verbotener politischer Propaganda angeklagt. Die zahlreichen Besucher einer Informationsveranstaltung in der Royal Albert Hall kamen anfangs nicht etwa, um Eglantynes dramatischen Bericht über die bittere Armut in Deutschland und Österreich zu lauschen, sondern um sie mit faulen Äpfeln zu bewerfen.«

»Doch Eglantyne hat sie schließlich alle für sich gewonnen.« Alice lächelte verschmitzt. »Der Richter, der sie zu einer Geldstrafe von fünf Pfund verurteilen musste, da das Gesetz ihm keine andere Wahl ließ, zahlte ihr diese Summe aus seiner eigenen Tasche zurück, sobald der Prozess beendet und er wieder Privatperson war. Ein Knabe schickte Eglantyne die für ihn wohl ungeheure Summe von zweieinhalb Schilling, das war wahrscheinlich sein gesamtes erspartes Taschengeld. In seinem beigefügten Brief äußerte er die Hoffnung, dass nun kein Kind in Deutschland mehr hungern müsse.«

Bei diesen Worten wurden Alices Augen feucht. Auch Judith verspürte eine große Rührung.

Noch im Lauf des Jahres 1919 hatte Eglantyne ihren Spendenfonds »Save the Children« gegründet und ihn in Genf im Januar 1920 kurz vor ihrem zweiten Besuch in Deutschland sogar zu einem internationalen Wohltätigkeitsverband erweitert.

Doch die damit verbundenen Strapazen sah man Eglantyne nun deutlich an. Darauf angesprochen, winkte sie heftig ab. »Mein Leben kann nicht wichtiger sein als das der Kinder«, entgegnete sie der besorgten Alice in Judiths Gegenwart. »Wenn ich ein paar von ihnen retten kann und dabei meine eigene Gesundheit ruiniere, ist das ein guter Preis.«

Judith bewunderte sie nun noch mehr als bei ihrem ersten Treffen im Februar 1919.

Auch Alice Salomon nötigte ihr große Hochachtung ab. Denn ihr war es nach dem Krieg ebenfalls nicht besonders gut ergangen. Zunächst musste Alice verkraften, dass man sie entgegen früheren Versprechungen aufgrund ihres jüdisch klingenden Namens und der jüdischen Herkunft nicht zur Vorsitzenden des Bunds Deutscher Frauenvereine wählte. Dass Alice bereits im Spätsommer 1914 zum protestantischen Glauben übergetreten war, spielte dabei gar keine Rolle.

Trotzdem hielt Alice dem Verband zunächst die Treue. Als man sie dann jedoch aufgrund einer privaten Ferienreise ins während des Weltkriegs neutrale Norwegen bezichtigte, ungehörige Auslandskontakte zu pflegen, zog sie die Konsequenz und trat aus dem Verband aus. International war sie aufgrund ihrer großen Erfahrung in der Sozialarbeit allerdings nach wie vor sehr geschätzt und als Rednerin gefragt. Daher engagierte sie sich seither in internationalen Frauenorganisationen.

Gerade in diesem Augenblick betrat Adolf Jandorf, gestützt von seinem Sohn Harry, die Trauerhalle, die sich mittlerweile gefüllt hatte. Judith war so tief in ihre Gedanken versunken gewesen, dass sie das Eintreffen der vier Brüder Jandorfs mit ihren Familien und der zahlreichen Verwandtschaft Margaretes, einer geborenen Hirschfeld, gar nicht bemerkt hatte. Sie sammelte sich und richtete ihre Aufmerksamkeit auf die bevorstehende Trauerfeier.

Er ist um Jahre gealtert, konstatierte Paul Bergmann traurig, als Adolf Jandorf an seiner Bank vorbeischritt. An sich stand Adolf mit nunmehr fünfzig Jahren auf dem Höhepunkt seiner Schaffenskraft. Doch der Verlust seiner Gattin hatte ihn bis ins Mark getroffen.

Paul war knapp eineinhalb Jahre älter als Adolf. Auch seine schwarzen Haare begannen, schütter zu werden und an den Schläfen zu ergrauen. Doch Adolfs Haar war nun von grauen Strähnen durchzogen, die Paul vorher nie aufgefallen waren und daher ausschließlich der Sorge und Trauer um seine Frau geschuldet sein mussten. Die Falten um Mund und Nase hatten sich zu Furchen vertieft.

Auch Rebekka betrachtete Adolf und schluchzte auf. »Er

wirkt völlig gebrochen«, raunte sie Paul weinend ins Ohr und bestätigte dabei seinen eigenen Eindruck.

Geistesabwesend blickte Paul auf den rotbraunen Mahagonisarg, der erhöht auf einem Podest neben dem Rednerpult stand. Nicht zum ersten Mal seit Margaretes Tod überflutete ihn die Erbitterung. Denn hinter dem Jandorf-Konzern und seinen Leitern lag eine recht gute Zeit, die jetzt abrupt unterbrochen worden war. Nach dem weitestgehend erfolglosen Streik der KaDeWe-Angestellten im Februar 1919 und den anschließenden blutigen Märzunruhen war es beständig aufwärts gegangen.

Paul war besonders stolz auf seine Mitwirkung an der Ausarbeitung und dem Abschluss des ersten Kollektivvertrags zwischen dem Warenhausverband als Arbeitgeber und dem Zentralverband der Kaufmännischen Angestellten als gewerkschaftlichen Vertretern der Arbeitnehmer. Er regelte Löhne und Gehälter sowie Arbeits- und Pausenzeiten und sollte daher in Zukunft die wilden Streiks aus den Anfängen der Republik verhindern. Natürlich gehörte der Sozialistische Verband der Kaufmännischen Angestellten, der seinerzeit zum Februarstreik 1919 aufgerufen hatte, nicht zu den Verhandlungspartnern. Soweit Paul Bergmann wusste, hatte er sich inzwischen sogar aufgelöst.

Wie wichtig dieser Kollektivvertrag war, hatte sich bereits Anfang 1920 gezeigt, wenige Monate nach seinem Abschluss. Bergmann war der Winterabend, an dem der ehemalige preußische Innenminister Paul Hirsch in Adolfs Wohnung in der Tiergartenstraße vorsprach, noch immer in lebhafter Erinnerung. Adolf bat Bergmann zu diesem privaten Treffen hinzu, nachdem ihn die Bitte Hirschs um eine Unterredung erreicht hatte.

»Ich und einige andere Politiker der Republik befürchten demnächst einen Putsch von rechts«, eröffnete Hirsch zu Jandorfs und Bergmanns Bestürzung das Gespräch. »Man möchte die Regierung stürzen und die gerade erst verabschiedete demokratische Verfassung wieder außer Kraft setzen.« In der Tat war diese erst im August 1919 vom Parlament angenommen worden.

Hintergrund des geplanten Aufstands war das erst im Januar 1920 erfolgte Inkrafttreten des Versailler Friedensvertrags. »Besonders ehemalige und noch aktive Militärs sind über das Akzeptieren der Bedingungen durch die aktuelle Regierung empört«, erklärte Hirsch.

Tatsächlich waren die Friedensbedingungen noch weitaus härter als die den Mittelmächten im November 1918 diktierten Waffenstillstandsbedingungen und hatten das deutsche Volk quer durch alle Gesellschaftsschichten dagegen aufgebracht. Es blieb dabei, dass Deutschland und seinen Verbündeten die alleinige Kriegsschuld zugewiesen wurde. Neben dem bereits unmittelbar nach Kriegsende verlorenen Elsass-Lothringen, das zurück an Frankreich fiel, wurden weitere Gebietsabtretungen verlangt. Sie betrafen insgesamt dreizehn Prozent des ehemaligen Reichsgebiets und zehn Prozent der deutschen Bevölkerung. Es waren vor allem Gebiete im Osten mit wertvollen Bodenschätzen, insbesondere Kohle, die nun an die nach dem Krieg neu gegründete Zweite Republik Polen übergingen.

Doch damit nicht genug, wurden ungeheure Reparationszahlungen verlangt, deren Höhe noch immer nicht feststand. Die riesige Summe von zwanzig Milliarden Goldmark, fällig im April 1921, galt dabei nur als Anzahlung.

»Doch die potenziellen Putschisten wehren sich vor allen Dingen gegen die gewaltige Reduzierung der Streitkräfte. Besonders die Admiralität fühlt sich betroffen. Die Anzahl der Marinesoldaten wird auf fünfzehntausend beschränkt, die Größe der Flotte auf weit unter einhundert Schiffe. Deshalb soll der Putsch im Kern von der sogenannten Marinebrigade Ehrhardt ausgehen, die demnächst aufgelöst werden soll, um die Friedensbedingungen zu erfüllen. Dagegen will die Brigade sich wehren«, begründete Hirsch seinen Verdacht.

Adolf Jandorf war sofort tätig geworden. Diesmal gingen die Vereinbarungen mit den Gewerkschaften, denen sich auch die Eigner der übrigen Berliner Kaufhauskonzerne, Oscar Tietz und Georg Wertheim, sofort anschlossen, weit über den Warenhausverband hinaus und bezogen auch andere Arbeitgeber aller Art ein.

Wieder war Paul Bergmann federführend am Abschluss eines Zusatzvertrags beteiligt. Die Bestimmungen sahen vor, dass man im Fall eines Putschs von rechts sofort in einen flächendeckenden Generalstreik treten wolle. Die Arbeitgeber verpflichteten sich dabei, den Arbeitern und Angestellten die Hälfte ihres Lohns weiterzuzahlen und sogar insgesamt die Hälfte der Kosten eines solchen Generalstreiks zu tragen.

Schon wenige Wochen später zeigte sich, dass man diese Vorsichtsmaßnahme gerade noch rechtzeitig getroffen hatte. Unter der Führung der Brigade Ehrhardt marschierte das Militär in Berlin ein. Die amtierende Regierung floh aus der Hauptstadt.

Zivile Galionsfigur der Putschisten war ein Mann namens Wolfgang Kapp, der diesem Aufstand dauerhaft seinen Namen verlieh. Aber auch andere zivile Politiker beteiligten sich daran, unter anderem Adolf Jandorfs persönlicher Feind Traugott von Jagow, der ehemalige Polizeipräsident, der Jandorf 1916 aufgrund von dessen Verwicklung in die Schuhaffäre sogar an die Front hatte schicken wollen.

Es war jedoch nicht die Politik, sondern der größte, bis dahin in Deutschland erfolgte Generalstreik, der die Putschisten binnen fünf Tagen in die Knie zwang. Auch Jandorf und Bergmann schrieben sich ihren Teil an diesem Erfolg zu. Denn nach dem Vertragsabschluss mit den Gewerkschaften blieben natürlich auch sämtliche Berliner Warenhäuser ab dem Einmarsch der Putschisten geschlossen.

Zwar war die rechte Gefahr mit der Niederschlagung des Aufstands womöglich noch nicht endgültig gebannt. Denn man munkelte, dass ein Teil der Brigade Ehrhardt nun unter dem Decknamen »Operation Consul« in den Untergrund gegangen sei. Doch die gerade erst im Sommer neu gewählte Regierung, die erstmals seit Gründung der Republik nicht von einem Sozialdemokraten, sondern dem Zentrumspolitiker Constantin Fehrenbach geführt wurde, maß dieser Gefahr offenbar nicht allzu viel Bedeutung bei.

Denn bereits im August dieses Jahres hatte sie eine Generalamnestie für die Aufständischen verkündet, über die sich nicht nur Adolf Jandorf bis heute ärgerte. Ein geringer Trost war ihm dabei allerdings, dass diese Amnestie ausgerechnet Traugott von Jagow als einen der wenigen Putschisten nicht betraf. Der saß weiter in Haft und wartete auf seinen Prozess.

Und seither ging es auch wirtschaftlich kontinuierlich voran, sinnierte Paul nun, während der Rabbiner die ersten Gebete in Hebräisch rezitierte. Er selbst hatte die Sprache nie gelernt und wusste zwar noch vage aus dem Religionsunterricht, was die Worte bedeuteten, konnte sie aber nicht verstehen. Daher hing er weiter seinen Gedanken nach.

Insbesondere im KaDeWe liefen die Geschäfte prächtig. Die nach dem Kapp-Putsch explodierte Inflation war seit dem Sommer nicht nur gestoppt, sondern der Wert der Mark war gegenüber dem Dollar wieder um mehr als die Hälfte gestiegen.

Doch seine Umsätze machte das KaDeWe vor allem mit den Devisen der zahlreichen Ausländer. Dazu gehörten zum einen die große Gruppe russischer Exilanten, zum anderen aber auch Touristen, vor allem aus Nordamerika, die Station in der Hauptstadt machten. Auf Pauls Rat hin hatte Adolf daher mittlerweile mehrere Russisch und Englisch sprechende Dolmetscher eingestellt.

Bergmann freute es besonders, dass die kontinuierlich steigenden Umsätze vor allem seinem Sohn Johannes als Leiter der Damenkonfektions- und Damenwäscheabteilung zugutekamen, in denen die Ausländer besonders gern einkauften. Das stärkte Johannes' Stellung gegenüber Gunter Perl, der allerdings auch nicht untätig blieb.

Mit einer Mischung aus Bewunderung und Besorgnis verfolgte Bergmann, dass Perl sich besonders darum bemühte, die Herrenkonfektionsabteilung des KaDeWe voranzubringen. Schon mehrfach hatte Adolf Jandorf seine Zustimmung dazu gegeben, auch in dieser Abteilung immer hochwertigere und teurere Mode anzubieten. Doch trotz der Erweiterung des Angebots durch Luxusware wie Seidenzylinder, Mohairmäntel sowie Pullover und Strickjacken aus Kaschmirwolle konnten die Erträgnisse der Herrenkonfektion bislang nicht mit denen der Damenkonfektion mithalten.

Also schien sich unter dem Strich nach den harten Kriegsjahren jetzt endlich alles zum Positiven zu wenden, als Jandorf diese familiäre Katastrophe traf. Wieder spürte Paul den sauren Geschmack der Erbitterung.

Bevor er sich ganz diesem Gefühl hingeben konnte, trat der Rabbiner ans Rednerpult, um die traditionelle Trauerrede für Margarete Jandorf zu halten. Er pries Adolfs Gattin als sanftmütige und warmherzige Frau, die trotz ihres Reichtums immer bescheiden geblieben sei. Das Bild, das der Rabbiner von Margarete zeichnete, war durchaus zutreffend. Während Rebekka und Judith ihren Tränen nun freien Lauf ließen, spürte auch Paul seine Augen feucht werden.

Als der Rabbiner seine Rede beendet hatte, trat Jandorfs ältester Bruder Karl, der das Haus an der Großen Frankfurter Straße in Friedrichshain führte, auf das Podest und hielt eine weitere Gedenkrede. Solche Reden gehörten zur Tradition einer jüdischen Begräbnisfeier.

Trotzdem hatte Paul Bergmann nicht mit dem Mann gerechnet, der als Nächster ans Rednerpult trat. Er musste in einer der hintersten Reihen der Trauerhalle Platz genommen haben, denn Bergmann hatte sein Eintreffen nicht bemerkt. Es war Gunter Perl, der große Konkurrent seines Sohns.

Missmutig zog Johannes die dunklen Augenbrauen zusammen, als Gunter Perl zu sprechen begann. Wie alle anwesenden Männer trug Perl die traditionelle jüdische Kippa auf dem Kopf sowie einen schwarzen Anzug mit schwarzer Krawatte, um seine Trauer um Margarete Jandorf zum Ausdruck zu bringen.

Unwillkürlich verglich Johannes sich selbst mit Gunter. Sie waren beide groß und schlank, wobei Gunter etwas größer als Johannes war. Im Gegensatz zu Johannes' widerspenstigen schwarzen Locken, die er mit Pomade bändigen musste, waren Perls braune Haare glatt.

Eine unvoreingenommene Frau hätte sicher beiden Männern ein attraktives Aussehen bescheinigt. Ihre Gesichtszüge waren ebenmäßig, die Lippen schmal, die Nase nicht auffallend groß. Beide waren bartlos und gut rasiert.

Hätte jene unvoreingenommene Frau den jeweiligen Typ benennen wollen, hätte sie Johannes wahrscheinlich ein eher südländisches Aussehen bescheinigt. Gunter Perl wirkte dagegen nordisch kühl, obwohl er weder blond noch blauäugig war. In seine braunen Augen konnte jener stechende Blick treten, der Johannes zum ersten Mal während des Spartakistenaufstands im Warenhaus Tietz aufgefallen und der ihm seither äußerst unangenehm war.

Es lag etwas Undefinierbares darin, das Johannes am ehesten zwischen überheblich und verächtlich einordnete. Gegenüber Adolf Jandorf und seinem Vater Paul verhielt sich Gunter jedoch immer höflich oder sogar ehrerbietig. Dieser Blick traf nur Johannes oder einen der Angestellten, denen Gunter vorgesetzt war, wenn dieser sich etwas hatte zuschulden kommen lassen.

Etliche Verkäuferinnen im KaDeWe schwärmten für Gunter, was Johannes mittlerweile mitbekommen hatte. Er selbst hielt sich gemäß seiner verheimlichten sexuellen Ausrichtung weitgehend von Frauen fern und behandelte seine weiblichen Angestellten überwiegend freundlich, aber sachlich und distanziert. Gunter Perl dagegen poussierte auch einmal mit einer Verkäuferin. Man tuschelte sogar, dass es schon zu Affären gekommen sei. Aber dafür gab es keinen Beweis. Seiner Karriere im KaDeWe hätte Gunter Perl mit so etwas durchaus geschadet. Adolf Jandorf schätzte es nicht, wenn männliche Vorgesetzte mit weiblichen Untergebenen anbandelten.

Hätte Johannes bereits in diesem Moment geahnt, dass auch seine Schwester Judith Gunter durchaus wohlwollend betrachtete, hätte er sich noch mehr geärgert. So bemühte er sich während Perls Beileidsrede, die dieser, wie er mehrfach betonte, im Namen der gesamten Belegschaft des Jandorf-Konzerns hielt, den Eindruck zu erwecken, dass er ihm zuhörte. In Wirklichkeit war er aber durch seinen Missmut über das unerwartete Erscheinen seines Konkurrenten abgelenkt.

Im Vorfeld hatte er zwar mitbekommen, dass Perl unter den leitenden Angestellten des KaDeWe Geld für einen Kranz gesammelt hatte, bis ein jüdischer Kollege Perl mitteilte, dass Blumen auf einer jüdischen Beerdigung unüblich seien. Dass Jandorf Gunter jedoch als einzigen Vertreter der Belegschaft zur Begräbnisfeier eingeladen hatte, wusste Johannes nicht. Denn es war Adolfs expliziter Wunsch gewesen, dass diese nur im Familienkreis stattfinden sollte.

Johannes selbst und sein Vater waren trotz ihrer Leitungspositionen als persönliche Freunde der Familie da. Auch Adolfs Brüder vertraten nicht die Warenhäuser, die sie leiteten, sondern die Familie.

Während Gunter weiter salbaderte (seine Eltern und Judith hätten sich über Johannes' Einschätzung gewundert, da sie die mit sonorer Stimme vorgetragene Rede im Nachhinein durchaus lobten), kam Johannes plötzlich Rieke Krause in den Sinn.

Sie war die einzige Ausnahme unter den ihm unterstellten Verkäuferinnen, was persönliche Kontakte betraf.

Hätte Perl sie auch davonkommen lassen, wenn er die Sache entdeckt hätte?, dachte er zunächst zynisch. Nein, mit Sicherheit nicht, beantwortete er sich diese Frage innerlich selbst. Zweifelsohne hätte Gunter Perl sowohl für die fristlose Entlassung Ecksteins als auch für die Riekes gesorgt. Und damit ihrer beider Existenzen skrupellos ruiniert.

Da war seine, Johannes', Lösung weitaus humaner gewesen. Er hatte Rieke aus den Fängen dieses menschlichen Ungeheuers befreit, aber dadurch nicht einmal die berufliche Laufbahn des Hausdetektivs zerstört. Gerüchteweise hatte Johannes gehört, Eckstein sei im nahe gelegenen Vergnügungsviertel als Türhüter oder Wachmann untergekommen.

Mit Rieke hatte Johannes dagegen eine seiner talentiertesten Verkäuferinnen behalten. Natürlich hatte sie noch am Abend von Ecksteins Entlarvung die fehlenden Nachthemdgrößen korrekt benennen können. Denn wie Johannes vermutete, hatte sie selbst der Aufsichtsdame den fehlenden Bestand gemeldet.

Darüber hinaus war zwischen ihnen sogar eine zarte Freundschaft entstanden. Die hatte von beiden Seiten allerdings nichts mit einer Liebesbeziehung zu tun.

Schon am Abend, an dem Johannes die Schurkereien des Hausdetektivs aufgedeckt hatte, gestand Rieke ihm das ganze Ausmaß ihrer vergangenen Diebereien, schilderte dabei aber auch die Notlage, in der sie sich damals befunden hatte. Da sie noch immer am ganzen Leib zitterte, hielt Johannes auf dem Weg in den Wedding bei einem kleinen Restaurant in der Invalidenstraße an und nötigte Rieke, zumindest eine kräftige Rindfleischbrühe zu sich zu nehmen. Währenddessen kam es dann zu ihrem ersten intensiven Gespräch.

Riekes uneingeschränkte Ehrlichkeit berührte ihn tief. Denn sie zählte sogar die von Eckstein entwendeten Lebensmittel, die sie in ihrer verzweifelten Situation als Gegenleistung für die geforderten Liebesdienste immer wieder angenommen hatte, zu ihren Diebstählen. Trotz Johannes' Freundlichkeit rechnete sie aufgrund seiner Position im KaDeWe mit ihrer Kündigung und bat ihn nur, sich dafür einzusetzen, dass ihrer Schwester Sanni die Stelle erhalten bliebe. Mit dem großen Vertrauen, das sie Johannes entgegenbrachte, hatte sie gleich an diesem Abend sein Herz gewonnen.

Es dauerte nur kurze Zeit, bis Johannes Vertrauen mit Vertrauen vergalt. Denn als er Rieke aus dem Wunsch heraus, einmal sowohl seiner Familie als auch seiner Einsamkeit nach Sebastians Tod zu entkommen, zwei Wochen später bat, ihn sonntags in ein Café zu begleiten, lehnte sie dies zunächst höflich, aber bestimmt ab. »Ich weiß Ihr Angebot sehr zu schätzen, Herr Bergmann«, sagte sie mit niedergeschlagenen Augen. »Doch gerade Sie werden verstehen, dass es mir vor jedem näheren Kontakt mit einem Manne graust.«

»Ich denke nicht an ein Techtelmechtel«, antwortete Johannes spontan, ohne vorher über seine Worte nachzudenken. »Mir ist lediglich nach einem guten Gespräch mit einer vertrauten Person zumute.«

Als Rieke ihn zweifelnd anblickte, holte er tief Luft. »Warum dies so ist, erkläre ich Ihnen, wenn Sie mir am Sonntag eine Stunde Ihrer Zeit schenken.«

Schließlich willigte Rieke ein, Johannes zu begleiten. In dem kleinen Café in Charlottenburg, in dem sie diesmal zusammensaßen, bekannte sich Johannes Rieke als erstem Menschen außer Sebastian gegenüber zu seiner Neigung. Anfangs verstand sie ihn gar nicht, bis sie mit einem erstickten Laut zu erkennen gab, dass sie begriff.

»Nun habe ich mich vollständig in Ihre Hand begeben«, erklärte Johannes daraufhin resigniert, da er ihre Reaktion missverstand. »Jetzt können Sie nicht nur meine Karriere im KaDeWe zerstören, sondern mich sogar ins Gefängnis bringen.« Auf Homosexualität standen auch in der Weimarer Republik noch drastische Strafen.

»Oh nein!«, rief Rieke so heftig aus, dass die Gäste an den Nachbartischen aufmerksam wurden. »Was halten Sie bloß von mir, Herr Bergmann! Glauben Sie wirklich, ich würde es Ihnen auf diese Weise vergelten, dass Sie mich aus meiner unerträglichen Notlage errettet haben?«, fuhr sie mit gedämpfter Stimme fort.

Seither hatte sich eine innige, aber rein platonische Beziehung zwischen ihnen entwickelt. Sie trafen sich ungefähr ein bis zweimal im Monat, jeweils sonntags und in einem kleinen Lokal, wo es unwahrscheinlich war, dass sie auf Bekannte aus dem KaDeWe träfen. Und selbst wenn dies einmal der Fall wäre, hatten sie absolut nichts zu verbergen, beruhigte sich Johannes, wenn ihn manchmal doch die Sorge überkam, jemand könne sie miteinander sehen und ihre Beziehung missdeuten.

Nach und nach vertrauten sie einander ihre schlimmsten Erlebnisse an. Johannes wusste vom Selbstmord Roberts und von Sannis Verwicklung darin sowie vom Unfalltod ihres betrunkenen Vaters während einer gewalttätigen Auseinandersetzung mit ihrer Mutter. Rieke wiederum liefen die Tränen über die Wangen, als Johannes ihr über seine große Liebe zu Sebastian berichtete und davon, wie der Geliebte sein eigenes Leben bei Verdun verlor, als er versuchte, ein anderes Leben zu retten.

Da ihre gelegentlichen Treffen zumindest in Johannes' Familie auf Dauer nicht unbemerkt blieben, bewahrten sie ihn vor den wieder aufgeflammten Versuchen seiner Mutter, ihn mit einer jungen Dame aus ihrem Bekanntenkreis zu verbandeln. »Ich gehe ab und zu mit einer Frau aus, Mama«, betonte Johannes eines Tages kategorisch, als Rebekka ihn wieder einmal mit einem solchen Ansinnen bedrängte. »Doch ich möchte mir meine Begleiterinnen selbst aussuchen. Also versuche nicht dauernd, mir langweilige Zimperlieschen vorzustellen, die mich nicht im Geringsten interessieren.«

Aufgeschreckt durch seinen rüden Tonfall, wandte sich Rebekka zuerst an seinen Vater. Doch der vertrat die Ansicht, Johannes müsse sich erst einmal die Hörner abstoßen, bevor er zu einer dauerhaften Verbindung mit einer Frau bereit sei, so erzählte es Judith, die bei diesem Gespräch dabei gewesen war, Johannes später. Seither ließ ihn seine Mutter mit dem Thema in Ruhe.

In diese Gedanken versunken, bemerkte Johannes erst gar nicht, dass Gunter Perl seine Rede beendet hatte. Adolf Jandorf und Harry standen wie bei den Vorrednern auf, um sich persönlich für die tröstlichen Worte zu bedanken. Während Adolf dabei, ganz gefangen in seiner Trauer, eher geistesabwesend wirkte, schüttelte Harry Gunter mit einem herzlichen Lächeln die Hand.

Die beiden bilden eine unheilige Allianz, schoss es Johannes unwillkürlich durch den Kopf. Tatsächlich war Harry immer noch ein Sorgenkind seines Vaters. Erst vor gut einem Jahr hatte ihn Adolf mit sanfter Gewalt dazu bewegen können, wieder eine Tätigkeit in seinem Konzern aufzunehmen. Das KaDeWe stand dabei allerdings nicht einmal zur Diskussion.

Stattdessen setzte Adolf Harry in seinem zweitältesten Warenhaus in der Belle-Alliance-Straße auf den gerade vakant gewordenen Posten eines Strumpfwareneinkäufers. Dieses Warenhaus hatte Jandorf auch deshalb ausgewählt, weil er sich dort neben dem KaDeWe täglich mehrere Stunden aufhielt. In der Belle-Alliance-Straße befand sich ein Großteil der Finanzabteilung seines Konzerns, unter anderem die zentrale Buchhaltung und das Rechnungswesen. Über die Umsätze und Erträgnisse seiner Warenhäuser ließ sich Jandorf an jedem Tag persönlich berichten. Außerdem war die zentrale Poststelle dort, bei der täglich über sechshundert Briefe eintrafen. Auch über die schon vorsortierte Post verschaffte sich Jandorf einen Überblick.

Wie ernsthaft und vor allem mit welcher Fachkenntnis Harry

seine neue Position betrieb, blieb dahingestellt. Von Anfang an nutzte er seine Stellung zu ausgedehnten Einkaufsreisen. Harry besuchte Strumpfwarenfabrikanten in ganz Deutschland und war auch schon in Wien und Zürich gewesen.

Außerdem holte er sich immer wieder Rat bei seinem ehemaligen Ausbilder Gunter Perl. Bei ihm war Harry vor dem Krieg in seine zweite Lehre gegangen, die er jedoch nie abgeschlossen hatte. Allerdings hatte Gunter jetzt auch die Strumpfwarenabteilung des KaDeWe als Einkäufer unter sich, sodass Harry vorgab, weiterhin von Perl lernen zu wollen.

Jandorf hatte Johannes' Vater eines Tages anvertraut, dass er hoffe, Perl werde wieder einen guten Einfluss auf Harry ausüben. Doch weder Paul Bergmann noch Johannes hielten dies für wahrscheinlich, ohne es Jandorf gegenüber jedoch offen zu äußern.

Nach dem Ende von Gunters Rede folgten einige weitere Psalmen aus der Thora, die der Rabbiner erneut auf Hebräisch verlas. Mit dem Kaddisch, dem traditionellen jüdischen Totengebet, endete die Trauerfeier. Normalerweise wurde dieses Gebet am offenen Grab gesprochen, doch mittlerweile regnete es draußen in Strömen.

Trotzdem formierte sich die Trauergemeinde hinter dem Sarg und folgte ihm bis zur Grabstätte. Wie es dem Brauch entsprach, traten die Trauergäste nacheinander vor und warfen eine Schaufel Erde auf den Sarg.

Da er der einzige Teilnehmer war, der nicht zur Familie gehörte, war Gunter Perl der Letzte, der dieses Ritual vollzog. Judith stand gemeinsam mit Johannes unter einem Regenschirm und wartete auf das Ende der Zeremonie.

»Wer ist eigentlich jener attraktive Mann?«, flüsterte sie Johannes ins Ohr.

In seinem sofort wieder aufgeflammten Ärger würdigte er sie keiner Antwort.

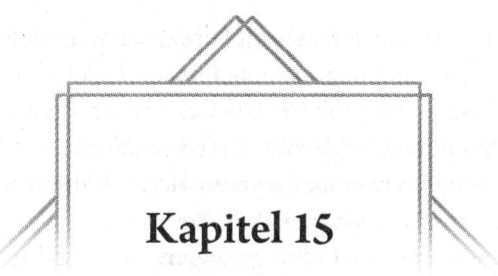

# Kapitel 15

## Im KaDeWe

*Februar 1922,*
*weitere fünfzehn Monate später*

»Fräulein Krause, könnten Sie bitte den aktuellen Warenbestand der kunstseidenen Unterröcke in allen bestellten Farben und Größen überprüfen und mir in spätestens einer Stunde mitteilen?«

Rieke, die gerade nicht bediente und sich daher einen Moment lang ausruhte, hatte Johannes Bergmann nicht kommen gesehen. Sie beobachtete gerade ihre jüngere Schwester Sanni, die Ware auf einem Ausstellungstisch neu arrangierte. Für jede Art von Dekoration hatte Sanni ein ausgesprochenes Geschick, wie sich mit der Zeit immer deutlicher herausstellte. Johannes hatte bereits angedeutet, dass Sanni möglicherweise sogar ohne Lehre als Verkäuferin übernommen werden könnte, falls sie sich weiterhin gut bewährte.

Unwillkürlich richtete Rieke sich gerade auf und trat einen Schritt von der Wand zurück, an der sie lehnte. Sich während der Dienstzeit hinzusetzen war für eine Verkäuferin absolut verpönt und wurde streng getadelt. Aber Rieke hatte schon als Kassenmädchen gelernt, dass es generell nicht gern gesehen wurde, wenn man sich etwas ausruhte. Zwar wusste sie, dass sie von Johannes Bergmann kaum eine Kritik zu erwarten hatte. Doch diese Regel war ihr im Lauf der Zeit in Fleisch und Blut übergegangen.

»Gern, Herr Bergmann«, nickte sie nun. Dann kam ihr eine spontane Idee. »Soll ich auch den Bestand an Korsetts prüfen, die vom Angebot der letzten Woche übrig geblieben sind? Insbesondere die kleinen Größen haben sich leider nur schlecht verkauft. Möglicherweise möchten Sie die Ware ja an den Lieferanten zurücksenden.«

Johannes Bergmann verzog sorgenvoll die Stirn, obwohl er Riekes Vorschlag lobte. »Ich freue mich sehr darüber, wie gut Sie mitdenken, Fräulein Krause.« Er warf einen Blick in die Abteilung. Es war erst zehn Uhr morgens. »Im Augenblick ist ja noch recht wenig Betrieb. Wenn es Ihre Zeit erlaubt, erledigen Sie diese Aufgabe gern mit.«

»Ich kann meiner Schwester Bescheid sagen, dass sie mich ruft, sobald sich das Geschäft belebt.«

»Ja, bitte, tun Sie das!« Johannes Bergmann hatte sich während seiner letzten Worte bereits zum Gehen gewandt und antwortete Rieke nun mit einem Blick über die Schulter. Dabei wirkte er geistesabwesend.

Hätte Rieke Johannes nicht so gut gekannt, hätte sie sein Verhalten leicht als Geringschätzung einer subalternen Angestellten missdeuten können. Doch aus ihren regelmäßigen Treffen, die sie nach wie vor alle zwei bis drei Wochen zusammenführten und bei denen sie sich längst duzten, wusste Rieke, dass Johannes Bergmann immer wieder von Sorgen geplagt wurde.

Auslöser war der zunehmende Erfolg seines Konkurrenten Gunter Perl. Der hatte in der jetzt auslaufenden Wintersaison einen exorbitanten Erfolg mit einem neuen Abendanzug für Herren erzielt. Dabei handelte es sich um eine Kombination aus Smoking und Frack. Wählte man die Smokingform, weil man abends zum Tanzen ausging, konnte man die Schöße des Fracks abnehmen.

Denn für die neumodischen und sehr beliebten Tänze wie Foxtrott oder Shimmy, die ihren Weg nach Europa über den

Großen Teich gefunden hatten, war der Frack ungeeignet. Doch mit jener Kombination aus Smoking und Frack konnte der vornehme Herr in konservativer Kleidung zuerst an einem traditionellen gesellschaftlichen Ereignis teilnehmen. Und sich danach, ohne sich umziehen zu müssen, in eines jener Tanzlokale begeben, die in Berlin wie Pilze aus dem Boden schossen.

Johannes Bergmann hatte sich dagegen im letzten Jahr mit der Damenkonfektion eher schwergetan. Denn seit Kriegsende veränderte sich die Damenmode rasant. Vor allem jüngere Frauen verzichteten mittlerweile auf das einengende Korsett und trugen jene, nur noch bis zu den Waden reichenden Hemdkleider, bei denen die Taille lediglich durch eine lose fallende Gürtelschärpe angedeutet wurde.

Diese Hemdkleider standen in der Tradition der schon weit vor dem Krieg aufgekommenen sogenannten Reformkleider. Doch die eher unförmig wirkende Mode war im KaDeWe immer ein Nischenprodukt gewesen und kaum je nachgefragt worden. »Das ist ja, als trüge man einen Sack am Leibe«, erinnerte sich Rieke an eine abfällige Bemerkung des damaligen Abteilungsleiters Kreutzfeld, Johannes' Vorgänger.

Auch Rieke hatten die Reformkleider nie gefallen, obwohl sie das Korsett, das sie wie alle Verkäuferinnen des KaDeWe bis heute tragen musste, nur zu gern losgeworden wäre.

Seit Kriegsende waren nun die Hemdkleider in Mode gekommen, ein Trend, den Johannes zunächst nicht richtig eingeschätzt hatte. Anfangs kaufte er zu wenig, später zu viele Modelle ein. Denn ein großer Teil der weiblichen Kundschaft des KaDeWe war bereits deutlich über ihre Jugendjahre hinaus und deshalb entsprechend konservativ: Dort lehnte man diese neue Mode sogar als »unanständig« ab. In dieser Übergangsphase zwischen im Wortsinn »neu-« und »altmodisch« das richtige Sortiment für die große Damenkonfektionsabteilung einzukaufen war für Johannes also nicht einfach gewesen.

Umso mehr schätzte er inzwischen Riekes Expertise, die

zwar in der benachbarten Damenwäscheabteilung arbeitete, aber sorgsam beobachtete, was in der Damenkonfektion vor sich ging. Darüber hinaus ließ sie sich regelmäßig von Sanni, die in beiden Abteilungen tätig war, berichten, welche Wünsche die Damen äußerten.

Aus diesem Grund hatte Rieke Johannes in ihren Gesprächen schon manch einen Rat gegeben, der sich im Nachhinein als richtig herausstellte. Jedenfalls waren die streng geschnittenen Winterkostüme aus Tweed oder ähnlichen Wollstoffen, zu denen auch Frauen Hemdblusen mit Schlips trugen, in den letzten Monaten zum Verkaufsschlager geworden. Sie wurden von Damen jeden Alters gekauft.

Damit konnte Johannes Gunter Perls Erfolg mit den Abendanzügen wieder ein gutes Stück wettmachen. Umso wichtiger war es nun, dass die von ihm gesteuerten Sonderangebotsaktionen erfolgreich waren, zumal das KaDeWe teure Inserate dafür schaltete. Die mussten allerdings schon lange ohne die Zeichnungen des Künstlers August Hajduk auskommen, der dem Alkohol immer mehr verfallen und schon lange durch andere Grafiker ersetzt worden war.

Natürlich stand auch die Damenwäsche in unmittelbarem Zusammenhang mit der Art der Oberbekleidung. Das zeigte sich beim Sonderangebot der laufenden Woche.

Die Unterröcke aus Kunstseide, deren Bestand Rieke jetzt überprüfen sollte, passten mit ihrer schmalen Silhouette perfekt zum Schnitt der neuen Damenmode. Deshalb konnte man damit bisher ebenfalls einen großen Verkaufserfolg verzeichnen. Denn es gab sie nicht nur in verschiedenen Größen und Farben, sondern auch in verschiedenen Längen, sodass selbst Frauen, die sich nach wie vor weigerten, ein Stück Bein zu zeigen, sie tragen konnten. Zudem waren sie weitaus preiswerter als Unterröcke aus echter Seide, obwohl sich das Material genauso weich und anschmiegsam anfühlte. Umso wichtiger war es daher, regelmäßig zu überprüfen, ob genügend Ware in allen

Varianten am Lager war, und gegebenenfalls rechtzeitig nach-zubestellen.

Johannes' Sorgenfalten rührten noch von der Sonderver-kaufsaktion der vergangenen Woche her. Dort hatte die Da-menwäscheabteilung Korsetts angeboten, die sich trotz des günstigen Preises und der guten Verarbeitung als Ladenhüter erwiesen. Denn manchmal war es wie verhext.

In den Monaten davor hatten vor allem korpulentere Damen in der Wäscheabteilung immer wieder nach Korsetts gefragt, die man in ihrer Größe nicht vorrätig hatte. Die Angebotsak-tion der vergangenen Woche, die Johannes daraufhin startete, wurde trotzdem ein Schlag ins Wasser. Die Korsetts wurden kaum nachgefragt.

Gleichzeitig hatte Gunter Perl einen riesigen Erfolg mit Schiebermützen aus Tweed gefeiert, früher die typische Kopf-bedeckung der Arbeiterklasse, die nun aber auch das wohlha-bende Bürgertum trug.

»Ich bin jetzt sicher, dass Adolf Jandorf uns beide sehr scharf beobachtet und jeden Erfolg oder Misserfolg, den einer von uns hat, genau registriert«, klagte Johannes Rieke bei ihrem Treffen am vergangenen Sonntag sein Leid. »Das hat mir mein Vater angedeutet.«

Die hatte ein schlechtes Gewissen, da sie Johannes ihr ungu-tes Gefühl bei der Korsettaktion vorenthalten hatte. Sie wollte nicht den Eindruck erwecken, sein Talent als Einkäufer in-frage zu stellen. Das verschwieg sie ihm jetzt jedoch wohlweis-lich.

»Du hast noch zwei Jahre Zeit, um an Gunter Perl vorbei-zuziehen«, tröstete sie ihn. »Und du weißt, dass du uneinge-schränkt auf meine Unterstützung zählen kannst.«

»Das weiß ich, Rieke«, bestätigte Johannes. »Du bist mir wahrlich eine große Hilfe.«

So war es in der Tat. Schon seit Rieke ihm die fehlenden Größen der seidenen Nachthemden an jenem Abend, als er

Eckstein entlarvte, korrekt mitgeteilt hatte, pflegte er sie regelmäßig mit der Kontrolle des Warenbestands für die Sonderangebote zu betrauen. Bereitwillig nahm er dabei ihre Empfehlung auf, diese Artikel in jenem Nebenraum zu lagern, der zum
Fürstenzimmertrakt im ersten Stock gehörte und nach wie vor
kaum genutzt wurde. Von hier aus waren die Wege zur Damenwäscheabteilung weitaus kürzer als von den Lagerräumen im
Dachgeschoss.

Mittlerweile deutete Johannes Rieke gegenüber immer häufiger an, dass er beabsichtigte, sie zur Ersten Verkäuferin der
Damenkonfektion zu ernennen, wenn Frau Maurer Ende April
in den Ruhestand ging.

Rieke freute sich besonders darüber, weil sie Johannes noch
nie etwas von Elses dubioser Rolle bei der Erpressung durch
Gregor Eckstein erzählt hatte. Zwischen Else und ihr sollte ein
ehrlicher Wettbewerb um die anstehende Beförderung herr-
schen. Rieke wollte auf keinen Fall in den Verdacht geraten,
sich durch ihre Beziehung zu Johannes einen Vorteil gegenüber Else verschaffen zu wollen.

Diese Entscheidung wurde ihr dadurch erleichtert, dass Else
nach dem Streik im Februar 1919 keinen Versuch mehr unternommen hatte, Rieke bewusst zu schaden. Die beiden Frauen
gingen sich lediglich aus dem Weg.

»Warum ziehst du mich für die Position in Betracht?«,
konnte sich Rieke die Frage eines Tages trotzdem nicht verkneifen. »Else Lemke arbeitet doch längst in der Damenkonfektion und ich nur in der Wäscheabteilung.«

»Nun, das ist einfach«, hatte Johannes geantwortet. »Ich
halte dich eben für die talentiertere Verkäuferin.«

Aber noch war Frau Maurer im Dienst. Wenn auch nur für
wenige Wochen. Während Rieke in dem Raum, der dem siamesischen König vor fast fünfzehn Jahren als Lager für seine
zahlreichen Einkäufe gedient hatte, die kunstseidenen Unterröcke zählte und den Bestand der einzelnen Modelle in eine

Tabelle eintrug, musste sie sich immer wieder zusammenreißen, damit ihr keine Fehler passierten.

Denn zu groß war die Versuchung, sich hier in der Abgeschiedenheit des Lagerraums vorzustellen, was sie sich alles mit dem Gehalt einer Ersten Verkäuferin, zu dem noch eine kleine Provision aus jedem Verkauf hinzukam, würde leisten können. Allem voran würde sie endlich eine eigene Wohnung haben, wenn Johannes sie tatsächlich zur Beförderung vorschlug und Adolf Jandorf dem zustimmte.

Denn mittlerweile hatten sich zarte Bande zwischen ihrer Mutter Käthe und dem Vorarbeiter Fritz entwickelt. Fritz war schon in Käthes Jugend ihr Verehrer gewesen. Unseligerweise hatte Käthe ihm damals den späteren Trunkenbold Otto vorgezogen. Nun dauerte die Beziehung zwischen Käthe und Fritz bereits über ein Jahr.

Zwar war von Heirat zwischen den beiden keine Rede. Nach der katastrophalen Erfahrung mit Otto wollte Käthe keine zweite Ehe eingehen, hatte sie Rieke einmal anvertraut. Dennoch würden Fritz und sie gern zusammenziehen, nachdem sich ihr Verhältnis bereits längere Zeit bewährt hatte, als Käthe nach der Hochzeit mit Otto glücklich gewesen war. Doch Fritz' Einzimmerwohnung in Meyers Hof war für sie beide zu klein. Die Wohnung der Krauses war dagegen für vier Bewohner ungeeignet, wollte man nicht wieder in jener drangvollen Enge leben wie zu Lebzeiten Ottos und Roberts.

Doch wenn Johannes mich zur Ersten Verkäuferin der Damenkonfektion ernennt, kann ich die Wohnung mit Fritz tauschen, überlegte Rieke zum wiederholten Mal. Er kann dann mit Käthe in der Stube schlafen und Sanni muss eben aufs Küchensofa umziehen.

Rieke verdrängte den Gedanken, dass Sanni bereits heftig dagegen protestiert hatte, als Rieke ihr diesen Plan während der Rückfahrt nach Hause neulich zum ersten Mal angedeutet hatte. »Ich denke gar nicht daran, mein Bett in der Kammer aufzugeben, um in der Küche zu schlafen«, betonte sie. »Dort riecht es nach Essen und kaltem Rauch. Außerdem ist das Sofa mittlerweile komplett durchgelegen.«

Rieke verzichtete darauf, Sanni daran zu erinnern, dass Käthe diese Unbequemlichkeiten bereits seit vielen Jahren in Kauf nahm. »Und was willst du stattdessen tun?«, erkundigte sie sich.

Sanni hob trotzig den Kopf. Ihre blauen Augen blitzten. »Dann ziehe ich ebenfalls aus«, kündigte sie an.

»Und wohin willst du gehen? Es gibt doch kaum Wohnungen in Berlin. Außerdem reicht dein Gehalt nicht aus, um dir allein etwas zu suchen. Du würdest nicht einmal ein Zimmer zur Untermiete finden«, gab Rieke zu bedenken.

Obwohl Adolf Jandorf seinen Angestellten bislang einen großzügigen Ausgleich für die immer weiter fortschreitende Teuerung bezahlte, verdiente Sanni als Hilfsverkäuferin nach wie vor nur die Hälfte von Riekes Gehalt.

»Das werden wir ja sehen!«, antwortete sie schnippisch. »Außerdem werde ich bald einundzwanzig und kann dann ohnehin machen, was mir beliebt.« Tatsächlich würde sie ihren Geburtstag noch in dieser Woche feiern.

Seit dem Gespräch hatte Rieke Sanni im Verdacht, noch immer mit jenem Berti zusammen zu sein, mit dem sie bereits zum Zeitpunkt von Roberts Selbstmord eine Beziehung gehabt hatte. Doch bislang bestritt es Sanni beharrlich. Und auch Riekes Beförderung stand noch nicht fest.

Warum also über ungelegte Eier brüten?, sinnierte Rieke, während sie eine Tabelle für die Anzahl der Korsetts zeichnete, nachdem sie die Bestandsaufnahme der Unterröcke abgeschlossen hatte. Wir stellen uns diesem Problem, wenn es auftritt.

Plötzlich pochte es heftig an die Tür. Sanni riss sie bereits auf, bevor Rieke »Herein« rufen konnte.

»Dieser Russe von vorgestern ist wieder da!«, fiel ihre

Schwester mit der Tür ins Haus. »Die Erste Verkäuferin ist noch mit der Frau Kommerzienrat Bertolt beschäftigt. Du musst sofort kommen, um den Kerl zu bedienen!«

Während Rieke hinter Sanni herhastete, überlegte sie, was Wladimir Wladimirowitsch Majakowski, zum Glück erinnerte sie sich an den Namen, heute schon wieder in der Damenwäscheabteilung des KaDeWe zu suchen haben könnte. Womöglich mochte er etwas umtauschen, fiel ihr als Erstes ein.

Der russische Dichter hatte erst vor zwei Tagen, gemeinsam mit der Frau seines Verlegers, eine ausführliche Einkaufstour im KaDeWe unternommen. Sanni, die gewöhnlich über den neuesten Klatsch auf dem Laufenden war, hatte Rieke im Flüsterton einiges über Majakowski erzählt, während man auf den russischen Dolmetscher wartete.

Majakowski war als Tourist in Berlin, skandalöserweise gemeinsam mit seinem Verleger und dessen Ehefrau, mit der er angeblich ein Verhältnis hatte. Damit gehörte er nicht zu den fast vierhunderttausend Exilrussen, die aufgrund der Revolution aus ihrer Heimat geflohen waren. Die Immigranten hatten sich insbesondere in Charlottenburg so zahlreich niedergelassen, dass man den Stadtteil schon spöttisch »Charlottengrad« nannte.

Majakowski war im Gegensatz dazu ein begeisterter Anhänger Lenins. Seine revolutionsverherrlichende Lyrik hatte ihm sogar den Titel »Herold der Oktoberrevolution« eingetragen.

Schon vorgestern hatte sich Rieke darüber gewundert, dass ein solch glühender Anhänger der russischen Revolution in einem zutiefst kapitalistischen Warenhaus einkaufte. Zumal ihr Sanni mitgeteilt hatte, dass die drei Russen angeblich im feudalen Kurfürstenhotel abgestiegen seien.

Riekes Erstaunen wuchs, als sich Wladimir und seine Begleiterin vor zwei Tagen nur die teuersten Wäschestücke vorlegen ließen. Die kunstseidenen Unterröcke, die Rieke ihnen mithilfe des Dolmetschers als Erstes anpries, bedachten sie nur mit einem verächtlichen Blick und einer wegwerfenden Handbewegung.

Insgesamt hatte das Paar nicht weniger als zweiunddreißig Wäscheteile erstanden, darunter drei hauchzarte Negligés, zwei Damenpyjamas, der letzte modische Schrei aus Paris bei der Nachtwäsche, jedoch bislang in Berlin kaum nachgefragt, sowie Morgenmäntel, Büstenhalter, Höschen, Unterhemden und Unterröcke, alles aus reiner Seide. Morgenmäntel, Unterröcke und Negligés waren darüber hinaus mit echter Brüsseler Spitze besetzt. Viele Teile kosteten mehr, als Rieke und Sanni zusammen im Monat verdienten.

Allerdings in der immer mehr an Wert verlierenden Mark. Da Majakowski in Dollar bezahlte, relativierte sich der Preis der Ware für ihn natürlich. Der Gegenwert eines Dollars betrug augenblicklich über zweihundert Mark. Dafür musste Rieke einen halben, Sanni sogar einen ganzen Monat lang arbeiten.

Rieke begrüßte den russischen Dichter heute mit einem strahlenden Lächeln des Wiedererkennens, von dem sie hoffte, dass es echt genug wirkte, und sah sich verstohlen nach dem Dolmetscher um. Doch der war noch nirgends zu sehen, obwohl sie ein Lehrmädchen nach ihm ausgeschickt hatte.

Wladimir wollte offensichtlich auch nichts umtauschen. Ungeduldig wies er auf die Ausstellungstische mit der Wäsche.

»Leg schon einmal eine Auswahl von Ware bereit!«, wies Rieke Sanni zunehmend nervös in gedämpftem Ton an. »Such möglichst Teile aus, die er vorgestern noch nicht erstanden hat. Meines Wissens hatten alle eine mittlere Größe.«

Rieke bezweifelte nicht, dass die gesamte Wäsche vor zwei Tagen für Wladimirs Begleiterin gedacht war. Die mittlere Größe der ausgewählten Stücke passte jedenfalls zur Figur der Frau. Sie schien Rieke etwas älter zu sein als Majakowski, den sie auf ungefähr Ende zwanzig schätzte.

Während Sanni unter Wladimirs aufmerksamen Blicken begann, spitzenbesetzte Hemdchen und Höschen auszubreiten, musterte Rieke ihn verstohlen. Denn was sie inzwischen zusätzlich über ihn wusste, ließ seinen erneuten Besuch im luxuriösen KaDeWe noch viel unglaublicher erscheinen, als es bereits vor zwei Tagen der Fall gewesen war.

»Wie hieß der Redner?«, hatte Rieke gestern Abend ungläubig nachgefragt, als Peter Hauser von der flammenden Rede eines russischen Revolutionars auf einer Versammlung der KPD erzählte, der Peter bereits seit mehreren Jahren angehörte. Er war von der USPD zur KPD übergewechselt, nachdem man Ende Mai 1919 die verweste Leiche von Rosa Luxemburg aus dem Landwehrkanal gezogen hatte.

»Man hat sie und Karl Liebknecht wie tollwütige Hunde abgeknallt«, begründete er damals seinen Entschluss. »Schon allein deshalb trete ich in die Partei ein, die die beiden noch kurz vor ihrem Tod gegründet haben.«

Peter war bis heute Mitglied der KPD geblieben. Allerdings zählte er sich zum gemäßigten Teil der Partei, die sich außerdem inzwischen wieder mit der USPD vereinigt hatte, sodass Peter auf viele ehemalige Kameraden traf, die seine Ansichten teilten. Er arbeitete noch immer in der Tischlerwerkstatt des KaDeWe, wo er sich allerdings jeder politischen Agitation enthielt. Das hatte vor allem mit Jandorfs Unterstützung des Generalstreiks während des von Rechtsradikalen angezettelten Kapp-Putschs zu tun. In seiner Freizeit besuchte Peter jedoch regelmäßig die Veranstaltungen der KPD.

Als er Rieke gegenüber den Namen des russischen Redners wiederholte, der die Arbeiter am Vorabend zum erbitterten Widerstand gegen den Kapitalismus und zur Besetzung von Betrieben und Fabriken aufgerufen hatte, fehlten der vor Verblüffung zunächst die Worte. »Der Mann heißt Wladimir Wladimirowitsch Majakowski.«

»Majakowski hat schon im Jugendalter für die Sache der Arbeiter und Bauern gekämpft und ist deswegen sogar ins Gefängnis gekommen«, fuhr Peter fort, bis ihm Rieke entsetzt ins Wort fiel.

»Dieser *glühende Anhänger der Revolution* hat gestern in unserer Wäscheabteilung für mindestens fünfzig Dollar eingekauft. Also am gleichen Tag, an dem er abends diese Rede hielt.«

»Was behauptest du da?« Peter starrte Rieke an. »Das glaube ich nicht. Da bildest du dir etwas ein.«

»Der Russe, den ich gestern persönlich bedient habe, war mit einer Frau im KaDeWe, die er Lilja nannte. Er hatte dunkle Haare und Augen und trug einen hellbraun melierten Tweedanzug mit passender Schiebermütze. Dazu eine dunkelbraune Krawatte mit beigefarbenen Streifen.«

Es war dieses letzte kleine Detail, das Peter schließlich davon überzeugte, dass Rieke und er von demselben Mann sprachen.

»Unfassbar! Das ist unfassbar!«, murmelte er schockiert. »Uns hat Majakowski von den Überlebenskünsten des russischen Volks erzählt, das noch immer in bitterster Armut lebt. Majakowski unterweist die Menschen im Auftrag der Partei, wie sie ausreichend und trotzdem billig essen können. Er hat sich gestern des Langen und Breiten darüber ausgelassen, dass Rapsöl genauso nahrhaft sei wie die teure Butter. Was für ein Heuchler!«

Und dieser Heuchler stand heute schon wieder im KaDeWe und wurde sichtlich immer ungeduldiger, weil er ohne den Dolmetscher keine Einkäufe tätigen konnte.

Schließlich beschloss Rieke zu handeln. Ausschlaggebend dafür war, dass Majakowski auf Sanni als Verkäuferin fixiert war, der er schon mehrmals zugelächelt und gewinkt hatte, ihn endlich zu bedienen.

In der Tat verzog er enttäuscht den Mund, als Rieke stattdessen auf ihn zutrat. Sie vermutete, dass er Sanni nicht nur weit hübscher fand als sie selbst, sondern auch moderner, und ihrer modischen Expertise daher mehr vertraute als der Riekes.

Zwar trugen beide Frauen nach wie vor das altmodische Korsett und das bodenlange schwarze Kleid, das schon vor dem Krieg zur Ausstattung jeder Verkäuferin gehörte. Doch Sanni hatte, ohne vorher irgendjemanden um Rat zu fragen, vor einigen Wochen ihre blonden Haare zu einer jener modernen Frisuren schneiden lassen, die man Bubikopf nannte.

Das war typisch für Sannis Eigenmächtigkeit, hatte ihr diesmal jedoch einen harschen Tadel im KaDeWe eingetragen. Zwar stand Sanni diese Kurzhaarfrisur hervorragend. Mit den fast bis zu den Augenbrauen reichenden Stirnfransen und den spitz zulaufenden Strähnen, die ihre Wangen umschmeichelten, ließ sie ihr schmales Gesicht voller und weiblicher erscheinen. Doch der immer noch gültigen Anweisung für Kleidung und Haartracht im KaDeWe entsprach die Frisur nicht.

Das Unglück wollte es, dass Sanni schon nach einem Tag mit ihrem neuen Bubikopf ausgerechnet Adolf Jandorf über den Weg lief. Da gerade Kundinnen in der Nähe waren, verzichtete Jandorf darauf, Sanni vor deren Ohren abzukanzeln, er holte dies jedoch wenig später in seinem Kontor nach. Zuvor hatte er auch Johannes Bergmann als verantwortlichen Abteilungsleiter dorthin bestellt, der Rieke anschließend von der Episode erzählte. Sanni hatte sie ihr wohlweislich verschwiegen.

»Was fällt Ihnen ein, gegen die Gepflogenheiten unseres Hauses zu verstoßen, Fräulein Krause?«, hatte Jandorf gepoltert. Sanni errötete zwar bis zu den Haarwurzeln, wusste zu ihrer Verteidigung aber nichts vorzubringen. Jandorf entließ sie mit einer ungnädigen Handbewegung.

Auch Johannes' nachfolgender vorsichtiger Vorstoß, den Verkäuferinnen in der Damenbekleidung grundsätzlich zu erlauben, sich moderner aufzumachen, stieß bei Jandorf erst einmal nicht auf Gegenliebe.

»Solange unsere weibliche Kundschaft reiferen Alters lange Haare und eingeschnürte Taillen als Zeichen der Seriosität unserer Verkäuferinnen wertet, bleibt alles so, wie es ist«, bestimmte er kategorisch. »Denn diese Damen verfügen in der Regel über die Mittel, die unseren Umsatz garantieren. Unterrichten Sie gefälligst Ihre Untergebenen explizit über diese Anweisung, Herr Bergmann!«, fügte er noch hinzu.

Johannes hatte dem selbstverständlich sofort Folge geleistet, allein schon, um nicht erneut Jandorfs Unwillen zu erregen. Sein Vater hatte ihm schon mehrfach bedeutet, dass Jandorf Gunter Perls und Johannes' Aktivitäten beständig im Auge behielt. Seither war Johannes noch mehr verunsichert, ob er beim Einkauf der Damenkonfektion die richtige Mischung zwischen moderner und konservativer Mode traf.

Einige Tage später erzielte er, zumindest was die Frisuren der weiblichen Belegschaft betraf, einen Kompromiss mit Jandorf. Anlass für seinen erneuten Vorstoß war, dass es ja Monate dauern würde, bis Sannis Haare so weit nachgewachsen wären, dass sie sie wieder zu dem vorschriftsgemäßen Dutt drehen könnte. Daher erwirkte er die Erlaubnis für sie, den Bubikopf beizubehalten und ihn sogar regelmäßig nachschneiden zu lassen. Den übrigen Verkäuferinnen wurde darüber hinaus erlaubt, ihre Haare zu einer lockeren Nackenrolle zu schlingen, wenn sie dies dem strengeren Dutt vorzogen. Denn auch diese Frisur war, wie der Bubikopf, gerade modern.

Rieke hatte die lockere Nackenrolle sofort ausprobiert. Seither hegte sie außerdem die Hoffnung, irgendwann auch das unbequeme Korsett loszuwerden. Aber noch war es nicht so weit. Und heute musste sie feststellen, dass die Nackenrolle in Majakowskis Augen mit dem Bubikopf leider nicht mitkam.

»Was darf ich denn für Sie tun?«, sprach sie den Dichter jetzt mit einem verbindlichen Lächeln an in der Hoffnung, dass er sie verstand. Dies traf offenbar sogar zu. Der Russe warf noch einen bedauernden Blick auf Sanni, die sich klugerweise im Hintergrund hielt. Dann schritt er an der gesamten Verkaufstheke entlang und zeigte auf viele Fächer, aus denen Rieke, die hinter der Theke Schritt mit ihm hielt, jeweils ein

Stück in mittlerer Größe herausnahm und auf den langen Verkaufstisch legte.

Stirnrunzelnd schritt Majakowski danach an den ausgebreiteten Waren entlang und wies immer wieder auf einzelne Stücke, die er Rieke hochheben und von beiden Seiten zeigen ließ, bevor er sich dafür oder dagegen entschied. Schnell stellte sich zu ihrer Überraschung dabei heraus, dass Majakowski zum Teil andere Größen benötigte als vorgestern. Erstaunlicherweise verlangte er außerdem oft mehrere gleichartige Stücke.

Sanni notierte auf dem Kassenblock eifrig mit, ob der Russe ein, drei oder sogar bis zu sechs Stück derselben Wäsche erstehen wollte. Diesmal waren auch gemusterte Seidenstrümpfe und Strumpfbänder dabei. Auch diese Ware gehörte zum Bestand der exklusiven Damenwäsche, während die gröberen Strümpfe im Erdgeschoss angeboten wurden.

Rieke zählte fast doppelt so viele Stücke wie vorgestern, als sie den Kassenzettel schließlich unterschrieb. Sanni und sie waren gerade dabei, die Wäsche zu stapeln, um sie gemeinsam zur Kasse zu bringen, als der Dolmetscher endlich erschien.

Nun konnte Rieke ihre Neugier nicht länger bezwingen. »Fragen Sie Herrn Majakowski doch bitte, wozu er all diese Wäsche braucht!«, bat sie den Dolmetscher, wohl wissend, dass ihre Frage für eine Verkäuferin ungehörig war. Die bereitwillig gegebene Antwort verblüffte sie noch mehr als die Einkaufswut des russischen Revolutionsdichters.

»Er möchte nicht ohne Geschenke nach Moskau zurückkommen und will jeder seiner Bekannten das Richtige in der passenden Größe mitbringen«, übersetzte der Dolmetscher Majakowskis bereitwillig gegebene Antwort.

Na, jetzt bin ich gespannt, was Peter Hauser zu dieser neuen Eskapade sagen wird, dachte Rieke, als sie dem mit Einkaufstaschen beladenen Russen kopfschüttelnd nachblickte.

»Ich hoffe, Rebekka nimmt dir nicht allzu übel, dass du schon wieder das Abendessen versäumt hast, Paul«, sagte Jandorf. »Doch wenn sie sich beschwert, gib einfach mir die Schuld!«

Paul Bergmann hob sein Cognacglas und trank Jandorf zu. »Mach dir keine Gedanken darüber, Adolf! Rebekka ist es mittlerweile gewohnt, dass es freitagabends einmal später werden kann.«

Zwar ließ sich Jandorf in der Belle-Alliance-Straße, wo die meisten Büros untergebracht waren, täglich einen Kurzbericht über die tagesaktuellen Umsätze in seinen Warenhäusern erstatten. Doch seit jeher pflegte er am Freitagabend die wichtigsten leitenden Angestellten der Finanzabteilung seines Konzerns in sein Kontor im KaDeWe zu bestellen. Er ließ sich ausführlich über die vergangene Woche Rapport erstatten und traf dabei auch bedeutsame Geschäftsentscheidungen.

Zum Kreis der Besprechungsteilnehmer gehörten der Leiter des Rechnungswesens, der über die Konten- und Kassenstände berichtete, und der Leiter des Finanzwesens, bei dem die große Gruppe der Einkäufer im Jandorf-Konzern ihre Budgetanforderungen für beabsichtigte Wareneinkäufe einreichten. Zuvor musste dies der jeweilige kaufmännische Leiter des zuständigen Warenhauses als unmittelbarer Vorgesetzter der Einkäufer absegnen. Auf das Thema Einkauf wollte Bergmann noch einmal zu sprechen kommen, nachdem die übrigen Teilnehmer jetzt bereits gegangen waren.

In seiner Doppelfunktion als Personalleiter des KaDeWe und Konzernjustiziar nahm auch Paul regelmäßig an jenen Freitagabendbesprechungen teil. Je nachdem, was es zu diskutieren und zu entscheiden gab, dauerten diese Zusammenkünfte auch einmal bis spät in den Abend. Zum Glück würde sein eigener Report über die Personalsituation, der als einziger noch ausstand, heute kurz sein. Aufgrund der immer noch schweren Zeit und angesichts der beständig zunehmenden Teuerung wechselte kaum ein Angestellter freiwillig seine im Vergleich zu anderen Arbeitsplätzen komfortable Stellung im Jandorf-Konzern, erst recht nicht im KaDeWe. Dort wurden lediglich Mitarbeiter ersetzt, denen wegen eines Vergehens gekündigt werden musste. Diese Woche gab es jedoch keinen einzigen solchen Fall.

»Vom Personal gibt es erfreulicherweise nichts zu berichten«, sagte Paul Bergmann nun auch. »Also lass uns noch ein wenig plaudern und dabei in Ruhe unseren Cognac genießen. Ob ich eine halbe Stunde früher oder später nach Hause komme, spielt auch keine Rolle mehr.«

Jandorf nickte ihm lächelnd zu und stand auf, um Paul noch einmal nachzuschenken. »Sei froh, dass du noch jemanden hast, der dich zu Hause erwartet!«, sagte er dabei. »Harry amüsiert sich wahrscheinlich schon längst wieder auf dem Kurfürstendamm. Sonst wünscht sich wahrscheinlich nur mein alter Hausdiener, dass ich endlich heimkomme, damit er Feierabend machen kann«, zwinkerte er Paul halb scherzhaft zu.

Er ist immer noch nicht ganz über Margaretes Tod hinweggekommen, dachte Paul bei sich. Immerhin war seine Sorge unbegründet gewesen, dass Jandorf seine Schaffenskraft durch den Tod der Gattin einbüßen könnte. Im Gegenteil war er im Augenblick aktiver denn je.

Wie kann ich mein heikles Thema denn nun am besten ansprechen?, sinnierte Paul und beschloss, zuerst einmal auf die unverfänglichere Materie der aktuellen politischen Entwicklung auszuweichen.

»Glaubst du, dass Walther Rathenau auf der Konferenz in Genua etwas für Deutschland erreicht?«

Jandorf zuckte mit den Schultern. »Wie sagst du immer dazu, dieser lateinische Ausdruck, wie hieß er doch gleich?«

»Vae victis«, schmunzelte Paul. »Das heißt ›Wehe den Besiegten‹!«

Jandorf winkte unwirsch ab. »Das hast du mir schon einmal erklärt, Paul. Mein Gedächtnis ist noch immer ganz ausgezeichnet.«

In der Tat hatte Paul damals spontan mit diesem lateinischen Ausspruch, der einem keltischen Eroberer Roms zugeschrieben wurde, auf die endgültige Höhe der von Deutschland zu leistenden Reparationszahlungen reagiert. Sie war erst vor ungefähr einem Jahr im Mai 1921 von den Siegermächten bekannt gegeben worden und belief sich auf die gigantische Summe von einhundertzweiunddreißig Milliarden Goldmark.

Immerhin wusste Paul seit jenem Gespräch mit Sicherheit, dass sein Freund kein Latein verstand und daher niemals ein Gymnasium besucht haben konnte. Auch nicht bis zur Untertertia, wie Adolf einmal behauptet hatte. Doch angesichts des Imperiums, das dieser kleine Mann, der aus einfachsten Verhältnissen in der württembergischen Provinz stammte, in der Landeshauptstadt Berlin geschaffen hatte, war diese Kleinigkeit ohne jede Bedeutung.

»Also, du glaubst nicht, dass Walther Rathenau auf der Genueser Konferenz erfolgreich sein wird?«, nahm Paul den Gesprächsfaden wieder auf. Das erklärte Ziel der Konferenz war die Wiederherstellung der durch den Krieg zerrütteten internationalen Finanz- und Wirtschaftssysteme.

»Das vermag ich wirklich nicht zu sagen. Immerhin ist es ein ungeheurer Fortschritt, dass die Siegermächte Deutschland zum ersten Mal überhaupt eingeladen haben. Die Voraussetzung für eine Senkung der Reparationszahlungen durch die europäischen Kriegsnationen ist allerdings, dass die USA diesen wiederum einen Teil ihrer Kriegsschulden erlassen. Dass dies gelingt, darf ich entschieden bezweifeln. Die USA sind ja nicht einmal in Genua vertreten.«

»Doch genau davon hängt es ab, ob Rathenau Erfolg haben wird.«

Jandorf nickte. »Es ist also unwahrscheinlich. Dennoch halte ich Walther Rathenau für den besten Außenminister der vergangenen Jahre.«

Paul stimmte zu. Am Streit darüber, ob man die ungeheure Höhe der Reparationszahlungen akzeptieren dürfe, war wieder einmal eine Regierung der Weimarer Republik zerbrochen. Doch dies hatte den Weg für die politische Laufbahn des jüdischen ehemaligen Unternehmers Walter Rathenau frei gemacht. Er war der Sohn des Gründers des riesigen AEG-Konzerns und hatte jahrelang in dessen Vorstand und Aufsichtsrat mitgewirkt.

»Hoffentlich muss Rathenau sein Engagement nicht wie Matthias Erzberger büßen.« Jandorf runzelte sorgenvoll die Stirn.

Matthias Erzberger war von Mitgliedern der rechtsterroristischen Operation Consul, die sich nach dem Kapp-Putsch gebildet hatte, im Juni des vergangenen Jahres auf offener Straße erschossen worden.

»Rathenau ist viel beliebter als Erzberger«, warf Paul ein.

»Aber auch ihn zählen große Teile der Bevölkerung zu den sogenannten Novemberverbrechern«, widersprach Adolf.

Als Novemberverbrecher wurden all diejenigen Politiker beschimpft, die die harten Waffenstillstandsbedingungen im November 1918 akzeptiert hatten.

»Erzberger hat die deutsche Delegation bei den Verhandlungen im Wald von Compiègne damals in der Tat angeführt. Das hat man ihm nie verziehen«, versetzte Paul. »Doch Walther Rathenau hat meines Wissens sogar den Waffenstillstand zunächst abgelehnt. Er empfand Deutschlands Verhandlungsposition noch als zu schwach und plädierte deshalb für eine Fortsetzung des Kriegs.«

Jandorf trank einen Schluck Cognac. »Zum Glück ist es

anders gekommen. Doch das Gedächtnis der Rechtsradikalen in diesem Lande ist kurz«, erwiderte er. »Dass Rathenau ihnen damals näherstand als manch anderer Politiker, scheinen sie völlig vergessen zu haben. Rathenau selbst unterschätzt das offenbar. Er lässt sich nicht einmal von einer persönlichen Leibwache schützen.« Wieder runzelte er sorgenvoll die Stirn.

»Immerhin wäre uns schon sehr damit gedient, wenn durch die Teilnahme Rathenaus an der Genueser Konferenz zumindest die galoppierende Inflation eingedämmt würde«, sagte Paul. Im Augenblick stand der Wechselkurs der Mark zum Dollar bei ungefähr dreihundert zu eins.

Obwohl er die politischen Diskussionen mit Jandorf schätzte, erkannte Paul im Lauf des Gesprächs schließlich, dass er der Sache, die ihm wirklich am Herzen lag, damit nicht näher kommen würde. Er beschloss daher, in die Offensive zu gehen.

»Lass uns noch von etwas anderem reden, Adolf!«, wechselte er das Thema und brachte sein Anliegen gleich auf den Punkt. »Wie beurteilst du denn die bisherige Leistung deiner leitenden Textileinkäufer im KaDeWe? Immerhin hat sich die Zentralisierung des Einkaufs an sich doch bereits gut bewährt«, fuhr er fort. »Nun prüfen Johannes und Gunter Perl, was ihnen ihre unterstellten Abteilungsleiter beim Wareneinkauf vorschlagen, bevor sie das Budget dafür beantragen. Im restlichen Konzern arbeitet jeder Einkäufer noch für sich allein. Der bürokratische Aufwand dafür ist riesengroß, wie der Leiter des Finanzwesens uns heute wieder einmal eindrücklich in Erinnerung gerufen hat.«

Jandorf überlegte einen Moment lang, bevor er Paul antwortete. Dabei hob er den Kopf und suchte dessen Blick.

»Ich gebe dir recht, dass eine fortschreitende Zentralisierung des Einkaufs sich sicherlich auch in Zukunft bewähren wird. Was die von mir beabsichtigte Leitung des gesamten Textileinkaufs des KaDeWe oder später sogar des gesamten Konzerns angeht, hat allerdings Gunter Perl die Nase im Augenblick vorn«, gab er ehrlich zu.

Paul versetzte diese Aussage einen Stich, den er sich jedoch nicht anmerken ließ. »Worauf führst du das zurück?«

»Gunter Perl ist auf dem besten Weg dazu, die Herrenkonfektion zu einer ähnlich bedeutsamen Abteilung zu entwickeln wie die Damenkonfektion. Er hat mir neulich sogar schon einmal angekündigt, dass er zusätzliche Verkaufsflächen dafür brauchen wird, wenn die Abteilung weiter wachsen soll. Johannes hat mit der Leitung der Damenkonfektion dagegen nicht immer ein glückliches Händchen gehabt.«

Paul seufzte innerlich. Jandorfs Einschätzung hatte er sich bereits gedacht. »Allerdings leitet Johannes die Abteilung, die im Augenblick einem weit spektakuläreren Wandel der Mode unterliegt, als es bei der Herrengarderobe der Fall ist«, gab er zu bedenken.

Bevor Adolf darauf antworten konnte, fuhr Paul bereits hastig fort. »Denk doch nur an die Angelegenheit mit jener kleinen Verkäuferin, die sich einen Bubikopf schneiden ließ. Damals hast du Johannes deswegen harsch zur Rede gestellt. Dabei sehe ich täglich mehr und mehr junge Kundinnen im KaDeWe mit genau dieser Frisur. Sie tragen zudem immer öfter die Kleidung, für die kein Korsett mehr gebraucht wird. Auch die Röcke werden immer kürzer. Trotzdem hältst du an der konservativen Tracht unserer Verkäuferinnen fest, Adolf. Dies mag zwar der älteren Kundschaft gefallen. Du gehst dabei allerdings nicht mit der Zeit.«

Paul holte tief Luft und machte eine abwehrende Handbewegung, als Jandorf zu sprechen anheben wollte. »Lass mich meinen Gedanken bitte zu Ende bringen! Johannes ist seit dem Tadel an der Frisur einer seiner Verkäuferinnen zutiefst verunsichert. Er weiß nicht mehr, wie viel freie Hand er hat und womit er möglicherweise deinen Unwillen erregen könnte. Wäre er sicher, dass du ihm die Möglichkeit gäbst, die gesamte Damenkonfektion auf die zweifellos bevorstehende neue Zeit auszurichten, fielen ihm viele Einkaufsentscheidungen leichter.«

»Du meinst also, ich enge deinen Sohn zu sehr ein?«

»Ich plädiere nicht nur für das Wohl meines Sohns«, antwortete Paul mit einem Anflug von Ärger, da er Jandorfs Andeutung sehr wohl verstanden hatte. »Sondern als Personalleiter des KaDeWe für einen äußerst talentierten Einkäufer und beliebten Vorgesetzten, der zudem an der Front gedient hat, was ihm bis heute Albträume beschert, wenn er unter Druck gerät. Und der zumindest den Eindruck hat, dass ihm die nötige Freiheit fehlt, um sich wirklich bewähren zu können.«

»Aber ich habe doch weder Johannes noch Gunter Perl bisher maßgeblich in ihre Entscheidungen hineingeredet«, rechtfertigte sich Adolf.

»Das mag dir so vorkommen«, räumte Paul ein. »Doch allein mit deinem Festhalten an der altmodischen Tracht unserer Verkäuferinnen stehst du ganz im Widerspruch zur neuesten Damenmode, die Johannes in seiner Abteilung zeigen muss, um erfolgreich zu sein.«

Jetzt wirkte Jandorf nachdenklich. »Wenn du glaubst, dass ich Johannes bislang durch meine konservativen Ansichten eingeschränkt habe, wäre dies wirklich ein eklatanter Nachteil gegenüber Gunter, dem ich vollkommen freie Hand lasse.«

»Und der zudem deinen eigenen Sohn Harry unterstützt und berät. Das könnte Johannes gar nicht leisten, da er keine Abteilung leitet, die der deines Sohns gleicht.«

Paul spielte damit auf einen Vorfall aus jüngster Zeit an. Gunter Perl hatte Harry, dem der Strumpfwareneinkauf im Warenhaus an der Belle-Alliance-Straße oblag, zu einem Sortiment geraten, das ein großer Verkaufserfolg geworden war.

»Du meinst, ich bevorzuge Gunter Perl, weil er *meinen Sohn* unterstützt?«, fragte Jandorf alarmiert nach.

Paul entschloss sich zur Wahrheit. Er nickte. »So wirkt es

auf mich, lieber Adolf, wenn ich ganz ehrlich bin«, gab er zu.
»Also lass Johannes in Zukunft bei den Einkäufen für die Damenkonfektion tun, was er für richtig hält!«, insistierte er.
»Und teile ihm bitte persönlich mit, dass du ihm vertraust und es daher ihm überlässt, wie viel neue Mode und wie viel konservative Ware er einkauft. Und überdenke in diesem Zusammenhang auch noch einmal die augenblickliche Aufmachung unserer Verkäuferinnen.«

Wieder überlegte Jandorf eine kleine Weile, bis er zustimmend nickte. »Solltest du deinem Sohn noch heute Abend begegnen, richte ihm bitte aus, dass ich ihn gleich am Montagmorgen hier in meinem Kontor zu einem Gespräch erwarte, damit wir diese strittigen Punkte zur Zufriedenheit beider Seiten lösen können.«

## Im Anprobesalon für Damen im KaDeWe

### Samstag, 22. April 1922, kurz nach acht Uhr abends

Sanni blickte sich vorsichtig um, bevor sie rasch in eine der Umkleidekabinen schlüpfte und den schweren Samtvorhang hinter sich zuzog.

Dass sich um diese Zeit, an einem Samstagabend um zehn Minuten nach acht, also kurz nach Ladenschluss vor dem freien Sonntag, noch jemand im Anprobesalon aufhielt, war zwar unwahrscheinlich. Aber Vorsicht ist die Mutter der Porzellankiste, dachte Sanni in Erinnerung an ein geflügeltes Wort ihrer Mutter Käthe.

Das herrliche dunkelrote Abendkleid, das Sanni scheinbar zufällig vergessen hatte, als sie die restlichen Roben zurückbrachte, hatte noch an seinem Platz an der Kleiderstange gehangen, die ebenfalls hinter einem Vorhang verborgen war. Dort bewahrte man vorübergehend die anprobierte Garderobe auf, die entweder nicht passte oder nicht gefiel. Nun nahm Sanni das Kleid mit in eine der Umkleidekabinen.

Nachdem sie ihr schwarzes Dienstkleid ausgezogen hatte, streifte sie sich die rote Robe über den Kopf. Das geschmeidige Gewand war das weitaus schönste und auch teuerste Abendkleid, das sich Sanni bisher »ausgeliehen« hatte. Es gehörte zur gerade erst eingetroffenen Kollektion und bestand aus schimmerndem Seidentaft, über den sich ein Überwurf aus hauchdünnem Chiffon ergoss, der mit winzigen goldenen Paletten bestickt war. Gemäß der aktuellen Mode war das Kleid ärmellos und fiel Sanni in weichen Falten bis zur Mitte der Waden.

Die goldfarbenen hochhackigen Riemchenschuhe, die Berti zu ihrer Ausstattung beigesteuert hatte, würden gut dazu passen. Ebenso wie das goldfarbene Stirnband, das Sanni sich selbst aus ihrem neuen Nebenverdienst geleistet hatte. Für ihren Einsatz hatte ihr Berti beim ersten Mal zwei Francs, beim zweiten Mal sogar einen ganzen Dollar gegeben. Das war ein Vermögen in dieser Zeit, in der die Mark immer weniger wert wurde.

Nun drehte sich Sanni vor dem mannshohen Spiegel in der Kabine bewundernd nach allen Seiten. Das Kleid stand ihr ganz ausgezeichnet. Sie freute sich sehr auf den sicher wunderbaren Abend, der dank Berti vor ihr lag.

Aus der Tatsache, dass sie sich längst wieder mit Berti Schubert zusammengetan hatte, machte Sanni seit ihrem einundzwanzigsten Geburtstag im Februar zu Hause gar keinen Hehl mehr. Auch nicht daraus, dass sie demnächst mit ihm zusammenziehen würde. Sobald sie sich dank ihres neuen Nebenverdiensts eine gemeinsame Wohnung leisten könnten, beteuerte Berti.

»Ich bin jetzt volljährig. Daher habt ihr mir gar nichts mehr vorzuschreiben«, beschied Sanni ihrer Mutter und Rieke schnippisch, die sie zur Rede stellten, nachdem sie zum ersten Mal über Nacht weggeblieben war.

Das war sogar noch vor der Zeit gewesen, als Berti die Idee

hatte, sie samstagabends mit wohlhabenden Männern zusammenzubringen, die Sanni in die vornehmsten Restaurants und teuersten Nachtklubs am Kurfürstendamm ausführten. Dass die Herren dabei gegen Ende des Abends erwarteten, dass Sanni sie in eines der Hinterzimmer begleitete, die diese Etablissements betuchten Gästen gegen eine Gebühr anboten, war der einzige Wermutstropfen. Aber angesichts des Luxus, den ihr diese Begegnungen ermöglichten, nahm Sanni ihn in Kauf.

Jungfrau war sie sowieso schon lange nicht mehr. Bereits mit fünfzehn Jahren, als sie das erste Mal mit Berti zusammen gewesen war, hatte sie mit ihm geschlafen und dies mit der Zeit immer mehr genossen.

Zwar waren die ekstatischen Liebesnächte mit Berti nicht vergleichbar mit den flüchtigen sexuellen Begegnungen mit jenen fremden Herren. Doch dafür wurde sie gut bezahlt. »Du machst einfach die Beine breit, mehr musst du nicht tun«, hatte ihr Berti erklärt, bevor er Sanni vor drei Wochen das erste Mal als sogenannte Begleitdame vermittelte. »Die reichen Kerle bezahlen mit Devisen, französischen Francs, englischen Pfund oder, wenn wir Glück haben, sogar mit Dollar.«

Berti hatte dieses Unterfangen von langer Hand geplant und Sanni daher vor ihrem ersten Einsatz mehrere Wochen lang darauf vorbereitet. Dazu gehörte zu ihrem Erstaunen sogar, dass er, mit Ausnahme einiger umgangssprachlicher Begriffe, fast nur noch perfektes Hochdeutsch mit ihr sprach. Und selbst diese Ausdrücke ließ er weg, wenn er Sanni den Herren vorstellte.

Auch die geeignete Art der Konversation hatte er ausführlich mit Sanni geübt. Er trainierte sogar ihre Mimik. In Bertis schicker Einzimmerwohnung, in die er mittlerweile gezogen war, übte sie stundenlang vor dem Spiegel kokette Augenaufschläge und verführerisches Lächeln. Die Wohnung lag im Vorderhaus von Meyers Hof, also im vornehmen Teil der Mietskaserne. Dort würde Berti eine Zwei- oder sogar Dreizimmerwohnung für sie mieten, sobald Sannis Nebenverdienst genug einbrachte.

»Wir dürfen auf keinen Fall den Eindruck erwecken, dass du nur ein billiges Flittchen bist«, schärfte er ihr immer wieder ein. »Nur dann verlangen dich die Herren weiterhin als Begleitdame oder empfehlen dich sogar weiter.«

Mit dem Hochdeutsch hatte Sanni keinerlei Schwierigkeiten, sprach sie es doch seit ihrer Einstellung im KaDeWe vor nunmehr über drei Jahren fast täglich. Auch das Poussieren lag ihr im Blut. Kritisch war anfangs daher nur die Frage ihrer Ausstattung.

»Du arbeitest doch den ganzen Tag in dieser schnieken Abteilung, wo es massenhaft teure Kleider gibt. Da kannst du doch mal eins mitgehen lassen«, forderte Berti sie auf.

Davor schreckte Sanni allerdings zurück. Besonders die teure Abendgarderobe stand im Mittelpunkt der Aufmerksamkeit des Verkaufspersonals. Würde ein Abendkleid fehlen, würde das sicherlich bald bemerkt werden. Und wenn man sie ertappte, blieb es womöglich nicht einmal bei einer Kündigung. Vielleicht käme sie sogar ins Gefängnis.

Die geniale Lösung fiel ihr eines Tages ein, als sie einer anspruchsvollen Kundin bereits das sechste Abendkleid in ihre Kabine im Anprobesalon brachte. Die restlichen Kleider hingen derweil an einer Garderobenstange, die hinter einem Vorhang verborgen war, um das vornehme Ambiente des Salons nicht zu beeinträchtigen.

Der Raum war mit einer kostbaren Tapete und bequemen Lehnsesseln und Sofas ausgestattet, auf denen die Damen Platz nehmen konnten, wenn entweder gerade keine Kabine frei war oder sie eine Freundin zur Anprobe begleiteten. Dauerte es länger, ließ man der Kundschaft sogar eine kostenlose Erfrischung aus dem Teesalon kommen. Durch eine Seitentür gelangte man in das mit hohen Spiegeln ausgestattete Lichtzimmer. Hier konnten Kundinnen vor dem Kauf noch die

Wirkung eines Kleids bei festlicher Beleuchtung begutachten.

Zu Sannis Aufgaben als Hilfsverkäuferin gehörte von Anfang an das Aufräumen. Dies betraf auch die teure Abendmode, die sie nach der Anprobe zurück zu den Kleiderständern im Ausstellungsraum bringen musste, wenn die Kundin mit der Verkäuferin, die sie beriet, ihre Auswahl getroffen hatte.

Besonders samstags herrschte ab dem späten Nachmittag neuerdings Hochbetrieb bei der Abendmode. Denn Berlin wurde immer vergnügungssüchtiger, wie es mittlerweile sogar in den Zeitungen hieß. Deshalb suchte so manche Dame noch in letzter Minute die richtige Ausstattung für den bevorstehenden Abend. Öfter als zu anderen Verkaufszeiten schickte die Verkäuferin, die während der Anprobe im Salon bleiben musste, Sanni daher hinaus in die Abteilung, um weitere Abendkleider herbeizuholen, falls die Kundin bis dahin noch nichts Passendes gefunden hatte.

Deshalb hingen manchmal über zehn Kleider an der verborgenen Garderobenstange, die Sanni später nach und nach zurückbrachte. So kam sie schließlich auf die Idee, einfach eines der Kleider auf dem Ständer hinter dem Vorhang hängen zu lassen, um in Erfahrung zu bringen, ob das auffiel. Tatsächlich bemerkte es keine der anderen Verkäuferinnen. Sanni selbst brachte das Kleid nach Dienstschluss in die Damenkonfektion zurück, nachdem ihre Kolleginnen den Verkaufsraum bereits verlassen hatten.

Anstatt ein Kleid zu stehlen und sich damit sogar strafbar zu machen, fasste Sanni daher den Entschluss, sich einfach eine Robe für den Samstagabend auszuleihen und am nächsten Montag in aller Frühe wieder in die Abteilung zurückzubringen. Das bot auch den Vorteil, dass sie sich jedes Mal ein anderes Kleid aussuchen konnte.

Eine Weile grübelte sie darüber nach, wie sie das Kleid am besten samstags aus dem KaDeWe hinaus- und montags wieder hineinschmuggeln könnte. Dann entschied sie sich für das folgende Vorgehen: Am Samstag nach Dienstschluss zog sie die Abendrobe, die sie bereits tagsüber auswählte, in einer der Umkleidekabinen an und streifte zunächst ihr Arbeitskleid darüber. Da sie dieses vom Arbeitgeber gestellte Kleid nicht mit aus dem KaDeWe nehmen durfte, musste sie sich noch ein zweites Mal umziehen. Doch auch im Umkleideraum des Personals im Souterrain gab es verschließbare Kabinen für besonders schamhafte Mitarbeiterinnen. Dort tauschte sie das Arbeitskleid dann gegen ihr Alltagskleid, das sie erneut über das Abendkleid zog.

Bei diesem Täuschungsmanöver kam es ihr sehr entgegen, dass die Abendkleider in dieser Saison aus zarten Stoffen bestanden, die sich geschmeidig dicht an den Körper schmiegten. Die Abendroben trugen also weder unter dem bodenlangen, bis zum Hals geschlossenen Arbeitskleid auf noch unter ihrem Alltagskleid. Vorausgesetzt, Sanni zog samstags die ebenfalls bis zu den Knöcheln reichenden Modelle an, die sie noch aus den letzten Kriegsjahren besaß.

Selbst wenn die Verkäuferinnen im KaDeWe demnächst mit modischeren Dienstkleidern ausgestattet werden sollten, wie man munkelte, hielt es Sanni für sehr wahrscheinlich, dass ihre Methode auch weiterhin funktionieren würde. Und wenn nicht, würde ihr schon etwas Neues einfallen.

Montags brachte sie die Kleider zunächst auf die gleiche Weise zurück. Damit man zu Hause nichts merkte, verbrachte sie die Sonntagnacht bei Berti. Am Montagmorgen zog sie sich das entliehene Abendkleid erneut unter ihr eigenes und im KaDeWe unter ihr Arbeitskleid. Nun musste sie das Abendkleid nur noch in die Abteilung zurückbringen.

Dabei kam ihr zupass, dass sie als Hilfsverkäuferin, die auch in der Damenwäscheabteilung tätig war, jederzeit Zugang zu den Schlüsseln für den Flur und die Zimmer im Fürstentrakt hatte, wo die Sonderangebotsware lagerte. Denn Sanni wurde häufig dorthin geschickt, um fehlende Ware aufzufüllen.

Wenn sie den Flur von innen abschloss und sich rasch im Lagerraum, in dem sogar ein Spiegel hing, umzog, musste sie die Zimmerflucht nur noch unbemerkt wieder verlassen. Da deren Eingangstür in einer schlecht einsehbaren Nische lag, lugte sie vorsichtig um die Ecke, bis gerade niemand in der Nähe war. Dann schlüpfte sie rasch zurück in den Verkaufsraum.

Auf dem Rückweg in die Damenkonfektion war bislang niemandem aufgefallen, dass sie ein Abendkleid über dem Arm trug. Denn zum einen gehörte es auch zu ihren Aufgaben als Hilfsverkäuferin, umgeänderte Ware aus der Nähwerkstatt abzuholen. Zum anderen lag die Ausstellungsfläche für die Abendgarderobe direkt neben der Damenwäscheabteilung. Das rührte daher, dass manche Kundin auch noch die passende Unterwäsche für ihr neues Abendkleid benötigte.

Die Damenkonfektion selbst musste Sanni deshalb gar nicht durchqueren, so konnte sie die ausgeliehenen Kleider unbemerkt an ihren Platz zurückhängen.

Diese Methode des Ausleihens hatte bislang zweimal beinahe perfekt funktioniert. Aber leider nur beinahe! Denn beim letzten Mal war Sanni während des Soupers mit ihrem Galan ein Missgeschick passiert: Sie hatte ihr Rotweinglas umgestoßen. Dabei waren einige Tropfen auf das rosafarbene Abendkleid gespritzt.

Doch selbst dieses Malheur stellte sich im Nachhinein als Glücksfall heraus. Wenn auch nicht für sie, so doch für ihre Schwester Rieke.

Denn ausgerechnet Else Lemke, also Riekes Konkurrentin um die Nachfolge der Ersten Verkäuferin in der Damenkonfektion, wurde wegen dieser Flecken bezichtigt, die teure Ware beim Eintreffen nicht richtig kontrolliert zu haben, was zu ihren Aufgaben gehörte. Denn Rotwein wurde im Anprobesalon ja nicht ausgeschenkt, also konnten die Flecken dort nicht auf das Kleid geraten sein. Da sie sich nicht mehr entfernen ließen, gab der Abteilungsleiter Bergmann schließlich Else die Schuld für den entstandenen Schaden von über eintausend Mark für das verdorbene und damit jetzt unverkäufliche Kleid.

Sanni wiederum lachte sich ins Fäustchen. Sie teilte Riekes Abneigung gegen Else, die in jüngster Zeit immer garstiger zu den beiden Schwestern wurde, je näher der Zeitpunkt des Ausscheidens von Frau Maurer rückte, der jetzigen Ersten Verkäuferin der Damenkonfektion. Besonders Sanni pflegte sie immer unfreundlicher herumzukommandieren.

Geschieht dem Aas ganz recht, grinste Sanni nun, während sie sich ein letztes Mal vor dem Spiegel drehte. Dann steckte sie ihre Arme in die Ärmel ihres schwarzen Arbeitskleids, um es sich über den Kopf zu ziehen. Sie hatte es erst bis zur Taille über das Abendkleid gestreift, als der Vorhang der Kabine plötzlich zurückgerissen wurde.

## In der Damenkonfektionsabteilung des KaDeWe

### Samstag, 22. April 1922, ungefähr zur gleichen Zeit

»Guten Abend, Fräulein Lemke. Ich wünsche Ihnen einen erholsamen Sonntag.«

Missmutig registrierte Else, dass Johannes Bergmann an ihr vorbeiging, ohne sie dafür zu loben, dass sie freiwillig länger blieb, um noch in der Damenkonfektion aufzuräumen. Offensichtlich hielt er bei ihr für selbstverständlich, was er bei Rieke Krause als besondere Leistung ansah. Jedenfalls hatte Else schon häufig beobachtet, dass Bergmann Rieke für jeden freiwilligen Zusatzdienst seine Anerkennung aussprach.

Dabei gab der Abteilungsleiter Else nicht einmal die Möglichkeit, sich auf die gleiche Weise wie Rieke Krause zu bewähren. Denn in der Damenkonfektion gehörte es zu Frau Maurers

Aufgaben als Erster Verkäuferin, den Bestand an Sonderangebotsware beständig zu kontrollieren und rechtzeitig Nachbestellungen zu veranlassen. In der Damenwäscheabteilung hatte Bergmann diese Aufgabe aus unerfindlichen Gründen der einfachen Verkäuferin Krause übertragen.

Doch waren es wirklich unerfindliche Gründe? Seit Else Johannes Bergmann und Rieke an einem Sonntag vor ungefähr vier Wochen gemeinsam in einem kleinen Wilmersdorfer Café gesehen hatte, machte sie sich so ihre Gedanken. Zwar wirkten die beiden nicht wie ein Liebespaar. Sie hielten nicht Händchen und hatten sich nicht einmal untergehakt, als sie das Café verließen. Aber merkwürdig fand Else es schon, dass sich der mächtige Abteilungsleiter der Damenkonfektion sonntags mit dieser unbedeutenden Verkäuferin traf.

Vielleicht ist sie ja doch seine Geliebte, grummelte sie nun stumm vor sich hin. Und er verschafft ihr den begehrten Posten nicht, weil sie die Bessere von uns beiden ist, sondern weil er mit ihr ins Bett geht.

Jedenfalls schien Johannes Bergmanns Entscheidung bereits gefallen zu sein. Heute Morgen hatte er ihr und wahrscheinlich auch der doofen Krause angekündigt, dass er sich noch heute Abend mit seinem Vater als Personalleiter des KaDeWe über die Neubesetzung der Stelle von Frau Maurer abstimmen und Adolf Jandorf seinen Vorschlag bereits am kommenden Montag unterbreiten wolle.

Schon in wenigen Tagen, nämlich am 1. Mai, würde Frau Maurer ihren wohlverdienten Ruhestand antreten. Sie hatte nur noch eine einzige Arbeitswoche vor sich. Für einen Aufstieg in einer der anderen Abteilungen, die Bergmann leitete, sah es danach schlecht aus.

Denn sowohl in der Damenwäscheabteilung als auch bei den Kinderkleidern und Luxusstoffen war die Erste Verkäuferin ungefähr Mitte vierzig und unverheiratet. Die Damen könnten also gut und gern noch fünfzehn Jahre im Dienst sein, wenn sie, wie Frau Maurer jetzt, erst mit sechzig Jahren ausschieden.

Die Abteilung zu wechseln war auch keine Alternative. Denn überall würde sie die Neue und damit die Letzte in der Reihe von Anwärterinnen auf die Position der Ersten Verkäuferin sein. Da es zudem kaum eine prestigeträchtigere Abteilung als die Damenkonfektion gab, würde sich Else damit also erst einmal gravierend verschlechtern.

Doch spätestens seit dieser unseligen Sache mit dem befleckten Abendkleid zog Bergmann sie für die Beförderung sowieso gar nicht mehr in Betracht, glaubte Else. Erneut spürte sie die Wut über die ungerechte Beschuldigung, sie habe die kostbaren Kleider beim Wareneingang nicht richtig kontrolliert. Sie war sicher, dass jedes der teuren Stücke einwandfrei gewesen war. Wie die Flecken auf das rosafarbene gekommen waren, blieb ein ungelöstes Rätsel.

Apropos neue Kollektion, fiel ihr jetzt ein. Erst vorgestern war eine ganze Reihe neuer Abendkleider eingetroffen. Abendkleider konnten im Augenblick gar nicht so schnell nachgeliefert werden, wie sie wieder verkauft wurden. Denn nach den furchtbaren Kriegsjahren, in denen jede Lustbarkeit verboten gewesen war, schien sich ganz Berlin jetzt ins Nachtleben zu stürzen. Und neureiche Damen aus den Familien, die zu den Gewinnern der ständigen Teuerung zählten, gab es genug.

Ich schaue lieber einmal nach, ob alle vorrätigen Abendkleider richtig aufgehängt sind, damit sie über das Wochenende nicht noch Falten schlagen, beschloss Else. Sonst macht mich der Bergmann auch dafür wieder verantwortlich.

Gesagt, getan. Tatsächlich waren schon einige Stücke von jedem Modell der neuen Kollektion abgesetzt worden. Besonders gut war jenes rote Abendkleid mit dem paillettenbestickten Überwurf weggegangen. Dennoch – Else stutzte –, drei Stück in kleineren Größen müssten noch übrig sein. Aber da hingen nur zwei.

Sie selbst hatte heute am frühen Abend eine Kundin bedient, der die noch vorhandenen Größen alle zu klein gewesen waren. Zuvor hatte Else diese Sanni, Riekes Schwester, angewiesen, sämtliche noch vorrätigen Stücke dieses Modells in den Anprobesalon zu bringen. Zu Elses Enttäuschung hatte der Dame keines davon gepasst.

Die Kundin war darüber so erbittert gewesen, dass sie schließlich gar nichts gekauft hatte. Wäre Else schon Erste Verkäuferin gewesen, hätte sie sich darüber sehr gegrämt. Denn dann wäre ihr zusätzlich zu der verlorenen Zeit auch noch die Provision entgangen.

Das faule Luder hat das fehlende Kleid wahrscheinlich nicht zurückgebracht, sondern im Salon hängen lassen, dachte Else jetzt über Sanni. Auch so etwas könnte womöglich wieder ihr angelastet werden, wenn es der Ersten Verkäuferin oder sogar der Aufsichtsdame am nächsten Montag auffiele.

Entschlossen machte sich Else zum Anprobesalon auf. Als sie eintrat, verharrte sie verdutzt mitten im Schritt. Denn sie vernahm ein leises vergnügtes Summen. Jetzt erkannte sie auch die Melodie. Es war der in ganz Berlin im Augenblick populäre Gassenhauer »Wir versaufen unser Oma ihr klein Häuschen«, der scherzhaft die zunehmende Teuerung aufs Korn nahm. Else fand dieses Lied allerdings gar nicht lustig.

Sie öffnete schon den Mund um »Hallo, wer ist da?« zu rufen, als sie sich eines Besseren besann. Auf Zehenspitzen schlich sie über den dicken Teppich zu den Ankleidekabinen, um den Ursprung der Laute zu ergründen. Da bewegte sich plötzlich der grüne Samtvorhang der zweiten Kabine von rechts.

Aha, da steckt die Person also drin, dachte Else ingrimmig. Vielleicht eine Diebin. Auf jeden Fall hat sie um diese Uhrzeit hier absolut nichts mehr verloren. Und, fiel ihr freudig ein, wenn ich einen Diebstahl verhindere, befördert mich Bergmann am Ende doch noch zur Ersten Verkäuferin. Vielleicht ist er ja noch im Haus. Dann kann ich ihn gleich über meine Entdeckung informieren.

Entschlossen riss Else den Samtvorhang beiseite. Und starrte mit Verblüffung, die sich sofort in Schadenfreude verwandelte, in das entsetzte Gesicht von Sanni Krause, der Schwester ihrer Konkurrentin Rieke. Offensichtlich war diese gerade dabei, ein Abendkleid zu stehlen. Und zwar ausgerechnet das vermisste Rotseidene, eines der teuersten Modelle, die man im Augenblick im Angebot hatte.


### Kontor von Paul Bergmann im KaDeWe

*Samstag, 22. April 1922, ungefähr um die gleiche Zeit*


»Gut, lieber Johannes, wenn du denn der Auffassung bist, dass Rieke Krause besser für die Position der Ersten Verkäuferin in der Damenkonfektion geeignet ist als Else Lemke, solltest du Adolf deinen Vorschlag gleich am Montagmorgen unterbreiten. Denn Frau Maurer scheidet ja bereits zum Ende der nächsten Woche aus.«

Johannes lächelte. »Ich bin sicher, dass sie die richtige Wahl ist, Papa. Und möglicherweise wird sich auch Adolf mehr darüber freuen, als wenn ich ihm Else Lemke empfohlen hätte. Denn mich dünkt, ich habe irgendwann einmal gehört, dass Jandorf die Familie Krause am Herzen liegt.«

Paul Bergmann nickte. »Ich glaube, die Mutter hat einst die Putzkolonne geleitet. Und damals auch ihre Kinder im KaDeWe untergebracht. Der älteste Sohn ist im Krieg gefallen, soviel ich weiß.«

Johannes kannte zwar die Wahrheit über den Tod von Riekes Bruder, behielt sie aber für sich. Schließlich hatte Rieke ihm das im Vertrauen mitgeteilt.

Paul zückte seine Taschenuhr. »Es ist fast halb neun, Johannes. Wir haben schon wieder das Abendessen verpasst. Deine Mutter wird sich ärgern. Lass uns aufbrechen.«

Sie waren gerade dabei, sich das Jackett zuzuknöpfen, als sie hastige Schritte auf dem Flur hörten. Dazu unterdrückte Flüche und ein leises Wimmern wie von einer Frau. Johannes erschrak. Diese Geräusche erinnerten ihn an den Abend, als er Rieke und Eckstein entdeckt hatte.

Er ging zur Tür und riss sie auf, bevor angeklopft wurde. Tatsächlich stand der Hausdetektiv vom Spätdienst davor. Er und Else Lemke führten Sanni Krause zwischen sich, der die Tränen über die Wangen liefen. Sie trug zu seinem Entsetzen eines der sündhaft teuren Abendkleider, die erst vor einigen Tagen geliefert worden waren.

»Was ... wie ...?« Wie gelähmt starrte Johannes von einem zum anderen.

Paul Bergmann behielt einen kühleren Kopf und winkte die drei herein. »Also, worum geht es hier, Herr Raschke?«, sprach er den Hausdetektiv an. »Haben Sie diese junge Dame etwa beim Stehlen ertappt?«

Sanni weinte auf. »Nein! Nein!«, schluchzte sie. »Ich ... ich wollte das Kleid nicht stehlen, sondern nur ausleihen.«

»Nur ausleihen«, äffte Else Lemke sie spöttisch nach. »Das glaubst du doch wohl selbst nicht!«

»Doch! Ich schwöre es!«, weinte Sanni auf. »Wie ... wie das Rosafarbene. Das mit den Rotweinflecken. Das habe ich mir doch auch ausgeliehen und dann zurückgebracht. Die Flecken sind versehentlich daraufgekommen.«

Sowohl Johannes Bergmann als auch Else Lemke fehlten die Worte.

»Versehentlich daraufgekommen?« Wieder ergriff Paul Bergmann das Wort. Er wies mit der Hand auf das Sofa an der Wand. »Die Damen mögen sich jetzt setzen und uns alles der Reihe nach erzählen.«

Wenig später waren sie darüber im Bilde, was Sanni meinte.

Bevor sich Paul Bergmann dazu äußerte, wandte er sich an seinen Sohn. »Könnte es den Tatsachen entsprechen, was diese junge Dame hier berichtet hat?«

Johannes runzelte die Stirn und dachte einen Augenblick lang nach. »Es könnte tatsächlich stimmen, Vater«, bestätigte er. »Jedenfalls fehlt keines der hellblauen Modelle aus der Kollektion. Wenn Fräulein Krause sich auch davon eines *ausgeliehen* hat«, er betonte das Wort spöttisch, »hat sie das Kleid jedenfalls unbeschadet zurückgebracht. Das rosafarbene ist dagegen durch die Rotweinflecken verdorben.«

Dann fiel Johannes etwas ein. »Ich entschuldige mich ausdrücklich bei Ihnen für meinen Tadel, Fräulein Lemke. Bislang hielt ich Sie für die Schuldige an dem entstandenen Schaden.«

Else Lemke lächelte breit. »Ich danke Ihnen, Herr Bergmann.«

»Nun kennen wir alle den Sachverhalt«, sagte Paul. »Derweil mein Sohn und ich überlegen, was nun mit Ihnen, Fräulein Krause, geschehen soll, nehmen Sie, Herr Raschke, doch bitte das Geständnis auf und lassen Sie es sich durch Fräulein Lemke als Zeugin bestätigen! Dann gehen Sie alle drei heim! Am Montagmorgen werden wir uns mit Herrn Jandorf besprechen. Dann erfahren Sie, Fräulein Krause, welche Konsequenzen Sie zu erwarten haben.«

»Eine Konsequenz, Fräulein Krause, ist auf jeden Fall unabwendbar«, ergriff Johannes Bergmann zu Pauls Überraschung das Wort. »Ich muss Ihnen auf der Stelle fristlos kündigen. Ob darüber hinaus eine Strafanzeige erfolgen wird, erfahren Sie später.«

Nachdem die drei das Büro verlassen hatten, erneut die immer noch weinende Sanni zwischen sich, wandte sich Johannes beschwörend an seinen Vater.

»Bitte, Papa! Ich glaube diesem leichtsinnigen Ding, dass es sich die Kleider nur ausgeliehen hat, ohne darüber nachzudenken, dass dies zum einen ebenfalls strafwürdig ist und zum anderen natürlich auch Schaden anrichten kann, wie man an den Rotweinflecken sieht. Dennoch bitte ich dich, die Angelegenheit gegenüber Adolf auf kleinster Flamme zu kochen. Denn wenn wir Sanni Krause als Diebin anzeigen, kann auch ihre Schwester Rieke auf keinen Fall mehr im KaDeWe bleiben. Und das hat sie nicht verdient. Sie ist wirklich eine ganz ausgezeichnete Verkäuferin.«

Paul Bergmann sah Johannes prüfend an. »Aber es ist dir doch klar, dass du sie auf gar keinen Fall als Erste Verkäuferin für die Damenkonfektion vorschlagen kannst?«

Johannes nickte heftig. »Natürlich, Vater, das ist mir klar. Ich werde Adolf Else Lemke schon deshalb zur Beförderung vorschlagen, weil dies die einzige Art ist, um ihr Schweigen über diesen Vorfall zu erkaufen.«

Er seufzte schwer. »Doch mir selbst tue ich damit keinen Gefallen. Du weißt, wie sehr ich durch die Dauerkonkurrenz mit Gunter Perl unter Druck stehe. Rieke Krause wäre mir eine weit größere Stütze als Erste Verkäuferin in meiner wichtigsten Abteilung als Else Lemke.«

»Das mag sein, mein Sohn. Trotzdem führt kein Weg an deiner Entscheidung vorbei.«

»Also verbleiben wir so, dass wir beide am Montag unabhängig voneinander das Gespräch mit Adolf suchen. Du unterrichtest ihn kurz darüber, dass du Sanni Krause leider entlassen musstest, da sie sich einer groben Pflichtverletzung schuldig gemacht hat. Bitte denke dir irgendeinen Vorwand aus, der zwar zu einer fristlosen Kündigung reicht, aber nicht den wahren Sachverhalt enthüllt. Ich wiederum werde dann am späten Vormittag Else Lemke als Erste Verkäuferin vorschlagen.«

Paul Bergmann überlegte eine Weile, bis er endlich nickte. »Da das Protokoll des Hausdetektivs auf meinem Schreibtisch landet, dürfte die Angelegenheit damit für alle so glimpflich abgehen, wie es unter den gegebenen Umständen möglich ist. Aber meine Bedingung ist, dass du sowohl Rieke Krause, die von ihrer Schwester von diesem unseligen Vorfall erfahren wird, als auch Else Lemke zum absoluten Stillschweigen darüber verpflichtest.«

»Das werde ich tun, Vater«, bestätigte Johannes.

In der folgenden Nacht suchte ihn einer der schlimmsten Albträume heim, die er seit Sebastians Tod gehabt hatte.

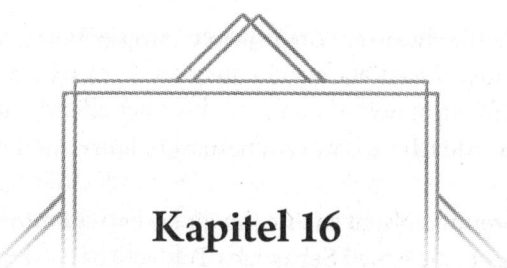

# Kapitel 16

### Kakaostube im Scheunenviertel

***Samstag, 24. Juni 1922***

»Achtung, Anna! Der Kakao ist heiß!« Sanft nahm Judith der
Sechsjährigen den Becher aus der Hand und stellte ihn vorsich-
tig auf dem Tisch ab. Dann blies sie über das heiße Getränk.
»Beiß doch solange schon einmal in deine Schrippe, Anna!
Der Kakao ist gleich so weit, dass du ihn trinken kannst.«

Judith war froh, dass ihr das Mädchen gehorchte. Schon zu
oft hatte sie in der Kakaostube im Scheunenviertel die Erfahrung gemacht, dass sich die Kleinen vor lauter Gier die Zunge
verbrannten. Die warme Mahlzeit, die die Kinder hier erhielten und die aus den Spenden von Eglantyne Jebbs Organisation »Save the Children« stammten, war nicht selten das einzige nahrhafte Essen an diesem Tag für sie.

Überall im Scheunenviertel herrschte noch große Armut.
Die meisten Kinder waren unterernährt. Aber am schlimmsten
ging es lange Zeit den Kleinen, die in dieses Haus in der Grenadierstraße kamen. Dort hatte man auf Alice Salomons Betreiben schon bald nach dem Besuch bei der kurz danach verhungerten Esther eine Kinderfürsorgestelle eingerichtet, die erst
kürzlich zur Kakaostube umgewandelt worden war.

Das Haus war alt und baufällig, die Treppen ausgetreten.
Aufgrund der großen Wohnungsnot, die überall in Berlin
herrschte, war man jedoch froh gewesen, es überhaupt für die
Kinderbetreuung nutzen zu können. Seitdem hatte Judith den

Schwerpunkt ihres ehrenamtlichen Engagements nach und nach hierher verlagert.

Das lag zum einen daran, dass hier das Elend am größten war. Zum anderen gab es zunehmend Absolventinnen von Salomons Sozialer Frauenschule, die in den Kindertagesstätten rund um den Bülowplatz als bezahlte Betreuerinnen Arbeit fanden, vor einer Stelle in der Grenadierstraße allerdings zurückschreckten. Auch Judiths Mutter Rebekka half nach wie vor am Bülowplatz an zwei Nachmittagen pro Woche mit.

Wenn Judith ganz ehrlich zu sich war, führte sie jedoch vor allem ihr wissenschaftliches Interesse in die Fürsorgeeinrichtung in der Grenadierstraße. Sie näherte sich dem Ende ihres dritten Studienjahrs und begann, sich mit dem Gedanken zu beschäftigen, worüber sie ihre Abschlussarbeit schreiben sollte.

Während sich Judith in ihrer allerersten Seminararbeit, die ihr den Zugang zur Universität verschafft hatte, noch recht allgemein und anhand einer kleinen Stichprobe eigener Beobachtungen mit dem Zusammenhang von Kindersterblichkeit und Armut beschäftigt hatte, interessierte sie nun ein anderes Thema: nämlich die Ursachen, die für den Tod so vieler Kinder verantwortlich waren.

Im Lauf der letzten Jahre hatte sie dafür hauptsächlich zwei Krankheiten ausgemacht: die Tuberkulose, die bei der Gruppe der Fünf- bis Sechsjährigen schon bis zu einem Drittel aller Kinder betraf, je nachdem, wo sie lebten. Die Krankheit trat in den Kindertagesstätten am Bülowplatz, wo die Lebensverhältnisse der Eltern etwas besser waren als hier im finstersten Teil des Scheunenviertels, deutlich seltener auf.

Doch auf Anraten ihres Mentors, Professor Max Sering, hatte Judith sich mit der zweiten Krankheit zu beschäftigen begonnen, die noch viel mehr Kinder betraf: Das war die Knochenerweichung, auch Rachitis genannt, an der in den Berliner Armenvierteln mehr als die Hälfte aller Kinder litten, die älter als zwei Jahre waren. Das hatte eine Untersuchung des städtischen Gesundheitsamts schon im vergangenen Jahr ergeben. Doch geschehen war trotz dieses Missstands danach nichts.

Alice Salomon hatte Judith erzählt, dass vor allem die schlechte Ernährung der letzten Kriegs- und ersten Nachkriegsjahre für die Knochenerweichung verantwortlich war. Deshalb waren die Kinder, die in diesen Jahren geboren wurden, besonders häufig krank. Max Sering bestätigte dies.

Nun hatte Judith allerdings die erstaunliche Erfahrung gemacht, dass die Kinder in den Tagesstätten am Bülowplatz, die täglich den von Jebbs Organisation »Save the Children« gespendeten Lebertran erhielten, sich im Lauf der Zeit erholten. Hierzu trug wahrscheinlich auch die Milch bei, die Adolf Jandorf diesen Einrichtungen ebenfalls nach wie vor spendete.

In der Grenadierstraße war dieser Effekt weit weniger deutlich erkennbar, obwohl es auch hier gespendeten Lebertran gab. Das lag wahrscheinlich daran, dass die Mütter oft in Heimarbeit tätig waren und ihre Kinder im Gegensatz zu den meistens in der Fabrik beschäftigten Frauen vom Bülowplatz nur unregelmäßig zur Betreuung brachten. Mit der Kakaostube, zu der die Fürsorgestelle erst vor wenigen Monaten umgewandelt worden war, hatte sich dies allerdings geändert.

Als Eglantyne Jebb bei Alice Salomon nachfragte, welche Standorte sie für diese Kakaostuben vorschlagen würde, hatte Alice sofort auch an die Grenadierstraße gedacht und Judith gefragt, ob sie die ehrenamtliche Leitung übernehmen wolle. Judith war sofort einverstanden gewesen und nunmehr an drei Tagen pro Woche ein paar Stunden sowie jeden Samstag dort tätig. Am Bülowplatz sprang sie nur noch ein, wenn eine Betreuerin ausfiel.

Da die Kinder in der Kakaostube auch mit frischen Butterschrippen versorgt wurden, vor Festtagen sogar mit Rosinenwecken, brachten auch die Mütter aus diesem Teil des Scheunenviertels ihre Kleinen nun fast täglich in die Einrichtung. Den Lebertran mochten die Kinder noch immer nicht gern.

Aber Judith hatte die Einnahme des täglichen Esslöffels zur Voraussetzung dafür gemacht, dass die Kleinen danach ihren Becher mit Milchkakao erhielten.

Und nun begann in Judith ein kühner Plan zu reifen. Vor der Eröffnung der Kakaostube hatte der Gesundheitszustand der Kinder aus der Grenadierstraße exakt zu den deprimierenden Ergebnissen der Untersuchung des Gesundheitsamts gepasst. Würde Judith anhand einer Stichprobe von Kindern, die nun regelmäßig in die Kakaostube kamen, nachweisen können, dass eine bessere Ernährung tatsächlich der Ausweg aus dieser gesundheitlichen Katastrophe war, könnte man mit den Ergebnissen Druck auf die Behörden ausüben, hier Abhilfe zu schaffen, hoffte sie. Zumal die Knochenschäden mit zunehmendem Alter der Kinder immer irreversibler wurden.

Um dies wissenschaftlich zu untermauern, bedurfte es allerdings zweier Voraussetzungen: Zum einen musste der regelmäßige Besuch der Tagesstätte bei den in die Untersuchung aufgenommenen Kindern gewährleistet sein. Zum anderen musste sich die Qualität der Nahrung noch über das tägliche Verabreichen von Lebertran und Milchkakao hinaus verbessern. Nur dann war möglicherweise mit einem so durchschlagenden Erfolg zu rechnen, dass die Behörden sich veranlasst sähen, ihrerseits etwas für die Ernährung ihrer jüngsten Bürger zu tun.

Wieder einmal dachte Judith an Adolf Jandorf. Bislang hatte sie Abstand davon genommen, ihn auch um regelmäßige Lebensmittelgaben für die Einrichtung in der Grenadierstraße zu bitten. Sie wollte seine Langmut nicht überstrapazieren. Doch nun besann sie sich anders.

Wenn er ihr Forschungsvorhaben guthieß, wollte sie ihn um weitere Spenden hochwertiger Nahrungsmittel ersuchen, etwa Eier. Sobald eine solche Verbesserung für die betreuten Kinder in der Grenadierstraße gewährleistet wäre, könnte Judith mit ihren Untersuchungen für ihre Abschlussarbeit beginnen. Eine Vergleichsstichprobe weiterhin unterernährter Kinder brauchte sie zum Glück nicht. Dazu hatte das städtische Gesundheitsamt ja bereits entsprechende Zahlen vorgelegt.

Judith hatte Anna gerade den Kakaomund abgewischt, als sich draußen im Hausgang heftiges Geschrei erhob. Judith seufzte so laut auf, dass die Kleine sie verwundert anblickte. Als sie in den düsteren Flur hinaustrat, bot sich ihr ein Bild, das sie bereits bis zum Überdruss kannte. Eine hagere Frau hielt zwei Kinder an der Hand, einen Jungen und ein Mädchen, die nicht älter als acht oder neun Jahre aussahen. Damit hätten die Kinder tatsächlich zur Klientel der Kakaostube gehört, die nur Kinder bis zum Alter von zehn Jahren beköstigte.

Doch Leni, eine der hauptamtlichen Betreuerinnen, blickte Judith empört an. »Diese Kinder sind zwölf und dreizehn Jahre alt!«, rief sie. »Das weiß ich genau, denn sie waren schon einmal hier. Nun versucht die Mutter, sie wieder hereinzuschmuggeln!«

Bevor Judith reagieren konnte, fuhr Leni in schrillem Ton fort: »Machen Sie nur ja nicht wieder eine Ausnahme, Fräulein Bergmann! Sonst wissen wir hier bald vor dem täglichen Ansturm nicht mehr ein noch aus.«

Judith blutete zwar das Herz, aber sie sah ein, dass Leni recht hatte. So sanft es ihr möglich war, schickte sie die Mutter mit den weinenden Kindern fort.

Ich muss diese Untersuchung erfolgreich durchführen!, versuchte sie, ihr schlechtes Gewissen zu beruhigen. Dann wird vielleicht auch etwas für die älteren Kinder getan!

Jetzt polterte schon wieder jemand die altersschwache Treppe herauf. Auch auf der Straße erhob sich anschwellender Lärm.

Was hat das denn jetzt schon wieder zu bedeuten?, stöhnte Judith innerlich auf. Sie hatte die Flurtür noch nicht erreicht, da stürmte Leni kreidebleich herein.

»Fräulein Bergmann! Es ist etwas Entsetzliches geschehen! Man hat Walther Rathenau auf offener Straße erschossen!«

## Damenwäscheabteilung im KaDeWe

### *Dienstag, 27. Juni 1922, kurz vor Mittag*

Rieke blickte kurz auf die Wanduhr und stellte fest, dass es bis zur angesetzten einstündigen Arbeitspause noch eine Viertelstunde dauern würde.

Heute um zwölf Uhr mittags begann im Reichstagsgebäude die Trauerfeier für den ermordeten Außenminister Walter Rathenau. Mittlerweile fahndete man nach zwei ehemaligen Freikorpslern aus dem Dunstkreis der sogenannten Operation Consul, die man für die Attentäter hielt. Sie hatten den im ganzen Reich überaus beliebten Politiker in seinem offenen Wagen mit einer Maschinenpistole erschossen und waren dann geflohen. Nun wurde in ganz Deutschland nach ihnen gefahndet. Auf ihre Ergreifung war eine Belohnung von einer Million Mark ausgesetzt.

Dem Protest im ganzen Land hatte sich auch Adolf Jandorf mit seinen Warenhäusern angeschlossen. Zwar durften nur die Angestellten ohne unmittelbaren Kundenkontakt ihre Arbeit ab zwölf Uhr mittags gänzlich niederlegen, um sich an der Protestkundgebung im Lustgarten zu beteiligen, zu der alle Berliner Gewerkschaften aufgerufen hatten. Zu ihnen gehörte auch Peter Hauser, der über den Mord an Rathenau genauso empört war wie die Mehrheit des deutschen Volks.

»Rathenau war gerade dabei, mit den Amerikanern über günstigere Friedensbedingungen zu verhandeln«, erklärte er Rieke, als sie am vergangenen Samstag, dem Tag des Mords, gemeinsam nach Meyers Hof zurückkehrten. »Er wollte Zugeständnisse erwirken, damit wir nicht fast die gesamte Ausbeute unserer Kohlevorkommen nach Frankreich und Belgien liefern müssen. Dadurch käme die deutsche Industrie auf Dauer zum Stillstand. Doch nun sind erneut viele Arbeitsplätze gefährdet. Durch diese rechten Schufte, die zudem noch aus guten Familien stammen! Sie wollen die Diktatur anstelle der Republik!« Vor Empörung waren Peter sogar Tränen in die Augen getreten.

Auch Rieke, die sich noch immer nur mäßig für Politik interessierte, war über das Attentat zutiefst erschüttert. Deshalb hieß sie Jandorfs Anweisung ausdrücklich gut, auch im Verkauf des KaDeWe die Arbeit an diesem Tag zwischen zwölf und ein Uhr mittags ruhen zu lassen. Im ganzen Kaufhaus war schwarzer Trauerflor angebracht worden. Die Erschütterung vieler Deutscher wurde auch daran ersichtlich, dass fast der gesamte Bestand an Trauerkleidung in der Damenkonfektion ausverkauft war.

Rieke warf einen flüchtigen Blick in die Nachbarabteilung, in der Else Lemke gerade die beiden übrig gebliebenen schwarzen Hüte auf Ständer drapierte. Immerhin haben sie auch dort nach Sannis Entlassung wieder mehr Arbeit, die sie selbst erledigen müssen, dachte sie ingrimmig. Denn Sannis Stelle war nach der fristlosen Kündigung nicht neu besetzt worden. Adolf Jandorf hatte sie weiland nach dem Streik seiner Warenhausangestellten ja nur Rieke zuliebe überhaupt geschaffen.

Sannis Entlassung bedeutete natürlich auch mehr Arbeit für Rieke. Kurz überlegte sie, vor zwölf Uhr noch den Bestand an schwarzen Seidenstrümpfen aufzufüllen, deren Fach im Verkaufsregal der Wäscheabteilung ebenfalls nahezu leer war. Dann entschloss sie sich dagegen. Zu erschüttert hatte Adolf Jandorf am vergangenen Samstagnachmittag gewirkt, als er die Trauerstunde für Walter Rathenau bei einem Rundgang persönlich ankündigte. Da wollte sie auf keinen Fall riskieren, sie nicht rechtzeitig anzutreten.

Da es sonst nichts für sie zu tun gab und weit und breit keine Kunden mehr in Sicht waren, lehnte sie sich müßig an eines der Wäscheregale und ließ ihre Gedanken schweifen.

Was wohl aus Sanni geworden ist?, dachte sie zum wiederholten Mal. Seit mittlerweile mehreren Wochen hatte sie nichts mehr von ihrer Schwester gehört.

Zum letzten Mal hatte sie Sanni gesehen, als die ihre Sachen aus der Wohnung abholte. An dem Samstag vorher hatte Sanni zunächst daheim ihre fristlose Kündigung verschwiegen. Doch am Montag wurde Rieke im KaDeWe sehr schnell klar, was sich abgespielt hatte. Mit großem Bedauern teilte Johannes Bergmann ihr mit, dass er sie angesichts von Sannis Vergehen nicht mehr zur Ersten Verkäuferin vorschlagen könne. Sanni erfuhr wiederum zu ihrer Erleichterung, dass es wegen des »ausgeliehenen« Abendkleids zumindest keine Strafanzeige gegen sie geben werde.

Doch Sanni hatte mit ihrem Leichtsinn der weiteren Karriere ihrer Schwester im KaDeWe wohl auf Dauer geschadet. Rieke machte daher am Abend dieses schwarzen Montags in Meyers Hof ihrer Erbitterung Luft. Natürlich war auch Käthe über Sanni entsetzt und vor Zorn nahezu außer sich. Umso mehr, als sich das Verhältnis zu ihrer jüngsten Tochter seit deren Anstellung im KaDeWe endlich wieder gebessert hatte.

»Aber ich hätte es wissen müssen!«, schrie Käthe so aufgebracht, dass es im ganzen Stockwerk zu hören war, wie Peter Hauser Rieke später erzählte. »Du bist und bleibst ein elendes Miststück! Hätte ich dich nach deiner Geburt doch nur auf der Schwelle des Findelhauses abgelegt!«

Selbst Rieke war schockiert über diese Reaktion ihrer Mutter. Sie wusste zwar, dass die häuslichen Verhältnisse nach Sannis Geburt für Käthe noch unerträglicher geworden waren als vorher. Dass sie deswegen einen solchen Hass gegenüber ihrer jüngsten Tochter hegte, hatte Rieke allerdings nicht geahnt.

Die blieb ihrer Mutter nichts schuldig. »Du hast mich sowieso nie geliebt!«, schrie sie zurück. »Du hast mir Rieke und deinen Liebling Robert immer vorgezogen!«, wiederholte sie einen längst bekannten Vorwurf. Doch dann ging sie zu weit. »Also hast du dir ganz allein zuzuschreiben, was aus mir geworden ist. Hättest du dich mehr um mich gekümmert, anstatt im schnieken KaDeWe die feine Dame zu spielen, hätte ich Berti gar nicht nötig. So ist er die einzige Stütze in meinem Leben!«

Das war zu viel für Käthe gewesen. Dass Sanni ihre harte Arbeit im KaDeWe als Leiterin der Putzkolonne, von deren Lohn sie zeitweise die ganze Familie ernährt hatte, derart abwertete, war schon schlimm genug. Doch dass sie Berti, der im Ruf stand, sich dem Gaunerverein Immertreu angeschlossen zu haben, nun als ihre einzige Stütze bezeichnete, konnte Käthe nicht ertragen. Sie stürzte auf Sanni zu und ohrfeigte sie rechts und links. Daraufhin stürzte die aus der Wohnküche, verfolgt von dem gebrüllten Befehl ihrer Mutter, sie solle sich nur noch blicken lassen, um ihre Sachen abzuholen.

Obwohl Rieke sich bei diesem letzten Besuch von Sanni in der Wohnung trotz ihrer eigenen Enttäuschung über die verpatzte Karriere aufrichtig bemühte, den furchtbaren Konflikt zwischen Mutter und Tochter zu schlichten, stieß sie bei ihrer Schwester auf taube Ohren. »Ick will mit der Ollen nüscht mehr zu tun hamm«, erklärte diese, wobei sie nach Jahren wieder einmal in den Berliner Dialekt zurückfiel. Käthe hatte ihrerseits bei Sannis Erscheinen die Wohnung sofort verlassen.

Wieder einmal war es Peter Hauser, der Rieke darüber aufklärte, was es mit dem Gaunerverein auf sich hatte. »Diese Ringvereine, wie sie sich nennen, sind nicht mehr und nicht weniger als Verbrecherorganisationen, die sich nach außen hin den Anschein der Wohlanständigkeit geben. Hinter dieser Kulisse erpressen sie Schutzgelder von den Gastwirten, Immertreu zum Beispiel rund um den Schlesischen Bahnhof, wo sie ihren Hauptsitz haben. Wer nicht zahlt, dem schlagen die Gauner die ganze Bude kurz und klein. Doch man munkelt, dass die Ringvereine auch mit Kokain handeln und Mädchen in die Prostitution schicken.«

»Was ist Kokain?«, fragte Rieke.

Peter Hauser zuckte mit den Achseln. »Irgend so ein giftiges

Pulver, das man sich mit einem Röhrchen durch die Nase zieht, damit man sich besser fühlt.«

Rieke schüttelte verständnislos den Kopf. »Und sie schicken Mädchen auf die Straße, um anzuschaffen?«, fragte sie nach einer kleinen Pause ein weiteres Mal zaghaft nach.

»So heißt es«, bestätigte Peter. »Doch es muss nicht der Straßenstrich sein. Mittlerweile haben sie anscheinend auch Kontakte in den teuren Nachtklubs und Bars rund um den Kurfürstendamm.«

Seither machte sich Rieke die größten Sorgen um Sanni. Ganz im Gegensatz zu ihrer Mutter Käthe, die sie mit keinem Wort mehr erwähnte und jeden Versuch eines Gesprächs über ihre jüngere Tochter sofort abblockte.

Ohnehin erschien es Rieke so, dass Käthe den Bruch mit Sanni zum Anlass nahm, endgültig mit ihrem alten Leben abzuschließen. Otto und Robert waren tot, nun war auch Sanni so gut wie gestorben für sie. Schon einen Tag nachdem Sanni ihre Sachen abgeholt hatte, zog Fritz in die Wohnung ein. Dabei vereinbarte er mit Rieke, ihr seine Einzimmerwohnung inoffiziell zu überlassen.

Denn seit Kriegsbeginn hatte die Regierung verfügt, dass die Mieten in Berlin nicht mehr steigen durften. Es sei denn, jemand zog aus und ein Nachmieter ein. Dann wäre selbst der Mietpreis für eine Einzimmerwohnung in Meyers Hof so hoch, dass sich Rieke ihn bei der beständig fortschreitenden Teuerung von ihrem Verkäuferinnengehalt gar nicht leisten könnte. Deshalb behielt sie ihren offiziellen Wohnsitz in der Wohnung ihrer Mutter im vierten Hinterhaus, wohnte jedoch bereits seit Anfang Mai in Fritz' Einzimmerwohnung im dritten Hinterhaus.

Nun stand eine weitere Veränderung an: Fritz hatte Käthe dazu bewogen, ihre Arbeit in der Fabrik ab Juli auf eine halbe Tagschicht zu reduzieren. Anfangs hatte er sogar verlangt, dass Käthe gar nicht mehr arbeiten solle. Dazu war ihre Mutter jedoch nicht bereit gewesen. Deshalb hatte man diesen Kompromiss gefunden, der jedoch offensichtlich zur beiderseitigen Zufriedenheit war.

Wenn Rieke ihre Mutter heute ab und zu besuchte, erschien diese jedenfalls so entspannt und gelöst wie früher nie.

Die Uhr der Gedächtniskirche schlug gerade zwölfmal, als eine korpulente Dame mit entschlossenem Gesichtsausdruck die Damenkonfektion betrat. Im Gegensatz zu den wenigen Kundinnen, die Rieke heute überhaupt im KaDeWe gesehen hatte, trug sie kein Schwarz als Zeichen der Trauer um Walther Rathenau, sondern ein altroséfarbenes Kostüm.

Suchend sah sie sich um. »Wer ist hier die Erste Verkäuferin?«, fragte sie in einem energischen Tonfall, der ihrem Gesichtsausdruck entsprach. Neugierig trat Rieke näher. Wie würde diese Sache wohl ausgehen?

Sofort eilte Else Lemke auf die Dame zu. »Wir haben leider zwischen zwölf und ein Uhr mittags geschlossen, gnädige Frau«, erklärte sie ihr devot.

Die Dame machte eine abfällige Handbewegung. »Sie werden doch wohl nicht die Unverschämtheit besitzen, eine langjährige Stammkundin dieses Hauses zurückzuweisen?«, provozierte sie Else.

Die wand sich vor Verlegenheit wie eine Schlange und rang die Hände. »Es tut mir unendlich leid, verehrte Dame«, wiederholte sie. »Doch unser Eigner Herr Jandorf hat persönlich angeordnet, dass zwischen zwölf und ein Uhr anlässlich des Todes von Herrn Rathenau eine Trauerzeit ohne Verkauf stattzufinden hat. Doch vielleicht möchten Sie sich ja inzwischen in unseren hübschen Teesalon im zweiten Stockwerk begeben? Dort hat Herr Jandorf ein kleines Büfett mit Erfrischungen aufstellen lassen, an dem sich unsere Kundinnen während der Pause selbst bedienen dürfen. Kostenlos natürlich«, fügte sie noch eilig hinzu.

Die Dame schnaubte verächtlich. Dann trat sie auf einen

Kleiderständer zu, an dem einige sommerliche Nachmittags-roben hingen. Sie wählte eine hellgrüne und eine fliederfarbene aus.

»Begleiten Sie mich unverzüglich in den Anprobesalon, Fräulein«, befahl sie in herrischem Ton. »Und seien Sie versichert, es wird Ihr Schaden nicht sein.«

Else Lemke sah sich verstohlen um und befolgte dann zu Riekes Erstaunen den Befehl der Kundin. Ungefähr fünfzehn Minuten später kamen beide aus dem Anprobesalon in die Damenkonfektion zurück.

»Die zwei Kleider nehme ich«, erklärte die Kundin. »Doch nun benötige ich dazu noch die passenden Hüte. Zeigen Sie mir, was Sie vorrätig haben!«

Hilflos sah Else sich in der Abteilung um. Weder die Aufsichtsdame noch der Abteilungsleiter Bergmann waren zu sehen. So entschloss sie sich, der Kundin ein weiteres Mal nachzugeben, und begleitete sie zum Hutregal, das sich wie die Abendmode in der Nähe der Damenwäscheabteilung befand. Dort probierte die herrische Kundin nacheinander fünf Modelle an.

»Diesen da nehme ich«, zeigte sie schließlich auf ein mit Federn garniertes zartlila Modell, das gut zu der fliederfarbenen Robe passte. »Sehr wohl, gnädige Frau«, hörte Rieke Else der Dame antworten.

Die sah sich nun herausfordernd in der ganzen Abteilung um. »Wie gut, dass es hier zumindest eine Person gibt, die sich dieser unsinnigen Traueranordnung zu widersetzen wagt. Schließlich geht es doch nur um einen Vaterlandsverräter, noch dazu mit jüdischer Abstammung. Jedermann weiß doch, was man von solchen Leuten zu halten hat.«

Rieke stockte der Atem, während Else es fertigbrachte, ein verkrampftes Lächeln aufzusetzen. »Sehr wohl, gnädige Frau«, wiederholte sie noch einmal. Rieke war peinlich berührt.

Jetzt war die Kundin nicht mehr zu bremsen. »Ich hoffe,

dass man die tapferen Soldaten, die Deutschland von diesem Schandfleck befreit haben, nicht ergreifen wird. Eines Tages werden sie einen Orden für ihre mutige Tat erhalten, das werden Sie sehen.«

Sie blickte sich wieder herausfordernd um. »Zumal es nur ein wertloser Jud war. Wo kämen wir hin, wenn man solchen Leuten die Regierung unseres Vaterlands auf Dauer anvertraute! Also, bringen Sie die Sachen jetzt zur Kasse! Ich möchte sie mir nach Hause liefern lassen, auf Rechnung natürlich. Wahrscheinlich ist die Kassiererin ja auch nicht im Dienst!«

Rieke wunderte sich noch darüber, dass diese offensichtlich antisemitisch eingestellte Dame im KaDeWe einkaufte, das ja stadtbekannt einen ebenfalls jüdischen Eigner hatte, als es eine dramatische Wende gab.

Mit vor Zorn gerötetem Gesicht trat Adolf Jandorf hinter einem Wäscheregal hervor. Aufgrund seiner geringen Körpergröße hatte niemand ihn dort vorher bemerkt.

Er wies mit ausgestrecktem Zeigefinger zunächst auf die Dame, die instinktiv nach dem gerade ausgewählten Hut griff. »Legen Sie diese Ware ab, die ich Ihnen keinesfalls überlassen werde!« So ärgerlich hatte Rieke Adolf Jandorf noch nie mit einer Kundin sprechen hören. Nicht einmal mit der Exilrussin, die im vergangenen Winter versucht hatte, einen kostbaren Pelzmantel zu stehlen. »Und dann verlassen Sie auf der Stelle mein Haus! Ich will Sie hier nie wieder sehen! Sie haben sowohl im KaDeWe als auch in meinen anderen Warenhäusern ab sofort Hausverbot.«

»Was … was erlauben Sie sich?«, versuchte die Kundin noch zu protestieren.

»Ich mache ansonsten tatsächlich eine Ausnahme von der Trauerpause, die ich persönlich für unseren so schändlich ermordeten Außenminister Walther Rathenau angeordnet habe. Wenn Sie meiner Aufforderung nicht unmittelbar Folge leisten, muss ich einen Hausdetektiv rufen, um Sie wie eine Diebin hinausbegleiten zu lassen«, drohte Jandorf.

Niemand, offenbar auch nicht die herrische Dame, zweifelte auch nur eine Sekunde lang daran, dass Jandorf dies bitter ernst meinte. Die Frau warf den Hut auf die Verkaufstheke, wobei zwei der Schmuckfedern brachen, drehte sich auf dem Absatz um und ging stocksteif aufgerichtet hinaus.

Sobald sie sich außer Hörweite befand, wandte sich Jandorf an Else Lemke. »Und Sie begeben sich gleich um eins in die Personalabteilung, um sich Ihren restlichen Lohn bis Ende des Monats auszahlen zu lassen, Fräulein Lemke. Eine Erste Verkäuferin, die sich meinen Anordnungen auf diese unverschämte Art widersetzt und solch ein Gesindel auch noch hofiert, hat in meinem Warenhaus nichts verloren. Sie sind hiermit fristlos entlassen.«

## Hotel Adlon

### *Oktober 1922*

»Erweisen Sie mir die Ehre, Fräulein Bergmann, mir den nächsten Tanz zu schenken?« Gunter Perl verbeugte sich mit vollendeter Höflichkeit vor Judith.

»Sehr gern, Herr Perl.« Judith übersah geflissentlich die missbilligenden Blicke ihres Vaters und Bruders und lächelte stattdessen ihrer Mutter zu, die Gunter wohlwollend betrachtete. Judith wusste zwar oberflächlich, dass Paul und Johannes Gunter nicht besonders mochten, kannte die genauen Gründe dafür allerdings nicht. Sie vermutete, dass es mit der Konkurrenz zu tun haben könnte, in der ihr Bruder und Gunter im KaDeWe zueinander standen.

Rebekka Bergmann war dagegen vollkommen ahnungslos, da die Männer in der Villa Bergmann KaDeWe-interne Themen in ihrer Gegenwart möglichst vermieden. Vor nunmehr fast vier Jahren hatte Judith ihr Verlöbnis mit Harry Jandorf aufgelöst. Auch ihr Sohn Johannes machte keinerlei Anstalten, sich fest zu binden. Rebekka wurde daher von Monat zu Monat nervöser, da sie sich keinen Reim auf das Verhalten ihrer Kinder machen konnte.

Gunter Perl war Judith zum ersten Mal bei der Trauerfeier für Margarete Jandorf aufgefallen. Obwohl das schon zwei Jahre her war, fand sie den hochgewachsenen Mann mit seinen ebenmäßigen Gesichtszügen damals wie heute attraktiv. Es hatte sich bislang jedoch noch keine Gelegenheit ergeben, nähere Bekanntschaft mit ihm zu machen.

Dies änderte sich heute Abend zum ersten Mal. Anlass war die große Feier, die Adolf Jandorf im vornehmen Hotel Adlon ausrichtete, da im Jahr 1922 gleich mehrere Jubiläen für seinen Warenhauskonzern lagen. Wie das Adlon selbst, das jetzt im Oktober 1922 den fünfzehnten Jahrestag seiner Eröffnung feierte und aus diesem Grund besonders günstige Konditionen für Festlichkeiten anbot, war auch das KaDeWe 1907 eröffnet worden. Zwar nicht im Oktober, sondern im März, aber das nahm keiner der Gäste so genau.

Zumal es zwei weitere Jubiläen gab: Vor dreißig Jahren hatte Adolf Jandorf, damals noch als Mitarbeiter der Hamburger Firma Emden, sein erstes Haus am Spittelmarkt eröffnet und wenig später übernommen. Fünf Jahre später, also vor nunmehr fünfundzwanzig Jahren, war 1897 das zweite Warenhaus in der Belle-Alliance-Straße hinzugekommen.

Nach Margaretes Tod war es das erste Fest, das Jandorf gab. Das konnte er sich auch leisten. Denn insbesondere das KaDeWe trotzte erfolgreich der immer mehr ausufernden Inflation. Das Kaufhaus war zum Magneten für ausländische Touristen geworden, die sich die Devisen für ihre Einkaufstouren manchmal sogar gleich in die Poststelle im Erdgeschoss schicken ließen.

Judith, die den Überfluss des gerade genossenen zehngängigen Menüs, das sie an den Besuch des siamesischen Königs erinnerte, unwillkürlich mit dem immer noch ärmlichen Speisezettel der Bewohner des Scheunenviertels verglich, verdrängte ihr schlechtes Gewissen. Schließlich war niemandem dort gedient, wenn sie sich diesen wunderbaren Abend mit trüben Gedanken verdarb.

»Ich hoffe, Sie tanzen gern Walzer«, sprach Gunter sie an, als sie an seinem Arm den mondänen Kaisersaal betrat, in dem die Kapelle gerade die Melodie *An der schönen blauen Donau* anstimmte.

»Sehr gern sogar, Herr Perl.« Judith lächelte.

Wenig später drehten sie sich zu den zauberhaften Klängen von Johann Strauss über die Tanzfläche. Gunter Perl war ein guter Tänzer, der Judith mit festem Arm führte und sich elegant mit ihr durch die Menge der Tanzenden bewegte, die den Kaisersaal füllten.

Denn auch bei der Auswahl und Menge seiner Gäste hatte sich Adolf Jandorf nicht zurückgehalten. Neben den leitenden Angestellten all seiner Warenhäuser, darunter natürlich seine Brüder mit ihren Angehörigen, waren die Familien Wertheim und Tietz vertreten sowie etliche von Jandorfs zuverlässigsten langjährigen Lieferanten. Es waren sicher an die hundert Gäste geladen.

Zu Judiths gelinder Enttäuschung machte die Kapelle nach dem Ende des Walzers eine Pause. Sie erwartete bereits, dass Gunter sie an ihren Tisch im Nebenraum zurückführen werde, als er sie überraschte.

»Darf ich Sie noch auf ein Getränk in die Bar einladen, Fräulein Bergmann? Zum Beispiel zu einem dieser neumodischen Cocktails?«

Er neigte sich näher an ihr Ohr. »Und wenn Sie auch neumodische Tänze wie den Foxtrott mögen, könnten wir die Tanzpause im Kaisersaal dort womöglich überbrücken.«

Judith schüttelte verlegen den Kopf. »Ich fürchte, diese Tänze sind mir leider noch nicht vertraut«, gab sie zu.

Wieder überraschte Gunter sie mit seiner Antwort. »Nun, was nicht ist, kann ja noch werden. Vielleicht darf ich Sie einmal zu einem jener Tanznachmittage einladen, bei denen diese Tänze gelehrt werden. Jede Tanzschule in Berlin bietet solche Kurse mittlerweile an.«

Während Judith noch überlegte, was sie von dem Angebot halten sollte, fuhr Perl bereits fort. »Es sei denn, Ihr Studium und Ihre sonstigen Verpflichtungen lassen Ihnen keine Zeit für solche trivialen Vergnügungen.«

Judith blickte ihn misstrauisch an. Wollte sich jetzt auch Gunter Perl trotz seiner anfänglichen Freundlichkeit über ihre wissenschaftlichen Ambitionen lustig machen? Doch seine braunen Augen blitzten sie lediglich schelmisch an. Spott konnte Judith darin nicht entdecken.

Wenig später saß Judith vor einem süßen Getränk, das nach der amerikanischen Schauspielerin Mary Pickford benannt war. Die Mischung aus weißem Rum und Ananassaft schmeckte ihr ausgezeichnet.

»Ich würde Sie sehr gern auch einmal ins Kino ausführen.« Sie hatten gerade ein wenig über Filme geplaudert. Wenn Judith bislang noch Zweifel daran gehabt hätte, dass Gunter ein echtes Interesse an ihr hegte, wären sie spätestens jetzt verflogen. Ganz offensichtlich machte er ihr Avancen.

Während sie erneut überlegte, was sie antworten sollte, sprach er weiter: »Natürlich nur, falls es Ihre kostbare Zeit erlaubt. Möchten Sie mir etwas über Ihr Studium erzählen? Bislang habe ich darüber nur oberflächlich etwas gehört.«

Wieder blickte Judith ihn forschend an. Doch sie konnte aus seinem Gesichtsausdruck nur Interesse herauslesen. Das war zumindest ungewöhnlich für einen Mann Mitte dreißig. Denn nach wie vor war Judith an der Friedrich-Wilhelm-Universität den Sticheleien ihrer männlichen Kommilitonen ausgesetzt.

Das hatte sich seit dem Beginn ihrer akademischen Ausbildung sogar noch verschlimmert. Denn insgesamt drei der vier Studentinnen, die mit ihr das Studium der Staatswissenschaften begonnen hatten, waren inzwischen ausgeschieden.

Zögernd begann sie nun, von ihrem Studium zu berichten. Im Mittelpunkt stand dabei schnell ihre Abschlussarbeit, die sich inzwischen konkretisiert hatte. Judith erzählte Perl, dass sie bereits die ersten Daten sammelte.

»Ihr Engagement ist wahrhaft bewundernswert«, lobte Perl, nachdem er ihr eine Zeit lang zugehört und immer wieder kluge Fragen gestellt hatte. »Doch wenn ich Sie richtig verstehe, steht und fällt Ihre Arbeit mit der Zuverlässigkeit, mit der Ihre kindlichen Probanden die Kakaostube in der Grenadierstraße besuchen und dort regelmäßig mit hochwertigem Essen verköstigt werden.«

Judith nickte, lächelte aber dabei. »Um die Zuverlässigkeit meiner kleinen Studienteilnehmer mache ich mir im Augenblick keine Sorgen. Herr Jandorf hat sich bereit erklärt, mein Vorhaben großzügig zu unterstützen. Die Kinder erhalten jetzt an jedem zweiten Tag zusätzlich zu dem Lebertran und dem Milchkakao ein Ei. Außerdem spendet Herr Jandorf Obst und Gemüse, das in der Lebensmittelabteilung übrig bleibt. Wussten Sie, dass zum Beispiel Karotten sehr gut für die Sehkraft sind? Sie werden in der Fürsorgestelle mit etwas Butter gedünstet. So entfalten sie ihre heilsame Wirkung am besten.«

Die Zeit verging wie im Flug, insbesondere da Judith es nicht gewohnt war, dass sich jemand anderes, noch dazu ein Mann, so sehr für ihr Studium und ihr soziales Engagement interessierte. Nach ihrem zweiten Cocktail fühlte sie sich darüber hinaus leicht und beschwingt.

So erschrak sie zuerst, als Gunter vernehmlich seufzte. »Ich bezweifle keinen Augenblick, liebe Judith, ich darf Sie doch so nennen?« Sie nickte überrascht. »Dass Ihre Forschungsarbeit Ihnen mit der Promotion den erfolgreichen Studienabschluss einbringen wird. Doch ich fürchte, dass mein eigener Beitrag dazu wohl nicht mehr erforderlich ist.«

»Wie meinen Sie das denn, Gunter?« Judith war so verblüfft, dass sie anfangs gar nicht merkte, dass auch sie Perl jetzt bei seinem Vornamen genannt hatte.

»Nun, ich habe in jüngster Zeit durch einige Bankgeschäfte ein wenig zusätzliches Geld verdient. Davon würde ich gern meinen Teil zur Ernährung Ihrer Forschungsgruppe beitragen, wenn es noch einen Bedarf dafür gibt.«

»Den gibt es sicherlich«, platzte Judith heraus. »An was dachten Sie denn?«

»Wenn Sie jedem Kind einmal pro Woche eine Orange geben könnten, würde das die Erfolgswahrscheinlichkeit sicherlich steigern. Auch Zitronensaft soll sehr gesund sein.«

»Was ... wie ...«, stammelte Judith. Zitrusfrüchte galten in Berlin noch immer als Luxusgut. Adolf Jandorf pflegte den Kindern aus den Fürsorgeeinrichtungen zu Weihnachten eine Apfelsine zu schenken. Von einer wöchentlichen derartigen Gabe hätte Judith nicht einmal zu träumen gewagt, geschweige denn sie von irgendjemandem als Spende erbeten.

»Aber können Sie sich das denn wirklich leisten?«, entfuhr es ihr unwillkürlich, bevor sie sich verlegen die Hand vor den Mund schlug.

Gunter lächelte, was sein Gesicht noch attraktiver machte. »Ich deutete es doch bereits an, liebe Judith, dass ich in jüngster Zeit ein paar erfolgreiche Geschäfte tätigen konnte.«

In ihrer Freude über Gunters Hilfsbereitschaft wäre Judith nie auf den Gedanken gekommen, dass er zu jenen Spekulanten gehören könnte, über die ihr Vater Paul so häufig schimpfte. Das waren Männer, die Immobilien oder andere Sachwerte auf Kredit kauften und ihre Schulden später für einen Bruchteil des ehemaligen Werts tilgten, da das Geld, mit dem sie bezahlten, weit weniger wert war als zur Zeit des Erwerbs. Dann legten sie das derart gewonnene Geld in weiteren Sachwerten an oder verkauften die erworbenen Güter für den tagesaktuellen Preis weiter, den sie sich natürlich sofort auszahlen ließen und oft auf illegalen Wegen gegen Devisen eintauschten.

Natürlich wusste Judith aus ihren volkswirtschaftlichen Vorlesungen, dass sich Deutschland seit dem Mord an Walther Rathenau in einer sogenannten Hyperinflation befand, die solche Spekulationen überhaupt ermöglichte. Dies bedeutete, dass die Preise jeden Monat um fünfzig Prozent oder mehr stiegen, das Geld also demgemäß beständig mehr als die Hälfte seines Werts verlor. Daran hatte auch die Ergreifung der Attentäter nichts ändern können, zumal einer im Rahmen der Festnahme erschossen worden war und der zweite sich daraufhin selbst entleibt hatte.

Doch einen Zusammenhang zwischen Gunters guten Geschäften und der Hyperinflation stellte Judith nicht her. Stattdessen überflutete sie eine große Dankbarkeit.

»Ich wäre Ihnen sehr verbunden, Gunter, wenn Sie mein Projekt zusätzlich unterstützen würden. Vielleicht darf ich Ihnen die Einrichtung in der Grenadierstraße auch einmal zeigen?« Damit war Gunter natürlich einverstanden.

Die restlichen Stunden verliefen für Judith so angenehm wie kein anderer Abend seit Kriegsbeginn. Als sie sich auf der Heimfahrt in den Rücksitz des Automobils ihres Vaters kuschelte, gestand sie sich ihre Gefühle im Stillen bereits ein.

Ich glaube, ich habe mich ein wenig in Gunter verliebt.

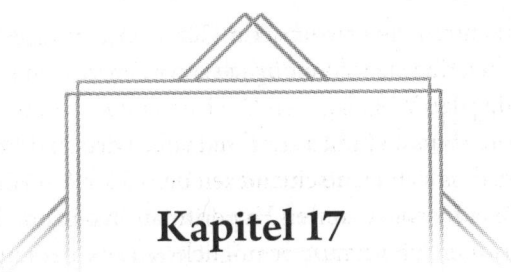

# Kapitel 17

### Ein Großmarkt in Charlottenburg

#### *Freitag, 2. Februar 1923*

»Wir sind da, gnädige Frau!« Martha, die Köchin der Bergmanns, rüttelte Rebekka sanft an der Schulter. Die öffnete die Augen und gähnte herzhaft. »Bin ich etwa schon wieder eingeschlafen?« Sie schaute aus dem Fenster des Lasttaxis, in dem sie neben Martha auf der Rückbank saß.

»So ist es, gnädige Frau«, die Köchin lächelte. »Sie sind das frühe Aufstehen eben nicht gewöhnt.«

In der Tat war es erst sechs Uhr morgens und draußen noch stockfinster. Doch Rebekka hatte bei ihren vergangenen Einkäufen auf dem Großmarkt gelernt, dass viele Waren schon ausverkauft waren, wenn sie später als sechs Uhr ankam.

Zu ihrem Amüsement war auch das Dienstmädchen Lisa auf dem Vordersitz neben dem Fahrer eingenickt. Sie weckte Lisa, entlohnte den Mann und bat ihn, bis zu ihrer Rückkehr auf sie zu warten.

Dann ergriffen Rebekka und Martha je zwei Einkaufstaschen, die man auf Rollen hinter sich herziehen konnte. Paul hatte sie zu einem exorbitant hohen Preis aus dem KaDeWe besorgt, das nach wie vor ein riesiges Sortiment an Gütern aller Art führte. Doch ohne diese Einkaufstaschen wären Rebekkas Hände später erneut mit Blasen übersät, wie beim ersten Mal, als sie auf dem Großmarkt eingekauft hatte.

Lisa wiederum hievte den Bollerwagen aus dem Taxi, den

Judith auf dem Dachboden entdeckt hatte. In ihm hatte der kleine Bruder Benjamin häufig gesessen, bevor er mit drei Jahren an Diphtherie starb.

Gestern Abend hatte Paul Rebekka fünf druckfrische Zwanzigtausendmarkscheine übergeben. Wenn mir vor fünf Jahren jemand geweissagt hätte, ich würde eines Tages mit einer solchen Summe einkaufen gehen, hätte ich die Person für verrückt erklärt, dachte Rebekka nun, während sie der Köchin folgte, die auf den Stand eines Metzgers zustrebte.

Trotz der frühen Stunde herrschte bereits lebhafter Publikumsverkehr in der großen Markthalle. Insbesondere Fleisch würde schnell vergriffen sein.

»Was kostet das Kilogramm Rindfleisch heute?«, fragte Rebekka den Metzger, der mit blutbefleckter Schürze und aufgekrempelten Ärmeln hinter der Theke stand.

»Zweitausendfünfhundert Mark«, antwortete der Mann. Rebekka zuckte unwillkürlich zusammen. Dabei war die Summe für sie eigentlich gering. Denn schon seit dem Spätherbst des vergangenen Jahres entlohnte Adolf Jandorf die leitenden Angestellten seines Konzerns mit Devisen. Doch die wurden zunächst auf Pauls Konto eingezahlt, das er bei der Berliner Filiale einer amerikanischen Bank eröffnet hatte. Da es nicht mehr erlaubt war, Devisen im innerdeutschen Zahlungsverkehr zu benutzen, musste er einen Teil seines Gehalts wohl oder übel in Mark umtauschen, um Rebekka ihr monatliches Haushaltsgeld auszuhändigen. Für die Summe von einhunderttausend Mark hatte er gestern jedoch lediglich etwas mehr als fünf Dollar einsetzen müssen.

Hatte das Haushaltsgeld früher für den ganzen Monat gereicht, war dies heute anders. Denn gab Rebekka es nicht zügig aus, konnte sie später damit nur noch einen Bruchteil der Vorräte erstehen, die sie brauchte. Deshalb hatte auch sie sich angewöhnt, wie viele Berliner Bürger, alle benötigten Lebensmittel gleich zu Monatsbeginn einzukaufen.

Dies tat sie mittlerweile jedoch nicht mehr am ersten, sondern am zweiten Werktag eines neuen Monats. Denn am Monatsersten herrschte auch in der Frühe schon ein unerträgliches Gedränge in der Markthalle. Die vielen Menschen, die ihren Verdienst am Monatsende in Mark ausbezahlt bekamen, konnten es sich bei der ständigen Geldentwertung nicht leisten, einen einzigen Tag länger mit ihren Einkäufen zu warten.

»Wir nehmen drei Kilogramm Rind«, entschied Rebekka nun. »Das Fleisch hält sich doch in der Kühlkammer frisch?«, versicherte sie sich wie üblich bei Martha.

Die nickte. »Sie können auch noch zwei Kilogramm Hammelfleisch und ein Hähnchen besorgen«, riet sie ihrer Dienstherrin. »Doch für die zweite Monatshälfte sollten wir nur geräuchertes oder gepökeltes Fleisch kaufen.«

Wenig später waren neben gepökeltem Rind und Lamm zehn Rauchwürste und drei geräucherte Speckscheiben dazugekommen. Außerdem gepökeltes Schweinefleisch und ein großer Schinken für das Personal. Die ersten fünfunddreißigtausend Mark hatten damit bereits am Fleischerstand den Besitzer gewechselt.

Als Rebekka noch verschiedene Sorten Käse erworben hatte, schickte sie das Dienstmädchen mit den ersten beiden gefüllten Einkaufstaschen zurück zum Taxi. Lisa sollte dort auf sie warten, um auf die Lebensmittel aufzupassen. Im Dezember hatte sich ein Taxifahrer nämlich einfach mit den bereits in seinem Wagen gelagerten Vorräten aus dem Staub gemacht.

An einem Stand erwarb Rebekka Kartoffeln, Zwiebeln, Karotten und weitere haltbare Gemüsesorten, sie lud alles in den Bollerwagen. Nach wie vor versorgte Martha ihre Kindergruppe am Bülowplatz zweimal pro Woche mit einer nahrhaften Suppe. Schon längst ließ sie die Speck- oder Wurststücke darin schwimmen, anstatt sie wie früher herauszufischen. Auch Kinder jüdischer Herkunft waren nach den jahrelangen Entbehrungen geradezu versessen auf Schweinefleisch.

Nach einigen weiteren Einkäufen blieb Rebekka schließlich an einem Obststand stehen. Judith hatte sich die knackigen Äpfel gewünscht, die sie schon das letzte Mal besorgt hatte. Anfang Januar hatte das Kilogramm noch dreihundertfünfzig Mark gekostet. Nun war der Preis auf vierhundertfünfzig Mark gestiegen, wie ihr die Obsthändlerin mitteilte.

Während sich Rebekka zwei Kilogramm einpacken ließ, bemerkte sie einen alten Herrn, der ihr vom Sehen flüchtig bekannt war. Ihres Wissens war es ein pensionierter Beamter, der zwei Straßen entfernt von der Villa Bergmann wohnte. Den sehnsüchtigen Blick, den der Alte auf die Äpfel warf, deutete Rebekka zunächst falsch.

»Möchten Sie auch noch Obst kaufen?«, sprach sie den Mann an. »Wenn Sie es eilig haben, lasse ich Sie gern vor.«

Der Alte schüttelte traurig den Kopf. »Solche Äpfel kann ich mir schon seit Monaten nicht mehr leisten«, gestand er mit gedämpfter Stimme.

Rebekka reagierte spontan. »Geben Sie mir ein weiteres Kilogramm!«, forderte sie die Obsthändlerin auf.

Nachdem sie bezahlt hatte, drehte sie sich zu dem Mann um, der sich bereits einige Schritte von ihr entfernt hatte. Rebekka eilte ihm nach und hielt ihm die Tüte entgegen. »Darf ich Ihnen die Äpfel schenken? Sie würden mir damit eine große Freude machen.«

Gerührt bemerkte sie, dass die Augen des alten Mannes feucht wurden. »Ich weiß nicht, ob ich Ihre Großmut derart in Anspruch nehmen darf«, zögerte er.

Jetzt spürte auch Rebekka ihre Kehle eng werden. Zwar hatte sie sich früher nie für Politik oder Finanzen interessiert. Aber auch sie wusste mittlerweile, dass Menschen, die ein festes Einkommen bezogen, zum Beispiel eine Alterspension, von Monat zu Monat weniger davon kaufen konnten. Der sogenannte Inflationsausgleich, den die Regierung leistete, hielt mit den galoppierenden Preisen nicht mit.

Sie bot dem Mann die Tüte weiterhin mit ausgestrecktem Arm an. »Bitte nehmen Sie sie!«

»Gott segne Sie!«, antwortete der Mann mit zitternder Stimme. Dann nahm er Rebekkas Geschenk und drückte die Äpfel wie einen kostbaren Schatz an seine Brust.

Rebekka erledigte ihre restlichen Einkäufe in gedrückter Stimmung. Als alles im Lasttaxi verstaut war, zückte sie ihre Börse, um den Fahrer für die Rückfahrt zu bezahlen. »Fahren Sie schon einmal mit den Vorräten voraus!«, wies sie die beiden Dienstboten an. »Ich möchte mir noch etwas die Beine vertreten und komme dann mit einem anderen Mietwagen heim.« Mittlerweile hatte auch sie sich notgedrungen an die Automobile gewöhnen müssen.

Als das Lasttaxi abgefahren war, wandte sich Rebekka in Richtung eines großen Zelts, vor dem ein Schild mit der Aufschrift »Trödelmarkt: Preiswerte Angebote aller Art« stand. Sie war neugierig, was es damit auf sich hatte, und wollte sich von der traurigen Szene am Obststand ablenken.

Doch schon nach wenigen Schritten erkannte sie, dass in diesem Zelt kein Trödel angeboten wurde. Männer und Frauen, die abgetragene Kleidung aus guten Stoffen trugen und demzufolge aus dem Mittelstand stammen mussten, versuchten hier offensichtlich, einen Teil ihrer Wertgegenstände zu verkaufen. Auf den Auslagetischen wurden Schmuck aller Art, Porzellan, Silberbesteck und sogar kleine Möbelstücke wie Nähkästchen aus Rosenholz offeriert. Die Gegenstände waren in der Regel nicht ausgezeichnet.

Wie betäubt wanderte Rebekka an den Tischen entlang und wich den verzweifelten Blicken der Verkäufer aus, wenn sie, ohne etwas zu erwerben, vorbeiging. Leichenfledderei! Das ist Leichenfledderei!, ging es ihr immer wieder durch den Kopf. Die armen Leute verschleudern ihren letzten Besitz für irgendeine Summe, die schon in der nächsten Woche vielleicht nur noch die Hälfte wert ist.

Plötzlich fiel ihr Blick auf ein bekanntes Gesicht. Sie wusste sofort, um wen es sich bei der alten Dame handelte, auch wenn deren Haar inzwischen schlohweiß und ihr Gesicht von Falten durchfurcht war. Es war die Frau, die schon in den ersten Kriegsmonaten Sohn und Schwiegersohn verloren und sich danach geweigert hatte, Beileidsbekundungen entgegenzunehmen. Damals wie heute trug sie lediglich Schwarz.

»Frau Mertens!« Rebekka blieb vor dem Stand stehen. »Frau Mertens! Erinnern Sie sich noch an mich?« Nach dem unwillkommenen Kondolenzbesuch, den Rebekka der Dame damals gemeinsam mit Margarete Jandorf abgestattet hatte, war der Kontakt eingeschlafen.

Nun blitzte auch in den trüb gewordenen Augen von Frau Mertens ein Zeichen des Erkennens auf. »Guten Tag, Frau Bergmann«, begrüßte sie Rebekka steif. Die erinnerte sich daran, dass es sich um die Witwe eines Kaufmanns handelte, und vermutete, dass deren Ersparnisse wahrscheinlich von der Inflation aufgefressen worden waren.

»Möchten Sie etwas erwerben?«, fragte Frau Mertens mit brüchiger Stimme und wies über die ausgebreiteten Dinge auf dem Ausstellungstisch.

»Ich ... ich weiß nicht«, stammelte Rebekka in tödlicher Verlegenheit. »Kann ich Sie denn auf andere Weise unterstützen? Ich könnte mit meinem Mann über ein Darlehen ...«

Sie brachte den Satz nicht zu Ende, da Frau Mertens ihr ins Wort fiel. »Nein, danke! Almosen brauche ich nicht.« Ihre Gesichtszüge wirkten nun genauso verhärtet wie nach dem Tod ihrer Angehörigen.

»Möchten Sie vielleicht diese Platzteller kaufen, gnädige Frau?«

Erst jetzt bemerkte Rebekka die zweite Frau hinter dem Verkaufstisch. Sie war deutlich jünger als Frau Mertens, wirkte jedoch ebenso verhärmt. Wahrscheinlich die verwitwete Tochter, nahm Rebekka an.

»Die Platzteller waren ein Teil meiner Aussteuer.« Die jüngere Frau wies darauf. »Diese vier sind die letzten, die übrig sind. Ich habe sie während des Kriegs bei jeder Metallsammlung versteckt.«

Ihre Mutter gab einen verächtlichen Laut von sich. Rebekka erstarrte innerlich. Nur zu gut erinnerte sie sich an den Tag, als sie ihre eigenen Platzteller, ebenfalls ein Teil ihrer Aussteuer, widerwillig für die »große Sache« gespendet hatte.

Sie wollte schon ablehnen und sich erschüttert abwenden, als die Stimme der jüngeren Witwe einen flehenden Tonfall annahm. »Bitte! Ich bitte Sie! Wir haben bislang noch nichts eingenommen!«

Wieder schnaubte ihre Mutter verächtlich. Doch Rebekka griff schon nach ihrer Börse. »Was sollen die Teller denn kosten?«

»Wir … wir dachten an zehntausend Mark. Aber wenn Ihnen das zu teuer ist …«

Rebekka riss ihren letzten Zwanzigtausendmarkschein heraus und knallte ihn geradezu auf den Tisch. »Leider habe ich nicht mehr bei mir.«

Dann ergriff sie die vier aufeinandergestapelten Zinnteller und stürzte, den Tränen nahe, davon.

### In einer Villa unweit des Kurfürstendamms

#### *März 1923*

Sanni blickte sich aufmerksam um, als sie den Salon der Villa betrat, in der sie gleich tanzen würde. Sie konnte schon wieder kaum glauben, dass sie ihren Auftritt heute gemeinsam mit den beiden Töchtern des Hauses bestreiten würde. Zu vornehm wirkte das Gebäude, sowohl von außen mit seinem von Säulen getragenen Eingangsportal als auch von innen.

Auf dem marmornen Kaminsims standen Fotografien der Familie. Ein älterer und ein jüngerer Mann trugen Uniform. Vater und Sohn waren im Krieg gefallen, hatte ihr Berti auf der Herfahrt erzählt. Die Mutter und ihre beiden Töchter waren durch die Geldentwertung inzwischen mittellos, sodass sie auf die Durchführung solcher Veranstaltungen angewiesen waren, an denen sich die Töchter aktiv beteiligten.

Das erlebte Sanni beileibe nicht zum ersten Mal. Doch selten war die Umgebung so vornehm gewesen wie heute.

Das ausschließlich männliche Publikum, vier Herren in Abendanzügen, hatte Berti zuvor vor den Nachtlokalen auf dem Ku'damm mit dem Versprechen angeworben, sie würden einer außerordentlich freizügigen Vorstellung beiwohnen können. Sofern sie den Vierteldollar Eintrittsgeld zu entrichten bereit wären.

Nun lümmelten die vier lässig auf dem Sofa und den beiden Lehnsesseln, die mit inzwischen ausgeblichenem, aber sicher ehemals teurem Brokatstoff bezogen waren, und schlürften den billigen Sekt, den ihnen die Hausherrin serviert hatte.

Hätte Sanni Judiths Mentorin Alice Salomon gekannt, hätte sie gewusst, dass Alice den zunehmenden Sittenverfall, vor allem bei jungen Frauen, bitter beklagte, den sie seit der beständigen Teuerung mehr und mehr beobachtete. Die Töchter jener ehemals reichen Witwe, in deren Haus die Vorstellung stattfand, übten dabei mit ihren Tänzen, die sie gleich gemeinsam mit Sanni aufführen würden, noch den ehrbareren Teil des zwielichtigen Gewerbes aus, das immer mehr um sich griff und inzwischen auch von bürgerlichen Frauen betrieben wurde. Jedenfalls hatten die Berliner Prostituierten mittlerweile viel Konkurrenz aus diesen einst ach so ehrbaren Kreisen bekommen.

Der Sozialforscher Max Sering hätte dagegen angemerkt, dass die tägliche Inflation jetzt zu einem ähnlichen Phänomen führte, wie man es schon im Mittelalter in Krisenzeiten, etwa während der Pest, beobachtet hatte: Die Menschen, in beständiger Sorge darum, was der nächste Tag Schlimmes bringen werde, verprassten ihre Barschaft hemmungslos mit Vergnügungen aller Art, vor allem im Berliner Nachtleben. Schließlich wusste man nicht, was das Geld morgen noch wert sein würde.

Auch das Kokain, das Berti den Zuschauern nun, in kleine Papiertütchen eingepackt, anbot, verbreitete sich immer mehr. Sanni musste zugeben, dass auch sie mittlerweile Gefallen an dieser Droge fand. Vor ihren Auftritten überließ ihr Berti jedes Mal eine Linie des weißen Pulvers gratis, das sie genüsslich durch die Nase einzog. Danach verschwanden jegliches Schamgefühl und jegliche Hemmung, ihren Körper zu präsentieren.

Nun stand die Dame des Hauses, eine hagere Frau in Schwarz, auf, um ein Grammophon zu bedienen. Sobald die ersten Klänge dieser aus Amerika stammenden Musik mit dem merkwürdigen Namen Jazz ertönten, trat Sanni in die Mitte des Raums, flankiert von den beiden Töchtern. Alle drei waren mit einem durchsichtigen Negligé in unterschiedlichen Pastelltönen bekleidet, das sie nun fallen ließen. Darunter waren sie nackt.

Sanni begann, lasziv ihre Hüften zu schwenken und sich mit erhobenen Armen im Rhythmus der Musik um die eigene Achse zu drehen. Diese Körperhaltung brachte ihre straffen Brüste besonders gut zur Geltung, hatte ihr Berti beigebracht. Rechts und links von ihr folgten die beiden jungen Frauen Sannis Bewegungen, wie Berti es vorher mit ihnen vereinbart hatte. Dabei verfügten sie natürlich nicht über die Kunstfertigkeit von Sannis inzwischen vielfach geübten Posen.

Strafbar war die Vorführung übrigens nicht. Nacktänze waren in der Hauptstadt des vorher so prüden Preußens mittlerweile offiziell von den Behörden erlaubt.

Sanni beherrschte die Tanzbewegungen mittlerweile so gut, dass sie sie wie in Trance ausführte. Das war nicht immer so gewesen. Nachdem sie ihre Stelle im KaDeWe verloren hatte, schäumte Berti anfangs vor Wut. Es fehlte nicht viel und er hätte Sanni bereits damals zum ersten Mal geschlagen.

Ohne das passende Kleid war es mit den Bekanntschaften vornehmer Herren in den Nachtlokalen vorläufig vorbei. »Ick kann dir ooch nüscht Neues koofen!«, erklärte Berti Sanni, damals vor Zorn sogar wieder im Dialekt.

»Warum denn nicht?«, fragte sie erstaunt. »Du nimmst das Geld doch rasch wieder ein. Und kannst mich jetzt jeden Abend vermitteln, nicht nur samstags!«

»Dit wär scheen«, erwiderte Berti. »Aba ick bin abjebrannt und kann mir keen so 'nen teuren Fummel leisten.«

Schnell stellte sich heraus, dass Berti bei seinem Verein Immertreu in der Kreide stand. Man hatte ihm sowohl Geld als auch Kokain vorgestreckt, Schulden, die er mit Sannis Hilfe abzuzahlen gedacht hatte. Mit beidem war er daher leichtfertig umgegangen, hatte die Knete mit beiden Händen rausgeworfen und einen großen Teil des Kokains selbst geschnupft, anstatt es zu verkaufen. Selbst die Wohnung im Vorderhaus von Meyers Hof hatte er aufgegeben, um mit Sanni in eine vornehmere am Alexanderplatz umzuziehen.

Verbindlichkeiten ohne regelmäßige Abzahlung sah man bei Immertreu allerdings nicht gern, um es gelinde auszudrücken. Berti kratzte zwar jeden Pfennig zusammen, den er erübrigen konnte, und zog wieder mit Sanni um, diesmal in eine schäbige Dachgeschosswohnung am Schlesischen Bahnhof nahe dem Hauptquartier des Ringvereins. Dort verdingte er sich als Türhüter und Rausschmeißer in einer Nachtbar. Doch das Geld reichte vorn und hinten nicht. Seine Situation wurde immer brenzliger.

Schließlich kam Berti auf die Idee, seine Schulden sozusagen in Naturalien abzutragen. Dafür musste wiederum Sanni herhalten. Die Männer, an die er sie im Folgenden vermittelte, waren allerdings weit weniger angenehm als die betuchten Herren aus den Nachtklubs am Ku'damm. Sie stanken nach Schweiß und kaltem Rauch und bemühten sich gar nicht darum, Sanni zärtlich zu behandeln. Doch das sei immer noch besser als der Straßenstrich, hatte ihr Berti bedeutet. Also hatte sich Sanni gefügt.

Trotzdem war sie entsetzt gewesen, als er sie zum ersten Mal als Nackttänzerin vermittelte. Vorher wollte er mit ihr üben. »Das kann ich nicht!«, weinte sie, als er von ihr verlangte, die Beine bei einem Tanz namens Cancan hoch in die Luft zu werfen, sodass jeder Zuschauer ihr nacktes Geschlecht sehen konnte.

»Und wie du dit kannst!« Als sie sich hartnäckig weigerte, rutschte Berti zum ersten Mal die Hand aus. Angesichts des blauen Auges, das er ihr geschlagen hatte, hegte Sanni für einen kurzen Moment lang die Hoffnung, um diesen furchtbaren Auftritt herumzukommen. Stattdessen brachte es Berti auf die Idee, ihr eine Maske anzuziehen. Dadurch wirkte ihr Tanz sogar noch erotischer. Denn nun konnten die Zuschauer zwar jedes Detail ihres Körpers betrachten, nicht jedoch ihr unverhülltes Gesicht.

Mittlerweile war der Maskentanz sogar ihr Markenzeichen geworden. Auch die beiden Töchter des Hauses trugen jetzt solche Masken.

Nachdem Sanni den ersten Teil der Veranstaltung absolviert hatte, bei dem insbesondere Brüste und Hinterteile gut zur Geltung kommen sollten, folgte nach einer kurzen Pause, in der die Gastgeberin die Grammophonplatte wechselte, der Cancan. Es war gleichzeitig der Höhepunkt der Aufführung.

Denn dieser Tanz bestand fast nur aus Bewegungen, bei denen die Tänzerinnen ihre entblößte Scham zeigten. Von vorn, indem sie die Beine zu der wilden Melodie hoch in die Luft warfen, von hinten, wenn sie sich mit gespreizten Beinen bückten.

Sanni waren die Bewegungen mittlerweile so vertraut, dass

sie die Gesichter der Zuschauer währenddessen durch die Schlitze ihrer Maske betrachten konnte. Je lüsterner sie wirkten, desto mehr würden sie am Ende bezahlen. Denn der Vierteldollar war ja nur die Mindestsumme, die sie bislang entrichtet hatten. Ein großzügiges Trinkgeld infolge der Darbietung sollte sie hoffentlich bei Weitem übertreffen.

Ein Gesicht unter den vieren kam Sanni bekannt vor, sie wusste jedoch nicht, woher. Ihre Schwester Rieke hätte ihr sagen können, dass es sich um Harry Jandorf handelte, den Sohn des Eigners des KaDeWe.

Mit einem Tusch, bei dem die Tänzerinnen nicht wie beim echten Cancan im Spagat auf die Erde sanken, sondern mit gestrecktem rechtem Bein in der Luft verharrten, endete der reguläre Teil der Vorstellung. Die Zuschauer johlten und klatschten frenetisch Beifall. Das ließ erwarten, dass sie bereit waren, für eine Zugabe großzügig zu bezahlen. Es hing von der Höhe des Trinkgelds ab, welcher Tanz wiederholt wurde.

Der eingenommene Betrag stimmte offenbar. Nachdem Berti mit seinem Hut von Zuschauer zu Zuschauer gegangen war, gab er den Tänzerinnen das Zeichen zur Wiederholung des Cancans.

Sanni freute sich. Das Kokain und die Gewöhnung hatten dazu geführt, dass ihr selbst diese schamlose Darbietung der intimsten Teile ihres Körpers inzwischen nichts mehr ausmachte. Immerhin würde auch sie einen kleinen Teil der Einnahmen abbekommen. Jedenfalls genug, um sich ein wenig Schickschnack und vor allem ein weiteres Tütchen Kokain zu leisten, denn nur das vor der Vorstellung überließ Berti ihr kostenlos.

Die Töchter des Hauses blickten dagegen betreten drein. Wahrscheinlich hatten sie mit einer solchen Freizügigkeit doch nicht gerechnet. Aber es half nichts. Auch sie mussten erneut antreten.

Mitgegangen, mitgefangen, mitgehangen, dachte Sanni gleich-

gültig, während sie erneut die unanständigen Bewegungen ausführte. Mittlerweile war es ihr sogar recht, dass Berti nie mehr
auf den Kauf eines neuen Abendkleids zurückgekommen war,
obwohl er doch inzwischen Unsummen mit Sannis Vorstellun-
gen verdiente. Während den beiden Töchtern mittlerweile unter
den Masken die Tränen über die Wangen liefen, zuckte Sanni innerlich nur mit den Achseln.

Denn nun musste sie wenigstens außer mit Berti mit keinem
mehr schlafen. Und mit Berti war es immer noch schön, schöner als mit jedem anderen Mann. Denn er war doch der einzige
Mensch, der sie jemals geliebt hatte.

## Auf dem Kurfürstendamm

### *März 1923*

Der Mann, der ohne Kissen an eine Hauswand gelehnt auf
dem bloßen Pflaster des Kurfürstendamms saß, zog Johannes
schon von Weitem wie magisch an.

Es war einer jener unzähligen Kriegsversehrten, die heutzutage Berlins Straßen bevölkerten. Doch dieser ehemalige Leutnant, der mit seinem umgedrehten Offizierskäppi tatsächlich
um Geld zu betteln schien, unterschied sich von allen anderen,
die Johannes bisher gesehen hatte.

Der Mann war tadellos gekleidet. Seine Uniformjacke saß
perfekt, jeder Knopf war geschlossen. Selbst die Bügelfalten
der Hose, die sein unversehrtes Bein bedeckte, waren akkurat.
Der schwarze Lederschuh darunter glänzte. Neben dem Mann
lagen seine hölzernen Krücken.

Beim Näherkommen erkannte Johannes das Eiserne Kreuz
Erster Klasse, das der Mann an seinem Ordensband um den
Hals trug. Die nach hinten gekämmten Haare waren gut ge-
schnitten.

Hätte das zweite Hosenbein nicht nur noch einen kurzen Stumpf bedeckt, über dem es zusammengenäht war, hätte man glauben können, der Leutnant wäre auf dem Weg zu einem wichtigen Kommando. So aber saß er auf der Straße und bettelte um ein Almosen.

Was für eine Entwürdigung, dachte Johannes erschüttert. Der Versehrte stammte offensichtlich aus gutem Hause und hatte seine Gesundheit für das deutsche Vaterland geopfert. Und trotzdem reichte seine Kriegsinvalidenrente anscheinend nicht einmal aus, um ihm die entsetzliche Demütigung zu ersparen, zum Bettler geworden zu sein.

Fast noch mehr als der verkrüppelte Soldat erschütterte Johannes die Gleichgültigkeit der Passanten, die achtlos an ihm vorbeigingen. Niemand zückte die Brieftasche, um dem Mann einen Schein in die Mütze zu legen. Der Leutnant sprach die Vorübergehenden offenbar auch nicht auf eine Gabe an.

Nun war Johannes so dicht herangekommen, dass er die Gesichtszüge des Mannes genau erkennen konnte. Ein Stich durchfuhr seinen ganzen Körper. Sebastian!, wollte er schon ausrufen, als er sich in letzter Sekunde auf die Lippen biss. Während er die letzten Schritte auf den Versehrten zutrat, sagte ihm sein Verstand, dass es nicht Sebastian sein konnte.

Denn die Überreste seines Geliebten lagen noch immer irgendwo auf dem Schlachtfeld von Verdun. Er hatte kein reguläres Grab erhalten. Denn welche der zerfetzten Leichenteile von ihm oder dem jungen Rekruten stammten, den er zu retten versucht hatte, wäre nicht einmal zu ermitteln gewesen, wenn man sie vom Schlachtfeld geborgen hätte. So waren sie einfach liegen geblieben und von den nachfolgenden Angriffswellen wahrscheinlich zertreten oder von Granateinschlägen oberflächlich untergegraben worden.

Natürlich war der Mann nicht Sebastian. Doch mit den blonden Haaren und blauen Augen hätte er sein Bruder sein können. Sowohl die Gesichtszüge als auch die Statur mit den trotz der Verkrüppelung erkennbaren breiten Schultern waren Sebastian ähnlich. Auch die Ausstrahlung erinnerte Johannes an seinen toten Geliebten. Der Mann hielt sich kerzengerade, nur seine Schultern berührten die Wand. Ehemals musste er sehr selbstbewusst gewesen sein. Nun hatte er den Blick gesenkt, wahrscheinlich um die Teilnahmslosigkeit der Passanten nicht zu stark an sich herankommen zu lassen.

Denn in der breiten Öffentlichkeit war man des Anblicks der vielen Kriegsversehrten, die man bei Kriegsbeginn unverletzt noch frenetisch als Helden gefeiert hatte, mittlerweile müde. Schon vor der Besetzung des Rheinlands durch die Franzosen am 11. Januar dieses Jahres neigte die Bevölkerung dazu, den vielen Invaliden und Hinterbliebenen eine Mitschuld an der galoppierenden Inflation zu geben. Denn der Krieg hatte über eine halbe Million Witwen und weit mehr als eine Million Waisen hinterlassen. Die größte Gruppe derer, die seither von staatlicher Unterstützung leben mussten, waren jedoch die Kriegsversehrten. Ihre Zahl belief sich auf ungefähr eineinhalb Millionen.

Von Anfang an ermöglichte ihnen die Rente, die ihnen der nahezu bankrotte Staat gewährte, nur ein sehr bescheidenes Auskommen. Doch nun unterschritt die Rente der Vollinvaliden und Kriegerwitwen sogar deutlich das Mindesteinkommen, das man zum Leben brauchte. So hatte es neulich ausgerechnet eine ausländische Zeitung berichtet.

Und der Staat wandte immer die gleichen Mittel an, um seinen vielen finanziellen Verpflichtungen nachzukommen. Mehr als einhundertdreißig Pressen druckten Tag und Nacht neues Geld. Damit beglich man den Lohn der streikenden Arbeiter, die im Rheinland den von der deutschen Regierung geforderten passiven Widerstand gegen die französischen und belgischen Besatzer leisteten, ebenso wie sämtliche anderen Staatsausgaben. Doch je mehr neues Geld auf den Markt geworfen wurde, desto weniger wurde es wert. Es war ein Teufelskreis, dessen Ende nicht abzusehen war, wie Johannes' Vater Paul immer wieder betonte.

Seit der konservative parteilose Geschäftsmann Wilhelm Cuno Ende November 1922 ohne Einbezug des Parlaments vom Reichspräsidenten Ebert zum Kanzler ernannt worden war, hatten große Teile der Unternehmerschaft das Vertrauen in die Regierung endgültig verloren. Dazu gehörte auch Adolf Jandorf, der Johannes wie alle seine leitenden Angestellten inzwischen mit Devisen entlohnte. Die erwirtschafteten Überschüsse seines Konzerns tauschte er ebenfalls sofort in Devisen ein, die er mit Paul Bergmanns Hilfe auf Konten bei diversen ausländischen, vor allem Schweizer Banken in jüdischem Besitz deponierte.

Johannes kramte in seiner Jacketttasche. Da musste doch noch das Halbdollarstück sein, das er in seinem Kontor im KaDeWe aufbewahrt und sich vor seinem Spaziergang in der heutigen Mittagspause eingesteckt hatte. Schließlich bekam er die Münze zu fassen. Er trat dicht an den Mann heran und ließ den halben Dollar in seine Mütze fallen.

Der Offizier erkannte den Wert der Münze von umgerechnet fast zehntausend Mark und blickte erstaunt auf. Wieder fuhr Johannes ein Stich durch Mark und Bein. Genauso hatte Sebastian ihn bei ihrem ersten Treffen vor dem Feldbordell in Frankreich angesehen. Mit genau dieser Intensität und genau diesem Wissen, dass man vom selben Schlag war.

Der Schmerz nahm Johannes beinahe den Atem. Wie sehr sehnte er sich nach Liebe! Und wie sehr wurde das verkannt, sogar in seiner eigenen Familie. Die bitteren Vorwürfe, die ihm Judith gemacht hatte, als er sie kritisch auf ihre bereits einige Monate andauernde Beziehung mit Gunter Perl ansprach, klangen ihm noch in den Ohren.

»Du bist ja nur neidisch auf mich, weil ich mich verliebt habe! Und machst daher aus purer Missgunst einen Mann schlecht, der mir bislang nur freundlich begegnet ist und meine

Projekte großzügig unterstützt. Das ist in höchstem Maße unfair! Nur weil du unfähig bist, irgendjemanden zu lieben, musst du es mir und Gunter doch nicht missgönnen!«

Johannes hatte sich abgewandt und darauf verzichtet, Judith zu erklären, warum er Gunter Perl für zutiefst intrigant hielt und auch nicht glaubte, dass er es ehrlich mit ihr meine. Sie hätte ihm ja ohnehin nicht zugehört.

Doch seit diesem Streit suchten Johannes nicht nur, wie früher, die Albträume von Sebastians Tod heim, sondern zunehmend auch Träume über ihre leidenschaftlichen Begegnungen. Und nun saß dieser verkrüppelte Mann hier auf der nackten Erde und sah ihm mit dem gleichen Ausdruck des Begehrens in die Augen, mit dem Sebastian ihn damals bedacht hatte.

»Vergelt's Ihnen Gott, mein Herr«, bedankte sich der Mann für die mehr als großzügige Spende. »Wenn ich mich dafür irgendwie erkenntlich zeigen könnte, wäre es mir sehr angenehm.«

Das klang für Johannes fast schon wie ein eindeutiges Angebot. Ein überaus attraktives Angebot, das gleichzeitig völlig unannehmbar war.

»Ich wünsche Ihnen alles Gute«, presste er hervor. Dann drehte er sich auf dem Absatz um und strebte so schnell, wie es möglich war, ohne dass es einer überstürzten Flucht glich, zurück in Richtung des KaDeWe.

## Im Büro eines Berliner Notars

### April 1923

Gunter Perl rutschte missmutig auf seinem Lehnstuhl im Konferenzraum des Notariats herum und sah wahrscheinlich zum zehnten Mal auf seine Taschenuhr. Was hatten die da drin denn noch so ausführlich zu beraten? Die Sachlage war doch klar!

Ungefähr vor einem Jahr im April 1922 hatte Gunter mit dem Ehepaar Borowitsch einen Kaufvertrag für deren Haus in Lichterfelde gemacht. Die Kaufsumme betrug vierhunderttausend Mark. Die Verkäufer hatten darauf bestanden, dass der Vertrag erst bis zu einem Jahr später rechtsgültig würde, nämlich sobald sie ihre Vorbereitungen für die beabsichtigte Auswanderung nach Nordamerika abgeschlossen hätten.

Nun war es so weit. Gunter Perl hatte sich pünktlich zur vereinbarten Zeit im Büro des Notars eingefunden, um den Kauf abzuschließen. Die vierhunderttausend Mark hatte er sogar in bar in vier Banknoten zu je hunderttausend Mark bei sich. Zwar war er darauf vorbereitet, dass die Käufer heute gegen diese Summe protestieren würden. Doch mit einem solch erbitterten Widerstand hatte er nicht gerechnet.

Denn die Rechtslage war eindeutig. Erst vor wenigen Wochen hatte die deutsche Justiz entschieden, dass »eine Mark gleich eine Mark« sei. Geklagt hatte ein Gläubiger, dem ein Darlehen zum Bruchteil des Geldwerts zurückgezahlt werden sollte, den er damals verliehen hatte.

Und was für Darlehen galt, galt natürlich auch für Kaufverträge. Gunter Perl hatte vierhunderttausend Mark für das Haus in Lichterfelde zu bezahlen, nicht mehr und nicht weniger. Die Inflation war dabei kein Argument für eine Erhöhung des Kaufpreises. Das Urteil war ja erst kürzlich ergangen. Die Richter mussten sich dabei der Tatsache der Geldentwertung also voll bewusst gewesen sein.

Dennoch kämpften die Verkäufer hart. »Die Kaufsumme von vierhunderttausend Mark im April 1922 entspräche im Wert heute einer Kaufsumme von sechsunddreißig Millionen«, argumentierte der Notar. Gunter Perl zuckte mit den Achseln.

»Dafür bin ich nicht verantwortlich.« Zwar hatte er natürlich schon im vergangenen Frühjahr mit einem Gewinn aufgrund der Teuerung gerechnet, da diese ja bereits im Gange war. Aber nicht mit einer so gewaltigen Inflation.

»Für die Summe von vierhunderttausend Mark können wir nicht einmal ein einziges Ticket für unsere Überfahrt bezahlen«, warf Herr Borowitsch ein, während seine Frau leise zu weinen begann. »Und wir haben doch schon fast alle Möbel veräußert, um genügend Geld für unseren Neubeginn in den Vereinigten Staaten zu haben. Wenn Sie uns statt der sechsunddreißig Millionen, die das Haus heute wert ist, nur den neunzigsten Teil davon bezahlen, können wir damit nicht einmal die Reise finanzieren«, wiederholte er. In seinem Tonfall schwang Verzweiflung mit.

Doch dagegen war Gunter Perl immun. Ob es sich um einen Angestellten des KaDeWe handelte, der sich etwas zuschulden hatte kommen lassen, oder um den Verkäufer einer Immobilie, der nun mehr Geld verlangte, als ihm laut Kaufvertrag zustand, Gunter reagierte regelmäßig hart und entschlossen. Der Angestellte wurde entlassen, die Kaufsumme um keine Mark erhöht. Mit dieser Linie war er bisher gut gefahren, und er gedachte daher, nicht das Geringste daran zu ändern.

Im Augenblick schien er sich jedoch in einer Pechsträhne zu befinden. Auch seine Beziehung zu Judith Bergmann entwickelte sich nicht so, wie er es erwartet hatte. Er war noch kein einziges Mal in die Villa Bergmann eingeladen worden. Nur Judiths Mutter Rebekka begegnete ihm freundlich, wenn sie sich einmal zufällig im Theater oder im KaDeWe über den Weg liefen. Doch sowohl Judiths Vater Paul als auch ihr Bruder Johannes bemühten sich offenbar, die Beziehung zu Gunter systematisch zu ignorieren. Neulich hatte sich Judith deswegen sogar heftig mit Johannes gestritten.

Wenn das so weiterginge, würde ihm ihr Verhältnis den erhofften Vorteil bei Adolf Jandorf gar nicht verschaffen, wenn der im nächsten Jahr über die Leitung des Textileinkaufs für das gesamte KaDeWe entschied. Als Gunter begann, Judith zu umwerben, rechnete er damit, dass Johannes' »Familienbonus«, wie er es im Stillen abschätzig nannte, durch ihre Verbindung wegfallen würde. Denn er merkte doch genau, dass Jandorf Johannes einiges durchgehen ließ, wahrscheinlich aufgrund der jahrelangen Freundschaft mit dessen Vater. Wäre er, Gunter, allerdings mit Judith verlobt oder sogar bereits verheiratet, käme Jandorfs Entscheidung in jedem Fall einem Mitglied der Familie Bergmann zugute.

Außerdem hatte Judith sicher eine erkleckliche Mitgift zu erwarten. Denn ihr Vater hatte wie Gunter selbst sein Vermögen rechtzeitig in Devisen umgewandelt und danach in der Schweiz deponiert, wie ihm Judith erzählt hatte. Zudem wurden Paul, Johannes und er selbst seit November des vergangenen Jahres sogar in Devisen bezahlt. Sie hatten also nicht, wie die meisten Bürger des gehobenen Mittelstands, mit den immensen Vermögensverlusten durch die Inflation zu kämpfen. Im Gegenteil, je mehr die Mark gegenüber anderen Währungen an Wert verlor, desto reicher wurden sie.

Im nächsten Winter wird Judith ihre Abschlussarbeit einreichen und damit wenig später ihr Studium abgeschlossen haben, sinnierte er nun finster vor sich hin. Einen besseren Zeitpunkt, um mich kurz davor wenigstens mit ihr zu verloben, gäbe es gar nicht, was Jandorfs Entscheidung im nächsten Frühjahr angeht. Sein Puls beschleunigte sich. Aber es ist ja noch ein ganzes Jahr bis dahin. In dieser Zeit kann so einiges passieren, versuchte er, sich zu beruhigen. Judith ist mir jedenfalls vollkommen ergeben. Zumindest solange ich diese jüdischen Bälger mit Orangen und Zitronen versorge.

Das Obst kostete mittlerweile natürlich ebenfalls ein kleines Vermögen und wurde von Woche zu Woche teurer. Doch aufgrund seiner regelmäßigen Einnahmen und der vielen erfolgreichen Geschäfte, die dem ähnelten, das er heute zum Abschluss bringen wollte, konnte sich Gunter das leisten. Noch dazu, ohne auf irgendetwas anderes zu verzichten. Das neueste Mercedes-Automobil war bestellt und würde in der nächsten Woche geliefert werden.

Gerade als sich Gunters Laune wieder zu heben begann, kehrte das Ehepaar Borowitsch mit dem Notar aus dessen Büro zurück. Die Frau sah verweint aus, der Mann entschlossen.

Das Wort ergriff jedoch der Notar: »Ich bedaure, Ihnen mitteilen zu müssen, dass meine Mandanten angesichts der Sachlage, dass sie ihr Haus für den Bruchteil seines Werts verkaufen sollen, von dem Vertrag zurücktreten möchten.«

Gunter war konsterniert. »Moment einmal!« Er hob die Hand. »Zur Auflösung eines Vertrags gehören beide Partner. Ich bin mit dem Rücktritt nicht einverstanden«, erklärte er.

Der Notar lächelte diabolisch. »In diesem Fall ist Ihr Einverständnis gar nicht vonnöten, Herr Perl. Darf ich Ihnen diesen Passus des Kaufvertrags einmal in Erinnerung rufen?«

Er schob Gunter das Dokument über den Tisch hinweg zu und zeigte auf einen bestimmten Absatz. »Das Ehepaar Borowitsch hat das Recht, binnen eines Jahres nach Unterzeichnung vom Kaufvertrag zurückzutreten, sofern noch kein Teil der Kaufsumme entrichtet wurde.«

Gunter presste die Lippen zusammen und versuchte, sich seinen Zorn nicht allzu deutlich anmerken zu lassen. Diesen verflixten Absatz hatte er tatsächlich vergessen. Wahrscheinlich, weil er in keinem der anderen zahlreichen Kaufverträge enthalten war, die er bislang abgeschlossen hatte.

Jetzt fiel es ihm wieder ein. Das Ehepaar hatte auf die Aufnahme dieses Passus bestanden, weil ihre Immigration in die USA vor einem Jahr noch nicht hundertprozentig sicher gewesen war. Der Verwandte, der nach ihrer Einreise für sie bürgen sollte und bei dem sie zunächst wohnen wollten, hatte sich damals noch mit seinem Einverständnis geziert. Die Eheleute waren zwar zuversichtlich gewesen, ihn umstimmen zu können, was ihnen ja offensichtlich auch gelungen war. Trotzdem hatten sie sich beim Abschluss des Kaufvertrags den Zeitraum von einem Jahr ausbedungen, um den Verkauf notfalls rückgängig machen zu können.

Gunter fluchte innerlich. In genau einer Woche wäre das Jahr voll gewesen und das Haus zu der heute lächerlichen Summe von vierhunderttausend Mark ohne Einspruchsmöglichkeit in seinen Besitz übergegangen.

»Das Ehepaar möchte Ihnen einen Vorschlag unterbreiten«, fuhr der Notar jetzt zu seiner Überraschung fort. »Sie bezahlen als Kaufpreis die Summe, die die Reise nach Amerika in der zweiten Klasse eines Überseedampfers kostet. Hinzu fügen Sie noch fünfhundert Dollar als Startkapital für die Auswanderer. Dann dürfen Sie das Haus Ihr Eigen nennen.«

Mit finsterer Miene überschlug Gunter rasch diese Zahlen. Schnell wurde ihm klar, dass er noch immer ein ausgezeichnetes Geschäft machen würde. »Was werden die Tickets kosten?«, fragte er trotzdem vorsichtshalber nach.

»Einhundertfünfzig Dollar pro Person. Nach dem augenblicklichen Wechselkurs in Mark natürlich kaum zu bezahlen. Das Ehepaar Borowitsch bietet Ihnen das Haus also für die Summe von achthundert Dollar an. Wenn Sie über Devisen verfügen, wovon ich ausgehe, ist das ein Spottpreis für dieses großzügige Anwesen.«

Gunter überschlug die Forderung im Geiste noch einmal. Tatsächlich hätte das Ehepaar im vergangenen Jahr fast vierzehnhundert Dollar für die vierhunderttausend Mark Kaufpreis eintauschen können. Also in etwa so viel wie heute für die sechsunddreißig Millionen Mark.

Mit der Kaufsumme von achthundert Dollar kam Perl daher immer noch günstig an das Objekt. Trotzdem versuchte er es ein letztes Mal. »Und wenn ich ablehne?«

»Wird das Haus nicht verkauft.« Der Notar hob die Achseln. Zum Schein überlegte Gunter noch einen Moment lang, dann stimmte er missmutig zu.

Trotz des guten Preises fühlte er sich als Pechvogel, als er das Büro des Notars mit dem Kaufvertrag in der Tasche verließ.

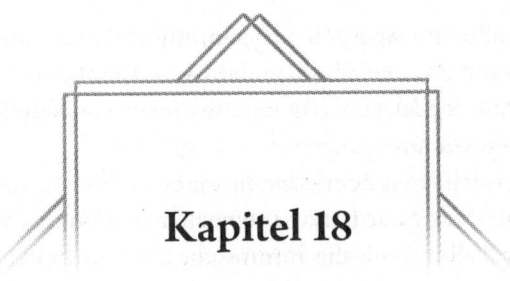

# Kapitel 18

### Meyers Hof

### *Anfang Juni 1923*

Schon als Rieke völlig verschwitzt die letzten Stufen zu ihrer Einzimmerwohnung im dritten Hinterhaus von Meyers Hof hinaufstieg, erkannte sie an dem üblen Geruch, der von den Aborten auf den Treppenabsätzen ausging, dass der Vermieter wahrscheinlich wieder einmal das Wasser abgestellt hatte.

Sie seufzte resigniert, zumal sie in ihrer Wohnung wenig später feststellte, dass ihre Vermutung richtig gewesen war. Voll düsterer Ahnungen bediente sie den Lichtschalter im Flur und stellte fest, dass das Gaslicht ebenfalls nicht funktionierte. Wieder war sie froh, dass sie ihre kleine Wohnung mit Petroleumlampen beleuchtete. So musste sie heute Abend zumindest nicht im Dunkeln sitzen.

Es war auch kein Trost für sie, dass ihre Wohnung nur einen Spottpreis kostete, wenn man die Miete mit den explodierenden Preisen für Lebensmittel und Dienstleistungen aller Art verglich. Schon bei Kriegsbeginn hatte die Regierung die Mietpreise eingefroren. Mit der fortschreitenden Teuerung war der konstant bleibende Mietzins daher Tag für Tag weniger wert.

Da die Miete traditionell auch die anfallenden Nebenkosten für Wasser und Gas enthielt, entstand für die Vermieter dadurch ein immer größer werdendes Problem. Denn die städtischen Wasser- und Gaswerke forderten natürlich die ebenfalls ständig steigenden Kosten von ihnen ein. Die waren mittlerweile weitaus höher als die eingenommenen Mieten. Es war dem Vermieter also eigentlich nicht zu verdenken, dass er den Bewohnern von Meyers Hof monatlich einen zusätzlichen Betrag für Wasser und Gas in Rechnung stellte.

Während überall in Berlin Besitzer kleinerer Miethäuser durch die niedrigen Mieten und steigenden Preise für Wasser und Gas in echte Bedrängnis gerieten, galt dies für den jetzigen Eigner von Meyers Hof allerdings nicht. Denn schon im Jahr 1920 hatten die Erben der Familie Meyer, der die Mietskaserne ihren Namen verdankte, das Objekt an eine große Eisengießerei verkauft.

Von Anfang an stand der Verdacht im Raum, dass die neuen Besitzer hofften, das Gebäude mittelfristig abreißen zu können, um hier eine weitere Fabrik zu errichten. Deshalb hatten sie bislang keinen Pfennig in die Instandhaltung der Gebäude investiert.

Aufgrund der großen Wohnungsnot in Berlin zog trotzdem so gut wie kein Mieter aus. Als die Behörden dann sogar den Abriss sämtlicher Wohnungen verboten, hatte sich die Hoffnung, Meyers Hof durch eine Fabrik zu ersetzen, für die jetzigen Eigner endgültig zerschlagen. Seither waren sie dazu übergegangen, monatlich Beiträge für Wasser und Gas zu verlangen. Doch vor allem in den Hinterhäusern sahen viele Mieter gar nicht ein, mehr zu bezahlen, als es der Mietzins an sich vorsah.

Die Reaktion des Vermieters darauf war rabiat. Er stellte einfach Wasser und Gas so lange ab, bis die Bewohner notgedrungen gezahlt hatten. Das betraf oft nicht sämtliche Hinterhäuser gleichzeitig, sondern nur die, bei denen der überwiegende Teil der Mieter die Zahlung zunächst verweigerte.

Rieke hatte ihre Rechnung für diesen Monat sofort beglichen. Doch offensichtlich hatten es ihr wieder einmal die wenigsten Mieter im dritten Hinterhaus nachgetan.

Jetzt riss sie das einzige Fenster der kleinen Wohnung auf,

um zu lüften. Doch draußen war es so schwül, dass es keine Erleichterung brachte. Es würden höchstens Stechmücken hereinfliegen und auch noch Riekes Nachtruhe stören.

Sie schloss das Fenster wieder und schnupperte an ihrem Kleid. Es roch deutlich nach Schweiß. Auch wenn sie morgen früh ein anderes Kleid anzog, musste sie sich heute Abend dringend waschen und sich auch einen Vorrat an Wasser für morgen früh besorgen.

Seufzend ergriff sie einen Blecheimer und machte sich auf den Weg zur Wohnung ihrer Mutter im vierten Hinterhaus. Da es dort nicht so erbärmlich stank wie im dritten Hinterhaus, schöpfte Rieke schon Hoffnung. Offenbar hatte der Vermieter hier das Wasser nicht abgestellt. Ihre Hoffnung erfüllte sich, als sie heimlich den Abort benutzte und die Wasserspülung funktionierte.

Doch zu ihrer Enttäuschung waren weder Käthe noch Fritz zu Hause. Fritz war möglicherweise noch in der Fabrik, ihre Mutter auf der längst wieder aufgeflammten Jagd nach Lebensmitteln und Briketts zum Kochen. Wie während des Kriegs bildeten sich jeden Tag lange Schlangen vor den Geschäften.

Rieke überlegte kurz, ob sie umkehren sollte. Dann entschloss sie sich, an Peter Hausers Tür zu klopfen. Peter wohnte nach dem Tod seiner Mutter, die im vergangenen Jahr an einer Herzkrankheit gestorben war, allein in der Wohnung. Sie hatte denselben Schnitt wie die von Käthe und Fritz.

Er öffnete ihr bereits nach dem ersten Klopfen. Das Strahlen, das sein grobschlächtiges Gesicht erhellte, verursachte Rieke auf der Stelle die übliche Beklemmung. Sie wusste schon lange, dass Peter in sie verliebt war, auch wenn er sich ihr gegenüber noch nie offen dazu bekannt hatte.

»Rieke! Wie schön, dich zu sehen! Komm herein! Was führt dich denn zu mir?«

Das Leuchten in Peters Gesicht erlosch, als ihm Rieke gestand, dass die Suche nach Wasser sie hergeführt hatte. Doch wie immer enthielt sich Peter jeder enttäuschten Bemerkung. Er füllte ihr sofort eine saubere Waschschüssel und führte sie dann in die Stube, in der er schlief. Sein Bett war ordentlich gemacht, der Raum blitzblank. Auch nach dem Tod seiner Mutter hatte sich Peter in dieser Hinsicht nie gehen lassen.

»Ich lasse dich jetzt allein, damit du dich frisch machen kannst«, sagte er. »Hier hast du Seife, Waschlappen und Handtuch.« Die Wäsche duftete und war sogar gebügelt.

»Ich danke dir von ganzem Herzen, Peter!« Die Worte kamen Rieke aus der Seele. Denn in der Annahme, ihre Mutter in der Wohnung anzutreffen, hatte sie tatsächlich kein Waschzeug mitgebracht.

»Aber ich verlange natürlich eine Gegenleistung.«

Rieke blickte misstrauisch auf, sah aber zu ihrer Erleichterung, dass Peter ihr lächelnd zuzwinkerte. »Ich habe eine frische Limonade angesetzt und auch ein Bier im Haus, wenn dir das lieber ist. Mein Preis für das Wasser ist eine halbe Stunde deiner Gesellschaft.«

Dem konnte Rieke sich schlecht widersetzen, und sie stimmte zu.

Eine Viertelstunde später betrat sie die Wohnküche, die genauso gepflegt aussah wie die Schlafstube. Auf dem blank gescheuerten Küchentisch standen Getränke bereit. Rieke ließ sich ein Glas Limonade einschenken und tat einen tiefen Zug. Es schmeckte köstlich.

»Wie erging es dir denn heute in deiner Luxusabteilung?«, fragte Peter mit einem leisen Unterton von Spott. »Hast du wieder Kleider für viele Millionen Mark verkauft?«

Leider fand Rieke dieses Thema in jüngster Zeit gar nicht mehr lustig. Sie hob die Schultern. »Ich habe so viel verkauft, wie es mir möglich war.«

»Ja, bleiben denn die Kundinnen weg?« Peter war erstaunt.

Rieke schüttelte den Kopf. »Im Gegenteil, wir können uns

vor allem der vielen Ausländerinnen kaum mehr erwehren. Doch der Abteilungsleiter hat mich als Erste Verkäuferin der Damenkonfektion damit betraut, jeden Tag die ständig wechselnden Preise auszuzeichnen.« Schon am Tag nach Else Lemkes Entlassung war Rieke in die ersehnte Position befördert worden. »Das ist eine verantwortungsvolle Aufgabe, aber bei den vielen Artikeln, die wir führen, auch ungemein zeitaufwendig. Zumal ich mich dabei sehr konzentrieren muss, um die vielen Nullen korrekt aufzuschreiben.«

Peter Hauser wirkte ein wenig verwirrt. »Was meinst du damit?«

»Nun, ein Kleid, das nach dem Krieg tausend Mark gekostet hat, wird heute für die unglaubliche Summe von sechs Millionen verkauft. Und morgen müssen wir vielleicht schon hunderttausend Mark oder noch mehr dazurechnen.«

»Warum macht ihr euch denn täglich die Mühe, die Waren neu auszuzeichnen? Es wäre doch schon genug, den genauen Preis für verkaufte Artikel auszurechnen, bevor das Geld kassiert wird.«

Rieke seufzte schwer. »Die Preisauszeichnung ist eine Anordnung der Behörden. Doch Johannes Bergmann hat eine Idee dazu. Wenn Herr Jandorf sie gutheißt, müssen wir die Preise nur noch ein- bis zweimal pro Woche neu auszeichnen. Die vermutete Erhöhung aufgrund der fortschreitenden Teuerung kalkulieren wir einfach schon im Voraus für einige Tage ein.«

»Ja, ist das denn erlaubt?«

Rieke zuckte mit den Schultern. »Wahrscheinlich nicht«, räumte sie ein. »Aber wer soll das denn merken? Wenn wirklich einmal ein Kontrolleur ins KaDeWe kommt, was bislang selten genug der Fall war, kann er doch gar nicht beurteilen, ob der Preis stimmt oder nicht.«

»Und den reichen ausländischen Kapitalisten geschieht es nur recht, wenn sie mehr bezahlen müssen«, grinste Peter. »Lassen die sich noch immer Devisen in die Poststelle schicken und tauschen sie dann in der Wechselstube gegen Jandorfs Notgeld ein?«

Wie viele Unternehmer hatte auch Adolf Jandorf eigenes sogenanntes Notgeld drucken lassen. Damit konnten nicht nur die Kunden in seinen Warenhäusern bezahlen, sondern es hatte auch außerhalb der Kaufhäuser Gültigkeit und war sogar begehrter als die reguläre Reichsmark.

»Das tun sie«, bestätigte Rieke. »Doch die meisten bringen ihr ausländisches Geld bereits mit. Es war eine gute Idee von Herrn Jandorf, eine Wechselstube gleich neben der Poststelle einzurichten. So hat er immer ausreichend Devisen zur Verfügung. Allerdings immer seltener auch genügend Notgeld, das er dagegen eintauschen kann.«

Solche Interna kannte Rieke aus ihren Gesprächen mit Johannes Bergmann. Ihm zuliebe hatte sie ohne Murren die Aufgabe der Preisauszeichnung übernommen. Es kostete sie zwar den Teil ihrer Provision für die Ware, die sie stattdessen aktiv verkauft hätte. Doch sie wollte Johannes nicht mit solchen Nichtigkeiten behelligen, zumal die Provision nur ein halbes Prozent der Kaufsumme ausmachte. Denn in jüngster Zeit erschien er ihr immer bedrückter.

Auf ihre vorsichtigen Nachfragen hin hatte er dies mit den immer größer werdenden Belastungen durch den Einkauf für seine Abteilungen in diesen unsicheren Zeiten begründet. Hinzu kam der beständige Wettbewerb mit Gunter Perl. Rieke spürte intuitiv, dass dies nicht der einzige Grund für seine gedämpfte Stimmung war, wollte jedoch nicht in ihn dringen.

»Wird Jandorf denn noch neues Geld drucken lassen?«, fragte Peter nun.

Rieke nickte. »Es wird ihm nichts anderes übrig bleiben. Denn die Reichsbank hat nach wie vor kaum genügend Scheine zur Verfügung. Und die, die Jandorf selbst hat drucken lassen, reichen mit zunehmender Teuerung nicht mehr aus. Zumal er ja auch unsere Löhne damit bezahlt.«

Jandorfs Vorhaben war ebenfalls der aktuellen schwierigen Lage geschuldet. Denn obwohl die Regierung täglich Unmengen von Geld drucken ließ, konnte sie die Nachfrage nach Papiermark damit nicht befriedigen.

»Wird Jandorf bald auch einen Fünfhunderttausendmarkschein herstellen lassen? Oder sogar einen über eine Million?« Wieder grinste Peter spöttisch.

Rieke überlegte kurz, bevor sie sich zu einer unverfänglichen Antwort entschloss. »Wenn es die Reichsbank erlaubt, wird er das tun müssen, wenn es mit der Teuerung so weitergeht. Aber Genaueres weiß ich darüber nicht.«

Das war eine Notlüge. Denn Johannes hatte ihr beim letzten Treffen mitgeteilt, dass Jandorf händeringend darauf wartete, dass ihm die Notenbank erlaubte, endlich Scheine mit höherer Wertstellung als den bisherigen einhunderttausend Mark drucken zu lassen. Die Reichsbank ließ zwar seit einigen Wochen Fünfhunderttausend- und Eine-Million-Mark-Scheine herstellen, gab sie aber noch nicht aus.

»Jedenfalls hätte ich niemals geglaubt, dass ich einmal mit einer Million Mark Lohn nach Hause gehen würde«, schmunzelte Peter. Seit er vor zwei Jahren die Meisterprüfung bestanden hatte und zum Leiter der Tischlerwerkstatt des KaDeWe aufgestiegen war, war sein Verdienst so hoch wie Riekes Festgehalt als Erste Verkäuferin. »Oder besser gesagt, mit zweihundertfünfzigtausend Mark wöchentlich.«

Auch das war eine der Inflation geschuldete Neuerung. Jeder Mitarbeiter des KaDeWe erhielt sein Gehalt nicht mehr am Monatsende, sondern an jedem Montag. Der Lohn wurde zudem monatlich an die Preissteigerung angepasst. Ein Privileg für die Mitarbeiter in Jandorfs Warenhäusern, um die sie so manch ein anderer Arbeitnehmer beneidete.

Der Wermutstropfen für Rieke war, dass dies montags zusätzliche Zeit kostete. Nicht nur sie selbst, sondern auch ihre Verkäuferinnen mussten den Weg ins Lohnbüro während ihrer

Arbeitszeit antreten und fehlten währenddessen natürlich im Verkauf. Schließlich beschäftigte das KaDeWe über sechshundert Mitarbeiter, die nun nicht mehr monatlich, sondern wöchentlich abgefertigt werden mussten.

Außerdem hatte Jandorf Sannis Stelle nach wie vor nicht neu besetzt. Als Rieke Johannes einmal darauf ansprach, ob er da nicht Abhilfe schaffen könne, hatte er ihr bedeutet, lieber keine schlafenden Hunde wecken zu wollen. Denn Adolf Jandorf war nach wie vor über den wahren Grund von Sannis fristloser Kündigung nicht informiert. Johannes befürchtete unangenehme Fragen, wenn er das Thema anschnitt.

Es war schon nach elf Uhr, als Rieke ihren letzten Schluck Limonade trank und aufstand, um sich von Peter zu verabschieden. »Danke für alles. Es war schön, sich wieder einmal ausführlich mit dir zu unterhalten.«

In Peters Augen trat jener Ausdruck, vor dem Rieke sich fürchtete. Er liebt mich wirklich, schoss es ihr durch den Kopf. Vielleicht sollte ich solche Begegnungen in Zukunft meiden, um keine sinnlosen Hoffnungen zu wecken.

Noch während sie dies dachte, spürte sie ein großes Bedauern. Diese zwiespältigen Gefühle hatte sie im Kontakt mit Peter schon öfter gehabt. Sie konnte sich das nicht erklären und verdrängte es in der Regel rasch. Denn noch immer schreckte sie vor jeder noch so kleinen körperlichen Berührung eines Mannes zurück.

»Jederzeit gern«, antwortete Peter nun. »Wenn du möchtest, warte ich abends auch wieder auf dich, damit wir gemeinsam nach Hause fahren können. Zumindest, wenn ich Spätdienst habe.«

Auch im KaDeWe war längst der reguläre Achtstundentag eingeführt worden, zumal er seit dem Inkrafttreten der Weimarer Verfassung im Sommer 1919 auch gesetzlich verankert war. Doch dem Verkaufspersonal, also auch Rieke, nutzte dies wenig. Denn ihre Anwesenheitspflicht im KaDeWe betrug weiterhin elf Stunden am Tag, wovon nach wie vor zwei Stunden für die Mittagspause und je eine halbe Stunde für die Frühstücks- und Nachmittagspause abgezogen wurden.

Da ihr das zeitige Aufstehen seit jeher schwerfiel, hatte Rieke als Verkäuferin einen Arbeitsbeginn um neun Uhr morgens einem früheren Dienstschluss um sieben Uhr abends vorgezogen. Ihre Kolleginnen in der Damenwäscheabteilung hatten es ihr gedankt, da sie lieber abends früher freihatten.

Auch nachdem Rieke zur Ersten Verkäuferin der Damenkonfektion befördert worden war, behielt sie diese Arbeitszeit bei. Von acht bis neun Uhr morgens war die Aufsichtsdame Frau Liebermann für alle eventuell zu regelnden Angelegenheiten zuständig. Sie verließ das Warenhaus regelmäßig um sieben Uhr abends.

Rieke blieb, wie auch schon früher, abends oft länger als bis acht Uhr in der Abteilung, um noch einmal nach dem Rechten zu sehen. Peters Dienst endete daher meistens früher als ihrer, zumal es in der Werkstatt nur eine Stunde Mittagspause gab. Allerdings mussten alle Werkstätten bis zur abendlichen Schließung des Kaufhauses besetzt sein, um in Notfällen zur Verfügung zu stehen. Peter hätte sich dem als Vorgesetzter der Tischler ohne Weiteres entziehen können. Aber es entsprach seinem bescheidenen Charakter, sich wie alle Mitarbeiter an den Spätdiensten zu beteiligen. Das war jedoch höchstens einmal pro Woche der Fall.

»Ich überlege es mir«, wich Rieke jetzt aus. Dann streckte sie Peter aus sicherer Entfernung die Hand entgegen. Er ignorierte es und nahm Rieke spontan in die Arme. Sie versteifte sich. Sofort ließ er sie wieder los. Die Kränkung in seinen grünbraunen Augen war unübersehbar, als sie sich endgültig von ihm verabschiedete.

# Café Kranzler Unter den Linden

## *Mitte Juli 1923, nach drei Uhr nachmittags*

Seufzend schlug Paul Bergmann die Zeitung auf und begann, nach den aufdringlichen Schlagzeilen der Titelseite die Hintergrundinformationen über die jüngsten Ereignisse im besetzten Rheinland zu lesen. Das Blatt berichtete, dass es im Ruhrkampf erneut viele Tote auf deutscher Seite gegeben habe. Siebzigtausend Menschen seien bereits zudem aus den besetzten Gebieten ausgewiesen worden.

Wo soll das alles nur hinführen?, fragte sich Paul. Die Besatzung dauerte nun schon über ein halbes Jahr. Ein Ende war nicht absehbar. Ebenso wenig wie eine versöhnlichere Haltung der französischen Regierung.

Als die Deutschen Ende 1922 mit den Reparationszahlungen in Verzug geraten waren, vergingen kaum drei Wochen zwischen der daraufhin erfolgenden Mahnung und schließlich dem Einmarsch von französischen und belgischen Truppen ins Rheinland. Die deutsche Regierung rief zum passiven Widerstand auf und sagte zu, die Löhne der streikenden Kohlearbeiter und Eisenbahner ebenso zu ersetzen wie die immensen wirtschaftlichen Verluste der von den Streiks betroffenen Firmen. Doch die Mittel dazu, die der angeblich in wirtschaftlichen Dingen so versierte Reichskanzler Cuno wählte, führten zu immer desaströseren Ergebnissen. Cuno ließ immer mehr Geld drucken, das mittlerweile täglich an Wert verlor. Allein im laufenden Monat Juli war die Inflation um dreihundert Prozent gestiegen.

Das hätte sich nach Kriegsende kein Mensch vorstellen können, räsonierte Paul, während er dem Kellner winkte, ihm eine zweite Tasse Kaffee zu bringen.

Die Stunden vor der Pause, die sich Paul nun auf der Terrasse des Cafés Kranzler an der Prachtstraße Unter den Linden gönnte, hatte er zunächst in der Reichsbank und dann in der Druckerei verbracht, die Adolf Jandorf mit der Herstellung seines Notgelds beauftragt hatte. Denn Jandorf hatte von der Notenbank nun endlich die Erlaubnis erhalten, auch Fünfhunderttausend- und Eine-Million-Mark-Scheine drucken zu lassen. Die Scheine mit diesem Wert, die die Notenbank selbst vor einigen Tagen in Umlauf gebracht hatte, waren erwartungsgemäß im Nu vergriffen gewesen.

Doch insbesondere im KaDeWe brauchte man Scheine in dieser Größenordnung. Denn zum einen waren im Augenblick mit Ausnahme weniger deutscher Spekulanten nur noch Ausländer in der Lage, die luxuriösen Güter des Warenhauses zu bezahlen. Sie mussten ihre Devisen allerdings in Mark umtauschen, bevor sie damit etwas kaufen konnten.

Zum anderen hatte Jandorf schon zweimal einen erheblichen Schaden ersetzen müssen. Zwei Amerikaner hatten sich Devisen in die Poststelle des KaDeWe schicken lassen. Diese Briefe waren jedoch nie angekommen oder zumindest nicht mehr auffindbar.

Um die empörten Kunden nicht zu verlieren und dazu zu motivieren, das ihnen ersetzte Geld zumindest teilweise gleich wieder im KaDeWe auszugeben, hatte Adolf Jandorf den entstandenen Verlust jeweils in Mark beglichen. Allein die hundert Dollar, die dem zweiten Kunden abhandengekommen waren, hatten augenblicklich einen Wert von dreißig Millionen Mark. Das wäre selbst in Eine-Million-Mark-Scheinen ein ganzes Bündel Geld gewesen. In den damals nur verfügbaren Einhunderttausendmarkscheinen füllte die Summe eine kleine Tasche, die Jandorf dem Amerikaner als Dreingabe gleich mit überließ.

»Das kann auf gar keinen Fall so weitergehen!«, erklärte er Paul. »Es muss unbedingt aufgeklärt werden, wo und wie die Briefe verloren gegangen sind.«

Paul zuckte mit den Achseln. »Der Kunde hat glaubhaft

versichert, dass er das Geld nach seiner Ankunft in Hamburg gleich postalisch hierhergesandt hat aus Sorge, unterwegs ausgeraubt zu werden. Doch bevor es in unserer Poststelle eintraf, hat es sicher diverse Zwischenstationen passiert. Da der Absender seine amerikanische Adresse auf den Umschlag geschrieben hat und man die Scheine darin zudem möglicherweise knistern hörte, könnten sie überall gestohlen worden sein.«

»Darauf hättest du dich übrigens berufen können, anstatt dem Kunden diese gigantische Summe zu ersetzen«, beendete Paul seine Rede.

Adolf schnaubte. »Damit dieser Amerikaner überall schlechte Mundpropaganda über das KaDeWe verbreitet? Und ich dann die einzigen solventen Kunden verliere, die es im Augenblick überhaupt noch gibt?«

Paul wusste darauf nichts zu erwidern. Immerhin konnte Jandorf in Zukunft damit rechnen, solche Summen mit weniger Scheinen begleichen zu können. Denn gestern war das Wechselgeld ab dem späten Nachmittag im KaDeWe knapp geworden. Da die reparaturanfällige Zentralkasse längst durch elektronische Registrierkassen in den einzelnen Abteilungen ersetzt worden war, mussten die Angestellten schließlich durch alle Stockwerke laufen, um nach Scheinen zum Wechseln zu suchen.

Jetzt zückte Paul seine Taschenuhr und sah, dass es bereits nach halb vier war. Er winkte dem Kellner, um die Rechnung zu begleichen. In seinem Büro wartete noch eine Menge Arbeit auf ihn.

Während er die letzten Schlucke seines Kaffees trank, studierte Paul einen kleinen, an unscheinbarer Stelle platzierten Zeitungsartikel, der sich mit dem Thema »Kriegsanleihen« beschäftigte. Während des Kriegs hatte sich die damalige Regierung mehr als einhundert Milliarden Mark vom Volk geliehen, die jährlich mit fünf Prozent verzinst werden sollten. Gezeichnet hatte vor allem der Mittelstand. Nun waren jene

Kriegsanleihen kaum mehr das Papier wert, auf dem sie gedruckt waren.

Zum Glück hatte Paul, der den Krieg innerlich immer abgelehnt hatte, nur eine einzige Anleihe im Wert von fünfzigtausend Mark gezeichnet. Würde ich diese Kriegsanleihe heute zu Bargeld machen, bekäme ich nicht einmal genug dafür, dass Rebekka Lebensmittel für einen Tag kaufen könnte, dachte er sarkastisch.

Der Kellner näherte sich und überreichte ihm mit einer kleinen Verbeugung die Rechnung. »Zwölftausend Mark?« Paul starrte ungläubig auf den Betrag. »Die Tasse Kaffee kostete fünftausend Mark, als ich sie bestellt habe. Wie kommen Sie also auf diese Summe?«

Der Kellner blieb, an solche Szenen offensichtlich gewöhnt, gelassen und verbeugte sich ein weiteres Mal höflich. »Wenn Sie beide Tassen gleichzeitig bestellt und bezahlt hätten, hätten Sie recht, mein Herr. Doch zwischenzeitlich hat die Mark leider erneut an Wert verloren.«

»So viel?« Obwohl Paul es eigentlich besser wusste, konnte er es dennoch kaum fassen. Zornig zückte er seine Brieftasche und beglich den Betrag. Ihm war bekannt, dass der Wert der Mark gegenüber dem Dollar jeden Nachmittag um drei Uhr angepasst wurde. Was für verrückte Zeiten, dachte er, als er sich auf den Weg zurück ins KaDeWe machte.

## Meyers Hof

### *Samstag, 28. Juli 1923*

»Nachträglich herzlichen Glückwunsch zum Geburtstag, Rieke!«

Peter Hauser hielt der Frau, die er seit vielen Jahren liebte, schüchtern sein in Zeitungspapier eingeschlagenes Päckchen entgegen. Wie immer fühlte er sich in Riekes Gegenwart befangen. Gestern hatte sie ihren sechsundzwanzigsten Geburtstag in der Wohnung ihrer Mutter gefeiert. Peter hatte nicht gewagt, dabei zu stören, zumal er das Geschenk erst noch besorgen musste, das er heute bei sich hatte.

Zu seiner Erleichterung lächelte Rieke erfreut. »Komm doch herein, Peter!«, lud sie ihn ein.

Innerlich atmete er auf. Die erste Hürde war genommen. Denn angesichts ihrer Zurückhaltung ihm gegenüber hätte es Peter nicht gewundert, wenn sie sein Geschenk lediglich entgegengenommen und ihm die Tür danach vor der Nase zugeschlagen hätte.

Ihre Wohnung im dritten Hinterhaus betrat er heute zum ersten Mal. Sie war nicht besonders geräumig, Peter schätzte sie auf höchstens zwanzig Quadratmeter. Es gab einen Tisch, zwei Stühle, den Herd und einen schmalen Schrank. Hinter einem Vorhang verborgen stand Riekes Bett. Daneben hingen zwei Borde für Geschirr und Töpfe an der Wand sowie ein paar Regale mit allerlei Krimskrams.

Rieke folgte Peters Blick, als sie ihm einen Platz am Küchentisch anbot. »Ich würde mir gern eine größere Wohnung im Vorderhaus mieten«, erklärte sie. »Zumal hier Wasser und Gas nach jedem Monatsersten regelmäßig abgestellt werden. Aber zum einen ist dort gar nichts frei, zum anderen wage ich es nicht. Denn niemand weiß, wohin uns die Teuerung noch führen wird, und die Deckelung der Mietpreise gilt nur für Mieter, die ihre Wohnung schon bei Kriegsbeginn innehatten.«

Peter nickte. Er wusste, dass die Wohnung offiziell noch auf den Namen von Fritz Zimmer lief, dem Vorarbeiter aus den AEG-Werken, mit dem Riekes Mutter Käthe jetzt zusammenlebte. Der Verwalter des Vermieters wusste es auch, drückte aber ein Auge zu, weil Rieke zu den wenigen Mietern gehörte, die seine monatlichen Nebenkostenrechnungen anstandslos beglichen.

Während Rieke eine Kanne Kaffee aufbrühte, betrachtete Peter sie verstohlen. Apart war sie mit ihren blonden Haaren und den braunen Augen schon als junges Mädchen gewesen, als er sich noch vor Kriegsbeginn in sie verliebt hatte. Doch heute, mit ihrer schicken Kurzhaarfrisur, die ihre Wangen betonte, und der etwas fülligeren Figur, die sie ihrer trotz der schlechten Zeiten guten Ernährung verdankte, fand er sie schöner denn je. Und er bewunderte sie für ihre Laufbahn im KaDeWe, die sie aus eigener Kraft geschafft hatte. Hunger musste sie heute jedenfalls nicht mehr leiden wie damals, als ihr versoffener Vater Otto noch lebte.

Plötzlich war er sich unsicher, ob er überhaupt das richtige Geburtstagsgeschenk für sie besorgt hatte.

Daher begann sich sein Puls zu beschleunigen, als Rieke den Kaffee serviert hatte und nach dem Päckchen griff. »Was ist denn da drin?« Sie schnupperte und zog die Nase kraus. »Das riecht aber gut!«

Dann riss sie das Zeitungspapier auseinander. »Ein Schinken!«, rief sie entzückt. »Ein echter Schinken!« Dann stutzte sie. »Aber dafür musst du dich ja in schreckliche Unkosten gestürzt haben!«

Peter lächelte. »Ich weiß doch, wie gern du Schinken magst. Und im Moment ist er in Berlin nicht mehr leicht zu bekommen.«

Tatsächlich stieg die Arbeitslosigkeit mittlerweile von Monat zu Monat, und Luxuswaren, zu denen auch Schinken gehörte, konnten sich die meisten Berliner nicht mehr leisten.

Entschlossen zog Rieke die Lade des Küchentischs auf und zog ein Fleischermesser heraus. »Das kann ich unmöglich annehmen, Peter. Ich schneide mir ein kleines Stück davon ab, und den Rest nimmst du wieder mit.«

Peter hob abwehrend die Hand. »Das kommt überhaupt nicht infrage! Der Schinken hat mich keinen Pfennig gekostet«, erklärte er kryptisch.

»Keinen Pfennig?« Rieke war verwirrt. Dann trat der misstrauische Ausdruck in ihre Augen, den Peter inzwischen schon kannte. »Aber du hast … du hast ihn doch nicht etwa …«

»Ich habe ihn nicht gestohlen, wenn du das meinst, Rieke«, fiel Peter ihr rasch ins Wort. »Aber für Geld hätte mir der Metzger den Schinken gar nicht gegeben. Denn es war der letzte, den er auf Vorrat hatte, und niemand weiß, wie viel das dafür bezahlte Geld übermorgen am Montag noch wert gewesen wäre.« Er schöpfte kurz Luft. »Ich habe den Schinken gegen mein Eisernes Kreuz getauscht«, erklärte er dann.

Riekes Blick wurde weich. Ihre vollen Lippen verzogen sich zu einem gerührten Lächeln. »Dein Eisernes Kreuz hast du dafür gegeben? Aber das ist doch der Orden, der dir für deine besondere Tapferkeit im Krieg verliehen wurde.«

Peter hob die Schultern. »Ein solches Andenken an diese furchtbare Zeit brauche ich nicht, Rieke. Darum musst du dir also keine Gedanken machen.«

Er nahm Rieke das Messer sanft aus der Hand und schnitt eine dünne Scheibe des Schinkens ab. »Willst du ihn denn nicht einmal kosten?«

Rieke ließ zu, dass er ihr den Schinken in den Mund schob. Sie schloss verzückt die Augen, während sie kaute. In diesem Moment begehrte er sie so sehr, dass es ihn in der Brust schmerzte.

Doch Rieke scheute vor seinem Blick zurück, sobald sie die Augen wieder öffnete. Der Schmerz in seiner Brust verstärkte sich.

Er suchte noch nach den richtigen Worten, um sich ihr endlich zu erklären, als sie hastig ein neues Thema anschnitt.

»Apropos Eisernes Kreuz. Hast du noch einmal etwas von Hermann Wolters gehört?«

Riekes Frage lenkte ihn tatsächlich von seinen Gefühlen ab. Er verzog verächtlich den Mund. »Meines Wissens ist er gar nicht mehr in Berlin. Er ist nach München abgehauen, zu diesem Extremisten, diesem Hitler, oder wie der Kerl heißt.«

»Aber ihr wart doch einmal die besten Freunde«, antwortete Rieke betreten. »Zumindest während des Kriegs wart ihr doch unzertrennlich.«

Peter schüttelte den Kopf. »Das ist schon lange vorbei. Denk nur einmal daran, wie Hermann dich und mich während des Warenhausstreiks beschimpft hat! Ein Jahr später ist Hermann aus der KPD ausgetreten, kurz nachdem sich die USPD im Jahr 1920 wieder mit ihr vereint hat. Ich habe mich damals über den Zusammenschluss gefreut, weil ich dadurch viele alte Kameraden wiedergetroffen habe. Doch Hermann war die KPD jetzt nicht mehr radikal genug. Da kam ihm diese Nationalsozialistische Deutsche Arbeiterpartei genau recht. Auch sie kämpft gegen den Kapitalismus und möchte die Großbetriebe verstaatlichen. Das ist aber auch das Einzige, was sie mit der KPD gemeinsam hat. Denn der extreme Nationalismus, das *völkische Bewusstsein*, wie sie es nennen«, jetzt klang Peter zynisch, »und vor allem diese abscheuliche Hetze gegen die Juden unterscheidet die NSDAP von der KPD. Hermann war leider schon immer gegen die Juden. Deshalb hat er in dieser widerlichen Partei offenbar seine politische Heimat gefunden. Ich jedenfalls will mit dem Kerl nie wieder etwas zu tun haben!« Seine Stimme klang hart und endgültig.

Rieke blickte betroffen drein. Plötzlich hatte Peter es satt. Er holte tief Luft und wagte den Sprung ins Ungewisse. »Du hast gerade gesagt, dass dir diese Wohnung eigentlich viel zu klein ist, Rieke«, begann er. »Meine Wohnung wäre für uns zwei groß genug.«

Er versuchte zu ignorieren, dass Rieke ihren Stuhl geräuschvoll vom Tisch abrückte, und fuhr mit dem Mut der Verzweiflung fort. »Es muss dir doch klar sein, Rieke, dass ich dich schon seit langer Zeit liebe. Und mir nichts sehnlicher wünsche, als dass du diese Gefühle erwiderst.« Er suchte ihren

Blick, konnte den Ausdruck darin jedoch nicht deuten. Zumindest war es nicht reiner Widerwille. Aber auch keine Rührung über sein Geständnis.

Rieke hob in einer gleichzeitigen Geste der Abwehr und Verlegenheit beide Hände. Während sie sprach, senkte sie die Augen auf die Tischplatte. »Ich mag dich von Herzen gern, Peter«, sagte sie leise. »Du bist mir ein lieber Freund. Aber ...«, sie stockte und suchte nach den richtigen Worten, »... aber ...«

»Aber du liebst mich nicht«, beendete Peter den Satz für sie. Plötzlich fühlte er sich innerlich leer. Auf einmal bekam ein flüchtiger Eindruck eine neue Bedeutung für ihn. Neulich hatte er sie an einem Sonntag von fern gemeinsam mit ihrem Abteilungsleiter Johannes Bergmann gesehen.

»Du liebst einen anderen! Einen, der dir viel mehr zu bieten hat, als ich es je könnte«, versetzte er verbittert.

»Wen meinst du denn damit?« Rieke war so verdattert, dass Peter stutzte.

»Nun, diesen Bergmann, deinen Abteilungsleiter. Ich habe euch einmal zusammen gesehen.«

Sie schüttelte heftig den Kopf. »Du irrst dich!« Zu seinem Erstaunen klang ihre Stimme fest. »Johannes Bergmann und mich verbindet nur eine innige Freundschaft. Mit Liebe hat diese rein gar nichts zu tun.«

Er starrte sie verständnislos an. »Und womit sonst?«

»Was Johannes Bergmann angeht, darf und will ich dir nichts weiter darüber sagen. Was mich angeht, schon. Johannes hat mich einmal aus einer furchtbaren Lage errettet, in die ich geraten bin und die völlig aussichtslos für mich schien.«

Bevor er nachfragen konnte, fuhr sie hastig fort. »Doch darüber kann und will ich auch nicht sprechen. Nicht einmal mit dir, lieber Peter, obwohl ich dich sehr gern mag, wie ich ja gerade schon gesagt habe.«

Peter fühlte sich völlig ratlos. Was konnte das denn für eine furchtbare Lage gewesen sein? Dann kam ihm eine schockierende Idee.

»Hat jemand … hat jemand einmal versucht, dir Gewalt anzutun?«, fragte er zögernd. »Und Bergmann hat den Angreifer vertrieben?«

Rieke schwieg. Peter spürte, dass sie noch nicht so weit war, mit irgendjemandem über ihre Erfahrungen zu sprechen.

»Ich will nicht darüber reden«, wiederholte sie. »Also, bitte dränge mich nicht!« Nun bekam ihre Stimme einen flehenden Unterton. »Bitte bleib einfach mein Freund, Peter!« Sie hob den Kopf und sah ihn eindringlich an. »Willst du das weiter sein?«

Sie schwiegen eine schiere Ewigkeit. In Wirklichkeit waren es wahrscheinlich nur zwei Minuten, bis Peter sich räusperte. »Wenn du es so möchtest, Rieke«, sagte er mit belegter Stimme. »Dann bleibe ich erst einmal nur dein Freund.« Er holte tief Luft. »Aber sag mir wenigstens, ob es Hoffnung für mich gibt!«

Nun wich Rieke seinem Blick wieder aus. »Ich weiß es nicht, Peter. Ich kann weder Ja noch Nein dazu sagen. Bitte lass mir die Zeit, die ich brauche.«

Er sah ein, dass er heute nicht weiterkommen würde. »Dann lass uns jetzt bei der Nachfeier zu deinem gestrigen Geburtstag von etwas anderem sprechen«, sagte er mit gespielter Fröhlichkeit. »Wie gefällt euch denn das neue Hutregal, das wir in der Tischlerei für die Damenkonfektion angefertigt haben?«

Eine halbe Stunde lang sprachen sie noch über belanglose Dinge und verzehrten dabei weitere Schinkenscheiben. Schließlich verabschiedete Peter sich. Er fühlte sich hilfloser denn je.

# Im KaDeWe

## *Mitte August 1923*

»Meinst du, wir werden den Dieb diesmal erwischen?« Adolf Jandorf schritt nervös in seinem Kontor auf und ab. »Wenn nicht, sehe ich schwarz. Dann denke ich sogar daran, die Poststelle im KaDeWe ganz zu schließen. Denn bislang habe ich Schadenersatz für zweihundertfünfzig vermisste Dollar und einhundert Schweizer Franken geleistet. Da ist eine immense Summe zusammengekommen, die ich in Mark nach dem heutigen Dollarkurs erst noch berechnen müsste. Aber sie dürfte über einer Milliarde liegen.«

»Sogar schon ein gutes Stück darüber«, konstatierte Paul nüchtern. »Eine solche Kette von Zufällen ist unwahrscheinlich. Wenn Erwin Lemke der Dieb ist, werden wir ihn heute erwischen. Wenn nicht, solltest du die Poststelle tatsächlich schließen. Da stimme ich mit dir überein.«

»Erkläre mir doch noch einmal genau, was du jetzt mit Walter Scott vereinbart hast!«, forderte Jandorf wohl schon zum fünften Mal.

Paul unterdrückte seine aufkommende Gereiztheit und erklärte Adolf seinen Plan ein weiteres Mal.

»Wie du ja weißt, ist Walter Scott ein Abteilungsleiter in der amerikanischen Bankfiliale, in der wir unsere Konten hier in Berlin unterhalten. Ich habe ihn gebeten, unter seinem richtigen Namen, aber seiner Adresse in den USA, fünfzig Dollar in Scheinen an die Poststelle zu senden. Ich war selbst dabei, als er den Brief fertig gemacht hat, und habe ihn danach persönlich bei einer Postfiliale am Kurfürstendamm aufgegeben. Das war heute Morgen um zehn Uhr. Man hat mir dort hoch und heilig versichert, dass der Brief noch am gleichen Tag mit der Nachmittagspost ins KaDeWe geschickt würde. Und die trifft jetzt um vier Uhr ein, wie du ja weißt.«

»Also in knapp fünfzehn Minuten«, sagte Jandorf nach einem Blick auf seine Taschenuhr. »Dann solltest du jetzt hinausgehen, um den Eingang der Nachmittagspost zu beobachten!«, schlug er Paul vor.

Paul nickte. »Das hatte ich ohnehin vor, wenn auch erst in zehn Minuten. Wenn ich länger in der Nähe der Poststelle herumlungere, wird Lemke am Ende noch misstrauisch und liefert den Brief diesmal ordnungsgemäß aus, wenn Walter um zehn nach vier am Postschalter erscheint.«

»Und wie geht es dann weiter?«

Paul unterdrückte ein ärgerliches Seufzen. Auch das hatte er Jandorf schon mehrere Male erklärt.

»Sobald ich mich davon überzeugt habe, dass die Post eingegangen ist und Lemke sie zu sortieren beginnt, ziehe ich mich erst einmal zurück. Ich warte in der Herrenhutabteilung. Von dort aus kann ich Walter kommen und an den Postschalter treten sehen. Wenn ich es geschickt anstelle, sieht mich Lemke hinter seinem Tresen gar nicht.«

»Und dann?«, drängte Adolf.

»Dann warte ich auf ein Zeichen von Walter. Hebt er den Daumen, hat er sein Geld erhalten, und wir sind genauso schlau wie vorher. Senkt er den Daumen nach unten, gibt es Probleme. Dann schicke ich einen Verkäufer nach dem Hausdetektiv Raschke und begebe mich selbst an den Postschalter. Und dann sehen wir weiter.«

Eine knappe halbe Stunde später erblickte Paul, der sich hinter den Hutständern verbarg, das erhoffte Zeichen. Walter Scott senkte den Daumen.

Gerade in diesem Augenblick kam Gunter Perl in die Abteilung. »Gut, dass ich Sie treffe, Herr Perl.« Das meinte Paul diesmal ehrlich. »Schicken Sie bitte sofort einen Ihrer Mitarbeiter nach dem Hausdetektiv und kommen Sie am besten mit ihm gemeinsam zur Poststelle.«

Als Perl den Mund öffnete, hob Paul die Hand. »Bitte beeilen Sie sich! Ich erkläre Ihnen später, was es damit auf sich hat.«

Dann eilte Paul an die Seite des Amerikaners, der mittlerweile vereinbarungsgemäß wild gestikulierte.

»Kann ich helfen?«

»Mein Name ist Walter Scott«, stellte sich der Amerikaner zum Schein vor. »Ich erwarte eine Geldsendung«, erklärte er in gutem Deutsch, wenn auch mit deutlich amerikanischem Akzent. »Eine Geldsendung über fünfzig Dollar. In fünf Scheinen. Doch es ist nichts da!«

»Nun, Herr Lemke«, wandte sich Paul an den Postbeamten. Er wusste natürlich, dass es sich um den Vater der von Jandorf vor einem Jahr fristlos entlassenen Verkäuferin Else Lemke handelte. »Ist dieses Schreiben nun eingetroffen oder nicht?«

Lemke breitete in einer Geste der Ratlosigkeit beide Hände aus. »Ich kann es nicht auffinden, Herr Bergmann. Es war weder heute noch in den vergangenen Tagen dabei. Bitte, überzeugen Sie sich selbst!« Er wies auf das Regal mit den kleinen Fächern in seinem Rücken. Es gab eines für jeden Buchstaben des Alphabets. »Vielleicht sollte der Herr in ein paar Tagen noch einmal wiederkommen. Eine Sendung über den Atlantik kann dauern.«

Paul blieb absichtlich stumm. Erwin Lemkes Blick begann zu flackern.

»Sie sehen, es gibt nur einen Brief im Fach mit dem Buchstaben S.« Er griff hinein und legte den Brief auf den Tresen. Dabei konnte er ein leichtes Zittern seiner Hand nicht verbergen. »Dieses Schreiben ist heute Vormittag eingetroffen. Es ist an den Leiter des Erfrischungsraums, Herrn Schöninger, gerichtet. Er wird es sicher noch vor seinem Dienstschluss abholen.«

Paul fixierte Lemke kühl. »Wenn Mister Scotts Brief verloren gegangen ist, wäre das in weniger als drei Monaten schon das sechste Schreiben mit Devisen, das in dieser Poststelle niemals ankommt. Wie erklären Sie sich das?«

Lemke wich seinem Blick aus. »Ich ... ich kann es mir nicht erklären, Herr Bergmann!« Nun klang seine Stimme schrill. »Eine ... Kette von unglücklichen Zufällen vielleicht!«

Er holte tief Luft und rang die Hände. »Vielleicht verschwinden die Briefe auf dem Weg hierher. Hier in der Poststelle kann es nicht sein. Denn niemand hat Zugriff darauf außer mir.«

»Damit haben Sie recht, Herr Lemke. Doch diesmal kann es nicht sein, dass der Brief nicht hier ankam. Denn er kommt keineswegs aus Amerika«, ließ Paul die Katze aus dem Sack. »Ich selbst habe ihn heute Morgen auf dem Kurfürstendamm aufgegeben. Das ist nur ein paar hundert Meter von hier entfernt. Man hat mir zugesagt, dass der Brief heute mit der Nachmittagspost ankommen werde.« Paul fixierte den Mann weiter, auf dessen Stirn sich nun dicke Schweißtropfen zu bilden begannen. Lemkes Körperhaltung wirkte völlig verkrampft. Dann blickte er Paul über die Schulter und erstarrte.

»Hier sind wir, Herr Bergmann.« Gunter Perl trat an Pauls Seite. »Ich habe nicht nur Herrn Raschke mitgebracht, sondern auch gleich zwei andere Hausdetektive.«

»Das ist gut«, lobte ihn Paul. Dann wandte er sich wieder an Lemke. »Herr Raschke führt jetzt eine gründliche Durchsuchung der Poststelle durch. Dazu gehört auch Ihre Leibesvisitation, Herr Lemke. Das dient Ihrer eigenen Entlastung, sofern wir Sie zu Unrecht verdächtigen.«

Lemkes Gesicht wurde puterrot. »Das ... das lasse ich mir nicht bieten. Ich habe nichts verbrochen, was das rechtfertigt.«

»Dann haben Sie ja auch nichts zu befürchten«, erwiderte Paul seelenruhig.

Er winkte den Hausdetektiven, mit der Durchsuchung zu beginnen. Sie wurden schon nach wenigen Minuten fündig.

»Was haben wir denn da?« Raschke zog das vermisste Schreiben aus der Innentasche der Postuniformjacke von

Herrn Lemke. Die Summe von fünfzig Dollar war noch vollständig darin enthalten. Der Absender des Briefs war Walter Scott.

»Und sieh einmal an!« Einer der anderen Hausdetektive hatte die Schublade des Tresens ganz herausgezogen und in einen dahinterliegenden Hohlraum gegriffen. Er holte eine schäbige Börse heraus, die eine Reihe von ausländischen Geldscheinen enthielt. Paul blätterte sie rasch durch. Es waren sechzig Dollar und fünfundzwanzig Schweizer Franken.

»Was haben Sie dazu zu sagen?« Seine Frage an Lemke war rhetorisch. Deshalb wartete er die Antwort gar nicht ab. »Es erklärt zumindest so einiges«, konstatierte er trocken. »Erzählen Sie mir aber nun bitte nicht, Herr Lemke, dass Sie selbst der Besitzer dieser gewaltigen Summe sind und sie aus Furcht vor Räubern hinter der Schublade versteckt haben. Allein die Dollar sind ungefähr einhundertachtzig Millionen Mark wert.«

»Soll ich die Polizei benachrichtigen?«, bot Gunter Perl an.

Paul nickte. »Das wäre gut, vielen Dank. Sie, Herr Raschke, können derweil die Aussage von Herrn Lemke über die gefundenen Geldscheine aufnehmen.«

»Ich sage kein Wort«, entgegnete der Postbeamte patzig.

»Auch gut!« Paul blieb völlig gelassen. »Dann nutzen Sie schon einmal die Zeit, Herr Raschke, um Ihren eigenen Bericht über die Durchsuchung und deren Ergebnis zu verfassen. Ich werde Herrn Jandorf unterrichten und die Strafanzeige sowie Ihre fristlose Kündigung vorbereiten, Herr Lemke. Alles Weitere überlassen wir dann der Kriminalpolizei.«

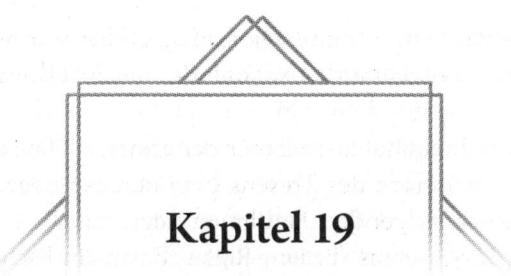

# Kapitel 19

## Volksbühne am Bülowplatz

### *An einem Samstag Mitte September 1923*

Judith beobachtete Gunter mit einem amüsierten Lächeln, als er sich mit zwei Sektgläsern in den Händen vorsichtig durch die Menge der Theaterbesucher drängte. Noch immer wirkte seine Miene etwas gequält.

»Also recht ist mir das nicht, Judith«, sagte er denn auch, als er ihr eines der Gläser in die Hand drückte.

Sie lachte belustigt auf und prostete ihm zu. »Auf dein Wohl, Gunter. Es ist schließlich keine Schande, wenn ich einmal bezahle. Zumal du schon so viel Geld für die Scheunenviertel-Kinder gespendet hast.«

Auch Gunter hob sein Glas. Sie stießen an und tranken einen Schluck. Der Sekt war Gunter viel zu süß. Aber das ließ er sich nicht anmerken. Judith könnte sonst denken, er würde ihn nur deshalb nicht mögen, weil sie ihn bezahlt hatte.

Dabei hätte er es eigentlich voraussehen können. Als er sich auf Judiths Wunsch hin vor ein paar Tagen in der Volksbühne am Bülowplatz nach der Vorstellung des Theaterstücks *Trommeln in der Nacht* von einem Dichter namens Bertolt Brecht erkundigt hatte, kosteten die besten Karten noch dreihundert Millionen pro Stück. Nun waren sechshundert Millionen daraus geworden. In der Eile, rechtzeitig vom KaDeWe ins Theater zu kommen, hatte Gunter jedoch nur Scheine im Wert von etwas mehr als einer Milliarde Mark eingesteckt.

Es war ihnen nichts anderes übrig geblieben, als mit den zweitbesten Plätzen vorliebzunehmen, was Judith allerdings gar nichts auszumachen schien. Doch Gunters Geld reichte nicht einmal mehr für das obligatorische Glas Sekt in der Pause.

»Das kann ich doch bezahlen«, bot Judith sofort an. »Dann werde ich zumindest diese seltsamen Scheine los.«

Sie wedelte mit zwei ehemaligen Tausendmarkscheinen, über die nun schräg mit einem roten Stempel der Betrag »Zehn Millionen« aufgedruckt war. Genau diese zwanzig Millionen hatten die beiden Gläser Sekt gekostet.

Doch Gunter grübelte bereits über das nächste Ungemach. Aus Sorge, sein neuer Mercedes könnte selbst im besseren Teil des Scheunenviertels beschädigt werden, war er mit dem Taxi zum Bülowplatz gekommen. Wie soll ich sie jetzt nur nach Hause bringen? Ich habe nicht einmal mehr Geld für die Straßenbahn, geschweige denn für ein Taxi dabei.

»Nun mach dir mal keine Sorgen, Gunter!«, erriet Judith seine Gedanken. »In der Eile, rechtzeitig fertig zu werden, habe ich nur diese zwei Scheine in mein Abendtäschchen gestopft. Meine Börse liegt noch in der Tagesstätte, wo ich mich umgezogen habe. Das Geld darin reicht bestimmt für ein Taxi nach der Vorstellung aus. Und sonst bezahlt eben mein Vater den Rest und deine eigene Heimfahrt.«

Wie Gunter war auch Judith unmittelbar nach ihrer Arbeit in der Grenadierstraße zum Bülowplatz geeilt. Gegenüber der Volksbühne befand sich ja auch die Kindertagesstätte, in der Judiths Mutter weiterhin an zwei Nachmittagen pro Woche tätig war. Rebekka hatte ihr das Abendkleid mitgebracht, damit Judith sich dort umziehen konnte.

Wieder lächelte Gunter gequält. Nach wie vor fand er als Judiths Freund keine Akzeptanz bei ihrem Vater und ihrem Bruder. Wie würde es jetzt auf die beiden wirken, wenn er Judith nicht einmal mit seinem eigenen Geld in die Villa Bergmann zurückbringen könnte? Immer wieder hatte Gunter in den letzten Monaten bei solchen Gelegenheiten gehofft, wenigstens einmal auf ein Glas Wein hineingebeten zu werden. Doch bislang war dieser Wunsch unerfüllt geblieben.

Vielleicht sollte ich jetzt doch energischer versuchen, Judith zu verführen, schoss es ihm durch den Kopf. Wenn sie von mir schwanger würde, wie dieses Flittchen in dem schrecklichen Theaterstück von Brecht, würden sich die hochnäsigen Bergmanns vielleicht endlich um mich bemühen.

Denn bislang war ihre Beziehung bis auf ein paar leidenschaftliche Küsse und den Austausch unverfänglicher Zärtlichkeiten platonisch geblieben. Gunter hatte nicht weiter zu gehen gewagt aus Sorge, von den übrigen Mitgliedern der Bergmann-Familie dann endgültig geächtet zu werden. Doch mit seiner Abstinenz kam er anscheinend auch nicht voran.

»Hörst du mir gar nicht zu?«, durchdrang Judiths Stimme seine Gedanken. Er schreckte auf.

»Entschuldige bitte, mein Liebes! Ich war einen Augenblick lang abgelenkt. Eine dumme Sache im Geschäft, die mir noch nachgeht«, log er. »Aber darüber möchte ich jetzt nicht sprechen«, fuhr er hastig fort. »Was hast du mich gerade gefragt?«

»Wie dir das Stück gefällt, wollte ich wissen. Brecht beleuchtet darin ja ein Kapitel unserer allerjüngsten Geschichte. Oder kannst du dich gar nicht mehr an den Spartakusaufstand erinnern?«

»Selbstverständlich kann ich das!«, protestierte Gunter empört. »Schließlich ging es gewalttätig genug dabei zu. Hast du etwa vergessen, dass ich damals mit deinem Bruder im Kaufhaus Tietz am Alexanderplatz sogar mitten hineingeraten bin?«

»Natürlich nicht, Gunter!«, beschwichtigte Judith. »Ich wollte dich nicht ärgern. Alles andere als das! Was glaubst du denn, wie das Stück ausgehen wird?«, lenkte sie das Gespräch auf einen unverfänglichen Aspekt.

»Nun ich denke, dass diese Anna den reichen Murk, oder wie dieser Kriegsgewinnler heißt, nehmen wird«, antwortete Gunter ehrlich. »Geld stinkt nicht, sagte doch schon irgend so ein alter Römer. Da kann der arme Schlucker, mit dem Anna vorher verlobt war, nicht mithalten. Zumal sie wahrscheinlich von diesem Murk schwanger ist, wenn ich die Andeutungen richtig verstanden habe.«

Er bereute seine Offenheit schon im nächsten Moment. Denn Judith zog verächtlich die Nase kraus. »Murk ist tatsächlich ein mieser Kriegsgewinnler. Es ist zwar nur ein Theaterstück! Aber das Mädchen würde mir leidtun, wenn sie diesen Schurken tatsächlich heiratet und ihren ehemaligen Verlobten, der nach so langer Zeit aus der Kriegsgefangenschaft heimgekommen ist, deshalb links liegen lässt.«

In Brechts Stück geriet die schwangere weibliche Hauptperson in diesen Konflikt zwischen der Liebe zu ihrem ehemaligen Verlobten und ihrem neuen, durch dubiose Geschäfte reich gewordenen Verehrer, den auch ihre Eltern bevorzugten. Noch wussten Judith und Gunter allerdings nicht, wie die Sache ausgehen würde.

»Es gibt auch bei uns genug Spekulanten, die sich auf Kosten derjeniger bereichern, die durch die Inflation ihr ganzes Vermögen verloren haben«, fuhr Judith fort. »Für solche Leute habe ich wahrlich nichts als Verachtung übrig.«

Gunter erstarrte innerlich. Kurze Zeit fehlten ihm die Worte. Dann fiel sein Blick auf Judiths dunkelblaues, mit silbernen Pailletten besticktes Abendkleid, das wunderbar zu ihren blauen Augen passte und ihr nur bis zur Hälfte der wohlgeformten Unterschenkel reichte. Dazu trug sie ein glitzerndes blaues Band in ihrem schwarzen Haar, das nun bis knapp über die Schultern gekürzt war. Für einen Bubikopf waren ihre Locken leider nicht geeignet, beklagte sie sich oft.

»Habe ich dir eigentlich schon gesagt, wie gut dir dein neues Abendkleid steht?«, wechselte Gunter abrupt das Thema.

»Es fließt wunderbar an dir herab und betont deine schlanke Figur.«

Zum Glück war Judith eitel genug, um darauf einzugehen. »Ich habe es erst gestern in eurer Damenkonfektion gekauft«, strahlte sie. »Es hat eine Unsumme gekostet, die ich mir gar nicht merken konnte. Irgendwas mit Hunderten von Milliarden. Vater hat es später bezahlt.«

Sie trank einen Schluck Sekt, bevor sie fröhlich weiterzwitscherte. »Eine ganze Zeit lang konnte ich mich gar nicht zwischen diesem Kleid und einem silberfarbenen entscheiden. Doch die Erste Verkäuferin hat mich sehr gut beraten. Stell dir vor, ich kannte sie sogar schon als Kind.«

Sie erzählte Gunter von ihrer Begegnung mit dem siamesischen König, dem Tag, an dem sie auch Rieke zum ersten Mal getroffen hatte.

»Mit ihr hat mein Bruder jedenfalls richtig viel Glück«, fuhr Judith in unbewusster Taktlosigkeit fort. »Rieke Krause ist eine unglaublich gute Kraft.« Gunter konnte nicht einschätzen, ob Judith von der Konkurrenzsituation zwischen Johannes und ihm wusste, denn bislang hielt sie sich aus dieser Sache heraus.

Jetzt reagierte er verärgert. »Mit ihrer Schwester hatte dein Bruder jedenfalls weniger Glück«, brach es aus ihm hervor. »Sie wollte, soviel ich weiß, ein Abendkleid stehlen.«

»Oh!«, machte Judith entsetzt. »Und was ist danach aus ihr geworden?«

»Sie wurde natürlich entlassen«, antwortete Gunter kurz angebunden. »Allerdings haben dein Bruder und dein Vater die ganze Sache unter den Teppich gekehrt, hat mir der Hausdetektiv einmal im Vertrauen gesteckt. Nur deshalb konnte Rieke Krause ihre Stellung im KaDeWe überhaupt behalten.«

Glücklicherweise bimmelte genau in diesem Moment ein Glöckchen und zeigte damit das Ende der Pause an. In betretenem Schweigen kehrten die beiden auf ihre Plätze zurück.

## Vor der Ackerhalle im Wedding

### *Oktober 1923*

Obwohl Käthe von der Apparatefabrik der AEG so schnell zur Ackerhalle gelaufen war, wie sie es mit ihrem Rucksack und den beiden Taschen nur konnte, sah sie schon von Weitem, dass sich bis weit in die Ackerstraße hinein eine riesige Menschenschlange vor dem Eingang gebildet hatte. Sie stöhnte frustriert auf und gönnte sich angesichts der Vergeblichkeit ihres Bemühens, rasch zu den Lebensmittelständen zu kommen, zwei Minuten Ruhe, damit das heftige Seitenstechen nachließ. Dann hastete sie weiter.

Ich hätte nie geglaubt, dass ich einmal so schwer an Geldscheinen tragen würde, dachte sie sarkastisch, während sie die letzten hundert Meter zurücklegte. Was ist das nur für eine völlig verrückte Zeit! Und keine neue Regierung kann daran was ändern.

Tatsächlich trug Käthe in ihrem Rucksack und den beiden Taschen ihren und Fritz' Tageslohn bei sich. Schon seit August war auch die AEG, wie viele andere Unternehmen, dazu übergegangen, ihre Arbeiter täglich zu bezahlen. Zwar hielten die Lohnsteigerungen längst nicht mehr mit den Preissteigerungen mit. Aber so wollten die Arbeitgeber zumindest sicherstellen, dass ihre Werktätigen mit ihrem Lohn kaufen konnten, was der Tageswert des Gelds zuließ.

Heute hatte Käthe mit der Stückelung der Scheine allerdings Pech gehabt. Schon als sie die drei Lieferwagen aus dem Fabrikhof fahren sah, ahnte sie, dass die Reichsbank heute nur kleine Scheine ausgegeben hatte. Als »kleiner Schein« galt dabei eine Banknote über eine Million Mark. Häufig waren es ehemalige Hundert- oder sogar Tausendmarkscheine, die mit diesem Wert überdruckt worden waren. Trotzdem reichte das Papiergeld hinten und vorn nicht aus.

Über das, was Fritz und Käthe im Augenblick zusammen im Monat verdienten, hatte sie schon längst den Überblick verloren. Es war eine gigantische Summe, die Käthe überforderte, obwohl sie immer gut im Rechnen gewesen war. Sie vertraute einfach darauf, dass die Buchhaltung der AEG sie nicht betrog, und konzentrierte sich stattdessen darauf, sich wenigstens bei den Preisen für die Lebensmittel nicht übervorteilen zu lassen. Zumal sich diese, nicht aber die Löhne, im Augenblick quasi von Tag zu Tag verdoppelten.

Deshalb hatte sie auch heute nachgefragt, was denn eines der vielen Geldbündel, die man ihr ausgehändigt hatte, wert sei. »Die Scheine sind in Summen zu hundert Millionen abgepackt«, gab ihr das überlastete Bürofräulein hastig Auskunft.

Um den Arbeitern zu ermöglichen, rechtzeitig vor der nächsten Preissteigerung Lebensmittel einzukaufen, zahlte man ihnen den Tageslohn bereits ab halb zwölf Uhr vormittags aus. Denn jeden Tag um Punkt drei Uhr nachmittags wurde der neue Wechselkurs des Dollars in Mark bekannt gegeben. Unmittelbar danach wurden die Preise angepasst.

Allerdings dauerte es im Lohnbüro der Apparatefabrik seine Zeit, bis jedermann an der Reihe war. Käthes halbe Tagschicht endete zwar offiziell genau mit Beginn der Auszahlungen um halb zwölf. Aber sie brauchte noch ungefähr fünf Minuten, um ihren Arbeitskittel und die schweren Arbeitsschuhe gegen ihre Alltagskleidung einzutauschen. Heute war am Arbeitsplatz auch noch etwas dazwischengekommen, was sie bis Dienstende erledigen musste, sodass sie das Geld erst kurz vor zwölf Uhr erhielt.

Dabei hatten Fritz und sie trotz der im Allgemeinen immer schwieriger werdenden Situation noch Glück. Sie waren beide in Lohn und Brot, obwohl die Arbeitslosigkeit in Berlin von Tag zu Tag stieg. Weder daran noch an der beständigen Teuerung hatte der schon wieder erfolgte Regierungswechsel bislang etwas ändern können. Fritz, wie jedermann in Meyers

Hof, den Käthe kannte, hatte das Vertrauen in die Regierenden sowieso längst verloren.

Vor einer Entlassung schützte sie beide daher vor allem Fritz' Tüchtigkeit, die ihm schon vor Jahren einen sehr guten Ruf als Vorarbeiter eingetragen hatte. Davon profitierte natürlich auch Käthe.

Nach fünfzehn Minuten Wartezeit kam sie in die Ackerhalle mit ihren verschiedenen Marktständen hinein. Ein Blick auf die große Wanduhr zeigte ihr, dass es mittlerweile schon nach halb eins war. Und sie hatte noch kein Stück Brot und kein Gramm Fett erworben!

Nach kurzem Zögern stellte sie sich zuerst bei einem der Bäckerstände an. Brot war das wichtigste Grundnahrungsmittel. Es war nahrhaft und man konnte es zur Not auch trocken essen.

Ein großes Schild wies aus, dass der Zweikilolaib Roggenbrot heute zwei Milliarden Mark kostete. Im Geiste überschlug Käthe rasch, wie viele der Geldbündel sie dafür hergeben müsste.

Die Schlange rückte nur quälend langsam voran. Immerhin wurde gerade ein großer Wagen frisches Brot angeliefert, sodass zumindest nicht die Gefahr bestand, dass sie hier ganz umsonst wartete. Denn schon mehrere Male war die Ware ausgegangen, für die sie angestanden hatte, bevor sie selbst an der Reihe gewesen war.

Um sich ein wenig die Zeit zu vertreiben, ließ Käthe ihre Gedanken schweifen. Ohne diese endlose Teuerung wäre es gerade die glücklichste Zeit ihres Lebens. Denn Fritz war ein sanfter Mann, der im Gegensatz zu ihrem toten Ehemann Otto keinen Hang zur Gewalttätigkeit zeigte. Er würde mich nicht einmal schelten, wenn ich heute mit leeren Händen nach Hause käme, sinnierte Käthe. Geschweige denn schlagen. Erst durch die verständnislosen Blicke der umstehenden Frauen bemerkte sie, dass sie sogar lächelte. Schon seit Kriegsbeginn sah man so etwas selten.

Kurz vor ein Uhr war Käthe endlich dran. Zwischenzeitlich hatte sie sich entschlossen, sogar zwei Laib Brot zu erstehen. Doch da wurde sie enttäuscht. Der Bäcker schüttelte den Kopf. »Ich darf nicht mehr als ein Brot verkaufen«, erklärte er ihr. »Das ist eine behördliche Anordnung.«

Seufzend zählte Käthe zwanzig Geldbündel aus einer der Taschen ab.

Beim Eierstand hatte sie mehr Glück. Hier war die Schlange viel kürzer als beim Brot oder den Kartoffeln. Denn ein einziges Ei kostete heute zwei Milliarden Mark. Käthe erstand trotzdem vier davon. Wieder lächelte sie. Wenn ich Glück habe, ergattere ich auch noch ein kleines Stück Speck. Dann gibt es heute Abend die Spiegeleier, die Fritz so liebt. Die kann ich auch mit Brot servieren, wenn die Kartoffeln aus sind.

Sie verstaute die Lebensmittel in der Tasche, aus der sie die Geldbündel genommen hatte. Dann stellte sie sich am Gemüsestand an. Hier gab es sowohl Kartoffeln als auch verschiedenes Grünzeug. Die Kartoffeln waren zwar etwas teurer als am speziellen Kartoffelverkaufsstand, aber Käthe konnte sich das dank des guten Gehalts von Fritz leisten. Sowohl der Rucksack als auch eine der Einkaufstaschen waren noch immer voller Geldbündel.

Wieder ließ sie ihre Gedanken schweifen, während sie wartete. Hätte ihre jüngere Tochter Sanni sie nicht so arg enttäuscht, wäre sie auch in der Familie so zufrieden, wie sie es nach Roberts Freitod nie mehr zu werden geglaubt hatte. Aber von Sanni hörte man, wenn überhaupt, nur Schlimmes. Oder besser gesagt, von Berti Schubert, ihrem sogenannten Geliebten. »Man sagt, er sei ein richtiger Lude geworden«, hatte ihr Peter Hauser bei seinem letzten Besuch erzählt.

»Also schickt er Sanni auf den Strich?«, fragte Käthe alarmiert. Peter zuckte mit den Achseln. »Das weiß ich nicht, Käthe. Aber ausschließen kann man es nicht. Es ist im Gegenteil sogar recht wahrscheinlich.«

Wenigstens ihre Tochter Rieke, das einzige Kind, das ihr geblieben war, machte ihr fast nur Freude. Käthe war unglaublich stolz auf sie. Als sie sie vor dem Krieg als Kassenmädchen vermittelte, hätte sie niemals gedacht, dass Rieke eines Tages die Erste Verkäuferin in einer der renommiertesten Abteilungen des KaDeWe sein würde. Vielleicht bringt sie es sogar noch zur Aufsichtsdame, glaubte selbst Peter von ihr.

Nur eines machte Käthe Sorgen, auch jetzt, wo sie sich Schritt für Schritt dem Gemüsestand näherte. Rieke war nun schon sechsundzwanzig Jahre alt und hatte noch nie Anstalten gemacht, eine feste Beziehung zu einem Mann einzugehen. Sah man einmal von diesem Luftikus ab, diesem Hermann Wolters, für den Rieke vor dem Krieg geschwärmt hatte.

»Ihr beide wärt doch ein schönes Paar«, hatte sie leichtfertig bei Peter Hausers letztem Besuch gesagt. Zu ihrer Bestürzung errötete er.

»An mir soll es nicht liegen, Käthe. Ich hätte dich gern zur Schwiegermutter«, versuchte er zu scherzen. Doch Käthe, die Peter von Kindesbeinen an kannte, sah sofort, dass ihn etwas bedrückte.

»Aber sie will dich nicht?«, erkundigte sie sich. »Oder hast du dich ihr noch gar nicht erklärt?«, schöpfte sie vorübergehend Hoffnung.

Peter schüttelte traurig den Kopf. »An ihrem letzten Geburtstag habe ich es gewagt. Und Rieke hat mir zwar eingestanden, dass sie mich gut leiden mag. Doch irgendwann einmal hat sie etwas Schlimmes erlebt, das sie bis heute veranlasst, alle Männer zu meiden.«

Rieke zuliebe sprachen Peter und Käthe Hochdeutsch miteinander, selbst wenn sie unter sich waren. Das war eine stillschweigende Übereinkunft zwischen ihnen, quasi ein Ausdruck der Hochachtung für Riekes Karriere.

An dieser Stelle des Gesprächs wurde Käthe nachdenklich. »Ob das etwas mit den Lebensmitteln zu tun hat, die Rieke im

Krieg während der schlimmsten Hungerzeit immer wieder mit heimbrachte? Vielleicht hat sie sie gestohlen, und ein Mann hat sie deshalb erpresst und zu Dingen gezwungen, die sie nicht wollte«, kam sie der Wahrheit recht nahe.

»Was für Lebensmittel waren das?«, hakte Peter aufgeregt nach. Käthe erzählte ihm davon.

»Und wie lange ging das so?«

Wieder überlegte Käthe. »Nach Roberts Tod hörte es auf«, rekonstruierte sie das Geschehen.

»Und Johannes Bergmann hat den Übeltäter eines Tages erwischt und Rieke von ihm befreit«, murmelte Peter geistesabwesend vor sich hin.

»Was sagst du da?«

»Nichts, nichts!«, wehrte er ab. »Das waren nichts als Spekulationen.« Er atmete hörbar aus. »Rieke hat mir versprochen, mir eines Tages davon zu erzählen. Und ich fürchte, bis dahin müssen wir beide uns eben gedulden.«

»Wat glotzen Se denn Löcher in die Luft?«, fuhr der Gemüseverkäufer Käthe plötzlich an. »Wollnse nu wat koofen oder nich?«

»Entschuldigen Sie!«, schreckte Käthe aus ihren Gedanken auf. Dann erstand sie drei Kilo Kartoffeln zu je vier Milliarden Mark und noch ein Kilo Karotten zu weiteren sechs Milliarden. Sie tauschte das Geld in der zweiten Einkaufstasche gegen das Gemüse. Nun hatte sie nur noch die Scheine im Rucksack bei sich.

Ein Blick auf die Uhr zeigte ihr, dass es erst kurz vor zwei war. Da hab ich ja noch eine gute Stunde Zeit, um Butter zu kaufen. Die wird Fritz zu den Bratkartoffeln mit Spiegeleiern besser schmecken als die Margarine, die ich noch im Haus hab. Und mit ein wenig Glück reicht es noch für ein Stück Speck.

Denn wie bei den Eiern war die Schlange vor dem Butterstand nicht sehr lang. Das Pfund kostete heute zwanzig Milliarden Mark. Nicht jeder konnte sich diese Summe leisten.

Käthe hatte nur noch fünf Frauen vor sich, als der Verkäufer plötzlich ein Schild mit der Aufschrift »Geschlossen« auf den Tresen stellte. »Wat soll denn dit heißen?«, protestierten die Frauen.

»Ick jeh jetz uff die Bank«, erklärte der Verkäufer ungerührt. »Wenn ick noch 'ne Stunde warte, krieg ick nur noch die Hälfte Devisen für die Penunzen.«

Auch durch die flehentlichen Bitten der Frauen ließ er sich nicht erweichen, ihnen noch etwas zu verkaufen. Stattdessen füllte er gemeinsam mit seinem Gehilfen einen kleinen Leiterwagen mit Säcken, in denen sich wohl das eingenommene Geld befand, verschloss seinen Stand und machte sich davon.

Zu ihrer großen Enttäuschung erlebte Käthe das Gleiche beim Metzger, als sie ein Stück Speck erwerben wollte. Also bleibt es bei Bratkartoffeln mit Margarine und Spiegelei, dachte sie bedauernd. Wenigstens gibt es Karottengemüse dazu.

Das ganze Geld, das Käthe in ihrem Rucksack trug, war zudem noch übrig und würde nach drei Uhr nachmittags weit weniger wert sein. Suchend sah Käthe sich um, aber auch alle anderen Marktstände schlossen gerade. Also blieb ihr nichts anderes übrig, als die Scheine mit nach Hause zu nehmen.

Doch trotz ihrer Frustration war Käthe klar, dass sie mit dieser Art Unbill immer noch zu den glücklicheren Frauen gehörte, die heute in der Ackerhalle eingekauft hatten.

### Die Homosexuellenbar Papageno am Nollendorfplatz

#### *Oktober 1923*

Obwohl er nicht das erste Mal hier war, sah sich Johannes verstohlen um, als er die Schwulenbar Papageno am Nollendorfplatz betrat. Zu seinen Albträumen vom Tod seines geliebten Sebastians und seinen erotischen Träumen, die ihn seit der Begegnung mit dem Kriegsinvaliden auf dem Kurfürstendamm im März mehr denn je heimsuchten, war in den letzten Monaten ein weiteres Motiv hinzugekommen:

Immer wieder träumte Johannes, er träfe in diesen einschlägigen Etablissements auf einen Verkäufer aus dem KaDeWe, der ihn als einen der mächtigsten Abteilungsleiter natürlich sogleich erkennen würde. Der Traum endete jeweils damit, dass der Verkäufer Johannes mit seinem Namen ansprach. Danach schreckte er regelmäßig schweißgebadet in seinem Bett auf.

Johannes war mittlerweile zweiunddreißig Jahre alt. Mit Ausnahme seiner Beziehung zu Sebastian hatte er bis zum Sommer dieses Jahres seiner homosexuellen Neigung nie nachgegeben. Obwohl er wusste, dass Berlin auch das Eldorado für Menschen mit ungewöhnlichen sexuellen Neigungen war, wäre es ihm noch im letzten Jahr nie in den Sinn gekommen, eines dieser Lokale aufzusuchen.

Zwar waren Beziehungen unter Männern auch in der Weimarer Republik nach dem berüchtigten Paragrafen 175 des Strafgesetzbuchs verboten. Doch die Behörden schienen sich keinen Deut darum zu scheren, dass es mittlerweile mehr als fünfzig Lokale verschiedenster Couleur in Berlin gab, die sich explizit an die Klientel schwuler Männer richteten. Es gab sogar einschlägige Zeitschriften, die man an jedem gut sortierten Kiosk erwerben konnte.

Trotzdem war Johannes klar, dass seine Karriere im KaDeWe auf der Stelle enden würde, wenn der Eigner Adolf Jandorf von seiner Neigung wüsste. Wahrscheinlich würde er ihn nicht einmal mehr als einfachen Verkäufer behalten wollen. Zumal Gunter Perls Beziehung mit Judith, die mittlerweile auch Jandorf bekannt war, eindeutig darauf hinwies, dass er in sexueller Hinsicht »normal« war.

Doch seit der Begegnung mit jenem Kriegsinvaliden war der mühsam aufgerichtete Damm, den Johannes emotional seit Sebastians Tod um sich herum errichtet hatte, gebrochen. Ob es nun die Ähnlichkeit des Kriegskrüppels mit seinem toten Geliebten war oder einfach die Tatsache, dass sich Johannes als junger gesunder Mann nach Erotik und körperlicher Liebe sehnte, wusste er nicht. Mittlerweile war es ihm auch egal.

Volle zwei Monate lang hatte er dem Bedürfnis widerstanden, nach dem einbeinigen Leutnant zu suchen. Im Gegenteil machte er um die Stelle auf dem Kurfürstendamm, wo der Mann gesessen hatte, sogar einen großen Bogen, wenn ihn sein Weg einmal zwangsläufig dorthin führte.

Im Mai konnte er sich dann nicht mehr beherrschen. Mehrere Tage hintereinander ging er den ganzen Kurfürstendamm und sogar dessen Nebenstraßen ab, in der Hoffnung, den Mann zu finden. Doch das erwies sich als vergeblich und bescherte ihm nur noch heftigere Träume.

Als er sich eines Tages eine Gazette an einem Zeitungsstand kaufte, wurde sein Blick von einem jener Schwulenmagazine magisch angezogen. Darin wimmelte es nur so von Werbeannoncen der einschlägigen Clubs, Bars und sogar Tanzpaläste.

Seine letzten Skrupel, ein solches Etablissement einmal aufzusuchen, verschwanden, als er Rieke seine Sehnsüchte eingestand und sie ihm zuriet.

»Warum sollen wir beide unser Leben lang in dieser Hinsicht unglücklich bleiben, wenn es doch für dich eine Alternative gibt?«, fragte sie traurig.

In diesem Moment tat sie ihm furchtbar leid. »Kannst du Peter noch immer nicht an dich heranlassen?« Rieke hatte ihm anvertraut, wie Peter zu ihr stand, so wie sie sich in ihrer nun schon jahrelang währenden Freundschaft alles mitteilten, worüber sie mit anderen Menschen nie sprechen würden.

Johannes folgte Riekes Rat. Doch die ersten beiden Lokale, die er aufsuchte, erwiesen sich als Enttäuschung. Im Monte-Casino in Kreuzberg sprach ihn gleich eine ganze Horde unterernährter Strichjungen an, um ihre Dienste anzubieten. Das genaue Gegenteil war im Alexander-Palast der Fall, der sich

nach seinem Standort am Alexanderplatz nannte. Hier ver-
kehrten vor allem schwule Paare mittleren Alters und gutbür-
gerlicher Herkunft.

Und genau hier wurde Johannes' Albtraum beinahe zur
Realität, als er den Abteilungsleiter für optische Apparate im
KaDeWe eng umschlungen mit einem anderen Mann auf der
Tanzfläche erblickte. Fluchtartig verließ er das Etablissement.

Erst im dritten Anlauf fand er die Nachtbar Papageno am
Nollendorfplatz. Sie war im Vergleich zum Alexander-Palast
ein kleines und im Vergleich zum Monte-Casino ein luxuriöses
Lokal. Die Gäste trugen Abendanzüge und wirkten durchwegs
zivilisiert. Die Jazzmusik der kleinen Kapelle sagte Johannes
zu, nur die Travestiesängerin war gewöhnungsbedürftig. Anfangs war er davor zurückgeschreckt, dass ein Mann sich als
Frau verkleidete. Solch ein Bedürfnis hatte er selbst noch nie
verspürt. Doch mittlerweile störte ihn die männliche Sängerin
nicht mehr.

Dies lag auch daran, dass er Alfred hier kennengelernt hatte.
Alfred war ungefähr so alt wie er selbst. Tagsüber arbeitete er
als Eintänzer im Adlon und führte dort ältere Matronen bei den
nachmittäglichen Tanztees über das Parkett. Ob er sich gegen
gute Bezahlung auch zu Gigolodiensten verleiten ließ, wusste
Johannes nicht und wollte es lieber auch gar nicht wissen.

Denn von Anfang an war ihm klar, dass Alfred kein Interesse
an einer festen Beziehung hatte. Doch sein neuer Bekannter
überstürzte auch nichts. Am ersten Abend plauderten sie lediglich miteinander. Alfred ließ zwar zu, dass Johannes die teuren
Getränke bezahlte, die beide bis tief in die Nacht konsumier-
ten, enthielt sich zu Johannes' Erleichterung jedoch eines jeg-
lichen zweideutigen Angebots.

Sie verabredeten, sich eine Woche später wieder zu treffen.
Diesmal gab Alfred deutlich zu erkennen, dass er Johannes be-
gehrte. Ein weiteres Mal widerstand Johannes der Versuchung.
Doch vor ungefähr einem Monat war es dann zum ersten Mal

passiert. Da Johannes noch immer in der Villa Bergmann lebte und Alfred zur Untermiete wohnte, bezahlte Johannes das Zimmer in dem kleinen Stundenhotel, das sich auf homosexuelle Paare spezialisiert hatte.

Der Liebesakt ging hastig und eher rau vonstatten, kein Vergleich mit der leidenschaftlichen Zärtlichkeit, die Johannes' Beziehung zu Sebastian geprägt hatte. Doch es war allemal besser als einsame Enthaltsamkeit.

Seither trafen sie sich regelmäßig im Papageno und suchten danach das Stundenhotel auf. Zwar übernahm Johannes nach wie vor alle Kosten, doch mehr verlangte Alfred nicht von ihm.

Da Johannes auch heute Abend kein bekanntes Gesicht entdeckte, entspannte er sich und sah sich um. Er erblickte Alfred an einem Stehtisch in einer Ecke mit einem jungen Mann. Johannes durchfuhr ein Stich. Bislang hatte er geglaubt, echte Gefühle für Alfred wären gar nicht im Spiel, sondern es ginge ihm nur um das Ausleben seiner Sexualität. Doch jetzt verspürte er heftige Eifersucht.

Erleichtert registrierte er, dass Alfred sich sofort von dem anderen Mann verabschiedete, als er Johannes erkannte, und lächelnd auf ihn zutrat. Alfred glich Sebastian nicht im Geringsten. Er war kleiner und viel schmaler von der Statur, und wie Johannes hatte er dunkle Haare und dunkle Augen.

Er schloss Johannes zur Begrüßung in die Arme und küsste ihn auf den Mund. »Wie schön, dass du schon da bist!«

»Wer war denn das?« Johannes konnte sich die Frage zu seinem eigenen Ärger nicht verkneifen.

Alfred zog eine seiner dunklen Augenbrauen in die Höhe, was ihm ein leicht diabolisches Aussehen verlieh. »Bist du etwa eifersüchtig?« Er traf den Nagel auf den Kopf.

Johannes verneinte das heftiger, als es notwendig gewesen wäre. »Wir hatten doch beschlossen, dass jeder sein eigener Herr bleiben würde«, versicherte er Alfred lahm. Dann wandte er sich zur Bar. »Das Übliche?« Alfred nickte.

Johannes bestellte zwei Gläser Champagner, die er mit seinen mitgebrachten Dollarmünzen bezahlte. Um sie mit dem immer wertloser werdenden Inflationsgeld zu erwerben, hätte er eine ganze Wagenladung Scheine gebraucht.

Der weitere Abend verlief in entspannter Atmosphäre. Dass es einen neuen Wachmann im Papageno gab, der ihn und Alfred aufmerksam beobachtete, als sie das Lokal schließlich Arm in Arm verließen, bemerkte Johannes nicht.

### Kakaostube in der Grenadierstraße

#### 5. November 1923, am späten Vormittag

Judith hob ihr Sektglas und trank Alice Salomon und Gunter Perl, dem edlen Spender des für diesen Ort recht ungewöhnlichen Getränks, ein weiteres Mal zu. Es war ihr zweites Glas, und sie fühlte sich schon ein wenig beschwipst.

Wenn Professor Sering endlich eintrifft, werde ich mich zurückhalten müssen, nahm sie sich vor. Denn Gunter hatte sogar noch eine zweite Flasche Sekt mitgebracht, die ungeöffnet darauf wartete, dass auch der dritte Ehrengast in der Kakaostube im Scheunenviertel eintraf.

Man feierte heute den doppelten Erfolg von Judiths Untersuchung, die sie für ihre Abschlussarbeit durchgeführt hatte: Zum einen waren die Kinder ihrer Stichprobe aus der Tagesstätte im Lauf des Jahres viel gesünder geworden. Zum anderen würden die Daten eine wunderbare Grundlage für diese letzte Prüfung ihres dann abgeschlossenen Studiums bilden.

Denn eine Untersuchung des Gesundheitsamts, die auf Betreiben von Professor Sering vor genau einer Woche durchgeführt worden war, hatte ergeben, dass heute, im Gegensatz zur Eingangsuntersuchung im vergangenen November, kein einziges Kind, das zu Judiths Stichprobe gehörte, mehr an fortschreitender Rachitis litt. Im Gegenteil hatte sich die Krankheit bei den Kindern sogar zurückgebildet.

Dies entsprach zwar auch Judiths eigenen Erhebungen, verlieh ihren Daten jedoch jene Objektivität, die für eine erfolgreiche wissenschaftliche Arbeit vonnöten war. Im Prüfungsausschuss, der ihre Abschlussarbeit beurteilen würde, konnte ihr nun niemand vorwerfen, sie habe rein subjektive Beobachtungen zur Grundlage ihrer Aussagen gemacht.

Im Nachhinein war Judith Professor Max Sering, der ihre Arbeit betreute, daher sehr dankbar, dass er seine Beziehungen eingesetzt hatte, um das städtische Gesundheitsamt in ihre Untersuchung mit einzubinden. Denn nun bestand sogar die Hoffnung, dass die Behörde die Konsequenzen aus Judiths Erfolg ziehen und selbst die Initiative für eine bessere Ernährung der Kinder aus armen Familien ergreifen würde.

Während des vergangenen Jahres hatten die Kinder regelmäßig für ihre sonstigen Lebensverhältnisse sehr gutes Essen genossen. Es wurde neben den üblichen Butterbroten und dem täglichen Becher Kakao und Esslöffel Lebertran durch Gemüse und Obst aufgewertet. An jedem zweiten Tag gab es für alle Kinder zudem ein Ei sowie eine halbe Orange oder ein Glas mit Wasser verdünnten ausgepressten Zitronensaft.

Ermöglicht wurde dies durch die Zuwendungen der Hilfsorganisation »Save the Children«, heute vertreten durch deren Schirmherrin in Berlin, Alice Salomon, sowie durch die Lebensmittelspenden von Adolf Jandorf und Gunter Perl.

Judiths Stichprobe aus vierzig Vorschulkindern, zu Beginn der Studie im Alter zwischen einem und fünf Jahren, war dabei weitgehend stabil geblieben. Nur zwei Geschwister, deren Mutter dem Alkohol verfallen war und die sich daher nicht an die Vereinbarung gehalten hatte, ihre Kinder täglich herzubringen, musste Judith ausschließen.

Doch dank der großzügigen Spenden wurde auch für diese Kinder weiterhin gesorgt. Denn sie profitierten, wie die Schulkinder, die erst ab dem Mittag in die Tagesstätte kamen, weiterhin von dem reichhaltigen Essen von »Save the Children«, das selbstverständlich für alle kindlichen Besucher zur Verfügung stand. Obwohl Judith deren Fortschritte nicht systematisch erfasste, erschienen ihr auch die älteren Kinder gesünder als zu Beginn ihrer Tätigkeit in der Grenadierstraße.

Am vergangenen Donnerstag war dann das Ergebnis der Nachuntersuchung des Gesundheitsamts eingetroffen. Und hätte gar nicht besser ausfallen können! Vorhandene Beinverkrümmungen bei den von der Knochenerweichung betroffenen Kindern waren signifikant zurückgegangen. Kein einziges Kind wies heute noch die für diese Krankheit typischen geschwollenen Hand- und Fußgelenke auf.

Das wusste Judith zwar bereits aus den monatlichen Untersuchungen, die sie im Beisein der Mütter durchgeführt hatte. Es war jedoch noch einmal etwas ganz anderes, es auch von ärztlicher Seite bestätigt zu bekommen. Dass die Mütter darüber hinaus berichteten, dass ihre Kinder viel ruhiger seien als früher, und Judith selbst durch den regelmäßigen Kontakt mit den Kleinen wusste, dass sie viel seltener an Erkältungs- oder anderen Infektionskrankheiten litten, rundete das Bild wunderbar ab.

Jetzt musste Judith mit diesen Daten nur noch ihre Abschlussarbeit erstellen, wofür sie einen Zeitraum von drei Monaten einplante. Mit den darauf noch folgenden mündlichen Prüfungen könnte sie ihr Studium spätestens zum Beginn des Sommersemesters im nächsten April erfolgreich abschließen. Max Sering hatte bereits angedeutet, dass er ihr danach eine Stelle als wissenschaftliche Assistentin in seinem Verantwortungsbereich verschaffen wolle.

Und so könnte nun alles so schön sein, wenn ihre Familie endlich auch Gunter akzeptieren würde. Doch bislang war dies nicht der Fall. In mehreren Aussprachen hatten sowohl Judiths Vater als auch Johannes kategorisch erklärt, Gunter sei ihnen unsympathisch und daher als Judiths Partner nicht willkommen. Im Gegenteil hatte Johannes gerade erst beim Frühstück am Morgen übel vermerkt, dass Gunter heute auch Adolf Jandorf, der aus geschäftlichen Gründen unabkömmlich war, als Mäzen ihrer Studie bei der kleinen Feier in der Tagesstätte mit vertrat.

Hoffentlich fällt Herr Jandorf im nächsten Frühjahr endlich die Entscheidung, wer der leitende Einkäufer im KaDeWe werden soll, sinnierte Judith nun, während sie mit halbem Ohr dem Gespräch zwischen Gunter und Alice Salomon lauschte. Von dieser Beförderung, ganz gleich, ob sie nun ihren Bruder oder ihren Geliebten betraf, erwartete sich Judith eine deutliche Entspannung der Situation, da dann die Konkurrenz zwischen den beiden hoffentlich enden würde.

Wobei Gunter streng genommen allerdings noch gar nicht ihr Geliebter war. In jüngster Zeit machte er zwar immer öfter Andeutungen in die Richtung, dass er Judith nicht nur als Freundin und Gesprächspartnerin schätzte, sondern auch als Frau begehrte. Doch bislang übte Judith in dieser Hinsicht Zurückhaltung. Geschlechtsverkehr vor der Ehe war in dem wilden Zeitalter, das nach dem Krieg angebrochen war, zwar absolut kein Tabu mehr. Dennoch hielt Judith sowohl ihre Eltern als auch ihre mütterliche Freundin Alice Salomon, die sich häufig missbilligend über den heutigen Sittenverfall erging, in dieser Angelegenheit für konservativ.

Daher gab es niemanden, mit dem sie sich vertraulich über ihre ersten sexuellen Erfahrungen austauschen hätte können. Judith selbst wusste ja nur theoretisch, was auf sie zukam, wenn sie zum ersten Mal mit einem Mann schlief.

Alice Salomon als unverheiratete alte Jungfer wäre wahrscheinlich für ein Gespräch darüber sowieso ungeeignet. Obwohl Judiths Mutter Gunter als Einzige in der Familie positiv gegenüberstand, würde jedoch auch sie es mit Sicherheit nicht gutheißen, wenn Judith sich ihm schon vor der Eheschließung hingab. Zumal sie ja noch nicht einmal verlobt waren.

»Wo bleibt Professor Sering denn nur?«, fragte Alice Salomon nun mit einem Blick auf die Uhr. Es war tatsächlich bereits nahezu Mittag und damit eine ganze Stunde nach dem verabredeten Zeitpunkt.

Auch Judith und Gunter wechselten einen frustrierten Blick. Denn Gunter hatte sich den restlichen Tag freigenommen. Er wollte Judith zuerst zum Mittagessen ins Restaurant Hiller, eines der feinsten in ganz Berlin, ausführen und danach das Ägyptische Museum mit ihr besuchen. Am Abend beabsichtigten die beiden, sich im UFA-Palast den Gruselfilm *Nosferatu* anzuschauen.

Plötzlich erhob sich von fern ein Lärm, der immer näher zu kommen schien. Er klang zunehmend bedrohlich, so wie wenn Menschen vor Wut oder Panik schrien und sogar Glas zu Bruch ging. Alle drei stürzten an das kleine Fenster von Judiths Büro in der Kindertagesstätte, dem Raum, wo man sich heute zusammengefunden hatte.

Tatsächlich näherte sich eine brüllende und wild um sich fuchtelnde Menschenmenge aus Richtung des Alexanderplatzes. Es waren hauptsächlich junge Männer. Ihre Kleidung wies sie als Arbeiter aus. Judiths Blut erstarrte zu Eis, als sie die Schimpfworte verstand: »Saujuden!« – »Schmarotzer!« – »Volksschädlinge!«

Dann wurden die ersten Männer sogar gewalttätig. Entsetzt beobachtete Judith, dass drei Burschen den Gemüsekarren eines alten Juden umwarfen und ihn an seinem langen weißen Bart sogar zu Boden zerrten. Dann traten sie auf den Händler ein.

»Gunter! Was hat das denn nur zu bedeuten?«

In diesem Moment stürmten die beiden Betreuerinnen der Tagesstätte herein. »Fräulein Bergmann! Da draußen geht etwas Furchtbares vor sich! Unsere Schulkinder sind doch gleich auf dem Weg hierher! Was sollen wir denn bloß tun?«

»Wir holen sie ab und geleiten sie sicher hierher.« Judith

griff bereits nach ihrem neuen grünen Topfhut und stülpte ihn über.

Gunter fiel ihr in den Arm. »Das kommt überhaupt nicht infrage, Liebes! Die Schule liegt in der Münzstraße, genau in der Richtung, aus der dieser Mob kommt! Es ist viel zu gefährlich für dich, auf die Straße zu gehen.«

»Aber die Kinder ...«, begann Judith.

Doch selbst Alice Salomon schüttelte den Kopf. »Das sind eindeutig Ausschreitungen gegen die Juden im Scheunenviertel. Vergiss bitte nicht, liebe Judith, auch wir beide gehören zu dieser Volksgruppe! Ich hoffe, die Kinder sind schlau genug, um sich irgendwo zu verstecken, anstatt hierherzukommen.«

»Ich stelle mich dennoch weiter ans Fenster«, erwiderte Judith trotzig. »Und wenn ich eines der Schulkinder sehe, das in Gefahr gerät, gehe ich auf die Straße, koste es, was es wolle!«

Zum Glück konnte Judith in den folgenden Minuten inmitten der randalierenden Menge keinen ihrer Schützlinge ausmachen. Doch die Szenen, die sie ansonsten erblickte, würden sie noch lange verfolgen.

Menschen, vor allem orthodoxe Juden, wie an ihrer Kleidung und Barttracht zu erkennen war, wurden zu Boden gerissen, getreten, geschlagen und bespuckt. Der Mob zerrte den alten Buchhändler von gegenüber aus seinem Laden, misshandelte ihn und warf seine Bücher in den Straßenschmutz. Dann wurde ihm zuerst der Mantel, danach sogar sein Anzug vom Leib gerissen, bis er nur noch in der Unterwäsche dastand.

Judith merkte gar nicht, dass sie leise wimmerte und ihr die Tränen über die Wangen liefen, während sie dieser Gewalttätigkeit hilflos zusehen musste. Da entdeckte sie plötzlich inmitten der tobenden Menge ein bekanntes Gesicht.

»Das ist Sering!«, schrie sie aufgeregt. »Professor Sering! Man hat ihm gerade den Hut vom Kopf geschlagen! Bitte, Gunter«, flehte sie, »wir müssen etwas tun!«

»Aber Max Sering ist doch gar kein Jude!«, reagierte Gunter zunächst verblüfft.

»Das ist diesem Pöbel doch egal!« Judiths Stimme klang schrill. Wieder machte sie Anstalten, nach ihrem Mantel zu greifen. »Sering ist alt, hat einen weißen Bart und trägt einen schwarzen Mantel und Hut. Wahrscheinlich halten sie ihn daher für einen Juden!«

»Warum kommt der überhaupt noch in dieser Situation hierher?« Gunter schüttelte den Kopf, griff jetzt aber nach seinem eigenen Überzieher. Er zog etwas aus der Innentasche, was Judith erst auf den zweiten Blick als kleine Pistole erkannte. »Die habe ich in diesen unsicheren Zeiten zum Glück immer bei mir«, erklärte er lakonisch.

»Ihr bleibt hier, geschehe draußen, was will! Versprecht mir das!«, forderte er dann. Als Judith zögerte, drohte er: »Sonst rühre ich keinen Finger!«

»Wir bleiben hier!«, ergriff Alice Salomon für sie beide das Wort. Die beiden Betreuerinnen hatte sie längst zu den Kindern zurückgeschickt.

Gunter entsicherte die Pistole und rannte aus dem Raum. Sie hörten seine Schritte die abgetretene Treppe hinunterpoltern.

Am Fenster beobachteten Judith und Alice, dass Gunter gerade noch rechtzeitig kam. Irgendwo auf dem Weg durch das Haus hatte er einen Knüppel gefunden, den er jetzt einem der beiden Männer, die versuchten, Sering den Mantel auszuziehen, über den Schädel schlug. Dann bedrohte er den anderen und auch die Burschen, die ihm zu Hilfe eilen wollten, mit der Pistole und schoss sogar zweimal in die Luft, bis die Menge endlich zurückwich und eine Gasse frei machte.

Sofort stürzten Gunter und der Professor zurück zum Haus. Judith lief auf den Treppenabsatz und sah, dass sie zwei schwere hölzerne Kisten vor die Eingangstür schoben, um damit den Zutritt zu verbarrikadieren.

Schließlich erreichten die beiden schwer atmend das erste Stockwerk.

»Also, nun erzählen Sie uns einmal in Ruhe, was Sie bewogen hat, trotz dieses Aufruhrs hierherzukommen, Herr Sering.« Gunter hatte dem alten Professor zunächst Zeit gelassen, sich ein wenig zu beruhigen und von dem Fencheltee zu trinken, den Alice Salomon ihm aufgebrüht hatte.

»Ich fuhr von der Universität mit der Straßenbahn zunächst zum Alexanderplatz«, erklärte der Professor. »Ungefähr gegen elf Uhr kam ich dort an. Zwar etwas später als geplant«, fügte er ein wenig zerknirscht hinzu, »aber eine wichtige Angelegenheit hielt mich im Institut länger als beabsichtigt auf. Vom Alexanderplatz aus wollte ich eigentlich zu Fuß herkommen und wäre sicherlich unter normalen Umständen binnen einer Viertelstunde hier eingetroffen.«

Er griff nach der Teetasse, die allerdings bereits leer war. Alice Salomon füllte ihm nach. Nach einem weiteren Schluck fuhr Sering fort:

»Doch am Alexanderplatz gab es kein Durchkommen mehr. Eine unübersehbare Menschenmenge hatte sich vor der Erwerbslosenstelle versammelt. Sie forderten in lautstarken Sprechchören, auf der Stelle ihr Stempelgeld zu erhöhen.«

»Die Brotpreiserhöhung«, murmelte Alice Salomon.

Sering nickte. »Sie haben recht, liebe Alice. Der Brotpreis ist heute Morgen erneut explodiert. Als ich auf dem Weg zur Straßenbahn zufällig an einem Bäckerladen vorbeikam, sah ich, dass man nun einhundertvierzig Milliarden für einen Vierpfünder Roggenbrot verlangt. Ende der vergangenen Woche kostete der Laib noch neunzig Milliarden.«

»Und mit diesen Preisen hält die Erwerbslosenhilfe natürlich nicht mit«, konstatierte Alice.

Sering nickte. »Wieder haben Sie recht, meine Liebe. Die Not in diesem Land wird von Tag zu Tag größer. Haben Sie gehört, dass sogar halbwüchsige Kinder erschossen worden sind, als über tausend Hungernde vor einigen Wochen versucht haben, ein Kartoffelfeld in der Nähe von Rudow zu plündern?«

Alice bestätigte das, während Judith zutiefst schockiert war. Für sie war diese Information neu, auch weil sie selten Zeit fand, die Tageszeitungen zu lesen.

»Wie alt waren die Halbwüchsigen?«, fragte sie alarmiert.

Sering hob die Schultern. »Ich glaube, dreizehn und fünfzehn. Aber sicher bin ich mir nicht.

»Rudow? Wo liegt das?«

»Irgendwo bei Neukölln. Aber genau ...«

»Das ist schlimm genug!«, fiel Gunter dem Professor ungeduldig ins Wort. »Aber erzählen Sie uns jetzt erst mal, was heute geschehen ist!«

Sering nahm noch einen Schluck Tee und ließ sich nicht aus der Ruhe bringen. »Eigentlich hätte ich schon wissen können, dass es heute in Berlin zu Ausschreitungen kommt, als ich an dem Bäckerladen vorbeikam«, holte er aus. »Denn auch dort protestierte die Menge lautstark, jedoch noch ohne gewalttätig zu werden.«

Später würden sie aus den Zeitungen erfahren, dass es aufgrund der Erhöhung des Brotpreises überall in den Berliner Armenvierteln zu Plünderungen von Bäckereien gekommen war.

»Aber was war denn nun auf dem Alexanderplatz los?«

»Dort begann die Situation zu eskalieren, als ein Behördenvertreter ans Fenster trat und der Menge mitteilte, das kommunale Notgeld, mit dem man die Erwerbslosenhilfe auszahlt, sei ausgegangen. Unmittelbar danach sah ich einige Männer, die laut schrien, dafür seien die *Galizier* im Scheunenviertel verantwortlich.«

»Wieso denn das? Die Menschen hier sind doch bitterarm«, versetzte Judith verständnislos.

»Leider nicht alle«, antwortete zu ihrem Erstaunen jetzt

Gunter, der sich offensichtlich in der Materie auskannte. »Einige wenige osteuropäische Juden aus dem Scheunenviertel betätigen sich als Spekulanten und bieten Devisen im Tausch gegen das Arbeitslosengeld an. Es heißt, dabei würden sie die Leute immer wieder über den Tisch ziehen und ihnen viel weniger auszahlen, als das eingetauschte Papiergeld wert sei.«

»Und wegen ein paar weniger Gauner überfällt man das ganze Scheunenviertel und schlägt alles kurz und klein?« Judith konnte es nicht fassen, zumal der Pöbel draußen noch immer tobte.

»Diese Agitatoren, ich halte sie für Anhänger dieser rechtsradikalen, aus Bayern stammenden NSDAP, haben behauptet, die sogenannten Galizier hätten das ganze Notgeld aufgekauft, und deshalb sei nichts mehr da gewesen«, berichtete der Professor weiter. »Und ehe ich michs versah, befand ich mich inmitten einer aufgewühlten Menge, die ins Scheunenviertel strömte. Zurück konnte ich nicht, da immer weitere Menschen nachdrängten. Also hoffte ich, dieses Haus hier einigermaßen unbeschadet zu erreichen. Anfangs schien das auch zu funktionieren. Aber kurz vor der Haustür wurde ich dann ebenfalls angegriffen. Zum Glück ist dank Ihres Muts nur mein Mantel zu Schaden gekommen, Herr Perl.«

Mit einer Grimasse wies Sering auf den Wandhaken, an dem Judith den Mantel aufgehängt hatte. Das Kleidungsstück war an der Vorderseite eingerissen. Alle Knöpfe fehlten. »Und mein Hut ist weg! Zum Glück ist der Kopf noch dran.« Serings Lächeln wirkte bemüht und unecht.

»Wie soll das denn nur weitergehen mit unserem Land?« Judith fühlte sich hilflos. »Es wird ja von Tag zu Tag schlimmer!«

»Nun, wir alle setzen auf die neue Regierung unter Gustav Stresemann«, antwortete Sering, wozu Gunter nickte. »Immerhin hat er ja bereits den aussichtslosen Ruhrkampf beendet, dieses unsägliche Milliardengrab. Inoffiziell habe ich zumindest erfahren, dass er und Reichspräsident Ebert an einer Methode arbeiten, um auch diese furchtbare Inflation endlich in den Griff zu bekommen. Es bleibt zu hoffen, dass es ihnen gelingen wird.«

Noch bevor Judith nachfragen konnte, ertönten plötzlich laute Kommandorufe von der Grenadierstraße her. Alle vier rannten erneut ans Fenster und sahen eine große Truppe bewaffneter Schutzpolizisten. Sie trieben die immer noch randalierenden Burschen mit Schlagstöcken auseinander und sperrten schließlich die Straße ab.

Trotzdem warteten die vier noch eine halbe Stunde, bis sie es gegen zwei Uhr wagten, die Kindertagesstätte zu verlassen. Auf dem Weg zurück zum Alexanderplatz registrierte Judith, dass kein einziger Laden unbeschädigt geblieben war. Die Straße war mit Scherben, Lumpen und Teilen zerschlagener Möbel übersät.

Am Alexanderplatz verabschiedeten sich Professor Sering und Alice Salomon von Gunter und Judith. »Ich hätte mir eine friedlichere Feier zu Ehren Ihrer bewunderungswürdigen Studie gewünscht«, sagte der Professor zu Judith. Dann wandte er sich an Gunter. »Und bei Ihnen stehe ich ewiglich in der Schuld, wie ich Ihnen schon sagte, nachdem Sie mich vor dem Mob gerettet haben. Dafür kann ich Ihnen nie genug danken.«

»Geben Sie unserer lieben Judith die Bestnote für ihre Abschlussarbeit«, zwinkerte Gunter ihm zu. »Das ist mir dann Dank genug. Bei diesen Worten überflutete Judith eine Welle von Liebe zu Gunter.

Schon auf dem Weg zu einem späten Mittagessen im Restaurant Hiller war nichts mehr von den Ausschreitungen zu spüren, deren Zeugen sie gerade geworden waren. Wieder einmal hatte sich der Aufruhr, wie schon bei früheren Unruhen, auf einige wenige Stadtteile Berlins beschränkt.

So verbrachten die beiden schließlich doch noch einen recht

entspannten restlichen Tag miteinander. Als sich Judith während des Gruselfilms *Nosferatu* schutzsuchend eng in Gunters Arme schmiegte, reifte zudem ein Entschluss in ihr.

An diesem Abend folgte sie Gunter erstmals in seine luxuriöse Wohnung in der Kurfürstenstraße und verbrachte dort mit ihm ihre erste Liebesnacht.

# Teil 5

## *Leichtsinn*

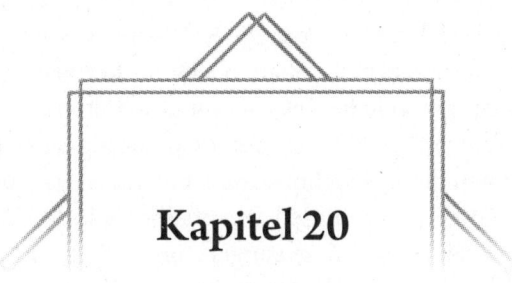

# Kapitel 20

## Im KaDeWe

*Samstag, 12. April 1924, kurz vor acht Uhr morgens*

Rieke sah noch einmal prüfend in den schmalen Spiegel innen an der Tür ihres Spinds. Zu gern hätte sie einen Hauch von Rouge aufgetragen, um nicht mehr allzu bleich vor Aufregung auszusehen. Doch nach wie vor war es für eine Verkäuferin des KaDeWe tabu, sich zu schminken.

Andere Verbote aus früheren Zeiten waren dagegen zum Glück aufgehoben. Rieke trug wie alle Kolleginnen ihres Alters im KaDeWe schon lange kein Korsett mehr. Nur einige ältere Matronen hielten an diesem altmodischen Teil ihrer Unterwäsche und damit auch an den vormaligen Dienstkleidern fest. Sie arbeiteten jedoch nicht in einer von Johannes Bergmanns Abteilungen. Er hätte eine solche Aufmachung bei seinen Mitarbeiterinnen mit Kundenkontakt nicht geduldet. Schon gar nicht in der eleganten Damenkonfektion.

Hier waren die Verkäuferinnen längst mit schwarzen Seidenkleidern ausgestattet, die im Schnitt der heutigen Mode entsprachen. Zwar hatten sie sommers wie winters lange Ärmel und nur einen kleinen runden Ausschnitt bis knapp unter den Hals. Auch Schmuck war weiterhin verboten.

Doch der Stoff war fließend und angenehm zu tragen, die Kleider darüber hinaus rund um den Ausschnitt und an den Manschetten bestickt. Ein schmaler, lose gebundener Stoffgürtel vervollständigte die Tracht.

Auch Adolf Jandorfs strenge Auflagen, was die Frisuren der Verkäuferinnen betraf, hatten sich mittlerweile gelockert. Heutzutage war jegliche Art von gut geschnittener Kurzhaarfrisur erlaubt. Schon am Tag, nachdem der Eigner seinen Mitarbeiterinnen diese Genehmigung erteilt hatte, war auch Rieke in ihrer Mittagspause in den Personalbereich des Damenfriseursalons des KaDeWe gegangen, um sich einen schicken Bubikopf schneiden zu lassen. Aufgrund des Personalrabatts war dort die Frisur sehr viel preiswerter als in einem herkömmlichen Friseursalon.

Noch einmal sah Rieke jetzt prüfend an sich herunter und hob jedes Bein leicht an. So schick ihre heutige Aufmachung als Verkäuferin auch war, so hatte sie jedoch auch zwei Nachteile:

Jede Laufmasche in den schwarzen Strümpfen aus Kunstseide, die unter dem wadenlangen Rock hervorlugten, fiel natürlich sofort ins Auge. Und Laufmaschen konnte man sich recht schnell zuziehen, besonders wenn man einmal mit den Riemchenschuhen, die ebenfalls zur Tracht gehörten, aufgrund der halbhohen Absätze ins Stolpern geriet. Wie jede ihrer Kolleginnen bewahrte Rieke daher ein Paar Ersatzstrümpfe in ihrem Spind auf.

Die Schuhe waren außerdem viel unbequemer als die vormals flachen Schuhe, die unter den bodenlangen Kleidern natürlich kaum zu sehen gewesen waren. Doch diese Art Schuhwerk passte natürlich nicht mehr unter ein wadenlanges Kleid mit schmalem Rock.

Rieke atmete tief durch und wappnete sich für das Kommende. Am heutigen Samstag fand der Vorverkauf der diesjährigen Weißen Woche statt. Man hoffte, dass die Sonderangebote zum ersten Mal nach der furchtbaren Inflationszeit eine Flut von deutschen Kundinnen und Kunden ins KaDeWe spülen werde, wie man sie seit dem ersten Kriegsjahr nicht mehr gesehen hatte.

Denn schon im vergangenen November hatte die Regierung Stresemann den harten Währungsschnitt gewagt und die deutsche Rentenmark eingeführt. Der Wechselkurs zur bis dahin gültigen Papiermark war allerdings atemberaubend: Für eine Billion Papiermark gab es eine einzige Rentenmark. Das hatte unzählige Vermögen im Deutschen Reich endgültig vernichtet, zumal es von staatlicher Seite keinerlei Entschädigung für diese immensen Verluste gab.

Im Gegenteil hatte Peter Hauser Rieke sogar erklärt, dass der Staat mit diesem Manöver auch seine immensen Kriegsschulden auf einen Schlag losgeworden sei. »Stell dir vor, die einhundertvierundfünfzig Milliarden Mark, die das Deutsche Reich im Lauf des Kriegs von seinen Bürgern als Anleihen aufgenommen hat, sind heute noch genau fünfzehneinhalb Pfennige wert.«

Apropos Pfennige. Neben den neuen Scheinen im Wert zwischen einer und eintausend Rentenmark gab es nun auch wieder Münzgeld in Form von Ein- bis hin zu Fünfzigpfennigstücken. Rieke hatte sich erst daran gewöhnen müssen, dass mittlerweile auch Münzen ausreichten, um die Fahrt in der Straßen- oder U-Bahn zu bezahlen.

Hatte sie noch in den letzten Tagen der Inflation Scheine im Wert von einer Billion Mark in Händen gehalten, so kannte sie den neuen Tausendmarkschein nur von Abbildungen, die Johannes Bergmann im Rahmen einer kleinen Fortbildung für sein leitendes Verkaufspersonal gezeigt hatte.

Zwar war die Herstellung von Inflationsgeld fast unmittelbar nach Einführung der Rentenmark eingestellt worden. Trotzdem dauerte es eine Zeit lang, bis so viele neue Rentenmarkscheine gedruckt und Münzen geprägt worden waren, dass sie für alle Deutschen als übliches Zahlungsmittel zur Verfügung standen. Bis Ende März hatte die Wechselstube des KaDeWe daher noch säckeweise altes Papiergeld in neue Rentenmark umgetauscht.

Jandorf hatte weitgehend darauf verzichtet, dieses Inflationsgeld bei seiner Bank einzuzahlen. Stattdessen wurde es in den Öfen verbrannt, die die Personalräume beheizten. Selbst vor einem Diebstahl musste man sich dabei nicht fürchten. Denn ein ganzer Sack Scheine wäre höchstens ein paar wenige Rentenmark wert gewesen.

Nach der Währungsreform war nun seit April genügend neues Geld in Umlauf gebracht worden. Deshalb fand die Weiße Woche im KaDeWe und in allen anderen Warenhäusern Berlins erst heute statt, fast zwei Monate später als üblich. Der Termin lag günstig, nämlich gleich in der Woche vor Ostern, und lud daher zum Kauf von Geschenken ein.

Außerdem stand der Monat Mai vor der Tür. Das hatte Rieke auf eine Idee für die Weiße Woche in der Damenkonfektion gebracht, die zwar nicht ohne Risiko war, die Johannes Bergmann jedoch sofort aufgegriffen hatte.

Die Weiße Woche verdankte ihren Namen der Tatsache, dass in diesem Zeitraum weiße Waren aller Art im Vordergrund standen und besonders preisgünstig angeboten wurden. Dazu gehörten keineswegs nur Kleidung und Stoffe sowie Unter-, Bett- und Tischwäsche, wie man auf Anhieb hätte vermuten können. Stattdessen orderte jede Abteilung des KaDeWe für diesen Sonderverkauf weiße Ware, sei es nun Porzellan, flauschige Teppiche, Küchengeräte aller Art oder sogar Lebensmittel.

Milch, Quark und Sahne waren in der Weißen Woche billiger als üblich, ebenso wie Zucker, Mehl, Eier, Reis oder Camembert. Ganz genau nahm man es mit der Farbe Weiß allerdings nicht. Auch elfenbeinfarbene Artikel gehörten zum Angebot. Darüber hinaus konnte die Kundschaft auch Ware in jeder anderen Farbe erstehen, oft ebenfalls verbilligt.

Die Idee der Weißen Woche war schon über zwanzig Jahre alt. Ursprünglich war sie im Warenhauskonzern Tietz entwickelt worden, um im Februar die tote Zeit zwischen Weihnachten und Ostern zu überbrücken. Die Idee wurde rasch von allen Mitbewerbern aufgegriffen.

Denn zumindest unverderbliche Ware, die man in der Weißen Woche anbieten wollte, konnte bei den Fabrikanten und Lieferanten größtenteils schon nahezu ein Jahr im Voraus bestellt werden. Das gab beiden Seiten Planungssicherheit bei der Produktions- und Kostenkalkulation und ermöglichte den Kaufhäusern damit, auch gute Qualität zu günstigen Preisen anzubieten. Das wusste Rieke inzwischen aus ihren Selbststudien, zu deren Zweck sie sich auf Johannes' Rat hin regelmäßig Bücher aus der umfangreichen Leihbibliothek des KaDeWe auslieh. Diese stand nicht nur Kunden, sondern auch dem hauseigenen Personal gegen eine geringe Leihgebühr zur Verfügung.

Allerdings bildete die Damenkonfektion beim zeitlichen Vorlauf für die Bestellungen im Vergleich zu den meisten anderen Warengruppen eine Ausnahme. Bis auf wenige Accessoires wie Handschuhe oder Seidenschals war es bei der gerade im Augenblick ständig wechselnden Mode unmöglich, Artikel für die Weiße Woche bereits ein Jahr im Voraus zu ordern. Erst wenn die neuesten Modetrends aus Paris für das kommende Frühjahr bekannt wurden, was frühestens im Herbst des Vorjahres der Fall war, konnte Johannes Bergmann das Sortiment für die Damenkonfektion zusammenstellen.

Und hier liegt genau das Risiko, ging es Rieke bang durch den Sinn, während sie die Treppen vom Souterrain zum Erdgeschoss hinaufstieg. Durch die Fenster nahe dem Eingangsbereich konnte sie erkennen, dass vor dem Haupteingang in der Tauentzienstraße bereits eine große Menschenmenge auf die Öffnung des Kaufhauses wartete. Das KaDeWe hatte in großflächigen Inseraten für seine Weiße Woche geworben und dabei äußerst günstige Preise für hochwertige Waren aller Art versprochen. Das lockte die Kundschaft nun tatsächlich in Scharen an.

Doch ob die Leute genau die Artikel kaufen werden, auf die Johannes und ich am meisten gesetzt haben, bleibt abzuwarten. Rieke war noch immer unruhig, als sie im ersten Stock ankam. Zumindest unsere Dekoration ist ganz großartig geworden, dachte sie und lächelte in sich hinein, als sie ihren Blick über die Auslagen schweifen ließ. Peter und seine Leute haben sich wirklich selbst übertroffen.

Die Tischlerwerkstatt hatte nach Riekes Anweisungen die Ausstellungsmedien angefertigt, mit deren Hilfe die Ware möglichst attraktiv präsentiert werden sollte. Das jedenfalls war gelungen.

Einen Moment lang beruhigte sich Rieke, bevor ihr Herzschlag sich erneut beschleunigte. Natürlich würde auch Gunter Perl sein Möglichstes tun, um aus diesem internen Wettkampf mit Johannes Bergmann als Sieger hervorzugehen. Denn vom Ergebnis der Weißen Woche in den jeweiligen Verantwortungsbereichen der beiden Kontrahenten wollte Adolf Jandorf seine endgültige Entscheidung abhängig machen, wen er zum leitenden Textileinkäufer des KaDeWe befördern würde.

Auch Perls Dekoration war exquisit, wie Rieke bei ihrem Gang durchs Erdgeschoss durchaus bemerkt hatte. Und auch er hatte sich etwas ganz Besonderes einfallen lassen, um die Damenkonfektion mit seiner Herrenkonfektion zu überflügeln.

***Am gleichen Tag;***
***ungefähr zwei Stunden später um zehn Uhr vormittags***

Mit vor Staunen weit aufgerissenen Augen betrat die neunjährige Adriana an der Hand ihrer Mutter Marina Zwetajewa die Eingangshalle des KaDeWe von der Tauentzienstraße her. Wären da nicht die kugelförmigen Lampen anstelle von Kronleuchtern gewesen, hätte die Ausstattung des Erdgeschosses mit seinen Marmortreppen, den holzverkleideten Wänden und den kunstvoll geschmiedeten Bronzegittern exakt ihrer Vorstellung vom Innern des Winterpalasts in Sankt Petersburg entsprochen.

Natürlich hätten auch die Menschenmassen, die sich zwischen den Auslagen hindurchschoben, nicht zu dem vornehmen Zarenpalast gepasst. Sehr wohl jedoch die fantasievollen Kunstobjekte, wenn sie in Russland auch nicht, wie hier im KaDeWe, aus Wäscheteilen bestanden hätten.

»Schau mal, Mama!« Adriana zog heftig an der Hand ihrer Mutter. »Dieser Aufbau sieht aus wie ein indischer Tempel! So einen kenne ich aus einem meiner Bilderbücher, die wir in Russland zurücklassen mussten.« Kurzzeitig fühlte Adriana sich sehr traurig. Ihre Eltern, der Vater ein Offizier der Weißen Armee, die gegen die Bolschewiki gekämpft hatte, die Mutter eine Dichterin, hatten ihr Vaterland, wie so viele andere Russen, verlassen müssen. Den Abschied von ihrer Heimat hatten sie sich nicht leicht gemacht. Doch nachdem Adrianas jüngere Schwester Irina in einem Kinderheim hungers gestorben war und ihrem Vater die politische Verfolgung drohte, war die Familie schließlich nach Deutschland emigriert und wohnte nun seit einigen Monaten in Berlin.

»Lass uns einmal näher an den Tempel herangehen, Mama!«, bettelte Adriana und lenkte sich so von ihrer Traurigkeit ab. »Ich möchte wissen, aus was für einer Art Wäsche er gemacht ist.«

Als sie sich durch die Menge, die rund um den Tisch mit dem Tempelaufbau in den Warenbergen wühlte, nach vorn gedrängt hatten, erkannte Adriana, dass Wände und Dach aus kunstvoll geschichteten weißen Handtüchern bestanden. Es waren die gleichen, die auf dem Ausstellungstisch als Sonderangebot zum Verkauf standen.

Schon fiel Adrianas Blick auf eine weitere kunstvolle Dekoration. »Was soll denn das darstellen, Mama?« Sie zeigte auf einen Aufbau, der aus Tischdecken und Servietten gebildet worden war. »Ist das ein Tor? Und wenn ja, wo führt es hin?«

Ihre Mutter lächelte. »Das soll wahrscheinlich einen römischen Triumphbogen darstellen. Ein solcher Bogen wurde im antiken Rom für die siegreichen Feldherren errichtet, wenn sie mit ihren Truppen in die Heimat zurückkehrten«, kam sie der Frage ihrer wissensdurstigen Tochter zuvor.

»Schau, dort drüben!« Schon hatte Adriana etwas Neues entdeckt. »Sieht das nicht aus wie ein Wasserfall? Und dort! Ein Segelschiff!«

Als sie erneut an der Hand ihrer Mutter zog, um auch diese Dekorationen näher in Augenschein zu nehmen, hielt Marina ihre Tochter zurück. »Ich bin eigentlich heute nicht hierhergekommen, um Wäsche zu kaufen«, erklärte sie. »Ich hoffte stattdessen, für mich und auch für dich ein schönes Sommerkleid zu erwerben. Wenn wir danach tatsächlich Geld übrighaben, können wir schauen, ob wir auch noch etwas Wäsche mitnehmen.«

Die Aussicht auf das versprochene neue Kleid lenkte Adriana tatsächlich von der aufwendigen Dekoration der Waren im Erdgeschoss ab. »Wo müssen wir denn hin?«

»Die Damenkonfektion liegt im ersten Stock.«

Neugierig folgte Adriana ihrer Mutter zu einer der Treppen, die in die oberen Stockwerke führten. Plötzlich stieg ihr ein stechender Geruch in die Nase. Sie schnupperte und sah sich suchend um. »Hier riecht es, als ob jemand Zigarren rauchen würde! Ist das denn erlaubt?«

Auch Marina war erstaunt. »Das kann ich mir kaum vorstellen, Adriana. Aber du hast recht, es riecht wirklich nach Zigarrenrauch.«

Kurz vor der Treppe klärte sich das Rätsel auf. Neben einem hohen Stehtisch mit einem riesigen Aschenbecher stand ein Page. Er nahm die noch qualmenden Zigarren einiger Kunden in Empfang, löschte vorsichtig die Glut und versah sie anschließend mit einer kleinen Papiermanschette, auf die er zuvor etwas geschrieben hatte.

»Warum geben die Herren ihre Zigarren ab, anstatt sie einfach wegzuwerfen?«, fragte Adriana erneut ihre Mutter.

Die hob lächelnd die Schultern. »Zigarren sind teuer, mein Kind. Wahrscheinlich sind sie den Herren zu schade, um sie halb geraucht zu vergeuden. Nach ihren Einkäufen holen sie sie wahrscheinlich hier wieder ab.«

»Und wissen, welche Zigarre ihre eigene war, weil der Page ein Namensschild drum herumgebunden hat«, schloss Adriana aus ihren Beobachtungen.

Marina nickte lächelnd. Adriana wusste, dass ihre Mutter große Stücke auf sie hielt. Trotzdem setzte sie ihrem Drang, noch weitere Abteilungen des KaDeWe zu erkunden, zu ihrer gelinden Enttäuschung jetzt ein Ende. »Lass uns jetzt endlich hinaufgehen! Sonst kommen wir nie zu unseren neuen Kleidern.«

Eine geschlagene Stunde später hatte Adrianas Mutter noch immer keine Entscheidung getroffen, ob und welches Kleid sie kaufen wollte. Denn die Preise in der Damenkonfektion des KaDeWe waren auch in der Weißen Woche durchaus ansehnlich. Selbst die billigsten Kleider kosteten noch um die einhundert Rentenmark.

Anfangs hatte Adriana geduldig bei einer Zitronenlimonade, die ihr ein Servierfräulein angeboten hatte, auf einem der Lehnsessel im Anprobesalon gewartet. Hier drinnen sah es wirklich so aus, wie nach Adrianas Vorstellung in einem Damenzimmer des Zarenpalasts. Denn neben den kostbaren Teppichen, den großen goldumrahmten Kristallspiegeln und den mit teurem Stoff überzogenen Sitzmöbeln gab es Kronleuchter anstelle der nüchternen Kugellampen, die auch im Hauptverkaufsraum der Damenkonfektion hingen.

Nachdem Adriana über zwanzig Minuten ausgeharrt hatte,

entschloss sie sich, draußen ein wenig auf Entdeckungsreise zu gehen. Denn noch immer konnte sich ihre Mutter nicht für ein Kleid entscheiden. Gerade brachte die Verkäuferin, der Adriana inzwischen die Ungeduld trotz ihrer Freundlichkeit anmerkte, ihrer Mutter ein weiteres, mit winzigen blauen Blümchen bedrucktes weißes Kleid in die Umkleidekabine. Schnell schlüpfte Adriana hinaus.

Sofort wurden ihre Blicke wie magisch von einer Figurengruppe angezogen, die im Kreis auf einem Podest angeordnet war. Es waren Torsos ohne Kopf und Arme, die anstelle der Beine auf einem metallenen Ständer befestigt waren. Die Figuren trugen atemberaubende weiße Kleider. Aufgrund der zahlreichen teils kurzen, teils bodenlangen Schleier, die rund um die Gewänder auf hölzernen Kugeln mit langen Metallfüßen drapiert waren, schloss Adriana, dass es sich um Brautkleider handeln musste. Ihr Deutsch war noch nicht so gut, als dass sie eine der Verkäuferinnen zu fragen gewagt hätte, zumal diese allesamt mit dem Bedienen von Kundinnen beschäftigt waren. Aber Adriana erinnerte sich daran, dass sich mindestens drei junge Frauen im Anprobesalon in solchen Kleidern vor einem der Spiegel um die eigene Achse gedreht hatten.

Da ihre Familie auch in Russland nicht reich gewesen war, hatte Adriana so kostbare Gewänder bislang nur auf Fotografien gesehen. Diese hier waren sogar schöner als die Roben der ermordeten Zarentöchter. Und vor allem natürlich viel modischer.

Welches der Brautkleider würde ich wohl für meine eigene Hochzeit auswählen,? überlegte Adriana. Immer wieder schritt sie um das Podest herum. Schließlich gab es zwei Favoriten:

Das schlichtere Kleid in Altweiß hatte ein ärmelloses Oberteil über einem gefältelten Schößchen, unter dem ein Spitzenrock und ein asymmetrisch geschnittenes Unterkleid bis knapp über die Knie reichten, schätzte Adriana die Länge. Der Rock war lediglich mit drei Seidenrosen geschmückt.

Das aufwendigere elfenbeinfarbene Kleid war langärmelig und rund um den Ausschnitt, an den Manschetten und der Vorderseite des Rocks mit cremefarbenen Stickereien versehen. Der Rock war mindestens zwanzig Zentimeter länger als bei dem anderen Kleid. Daran war eine meterlange Schleppe aus cremefarbener Seide und besticktem Tüll befestigt.

Nach einiger Überlegung entschloss sich die praktisch veranlagte Adriana für das schlichtere Gewand. Als sie nähertrat, um sich die Preisschilder anzuschauen, zuckte sie jedoch erschrocken zurück. Selbst das einfachere Kleid kostete schon fünfhundert Mark, das Kleid mit der Schleppe sogar dreitausend Mark.

Kein Wunder, dass ich im Anprobesalon kein Fräulein in genau diesen Roben gesehen habe, dachte Adriana. Doch als sie das Podest erneut umrundete, erkannte sie, dass auch die übrigen Brautkleider nicht weniger kosteten. Im Gegenteil, das Kleid mit dem Spitzenrock war sogar das günstigste. Dazu kämen dann noch der Schleier mit Brautkranz, Schuhe, Handschuhe und weitere Accessoires.

Also werde ich mir eine solche Ausstattung niemals leisten können. Wieder fühlte Adriana sich plötzlich sehr traurig. Zumal gerade in diesem Augenblick eine Verkäuferin mit einer jungen, teuer gekleideten Dame und einer älteren, ebenso teuer gekleideten Matrone auf den Stand mit den Brautkleidern zukam.

Die junge Dame zeigte tatsächlich auf das Gewand mit der langen Schleppe. »Dieses da gefällt mir am besten, Mutti!« Adriana verstand besser Deutsch, als sie es selbst schon sprach.

»Ist es denn noch in meiner Größe vorhanden?«, wandte sich die junge Frau dann an die Verkäuferin.

Die nickte eifrig. »Und selbst wenn es nur eine Nummer kleiner oder größer vorrätig wäre, könnte man es in unserer Nähwerkstatt mühelos umändern lassen«, versprach sie.

Neugierig geworden, wie das Brautkleid an einem echten

Menschen wirken würde, folgte Adriana den drei Frauen zurück in den Anprobesalon. Dort musste sie feststellen, dass sich ihre Mutter noch immer nicht für ein Sommerkleid entschieden hatte.

Allerdings hatte die Verkäuferin jetzt wohl endgültig die Geduld mit ihr verloren. Anscheinend war sie die Vorgesetzte der Verkäuferin, die die angehende Braut mit dem Schleppenkleid beraten hatte. Denn kurzerhand tauschte sie die Kundin mit ihr. Zu Adrianas Erstaunen fügte sich die untergebene Angestellte ohne jedes Murren.

»Mama!«, sprach Adriana ihre Mutter, für die sie sich ein wenig schämte, auf Russisch an. »Warum bist du denn noch immer nicht fertig?« Sie gab sich gar keine Mühe, ihren Unmut zu verbergen.

»Ich kann mich einfach nicht entscheiden, Liebes«, antwortete Marina ebenfalls auf Russisch. »Dieses da«, sie wies auf das feine Leinenkleid mit den blauen Blümchen, »kostet zweihundert Mark, gefällt mir aber viel besser als das hier.« Sie zeigte auf ein weißes Kleid mit Rüschen. »Das kostet aber nur einhundertzehn Mark, also fast die Hälfte weniger.«

»Du solltest das teurere nehmen, Mama!«, empfahl Adriana kurz entschlossen. »Schließlich wirst du es sicher länger als eine Saison anziehen. Denn ein Kleid aus dem KaDeWe ist doch eine Anschaffung fürs Leben«, fügte sie altklug hinzu.

Tatsächlich würde ihre Mutter Marina das Leinenkleid mit den blauen Blümchen, für das sie sich schließlich entschied, viele Jahre lang tragen.

Obwohl erst die Hälfte ihres heutigen Arbeitstags vorbei war, fühlte sich Rieke schon seit dem Mittag einerseits euphorisch, andererseits bereits völlig erschöpft. Zu einer Mittagspause, selbst einer extrem verkürzten, hatte es bislang nicht gereicht. Und das würde auch so bleiben, wenn dieser Andrang in der Damenkonfektion und im gesamten KaDeWe weiter andauerte.

Am meisten hatte sie jene Russin aufgehalten, die sich partout nicht für ein Kleid entscheiden konnte, obwohl sie sich ohnehin nur welche aus dem billigsten Preissegment bringen ließ. Als sich dann eine Kundin für das teuerste Brautkleid interessierte, das die Damenkonfektion heute anbot, zog Rieke schließlich die Konsequenz und verhielt sich zum ersten Mal, seit sie zur Ersten Verkäuferin befördert worden war, entsprechend ihrer Rolle.

Zwar erhielten ihre Verkäuferinnen, anders als Rieke, keine Provision für die an die Frau gebrachten Waren. Dennoch hatte Rieke bislang niemals die solventeren Kundinnen für sich beansprucht. Doch heute wäre es geradezu geschäftsschädigend gewesen, die Russin weiterhin zu bedienen, während eine Aushilfskraft aus der Kinderkleiderabteilung, wo der Andrang geringer war als in der Damenkonfektion, das teuerste Brautkleid verkaufen sollte. Dementsprechend hatte die junge Frau auch erleichtert anstatt verärgert reagiert.

Obwohl Rieke im Vorfeld allergrößte Zweifel daran gehegt hatte, dass dieses hochpreisige Modell mit der langen Schleppe seine Käuferinnen finden würde, war es bereits jetzt in den kleineren Größen ausverkauft. So wie fast alle Brautkleider, zu deren Bestellung sich Johannes Bergmann auf Riekes Empfehlung hin entschlossen hatte.

»Die schlimme Zeit der Inflation ist in der Weißen Woche schon monatelang vorbei und viele Leute verfügen endlich wieder über Geld«, hatte sie auf einem ihrer letzten Treffen argumentiert. »Bestimmt werden jetzt auch wieder prachtvolle Hochzeiten ausgerichtet. Vor allem im Wonnemonat Mai. Und Brautkleider sind doch weiß. Was hältst du davon, eine Kollektion davon zu den Angeboten der Weißen Woche hinzuzunehmen?«

»Brautkleider in der Weißen Woche anbieten?« Anfangs war Johannes skeptisch gewesen, zumal man es noch nie ausprobiert hatte. »Ausgerechnet die teuren Roben für den angeblich schönsten Tag des Lebens als Sonderangebot? Wo bleibt denn da unser Gewinn? Wie vereinbart sich der Kauf einer Robe für den angeblich schönsten Tag des Lebens mit einem billigen Sonderangebot?«

»Aber die Kundschaft weiß doch gar nicht, dass es sich womöglich um keine Sonderangebote handelt. Niemand wird sich die Mühe machen, die Billiarden-Preise der letzten Inflationswochen in die heutige Rentenmark umzurechnen.«

»Da hast du recht, Rieke«, stimmte ihr Johannes nach kurzer Überlegung zu.

»Außerdem könnten wir doch tatsächlich ein bis zwei Modelle preisgünstiger als zu normalen Zeiten anbieten«, schlug Rieke vor.

Auch dem hatte Johannes zugestimmt und quasi in letzter Minute eine umfangreiche Kollektion an Brautkleidern, überwiegend Pariser Modelle, eingekauft. Man würde sie nur mit einem hohen Abschlag zurückgeben können, wenn sie sich nicht verkauften, erklärte er Rieke danach, die seither aus Angst vor einem Misserfolg aufgrund ihres Ratschlags manch nächtliche Stunde wach gelegen hatte.

Zur Kollektion gehörte ein ärmelloses weißes Seidenkleid mit Spitzenrock, das Johannes für fünfhundert Mark fast zum Einkaufspreis anbot und damit trotz seiner Kostspieligkeit zu einem echten Artikel der Weißen Woche machte. Es stammte von einem berühmten Pariser Modeschöpfer und unterschied sich gerade durch seine Schlichtheit von den sonst so beliebten überladenen Brautkleidern.

Obwohl Johannes im Vergleich zu den anderen Brautmoden die doppelte Menge dieses Modells eingekauft hatte, war es mittlerweile schon fast vergriffen. Man verfügte nur noch über das Kleid auf dem Präsentationsständer. Rieke sah kommen, dass auch dieses Stück bald den Besitzer wechseln würde.

Auf einmal erblickte Rieke ein ihr bekanntes Gesicht im Verkaufsraum der Damenkonfektion. Wieder eilte jene unerfahrene Aushilfskraft auf die Frau zu, wieder gab ihr Rieke mit einer Geste unmissverständlich zu verstehen, dass sie selbst diese Kundin bedienen würde. Denn es war Isadora Duncan, die amerikanische Ausdruckstänzerin, die offensichtlich gerade in Berlin weilte. Dann trat Rieke mit einem leichten Neigen des Kopfs auf Mrs Duncan zu.

»Ich freue mich ganz außerordentlich, Sie am heutigen Tage wieder einmal in unserem Hause begrüßen zu dürfen, Mrs Duncan«, sagte sie förmlich, meinte ihre Worte jedoch ehrlich. Im Gegensatz zu der Russin, die nur gebrochen Deutsch gesprochen hatte, verstand Isadora sie, wie Rieke wusste. Nicht nur ihre zahlreichen Auftritte führten die Tänzerin immer wieder nach Berlin. Gemeinsam mit ihrer Schwester betrieb sie in der Hauptstadt mittlerweile sogar eine Ballettschule.

Trotzdem hatte Rieke sie zuletzt vor knapp zwei Jahren im KaDeWe gesehen. Sie war gerade zur Ersten Verkäuferin befördert worden, als Isadora mit ihrem zwanzig Jahre jüngeren russischen Gatten im Schlepptau aufgekreuzt war. Allerdings hatte der junge Mann Isadora kaum Zeit gelassen, auch nur ein einziges Kleidungsstück für sich selbst zu erwerben. Er strebte stattdessen in die Herrenkonfektion, wo Isadora ihn auf ihre Kosten tatsächlich von Kopf bis Fuß ausstattete, wie es später im KaDeWe die Runde machte.

»Was darf ich denn heute für Sie tun, gnädige Frau?«, fuhr Rieke fort, nachdem Isadora ihre Begrüßung freundlich erwidert hatte. Trotzdem bemerkte sie den traurigen Ausdruck in ihren Augen. Sie folgte Isadoras Blick und erkannte, dass sie die Brautmodelle betrachtete. Einen rechten Reim konnte sich Rieke darauf zunächst nicht machen.

Vielleicht ist sie traurig, weil sie nie die Hochzeit ihrer Tochter erleben wird, überlegte sie. Zwei von Isadoras Kindern waren schon im Jahr 1913 bei einem tragischen Autounfall ums Leben gekommen.

Doch in Isadora ging etwas völlig anderes vor, wie ihre nächste Äußerung zeigte. Sie wies auf das teure Brautmodell mit der langen Schleppe. »Wenn ich als junge Frau jemals in Betracht gezogen hätte zu heiraten, hätte ich dieses Kleid gewählt«, sagte sie. »Doch beim ersten und einzigen Versuch, die Ehe auszuprobieren, war ich für eine solche Robe schon viel zu alt. Und dieser Versuch ging auch noch schief.«

»Das tut mir sehr leid, gnädige Frau«, murmelte Rieke mechanisch, während ihr die Gedanken durch den Kopf schossen. Dass Isadora einst eine Gegnerin der Ehe gewesen war und jedes ihrer drei verstorbenen Kinder außerehelich zur Welt gebracht hatte, wusste sie, so wie jedermann im KaDeWe und in ganz Berlin. Doch dass Isadoras Ehe mit dem jungen Russen bereits wieder gescheitert war, war ihr neu.

Isadora machte eine abwehrende Handbewegung. »Fort mit Schaden«, sagte sie verächtlich. »Doch nun zeigen Sie mir Ihre Abendkleider! Das ist der eigentliche Grund, warum ich heute hierhergekommen bin.«

Riekes Pulsschlag beschleunigte sich. Denn der Einkauf der teuren Kollektion von weißen und auch andersfarbigen Abendkleidern für die Weiße Woche war das zweite Wagnis, das Johannes Bergmann im ewigen Konkurrenzkampf mit Gunter Perl eingegangen war. Auch hier gab es einige wenige explizit »preiswerte« Modelle, die meisten waren jedoch so teuer wie eh und je.

Rieke beschloss sogleich, auf Risiko zu spielen. Denn trotz

ihrer vielen gescheiterten Beziehungen und ihrer mittlerweile abgeflauten Karriere war Mrs Duncan zweifellos noch immer sehr reich.

Sie führte die Tänzerin zu dem runden Podest, auf dem analog zu den Brautmoden die Abendkleider präsentiert wurden. Dann zeigte sie gleich auf das teuerste Modell.

»Ich bin sicher, dass Ihnen dieses Kleid außerordentlich gut zu Gesicht stehen würde.« Es war ein zartrosafarbenes, sehr aufwendig verarbeitetes Modell, ärmellos mit nur zwei Zentimeter breiten Trägern und über und über mit schwarzen und weißen Perlen bestickt, die sich zu floralen Mustern zusammenfügten. Der aus drei Volants bestehende, ebenfalls an den Säumen bestickte Rock reichte gerade einmal bis über die Knie. Auch dieses Kleid stammte aus einer Pariser Kollektion.

Isadora zog eine Augenbraue in die Höhe. »Aber dieses Kleid ist doch gar nicht weiß!«

»Deshalb ist es auch nicht so preiswert wie die weißen Modelle«, antwortete Rieke schlagfertig. »Aber es ist und bleibt unser schönstes Modell. Die Farbe würde wunderbar zu Ihren dunklen Haaren und Augen passen.«

»Und durch den geraden, fließenden Schnitt auch meine Pölsterchen gut kaschieren«, fügte Isadora ironisch hinzu. Tatsächlich war die Tänzerin mit den Jahren etwas mollig geworden.

Rieke errötete. »Das ist nicht der Grund, warum ich Ihnen dieses Modell gezeigt habe«, beteuerte sie, obwohl es nicht ganz der Wahrheit entsprach. »Doch wenn Sie sich lieber ein anderes Kleid aussuchen möchten ...«

Isadora fiel ihr ins Wort. »Nein, nein, es ist schon gut. Diese Robe gefällt mir in der Tat ganz außerordentlich. Bringen Sie sie mir in den Anprobesalon, dann sehen wir weiter!«

Erleichtert folgte Rieke der Aufforderung und nahm eines der Modelle von dem Ständer, an dem sie bereithingen. Dabei registrierte sie sowohl, dass alle fünf bestellten Modelle noch vorrätig waren, als auch, dass Isadora mit keiner Silbe nach dem Preis gefragt hatte.

Nur kurze Zeit später erregte die Tänzerin regelrechtes Aufsehen unter den Kundinnen im Anprobesalon. Es steigerte sich noch, als ihr einige Damen in das Lichtzimmer folgten und beobachteten, wie die Festbeleuchtung den Stoff und die schwarzen und weißen Perlen der aufwendigen Stickerei zum Schimmern brachte.

Schließlich erwarb nicht nur Isadora dieses sündhaft teure Kleid für sage und schreibe zweitausendfünfhundert Mark. Sondern bis zu der nur zwanzigminütigen Pause, die Rieke gegen vier Uhr nachmittags endlich antreten konnte, waren bereits zwei weitere der fünf vorrätigen Abendkleider dieses Modells verkauft.

### *Am gleichen Tag; gegen halb neun Uhr abends*

»Meine Damen, ich bin überaus stolz auf Sie! Was Sie heute Großartiges geleistet haben, erfüllt nicht nur meine Erwartungen, es übertrifft sie sogar!« Johannes Bergmann ließ seinen Blick über die versammelte Gruppe seiner Untergebenen schweifen, die er alle in den Verkaufsraum der Damenkonfektion bestellt hatte, weil es dort den meisten Platz gab. »Sollte sich dieser Erfolg in der nächsten Woche fortsetzen, werde ich mich persönlich dafür einsetzen, dass jede von Ihnen einen Bonus erhält. Für heute mag das Glas Champagner, das gleich ausgeschenkt werden wird, einen ersten Vorschuss darauf darstellen.«

Johannes strahlte über das ganze Gesicht, nicht nur, weil jetzt aus der Gruppe der Verkäuferinnen begeistert Beifall geklatscht wurde. Tatsächlich waren die Umsätze in jeder seiner Abteilungen beachtlich, und sie lagen auch in der Luxusstoffabteilung sowie der Kinderbekleidung und der Damenwäsche am oberen Ende des erwarteten Rahmens. Die Verkäufe in der Damenkonfektion hatten jedoch alles gesprengt, was sich Johannes und Rieke in ihren kühnsten Träumen vorgestellt hatten.

Während der Champagner, den Johannes auf eigene Kosten in der Lebensmittelabteilung besorgt hatte, vom Abteilungsleiter der Kinderkonfektion ausgeschenkt wurde, näherte er sich Rieke mit dem gefüllten Glas in der Hand. Da auch sie bereits bedient worden war, stießen sie miteinander an.

»Ich weiß natürlich, dass der Riesenerfolg bei der Damenmode insbesondere dir zu verdanken ist«, raunte ihr Johannes zu. »Aber es erschien mir nicht angezeigt, die Abteilung in der Öffentlichkeit den anderen vorzuziehen. Schließlich müssen ja alle Verkaufskräfte noch sechs weitere Werktage lang ihr Bestes geben.«

Als er sah, dass auch die Aufsichtsdame Frau Liebermann ein gefülltes Glas erhalten hatte, winkte er ihr zu, sich zu ihnen zu gesellen. Wieder lobte er die Leistung der Damenkonfektion und der Damenwäscheabteilung, denen Frau Liebermann als Aufsichtsdame vorstand. Zwar hatte auch sie sich heute, entgegen ihren üblichen Aufgaben, daran beteiligt, den riesigen Kundenansturm erfolgreich zu bewältigen. Aber sie näherte sich mittlerweile den sechzig und hatte nur noch wenige Jahre bis zu ihrem wohlverdienten Ruhestand vor sich. Das merkte man mittlerweile auch ihren Verkaufskompetenzen an.

Trotzdem lächelte Rieke pflichtschuldigst und schloss sich dem Dank von Johannes an Frau Liebermann an. Sobald dieser kleine Empfang beendet sein würde, wollten sich Rieke und Johannes noch zu einer vertraulichen Nachbesprechung in seinem Kontor treffen, von der die übrigen Angestellten jedoch nach Möglichkeit nichts mitbekommen sollten. Insbesondere Frau Liebermann wäre dort völlig fehl am Platze gewesen.

Denn Johannes wusste so gut wie Rieke, dass sie selbst mittlerweile einen großen Teil der Aufgaben übernahm, für die eigentlich die Aufsichtsdame zuständig gewesen wäre.

Obwohl sich Rieke über die strahlenden Gesichter rings um sich herum freute, war sie froh, als Johannes nach einer halben Stunde die Abschiedsworte sprach. »Und nun wünsche ich Ihnen allen einen erholsamen Sonntag und erwarte Sie am kommenden Montag mit neuen Kräften für die Fortsetzung dieses gigantischen Erfolgs!«

Zehn Minuten später hatten die letzten Angestellten die Abteilung verlassen. Rieke fühlte sich mittlerweile von der Anstrengung des Tages und dem Champagner auf ihren nahezu leeren Magen etwas schwindlig. Trotzdem war sie gespannt auf die Verkaufszahlen, die Johannes während der gesamten Geschäftszeit immer wieder aktualisiert hatte.

»Es ist großartig, Rieke! Einfach unfassbar großartig!«, sagte er, kaum dass er die Tür seines Kontors hinter sich geschlossen hatte. Zu Riekes Überraschung stand eine Platte mit kalten Köstlichkeiten aus dem Erfrischungsraum auf dem kleinen Besprechungstisch bereit.

Johannes machte eine einladende Handbewegung. »Bedien dich, Rieke! Sicher hast du heute noch kaum etwas gegessen. Derweil fasse ich einmal die Ergebnisse des Tages kurz zusammen.«

Rieke ließ sich das nicht zweimal sagen und griff nach einem mit Räucherlachs und einem Dillzweig belegten Kanapee. Während sie mit vollem Mund kaute, begann Johannes mit seinem Bericht.

»Lass uns zunächst zu den Brautmoden kommen! Unser sogenanntes Sonderangebotskleid war schon am Nachmittag ausverkauft.«

Rieke nickte. Das war ihr bereits bekannt.

»Zum Glück habe ich den Lieferanten am Nachmittag erreicht, um weitere zwanzig Kleider nachzubestellen. Sie werden im Lauf der Woche nach und nach eintreffen, sodass wir hoffentlich jeden Tag einige dieser Modelle zur Verfügung haben. Denn ich rechne fest mit einer begeisterten Mundpropaganda, vor allem von den Kundinnen, die selbst gar kein Brautkleid brauchten, aber jemanden kennen, der es bald benötigen wird.«

»Das ist wunderbar.« Rieke hielt sich die Hand vor den Mund, damit keine Krümel auf den Tisch fielen. Mittlerweile hatte sie der Heißhunger überfallen, und sie war bereits bei ihrem dritten Kanapee angelangt.

»Schwieriger ist es allerdings mit den anderen Brautmoden.« Jetzt trübte sich Johannes' Miene ein. »Auch von dem Schleppenkleid haben wir nur noch ein einziges Modell. Und davon kann ich höchstens drei weitere innerhalb der nächsten Woche erhalten. Die Produktion dieses teuren Kleids ist so aufwendig, dass es kaum auf Vorrat gefertigt wird. Das gilt auch für ein paar andere der bereits gut verkauften Modelle.«

Zum Glück hatte sich Rieke darüber bereits während der letzten Stunden Gedanken gemacht. »Ich vermute, du meinst damit unsere Abendkleider, deren Bestand sich ebenfalls sehr verringert hat. Besonders das perlenbestickte ist auch nur noch einmal vorhanden.« Sie meinte die Robe, die unter anderem Isadora Duncan erstanden hatte.

Johannes nickte.

»Dann mache ich dir einen Vorschlag. Was hältst du davon, wenn wir für Modelle, die nachgefragt werden, ohne dass wir sie aktuell noch vorrätig haben, einfach eine Bestellung gegen Anzahlung entgegennehmen? Dann könnten wir die gesamten Umsätze ebenfalls unter denen der Weißen Woche verbuchen, obwohl die Lieferung später erfolgt.«

Johannes' Miene hellte sich wieder auf. »Das ist eine vortreffliche Idee!«, lobte er Rieke. »Ich muss sie zwar noch mit Herrn Jandorf besprechen. Aber ich bin sicher, er wird damit einverstanden sein.«

Rieke freute sich. Umso mehr, als sie erfuhr, dass auch die

übrigen Kleidungsstücke und Accessoires, die man in der Damenkonfektion führte, im Rahmen der Erwartungen verkauft worden waren. Vorräte hiervon waren mit wenigen Ausnahmen noch ausreichend vorhanden.

Sie griff nach einem weiteren Kanapee und überlegte, ob sie es wagen sollte, die Frage zu stellen, die ihr am meisten auf der Seele lag. Schließlich entschloss sie sich dazu. »Weißt du denn bereits etwas über die Verkäufe in den Abteilungen von Gunter Perl?«

Johannes lächelte schadenfroh. »Keine genauen Zahlen, aber ich habe Beobachtungen gemacht. Ich bin ein paarmal durch das Erdgeschoss gelaufen, um mich zu orientieren.«

Er machte eine künstliche Pause, um Riekes Spannung zu erhöhen. Sie hörte auf zu kauen und schluckte hastig. »Und?«

»Nuuun«, sagte er gedehnt. »Ich denke, die Umsätze in der Mehrzahl seiner Abteilungen erfüllen die Erwartungen ebenso gut wie die in den meinigen. Die Käufer rissen sich geradezu um Bettwäsche, Kleiderstoffe und anderes.« Wieder machte er eine Pause.

Diesmal konnte Rieke es nicht aushalten. »Und was ist mit den weißen Herrenanzügen? Das war doch Gunters besonderer Verkaufsschlager für diese Weiße Woche. Ich habe gehört, die Idee stammt aus Amerika, wo solche Anzüge schon groß in Mode sind.«

Jetzt grinste Johannes sogar. »Nach allem, was ich gesehen habe, sind die Ständer mit diesen Anzügen noch genauso voll, wie sie es heute Morgen waren. Und zwar sowohl die Tages- als auch die Abendanzüge. Gunters Idee mag ja durchaus innovativ sein. Doch in Deutschland ist die Zeit offensichtlich noch nicht reif dafür.«

# Restaurant »Himmel und Hölle« am Ku'damm

## Samstag, 12. April 1924, am gleichen Abend

»Darf ich die Herrschaften zu ihrem Platz im Fegefeuer führen?«

Judith musste kichern, als sie den in ein grellrotes Gewand gekleideten gehörnten Mann mit dem riesigen Schnurrbart erblickte, der sie in dem Teil des Restaurants empfing, den man die »Hölle« nannte. Das Etablissement hatte erst vor Kurzem gegenüber der Kaiser-Wilhelm-Gedächtnis-Kirche eröffnet, war aber bereits stadtbekannt.

Als Gunter und sie dem Mann zu ihrem Tisch nahe der Bühne folgten, auf der die Mitternachtsrevue stattfinden sollte, zeigte Judith kichernd auf den langen Schwanz am Hinterteil der Verkleidung ihres Führers, der beim Gehen hin und her wippte. Sie hielt sich die Hand vor den Mund, um nicht loszuprusten.

Der Mann, der Judith nun höflich den Stuhl zurückzog, sollte wohl den Satan darstellen und kam Gunter trotz seiner Maskierung irgendwie bekannt vor, ohne dass er ihn einordnen konnte. Er reichte Gunter eine Menükarte mit angebrannten Ecken und großen Rußflecken, was bei Judith einen neuen Lachanfall auslöste.

Erst als Gunter sie missbilligend musterte, beherrschte sie sich. »Entschuldige bitte, mein Schatz! Aber dass es hier tatsächlich so *höllisch* zugehen würde, habe ich trotz aller Reklame denn doch nicht erwartet.«

»Die ›Hölle‹ war deine Idee«, erwiderte Gunter ohne ein Lächeln. »Wir hätten auch in den ›Himmel‹ gehen können.«

Wieder bezwang Judith sichtlich ihre Lust zu lachen. »Aber dort muss es langweilig sein! In der Zeitung stand, die Beleuchtung sei himmelblau. Man wird von Sankt Petrus empfangen, und die Kellner sind wie Engel gekleidet. Überall stehen Heiligenfigürchen und Weihwasser herum. Da ist es mir in der >Hölle< lieber.«

Bevor Gunter die Speisekarte studierte, blickte er sich im Saal um, derweil Judith weiterhin kicherte und auf dies und jenes zeigte. Tatsächlich glich der gesamte Speisesaal einer Art mittelalterlicher Vorstellung vom Ort der ewigen Verdammnis. Die Beleuchtung war von einem phosphoreszierenden Rot, die Wände mit lodernden Flammen bemalt. In der Mitte des Raums stand ein großer dampfender Kessel. Die ebenfalls als rote Teufel verkleideten Kellner trugen Dreizacke bei sich, mit denen sie spielerisch sowohl auf das Orchester als auch auf die Gäste einstachen.

»Lassen Sie diesen Unfug!«, fuhr Gunter deshalb einen der Kellner an, der gekommen war, um die Bestellung aufzunehmen. Erst jetzt schien Judith zu bemerken, dass mit seiner Laune heute Abend kein Staat zu machen war.

»Was ist dir denn für eine Laus über die Leber gelaufen?«, fragte sie, nachdem er, ohne Judith einzubeziehen, Steaks und Rotwein für sie beide bestellt hatte. Sie legte ihm die Hand auf den Arm. »Ist der Vorverkauf der Weißen Woche heute nicht so gut gelaufen, wie du es dir erhofft hast?«, traf sie ins Schwarze.

Doch Gunter hätte sich lieber die Zunge abgebissen, als dies zuzugeben. Er schüttelte heftig den Kopf. »Nein, mein Liebes, die Geschäfte liefen sogar prächtig.« Er rang sich ein gequältes Lächeln ab.

Judith fiel auf seine Lüge herein. »Dann bin ich ja beruhigt. Denn als ich heute Nachmittag ins KaDeWe kam, gab es im Erdgeschoss kaum ein Durchkommen.«

»Das war so, in der Tat«, bekräftigte Gunter. Dann lächelte er wieder gezwungen. »Verzeih mir, wenn ich etwas abgelenkt wirke! Aber wir haben heute so viel Ware verkauft, dass ich kaum weiß, woher ich den Nachschub für die nächste Woche beschaffen soll.«

Das stimmte sogar für die niedrigpreisigen Artikel in all seinen Abteilungen. Doch von den siebzig weißen Tages- und fünfzig Abendanzügen, das Stück zwischen achthundert und zweitausend Rentenmark, war nur ein einziger Anzug im Lauf des heutigen Tages verkauft worden. Dabei hatte Gunter sie in großflächigen Inseraten als den jüngsten Modetrend aus den USA anpreisen lassen. Dort trug der feine Herr neuerdings sowohl tagsüber als auch abends Weiß.

Lediglich die Tenniskleidung war einigermaßen gut weggegangen. Aber die kostete nur einen Bruchteil im Vergleich zu den Anzügen und war auch schon vor dieser Weißen Woche alles andere als eine Novität gewesen.

Ich werde gleich am Montag weitere Inserate schalten lassen, beschloss Gunter nun. Schließlich habe ich ja noch sechs Tage Zeit, versuchte er dann, sich zu beruhigen. Judith durfte auf keinen Fall etwas von seinen Zweifeln erfahren. Naiv, wie sie war, würde sie es womöglich gleich morgen beim Frühstück ihrem vermaledeiten Bruder Johannes erzählen. Das fehlte ihm gerade noch.

Denn auch dass er Judith in dieses exklusive, außerordentlich teure Restaurant einlud, gehörte ursprünglich zu Gunters Schachzügen, mit denen er Johannes Bergmann gleich zum Auftakt der Weißen Woche einschüchtern wollte. Johannes sollte wissen, dass sich Gunter eine solche Ausgabe leisten konnte, und sogar den Eindruck gewinnen, er feiere mit Judith hier seinen ersten Erfolg.

Einen zweiten Hintergedanken verfolgte Gunter mit der heutigen Einladung. Von der erotischen Revue, die das Cabaret Montmartre sowohl den Besuchern des »Himmels« als auch der »Hölle« ab Mitternacht bieten würde, erhoffte er sich, dass die seiner Ansicht nach im Bett allzu scheue Judith auf einige neue Ideen kommen werde, um ihn zu erfreuen. Bisher verhielt sie sich bei der Liebe für seinen Geschmack viel zu passiv. Da war er von den Edelhuren, die er gelegentlich in seine Wohnung in der Kurfürstenstraße kommen ließ, wahrlich Besseres gewohnt.

Doch schon nach kurzer Zeit sah es so aus, als könnte dieser teure Abend, der so lustig für Judith begonnen hatte, ein ausgemachter Fehlschlag werden. Das blutige Steak ließ sie nahezu unangerührt zurückgehen, der trockene Rotwein war ihr zu sauer. Immerhin amüsierte sie sich nach wie vor über die teuflischen Kellner und deren Gebaren.

Trotzdem war Gunter froh, als sich um Mitternacht der Vorhang für das französische Cabaret hob. Die Werbung für diesen Abend hatte reißerisch angekündigt, dass die Darsteller insgesamt fünfundzwanzig Aktbilder aus den Memoiren des Marquis de Sade nachstellen würden.

Gespannt verfolgte Gunter, wie eine splitternackte Frau von einem als Teufel verkleideten Peiniger an einen Pfahl gefesselt und hernach mit einer Rute gepeitscht wurde. Ob sie tatsächlich vor Schmerz stöhnte oder dies nur vorgab, war nicht auszumachen. Auf jeden Fall wand sie sich, Verzweiflung mimend, hin und her und präsentierte dabei ihren straffen Busen und ihre schlanke Gestalt. Gunter spürte eine Regung in seinem Schritt und rutschte vorsichtshalber weiter unter den Tisch, damit Judith nur ja nicht merkte, wie sehr ihn diese Szene entflammte.

Ganz versunken in die folgenden Darbietungen, achtete er gar nicht darauf, wie es Judith ging. Gerade wurde eine der nackten Darstellerinnen mit den Händen über dem Kopf an Ringe gefesselt und präsentierte dem Publikum dabei ihr straffes Hinterteil. Da rüttelte ihn Judith heftig am Arm.

»Das ist ekelhaft, Gunter! Ich möchte sofort gehen!«

Einen Augenblick lang fehlten ihm vor Verblüffung die Worte. »Aber wieso denn? Es war dir doch klar, dass es eine Nacktrevue ist, die Szenen aus dem Buch des Marquis de Sade nachstellt. Und du wolltest unbedingt einmal hierher!«

»Ästhetische Nacktszenen, ja. Darauf war ich gefasst.

Aber von diesem Marquis hatte ich vorher noch nie gehört«, schnappte Judith. »Er muss ein veritabler Widerling gewesen sein. Also lass uns sofort gehen! Mir ist schon ganz übel von all diesen Schweinereien.«

»Kommt überhaupt nicht infrage, das hättest du dir vorher überlegen sollen«, lehnte Gunter empört ab. »Ich habe fünfzig Mark pro Person für das Essen und diese Show bezahlt.« Dass ihn die Darbietungen am Ende dieses frustrierenden Tages endlich auch auf andere Gedanken brachten, machte Judiths Forderung noch dreister, obwohl sie das ja nicht wissen konnte.

Daher verfolgte er die Revue weiter gebannt, während Judith der Bühne demonstrativ den Rücken zukehrte. Immerhin war sie klug genug, sich nicht allein in diesem Amüsierviertel um weit nach Mitternacht auf die Straße zu wagen.

Nun wurde eine junge Frau von zwei Teufeln bäuchlings über einen Block gebeugt, sodass ihr Hinterteil steil in die Höhe ragte. Während die Teufel es betatschten, auseinanderzogen und mit einem riesigen Dildo herumfuchtelten, wandte die Darstellerin ihr Gesicht dem Publikum zu. Gunter kam es trotz der gespielten Schmerzverzerrung merkwürdig bekannt vor. Er überlegte eine Weile und wartete zwei weitere Darbietungen ab, bis er sich sicher war. Dann winkte er den Satan, der ihn an den Tisch geführt hatte, zu sich heran.

»Ich glaube, ich kenne diese junge Darstellerin. Verraten Sie mir ihren Namen?«

Der Satan warf einen kurzen Blick auf Judith, die sich jedoch mittlerweile sogar die Ohren zuhielt, um die fingierten oder echten Schmerzensschreie der gefolterten Frauen nicht hören zu müssen. Trotzdem beugte er sich zu Gunters Ohr nieder.

»Sie nennt sich heute Susi. Aber ehemals hieß sie Sanni.« Damit bestätigte er Gunters Verdacht, und zu dessen Überraschung fügte er sogleich hinzu: »Sie hat sogar einmal, wie ich selbst, bei Ihrem Arbeitgeber im KaDeWe gearbeitet. Als Verkäuferin. Sogar in der Damenkonfektion.«

In seiner Faszination, einen solchen Skandal über die Schwester von Johannes Bergmanns bester Verkäuferin herausgefunden zu haben, und bei der Überlegung, wie er dies zu seinem Vorteil ausnutzen könnte, hätte Gunter einen Teil der Mitteilung des Satans fast überhört. Nun hob er prüfend den Kopf und blickte dem Mann ins Gesicht.

»So, so, Sie kennen mich also. Auch ich glaube, Sie schon einmal gesehen zu haben«, sagte er. »Helfen Sie mir auf die Sprünge! Was für einen Posten hatten Sie denn im KaDeWe?«

Der Satan deutete eine Verbeugung an. »Ich war dort über zehn Jahre lang Hausdetektiv, zuletzt sogar Leiter der Hausdetektei. Mein Name ist Gregor Eckstein.«

»Ach ja, jetzt erinnere ich mich. Sie haben Ihren Posten allerdings damals aufgegeben, soviel ich weiß.«

Trotz des diffusen Lichts bemerkte Gunter, dass der Satan das Gesicht verächtlich verzog. Dann beugte er sich erneut zu Gunter herunter. »Wenn es dem Herrn genehm ist, Sie sind doch Herr Perl, oder nicht?«, versicherte er sich und fuhr fort, als Gunter nickte, »könnte ich Ihnen auch noch etwas über die Dame in Ihrer Begleitung mitteilen.«

»Über Judith?«, entfuhr es Gunter erstaunt.

Die hörte ihren Namen trotz der auf die Ohren gepressten Hände, ließ sie sinken und sah auf. »Was ist mit mir?«

Gunter spürte Ärger über die Aufdringlichkeit des Satans in sich aufsteigen. »An diesen Informationen habe ich kein Interesse«, versetzte er barsch.

Der Mann verbeugte sich ein weiteres Mal mit einem spöttischen Grinsen. »Sollte sich daran einmal etwas ändern, wissen Sie ja jetzt, wo Sie mich finden.«

»Was wollte der Kerl denn von dir?«, fragte Judith verstört.

Gunter fasste einen spontanen Entschluss. Vielleicht würde es ihm nichts nützen, aber Johannes Bergmann zumindest irritieren. »Stell dir einmal vor, diese Frau dort«, er wies auf Sanni, die gerade von einem der Teufel gezwungen wurde, eine weitere Leidensgenossin zu peitschen, »ist Sanni Krause. Sie nennt sich heute Susi und hat einmal im KaDeWe gearbeitet. Dort wurde sie wegen versuchten Diebstahls entlassen.«

»Die Schwester von Rieke Krause?«, hakte Judith ungläubig nach. »Die, die das Abendkleid ausleihen wollte?« Auch sie hatte damals von dem Vorfall gehört.

»So ist es, Judith.« Gunter hatte Mühe, ein hämisches Grinsen zu unterdrücken. »Sag deinem Bruder doch gleich morgen beim Frühstück Bescheid! Ich möchte nicht wissen, was Adolf Jandorf davon halten würde, dass die Schwester einer seiner Ersten Verkäuferinnen nicht nur eine Diebin ist, sondern jetzt sogar als Nacktdarstellerin arbeitet. Noch dazu in dieser obszönen Revue.«

Dann wandte er sich, seinem abfälligen Urteil zum Trotz, wieder der Bühne zu.

## Adolf Jandorfs Kontor im KaDeWe

### April 1924, zehn Tage später

»Was kann ich denn für dich tun, Adolf?«, fragte Paul, kaum dass er Jandorfs Kontor betreten hatte. »Deine Vorzimmerdame meinte, es sei außerordentlich dringlich.«

Jandorf hob den Kopf und sah Bergmann prüfend an. Dann dirigierte er ihn zu seinem kleinen Besprechungstisch und setzte sich ihm gegenüber.

»Ich brauche deinen Rat, Paul. Aber als objektiver Personalleiter, nicht als Vater.«

Paul ahnte jetzt, worum es Adolf gehen könnte. »Du willst meine unvoreingenommene Meinung darüber hören, ob Johannes oder Gunter Perl besser zum alleinigen leitenden Einkäufer geeignet ist?«

Als Jandorf nickte, erkundigte er sich: »Was lässt dich denn zweifeln? Normalerweise triffst du Entscheidungen von solcher Tragweite doch allein.«

Jandorf seufzte. Dann suchte er erneut Pauls Blick. »Ich gebe gern offen zu, dass ich mich in der ersten Periode der fünfjährigen Probezeit gefühlsmäßig eher für Gunter entschieden hätte. Doch das hat sich in den letzten Jahren verändert. Lange Zeit dachte ich, Johannes Bergmann hätte zwar das bessere Händchen für sein Personal, Gunter Perl wäre dagegen jedoch der bessere Einkäufer. Doch genau weil Johannes eine gute Hand bei der Führung seiner Angestellten hat, sind seine Abteilungen in jüngster Zeit immer erfolgreicher geworden. Und seine Umsätze in der Weißen Woche liegen dieses Jahr über denen von Gunter.«

Er trank einen Schluck offensichtlich kalt gewordenen Tee und verzog den Mund. Dann fuhr er fort: »Denn auch als Einkäufer hat Johannes zunehmend an Profil gewonnen. Es war eine ausgezeichnete Idee, Brautmoden in das Angebot der Weißen Woche aufzunehmen. Selbst ohne die Umsätze für die noch offenen Bestellungen liegt die Damenkonfektion damit weit über den Erlösen der Herrenkonfektion. Gunter Perl hat sich dagegen mit seinen weißen Herrenanzügen zum ersten Mal gründlich vertan. Mehr als hundert der bestellten einhundertdreißig Stück müssen entweder mit großen Verlusten remittiert werden oder blockieren uns über Jahre hinweg unser Lager.«

Er griff noch einmal nach der Teetasse, stellte sie dann jedoch mit einem angeekelten Gesichtsausdruck weg, ohne zu trinken. »Also, was rätst du mir, Paul?«

Obwohl die Gedanken durch Bergmanns Kopf rasten, wägte er seine folgenden Worte sorgfältig. »Hängt denn das Heil des KaDeWe davon ab, dass es nur *einen* leitenden Textileinkäufer gibt?«

Jandorf wirkte erstaunt und schüttelte nach kurzer Überlegung den Kopf. »Eigentlich hat auch die bisherige Konstruktion über die Jahre hinweg recht gut funktioniert.«

Paul holte tief Luft. »Warum belässt du es dann nicht einfach dabei?«

Die folgende Schweigepause, in der Jandorf erneut überlegte, hielt Bergmann kaum aus. Würde Adolf seinem Vorschlag zustimmen, wäre Johannes endlich entlastet und könnte sich seinem Beruf mit der Freude und Unbekümmertheit widmen, die er schon so lange entbehrte.

Aber auch Gunters Beziehung zu Judith würde auf den Prüfstand gestellt. War Perl sie nämlich nur eingegangen, um sich dadurch einen Vorteil bei Jandorfs Entscheidung zu verschaffen, was Paul schon seit Langem argwöhnte, würde er Judith hoffentlich rasch den Laufpass geben. An die Möglichkeit, dass Gunter tatsächlich etwas an Judith lag, wollte er jetzt lieber nicht denken.

»Ich glaube, du hast recht, Paul«, sagte Jandorf schließlich zu dessen unendlicher Erleichterung. »Beide haben ihre Stärken und Schwächen. Das nimmt sich nichts. Und sie könnten sich sogar gegenseitig vertreten, sollte einmal einer von ihnen durch eine Krankheit oder einen Unfall ausfallen.«

»Ein sehr weiser Entschluss!«, lobte Paul, dem ein Stein vom Herzen fiel.

Doch wie so oft, wenn Adolf eine Entscheidung getroffen hat, braucht er meine Meinung dazu gar nicht mehr, dachte Paul. Denn Jandorf war schon auf dem Weg zum Vorzimmer.

»Fräulein Goldmann, richten Sie bitte Herrn Perl und Herrn Bergmann junior aus, dass ich sie morgen beide um zehn Uhr hier sehen möchte!«

»Aber du versprichst mir, Paul, Johannes noch kein Sterbenswörtchen von meiner Entscheidung zu sagen!«, verlangte er danach.

»Das ist Ehrensache«, sicherte Paul ihm zu. Dann verabschiedete er sich.

»Damit wäre auch diese Sache endlich geklärt«, hörte er

Adolf noch murmeln, während er sich mit leichterem Herzen als vor diesem Gespräch zurückzog.

Sogar mit viel leichterem Herzen, konstatierte er auf dem Rückweg in sein eigenes Büro. Wie sehr diese Situation auch mich belastet hat, war mir in diesem Ausmaß bislang gar nicht bewusst.

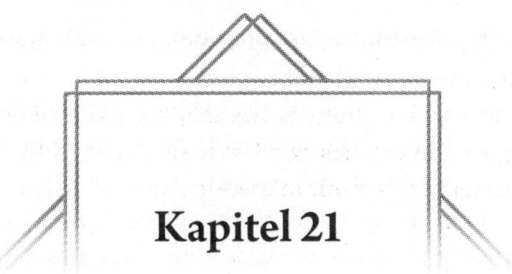

# Kapitel 21

## Warenhaus in der Belle-Alliance-Straße

### *Ende April 1924*

»Vater! Wie gut, dass ich dich gerade noch antreffe!« Außer Atem stürmte Harry, ohne anzuklopfen, ins Kontor seines Vaters im Warenhaus in der Belle-Alliance-Straße. Tatsächlich war Jandorf gerade dabei, seinen Regenmantel anzuziehen, da es draußen schon den ganzen Tag nieselte.

Jetzt hielt er inne und musterte seinen einzigen Sprössling. Wie so häufig tobten widersprüchliche Gefühle in seiner Brust.

Einerseits liebte er Harry über alles. Besonders während dessen Zeit an der Front hatte er große Ängste um sein Wohlergehen ausgestanden und ihm nahezu täglich geschrieben. Andererseits war Harry eine Enttäuschung, was Adolfs ehemalige Hoffnung anging, ihm die Unternehmensnachfolge und damit sein Lebenswerk anvertrauen zu können. Zum Kaufmann hatte sein Sohn leider wenig Talent.

Adolf warf einen raschen Blick auf seine Taschenuhr und winkte Harry mit einer Spur Ungeduld, sich zu setzen. »Was führt dich her, Sohn?« Und ohne Harrys Antwort abzuwarten: »Ich habe in einer halben Stunde eine wichtige Besprechung im KaDeWe. Also spute dich mit deinem Anliegen!«

»Ich habe es erst heute gehört, Vater«, antwortete Harry zunächst kryptisch. »Ich komme nämlich gerade aus dem KaDeWe und habe dort Gunter Perl getroffen. Stimmt es, dass du weder ihn noch Johannes Bergmann zum leitenden Textileinkäufer ernennen willst, sondern alles so belässt wie bisher?«

Nun nahm auch Jandorf, der demonstrativ stehen geblieben war, gegenüber seinem Sohn Platz. »Das ist in der Tat so, Harry. Doch was ficht dich das an?«

Ohne auf die Frage seines Vaters einzugehen, begann Harry, ihm Vorwürfe zu machen. »Das kann doch nicht dein Ernst sein, Vater! Gunter Perl hat fest damit gerechnet, diese Position nach der fünfjährigen Probezeit einzunehmen. Du triffst gerade eine krasse Fehlentscheidung«, fuhr er zu Adolfs Empörung fort. »Gunter ist seinen Aufgaben weit besser gewachsen als Johannes Bergmann.«

Trotz seines aufkeimenden Zorns beherrschte sich Jandorf zunächst. »Woher willst du das wissen?«

Harrys Ton wurde lauter. »Er hat die Herrenkonfektion im KaDeWe quasi aus dem Boden gestampft! Alle seine Abteilungen sind außerordentlich erfolgreich! Bedenke doch nur, wie gut er mich beim Strumpfwareneinkauf bislang beraten hat!«

»Also daher weht der Wind«, konstatierte Jandorf mit einem Unterton von Sarkasmus. »Weil Gunter Perl einen Teil deiner eigenen Aufgaben übernimmt, hältst du ihn für den besseren Einkäufer.«

Zu seiner Genugtuung errötete Harry. »Gunter hat mich zu jeder Zeit unterstützt, Vater. Ganz im Gegenteil zu …« Er stockte und schlug sich leicht auf die Lippen. Doch es war zu spät.

»Ganz im Gegenteil zu mir«, vollendete Jandorf den Satz, nun mit zusammengezogenen Augenbrauen. »Das mag in der Tat richtig sein. Denn ich habe mich bislang der Hoffnung hingegeben, du würdest irgendwann einmal selbstständig genug werden, um deine eigenen kaufmännischen Entscheidungen zu treffen.«

»Dazu wollte mir Gunter verhelfen!«, entfuhr es Harry. »Er

wollte mir die Chance geben, die du mir bislang vorenthalten hast!«

Nun wurde Jandorf ernstlich zornig. »Wie meinst du das? Erkläre dich!«

Harrys Gesicht wurde knallrot. Er wich dem stechenden Blick seines Vaters aus und biss sich auf die Lippen.

Doch Jandorf ließ nicht mehr locker. »Was hat dir Gunter versprochen?«, insistierte er. Als Harry noch immer nicht antwortete, drohte er ihm. »Wir können beide sofort ins KaDeWe fahren. Dann stelle ich Perl«, er benutzte absichtlich nur dessen Nachnamen, »in deinem Beisein darüber zur Rede, was er hinter meinem Rücken mit dir vereinbart hat.«

Harry hob abwehrend beide Hände. »Tu mir das nicht auch noch an, Vater! Du weißt doch, dass Gunter sich immer als mein Mentor betrachtet hat. Er wollte mich zum Abteilungsleiter der Strumpfwaren im KaDeWe machen, sobald er alleiniger leitender Textileinkäufer geworden wäre.«

Obwohl sich Jandorf schon etwas Ähnliches gedacht hatte, begann sich sein Puls nochmals zu beschleunigen. »Du vergisst, mein Sohn«, er bemühte sich mühsam um einen beherrschten Tonfall, »dass Perl selbst als leitender Textileinkäufer dazu mein Einverständnis gebraucht hätte. Selbst wenn ich ihm den gesamten Wareneinkauf für das KaDeWe anvertraut hätte, hieße das nicht, dass er ohne mein Zutun solche Führungspositionen besetzen könnte.«

Harry biss sich noch einmal auf die Lippen und trat dann die Flucht nach vorn an. »Warum machst *du* mich nicht zu einem Einkäufer und damit Abteilungsleiter im KaDeWe?«, fragte er provozierend. »Dann würde es der Hilfestellung von Gunter doch gar nicht bedürfen.«

In Jandorfs Brust tobten mehr widerstreitende Gefühle denn je. Einerseits lag ihm nicht das Geringste daran, sich in einen dauerhaften Zwist mit seinem einzigen Sohn zu begeben. Zumal er dann damit rechnen müsste, dass Harry und

Gunter sich in ihrer Enttäuschung sogar gegen ihn verbünden könnten. Andererseits war er von Harrys Erfolgen als Einkäufer in der Belle-Alliance-Straße nicht überzeugt. Beim heutigen Kurzbericht über die Verkäufe hatte sich zum wiederholten Male herausgestellt, dass die Umsätze in dessen Abteilung arg zu wünschen übrig ließen.

Harrys nächstes Argument gab jedoch den Ausschlag für Adolfs Entscheidung. »Was glaubst du denn, wie es auf die restlichen Angestellten wirkt, dass du mich nur in einer subalternen Position in der Belle-Alliance-Straße beschäftigst? Da muss ich Gunter doch dankbar sein, dass er offensichtlich weit mehr von mir hält als mein eigener Vater.«

Von dieser Perspektive aus hatte Jandorf die Sache tatsächlich noch nie betrachtet. Zumal es in fast allen anderen großen Berliner Warenhäusern so war, dass Söhne in Harrys Alter zumindest in der Position eines Juniorchefs waren, ging es ihm jetzt durch den Kopf. Allen voran bei Tietz. Da waren die beiden Söhne Georg und Martin sogar längst als Geschäftsführer tätig.

»Also gut«, sagte er schließlich. »Ab dem nächsten Monatsersten kannst du die Strumpfwarenabteilung im Erdgeschoss des KaDeWe übernehmen.« Kurz kam Jandorf der Gedanke, dass er für den jetzigen Abteilungsleiter dann eine neue Position finden müsste. Doch darüber konnte er auch noch später nachdenken. »Gunter Perl wird damit dein unmittelbarer Vorgesetzter sein. Aber ich erwarte von dir, dass du deine neue Rolle möglichst eigenständig ausfüllst.« Und werde persönlich ein Auge darauf haben, wollte er noch hinzufügen, als Harry ihn unterbrach.

»Und was ist mit den Luxusstrümpfen aus der Damenkonfektion? Gunter wollte die beiden Warengruppen nämlich in eine Abteilung zusammenlegen«, fügte er unklugerweise hinzu.

»Da bleibt alles so, wie es ist«, antwortete Jandorf kurz angebunden und bemühte sich, den neuen Zornesschwall, der innerlich in ihm hochschwappte, zu verbergen.

Auf dem Weg ins KaDeWe überlegte er kurz, ob er Gunter Perl auf diese Eigenmächtigkeiten ansprechen sollte, entschied sich dann aber dagegen. Sicher würde Harry ihm sowieso alles brühwarm berichten. Ich muss Perl allerdings im Auge behalten, beschloss er. Wie gut, dass ich Pauls Rat befolgt und ihn nicht zum einzigen leitenden Textileinkäufer befördert habe. Wer weiß, was sich der Kerl noch alles herausnehmen würde, wenn er eine solche Position innehätte.

## Vor dem Hintereingang des Etablissements »Himmel und Hölle«

### Mai 1924

»Da kommt sie!« Rieke stieß Peter Hauser in die Seite. Sie warteten bereits eine geschlagene Stunde lang vor dem Hintereingang des Cabaret-Restaurants »Himmel und Hölle«.

Schon vor ungefähr zwei Wochen hatte Judith Bergmann Rieke im KaDeWe aufgesucht. Unter dem Vorwand, neue Handschuhe zu brauchen, hatte sie sich zunächst von Rieke bedienen lassen. Sie wartete einen geeigneten Moment ab, um Rieke ihre Beobachtungen mitzuteilen.

»Ich fürchte, ich muss Ihnen etwas Unangenehmes sagen, Fräulein Krause«, begann sie, bevor sie Rieke einen Sachverhalt schilderte, den diese nicht einmal in ihren schlimmsten Albträumen für möglich gehalten hätte.

»Leider war ich nicht allein in jener furchtbaren Revue«, gestand ihr Judith zum Schluss. »Ich war in Begleitung von Herrn Gunter Perl. Ich hoffe, er bewahrt Stillschweigen über diesen unrühmlichen Abstieg Ihrer Schwester. Denn Sie kennen ja Herrn Jandorfs in dieser Hinsicht strenge Prinzipien.«

Rieke wurde es heiß und kalt. »Sie meinen, er würde die Schwester einer Nackttänzerin nicht als Erste Verkäuferin seiner Damenkonfektion im KaDeWe dulden?«

Judith nickte besorgt. »Ich fürchte, da könnten Sie recht haben, Fräulein Krause. Ich selbst werde natürlich kein Sterbenswörtchen über diese Sache verraten«, versprach sie zu Riekes Erleichterung. »Auch meinem Bruder nicht. Trotzdem wäre es natürlich besser für Sie, wenn Ihre Schwester diese Tätigkeit aufgeben würde. Denn über kurz oder lang wird sie womöglich von einer Kundin entdeckt, die sie noch von früher als Hilfsverkäuferin kennt. Dann gäbe es womöglich einen Skandal!«

Trotz ihrer aufsteigenden Panik dankte Rieke Judith von ganzem Herzen. Eine Weile überlegte sie danach, ob sie sich Johannes Bergmann anvertrauen sollte, beschloss aber dann, zuerst selbst zu versuchen, Sanni zum Aufgeben dieses Lebenswandels zu bewegen. Erst wenn ihr dies gelungen wäre, wollte sie Johannes Bergmann mit einbeziehen und um seine Unterstützung für Sanni bitten.

Auch in Meyers Hof vertraute sich Rieke nur Peter Hauser an. Denn der Reaktion ihrer Mutter traute sie nicht. Möglicherweise würde Käthe ihren Plan für Sannis Rückkehr in eine bürgerliche Existenz sogar ablehnen. Spontan bot der treue Peter ihr seine Hilfe an.

Darüber war sie auch schon froh gewesen, als sie am vergangenen Samstag das erste Mal vergeblich auf Sanni gewartet hatten. Die Revue endete erst weit nach Mitternacht. Während sie damals den Hinterausgang im Auge behielten, trieb sich eine Menge Gesindel rund um das Etablissement herum. Womöglich verkauften sie Kokain oder andere verbotene Drogen.

Leider war Sanni an diesem Abend gar nicht erschienen. Weder Rieke noch Peter konnten es sich leisten, sich eine Nacht um die Ohren zu schlagen, wenn sie am nächsten Morgen in aller Frühe zur Arbeit mussten. Also hatten sie bis zum heutigen Samstagabend warten müssen, in der Hoffnung, Sanni diesmal zu treffen.

Und hier war sie nun! Sie trug einen modischen dunkelblauen Topfhut zu einem ebenfalls dunkelblauen, gut geschnittenen Kostüm und hochhackigen Schuhen. Als Sanni ins Licht der Gaslaterne trat, die den Hinterausgang beleuchtete, erkannte Rieke jedoch die schwarzen Ringe um ihre Augen und die eingefallenen Wangen.

»Sanni!« Rieke trat aus dem Schatten der Hauswand und kam einen Schritt auf sie zu.

Ihre Schwester blickte auf. »Was machst du denn hier, Rieke?« Beinahe stahl sich ein überraschtes Lächeln auf ihre Lippen, bevor sich ihre Gesichtszüge wieder verhärteten. »Nun sag nur, du hast dir die heutige Vorstellung angesehen.« Ihr Ton wurde spöttisch. »Dann musst du aber einen spendablen Galan haben. Denn selbst für das Gehalt einer Ersten Verkäuferin ist das ›Himmel und Hölle‹ zu teuer.«

»Ich habe dich nicht in der Vorstellung gesehen, sondern nur von jemand anderem gehört, was da vor sich geht«, gab Rieke zu. »Deshalb treibt mich vor allem die Sorge um dich heute Abend hierher. Wie kannst du nur so etwas tun?« Trotz aller Vorsätze schlich sich nun doch ein Vorwurf in ihre Stimme.

Erwartungsgemäß reagierte Sanni zornig. »Und was geht dich das an, Schwesterlein? Ich kann mit meinem Körper tun, was ich will. Und verdiene damit gutes Geld, wie du siehst.« Sie strich an ihrem eleganten Kostüm herunter. »Jedenfalls mehr als du in deinem langweiligen Kaufhaus.«

»Und darfst du dieses Geld denn auch für dich behalten?« Ohne dass Rieke es gemerkt hatte, war Peter Hauser an ihre Seite getreten. »Oder musst du es diesem Lump, diesem Berti, abgeben? In Meyers Hof sagt man, er sei dein Lude geworden.«

Jetzt schossen Sannis blaue Augen Blitze. »Und selbst wenn

es so wäre, was kümmert es dich? Was hast du mit mir zu schaffen? Oder hast du es endlich hingekriegt, dieses Blümchen Rühr-mich-nicht-an«, sie wies mit einem spöttischen Gesichtsausdruck auf Rieke, »doch noch für dich zu gewinnen? Und schämst dich deiner jetzigen oder zukünftigen Schwägerin?«

Rieke entging nicht, dass ein schmerzlicher Ausdruck über Peters Gesicht huschte. Fast bereute sie schon, ihn überhaupt mitgenommen zu haben. Denn mit seinem Versuch, ihr beizustehen, hatte er alles nur noch schlimmer gemacht.

Jetzt verstellte er Sanni sogar den Weg, als sie versuchte, sich an ihnen vorbeizudrängen.

Ihre Schwester wandte den Kopf zum Hintereingang zurück. »Berti!«, schrie sie aus Leibeskräften. »Berti! Komm her, ich werde belästigt!«

Rieke sah all ihre Felle davonschwimmen. Beschwörend griff sie nach Sannis Arm. »Sanni! Hör mich an! Tu dir und uns das nicht länger an! Ich besorge dir ein Zeugnis aus dem KaDeWe! Das verspreche ich dir. Damit kannst du dich überall in Berlin als Verkäuferin bewerben! Und hast diese widerwärtige Arbeit nicht länger nötig!«

Denn darin bestand Riekes Plan. Sie wollte Johannes Bergmann um ein fingiertes Zeugnis für ihre Schwester bitten. Sofern es ihr gelänge, sie heute mit nach Hause in Meyers Hof zu nehmen.

Doch zu ihrer grenzenlosen Enttäuschung lachte Sanni ihr höhnisch ins Gesicht. »Wo willst du das denn hernehmen, Schwesterlein?«, legte sie den Finger gleich in die Wunde. »Willst du es fälschen oder selber die Beine breitmachen, damit dir jemand einen solchen Gefallen tut?«

Während Rieke die Worte fehlten, übermannte Peter die Wut. Er packte Sanni an beiden Oberarmen und schüttelte sie. »Rede nicht so mit deiner Schwester! Sie ist keine Hure wie du!«

Sanni schrie erneut. »Berti! Berti! Wo bleibst du denn nur?«

Noch bevor Rieke eingreifen konnte, überschlugen sich die Ereignisse. Berti, in einen eleganten Abendanzug gekleidet, stürzte aus der Hintertür und nahm Peter, der Sanni noch immer gepackt hielt, von hinten in den Schwitzkasten. Doch er hatte nicht mit Peters Fronterfahrung gerechnet. Sie hatte ihn zu einem Meister des Nahkampfs gemacht.

Peter ließ Sanni los und stieß Berti beide Ellenbogen mit voller Wucht in den Bauch. Stöhnend wich Berti zurück. Peter setzte ihm nach, packte ihn am Kragen und schlug ihn rechts und links ins Gesicht.

»Zu Hilfe! Zu Hilfe!« In ihrer Erstarrung bemerkte Rieke nur halb, dass Sanni weiter schrie. Plötzlich stürmten zwei stämmige Männer aus dem Hinterausgang. Ohne lange zu fackeln, rissen sie Peter zurück. Er wehrte sich zunächst heftig und teilte seinerseits Schläge aus. Doch der Übermacht von drei Gegnern erwies er sich als nicht gewachsen. Den zwei Kerlen, die Sanni zu Hilfe gekommen waren, gelang es schließlich, ihn an den Oberarmen zu packen und festzuhalten.

»Wen hamm wa denn da?«, knurrte einer der beiden, dessen Gesicht ganz mit roter Farbe beschmiert war und der ein Paar Hörner auf dem klobigen Kopf trug. Doch auch in dieser Maskierung erkannte ihn Rieke sofort. Das Herz schlug ihr bis zum Hals, sie fühlte sich schwindlig.

Auch Eckstein wusste sofort, wer sie war. »Noch so 'n Flittchen«, knurrte er höhnisch. »Liegt wohl in der Familie!«

Trotz seiner Hilflosigkeit reagierte Peter auf die Beleidigung Riekes und trat Eckstein heftig ans Schienbein. Mittlerweile hatte auch Berti sich wieder aufgerappelt. Während die beiden Kerle Peter festhielten, begann er, ihn mit Fäusten und Tritten zusammenzuschlagen. Peters Gesicht war rasch blutüberströmt. Schließlich glaubte Rieke sogar, Knochen knacken zu hören, als Berti Peter mit Anlauf und gestrecktem Bein gegen den Brustkorb trat.

»Bitte! Bitte!«, flehte sie verzweifelt. »Es ist genug! Ihr schlagt ihn ja tot.«

Doch noch hielt Berti nicht inne. In ihrer Verzweiflung sprang Rieke schließlich zwischen Peter und ihn, als Berti zwei Schritt zurücktrat, um nochmals Anlauf für einen Tritt zu nehmen.

»Halt!«, ertönte da plötzlich Ecksteins Stimme. »Mer lassen ihn loofen. Aber dit Flittchen soll vorher dafür blechen!«

Ganz langsam, mit dem mittlerweile zusammengesackten Peter zwischen sich und dem anderen Kerl drehte Eckstein sich zu Rieke um.

»Wat deine Schwester zu bieten hat, wissen mer ja! Jetz zeig du doch mal, wat du hast!«, forderte er mit einem widerwärtigen Grinsen. »Ick weeß et ja schon! Aba die andern nich. Bist doch vom selben Schrot und Korn!«

Rieke erstarrte zu Eis. Eckstein schlug Peter hart mit der Faust an die Schläfe. »Zeig deine Titten! Wird's bald?«, fauchte er sie an. »Sonst hau'n wa ihn wirklich tot!«

Obwohl Peter hilflos den Kopf schüttelte, begann Rieke, ihre Bluse aufzuknöpfen. Da kam Beistand von unerwarteter Seite.

»Jetzt ist's genug!« Sanni fiel Rieke in den Arm und stellte sich vor sie. »Die zwei haben ihre Lektion gelernt! Danke für eure Hilfe, Gregor und Hannes! Lasst den Peter jetzt los!«

»Tut, was ich sage!«, setzte sie nach, als die zwei zuerst keine Anstalten machten, ihrer Forderung nachzukommen. »Sonst mischen sich am Ende noch die Bullen ein! Das kann keiner von uns brauchen! Und dem Cabaret wär's auch nicht recht!«

Das Argument wirkte. Mit einem Ruck stießen die beiden Kerle Peter von sich, dessen Beine nachgaben, sodass er hart auf das Straßenpflaster prallte.

»Und du lässt mich besser in Zukunft in Ruhe, Rieke!«, wandte sich Sanni ein letztes Mal an ihre Schwester. »Sonst

geht es womöglich beim nächsten Mal nicht mehr so glimpflich aus!«

## Die Kneipe »Zum Hundejustav« am Stettiner Bahnhof

### *Mai 1924, ein paar Tage später*

Nervös blickte sich Gunter Perl auf der Suche nach einer Uhr
zum wiederholten Mal in der düsteren Kaschemme um, in
der er Gregor Eckstein, den ehemaligen Hausdetektiv des Ka-
DeWe, zwischen zwei und drei Uhr nachts treffen sollte. Seine
eigene Taschenuhr aus massivem Gold wagte er nicht zu zü-
cken, aus Sorge, damit bei der dubiosen Gästeschar womöglich
Begehrlichkeiten zu wecken. Wie Gregor ihm im Vorfeld mitgeteilt hatte, herrschte um diese nächtliche Zeit Hochbetrieb.

Schon als der Mietwagen vor einer Viertelstunde vor dem
heruntergekommenen Gebäude gehalten hatte, war Gunter
versucht gewesen, sich sofort in seine Wohnung in der Kurfürstenstraße zurückfahren zu lassen. Denn trotz der Recherchen, die er im Vorfeld über dieses zweifelhafte Etablissement
angestellt hatte, fühlte er sich davon zutiefst abgestoßen.

Aus dem ehemaligen Kohlenkeller, in dem jetzt die Kneipe
untergebracht war, drangen schrille Musik und ein grauenhaf-
ter Gestank bis auf die Straße. Es war eine Mischung aus Zigar-
renqualm, ranzigem Fett, Urin und ungewaschenen Körpern.
Die Kaschemme lag unweit des Stettiner Bahnhofs im Norden
Berlins und galt als beliebter Treffpunkt der Berliner Unterwelt.

Angeblich frequentierten sie aber auch betuchte, sensati-
onslüsterne Touristen, worauf die diversen Limousinen und
Mietwagen hinwiesen, die vor der Tür parkten. Doch als Gunter den düsteren Kellerraum betrat, konnte er niemanden erkennen, dessen Kleidung erwarten ließ, dass er zu dieser Klientel gehören könnte.

Aber vielleicht hatten auswärtige Besucher ja den gleichen Tipp erhalten, den Eckstein Gunter gab, als er ihn für die heutige Nacht hierherbestellte: »Ich rate Ihnen, in möglichst schäbiger Kleidung zu erscheinen«, instruierte er ihn, nachdem Perl ihn vorgestern nach dem Ende der Revue vor dem Cabaret-Restaurant »Himmel und Hölle« abgefangen hatte. »Sonst könnte es unangenehm für Sie werden. Zumindest solange ich noch nicht da bin.«

Bevor sich Gunter jetzt an einem der wenigen freien schmuddeligen Tische niederließ, spielte er erneut mit dem Gedanken, einfach wieder zu gehen und die ganze Sache entweder fallen zu lassen oder sich mit Eckstein bei Tageslicht in einem anständigen Café zu treffen. Selbst auf die Gefahr hin, dort gesehen zu werden.

Denn auch der Name der Kneipe widerte ihn an. Der Wirt hatte sie nach seinem eigenen Spitznamen »Hundejustav« benannt, der zum einen auf seine ehemalige Tätigkeit als Hundefänger zurückging. Zum anderen hieß es gerüchteweise, dass der Besitzer Hundefleisch seit jeher über alles schätzte.

»Nein, nein! Essen möchte ich nichts«, wehrte Gunter daher geradezu panisch ab, als ihm der Kellner, seltsam genug in einen weißen Kittel gekleidet, unter dem er ein Nachthemd trug, die Speisekarte hinhielt. »Ich möchte nur eine Tasse Kaffee«, entschied er spontan, aus Sorge, auch der Alkohol in diesem Etablissement wäre nicht bekömmlich. Außerdem wollte er für die bevorstehende Verhandlung mit Eckstein einen klaren Kopf bewahren.

Der Kaffee erwies sich als trübe braune, lauwarme Brühe, die Gunter angeekelt von sich wegschob, nachdem er einen Schluck gekostet hatte. Trotzdem spürte er fast unmittelbar danach ein heftiges menschliches Bedürfnis.

Verflucht, dachte er bei sich. Was ist, wenn Eckstein ausgerechnet dann auftaucht, wenn ich auf dem Lokus sitze?

Weitere Minuten verstrichen, während Gunter sich nach

Kräften bemühte, das heftige Grummeln in seinem Unterleib zu ignorieren. Schließlich musste er jedoch sogar ein Malheur befürchten, wenn er noch länger wartete. Er winkte dem Kellner und drückte ihm eine Mark in die Hand.

»Ich warte hier auf einen Herrn, er heißt Gregor Eckstein. Kennen Sie ihn?« Der Kellner bejahte dies zu Gunters großer Erleichterung.

»Wenn der Herr zwischenzeitlich eintrifft, sagen Sie ihm bitte, Gu… äh… Gerhard«, verbesserte er sich in letzter Minute, da er seine wahre Identität nicht preisgeben wollte, »also Gerhard Poll sei schon da und komme gleich zurück.«

Auf dem Weg zum Abort im Hof, den ihm der Kellner beschrieben hatte, durchquerte Gunter einen düsteren Flur, der vom Boden bis zur Decke mit Inflationsgeld tapeziert worden war. Unwillkürlich musste er grinsen, zumal er auf dem Abort entdeckte, dass auch das Klopapier aus ehemaligen Milliardenscheinen bestand. Überall in Berlin wurde das entwertete Papiergeld solcherart zweckentfremdet, wenn man es nicht gleich zum Anzünden von Öfen und Kaminen verwendete, wie es im KaDeWe geschehen war.

Gunter erleichterte sich und benutzte sein seidenes Taschentuch, um sich danach zu säubern. Er befürchtete, dass das Inflationsgeld beim Gebrauch als Klopapier abfärben würde. Zu schlecht war die Druckqualität der Scheine in den letzten Monaten der galoppierenden Inflation gewesen. Nach kurzem Zögern warf er das Taschentuch mit Bedauern in den Abfalleimer.

Zu seiner Erleichterung traf Eckstein unmittelbar ein, nachdem Gunter sich wieder an seinen schmuddeligen Tisch gesetzt hatte. Der vierschrötige Mann war, wie Gunter erwartet hatte, jedoch nicht allein. In seiner Begleitung befand sich ein hochgewachsener hagerer Mann mit verlebtem Gesicht.

»Dit is Ejon«, stellte Eckstein ihn Gunter vor.

»Egon wer?«

»Dit tut nüscht zur Sache«, beschied ihm Eckstein, wobei

Perl erst jetzt auffiel, dass er auch ihn nur mit seinem Vornamen Gunter vorgestellt hatte. Ebenso, dass Eckstein jetzt viel mehr Dialekt sprach als bei ihren Begegnungen rund um das »Himmel und Hölle«.

»Was ist Ihnen denn passiert?«, fragte Gunter neugierig angesichts einiger kaum verheilter Blessuren in Ecksteins Gesicht.

Der wehrte ab. »Nüscht! Aba komm wa zur Sache!« Er wies auf den Mann namens Egon. »Dit is een Kerl, dem ick vertraue. Mir beede kennen ooch den Alfred. Wolln Se hören, wat mir uns ausjedacht hamm?«

Gunter nickte. Mit zunehmender Faszination lauschte er dem Plan, den Gregor Eckstein entwickelt hatte.

»Aba billig wird dit nich«, kam der ehemalige Hausdetektiv schließlich zum Ende, wobei ihm Gunters Wohlwollen offensichtlich nicht entgangen war.

Der seufzte innerlich. »Was soll es denn kosten?«

»Wat is et Ihnen denn wert, zu beweisen, dass Ihre Teuerste 'nen warmen Bruder hat?«, fragte Eckstein zurück und lachte über die Doppeldeutigkeit seiner Bemerkung.

Gunter rang sich ein Lächeln ab. Dass es ihn völlig kaltließ, ob Judiths Bruder schwul war oder nicht, verschwieg er Eckstein wohlweislich. Der Kerl sollte glauben, er, Gunter, wolle Erkundigungen über Judiths Familie einholen, bevor er ihr einen Heiratsantrag machte. Solche Informationen wollte Eckstein ihm nämlich geben, als er ihn vor einigen Wochen während seines Besuchs in der »Hölle« angesprochen hatte. Von Gunters geschäftlicher Rivalität zu Johannes Bergmann wusste der Gauner nichts.

Gunter kratzte sich am Kopf, um Zeit zu gewinnen, während er seine Worte wählte. »Sie müssen wissen, dass mir sehr an dem Mädel liegt«, log er. »Es würde mir schwerfallen, die Beziehung zu lösen. Es müssten also wirklich die eindeutigen Beweise sein, die Sie gerade versprochen haben.«

Gregor nickte ungeduldig. »Druff hamm Se mein Wort. Aba der Zaster muss für drei reichen. Alfred wird nich für lau mitspielen, der Ejon hier hat die Arbeit, und ick will ooch meinen Anteil.«

»Werden fünftausend Mark reichen?« Gunter begann absichtlich weit unter dem Preis, den er letztlich zu zahlen bereit war, sollte er seinen Rivalen auf diese Weise endlich loswerden können.

Erwartungsgemäß grinste Eckstein höhnisch. »Lejen Se noch mal det Gleiche druff«, forderte er, ohne zu wissen, dass Gunter sogar das Dreifache bezahlt hätte, wäre es verlangt worden.

Allerdings hatten ihn jahrelange Verhandlungen als Einkäufer gelehrt, eine Forderung niemals sofort zu akzeptieren. Deshalb kratzte er sich erneut am Kopf und schwieg drei geschlagene Minuten lang. Erst dann stimmte er zu.

Trotzdem hatte er mit dem letzten Ansinnen Ecksteins nicht gerechnet. »Un wat is mit 'ner Anzahlung?«

»Anzahlung?«, echote Gunter verblüfft. In weiser Voraussicht hatte er lediglich zwanzig Mark bei sich für den Fall, dass man versuchen würde, ihn auszurauben.

»An was dachten Sie denn, Eckstein?«, versuchte er, Zeit zu gewinnen.

Der zuckte mit den Achseln. »Wenn Se nüscht bei sich hamm, komm wa heute nich ins Jeschäft«, kündigte er an.

»Ich habe nur zwanzig Mark dabei«, gab Gunter in seiner zunehmenden Ratlosigkeit offen zu.

»Dann eben wat and'res!«, forderte Eckstein, 'ne joldene Uhr oder so?«

Gunter zögerte, bis Eckstein schließlich entschlossen sein Bier austrank und Anstalten machte aufzustehen. Erst dann zog er widerstrebend die Taschenuhr an ihrer schweren goldenen Kette hervor.

»Die kann ich Ihnen als Pfand geben«, presste er heraus.

»Aber nur, wenn ich sie zurückbekomme, sobald ich Ihnen die zehntausend Mark übergeben habe.«

Die Taschenuhr war das einzige Andenken an seinen verstorbenen Vater, das Gunter nach dessen Ableben wohlweislich sofort an sich genommen hatte. Alle weiteren Wertgegenstände und das gesamte Interieur des kleinen Textilgeschäfts waren nach dem Tod seines Vaters, der nichts als Schulden hinterlassen hatte, gepfändet worden. Damals hatte sich Gunter geschworen, dass es ihm selbst niemals so gehen werde und er das Versagen seines Vaters wettmachen wolle. Auch dafür stand die Taschenuhr als Symbol.

»Ick jeb die Uhr zurück! Dit is Ehrensache!«, versprach Eckstein, wobei das gierige Funkeln in seinen Augen seine Aussage Lügen strafte. Seufzend übergab ihm Gunter die Uhr.

Schon auf dem Heimweg wurde ihm klar, dass er das Erbstück wahrscheinlich nie wiedersehen würde. Doch wenn ich Bergmann endlich loswerden kann, hat sich selbst das gelohnt, dachte er grimmig. Auch wenn es noch mindestens sechs Wochen dauert, bis ich endlich am Ziel bin.

## Meyers Hof

### Ende Mai 1924

Mit gemischten Gefühlen betrachtete Rieke die geleerten Schüsseln und zufriedenen Gesichter rund um den Tisch in Peter Hausers Wohnküche. Einerseits freute sie sich, dass das Essen, das sie zur Feier von Peters Krankenhausentlassung gekocht hatte, allen geschmeckt hatte. Andererseits fürchtete sie sich vor dem Gespräch mit ihm, das sie im Anschluss noch erwartete.

»Also, deine Berliner Leber is tadellos, Rieke«, lobte sie Fritz, der Lebensgefährte ihrer Mutter. »Besser hätt Käthe et ooch nich hinjekriegt.«

»Dem schließe ich mich an«, bestätigte Peter. Wegen seines lädierten Kiefers nuschelte er noch etwas. »Zum Glück kann ich endlich wieder besser kauen.«

Rieke lächelte ihm zu und versuchte, sich ihre Besorgnis nicht allzu deutlich anmerken zu lassen. »Ich bin froh, dass du das Essen genießen konntest, Peter. Ich habe es auch extra deswegen ausgesucht, weil es nicht allzu schwer zu kauen ist.«

Die Leber hatte sie Peter zuvor in Stückchen geschnitten. Bei den weich gebratenen Äpfeln und Zwiebeln und dem Kartoffelstampf gab es ohnehin nicht viel zu kauen, ebenso wenig wie bei der kräftigen Rinderbrühe, die Rieke als Vorspeise zubereitet hatte.

»Wann wirst du wieder arbeiten gehen?«, erkundigte sich Käthe, während Rieke einen Vanillepudding als Nachtisch servierte.

»Wenn man den Quacksalbern glauben darf, dauert das mindestens noch vier Wochen. Erst müssen die gebrochenen Rippen ausgeheilt sein.«

»Und die Täter kommen tatsächlich unjeschoren davon?«

Peter nickte. »So sieht es aus, Fritz. Zum Glück hatte ich wenigstens kaum Bargeld bei mir, als sie mich ausgeraubt haben.«

Das war die Version, auf die sich Rieke und Peter noch in der Nacht seiner Einlieferung ins Krankenhaus verständigt hatten. Nach der Schlägerei vor dem »Himmel und Hölle« hatte Rieke, stellvertretend für Peter, schon am frühen Sonntagmorgen Anzeige gegen Unbekannt erstattet.

»Zum Glück zahlt dir Jandorf drei Viertel vom Lohn weiter«, merkte Fritz an. »Dit is sehr jroßzügig. So viel hätt et in der Fabrik nich jejeben, wenn mir dit passiert wär.«

Peter nickte wieder. »Da hast du recht. Aber das ist auch Rieke zu verdanken, die sich beim Personalleiter Herrn Bergmann dafür eingesetzt hat, als sie ihm mein Missgeschick mitgeteilt hat.«

Ganz so war es zwar nicht gewesen, aber das tat hier nichts zur Sache. Denn gleich montags hatte sich Rieke Johannes Bergmann anvertraut. Und der hatte mit der Version, Peter Hauser sei von unbekannten Tätern zusammengeschlagen und ausgeraubt worden, Fürsprache bei seinem Vater für Peter eingelegt, damit ihm der größte Teil seines Lohns für die Dauer seiner Krankschreibung weiterbezahlt würde.

Dass Rieke bei der Schlägerei dabei gewesen war, wusste im KaDeWe außer Johannes niemand. Auch gegenüber Käthe und Fritz hatten Rieke und Peter Stillschweigen beschlossen. Sanni war ohnehin nicht mehr zu helfen, darüber waren sich beide einig. Warum Käthe also unnötigen Kummer bereiten?

Rieke machte sich noch immer die allergrößten Vorwürfe, Peter in diese gefährliche Situation gebracht zu haben. Im Krankenhaus hatte man festgestellt, dass drei Rippen gebrochen waren und er außerdem eine Gehirnerschütterung davongetragen hatte. Sein Kiefer war stark angeschwollen, erwies sich zum Glück jedoch nicht als gebrochen. Ebenso wenig wie das Jochbein, auch wenn Peters Gesicht unförmig aufgedunsen war und bald in allen Regenbogenfarben schillerte.

Zwei Wochen hatte er im Krankenhaus verbracht, bevor er heute Nachmittag entlassen worden war. Rieke hatte ihn jeden Tag in ihrer Mittagspause besucht. Sobald er wieder einigermaßen verständlich sprechen konnte, da er sich während der Schläge auch auf die Zunge gebissen hatte, stellte er Rieke die von ihr befürchtete Frage:

»Warum hat dieser Kerl dich ein Flittchen genannt? Und woher will er wissen, wie deine Tit…«, er unterbrach sich beschämt, »wie du oben herum aussiehst?«

Rieke spürte, wie ihr das Blut ins Gesicht schoss. Sie sah sich in dem Krankensaal um, in dem mindestens zwanzig, nur durch dünne Vorhänge zu beiden Seiten der Betten abgeschirmte Patienten lagen. »Das erzähle ich dir, wenn du nach Meyers Hof zurückkommst.«

»Versprichst du mir das?« Peter blickte Rieke eindringlich in die Augen. Sie nickte. »Ich verspreche es dir.«

Nun würde es gleich so weit sein.

Die Wanduhr in Peters Küche rückte auf neun Uhr abends vor. Um Peter mit einem Mietwagen im Krankenhaus abholen und das Willkommensessen in seiner Wohnung vorbereiten zu können, hatte Rieke heute auf ihre Mittagspause verzichtet und früher freigenommen. Während sie kochte, ruhte Peter sich aus. Selbst die kurze Fahrt vom Krankenhaus in seine Wohnung und das Treppensteigen in den dritten Stock hatten ihn erschöpft.

Doch jetzt blitzten seine Augen hellwach. »Ich danke euch sehr für euren Besuch und die Flasche Wein, die ihr mitgebracht habt«, wandte er sich an Käthe und Fritz. »Aber nun bitte ich euch, uns beide noch ein wenig allein zu lassen. Ich habe etwas Wichtiges mit Rieke zu besprechen.«

Da Käthe nicht wissen konnte, worum es sich dabei handelte, lächelte sie freudig über das ganze Gesicht. Wahrscheinlich rechnete sie damit, dass Peter Rieke endlich den lang erwarteten Heiratsantrag machen wollte. Wie Fritz trank sie den letzten Schluck Wein und verabschiedete sich dann.

»Also, Rieke! Welche Erklärung gibt es für das, was dieser Schuft zu dir gesagt hat? Du hast mir erzählt, dass er früher als Hausdetektiv im KaDeWe gearbeitet hat.«

Rieke verkrampfte ihre Hände im Schoß und holte tief Luft. Dann begann sie zu sprechen.

Fast zwei Stunden später fühlte sie sich, entgegen ihrer Erwartung, sogar erleichtert, sich endlich einmal alles von der Seele geredet zu haben. Auch wenn ihre Kehle sich rau von den vielen Schluchzern anfühlte, die sie immer wieder unterbrochen hatten. Als sie den ersten Vorfall nach dem entdeckten Diebstahl der Feldpostpäckchen schilderte, schüttelte sie sogar ein minutenlanger Weinkrampf.

»Also ist es das, was dich mit deinem Abteilungsleiter Johannes Bergmann verbindet?«, zog Peter ein Fazit.

»Ja«, bestätigte Rieke. »Ich werde Johannes dafür mein ganzes Leben lang dankbar sein.«

»Und mehr läuft nicht zwischen euch?« Peters Augen verengten sich.

Rieke sah auf. Einen winzigen Moment lang war sie versucht zu erklären, dass eine Liebesbeziehung zwischen ihr und Johannes gar nicht dessen Neigung entsprochen hätte. Dann nahm sie Abstand davon. Das hatte Johannes ihr unter dem Siegel der Verschwiegenheit anvertraut. Selbst gegenüber Peter fühlte sie sich verpflichtet, es für sich zu behalten. So schüttelte sie nur den Kopf.

Dann stellte Peter eine weitere von ihr befürchtete Frage. »Glaubst du, dass du jemals darüber hinwegkommst und wir zwei eine Zukunft miteinander haben?«

Rieke streichelte seine Hand. »Ich weiß nicht erst, wie viel du mir als Freund bedeutest, seit du im Krankenhaus lagst, wegen etwas, das ich dir eingebrockt habe.«

»Nur als Freund?«

Rieke wich Peters Blick aus. »Ich brauche noch etwas Zeit«, flüsterte sie so leise, dass sie ihren Satz wiederholen musste.

Peter schwieg eine lange Weile und drehte derweil sein Weinglas am Stiel um und um. Schließlich trank er den letzten Schluck.

Dann fasste er mit dem Zeigefinger unter Riekes Kinn und hob ihren Kopf, sodass er ihr in die Augen blicken konnte. »Ich liebe dich von ganzem Herzen, Rieke, und wünsche mir nichts mehr, als mit dir zusammen zu sein.«

Rieke lächelte zaghaft. »Das weiß ich doch, Peter. Und wünsche es mir im Grunde meines Herzens auch. Aber noch wage ich es nicht. Ich bin noch nicht so weit.«

»Ich vermute, es hat keinen Sinn, dich zu fragen, wann du so weit bist?«

Rieke bejahte betreten.

»Dann höre gut zu, was ich dir heute zu sagen habe, Rieke!«
Peters Tonfall klang fest, sein Gesichtsausdruck war entschlossen. »Ich werde noch eine Zeit lang auf dich warten. Aber nicht bis in alle Ewigkeit. Bevor ich mein ganzes Leben lang unglücklich bleibe, gebe ich dich frei.«

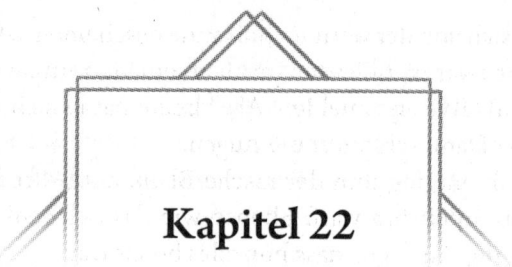

# Kapitel 22

### Eine verschwiegene Bucht am Wannsee

*An einem Dienstag im Juli 1924*

»Und, habe ich dir zu viel versprochen, Johannes?«

Der schüttelte den Kopf. »Nein, Alfred, das hast du nicht. Ich wusste gar nicht, wie schön es hier sein kann. Bislang habe ich den Wannsee eher gemieden, da ich seine Ufer im Sommer für völlig überlaufen hielt.«

Alfred lächelte. »Damit hättest du auch recht, wenn wir am Wochenende hier wären. Aber heute, an einem Dienstagnachmittag, kann man damit rechnen, ganz ungestört zu sein. Zumal in dieser einsamen Bucht.«

Johannes griff nach einem Handtuch und trocknete seinen nackten Körper ab. Zuvor hatte er mit Alfred ein ausgiebiges Bad im sommerwarmen Wasser des Sees genommen.

»Woher kennst du denn diesen Ort?«

Die Antwort hatte sich Alfred bereits im Vorfeld überlegt. »Mein Großvater hat mir die Bucht schon gezeigt, als ich ein kleiner Junge war. Da sie bis heute hinter dem dichten Gebüsch verborgen liegt, sieht man sie normalerweise nur vom Wasser aus. Doch auch dort ist aufgrund des Werktags ja kaum ein Boot unterwegs.«

Tatsächlich hatten sich Johannes und Alfred durch das dichte Buschwerk hindurcharbeiten müssen, bis sie die kleine, mit weißem Sand bedeckte Bucht erreichten.

Nun streckte sich Johannes auf der mitgebrachten Decke aus

und ließ sich von der warmen Julisonne bescheinen. »Oft kann ich es mir zwar nicht leisten, mich an einem normalen Dienstag im KaDeWe abzumelden. Aber heute hat es sich wahrlich gelohnt.« Dann schloss er die Augen.

Deshalb entging ihm der rasche Blick, den Alfred auf das Gebüsch hinter ihm warf. Ebenso wie das Schwenken eines Asts, das ihm anzeigte, dass nun alles bereit war.

»Und es soll sich noch mehr für dich lohnen«, raunte er, während er sich zu Johannes' Gesicht hinunterbeugte und ihn auf die Lippen küsste. Erst zart, dann immer drängender mit offenem Mund, wobei er Johannes' Kopf mit beiden Händen umfasste. Der hielt die Augen weiter geschlossen und bemerkte daher weder das Aufblitzen noch das Klicken der im Buschwerk verborgenen Kamera.

Schließlich bewegte Alfred seinen Kopf ganz langsam hinab zu Johannes' Schoß. Dabei umspielte er mit der Zunge zunächst zärtlich dessen Brustwarzen, dann den Bauchnabel.

Als er seinen Penis mit den Lippen umfasste, seufzte Johannes in einer Mischung aus Traurigkeit und Genuss auf. Alfred konnte nicht wissen, dass sich Johannes in diesen Momenten immer vorstellte, es wäre Sebastian, sein toter Geliebter, der ihn auf diese Weise liebkoste.

Aber selbst, wenn er es gewusst hätte, hätte es Alfred keinen Deut interessiert.

### Ein Café im Grunewald

#### *Juli 1924, am übernächsten Sonntag*

»Ich habe jetzt deinen Rat befolgt, Johannes, und mir das Buch dieses französischen Schriftstellers, das über die Entstehung der Warenhäuser berichtet, in der KaDeWe-Leihbücherei besorgt.« Rieke lächelte und rührte in ihrem Milchkaffee.

»Und du hattest recht! Ich lerne darüber genauso viel wie aus den trockenen Lehrbüchern. Nur ist der Roman sehr viel spannender.«

Johannes überlegte kurz, bevor sich sein Gesichtsausdruck vorübergehend aufhellte. »Ach, du meinst das *Paradies der Damen* von Émile Zola«, sagte er dann. Dann zündete er sich mit fahrigen Bewegungen eine weitere Zigarette an.

Er wirkt heute schon den ganzen Nachmittag so, als würde ihn etwas sehr belasten, ging es Rieke durch den Kopf. Zu diesem Eindruck trug bei, dass sie Johannes vorher noch nie hatte rauchen sehen. Sie wusste zwar, dass er wie alle Soldaten an der Front geraucht hatte. Aber seit seiner Rückkehr nach Hause hatte er sich dieses Laster schnell wieder abgewöhnt.

Sie fand es sehr schade, dass irgendetwas mit Johannes heute nicht stimmte, da sie sich sehr auf ihren Ausflug in den Grunewald gefreut hatte. Zumal es seit vielen Wochen das erste sonntägliche Treffen mit ihm war.

Zuerst hatte sich Rieke sonntags verpflichtet gefühlt, Peter während dessen Genesung Gesellschaft zu leisten. Danach hatte sie Peters Einladungen angenommen, die Sonntagnachmittage zusammen in den Cafés und Ausflugsgebieten Berlins zu verbringen. Erst vor ein paar Tagen war sie auf Johannes' Vorschlag eingegangen, sich wieder einmal zu treffen, und hatte Peter vorher um sein Einverständnis gebeten. Das er ihr nur zögerlich gegeben hatte.

Doch Johannes schien heute ganz und gar nicht bei der Sache zu sein. Zuvor war bereits Riekes Versuch gescheitert, mit ihm über die bevorstehende Herbstkollektion zu sprechen. Dann hatte sie es mit den Erfolgen der jüngsten Verkaufsaktionen probiert, wobei insbesondere die neuen Bademoden bei dem schönen Sommerwetter weggegangen waren wie warme Semmeln. Beide Male hatte Johannes ihr eher mechanisch geantwortet anstatt mit der Lebhaftigkeit, die Rieke sonst von ihm gewohnt war.

Trotzdem wagte sie noch nicht, ihn auf seinen heutigen Gemütszustand anzusprechen. Stattdessen fuhr sie fort, von Zolas Roman zu schwärmen.

»Ich wusste gar nicht, dass viele Warenhäuser ehemals aus kleinen Läden hervorgegangen sind. Da war Adolf Jandorf anscheinend ja eher die Ausnahme als die Regel.«

»Wie meinst du das?«, fragte Johannes.

»Nun, der Mann, der Zola als Vorbild für den Besitzer des Paradieses der Damen gedient hat, betrieb anfangs ja nur einen kleinen Kurzwarenhandel. Daraus ging dann das berühmte Pariser Kaufhaus *Au Bon Marché* hervor.« Rieke war stolz darauf, den französischen Namen behalten zu haben, und hoffte, dass sie ihn richtig ausgesprochen hatte. »Auch Wertheim und Tietz fingen mit kleinen Textilgeschäften an. Aber Adolf Jandorf eröffnete am Spittelmarkt doch gleich sein erstes Warenhaus.«

»Ganz so war es nicht«, schmunzelte Johannes, nun endlich aufmerksam. »Der damalige erste Besitzer, dem Jandorf das Geschäft schließlich abkaufte, war die Firma M. J. Emden Söhne aus Hamburg. Die hatte zwar auch einmal klein begonnen, war aber bereits eine alteingesessene Hamburger Firma, als Adolf Jandorf dort als Verkäufer begann. Trotzdem sollte er anfangs nur eine kleine Filiale in Berlin eröffnen, die ein paar wenige Textilartikel führte. Also passt auch Jandorfs Werdegang ins Bild. Stell dir vor, er hatte nur fünfhundert Mark Startkapital.«

In der Annahme, nun endlich Johannes' Interesse geweckt zu haben, gab Rieke ihre weiteren Erkenntnisse zum Besten. »In den kleinen Läden, die die Vorläufer der Warenhäuser waren, gab es gar keine festen Preise, heißt es zumindest bei Zola. Angeblich feilschte man um jedes Stück Tuch und jeden Knopf, sodass letztlich jeder Kunde etwas anderes bezahlte. Allerdings konnte man damals auch keinen Laden betreten, ohne etwas zu kaufen. Doch die Ware ließ man anschreiben und bezahlte sie manchmal sogar erst ein ganzes Jahr später. Stell dir so etwas einmal im KaDeWe vor!«

»Ja, das wäre sonderbar!« Jetzt wirkte Johannes schon wieder abwesend.

»Aber trotz aller Fortschritte hat sich das Schicksal der Verkäuferinnen offenbar nicht geändert!«, sagte Rieke in neckendem Tonfall. »Damals wie heute wird es in den Warenhäusern nicht gern gesehen, wenn man sich einmal ausruht. Geschweige denn, wenn man sich während der Dienstzeit hinsetzt.«

»Ja, das ist wunderbar«, antwortete Johannes völlig sinnentleert, offensichtlich wieder vollkommen von seinen eigenen Gedanken gefangen genommen.

Nun hatte Rieke genug. »Was ist heute mit dir los, Johannes? Du wirkst, als ob du die ganze Zeit an etwas anderes denkst«, stellte sie fest. Ihre Erwartung, dass sich Johannes entschuldigen und ihr dann für den Rest des Treffens wieder seine Aufmerksamkeit schenken würde, zerschlug sich zu ihrer Bestürzung sofort.

Er seufzte schwer. »Du hast recht, Rieke. Ich hatte gehofft, dich heute zu sehen, würde mich ablenken. Doch das Problem, das ich im Augenblick mit mir herumschleppe, ist leider zu groß. Es tut mir leid.«

Rieke zögerte einen Moment lang, überwand sich dann jedoch. »Möchtest du mir etwas darüber anvertrauen?«

Johannes schwieg und schien eine Stelle auf der gemusterten Tischdecke intensiv zu betrachten. Dann seufzte er wieder.

»Es könnte sein, dass meine Tage im KaDeWe gezählt sind, Rieke. Obwohl ich mit Leib und Seele an meiner dortigen Tätigkeit hänge.«

Rieke stockte der Atem. »Aber warum denn nur, Johannes?«, presste sie hervor, nachdem sie sich wieder etwas gefasst hatte. »Du besitzt doch Adolf Jandorfs volles Vertrauen als Einkäufer und Abteilungsleiter. Und wir feiern gerade einen Erfolg nach dem anderen.«

Johannes antwortete nichts und wich ihrem Blick weiter aus.

»Hat es etwas mit diesem Perl zu tun?«, fragte Rieke mit plötzlich aufschießendem Ärger. »Macht dir der Kerl schon wieder irgendwelche Schwierigkeiten? Jedermann im KaDeWe weiß, dass er sich sehr über Jandorfs Entscheidung geärgert hat, euch beide in euren Positionen zu belassen, anstatt ihn zum leitenden Textileinkäufer zu befördern. Doch davon solltest du dich nicht ins Bockshorn jagen lassen! Vertrau dich doch deinem Vater oder besser gleich Adolf Jandorf an!«, riet Rieke, als Johannes weiterhin stumm blieb. »Vielleicht wird Gunter Perl dann sogar in ein anderes Warenhaus versetzt, wenn er dir mit unlauteren Mitteln Knüppel zwischen die Beine zu werfen versucht.«

Ihr Schuss ins Blaue hatte eine für sie unerwartete Wirkung. Johannes schüttelte heftig den Kopf. »Das, was Gunter gegen mich in der Hand hat, kann ich meinem Vater nicht anvertrauen. Geschweige denn Adolf Jandorf.«

Rieke beschlich eine furchtbare Ahnung. »Hat ... hat Perl etwas von ... von«, ihr fehlten die Worte, um ihren Verdacht diskret zu formulieren.

»Du meinst, etwas von meiner Neigung und der Beziehung zu Alfred erfahren?«, vollendete Johannes ihren Satz.

Rieke nickte, ohne etwas darauf zu erwidern.

»Die Beziehung mit Alfred ist beendet«, sagte Johannes brüsk.

»Dann hast du doch gar nichts zu befürchten!«, versetzte Rieke. »Oder ... oder hat Alfred dich bei Gunter verpetzt? Weil er es nicht ertragen kann, dass du ihn verlassen hast? Aber wo könnten die zwei sich denn begegnet sein?«, murmelte sie mehr zu sich selbst als zu Johannes, der wieder schwieg. »Gunter ist doch mit deiner Schwester zusammen!«, wandte sie sich dann wieder direkt an Johannes. »Deshalb dachte ich, er hätte an Männern kein Interesse. Oder ... oder irre ich mich?« Ihre Stimme erstarb, als Johannes zunächst nicht reagierte.

Dann lächelte er schmerzlich. »Sei mir nicht böse, Rieke! Du kommst der Wahrheit recht nahe. Was mich gerade umtreibt, hat tatsächlich mit Alfred und Gunter zu tun. Aber ich muss mir erst einmal selbst darüber klar werden, wie ich mit der Situation umgehen will.«

Er winkte der Kellnerin. »Verzeih mir, wenn ich jetzt schon gehe. Ich brauche Zeit zum Nachdenken.«

## Villa Bergmann

### *Juli 1924, ein paar Stunden später am gleichen Tag*

Seit Johannes vor mehr als drei Stunden nach Hause zurückgekehrt war, lag er in seiner Junggesellenkammer regungslos auf dem Bett. Die Villa war menschenleer.

Seine Eltern und Judith, wahrscheinlich in Begleitung dieses verhassten Gunters, hatten das wunderbare Sommerwetter genutzt, um Ausflüge zu machen oder auf der Straßenterrasse des Cafés Kranzler ihren Nachmittagstee einzunehmen. Johannes, der ursprünglich ja Ähnliches mit Rieke vorgehabt hatte, wusste nicht, wo sie sich gerade aufhielten.

Angesichts des schönen Wetters hatte Rebekka außerdem der Köchin und den beiden Dienstmädchen bis zum Abend freigegeben. Es war also nicht einmal jemand im Haus, um Johannes einen Kaffee oder Tee aufzubrühen. Er selbst fühlte sich zu kraftlos dazu, zumal er sich in Marthas Küche nicht auskannte.

Wie in einem Kaleidoskop erschienen immer wieder die gleichen Bilder vor seinem inneren Auge. Gunter Perl, wie er ihn am Freitagabend beim Verlassen des KaDeWe abgefangen und zur Klärung einer wichtigen Angelegenheit, wie er sich ausdrückte, in eine Bar in der Nähe des Ku'damms gelotst hatte. Wie er sich zunächst weigerte, Johannes den Grund dieser merkwürdigen Einladung zu nennen.

Nachdem sie ihre Getränke bestellt hatten, kam Gunter endlich zur Sache. Zunächst versuchte er es gütlich, im Nachhinein gesehen.

»Ich bin nicht wie Sie mit einem goldenen Löffel im Mund geboren worden, Herr Bergmann«, erklärte er. »Mein Vater machte mit seinem Textilgeschäft in Eberswalde Bankrott, als ich erst vierzehn Jahre alt war. Kurz darauf starb er und ließ meine Mutter und uns Kinder nahezu mittellos zurück. Mein Abitur konnte ich nicht mehr machen. Also verließ ich das Gymnasium nach der Obertertia und verdingte mich mit fünfzehn in einer kaufmännischen Lehre.

Während meiner dreijährigen Lehrzeit hatte ich keinen einzigen Tag frei. Im Gegenteil versuchte ich, etwas zu verdienen, indem ich freiwillig den Sonntagsdienst im Geschäft meines Lehrherrn übernahm. Sie wissen doch sicher, dass man als Lehrjunge damals keinen Pfennig Gehalt bekam?«

Johannes nickte und nippte ratlos an seinem Glas Weißwein, zu dem ihn Gunter genötigt hatte. »Ich verstehe nicht, was Sie mir damit sagen wollen, Herr Perl«, warf er ein.

Der winkte erst einmal ab. »Gemach, gemach, dazu komme ich gleich. Meine Lehre schloss ich mit Auszeichnung ab, und danach ging ich mit großen Hoffnungen nach Berlin. Ich bewarb mich bei Tietz und bei Wertheim, doch leider vergeblich. Der Einzige, der mich nahm, war Adolf Jandorf in seinem Billigwarenhaus am Spittelmarkt. Da verdiente ich fünfundsiebzig Mark im Monat, nur fünf Mark mehr als später die Verkäuferinnen im KaDeWe, das es damals noch nicht gab. Und von diesem mageren Lohn schickte ich jeden Monat ein Drittel nach Hause, um meine Mutter und meine vier jüngeren Geschwister zu unterstützen.«

Johannes merkte auf. »Ich wusste gar nicht, dass Sie eine so große Familie haben.«

Wieder winkte Gunter ab. »Der Kontakt ist seit Jahren abgebrochen.« Seine Stimme klang endgültig. Johannes war viel zu diskret, um nach den Gründen zu fragen.

»In den ersten Jahren hauste ich zur Untermiete in einer schäbigen Unterkunft in der Nähe des Spittelmarkts«, fuhr Gunter fort. »Bis mich Herr Jandorf mit erst einundzwanzig Jahren zum Einkäufer machte und damit auch mein Gehalt beträchtlich erhöhte. Mit fünfundzwanzig Jahren durfte ich sogar die Leitung seines Warenhauses am Weinberg übernehmen.«

Johannes nickte. Das alles wusste er bereits. »Sie müssen sehr fleißig gewesen sein«, sagte er lahm, da er sich immer noch keinen Reim auf Gunters Ausführungen machen konnte.

»Fleißig war ich mein ganzes Leben lang und bin es bis heute geblieben, Herr Bergmann. Außerdem bin ich mit Leidenschaft Einkäufer für Textilwaren.«

Johannes beschlich eine dumpfe Ahnung, die sich bereits mit Gunters nächsten Worten bestätigte. »Deshalb bitte ich Sie, Ihren Posten im KaDeWe zu räumen, Herr Bergmann«, kam Perl nun auf den Punkt. »Wir beide haben hart für die Position des leitenden Textileinkäufers gearbeitet. Aber ich habe mich schon einmal vergeblich bei Tietz und Wertheim beworben und möchte nicht noch mal riskieren, abgelehnt zu werden. Ihnen dagegen stehen dort alle Türen offen. Ihr Vater ist ein angesehenes Mitglied der Geschäftsleitung des KaDeWe und des ganzen Jandorf-Konzerns. Und Sie sind jüdischer Herkunft wie die Eigner von Tietz und Wertheim.«

Johannes glaubte seinen Ohren nicht zu trauen. »Sie erwarten von mir, dass ich freiwillig im KaDeWe kündige und mir eine andere Stelle suche? Damit Sie Ihren Ehrgeiz befriedigen können und zum alleinigen Textileinkäufer befördert werden?«

Als Gunter tatsächlich nickte, erklärte Johannes energisch: »Das kommt überhaupt nicht infrage, Herr Perl!«

Ein merkwürdiger Ausdruck huschte über das Gesicht seines

Konkurrenten. »Überlegen Sie doch noch einmal, Herr Bergmann! Ihr Posten bliebe sogar in der Familie, sofern Judith den Heiratsantrag annimmt, den ich ihr demnächst machen will.«

Jetzt platzte Johannes der Kragen. »Lassen Sie meine Schwester aus dem Spiel, Herr Perl!« Er stand auf. »Doch um Judiths willen werde ich davon absehen, meinen Vater und Herrn Jandorf über Ihr seltsames Ansinnen zu informieren. Sofern Sie mich nicht noch einmal damit belästigen.«

Gunter erwiderte nichts, sondern griff stattdessen in die Innentasche seines Jacketts und zog einen braunen Umschlag heraus, den er wortlos vor Johannes auf den Tisch warf.

»Was soll das denn bedeuten?«, erkundigte der sich zornig. »Haben Sie da etwa ein paar Erpresserfotos drin?«, spottete er, ohne zu wissen, wie nah dies der schrecklichen Wahrheit kam. »Vielleicht von schlecht gelagerter Ware in meiner Damenkonfektion oder von einer meiner Verkäuferinnen, wie sie in einer stillen Ecke im Souterrain während ihrer Pause herumknutscht?«

»Nicht von einer Verkäuferin«, erklärte Perl kryptisch.

Angesichts seines eiskalten Blicks, in dem sich nun unverhohlene Verachtung zeigte, fuhr Johannes ein Stich durch Mark und Bein. Zitternd griff er nach dem Umschlag und zog sieben Fotografien heraus.

Jede davon zeigte ihn und Alfred in eindeutiger Pose in jener verschwiegenen Bucht am Wannsee. Johannes brach der kalte Schweiß aus. »Woher haben Sie die?«, fragte er mit bebender Stimme.

Gunter schürzte die Lippen. »Nun, Sie haben sich im KaDeWe nicht nur Freunde gemacht, Herr Bergmann. Vielleicht sagt Ihnen der Name Gregor Eckstein noch etwas. Der wusste von Ihrer zweifelhaften Neigung und hat mich darüber informiert. Und Ihr sauberer Liebhaber Alfred hat sich für fünfhundert Mark dazu hergegeben, Sie in diese Lage zu bringen.«

»Und … und was wollen Sie jetzt mit den Bildern anfangen?«

Gunter zuckte kaltschnäuzig mit den Achseln. »Genau weiß ich das noch nicht, Herr Bergmann. Sollten Sie Ihre Kündigung nicht bis zum Ende der nächsten Woche eingereicht haben, werde ich sie entweder Herrn Jandorf übergeben oder sie im KaDeWe kreisen lassen. Vielleicht auch beides.«

»Sie … Sie Schwein!«, stammelte Johannes. »Sie ausgemachtes Schwein! So etwas wollen Sie Judith antun?«

Wieder zuckte Gunter mit den Achseln. »Wenn Sie mich dazu zwingen, Herr Bergmann, bleibt mir wohl nichts anderes übrig.«

So standen die Dinge, als Johannes verzweifelt und kopflos die halbe Nacht durch Berlin irrte. Auf dem Weg kam er am Papageno vorbei. Würde er Alfred dort antreffen? Er stürmte hinein, um ihn zur Rede zu stellen, und fand ihn in den Armen eines anderen Mannes. Wortlos drehte Johannes sich auf dem Absatz um.

Bis heute Abend war er nicht in der Lage gewesen, einen klaren Gedanken zu fassen. Erst jetzt, hier allein in seinem Zimmer, bedachte er seine Lage mit kühlerem Kopf.

Gab er Gunter nach, musste er nicht nur seine geliebte Stelle im KaDeWe aufgeben, sondern im schlimmsten Fall sogar damit rechnen, ihn demnächst zum Schwager zu haben. Außerdem sagte ihm sein Gefühl, dass Perl ihm die verräterischen Fotos nie vollständig aushändigen würde. Sein ganzes Leben lang bliebe er dadurch erpressbar. Auch auf seiner nächsten Stelle, besonders wenn sie in einem der renommierten Warenhäuser von Tietz oder Wertheim wäre und er dadurch in irgendeine neue Konkurrenz zu Perl geriete.

Selbst wenn ich ihn zwinge, mir die Negative vor der Kündigung auszuhändigen, wird der Schuft Abzüge davon behalten, machte Johannes sich klar. Und hat damit jederzeit die Mittel in der Hand, mich beruflich zu diskreditieren und einen Skan-

dal zu verursachen, in den er meine ganze Familie mit hinein-
reißen kann.

Zudem werde ich bis zum Ende meiner Tage auf Liebe verzichten müssen, damit ich nicht noch einmal in eine solche
Falle tappe. Johannes' Kehle verengte sich, Tränen traten ihm
in die Augen. Und eines Tages wird Gunter diese Fotografien
vielleicht aus reiner Bosheit herumzeigen, um mich und meine
Familie zu kompromittieren. Erst recht, wenn Judith und er
sich doch noch trennen.

Mit Abscheu betrachtete Johannes noch einmal die Fotografien, die Perl ihm überlassen hatte. Es half nichts, sein Gesicht
war überdeutlich zu erkennen. Mit dem Ausdruck reiner Wol-
lust darauf. Dafür hatte Alfred gesorgt.

Bittere Galle stieg in Johannes' Kehle auf und verursachte
ihm Brechreiz. Er selbst hatte Alfred nie geliebt und auch von
ihm keine Liebe erwartet. Mit Alfred zusammen zu sein war
lediglich Mittel zum Zweck gewesen, um während des Liebes-
spiels von Sebastian zu träumen. Dafür zahlte er jetzt einen
hohen Preis.

Sebastian! Plötzlich schob sich das Gesicht des Mannes, den
Johannes über alles geliebt hatte, vor Alfreds ihm jetzt widerwärtige Physiognomie. Sebastian! Waren Johannes' Hoffnungen und Träume nicht schon bei Verdun mit dessen Körper
in Stücke gerissen worden? Wieso hatte er danach jemals gehofft, doch noch glücklich oder zumindest zufrieden in seinem
Leben zu werden?

Wegen seiner Arbeit, die er nun nicht mehr ausüben konnte,
wurde Johannes klar. Weil darüber immer die Bedrohung
durch Gunter schweben würde, erst recht, wenn Johannes in
einer neuen Position erfolgreicher wäre als er.

Also habe ich alles verloren, konstatierte er nun mit unwi-
derlegbarer Logik. Wäre ich doch nur mit Sebastian vor Verdun gefallen. Die Tränen strömten ihm übers Gesicht.

Doch was hinderte ihn eigentlich hier und heute daran,

Sebastian zu folgen? Ob es tatsächlich ein Jenseits gab, in dem ein Wiedersehen mit seinem Geliebten möglich wäre, hatte Johannes nach dessen Tod nie ausschließen wollen, obwohl er an sich nicht religiös war. Aber war selbst das schwarze Nichts nicht besser als die hoffnungslose Zukunft, die jetzt vor ihm lag?

Seine Eltern und Judith, auch Rieke und Adolf Jandorf würden zutiefst betroffen und traurig sein. Aber früher oder später kämen sie darüber hinweg und könnten ihr Leben wieder aufnehmen. Judith könnte Kinder bekommen und seinen Eltern damit Enkel schenken, die ihnen ein Trost sein würden. Wenn auch hoffentlich nicht mit diesem Schuft Gunter Perl.

Einen Moment lang war Johannes versucht, Perls Infamie in seinem Abschiedsbrief offenzulegen und ihn damit mit sich in den Abgrund zu reißen. Doch dafür müsste er seinen Eltern die verräterischen Fotos hinterlassen. Und das würde ihnen das Herz brechen. Zwar musste er ihnen zumindest andeuten, warum er einen solch drastischen Ausweg für sich gewählt hatte. Doch dabei wollte er sich auf Sebastian beschränken.

Die große Standuhr in der Halle schlug siebenmal. Johannes schreckte auf. Er musste diese Sache abgeschlossen haben, bevor jemand nach Hause kam, und sei es auch nur eines der Dienstmädchen. Entschlossen sprang er von seinem Bett auf und griff nach dem vergoldeten Füllfederhalter, dem letzten Geburtstagsgeschenk seines Vaters. Dann warf er einige hastige Zeilen für seine Familie aufs Papier.

Kurz überlegte er, auch Rieke einige Worte zu hinterlassen, er verwarf den Gedanken dann aber wieder. Seine Familie könnte das missverstehen. Stattdessen fügte er ein Postskriptum für seinen Vater hinzu, in dem er ihn in seiner Funktion als Personalleiter des KaDeWe bat, Rieke Krause zur Nachfolgerin der Aufsichtsdame Frau Liebermann zu machen, wenn diese in den Ruhestand trat. Dann verbrannte er die Fotos im

Kamin und kehrte sogar die Asche zusammen, um sie aus dem Fenster zu werfen.

Wieder schlug die Wanduhr in der Halle. Jetzt war es schon halb acht. Johannes griff tief in die unterste Schublade seiner Kommode, in der er abgetragene Kleidung aufbewahrte, so-dass das Dienstmädchen dort kaum je etwas einzusortieren hatte. Darin verwahrte er seine Pistole, die er aus einem Instinkt heraus nach dem Ende seines Frontdienstes nie abgegeben hatte. Sie war noch mit drei Kugeln geladen.

Dann trat er vor den Rasierspiegel und richtete die Waffe auf seine rechte Schläfe. Sein letzter Gedanke galt jedoch nicht seiner Familie.

Sebastian, ich komme! Er schloss die Augen und wartete ab, bis er den geliebten Mann so deutlich vor sich sah wie bei ihrer ersten Begegnung. Sebastian lächelte und winkte ihm zu.

Dann drückte Johannes ab.

## Villa Bergmann

### Juli 1924, ein paar Tage später

Erst als der Lieferwagen des KaDeWe vor der Villa Bergmann in Charlottenburg hielt, hörte Rieke auf zu weinen. Sie schnäuzte sich ausgiebig und musterte ihr Gesicht kurz in ihrem Taschenspiegel. Ihre Augen waren gerötet und verschwollen. Dunkle Schatten lagen darunter, da Rieke, seit sie von Johannes' Selbstmord erfahren hatte, kaum mehr schlief.

Doch jetzt galt es, sich zusammenzureißen. Denn jetzt betrat sie das Haus von Johannes' Angehörigen, deren Schmerz noch unendlich viel größer sein musste als ihr eigener.

Paul Bergmann, äußerlich um Jahre gealtert, hatte Rieke gestern gebeten, mit einer Auswahl von Trauerkleidern für Judith nach Charlottenburg zu kommen. »Die Beerdigung meines Sohns wird übermorgen stattfinden«, erklärte er mit hölzerner Stimme. »Judith besitzt kein modisches schwarzes Kleid. Aber sie möchte nicht hierher in die Öffentlichkeit des KaDeWe kommen. Deshalb habe ich Herrn Jandorf um sein Einverständnis gebeten, dass Sie sie bei uns zu Hause beraten dürfen, was sie anziehen könnte.«

Rieke hatte nicht zu fragen gewagt, warum Herr Bergmann nicht auch Trauerkleidung für seine Frau Rebekka mitbestellt hatte. Gerüchteweise hieß es allerdings, Frau Bergmann, die ihren toten Sohn gefunden hatte, habe danach einen völligen psychischen Zusammenbruch erlitten und liege seither nur noch apathisch zu Bett. Mittlerweile munkelte man sogar, sie müsse möglicherweise in ein Sanatorium eingewiesen werden. Diese Informationen stammten von einem schwatzhaften Dienstmädchen im Haushalt der Bergmanns, das dem Boten, der die ebenfalls im KaDeWe bestellten Lebensmittel lieferte, ihr Herz ausgeschüttet hatte.

Bevor die Gerüchte die Runde machten, war Rieke über die Tatsache von Johannes' Freitod schon in Kenntnis gesetzt worden. Paul Bergmann persönlich hatte alle leitenden Angestellten aus Johannes' Abteilungen in Anwesenheit von Herrn Jandorf zu einer Versammlung ins Fürstenzimmer bestellt und dort mit nüchternen Worten informiert. Die Gründe für den Freitod ließ er offen, er deutete lediglich an, Johannes habe seine traumatischen Kriegserfahrungen niemals völlig verarbeitet.

Damit wäre Johannes keine Ausnahme gewesen. Viele Kriegsheimkehrer hatten sich bereits das Leben genommen, wie die Zeitungen immer wieder berichteten.

Doch Rieke glaubte, es besser zu wissen. Irgendwas hatte dieser Schuft Gunter Perl mit Johannes' Freitod zu tun. Da war sie sich sicher. Aus Johannes' letzten Worten bei ihrer Begegnung im Grunewald reimte sie sich zusammen, dass Perl sich auf illegale Art Beweise für Johannes' Liebesbeziehung zu

Alfred besorgt hatte, um ihn damit zu erpressen. Da sie jedoch keine konkreten Belege für eine solche Anschuldigung hatte, wagte sie nicht, sich jemandem aus dem KaDeWe damit anzuvertrauen.

Die einzige Ausnahme war Peter Hauser. Er hatte sie in der ersten Nacht nach Johannes' Selbstmord in ihrer neuen Einzimmerwohnung im Vorderhaus von Meyers Hof, in die Rieke vor einigen Monaten eingezogen war, die ganze Zeit in den Armen gehalten, um sie zu trösten. Nur ihm teilte sie ihren Verdacht gegen Perl schluchzend mit, nicht aber den vermuteten Hintergrund. Dazu fühlte sie sich nach wie vor nicht befugt, und selbst bei Peter hatte sie Sorge, er würde Johannes wegen seiner Homosexualität verurteilen.

Rieke war Peter überaus dankbar für seinen Beistand und hatte ihm wieder und wieder versichert, er sei der beste Freund, den man sich denken könne. Den resignierten Ausdruck, der dabei jedes Mal über sein Gesicht gehuscht war, hatte sie in ihrer Trauer um Johannes nicht wahrgenommen.

Nun kniff sich Rieke in ihre bleichen Wangen, um etwas Farbe hineinzubringen, atmete tief durch und stieg aus dem Wagen. Einen Moment lang war sie unsicher, ob sie den Dienstboteneingang nehmen sollte, sie entschied sich dann aber doch, am Haupteingang zu läuten. Es regnete in Strömen. Daher war sie dankbar, dass sich die Haustür unter einem kleinen, von zwei Säulen getragenen Vordach befand. Ansonsten hatte sie keinen Blick für die prächtige Außenfassade der Villa mit ihren Stuckornamenten und Jugendstilmotiven.

Eine verweint aussehende Frau in der Tracht eines Dienstmädchens öffnete ihr, half ihr mit dem umfangreichen Gepäck, das Rieke dabeihatte, hinein und führte sie dann die geschwungene Treppe hinauf in Judiths Zimmer. Auch Judiths Gesicht war verschwollen und bleich. Trotzdem bemühte sie sich um ein Lächeln, als sie Rieke hineinwinkte.

Das Zimmer war mit einem großen, jetzt zerwühlten Himmelbett ausgestattet. Auf der Frisierkommode mit einem prächtigen goldumrahmten Spiegel stand ein Tablett mit einem offensichtlich unberührten Frühstück.

»Ich bin Ihnen sehr dankbar für Ihren Besuch, Fräulein Krause«, begrüßte sie Judith. »Im KaDeWe hätte mich der Schmerz wahrscheinlich überwältigt. Und all die neugierigen Blicke hätte ich sicher nicht ausgehalten.«

»Ich bin gern gekommen, Fräulein Bergmann«, antwortete Rieke leise. »Ihr Bruder war der beste Vorgesetzte, den man sich denken kann. Aber nennen Sie mich doch Rieke!«, fügte sie aus einer spontanen Eingebung heraus hinzu.

Wieder stahl sich ein flüchtiges Lächeln auf Judiths Lippen. »Aber nur, wenn Sie mich Judith nennen.«

Dann fiel ihr Blick auf das Frühstückstablett. »Möchten Sie vielleicht eine Tasse Kaffee?« Sie hob den Deckel der kleinen Silberkanne und schnupperte. »Dieser hier ist allerdings kalt geworden.« Sie griff bereits nach der Klingel, um nach dem Dienstmädchen zu läuten.

»Nein, danke«, wehrte Rieke ab. »Das ist sehr freundlich von Ihnen, Fräulein ... äh, Judith. Aber ich brauche nichts.«

Die Kehle war Rieke schon wieder wie zugeschnürt. Sie hätte keinen Schluck des Getränks hinunterbekommen.

»Dann zeigen Sie mir doch einmal, was Sie mitgebracht haben!«

Die nächste halbe Stunde war Judith mit Riekes Hilfe damit beschäftigt, die vier Kleider, die Rieke im KaDeWe ausgewählt hatte, anzuprobieren.

»Ich nehme alle vier«, entschloss sich Judith schließlich. »Für den Winter werde ich zusätzliche schwarze Kleidung brauchen. Aber auch der Sommer ist ja noch lang genug.« Sie schluchzte auf und wandte sich ab.

Rieke wartete diskret, bis Judiths Weinkrampf verebbt war, und versuchte, ihre eigenen Tränen zurückzuhalten. »Sie müssen wissen, liebe Rieke, dass ich nicht ein einziges schwarzes

Kleidungsstück besitze, das der neuen Mode entspricht. Sieht man einmal von Strumpfbändern und einigen Paar Schuhen ab«, versuchte sich Judith an einem Scherz. »Ich habe diese Farbe zeit meines Lebens gehasst.« Ihre Stimme brach.

»Ich habe Ihnen auch noch einige Jacken, Hüte, schwarze Strümpfe und andere Accessoires zur Auswahl mitgebracht. Wir haben die Sachen in der Halle abgestellt.« Rieke war froh, dass sie im KaDeWe noch daran gedacht hatte.

Eine weitere halbe Stunde lang wählte Judith unter den mitgebrachten Dingen aus, nachdem das Dienstmädchen sie heraufgebracht hatte.

Plötzlich fiel Rieke etwas siedend heiß ein. Sie errötete bis an die Haarwurzeln. »Ich habe Ihnen noch gar nicht mein tief empfundenes Beileid zum Tod Ihres Bruders ausgesprochen, Judith.«

Wieder lächelte Judith schmerzlich. »Das ist auch nicht nötig, Rieke. Die Trauer steht Ihnen ins Gesicht geschrieben.«

Dann holte sie tief Luft. »Mein Bruder hat uns nur einen kurzen Abschiedsbrief hinterlassen. Darin nennt er nur einen einzigen Grund für seinen furchtbaren Entschluss. Er mag zwar triftig sein, liegt aber viele Jahre lang zurück und hängt mit dem Krieg zusammen.«

Dass Rieke über Johannes' Homosexualität informiert war, konnte Judith nicht ahnen. Deshalb erwähnte sie Sebastian nicht, dessen Tod Johannes als Begründung dafür gewählt hatte, dass ein Leben ohne diesen Mann für ihn sinnlos sei.

»Ich weiß sehr gut, was Sie gerade empfinden, liebe Judith.« Die Worte drangen Rieke über die Lippen, ohne dass sie darüber nachgedacht hätte. »Auch mein Bruder hat sich seinerzeit infolge seiner Kriegsverletzungen das Leben genommen. Es waren allerdings körperliche Verletzungen, keine seelischen.«

Judith war betroffen. »Möchten Sie mir etwas darüber erzählen?«

Rieke zögerte kurz, entschied sich dann jedoch, Judith Roberts schreckliches Schicksal zu schildern. »Er konnte es nicht ertragen, sein Leben lang ein Krüppel zu bleiben«, schloss sie ihren Bericht. »Zumal mit Entstellungen, vor denen sich nicht nur Kinder gegraust haben.«

Judith streichelte Riekes Hand. »So furchtbar das ist, so kann ich es doch nachvollziehen.« Dann hob sie den Kopf und sah Rieke forschend in die Augen. »Aber einen ähnlich schwerwiegenden Grund für den Freitod meines Bruders kann ich nicht erkennen. Beim besten Willen nicht. Daher muss es noch etwas anderes geben.« Nun umklammerte sie Riekes Hand. »Wissen Sie vielleicht, ob irgendetwas im KaDeWe vorgefallen ist, was zu Johannes' Entscheidung beigetragen haben könnte?«, fragte sie drängend.

Rieke zuckte zusammen und biss sich auf die Lippen.

»Hätte man Johannes irgendeiner Unregelmäßigkeit bezichtigen können?«, insistierte Judith, der Riekes Gesichtsausdruck nicht entgangen war. »Irgendetwas, womit er sich strafbar gemacht haben könnte?«

Rieke schüttelte empört den Kopf. »Wie kommen Sie denn auf so etwas, Judith?«

»Sie wissen vielleicht, dass ich mit Gunter Perl liiert bin«, erklärte Judith.

Rieke wusste davon und auch, dass Johannes diese Beziehung immer missbilligt hatte.

»Und ... und Herr Perl bezichtigt Ihren verstorbenen Bruder eines solchen Betrugs?« Ausgerechnet der Mensch, der ihn auf dem Gewissen hat?, hätte sie am liebsten hinzugefügt, sie verbiss sich die Worte jedoch mühsam.

»Nein, Rieke«, beschwichtigte Judith sie. »So ist es nicht. Auch Gunter ist ratlos, warum Johannes sich das Leben genommen hat. Es war nur so eine Überlegung von ihm.«

Rieke ballte die Hände zu Fäusten, während sie einen inneren Kampf mit sich ausfocht. Sollte sie Judith von ihrer letzten Begegnung mit Johannes erzählen? Würde sie ihr überhaupt Glauben schenken, wenn Rieke Gunter Perl, ausgerech-net Judiths Freund oder vielleicht sogar Verlobten, bezichtigte, für Johannes' Tod verantwortlich zu sein? Und wie sollte sie das begründen? Würde sie Johannes' Andenken nicht in den Schmutz ziehen, wenn sie Judith von der billigen Affäre mit diesem Alfred berichtete, die Johannes schließlich zum Ver-hängnis geworden war, wie sie vermutete?

Außerdem würde Perl mit an Sicherheit grenzender Wahr-scheinlichkeit Riekes nächster Vorgesetzter sein. Noch hatte Herr Jandorf zwar nichts darüber verlauten lassen. Doch alle Mitarbeiterinnen von Johannes' Abteilungen waren sich sicher, dass er unmittelbar nach Johannes' Beerdigung Perl zum alleini-gen Textileinkäufer des KaDeWe und damit auch zum Chef von Johannes' ehemaligem Verantwortungsbereich machen würde.

»Ich weiß leider auch nichts darüber«, presste sie schließ-lich hervor und mied dabei Judiths Blick. »Johannes schien mir überaus glücklich mit der Entscheidung von Herrn Jandorf zu sein, Abteilungsleiter und Einkäufer der Damenkonfektion bleiben zu dürfen. Und insbesondere im letzten Jahr waren wir damit sehr erfolgreich.«

Fast hätte sie sich vor Schreck auf die Zunge gebissen. Aber Judith schien das Wörtchen »wir« nicht bemerkt zu haben.

Deren Augen füllten sich stattdessen erneut mit Tränen. Sie nickte. »Ja, das glaubten wir alle auch.«

Auch Riekes Kehle wurde nun eng. Verzweifelt versuchte sie, ein Schluchzen zurückzuhalten. Doch es gelang ihr nicht. Sie wollte sich abwenden, als Judith sie spontan in die Arme nahm. Eine Weile weinten beide, das Gesicht jeweils an die Schulter der anderen gelehnt.

Rieke fasste sich als Erste. Was hier gerade passierte, schickte sich nicht. Sie richtete sich auf und löste sich von Judith. »Ich bitte Sie um Verzeihung.«

Die blickte sie ungläubig an. »Was sollte ich Ihnen denn zu verzeihen haben, Rieke? Dass Sie genauso traurig über den Tod meines Bruders sind wie ich? Im Gegenteil, es tröstet mich sogar ein wenig, dass auch Sie Johannes so gernhatten.«

Das Dienstmädchen klopfte an die Tür und schaute nach kurzem Zögern herein. »Der Bestatter ist eingetroffen, Fräulein Bergmann«, meldete sie. »Ihr Herr Vater bittet Sie, zu der Besprechung hinzuzustoßen.«

Wieder versuchte sich Judith an ihrem gespenstischen Lächeln. »Ich komme sofort.« Dann drehte sie sich noch einmal zu Rieke um, fasste sie an den Schultern und küsste sie auf beide Wangen. »Packen Sie hier derweil ganz in Ruhe die Sachen zusammen, die ich nicht erworben habe. Die Rechnung bringen Sie bitte meinem Vater in sein Kontor im KaDeWe.«

Rieke versprach es und verabschiedete sich. Als sie Judith nachsah, die ihre schmalen Schultern straffte und dem Dienstmädchen folgte, spürte sie erneut, dass ihre Gefühle sie beinahe übermannten.

Hüten Sie sich vor Gunter Perl! Sie musste die Worte, die sich ihr über die Lippen zu drängen drohten, gewaltsam zurückhalten und fühlte sich so hilflos wie kaum jemals zuvor in ihrem Leben.


### Riekes neue Wohnung in Meyers Hof

*Juli 1924, am Abend desselben Tages*


Als Rieke die letzten Stufen zu ihrer Wohnung im zweiten Stock des Vorderhauses von Meyers Hof hinaufstieg, erblickte sie Peter, der dort im Hausflur auf sie wartete.

»Im KaDeWe konnte ich dich heute leider nicht finden«, erklärte er ihr.

»Das liegt daran, dass mir Herr Bergmann den restlichen Tag freigegeben hat, nachdem ich ihm die Rechnung für die Trauerkleidung seiner Tochter gebracht habe.«

»Und was hast du dann getan?«

»Ich bin nach Weißensee auf den Friedhof gefahren, um Johannes' Grabstätte anzuschauen. Morgen ist die Beerdigung. Aber sie wird nur im engsten Familienkreis stattfinden. Ich habe schon einmal ein kleines Gesteck an der Stelle niedergelegt.«

»Woher wusstest du denn, wo du nach dem Grab suchen solltest?«

»Der Friedhofswärter hat mir den Weg gewiesen.«

Peter sah Rieke forschend an. »Johannes hat dir sehr viel bedeutet, nicht wahr?« Als Rieke nicht gleich antwortete, fügte er hinzu: »Vielleicht so viel, dass du es jetzt erst nach seinem Tod spürst?«

Rieke schloss ihre Wohnungstür auf und winkte Peter herein, bevor sie antwortete.

»Ich sagte dir doch schon, dass Johannes mich aus den Fängen von Gregor Eckstein befreit hat. In der Damenkonfektion behandelte er mich außerdem nie wie eine untergebene Angestellte, sondern wie eine gleichberechtigte Partnerin.«

Trotz ihrer Aufforderung, sich zu setzen, blieb Peter stehen.

»Was möchtest du denn heute von mir?«, fragte Rieke verwirrt.

Peter ballte die Hände zu Fäusten, straffte die Schultern und holte tief Luft.

»Rieke, ich habe nie ein Hehl daraus gemacht, dass ich dich von ganzem Herzen liebe. Aber ich werde es nicht ertragen können, dass du mir erneut sagst, du brauchst noch Zeit, um dich für mich zu entscheiden. Diesmal so lange, bis du Johannes Bergmanns Tod verwunden hast.«

Riekes Herz begann, schneller zu schlagen. »Und was meinst du jetzt damit?«

Peter seufzte. Seine grünbraunen Augen wurden feucht. »Ich gebe dich frei, Rieke. Wenn ich dein Freund bleiben darf, freue ich mich. Auch wenn ich zunächst einmal selbst etwas

Abstand von dir brauche. Aber ich habe einen furchtbaren Krieg mitgemacht und weiß daher, wie kostbar unsere Lebenszeit ist. Ich kann nicht noch Jahre und Jahre darauf warten, bis du endlich weißt, ob du mich willst oder nicht.« Je länger er sprach, desto fester klang seine Stimme.

Rieke spürte Panik in sich aufsteigen. »Du willst mich verlassen?« Ihre Stimme zitterte.

Peter schüttelte traurig den Kopf. »Ich kann niemanden verlassen, mit dem ich nie zusammen gewesen bin.«

Plötzlich erkannte Rieke mit untrüglicher Klarheit, was sie wollte und auch, was sie für Peter empfand.

»Du irrst dich, was Johannes angeht. Johannes liebte Männer, nicht Frauen. Seine große Liebe hieß Sebastian und fiel in der Schlacht um Verdun. Seither war er ein zutiefst unglücklicher Mann. Wir beide waren immer nur miteinander befreundet. Weder er noch ich haben mehr darin gesehen. Obwohl mir Johannes' Freundschaft unendlich viel bedeutet hat.« Ihre Stimme schwankte wieder.

»Genauso viel, wie mir meine Liebe zu dir bedeutet, Peter! Doch ich war all die Jahre zu dumm und zu schwach, um zu erkennen, was du für mich bist. Vielleicht brauche ich noch Zeit, um dir nicht nur mit meiner Seele, sondern auch mit meinem Leib anzugehören. Aber du bist der Mann, mit dem ich den Rest meines Lebens verbringen möchte.«

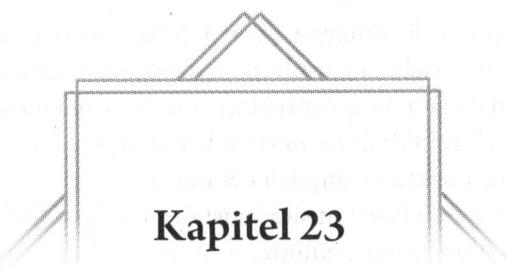

# Kapitel 23

### Im KaDeWe

*Juni 1926, fast zwei Jahre nach den zuletzt geschilderten Ereignissen*

»Mein Herr Vater und auch Herr Perl haben mir wiederholt bedeutet, dass man sich Sie als Nachbesetzung für Frau Liebermann in der Rolle der Aufsichtsdame für die Abteilungen Damenkonfektion und Damenwäsche vorstellen kann, Fräulein Krause.« Harry Jandorf furchte seine Stirn, die trotz seiner erst dreißig Jahre in eine ausgeprägte Halbglatze überging, eine Folge seiner neuen unvorteilhaften Frisur. Sie war zwar modern, stand Harry aber gar nicht. Die jetzt straff mit Pomade nach hinten gekämmten kurzen Haare betonten seine abstehenden Ohren.

»Daher erwarte ich von Ihnen, dass Sie als Erste Verkäuferin der Damenkonfektion auch ein Auge darauf haben, wenn in der Wäscheabteilung eine Kundin auf Bedienung wartet«, setzte Harry seine Kritik fort.

Zumal, wenn sie zu den wenigen gehört, die sich für die sündhaft teuren Pariser Strümpfe überhaupt interessiert, dachte Rieke sarkastisch, verzog aber keine Miene. Seit Jandorfs Sohn zum Einkäufer und damit auch Abteilungsleiter aller Strumpfwaren des KaDeWe geworden war, pflegte er sich immer häufiger aufzuspielen. Obwohl die Verkaufserfolge der von ihm ausgewählten Waren durchaus zu wünschen übrig ließen, wie sich soeben wieder gezeigt hatte. Die Kundin hatte höchstens fünf Minuten auf eine freie Mitarbeiterin der Wäscheabteilung warten müssen, sich allerdings nach kurzer Musterung gegen den Kauf eines Paars Strümpfe entschieden. Sie seien ihr einfach zu teuer, begründete sie das.

Obwohl ihr klar war, dass Harry seinen Ärger darüber jetzt an ihr ausließ, entschloss sich Rieke zu einer verbindlichen Antwort. »Ich werde in Zukunft noch besser darauf achten, Herr Jandorf, und entweder eine meiner Verkäuferinnen in die Wäscheabteilung schicken oder wartende Kundinnen selbst bedienen, wenn wir gerade nicht beschäftigt sind.«

Ob Harry die Einschränkung in ihrem letzten Halbsatz zur Kenntnis nahm, blieb fraglich. Jedenfalls nickte er huldvoll und wandte sich ab. Er trat ans große Fenster, legte die Hände auf den Rücken und beobachtete offensichtlich den Verkehr auf der Tauentzienstraße.

Während Rieke das Kleid einer der lebensgroßen und mit echtem Haar ausgestatteten Modepuppen richtete, die Gunter Perl vor einiger Zeit angeschafft hatte, begann sie sogar, sich über Harrys kritische Bemerkung zu freuen. Denn nun hörte sie zum ersten Mal von einem Vorgesetzten im KaDeWe, was sie seit Monaten hoffte: Wenn Frau Liebermann zum Jahresende in den Ruhestand ging, zog man sie, Rieke, als Nachfolgerin für die jetzige Aufsichtsdame in Betracht.

Damit wäre Rieke mit noch nicht einmal dreißig Jahren eine der jüngsten weiblichen Vorgesetzten in dieser Position. Glücklicherweise hatte sich ihre Zusammenarbeit mit Gunter Perl trotz ihrer Trauer um Johannes keineswegs so schlecht angelassen, wie sie befürchtet hatte. Perl schien ihre Qualitäten im Gegenteil von Anfang an zu schätzen und zog sie, wie seinerzeit Johannes, bei vielen wichtigen Entscheidungen zurate, die die Damenkonfektion betrafen.

Auch Judith Bergmann, mit der sich Rieke nach Johannes' Beerdigung angefreundet hatte und die sie seither regelmäßig traf, hatte ihr bestätigt, dass Gunter große Stücke auf sie hielt.

Rieke, die ihn nach wie vor nicht ausstehen konnte, was sie im Alltag jedoch sorgfältig verbarg, machte sich über dessen Motive allerdings keine Illusionen: Sie war für Perl ein wichtiges Mittel zum Zweck, nämlich dafür, dass er auch in der wichtigen Damenkonfektion als Abteilungsleiter so erfolgreich wie Johannes sein würde.

»Sei doch froh, dass Gunter Perl dir das Leben nicht schwer macht!«, ermunterte sie Peter. »Einem geschenkten Gaul schaut man nicht ins Maul.« Seit jenem Abend, an dem er Rieke aufgeben wollte, waren sie nun schon ein Paar. Es hatte tatsächlich eine Weile gedauert, bis Rieke auch körperlich mit Peter verkehren konnte. Doch da sie schnell die Erfahrung machte, dass seine zärtlichen Liebkosungen das völlige Gegenteil von Gregor Ecksteins Grobheit waren, genoss sie mittlerweile auch die fleischliche Liebe mit ihm.

Ihrer beider gutes Gehalt hatte ihnen außerdem ermöglicht, gemeinsam eine Zwei-Zimmer-Wohnung im Vorderhaus von Meyers Hof zu beziehen. Sie waren zwar unverheiratet, was den Vermieter aber zum Glück nicht störte.

»Als verheiratete Frau hätte ich es viel schwerer, zur Aufsichtsdame befördert zu werden«, argumentierte Rieke bereits, bevor sie einen Hinweis darauf hatte, dass man diese Position für sie überhaupt in Betracht zog. »Man würde befürchten, dass ich bald schwanger wäre und wieder aufhören müsste.«

Dass die Empfehlung zu Johannes' Vermächtnis gehörte und Paul Bergmann Gunter Perl daher schon bald nach dem Tod seines Sohns bedeutet hatte, dass er als Personalleiter Adolf Jandorf Rieke Krause als Nachfolgerin von Frau Liebermann vorgeschlagen hatte, wusste sie nicht.

Da sie und Peter nicht verheiratet waren, stellte sich auch die Frage gemeinsamer Kinder vorläufig nicht. Rieke verhütete mithilfe eines Pessars, einer der vielen Errungenschaften, die aus Amerika stammten und nach dem Krieg in Deutschland

Einzug gehalten hatten. Peter tolerierte es bislang. Wie es nach Riekes möglicher Beförderung auf Dauer weitergehen sollte, war ein Thema, das beide tunlichst vermieden.

Im Gegenzug hielt sich Rieke aus Peters politischen Aktivitäten heraus und akzeptierte, dass diese ihn mittlerweile mehrere Abende pro Woche von zu Hause fernhielten. Schon vor geraumer Zeit war Peter aus der KPD ausgetreten und wieder zur SPD gewechselt. Denn die Moskauhörigkeit der deutschen Kommunisten stieß ihn immer mehr ab. Insbesondere dem Demagogen Josef Stalin, der sich anschickte, die Nachfolge des 1924 verstorbenen russischen Parteiführers Lenin anzutreten, konnte er nicht das Geringste abgewinnen. »Dieser Mann hat das Zeug zu einem ausgemachten Diktator«, pflegte er über Stalin zu sagen. »Und ich habe keine Lust, mich seinem langen Arm auch in Deutschland zu unterwerfen.«

Seither engagierte sich Peter vor allem auf Bezirksebene für die SPD und die Belange der kleinen Leute im Wedding. Gerade war er zum Sprecher der Mieter in Meyers Hof gewählt worden und hatte versprochen, sich für die längst überfällige Sanierung der Mietskaserne einzusetzen.

Im Augenblick war es in der Damenkonfektion ruhig. Gerade beschloss Rieke, im Anprobesalon und im Lichtzimmer nach dem Rechten zu sehen, da kam Adolf Jandorf von Weitem heran. Sobald es seine Zeit erlaubte, machte der Eigner regelmäßig Rundgänge durch das Warenhaus, das ihm noch immer am meisten am Herzen lag.

Rasch warf Rieke einen prüfenden Blick auf das Rondell mit den drei Modepuppen in den Sommerkleidern der Saison, das sie gerade etwas umdekoriert hatte. Doch Jandorf schaute gar nicht hin. Stattdessen steuerte er zielstrebig auf Harry zu, der immer noch aus dem Fenster schaute und seinem Vater daher den Rücken zuwandte.

»Sie, nehmen Sie mal die Hände vom Arsche weg!«, schnauzte er seinen Sprössling, den er offenbar nicht erkannte, vor aller Ohren an. »Haben Sie nichts Besseres zu tun, als aus dem Fenster zu glotzen?«

Mit hochrotem Kopf drehte Harry sich um. Rieke, die den Vorfall wie sämtliche in der Nähe befindlichen Verkäuferinnen und auch einige Kundinnen amüsiert beobachtete, vermutete, dass Harrys neue Frisur der Grund dafür gewesen war, dass ihn sein Vater nicht erkannt hatte.

»Aber ... aber ... Vater!«, stammelte Harry. »Wie sprichst du denn mit mir?«

Auch Adolfs Gesicht verfärbte sich nun rot. Instinktiv sah er sich um. Obwohl alle Angestellten seinem Blick auswichen und nur einige dreiste Kundinnen ihn offen angrinsten, musste ihm sofort klar sein, dass er sich und seinen Sohn gerade bis auf die Knochen blamiert hatte.

»Wir sprechen uns noch«, kündigte er mit grimmiger Miene an, bevor er schnellen Schritts die Abteilung verließ. Auch Harry machte sich davon, so rasch er konnte, wenn auch in die entgegengesetzte Richtung. Ob er das unterdrückte Gelächter wahrnahm, das sich nach seinem Abgang ausbreitete, war nicht auszumachen.

Nun ist das Maß endgültig voll! Jandorf tobte innerlich vor Wut über seinen Sohn und die Blamage, die er ihm gerade verdankte. Es war nicht Adolfs Art, über seinen eigenen Anteil an der kritischen Situation nachzudenken, die gerade entstanden war.

Wie gut, dass Perl sowieso heute Abend zum Gespräch erscheint, dachte er stattdessen. Nun habe ich gleich zwei Hühnchen mit ihm zu rupfen.

## Kontor von Adolf Jandorf im KaDeWe

### *Juni 1926, am frühen Abend des gleichen Tages*

»Es tut mir leid, Herr Perl, aber Sie brauchen noch ein wenig Geduld. Herr Jandorf musste eine dringende Besprechung mit Herrn Hofer einschieben. Wenn Sie bitte hier Platz nehmen möchten?« Jandorfs Vorzimmerdame, Fräulein Goldmann, wies auf einen Lehnsessel neben einem Beistelltischchen. Den angebotenen Kaffee lehnte Perl ab.

Umso besser, freute er sich sogar über die Verzögerung. Das macht den Alten womöglich empfänglicher für meinen Vorschlag. Er warf einen raschen Blick auf die Wanduhr über der Kontortür. Es war Freitagabend um sieben Uhr. Heute wollte er eigentlich mit Judith Bergmann ausgehen, die er seit einigen Monaten wieder häufiger traf und am vereinbarten Treffpunkt abholen sollte. Dann zuckte Gunter mit den Achseln. Notfalls muss sie halt auch ein bisschen auf mich warten.

Da er überall im KaDeWe seine Spitzel hatte, die ihm wichtige Fakten ebenso zutrugen wie den neuesten Klatsch und Tratsch, glaubte er zu wissen, was Jandorf mit dem kaufmännischen Direktor, Herrn Hofer, zu dieser ungewöhnlichen Tageszeit zu besprechen hatte. Es geht wahrscheinlich um jene völlig verpatzte Teppichaktion, vermutete er.

Darum rankte sich mittlerweile ein ausgewachsener Skandal. Der junge Einkäufer, ein Verwandter Hofers, den Jandorf auch noch ausgerechnet von Wertheim abgeworben hatte, war gleich bei seiner ersten Bewährungsprobe auf einen Betrüger hereingefallen. Anstatt echter Perserteppiche hatte der ihm für eine Sonderverkaufsaktion billige Imitate angedreht. Der Einkäufer hatte sich von den scheinbar günstigen Preisen blenden lassen. Gerüchteweise hatte Perl außerdem gehört, dass es sich bei den vorgelegten Teppichmustern tatsächlich um echte Perser gehandelt habe. Nicht aber bei denen, die im Anschluss geliefert und mit einer großen Reklameaktion in ganz Berlin beworben worden waren.

Der Betrug war aufgeflogen, als ein Teppichkenner, der jahrelang in Persien gelebt und dessen ahnungslose Ehefrau zwei teure Brücken erstanden hatte, auf den ersten Blick erkannte, dass es sich dabei um Fälschungen handelte. Empört tauchte der Ehemann im KaDeWe auf und verlangte, Herrn Jandorf persönlich zu sprechen. Da ein sofort herbeigerufener Experte die Einschätzung des Kunden bestätigte, musste jetzt nicht nur der gesamte Bestand an Teppichen in Jandorfs Billigwarenhäusern für einen Apfel und ein Ei angeboten werden. Nein, viel schlimmer war es, dass alle Kunden, die ahnungslos einen Teppich im KaDeWe gekauft hatten, kontaktiert werden mussten, um ihnen eine Gutschrift gegen Rücknahme der Fälschungen anzubieten. Viele würden allerdings wahrscheinlich auf einer Barauszahlung des entrichteten Preises bestehen.

Kurzum, es war seit der unseligen Schuhaffäre während des Kriegs, an der Jandorf ebenfalls unschuldig gewesen war, der größte Skandal, der seinen Warenhauskonzern erschütterte. Und verantwortlich dafür war gemäß der Hierarchie im KaDeWe der kaufmännische Direktor, Herr Hofer.

Denn formell war er der oberste Dienstherr aller Einkäufer. Stimmte er einer Verkaufsaktion zu, galt es zwar noch, das Einverständnis des Leiters des Finanzwesens zum Budget einzuholen. Doch dies war in der Regel eine reine Formsache.

Gunter Perl wusste aus eigener Anschauung, dass Hofer seinen zahlreichen Aufgaben schon lange nur noch unzulänglich nachkam. Seit er beide Söhne im Krieg verloren hatte, war er nur noch ein Schatten seiner selbst. Gunters und ehemals auch Johannes Bergmanns Aktionen hatte er stets ohne genaue Prüfung durchgewinkt. Da Gunter und auch Bergmann jedoch einen Teil der Einkäufer in den ihnen untergebenen Abteilungen kontrolliert hatten und auch die meisten anderen Einkäufer im KaDeWe über große Erfahrung verfügten, war Hofers

Leistungsschwäche bislang ohne unangenehme Folgen geblieben. Erst mit der verunglückten Teppichaktion war nun ein beträchtlicher Schaden entstanden.

Da Gunter schon seit Längerem mit dem Gedanken spielte, Adolf Jandorf vorzeitig um seine nächste Beförderung zu bitten, bot ihm dieser Vorfall den Anlass dazu. Ohne zu wissen, dass Hofer heute Abend ebenfalls vorsprechen musste, hatte er Jandorf unter einem Vorwand um ein Gespräch zu diesem Zeitpunkt gebeten.

Fast eine halbe Stunde nach dem mit Jandorf vereinbarten Termin, Fräulein Goldmann war längst gegangen, öffnete sich endlich dessen Kontortür. Mit gesenktem Kopf und einem flüchtigen Gruß huschte Hofer heraus. Eigentlich war er Anfang sechzig, wie Gunter wusste, und damit nur etwa fünf Jahre älter als der immer noch äußerst agile Jandorf. Dennoch wirkte er wie ein weit über Siebzigjähriger.

Jandorf bat Gunter hinein, bot ihm jedoch keinen Platz in der Besprechungsecke an, sondern wies auf das von den Angestellten so genannte Arme-Sünder-Stühlchen vor seinem Schreibtisch. Dahinter saß der Eigner erhöht und konnte trotz seiner geringen Körpergröße auf den Gesprächspartner herabsehen.

Gunter verdrängte, dass dies kein günstiges Vorzeichen für sein heutiges Anliegen war. Wahrscheinlich war der Alte vom Gespräch mit Hofer noch durcheinander, beruhigte er sich.

»Nun, was haben Sie mir zu berichten, Herr Perl, was nicht bis zu unserer nächsten regulären Runde warten konnte?«, kam Jandorf gleich zur Sache, ohne Gunter zuvor ein Getränk anzubieten.

Der ließ sich zunächst nicht beirren. »Nur Gutes, Herr Jandorf. Besonders die Konfektionsabteilungen entwickeln sich prächtig. Deshalb möchte ich heute mit Ihnen über die Herrenkonfektion sprechen. Sie wissen ja sicherlich, dass mittlerweile nicht nur sämtliche weißen Herrenanzüge verkauft worden sind, sondern dass ich auch mehrere beträchtliche Nachbestellungen veranlasst habe.«

Jandorf nickte knapp.

Zum ersten Mal fühlte Gunter eine leichte Frustration in sich aufsteigen. Er war das Risiko eingegangen, die stattliche Anzahl von Anzügen nach den verunglückten Weißen Wochen vor zwei Jahren in seinem Lagerbestand zu behalten. Nun war der Modetrend endlich aus den USA auch nach Deutschland übergeschwappt. Jeder Herr, der etwas auf sich hielt, erstand einen der leichten weißen Sommeranzüge für den Tag sowie mindestens einen Abendanzug für die Nacht.

Dass Perl im Vergleich zu 1924 außerdem die Preise erheblich erhöht hatte, tat der Kauflaune der Kundschaft keinen Abbruch. So hatte Gunter trotz der Lagerkosten am Ende sogar einen beträchtlichen Gewinn eingefahren. Außerdem war gerade eine Sonderaktion zum Verkauf weißer Herrenhüte dabei, ein großer Erfolg zu werden.

Nun holte er Luft und sammelte sich. »Ich möchte die Angelegenheit mit den Teppichen zum Anlass nehmen, Sie noch einmal um Räumlichkeiten für die Vergrößerung der Herrenkonfektion zu bitten, Herr Jandorf«, legte er den Finger gleichzeitig mit seiner Bitte in die Wunde.

Jandorf wirkte überrascht, obwohl Gunter das Thema schon mehrfach angesprochen hatte. »Und wie stellen Sie sich das vor?«

»Wir könnten die Teppichhalle im Erdgeschoss erheblich verkleinern. Wenn wir sie nicht mehr als Verkaufsraum, sondern nur noch als Ausstellungsfläche für je ein Muster unserer verfügbaren Teppiche nutzen, könnten wir sicherlich die Hälfte des Platzes einsparen. Es wären dann nur zwei Wände zu versetzen, um die Herrenkonfektion so zu vergrößern, dass sie ausreichend Raum bietet, um die Ware angemessen zu präsentieren. Ich denke dabei an ähnliche Rondelle mit männlichen Modepuppen wie in der Damenkonfektion. Bisher gibt es dazu im Erdgeschoss keinen Platz. Die Teppiche könnten wiederum im vierten Stock bei den Möbeln und Gardinen verkauft werden. Dann könnte sich die Kundschaft gleich die passenden Ensembles zusammenstellen.«

Ein wenig ärgerte Gunter sich über sich selbst, da er sein ganzes Pulver in dieser Angelegenheit jetzt auf einmal verschossen hatte. Der Grund dafür war Jandorfs unbewegtes Gesicht, mit dem er Gunters Ausführungen lauschte.

»Ihr Plan klingt zwar gut. Doch ich lasse ihn mir noch einmal durch den Kopf gehen und gebe Ihnen dann beizeiten Bescheid«, gab Jandorf Gunter die erwartete Antwort. Es war nicht die Art des Eigners des KaDeWe, solch schwerwiegende Entscheidungen aus dem Stegreif zu treffen.

»Jetzt habe *ich* noch zwei Angelegenheiten mit Ihnen zu klären, Herr Perl. Oder möchten Sie noch etwas ansprechen?«, fragte Jandorf angesichts von Gunter Perls bestürzter Miene. Dem sagte zwar ein unbestimmtes Gefühl, dass heute nicht der beste Tag für seinen Vorschlag sei. Allerdings wartete er bereits seit Wochen auf eine Gelegenheit für das dazu nötige Vieraugengespräch mit Jandorf.

»Ja, ich habe noch etwas auf dem Herzen, Herr Jandorf. Es geht um Herrn Hofer.« Er machte eine Pause.

»Was ist mit Herrn Hofer?«, tat Jandorf ihm den Gefallen nachzufragen.

»Sie wissen von den Warenhausfusionen, die im Moment in Berlin und ganz Deutschland stattfinden«, holte Gunter aus. »Karstadt expandiert gewaltig. Meines Wissens hat die Firma M. J. Emden Söhne aus Hamburg unter dem jetzigen Eigner Max Emden schon den Großteil ihrer Filialen an Rudolph Karstadt verkauft. Insgesamt muss Karstadt mittlerweile weit über dreißig Filialen in ganz Deutschland erworben haben. Außerdem plant Karstadt einen repräsentativen Neubau auf dem Hermannplatz an der Grenze zwischen Kreuzberg und Neukölln. Das würde unsere beiden Filialen gefährden, die wir bereits in der Nähe betreiben. Unter anderem das zweitälteste Warenhaus in der Belle-Alliance-Straße.« Wieder machte Gunter eine Pause.

»Kommen Sie endlich zur Sache, Mann!«, reagierte Jandorf unwirsch anstatt interessiert. »Das ist mir alles selbstverständlich bekannt. Ebenso, dass Karstadt mit Tietz Konkurrenzausschluss vereinbart hat. Sowohl mit Hermann als auch mit Leonard Tietz.« Beide Warenhauskonzerne waren aus derselben, überaus talentierten Kaufmannsfamilie Tietz hervorgegangen, firmierten jedoch unabhängig voneinander.

»Sie brauchen ausgezeichnetes Führungspersonal, Herr Jandorf, um in dieser Situation weiter erfolgreich am Markt agieren zu können«, kam Gunter nun auf den Punkt. »Einen kaufmännischen Direktor vom Kaliber eines Herrn Hofer rechne ich allerdings nicht dazu.«

»Was haben Sie gegen Herrn Hofer einzuwenden?«

Gunter ignorierte das gefährliche Funkeln in Jandorfs Augen. »Herr Hofer ist seinen Aufgaben schon lange nicht mehr gewachsen. Er ist zwar nicht viel älter als Sie, Herr Jandorf. Doch er wirkt nicht nur wie ein Greis, sondern agiert mittlerweile auch so. Sie sollten ihn umgehend durch eine jüngere, begabtere Kraft ersetzen.«

»An wen denken Sie dabei?« In Jandorfs Blick trat etwas Lauerndes.

Wieder holte Gunter tief Luft. »Ich möchte mich selbst für diese Position vorschlagen, Herr Jandorf. Nachdem ich sogar den Fauxpas mit den weißen Herrenanzügen noch in einen großen Erfolg umgewandelt habe, können Sie mir in meiner gesamten Dienstzeit keinen einzigen Misserfolg ankreiden. Schon gar nicht in einer Größenordnung, wie ihn Herr Hofer jetzt mit der Teppichaffäre zu verantworten hat.«

Jandorf schwieg, fixierte Gunter jedoch eindringlich.

»Ich habe Sie doch schon davon überzeugt, dass ich ein überaus talentierter Mitarbeiter bin, als ich gerade einmal zwanzig Jahre alt war«, ereiferte sich Gunter. »Erinnern Sie sich noch an jenen groben grauen Wollstoff, den anfangs niemand im Warenhaus am Spittelmarkt haben wollte? Damals war ich noch ein blutjunger Verkäufer.«

Tatsächlich war Adolf Jandorf durch jene Verkaufsaktion auf Gunter Perl aufmerksam geworden. Der hatte auf eigene Faust Schmuckborten und Tressen in verschiedenen Farben sowie eine Auswahl von Knöpfen ohne Aufpreis zu jedem Meter jenes Wollstoffs angeboten. Ebenfalls ohne Rücksprache mit Jandorf hatte er außerdem veranlasst, dass sowohl ein Damenkostüm als auch ein Damenmantel, mit jenen Schmuckaccessoires versehen, in der hauseigenen Nähwerkstatt geschneidert und ausgestellt wurden. Tatsächlich war der Ladenhüter binnen weniger Wochen restlos ausverkauft. Man hatte den Wollstoff sogar nachbestellen müssen.

Doch zu Gunters Enttäuschung nickte Jandorf jetzt nur. »Ich erinnere mich«, erwiderte er knapp. Dann beugte er sich ein wenig über den Schreibtisch zu Gunter und betrachtete ihn weiterhin von seiner erhöhten Position aus.

»Ein guter Ein- und Verkäufer mögen Sie sein, Herr Perl. Doch ausgelernt als Führungskraft haben Sie noch nicht. Abgesehen davon, dass ich es schäbig finde, dass Sie den Posten eines Mannes begehren, der noch immer schwer am Tod seiner Söhne trägt, habe ich den Eindruck, dass Sie keineswegs alles so im Griff haben, wie Sie es nun vorgeben.«

Gunter spürte, dass er langsam wütend wurde. »Auch wenn ich Herrn Hofers Schicksal bedauere, würde ich das niemals zum Anlass dafür nehmen, ihn auf seinem Posten zu belassen, wenn die Konkurrenz rings um uns herum zum Sturmangriff rüstet. Im Gegenteil, es spricht sogar für Herrn Hofers ausgeprägte Schwäche, dass sich seine familiäre Tragödie so stark auf seine geschäftlichen Fähigkeiten auswirkt.«

»Sie erwarten also, dass ich dieser familiären Tragödie nun auch noch eine berufliche hinzufüge?« Jandorfs Ton wurde gefährlich leise. »Indem ich einen Mann, der nur noch wenige Jahre bis zu seinem Ruhestand vor sich hat, einfach entlasse und der Arbeitslosigkeit preisgebe, wohl wissend, dass er nirgendwo anders eine ähnliche Stellung finden würde?«

Gunter zuckte kaltschnäuzig mit den Achseln. »So geht es nun einmal im Geschäftsleben zu, Herr Jandorf. Fressen und gefressen werden. Ich bin jedenfalls sicher, dass Sie mir nichts annähernd Ähnliches vorwerfen können, wie Hofer es nun zu verantworten hat.«

»Vielleicht nicht mit jenen finanziellen Auswirkungen. Jedoch sehr wohl mit Auswirkungen auf mein Personal, dessen Einsatz für mein Unternehmen erst zu den Umsätzen führt, mit denen das KaDeWe sich amortisieren kann.«

Gunter starrte ihn verständnislos an.

»Ich spreche von offener Günstlingswirtschaft.«

Gunter wusste immer noch nicht, worauf Jandorf hinauswollte.

Der zog schließlich ein Dokument aus einer Mappe. »Dies ist die Reisekostenabrechnung meines Sohns Harry Jandorf. Sie haben ihn nach Paris geschickt, um dort *Strümpfe*«, er betonte das Wort, »einzukaufen. Dies hat Kosten verursacht, die selbst dann kaum hereinzuholen wären, wenn die Luxuskollektion, die Harry dort erstanden hat, sich wenigstens verkaufen würde. Aber selbst das ist nicht der Fall. Sehen Sie selbst!«

Er zog ein weiteres Dokument heraus und legte es Gunter vor. Der warf nur einen kurzen Blick darauf und errötete. Aber es stachelte seinen Widerspruchsgeist nur noch mehr an. »Harry ist Ihr einziger Sohn und Erbe, Herr Jandorf. Ich glaubte bislang, Sie würden es zu schätzen wissen, dass ich ihm die Förderung zukommen lasse, die Sie ihm bislang versagt haben.«

Auch Jandorf wurde nun zornig. »Wenn sie denn die Früchte tragen würde, die ich mir einmal erhofft habe. Mein Sohn hat nicht einmal sein Verhalten im Griff. Heute sah ich ihn in der Damenkonfektion vor einem Fenster stehen, müßig mit den Händen auf dem Arsche. Was macht das für einen Eindruck von einem Abteilungsleiter des KaDeWe? Was für ein Vorbild gibt Harry damit für die übrigen Mitarbeiter ab?«

Ganz richtig! Ihr eigener Sohn ist für niemanden ein Vorbild. Was kann ich dafür, dass Sie ihn so verzogen haben?, lag es Gunter schon auf der Zunge. Doch er verbiss sich die Bemerkung. Die nächsten Worte von Adolf Jandorf brachten ihn jedoch endgültig in Rage.

»Außerdem wissen Sie sehr gut, Herr Perl, dass Sie sich bei der Übernahme von Johannes Bergmanns Abteilungen quasi ins gemachte Nest gesetzt haben. Es ist nicht allein Ihr Verdienst, dass diese weiterhin so erfolgreich sind. Den Grundstein dafür hat Johannes Bergmann gelegt, nicht Sie.«

Gunter verlor die Beherrschung. »Das ist nicht fair, Herr Jandorf! Vielleicht hat sich Herr Bergmann tatsächlich in den letzten Jahren seiner Tätigkeit ein wenig von meinen Talenten abgeguckt. Aber dass seine Abteilungen heute immer noch erfolgreich sind, hat ganz allein mit mir zu tun. Zumal sie es unter Bergmanns Leitung niemals auf Dauer gewesen wären.«

»Wieso maßen Sie sich an, das zu beurteilen?«

»Johannes Bergmann war schwul«, überschritt Gunter in seinem Zorn nun alle Grenzen. »Er trieb sich in einschlägigen Etablissements herum und hatte Affären mit billigen Liebhabern. Es war nur eine Frage der Zeit, bis einer unserer Kunden ihn dabei ertappt und das Ansehen des KaDeWe unwiderruflich Schaden genommen hätte.«

Da Jandorf der Mund vor Entsetzen offen stand, setzte Gunter höhnisch noch eins drauf. »Oder glauben Sie, unsere konservativen Damen der Gesellschaft hätten noch in einer Abteilung eingekauft, die von einem warmen Bruder geleitet wird? Gar nicht zu reden davon, dass sein Verhalten sogar strafbar war.«

Jandorf brauchte drei Anläufe, um darauf zu reagieren. »Woher … woher wissen Sie das, Perl?«, krächzte er schließlich.

»Man hat mir Fotografien von den Schweinereien zuge-
spielt, die Ihr sauberer Johannes Bergmann so trieb. Und als
ich ihn damit konfrontierte und darauf aufmerksam machte,
dass er nur durch seine sofortige Kündigung Schaden von sich
selbst und Ihrem Unternehmen abwenden könnte, hat der
Feigling es vorgezogen, sich selbst zu entleiben.«

»Sie … Sie haben Bergmann mit diesen Fotografien erpresst?« Jandorf war bleich wie die Wand geworden.

»So war es nicht!«, verteidigte sich Gunter. »Ich wollte die
Sache gütlich regeln. Ohne dass Sie oder sonst jemand etwas
davon erfahren hätten!«

Jandorf sprang auf und zeigte mit dem Finger zur Tür. »Verlassen Sie sofort mein Büro, Sie mieser Schuft! Und treten Sie
mir so schnell nicht mehr unter die Augen! Über Ihre Zukunft
in meinem Hause werde ich gründlich nachdenken müssen.«

Gunter erkannte sofort, dass Jandorf das bitterernst meinte.
Langsam erhob er sich und wankte zum Ausgang. Wie und wo
war ihm diese Situation dermaßen entglitten? Hatte er etwa
nun alles verloren? Dann riss er sich zusammen und drehte
sich noch einmal zu Jandorf um.

»Ich sehe, dass Sie meinen Argumenten heute leider nicht
zugänglich sind. Vielleicht ändert sich das ja noch mit der
Zeit. Ich habe mir jedenfalls nichts zuschulden kommen lassen, für das ich mich schämen müsste!« Für Gunters verqueres
Rechtsempfinden sprach er damit sogar die Wahrheit.

»Hinaus!«, brüllte Jandorf mit hochrotem Gesicht. »Und
wehe Ihnen, Sie machen irgendeinen weiteren Gebrauch
von diesen schmutzigen Fotografien! Dann richte ich Sie zu-
grunde!«

»Oder ich Sie!«, brüllte Gunter zurück. Dann stürmte er
hinaus. In seiner Erregung entging ihm, dass sich Judith im
Vorzimmer käsebleich in eine Ecke drückte.

# Im Bürotrakt des KaDeWe

## *Juni 1926, ungefähr eine Dreiviertelstunde zuvor am gleichen Abend*

Judith schürzte enttäuscht die Lippen, als sie Gunter nicht in seinem Büro im Erdgeschoss des KaDeWe vorfand. Sie hatte ihn mit ihrem Kommen überraschen wollen. Heute Abend wollten sie sich einen Film im UFA-Palast anschauen.

Eigentlich sollte Gunter sie nach ihrer Abendvorlesung in der Deutschen Akademie für Soziale und Pädagogische Frauenarbeit in Schöneberg abholen. Dort befand sich mittlerweile auch die erste Hochschule für Frauen, die Alice Salomon im vergangenen Oktober im gleichen Gebäude, in dem sich auch die Soziale Frauenschule befand, gegründet hatte. Doch einer der Dozenten hatte sich den Magen verdorben, sodass die heutige Psychologieveranstaltung ausfiel.

Trotz ihrer schwächelnden Gesundheit war die Schaffenskraft von Judiths ehemaliger Mentorin ungebrochen. Zwar teilte Alice sich die Leitung der Sozialen Frauenschule, an der mittlerweile auch Judith einige Stunden pro Woche als Lehrkraft tätig war, inzwischen mit ihrer Kollegin Charlotte Dietrich.

Doch anstatt sich auszuruhen, hatte Salomon im Lauf des Jahres 1925 die Idee entwickelt, Frauen auch jenseits der klassischen Universitäten einen Hochschulabschluss zu ermöglichen. Das Angebot richtete sich allerdings an bereits berufstätige Frauen, vor allem an Leiterinnen von Behörden im öffentlichen Dienst. Doch es gab auch ein zweijähriges Aufbaustudium für Akademikerinnen, zu dem sich Judith in den Fächern Psychologie und Pädagogik sofort eingeschrieben hatte, obwohl sie im April 1924 den Doktorgrad erworben hatte und seither als Assistentin am Lehrstuhl von Professor Max Sering tätig war.

Denn trotz der verbesserten wirtschaftlichen Lage in Deutschland gab es in der Sozialfürsorge noch immer so viel zu tun! Ihre frühere Tätigkeit in den Kindertagesstätten hatte Judith zu ihrem großen Bedauern mittlerweile aufgeben müssen. Auch ihre Mutter Rebekka war seit Johannes' Tod nicht mehr in der Lage, dort zu helfen.

Doch nach wie vor war für Judith neben Alice Salomon auch die Engländerin Eglantyne Jebb in ihrem beständigen Bemühen um das Wohl der Kinder ein leuchtendes Vorbild. Zu Judiths Enttäuschung hatten die Ergebnisse ihrer Studiums-Abschlussarbeit keine Wirkung gezeigt. Die Berliner Behörden begannen keineswegs, die Ernährungssituation und damit die Gesundheit der Kinder in den Armenvierteln zu verbessern.

Stattdessen war es Jebbs Organisation »Save the Children«, die zusätzlich zu den Kakaostuben inzwischen regelmäßige Schulspeisungen finanzierte. Die Organisation genoss mittlerweile weltweites Ansehen. Im September 1924 hatte der nach dem Krieg neu entstandene Völkerbund an seinem Genfer Sitz sogar eine international gültige Erklärung der Kinderrechte verabschiedet, zu der Eglantyne die Vorlage geliefert hatte.

Nun sah Judith ungeduldig auf ihre Taschenuhr. Gegen halb acht war sie im KaDeWe angekommen, etwa rechtzeitig, um Gunter abzupassen, bevor er zu ihrer Verabredung um acht Uhr hätte aufbrechen müssen. Gunters Bürofräulein hatte ihr vor ihrem Feierabend mitgeteilt, er sei noch zu einer kurzen Besprechung in Jandorfs Büro gegangen.

Jetzt war es schon kurz vor acht. In fünf Minuten würde man das elektrisch betriebene prachtvolle Gittertor vor dem Hauptportal in der Tauentzienstraße hochfahren und auch die beiden anderen Ausgänge schließen. Dann könnten sie das KaDeWe nur noch durch einen der Personalausgänge verlassen.

Judith seufzte und beschloss, einmal im Vorzimmer von Adolf Jandorf nachzufragen, wie lange die Besprechung noch dauern werde. Doch als sie dort ankam, fand sie auch Jandorfs Sekretärin Fräulein Goldmann nicht mehr vor. Aus dessen Kontor hörte sie allerdings gedämpfte Stimmen durch die ledergepolsterte Tür.

Sie wagte nicht, sich bemerkbar zu machen, sondern nahm stattdessen in einem Lehnsessel Platz. Dann ließ sie ihre Gedanken wieder schweifen, um sich die Wartezeit zu vertreiben.

Deutschland würde bald in den Völkerbund aufgenommen werden und damit auch die Kinderrechtserklärung formell anerkennen. Davon erhoffte sich Judith einen weiteren Fortschritt in der Versorgung der schwächsten Mitglieder der Gesellschaft. Doch allein darauf wollte sie sich nicht verlassen.

Am Lehrstuhl an der Friedrich-Wilhelm-Universität war Judith überwiegend als Assistentin Professor Serings tätig. Hinzu kamen ihr Aufbaustudium an Alice Salomons Hochschule und ihre Lehrtätigkeit in der Sozialen Frauenschule. Für eigene Forschungsarbeit blieb Judith damit im Augenblick keine Zeit.

Doch dies könnte sich bereits im nächsten Jahr ändern. Denn mittlerweile gab es an Salomons Frauenhochschule sogar einen eigenen Forschungsbereich. Das war ein kühnes Unterfangen, da die Forschung keiner der traditionell an den Universitäten bestehenden Fakultäten der Theologie, Medizin, Jurisprudenz oder der sehr heterogenen und wissenschaftlich am wenigsten angesehenen Philosophie zugeordnet werden konnte. Zur Philosophie gehörten auch die Staatswissenschaften, in denen Judith ihren Studienabschluss gemacht hatte.

Nun hatte Alice Salomon mit der sozialwissenschaftlichen Forschung ein ganz neuartiges Feld begründet. Gleich nach dem Abschluss ihres Aufbaustudiums beabsichtigte Judith, in ihrer dadurch frei werdenden Zeit ihr nächstes Forschungsprojekt an diesem Institut zu beginnen.

Mit ihrem bahnbrechenden Werk *Soziale Diagnose* hatte die stets arbeitsame Alice sogar einen überaus wertvollen Handwerkskasten für sozialwissenschaftliche Forschungstätigkeiten veröffentlicht. Judith hatte Auszüge davon bereits vor der Drucklegung verschlungen.

Alice gab in dem Buch zunächst ausführliche Anleitungen zur Diagnose einer individuellen Notlage. Gefolgt von ihrer »Theorie des Helfens«, mit der sie Möglichkeiten und Hilfsmittel zur Verbesserung der Lebensumstände gemäß der zuvor erhobenen Diagnose beschrieb.

Außerdem war Alice bereits jetzt damit beschäftigt, eine internationale Konferenz für soziale Arbeit vorzubereiten, die im Jahr 1928 in Paris stattfinden sollte. Auch in diese Tätigkeit war Judith mittlerweile eingebunden.

»Du arbeitest viel zu viel, Kind«, seufzte Judiths Mutter Rebekka seit geraumer Zeit immer wieder. Doch sich in diese Fülle an Arbeit zu stürzen war für Judith das beste Mittel gewesen, um mit Johannes' Tod fertigzuwerden.

Dass auch Gunter nach der Übernahme der Verantwortung für den gesamten Textileinkauf des KaDeWe alle Hände voll zu tun gehabt hatte, war Judith dabei entgegengekommen. Während des Trauerjahrs hätte sie es ihren Eltern gegenüber als pietätlos empfunden, wenn sie sich allzu oft mit Gunter getroffen oder sogar zu öffentlichen Vergnügungen mit ihm ausgegangen wäre. Zudem hatte ihr Vater Judith weiterhin unmissverständlich bedeutet, dass er Gunter nicht mochte.

Ihre Beziehung zu Gunter war daher eine ganze Zeit lang fast zum Erliegen gekommen und hatte sich erst im Lauf des letzten halben Jahres wieder intensiviert. Anfangs trafen sie sich ab und zu sonntags in einem Café und gingen danach auch hin und wieder ins Kino oder Theater.

Mit der Zeit waren sich beide dann wieder nähergekommen. Judith war Gunter sehr dankbar dafür, dass er sie nach Johannes' Tod nie dazu gedrängt hatte, ihn wie vorher in seine Wohnung zu begleiten. Erst in jüngster Zeit empfand Judith selbst das Bedürfnis nach mehr Intimität. Mittlerweile schlief sie auch wieder mit Gunter, der sich sogar als aufmerksamerer Liebhaber zeigte als in der ersten Phase ihrer Beziehung. Er sprach sogar wieder von Verlobung und Heirat.

Judith fühlte sich daher, ungeachtet der Missbilligung ihres Vaters und angesichts der Gleichgültigkeit, die ihre Mutter seit dem Tod ihres zweiten Sohns gegenüber Judiths Beziehung an den Tag legte, mehr und mehr bei Gunter getröstet und geborgen. So ging es ihr sonst nur in ihrer Freundschaft mit Rieke Krause, die sich nach Johannes' Tod vertieft hatte.

In letzter Zeit konnte Judith sich sogar vorstellen, Gunter auch gegen den Widerstand ihrer Eltern zu heiraten. Zumal er ihren wissenschaftlichen Ambitionen nach wie vor positiv gegenüberstand und sie in keiner Weise dabei einzuschränken versuchte.

Doch heute Abend erwies er sich zum ersten Mal als unzuverlässig. Wieder warf Judith einen Blick auf die Uhr. Nun war es schon fünf nach acht. Wenn Gunter sich jetzt nicht rasch von Adolf Jandorf verabschiedete, würde es nicht einmal mehr für die Spätvorstellung im UFA-Palast reichen.

Plötzlich wurden die Stimmen, die aus Jandorfs Büro drangen, so laut, dass sie trotz der schallgedämpften Tür einige Worte verstehen konnte. Dabei fiel auch der Name ihres Bruders Johannes. Wie von einem unsichtbaren Magneten gezogen, stand Judith auf und legte das Ohr an die Tür. Was sie dann hörte, ließ sie zu Eis erstarren.

**Gunter Perls Wohnung in der Kurfürstenstraße**

*Juni 1926, drei Stunden später am gleichen Abend*

Judith klopfte das Herz bis zum Hals, als sie die Klingel an Gunters Wohnung betätigte. Er öffnete sofort und erwartete sie auf dem Treppenabsatz.

Grußlos trat sie ein. Ihre blauen Augen funkelten wie Glas. Sie streckte fordernd die Hand aus. »Gib mir die Fotos, mit denen du meinen Bruder in den Tod getrieben hast! Alle Abzüge, auch die Negative!«

Gunter wich einen Schritt vor ihr zurück. Er fühlte sich offenbar überrumpelt und stellte sich zunächst ahnungslos.

»Ich weiß nicht, wovon du redest, Judith. Aber komm doch erst einmal mit in den Salon. Für unseren Kinobesuch ist es heute Abend ja leider zu spät. Aber was hältst du von einem Glas Wein oder einer Tasse Tee?«

»Ich brauche nichts.« Judith blieb im Flur, wo sie war. »Und selbst wenn es anders wäre, würde ich von einem Schurken wie dir nichts annehmen.«

Gunter merkte offenbar, dass er nicht ungeschoren aus dieser Situation davonkommen würde. Denn wie es seine Art war, ging er jetzt selbst zum Angriff über: »Hast du etwa gelauscht? Im Vorzimmer von Jandorf, und dabei unseren Streit mitgehört? Schäm dich! Du kommst hierher und beleidigst mich, obwohl du offensichtlich einem Missverständnis aufgesessen bist.«

Judith ballte die Hände zu Fäusten. Nun war sie erst recht froh, dass sie vor ihrem Besuch bei Gunter spontan beschlossen hatte, einen Mietwagen zu Rieke Krauses Wohnung in Meyers Hof zu nehmen. Sie musste sich rückversichern, ehe sie Gunter mit dem ungeheuerlichen Verdacht konfrontierte, der während des belauschten Streitgesprächs zwischen ihm und Jandorf entstanden war. Zum Glück traf sie Rieke zu Hause an.

»Gunter Perl hat meinen Bruder womöglich mit anzüglichen Fotografien erpresst, damit er seine Stellung im KaDeWe aufgibt«, kam sie sofort auf den Punkt, noch bevor Peter Hauser ihr das gewünschte Glas Wasser gebracht hatte. »Bitte, Rieke, sag mir, ob du etwas darüber weißt!« Die beiden duzten sich bereits seit geraumer Zeit.

Riekes Augen wurden feucht. »Ich wusste nicht, dass es

Fotografien waren. Aber ich habe geahnt, dass Perl deinen Bruder mit irgendwas unter Druck setzte. Wenige Stunden vor seinem Tod hat Johannes bei unserem letzten Treffen einige Andeutungen darüber gemacht.«

»Was für Andeutungen?«

Rieke zögerte, bis Judith ihre Karten auf den Tisch legte. »In seinem Abschiedsbrief hat mein Bruder eingestanden, dass er homosexuell war. Wusstest du das?«

Rieke nickte. Auf ihrem Gesicht zeichnete sich Erleichterung ab. »Ich wusste es schon lange und bin froh, dass ich Johannes' Geheimnis nicht mehr länger bewahren muss«, räumte sie ein. »Er hat es mir anvertraut, nachdem er mich aus den Fängen von Gregor Eckstein befreit hat.« Mit kurzen Worten umriss sie ihre damalige dramatische Situation.

»Die Fotografien müssen meinen Bruder in irgendwelchen verfänglichen Situationen gezeigt haben.«

Rieke stöhnte auf. »Wahrscheinlich mit einem Kerl namens Alfred. Johannes hat die Beziehung kurz vor seinem Tod beendet.«

»Aber wie ist Gunter an solche Fotos gekommen? Könnte dieser Kerl, dieser Eckstein, etwas damit zu tun haben?«

»Ich weiß es nicht, Judith. Eckstein hat zuletzt im Cabaret-Restaurant ›Himmel und Hölle‹ gearbeitet. Da, wo Perl meine Schwester Sanni als Nacktdarstellerin entdeckt hat. Vielleicht haben die zwei sich dort getroffen.«

Judith nickte langsam. »Das wäre möglich. Ich habe Gunter damals kurz mit einem Mann sprechen sehen, der in der ›Hölle‹ den Satan gemimt hat. Ohne zu wissen, um wen es sich dabei handeln könnte. Gunter hat ihn nach deiner Schwester gefragt.«

Rieke nickte heftig. »Ja, das kommt hin. Eckstein kannte Sanni aus dem KaDeWe. Als er an dem Abend auftauchte, an dem Peter und ich meine Schwester zur Umkehr bewegen wollten, hatte er rote Schminke im Gesicht und trug einen lächerlichen Reif mit Teufelshörnern auf dem Kopf. Eckstein hatte allen Grund, Johannes zu hassen, wie ich dir ja eben erzählt habe.«

»Was für eine unselige Verkettung von Umständen ...«, murmelte Judith. Ihre Kehle fühlte sich an wie ausgedörrt. Durstig griff sie nach dem Glas Wasser und leerte es in einem einzigen Zug. Peter Hauser, der ihrem Gespräch schweigend lauschte, füllte es sofort auf.

»Johannes war kein leichtfertiger Mensch.« Rieke sah sich nun wohl genötigt, ihn zu verteidigen. »Er liebte nur einen einzigen Mann. Der hieß Sebastian und fiel in der Schlacht vor Verdun. Jener Alfred war der Erste, mit dem sich Johannes nach vielen Jahren einließ. Aber er brachte Alfred nicht die gleichen Gefühle entgegen wie Sebastian.«

»Ich weiß von Johannes' Liebe zu Sebastian«, bestätigte Judith. »In seinem Abschiedsbrief nannte er uns dessen Tod als einzigen Grund dafür, dass er sich das Leben nahm.«

»Doch in Wahrheit hat Gunter Perl ihn mit den Fotografien erpresst, die dieser Eckstein oder jemand, den der Mistkerl beauftragt hat, heimlich von Johannes und Alfred gemacht hat«, reimte Rieke sich den Sachverhalt zusammen.

»Gunter wollte, dass Johannes seine Stellung im KaDeWe kündigte«, bestätigte Judith. »Das habe ich in seinem Streitgespräch mit Adolf Jandorf belauscht.«

»Damit hätte Johannes seinen Lebensinhalt verloren«, flüsterte Rieke, der die Augen nun überliefen. »Deshalb sah er keinen anderen Ausweg mehr als den Freitod.«

Judith nickte. Auch sie begann zu weinen. Wie damals in der Villa Bergmann, als Rieke Judith die Trauerkleider gebracht hatte, fielen sich die beiden schluchzend in die Arme. Peter Hauser stand hilflos daneben.

Schließlich löste sich Judith von Rieke. Sie trocknete ihre Tränen und hob entschlossen den Kopf. »Ich werde diesen Schurken noch heute Abend mit seiner miesen Intrige konfrontieren«, kündigte sie an. »Und ihm dann auf der Stelle den Laufpass geben!«

»Bitte, sei vorsichtig!«, gab Rieke ihr mit auf den Weg. »Ich halte Perl für überaus gefährlich!«

Und nun stand Judith mit geballten Fäusten vor dem Mann, den sie noch vor einigen Stunden zu lieben geglaubt und mit dem sie auf eine gemeinsame Zukunft gehofft hatte. »Rede dich nicht heraus! Du hast mich schon genug belogen! Ich habe Beweise für deine Untat.«

Mit kurzen Worten umriss Judith, was sie von Rieke erfahren und was die beiden daraus geschlussfolgert hatten. Dann forderte sie erneut die Fotografien.

Gunter versuchte erst gar keine weiteren Ausflüchte mehr. »Es ist nicht meine Schuld, dass dein Bruder pervers war. Ich habe nichts anderes von ihm verlangt, als dass er seinen Posten im KaDeWe räumt. Der Rest war seine eigene Entscheidung.«

»Weil du es nicht ertragen konntest, dass sich Adolf Jandorf nicht für dich entschieden hat, sondern euch beide auf euren Positionen als leitende Einkäufer beließ!«

Gunter lächelte zynisch. »Da hast du recht, Judith. Das war eine krasse Fehlentscheidung! Jandorf war einmal ein überaus erfolgreicher Unternehmer. Doch jetzt lässt er gewaltig nach, und er wird untergehen, wenn er nicht rasch eine Kehrtwende schafft.«

»Dich hat er jedenfalls gründlich abblitzen lassen«, gab Judith höhnisch zurück. »Genau wie ich das jetzt tue. Ich möchte in meinem ganzen Leben nie mehr etwas mit dir zu tun haben, Gunter Perl.« Sie streckte wieder die Hand aus. »Gib mir die Fotografien, du mieses Subjekt!«

Gunters zynisches Lächeln vertiefte sich. »Warum sollte ich, liebe Judith? Wem wäre damit gedient? Die Fotografien sind bei mir in den besten Händen! Und werden mir noch gute Dienste leisten.«

Wäre Gunter bereit gewesen, Judith die ganze Wahrheit zu

sagen, hätte sie erfahren, dass er nach dem Gespräch mit Jandorf schon auf dem Heimweg in seine Wohnung die Überzeugung gewonnen hatte, dass Jandorf nicht wagen würde, etwas gegen ihn zu unternehmen. Schon aus Sorge, Gunter könnte die Fotografien im KaDeWe benutzen. Schließlich hatte Paul Bergmann eine Schlüsselfunktion in Jandorfs Konzern inne und wäre, auch zwei Jahre nach dem Tod seines Sohns, dadurch noch diskreditiert.

Gunter hätte damit geprahlt, dass Jandorf angesichts der immer heftiger werdenden Konkurrenz auf ihn angewiesen sei, er wäre im KaDeWe nicht so schnell zu ersetzen. Er rechnete sich gute Chancen aus, als erfahrener Einkäufer bei einem der anderen Warenhauskonzerne unterzukommen, wenn er es darauf anlegte. Allerdings mangels Vakanz kaum in einer höheren Position, als er sie derzeit im KaDeWe innehatte. Das wiederum hätte er Judith verschwiegen.

Judiths Antwort wäre wahrscheinlich gewesen, dass man Gunter eine Wegbewerbung als Illoyalität auslegen könnte, was seiner Karriere auch woanders nicht förderlich wäre. Außerdem müsste Gunter schön dumm sein, seinen Posten zu räumen, war das KaDeWe doch mittlerweile das renommierteste Kaufhaus in ganz Berlin, zudem weit über die Grenzen der Hauptstadt hinaus bekannt.

Was ihm die Beziehung zu Judith bedeutete, zeigten ihr seine nächsten Worte: »Mit deinem Wunsch, unsere Beziehung zu lösen, kommst du mir gerade zuvor, Judith«, grinste er sie betont lässig an. »Denn nun nutzt du mir gar nichts mehr. Ich hatte bislang gehofft, eine Einheirat in die Familie Bergmann werde meiner Karriere im KaDeWe dienlich sein. Da damit nun nicht mehr zu rechnen ist, bin ich nicht mehr bereit, dich, zumal als Jüdin, als zukünftige Ehefrau zu akzeptieren.«

Trotz ihres Zorns fühlte sich Judith einen Moment lang wie gelähmt. Seit diese furchtbare Partei aus Bayern, diese NSDAP, auch in Berlin Fuß gefasst hatte, wurden antisemitische Anfeindungen regelrecht salonfähig. Gunter war diesbezüglich also der Wolf im Schafspelz gewesen.

Der wies nun mit der Hand zur Tür. »Auch deshalb kann ich die Fotografien womöglich noch einmal gut gebrauchen. Glaub mir, ein schwuler Jude passt perfekt in das Bild, das sich die einfachen Leute von Zions Söhnen machen.«

Die Wut explodierte in Judith wie ein Vulkan. »Du ... du Schweinehund!«, keuchte sie. Dann holte sie aus und schlug Gunter mit voller Kraft ins Gesicht.

Die rechte Hand tat ihr danach noch tagelang weh.

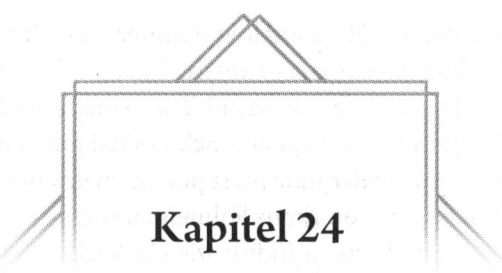

# Kapitel 24

### Im Restaurant Moka Efti

### *Ende Oktober 1926*

Fast zwanzig Minuten nach der verabredeten Zeit kam Adolf Jandorf im Restaurant Moka Efti an. Er sah sich suchend um, bis er Paul an seinem Tisch in einer Nische entdeckte.

»Bitte entschuldige, dass ich mich verspätet habe. Du weißt, das ist sonst nicht meine Art. Aber ich hatte gerade ein recht interessantes Gespräch mit Georg Tietz.«

»Mit Georg Tietz?«, fragte Paul erstaunt.

Adolf winkte dem herbeieilenden Kellner. »Ich erzähle es dir gleich haargenau. Doch lass uns erst einmal bestellen. Du bist natürlich heute mein Gast, deines Geburtstags wegen.«

»Das sollte eigentlich umgekehrt sein«, wehrte Paul überrascht ab. »Ich habe dich doch eingeladen, um meinen Geburtstag nachzufeiern.«

Adolf schüttelte lächelnd den Kopf. »Das kommt gar nicht infrage, Paul. Zumal ich jetzt auch noch zu spät gekommen bin.«

Nachdem der Kellner die Speisekarten gebracht hatte, erkundigte sich Adolf: »Was kannst du mir denn empfehlen, Paul?«

Paul hob die Schultern. »Ich bin heute ebenfalls zum ersten Mal hier. Doch das Moka Efti hat sich bereits einen Namen als Fischrestaurant gemacht.«

Das elegante Lokal an der Ecke Leipziger-/Friedrichstraße hatte erst im März eröffnet.

»Ich dachte, das Restaurant wäre einmal eine gute Alternative zum Adlon oder zu dem ewigen Hiller«, fügte er hinzu.

Adolf nickte und studierte die Karte. Schließlich bestellten beide das Fischmenü, bestehend aus einer Bouillabaisse als Vorspeise, einem Zwischengericht mit pochiertem Lachs und dem gebratenen Wolfsbarsch, der heute besonders empfohlen wurde.

»Aber nun erzähl, was du mit Georg Tietz zu schaffen hattest«, hakte Paul nach, sobald der Kellner außer Hörweite war.

»Ich habe mir gerade die elektrische Rolltreppe in ihrem Warenhaus hier an der Leipziger Straße angeschaut und bin natürlich einige Male damit gefahren«, erklärte Adolf zu Pauls Überraschung. »Wo ich schon mal hier in der Gegend war, dachte ich, es wäre eine gute Gelegenheit. Und dabei ist mir Georg Tietz über den Weg gelaufen und hat mir die Technik erklärt. Er beabsichtigt, solche Rolltreppen in all seinen Warenhäusern einzubauen.«

»Und was hältst du davon?« Paul war neugierig.

Adolf seufzte. »Rolltreppen kämen erst einmal nur für das KaDeWe infrage. Dort würde es allerdings einen beträchtlichen Aufwand bedeuten, sie zu installieren. Der Verkauf wäre monatelang beeinträchtigt.«

Und so leise, dass Paul noch einmal nachfragen musste, murmelte er: »Dennoch fürchte ich, dass ich nicht lange drum herumkomme.«

»Ja, der Fortschritt ist leider nicht aufzuhalten.« Dann setzte Paul ein herzliches Lächeln auf. »Aber das muss heute Abend nicht deine Sorge sein, Adolf. Lass uns mein Geburtstagsessen genießen!«

Wenn schon weder deine Frau noch deine Tochter dabei sind, ging es Adolf durch den Kopf. Er musterte Paul prüfend.

»Wie geht es Rebekka und Judith?«, entschloss er sich, das heikle Thema nicht totzuschweigen. Nach Johannes' Tod war es schon der dritte Geburtstag, den Paul nicht mehr wie früher im größeren Kreis gefeiert hatte.

Pauls Miene trübte sich ein. »Rebekka verlässt das Haus nach wie vor nicht. Sie empfängt auch keinen Besuch mehr und liegt fast den ganzen Tag zu Bett. Ich fürchte mittlerweile, sie wird nie über Johannes' Tod hinwegkommen.«

Adolf nickte traurig. Er wusste, dass Rebekka ihren Sohn vor über zwei Jahren an jenem schönen Juliabend mit zerschossenem Schädel auf dem blutdurchtränkten Teppich seines Zimmers gefunden hatte. Seither hatte nichts sie aus ihrer tiefen Melancholie reißen können. Pauls gelegentlichen Andeutungen entnahm Adolf, dass auch die Ärzte mit ihrem Latein am Ende waren.

»Und Judith?«, leitete er bewusst auf ein hoffentlich unverfänglicheres Thema über.

Zu seiner Freude lächelte Paul jetzt. »Sie findet nach wie vor Trost und Halt in ihrer Arbeit. Wobei ich nicht unfroh darüber bin, dass sie ihre langjährige Beziehung mit Gunter Perl gelöst hat, wenn ich ehrlich bin.«

Adolf bemerkte, dass sich das Gespräch schon wieder auf gefährliches Terrain zubewegte. Er vermutete nämlich, dass die Trennung recht heftig vonstattengegangen war. Sie lag sehr zeitnah zu seiner eigenen Auseinandersetzung mit Perl. Nur drei Tage nach seinem heftigen Streit mit ihm hatte Paul die Sache kurz erwähnt.

Am Morgen nach dem Streit in Adolfs Kontor hatte sich Gunter zudem krankgemeldet, und am nächsten Tag war er mit einem Wattepfropfen im linken Ohr am Arbeitsplatz erschienen. Sein Trommelfell sei geplatzt, erklärte er lakonisch, ohne weitere Erläuterungen abzugeben.

Seither grübelte Adolf darüber nach, ob Judith ungefähr gleichzeitig mit ihm selbst irgendetwas von Gunters Intrige erfahren haben konnte, die zum Tod ihres Bruders geführt hatte. Wie und wo das möglich gewesen sein sollte, war ihm allerdings schleierhaft. Trotzdem irritierte ihn die zeitliche Nähe seines Streits mit Gunter zu Judiths Trennung von ihm.

Wenigstens Paul schien nichts von Gunters Schurkerei zu wissen. Adolf war sicher, dass sein Freund dies ihm gegenüber zur Sprache gebracht hätte.

Sein eigenes Verhältnis zu Gunter Perl war seither merklich abgekühlt. Dennoch hatte er bisher davon abgesehen, sich von seinem leitenden Einkäufer zu trennen. Dem vagen Plan, der seit einigen Wochen Gestalt anzunehmen begann, konnte das ansonsten abträglich sein.

Bis zum Dessert plauderten Paul und Adolf über dieses und jenes, sie mieden schwierige Themen. Erst dann sprach Paul etwas Heikles an.

»Da wir morgen etliche Termine haben, würde ich dir gern jetzt von meinem Gespräch mit dem Chefredakteur jener Gastwirtszeitung berichten, die sich so negativ über unseren Teesalon im KaDeWe geäußert hat.«

Adolf trank einen Schluck Wein, ehe er darauf einging. »Das klingt so, als hättest du keine Gegendarstellung erreicht.«

»Leider hast du recht. Ich bin zwar sehr sicher, dass sich die geschilderte Episode nicht im KaDeWe abgespielt hat. Wenn überhaupt, dann womöglich in einem unserer anderen Warenhäuser. Denn ins KaDeWe verirren Arbeiterfrauen sich nur selten.«

Die Gastwirtszeitung hatte angeprangert, dass der luxuriöse Teesalon im KaDeWe eine einfache Arbeiterfrau dazu verleitet hätte, ihren mühsam verdienten Lohn für die dort sündhaft teuren Torten zu verschwenden. Sie hatte zur Empörung des Redakteurs jedoch nicht nur ein Stück für sich selbst, sondern auch für jedes ihrer drei Kinder bestellt, die sie dabeihatte.

Der Verfasser führte im Anschluss aus, dass die Warenhäuser mit ihrem riesigen Sortiment und ihren Lockangeboten, bei denen sie billige Qualität zu immer noch überteuerten Preisen anbieten würden, zum moralischen Verfall der aufrechten deutschen Bürger, insbesondere der Arbeiterschaft, beitragen würden. Damit wiederholte er Argumente, die schon aus der Frühzeit des Widerstands gegen die Warenhäuser zu Beginn des Jahrhunderts stammten.

»Der Artikel ist lächerlich«, schnaubte Jandorf. »Man müsste diesen widerwärtigen Schreiberling verklagen.«

»Das würde nur noch mehr überflüssiges Aufsehen erregen und uns sicherlich nicht zum Vorteil gereichen«, wandte Paul ein. »Ich habe nämlich den Eindruck, dass die Gastwirtszeitung dieser antisemitischen Partei nahesteht, die sich jetzt auch in Berlin auszubreiten beginnt.«

»Du meinst diese unsägliche, ehemals Münchner NSDAP?«

Paul nickte. »Genau die. Sie kann mit ihrer Hetze gegen uns Juden noch viel Schaden anrichten. Zumal ihr Führer, dieser Hitler, seine kruden Theorien sogar schon in einem Buch veröffentlicht hat. Es heißt *Mein Kampf* und findet reißenden Absatz, habe ich mir sagen lassen.«

»Im KaDeWe und in all meinen anderen Warenhäusern habe ich das Machwerk längst aus dem Sortiment entfernen lassen. Auch aus unserer Leihbibliothek«, knurrte Adolf. »Allerdings hält Georg Tietz das Ganze für einen Spuk, der schnell vorübergeht.«

»Du hast auch über die NSDAP mit ihm gesprochen?« Jetzt klang Paul wirklich überrascht.

»Nur kurz«, wehrte Jandorf ab. »Er bietet diese Hetzschrift jedenfalls weiterhin in seinen Warenhäusern an. Schon allein, damit seine Kunden erkennen, dass er sich nicht davor fürchtet. Außerdem hat er argumentiert, die NSDAP habe den Antisemitismus nicht erfunden.«

»Und auch dessen Aufschwung haben sie nicht allein zu verantworten«, seufzte Paul. Er winkte dem Kellner und bestellte eine weitere Flasche Wein, ohne zu merken, dass dies eigentlich Adolfs Aufgabe gewesen wäre, der ja der Einladende war. Doch Jandorf verlor darüber kein Wort.

»Erinnere dich nur, wie schon kurz nach dem Krieg die verqueren Rassentheorien immer mehr Anklang gefunden haben«, fuhr Paul fort. »Georg Wertheim nützt es jedenfalls nichts, dass er vor Jahren zum Protestantismus übergetreten ist und sich taufen ließ. Denn ein Jude bleibe biologisch ein Jude, egal, welcher Glaubensrichtung er angehöre, so wird es nach dieser dubiosen Rassenlehre herumposaunt.«

Adolf prostete Paul mit dem Rest Wein in seinem Glas zu. »Aber Tietz lässt sich offenbar durch all das nicht ins Bockshorn jagen. ›Die Juden haben schon viele Stürme überstanden, ohne unterzugehen‹, gab er mir zum Abschied mit auf den Weg.«

Leise murmelnd fügte er hinzu: »Diesen Optimismus teile ich allerdings nicht.«

Paul schwieg. Jandorf wusste aus ihren früheren Gesprächen, dass er ebenso dachte. Ob Paul allerdings ahnte, was Adolf vorhatte? Möglich war es. Denn Paul hatte ihn mehrfach gefragt, ob alles in Ordnung sei. Er wirke bedrückt, nachdenklich, manchmal ungewohnt zögerlich in seinen geschäftlichen Entscheidungen. Dabei ließe sich wirtschaftlich doch alles nach der Inflation wieder ganz gut an.

Betrachtete man nur diesen Aspekt, hatte Paul sogar recht. Im Sommer 1924 waren die Siegermächte endlich zur Einsicht gelangt, dass es nichts nutzte, Deutschland auszubluten oder ihm gar, wie mit der französischen Besetzung des Rheinlands, die Pistole auf die Brust zu setzen. Stattdessen hatte man die ehemals harschen Bedingungen für die Reparationszahlungen erheblich gelockert. Dafür war der sogenannte Dawes-Plan verantwortlich, der seinen Namen dem amerikanischen Vorsitzenden der Kommission verdankte, die ihn entwickelt hatte. Als eine weitere positive Folge dieses Plans hatten Franzosen und Belgier das Rheinland inzwischen geräumt.

Im September dieses Jahres war Deutschland darüber hinaus sogar Mitglied des Völkerbunds geworden.

Dieses zarte Pflänzchen der Hoffnung auf eine neue Normalität war allerdings für Adolfs und Pauls Empfinden nach dem Tod des Reichspräsidenten Friedrich Ebert im vergangenen Jahr bereits wieder bedroht. Denn Eberts Nachfolge hatte der erzkonservative ehemalige Oberbefehlshaber des deutschen Heers angetreten, Paul von Hindenburg. Der gab sich zwar als treuer Verfechter der Weimarer Verfassung. Aber weder Adolf noch Paul nahmen ihm das ab. Zu fragwürdig war die Rolle, die Hindenburg während der letzten Kriegsjahre und rund um den Waffenstillstand gespielt hatte.

Außerdem hatte sein ehemaliger Adlatus, Exgeneral Erich Ludendorff, gemeinsam mit Adolf Hitler sogar den Münchner Putsch vom 9. November 1923 angeführt, und er stand der NSDAP immer noch nahe. Zwar war der Putsch so rasch gescheitert wie der von Kapp im März 1920. Doch Adolf und Paul fürchteten beide diese braune Partei.

Ihr Anführer Adolf Hitler hatte seine Haftstrafe von fünf Jahren bereits nach wenigen Monaten wegen »guter Führung« beenden dürfen. Er trieb sofort die Neugründung der nach seiner Verurteilung vorübergehend verbotenen NSDAP voran. Ihre Mitglieder nannten sich Faschisten nach dem italienischen Vorbild der Partei von Benito Mussolini.

Schon einen Tag nach der Neugründung im Februar 1925 war eine Ortsgruppe in Berlin entstanden. Nun hieß es sogar, einer der bekanntesten Agitatoren der NSDAP, ein Kerl namens Joseph Goebbels, solle demnächst Leiter eines sogenannten Gaus Berlin-Brandenburg werden.

Diese Entwicklung trieb Adolf seit einiger Zeit weit stärker um, als er es selbst seinem besten Freund Paul Bergmann anvertraut hatte. Bislang hatte Adolf Paul nicht in sein Vorhaben eingeweiht, und er beabsichtigte auch nicht, das jetzt zu tun. Denn es war kein Thema für einen unbeschwerten Abend.

Um wieder zu einer lockeren Atmosphäre zurückzukehren, zog er nun ein in Silberpapier eingewickeltes Päckchen mit einer großen goldglitzernden Schleife aus der Tasche seines Jacketts. »Ich habe noch ein Geschenk für dich, Paul.« Er schob ihm das Päckchen über den Tisch hinweg zu.

Als Paul es öffnete, bemühte er sich sichtlich, seine Rührung zu verbergen. Es enthielt eine weißgoldene Taschenuhr. Im Deckel waren die Worte *Für meinen treuen Freund und Weggefährten Paul Bergmann* eingraviert.

»Aber das wäre doch nicht nötig gewesen, Adolf«, nahm Paul Zuflucht zu jener abgedroschenen Formel, wohl um von seinen feuchten Augen abzulenken.

Jandorf legte seine rechte Hand über Pauls. »Doch, mein alter Freund. Gerade in diesem Jahr ist ein solches Geschenk nötiger denn je.«

Paul grübelte noch über Adolfs kryptische Worte nach, als er sein neues Mercedes-Mobil durch den auch zu dieser Tageszeit noch recht dichten Berliner Verkehr steuerte. Ebenso wie über Jandorfs nahezu überschwängliche Begrüßung der Tietz-Brüder Georg und Martin, die das Moka Efti heute Abend ebenfalls besucht hatten und kurz an ihren Tisch getreten waren.

Einen freundlichen Umgang haben wir ja schon immer gepflegt, sinnierte er. Aber einen derart herzlichen Kontakt unter Wettbewerbern? Oder plant Adolf gar mit Tietz einen Konkurrenzausschluss, wie sie ihn bereits mit Karstadt vereinbart haben? Aber nein, das hätte er mir erzählt, verwarf Paul den Gedanken gleich wieder.

Irgendetwas kam ihm an Adolf in letzter Zeit spanisch vor. Bislang war sein Freund ihm ausgewichen, wenn er nachgefragt hatte, darauf bedacht, seine Bedenken abzuwiegeln.

Paul beschloss, Adolf ein weiteres Mal auf seine Beobachtungen anzusprechen. Doch heute Abend war er zu müde, um länger darüber nachzudenken.

# Am Hermannplatz

## 14. November 1926

»Was ist das denn für ein Getöse, Peter?«, fragte Rieke verstört. Je näher sie dem Hermannplatz kamen, desto lauter erklangen Trommelschläge und Stimmengewirr.

Peter wirkte alarmiert. »Es könnte ein Aufmarsch dieser abscheulichen Nationalsozialisten sein«, erklärte er. »Auf unserer letzten Bezirksversammlung haben die Genossen darüber informiert, dass die Nazis jetzt eine paramilitärische Truppe gegründet haben, die sich Sturmabteilung oder abgekürzt SA nennt.«

»Nazis? Von denen habe ich noch nie etwas gehört«, erwiderte Rieke.

»Ich habe dir doch erzählt, dass Hermann Wolters zu denen übergelaufen ist. Schon vor Jahren. Angeblich ist er seit einigen Monaten wieder in Berlin.«

Rieke ließ dies auf sich wirken. »Sollen wir nicht doch lieber woanders noch einen Kaffee trinken gehen? Der Hermannplatz scheint mir nun nicht mehr der richtige Ort dafür zu sein.«

Peters Gesichtsausdruck wurde trotzig. »Von diesem Geschmeiß lasse ich mich nicht von unseren Plänen abbringen. Außerdem will ich mir einmal anschauen, was die da gerade aufführen.«

Er schritt aus und zog Rieke an der Hand hinter sich her. Sie folgte ihm beklommen. Bisher war dieser Sonntagnachmittag so schön gewesen. Für einen Tag Mitte November war es warm, vom Himmel schien eine blasse, milde Sonne. Sie hatten einen Ausflug in den Volkspark Hasenheide gemacht und sich die Tiergehege angesehen. Danach wollten sie noch zum Hermannplatz spazieren.

Das war ursprünglich Riekes Wunsch gewesen, denn sie

hatte gehört, dass ein weiterer Warenhauskonzern namens Karstadt hier seine erste Berliner Filiale errichten wollte. Der Bau hatte zwar noch nicht begonnen, aber im KaDeWe hieß es, man könne bereits erkennen, wo die Baustelle sein würde. Dort munkelte man auch, die Filiale solle das größte und repräsentativste Warenhaus in Berlin werden. Größer, schöner und moderner als das KaDeWe und die Warenhäuser von Wertheim und Tietz.

Je näher sie dem Hermannplatz kamen, desto lauter wurde der Lärm. Jetzt konnte Rieke auch die ersten Parolen verstehen, die die Marschierenden skandierten. Sie lauteten »Kampf dem Bolschewismus« und auch immer wieder zu ihrem Entsetzen »Juda verrecke«.

Sie klammerte sich fester an Peters Arm. »Was sind das denn für Leute? Die so etwas Furchtbares über die Straßen brüllen?«

Peter zuckte mit grimmiger Miene mit den Achseln. »In der Bezirksversammlung hieß es, in der SA der Nazis hätten sich viele ehemalige Freikorpsler organisiert, aber auch frustrierte Erwerbslose und sogar Mitglieder von Berliner Turnvereinen.«

Nun konnte Rieke die Reihen der Marschierenden sehen. Es waren Männer jeden Alters, von jungen Burschen bis hin zu solchen, die ihre Lebensmitte bereits überschritten hatten. Selbst einige Greise liefen mit. Die Truppe trug keine einheitliche Uniform, sondern Alltagskleidung mit hüftlangen Jacken und bis zu den Knien reichenden Stiefeln. Die meisten hatten Schiebermützen oder Käppis als Kopfbedeckung, vereinzelt sah Rieke jedoch auch Stahlhelme.

Allen gemeinsam war eine grellrote Armbinde mit einem schwarzen Zeichen auf einem weißen Kreis. Auch die Fahnen, die einige schwenkten, waren rot und mit diesem Symbol versehen.

»Was ist das für ein Zeichen?«, fragte sie Peter.

»Ihr Markenzeichen, sie nennen es Hakenkreuz.«

»Ich dachte, ich hätte einmal gehört, diese Partei sei verboten worden«, erinnerte sich Rieke jetzt doch vage an eine schon länger zurückliegende Diskussion zwischen Peter und dem Lebensgefährten ihrer Mutter, Fritz Zimmer.

»Das Verbot galt leider nur kurz.« Trotz des Lärms der Marschierenden, Rieke schätzte die Menge auf einige Hundert, registrierte sie den Zorn in Peters Stimme. »Ihr Anführer, Adolf Hitler, hat am vierten Jahrestag der Ausrufung der Republik vergeblich versucht, die Reichsregierung durch einen Putsch von München aus zu stürzen. Danach wurde er zu fünf Jahren Festungshaft verurteilt, aber schon nach neun Monaten wieder entlassen. So wie es typisch für die Weimarer Regierungen ist. Auf dem rechten Auge sind sie blind.«

Plötzlich entdeckte Rieke in der Menge ein bekanntes Gesicht. »Schau mal! Ist das nicht Hermann Wolters?«

Peters Gesicht verfinsterte sich noch mehr, als er bestätigend nickte. »Stimmt, der Kerl ist also tatsächlich zurückgekehrt. Er ist anscheinend ein strammer Parteigänger Hitlers geworden.«

Plötzlich marschierte von beiden Straßenseiten her eine weitere Gruppe von Männern auf und stellte sich der SA mitten auf dem Hermannplatz in den Weg. »Verschwindet aus unserem Stadtteil! Ihr habt hier nichts verloren!«, brüllten sie.

»Wer sind die jetzt?« Rieke wurde es immer ängstlicher zumute.

»Anhänger der KPD. Wir sind hier an der Grenze zwischen Kreuzberg und Neukölln. In beiden Stadtteilen haben die Kommunisten besonders viele Anhänger.«

Schon standen die vordersten Reihen der SA nahezu Brust an Brust den Kommunisten gegenüber. Dann eskalierte die Situation.

Einige Kommunisten griffen nach den Hakenkreuzfahnen, stießen dabei aber natürlich auf erbitterte Gegenwehr. Schon begannen die ersten Prügeleien.

Zu Riekes Entsetzen schnaubte Peter wütend und machte Anstalten, sich auf die Kämpfenden zuzubewegen. Sie hielt ihn mit beiden Händen fest. »Peter! Lass uns sofort von hier verschwinden!«

»Siehst du nicht diesen Schreihals dort drüben? Der, der gerade mit einer Fahnenstange um sich schlägt? Das ist Eckstein, dieser Dreckskerl!«, knurrte Peter und machte Anstalten, sich von Rieke loszureißen. »Mit dem hab ich noch mehr als eine Rechnung offen.«

Auch Rieke hatte Eckstein nun erkannt. »Peter!« In ihrer Panik begann sie jetzt sogar zu weinen. »Peter! Leg dich bitte nicht noch einmal mit diesem Schweinehund an! Du könntest wieder schwer verletzt werden. Denk daran, vor zwei Jahren hat es mehrere Monate gedauert, bis du völlig genesen warst!«

Angesichts ihrer Verzweiflung gab Peter sein Vorhaben nach kurzem Zögern auf. »Tut mir leid, ich wollte dir keine Angst einjagen. Komm, wir gehen zurück in die Hasenheide! Dort gibt es auch ein nettes Café.«

Rieke schüttelte heftig den Kopf. »Bitte bring mich sofort nach Hause! Für heute ist mir nicht mehr nach Ausgehen zumute.«

## Auf einem Parkplatz in Dahlem

### *dritte Novemberwoche 1926*

Adolf Jandorf war gerade dabei, seinen Mercedes zu starten, als Gunter Perl an das Seitenfenster der Fahrertür klopfte. Unwillig machte Adolf es auf.

»Was gibt es denn noch, was nicht morgen im Kontor besprochen werden könnte, Herr Perl?«, fragte er barsch.

Gunter Perl und er selbst hatten an einer Präsentation der Frühjahrskollektion eines großen Textilfabrikanten mit anschließendem Galadinner teilgenommen. Da Jandorf Begegnungen mit Gunter seit der Auseinandersetzung im Juni tunlichst vermied, hatte er ursprünglich auch Paul Bergmann mitnehmen wollen. Schon allein deshalb, damit der bei der morgigen Nachbesprechung dabei wäre.

Doch zu seinem Bedauern hatte sich Paul kurzfristig entschuldigen müssen. Rebekka ging es gerade besonders schlecht, hatte er Adolf bedeutet, der daraufhin natürlich nicht weiter in ihn gedrungen war.

Obwohl es sich angeboten hätte, war er nicht gemeinsam mit Perl vom KaDeWe aus in den vornehmen Saal nach Dahlem aufgebrochen, wo die Präsentation und das Dinner stattgefunden hatten. Bei Perls nächsten Worten erkannte er nun, dass ihm ein unglücklicher Zufall einen Strich durch seine Rechnung machte, unter keinen Umständen mehr mit Perl allein zu sein.

»Leider springt mein Mercedes nicht an, Herr Jandorf«, äußerte der nämlich. »Und es hat gerade zu regnen begonnen und ist ziemlich kalt. Bis ich einen Mietwagen herbeigerufen habe, könnte es länger dauern, und ich hole mir womöglich einen Schnupfen. Darf ich Sie daher bitten, mich mitzunehmen und vor meiner Wohnung in der Kurfürstenstraße abzusetzen?«

Jandorf sah ein, dass er Gunter diese Bitte kaum abschlagen konnte. Wenig später saß Perl neben ihm auf dem Beifahrersitz.

»Ich bedanke mich nochmals sehr herzlich für Ihre Hilfsbereitschaft«, erklärte er. »Gleich morgen früh werde ich meine Werkstatt benachrichtigen, damit sie den Wagen entweder vor Ort reparieren oder abschleppen. Diese Panne ist besonders ärgerlich für mich, da ich das Auto erst vorgestern nach der jüngsten Inspektion abgeholt habe.«

Kurz kam Jandorf der Gedanke, ob Perl die Panne möglicherweise nur vorgetäuscht hätte, um ungestört mit ihm sprechen zu können. Aber zunächst hüllte sich Gunter in Schweigen.

Erst nach ungefähr zehn Minuten Fahrt kam er doch auf das von Jandorf befürchtete Thema zurück. »Sie hatten ja heute Abend Gelegenheit, erneut zu erkennen, wie wichtig die Expertise eines guten Einkäufers ist«, lobte Perl sich zunächst selbst.

Leider nicht zu Unrecht, wie Jandorf widerwillig bei sich konstatierte. Tatsächlich hatte Perl an einigen Stellen den Fabrikanten mit klugen Fragen dazu bewogen, ein paar Einschränkungen bezüglich Qualität und Lieferzeitpunkt der präsentierten Waren einzuräumen. Zu Jandorfs Ärger hatte sich Martin Tietz, der jüngere Gesellschafter des gleichnamigen Warenhauskonzerns, während einer Pause dafür sogar ausdrücklich bei Gunter bedankt. Zum Glück hatten Martin und Gunter wenigstens beim Dinner nicht nebeneinandergesessen.

»Ihre Expertise als Textileinkäufer habe ich nie angezweifelt«, antwortete Jandorf nun. Dass er sich dabei möglichst knapp hielt, nützte ihm allerdings nichts.

»Dann möchte ich noch einmal auf meinen Vorschlag vom Frühsommer zurückkommen, Herr Jandorf. Der bevorstehende Jahreswechsel wäre doch ein guter Anlass, Herrn Hofer in seiner Funktion abzulösen und mich an seine Stelle zu setzen.« Perl verlor mit seinem Anliegen keine Zeit. »Sie müssten ihn dabei auch gar nicht entlassen, wenn Ihnen das so unangenehm ist«, argumentierte er. »Sicherlich wird es irgendwo in Ihren Warenhäusern eine andere Leitungsposition für ihn geben. Der er sich eher gewachsen zeigt, als der des kaufmännischen Leiters Ihres Flaggschiffs, des KaDeWe.«

»Ich hatte Ihnen doch meine Meinung dazu bereits unmissverständlich mitgeteilt, Herr Perl«, antwortete Jandorf brüsk. »Daran hat sich in der Zwischenzeit nichts geändert. Und jetzt verschonen Sie mich mit diesem Thema! Sonst fürchte ich, Sie müssen aussteigen und doch mit einem Mietwagen nach Hause fahren«, drohte er.

Da Perl begriff, dass Jandorf es bitterernst meinte, verzog er zwar unwillig den Mund, schwieg aber. Weitere zehn Minuten vergingen.

Trotzdem fühlte Jandorf sich innerlich aufgewühlt und ärgerlich. Auf einer Straße, die um diese Zeit nach Mitternacht ohne jeden Verkehr und völlig menschenleer vor ihm lag, trat er daher heftig aufs Gaspedal, um Perl so rasch wie möglich loszuwerden. Die Person, die sich vom Trottoir her direkt vor sein Auto stürzte, sah er nicht, bevor er heftig mit ihr zusammenprallte und sie in einem weiten Bogen über die Kühlerhaube flog.

»Es ist eine junge Frau, Herr Jandorf. Ich fürchte, sie ist tot.«

Während Adolf wie gelähmt hinter dem Steuer saß, war Gunter sofort aus dem Auto gesprungen und auf die reglose Gestalt zugestürzt, die nun auf der Gegenfahrbahn lag.

»Sind Sie sicher?«, presste Jandorf mühsam hervor.

»Ich bin sicher. Ich habe der Frau den Puls gefühlt, aber nichts gespürt. Außerdem ist ihr Hals merkwürdig verdreht. Wahrscheinlich hat sie sich beim Aufprall oder beim Sturz auf die Straße das Genick gebrochen.«

»Wir müssen trotzdem sofort die Gendarmerie holen«, krächzte Jandorf mit trockenem Mund. »Sie sind mein Zeuge, Herr Perl, dass die Frau sich direkt vor mein Auto geworfen hat. Wahrscheinlich in der Absicht, sich dadurch selbst zu entleiben.«

Perl stieg wieder ein und nickte nachdenklich. »Das könnte so sein, Herr Jandorf. Schließlich ist die Frau ganz in Schwarz gekleidet. Womöglich war sie in Trauer oder hat sich damit tarnen wollen.«

Er schwieg eine kurze Zeit lang. »Dennoch kann ich Ihnen nicht raten, die Gendarmerie zu benachrichtigen. Sie wissen doch, dass Ihr Intimfeind Traugott von Jagow schon längst wieder auf freiem Fuß ist. Er soll ausgezeichnete Kontakte zum jetzigen Polizeipräsidenten pflegen und könnte diese Gelegenheit nutzen, endlich erfolgreich sein Mütchen an Ihnen zu kühlen.«

Jandorf schlug das Herz bis zum Hals. Er hatte sich schon genug darüber geärgert, dass von Jagow tatsächlich Ende des Jahres 1924 vorzeitig aus der Festungshaft entlassen worden war, zu der man ihn aufgrund seiner Teilnahme am Kapp-Putsch vom März 1920 verurteilt hatte. Dass er jetzt wieder seine Fäden unter den Honoratioren von Berlin spann, war Jandorf allerdings neu.

»Also raten Sie mir, einfach weiterzufahren?«

Gunter zuckte mit den Achseln. »Es ist natürlich Ihre Entscheidung, Herr Jandorf. Doch wenn man mich in dieser Sache als Zeugen befragen sollte, müsste ich zumindest einräumen, dass Sie sehr schnell gefahren sind. Besser wäre es also, Sie würden mir dieses Dilemma ersparen.«

Der Kerl ist tatsächlich imstande, mich ans Messer zu liefern, schoss es Jandorf in diesem Moment durch den Kopf. Und wenn mich Traugott von Jagow wieder in seine Fänge bekommt, kann ich all meine Pläne vorerst vergessen.

So traf er den unseligen und später heftig bereuten Entschluss, tatsächlich weiterzufahren. Die restliche Strecke bis zu Gunters Wohnung in der Kurfürstenstraße legten sie in tiefem Schweigen zurück.

Erst als Jandorf am Straßenrand anhielt, um Perl aussteigen zu lassen, ließ der die Katze aus dem Sack. »Sie kennen doch das schöne Sprichwort: Eine Hand wäscht die andere. Insofern bitte ich Sie eindringlich, doch noch einmal über meinen Vorschlag bezüglich der kaufmännischen Leitung des KaDeWe nachzudenken. Ich bin sicher, Sie werden letztlich die richtige Entscheidung treffen.«

Wie erstarrt verharrte Jandorf noch immer hinter dem Steuer, als Gunter die Haustür längst hinter sich zugeschlagen hatte. Nun hatte der Schuft ihn also vollständig in der Hand. Denn zu der Tatsache, dass Jandorf die Frau angefahren hatte, kam nun noch der Straftatbestand der Fahrerflucht hinzu. Die Straße, in der der Unfall geschehen war, war tagsüber sehr belebt. Die Leiche der Frau würde also spätestens bei Tagesanbruch entdeckt werden. Vielleicht sogar in der nächsten Stunde, sodass die Morgenzeitungen schon über den Unfall berichten würden.

Perl war der einzige Zeuge, der bestätigen könnte, dass die Frau sich absichtlich vor Jandorfs Wagen geworfen hatte. Sofern er dessen Verlangen nach Beförderung nachgeben würde. Sonst würde Gunter wahrscheinlich keine Sekunde lang zögern, ihn anzuzeigen und womöglich noch ins Gefängnis zu bringen.

Plötzlich fiel Adolf der Entschluss, zu dem er sich bislang noch nicht endgültig hatte durchringen können, sehr leicht. Es war der einzige Weg, der ihm jetzt noch blieb. Eigentlich spürte er bereits seit Monaten, dass es der richtige für ihn war. Dies galt auch jetzt, unabhängig von dem heutigen Unfall.

Er sah auf die Uhr. Es war Viertel vor zwei Uhr nachts. Zu spät, um die Entscheidung, die er soeben getroffen hatte, sofort in die Tat umzusetzen. Aber spätestens morgen könnte er tätig werden. Und hätte außerdem bis dahin genügend Zeit, um sich noch einige Einzelheiten zu überlegen. Heute Nacht würde er sowieso keinen Schlaf mehr finden.

Am nächsten Morgen betrat Jandorf übernächtigt, aber erleichtert sein Kontor. Während der schlaflosen Stunden in seiner Wohnung waren ihm keine Sekunde lang Bedenken darüber gekommen, ob sein Entschluss richtig war.

Fräulein Goldmann hatte ihren Dienst bereits angetreten. »Verbinden Sie mich bitte mit Georg Tietz!«, wies er sie an.

## Adolf Jandorfs Kontor im KaDeWe

### *dritte Novemberwoche 1926, am zweiten Tag nach dem Unfall*

»Und daher bitte ich dich, lieber Paul, den Vertrag nun nach allen Regeln der Kunst juristisch mitzugestalten, damit wir ihn möglichst rasch unterzeichnen können.«

Paul Bergmann rang nach Worten. »Hast du dir das auch wirklich gut überlegt, Adolf? Du hängst doch mit Leib und Seele an deinem Konzern, besonders an deinem Lieblingskind, dem KaDeWe.« Er machte eine ausholende Handbewegung.

Jandorf nickte nachdrücklich. »Ich denke schon seit einigen Monaten darüber nach, Paul, und ich hatte dir in diesem Zusammenhang vor ein paar Wochen im Moka Efti gesagt, dass ich die Zukunft nicht sehr optimistisch beurteile. Mittlerweile hat Karstadt auch die drei letzten Filialen von Max Emden erworben, nun sind es deutschlandweit nicht weniger als achtunddreißig an der Zahl, um die sich Karstadt vergrößert hat. Dem kann ich allein nichts entgegensetzen. Aber das Unternehmen Hermann Tietz könnte es wohl, wenn ich ihm all meine Warenhäuser verkaufe.«

»Aber du bist doch nicht alt genug, um dich schon zur Ruhe zu setzen, Adolf!«, versuchte sich Paul an einem weiteren Einwand. »Du bist zwei Jahre jünger als ich.«

»Auch das habe ich wohl bedacht. Und eine Weile sogar überlegt, ob ich den Gebrüdern Tietz vorschlagen soll, mein Imperium zwar zu übernehmen, aber nur unter der Bedingung, dass ich es weiterhin leiten darf. Dann habe ich das hier gesehen.«

Er zeigte Paul eine Ausgabe des *Berliner Tageblatts* vom 15. November 1926.

»Krawalle am Hermannplatz. Viele verletzte SA-Männer und Kommunisten«, lautete die damalige Schlagzeile des Tages.

Paul stöhnte. »Ich kenne die Berichte, Adolf. Aber du wirst doch nicht vor diesem Pöbel kuschen wollen?«

»Auch wenn ich es nicht so ausdrücken würde, ist das genau meine Absicht«, entgegnete Jandorf. »Diese Nazis, wie sie sich nennen, ziehen mit der Parole ›Juda verrecke‹ durch die Straßen. Und sie haben Tag für Tag mehr Zulauf. Ich möchte nicht riskieren, dass mein Lebenswerk nach und nach durch deren Machenschaften zerstört wird. Lieber verkaufe ich es beizeiten und genieße danach mein Privatleben. Was ich übrigens, wie du sehr wohl weißt, bislang so gut wie nie hatte.«

»Aber warum diese überstürzte Eile? Warum hast du dich nicht wenigstens vorher mit mir besprochen?«

Jandorf biss sich auf die Lippen. Bereits am Tag nach dem Unfall hatten mehrere große Berliner Zeitungen tatsächlich eine Notiz darüber gebracht und nach Zeugen gesucht, die sich bei der Gendarmerie melden sollten. Aber das wollte er nicht einmal seinem ältesten Freund Paul anvertrauen.

»Für dich wirkt es überstürzt«, wich er Bergmanns Frage daher aus. »Aber ich habe monatelang darüber nachgedacht.«

»Und was wird aus deinen Angestellten?«

Adolf erkannte, dass Paul auch für sich selbst fragte.

»Ich werde Empfehlungen für all diejenigen Führungskräfte aussprechen, von deren Leistung ich überzeugt bin. Dass du dazu gehörst, Paul, steht außer Frage. Außerdem haben mich Georg und Martin Tietz gestern Abend darum gebeten, die Übergangsphase als Berater zu begleiten. Stell dir vor«, ein spöttisches Lächeln kräuselte Adolfs Lippen, »sie haben mir dafür sogar ein Honorar angeboten. Ich habe das natürlich abgelehnt, aber dabei meine Erwartung zum Ausdruck gebracht, dass alle Mitarbeiter, die auf ihre berufliche Zukunft in meinem Konzern gebaut haben, keine Nachteile durch den Verkauf haben dürfen.«

»Und das hat man dir zugesagt?«

»Wir haben unsere Absprachen mit Handschlag besiegelt«,

erklärte Jandorf. »Das ist wie in den guten alten Zeiten verbindlicher als jedes Stück Papier.«

»Also könntest du deinen Entschluss gar nicht mehr rückgängig machen, selbst wenn du es wolltest«, bemerkte Paul resigniert.

»Nein, ich habe den Tietz-Brüdern gestern Abend im Moka Efti die Hand darauf gegeben. So wie sie mir.«

»Da habt ihr euch also getroffen.«

»Und dort möchten sie dich heute Abend sehen, Paul. Sie haben den gleichen Tisch im Hinterzimmer reserviert, an dem ich gestern mit ihnen saß, und werden ihren eigenen Konzernjustiziar mitbringen. Denn wir haben vereinbart, dass wir uns nicht innerhalb unserer Geschäftsräume treffen, bevor alles in trockenen Tüchern ist. Ich werde in den nächsten Tagen nur meine Brüder, die meine Warenhäuser leiten, von meinem Entschluss in Kenntnis setzen. Niemanden sonst. Bis zur Unterzeichnung der Verträge haben wir äußerste Geheimhaltung gelobt.«

»Und Harry? Willst du auch ihm nichts davon sagen?«

Jandorf schüttelte heftig den Kopf. »Genauso wenig wie jedem anderen Angestellten im KaDeWe. Nicht einmal Fräulein Goldmann weiß Bescheid. Und ich zähle auf dich, ebenfalls absolutes Stillschweigen darüber zu bewahren.«

## Adolf Jandorfs Kontor im KaDeWe

### 2. Dezember 1926

Bevor Adolf Jandorf von seinem Schreibtisch aufstehen konnte, um sich nach dem Grund des plötzlichen Tumults in seinem Vorzimmer zu erkundigen, wurde die Tür auch schon aufgerissen. Mit hochrotem Gesicht stürmte Gunter Perl herein, gefolgt von Fräulein Goldmann, die hilflos die Hände hob.

»Verzeihen Sie bitte, Herr Jandorf, aber Herr Perl war nicht aufzuhalten.«

Zwar hatte Adolf seiner Sekretärin kurz zuvor den Auftrag gegeben, jede Störung zu verhindern, da er selbst erst einmal in Ruhe die Berichte in den Berliner Tageszeitungen studieren wollte, die vom Verkauf seiner Warenhäuser an den Hermann-Tietz-Konzern berichteten. Gestern hatte Paul Bergmann ihnen die mit Tietz abgestimmte Presseerklärung übermittelt. Mit wenigen Ausnahmen erfuhren dadurch auch alle Mitarbeiter in Jandorfs Konzern erstmals von dem Verkauf.

Mit Perl hatte Adolf eigentlich erst im Lauf des Tages sprechen wollen. Doch nun war der schon einmal da, und er konnte das unausweichliche Gespräch mit ihm auch gleich hinter sich bringen.

»Es ist gut, Fräulein Goldmann«, beschwichtigte er die aufgeregte Vorzimmerdame. »Doch nun sorgen Sie wirklich dafür, dass kein weiterer Angestellter mehr hier unangemeldet hereinplatzt.«

Erst dann wandte er sich Gunter Perl zu und wies auf den Stuhl vor seinem Schreibtisch. Perl ignorierte die Geste, blieb stehen und warf stattdessen die heutige Ausgabe des *Berliner Tageblatts* auf den Tisch.

»Verkauf der Jandorf-Warenhäuser an Hermann Tietz«, hieß die Schlagzeile auf dem Titelblatt. Und der Untertitel: »Tietz damit größter Warenhauskonzern Europas in Familienbesitz«.

»Was soll das bedeuten?«, herrschte Gunter Adolf aufgebracht an.

Der musterte ihn kühl. »Bitte mäßigen Sie Ihren Ton! Sonst lasse ich Sie von unseren Wachleuten abführen.«

Gunter knirschte hörbar mit den Zähnen, gab dann aber nach und setzte sich auf das »Arme-Sünder-Stühlchen« vor dem Schreibtisch.

»Was ist Ihr Anliegen, Herr Perl?« Jandorf blieb betont

ruhig, obwohl er sich den Grund für Gunters Ärger natürlich denken konnte.

»Ich bin einer Ihrer leitenden Angestellten und war Ihnen zeit meines gesamten Berufslebens treu ergeben. Und das mit außerordentlich großem Erfolg.« Aus Gunters Tonfall klang nicht nur sein Zorn, sondern auch seine Kränkung deutlich hervor. »Da hätte ich doch zumindest erwarten dürfen, eine solch gravierende Entscheidung wie den Verkauf Ihres gesamten Konzerns nicht aus meiner Morgenzeitung erfahren zu müssen.«

Bevor Jandorf antworten konnte, rumorte es schon wieder im Vorzimmer. Diesmal setzte Fräulein Goldmann sich jedoch durch und erschien zuerst in der Tür. »Ihr Sohn Harry wünscht Sie dringend zu sprechen, Herr Jandorf.« Dessen verstörte Miene tauchte hinter Fräulein Goldmanns altmodischem Dutt im Türrahmen auf.

Trotzdem winkte Adolf ab. »Herr Jandorf junior soll sich später noch einmal melden«, beschied er Fräulein Goldmann förmlich, ohne das Wort an seinen Sohn zu richten. Der ließ sich tatsächlich abwimmeln, sodass die Sekretärin die Tür wieder schließen konnte.

»Ich hatte gute Gründe für mein absolutes Stillschweigen«, wandte sich Jandorf dann wieder an Gunter. »In der ganzen Firma waren nur meine Brüder und Paul Bergmann in die Verhandlungen eingeweiht.«

Er machte eine Kopfbewegung in Richtung Tür. »Sie haben ja gerade mitbekommen, dass ich nicht einmal meinen eigenen Sohn über meine Entscheidung informiert habe.«

Als Perl zu einer Antwort ansetzte, hob Jandorf die Hand. »Sie hören mir jetzt erst einmal gut zu. Sonst können Sie gleich wieder gehen. Und wagen Sie es ja nicht, mir noch einmal mit Ihrem Erpressungsversuch wegen des Unfalls zu kommen!«, schnauzte er Gunter an, als der trotzdem den Mund öffnete. »Sonst ist Ihr Schicksal bereits besiegelt.«

Gunter klappte den Mund wieder zu.

»Also, Herr Perl, Sie haben die Wahl. Zu meinen mit Handschlag besiegelten Vereinbarungen mit den Gebrüdern Tietz gehört, dass sie alle Vorgesetzten ab dem Ersten Verkäufer aufwärts entweder in ihren jetzigen Positionen belassen oder sie sogar befördern, wenn ich es empfehle. So habe ich ihnen zum Beispiel Rieke Krause als zukünftige Aufsichtsdame für die Damenkonfektion und die Damenwäscheabteilung ans Herz gelegt.«

»Aha«, machte Gunter. Dann presste er die Lippen wieder zusammen und verkniff sich wahrscheinlich die Frage nach seiner eigenen Zukunft.

Jandorf fixierte ihn intensiv. »Es wäre mir nun ein Leichtes, Herr Perl, Sie als illoyalen Mitarbeiter gegenüber den neuen Eignern zu bezeichnen, dessen Übernahme ich nicht empfehlen kann. Grund genug dazu hätte ich allemal.«

Wieder hob er die Hand, als Gunter etwas erwidern wollte. »Dann würde Sie auch Ihr Erfolg als Einkäufer nicht mehr schützen. Denn ich würde den Gebrüdern Tietz offenlegen, dass Sie ihn zum Teil mit unlauteren Mitteln erzielt haben.«

Gunter schnappte hörbar nach Luft.

»Sollten Sie jedoch Stillschweigen über den Unfall bewahren und außerdem niemals Gebrauch von den verräterischen Fotografien von Paul Bergmanns Sohn machen, sieht die Sache anders aus. Dann empfehle ich Tietz, Sie in Ihrer jetzigen Position zu belassen. Dann liegt es an Ihnen, ob Sie im Lauf der Zeit noch mehr daraus machen können. Martin Tietz ist ja bereits auf Sie aufmerksam geworden, wie Sie bei der Veranstaltung in Dahlem an jenem unseligen Novemberabend bereits bemerkt haben dürften.«

»Eben!« Gunter setzte ein höhnisches Grinsen auf. »Vielleicht bedarf es Ihrer Empfehlung gar nicht, damit ich meine Karriere auch bei Tietz fortsetzen kann. Möglicherweise sogar erfolgreicher, als es in Ihrem Hause jemals möglich gewesen wäre. Denn«, er wies auf die Schlagzeile, »ich wäre dann im größten europäischen Warenhauskonzern in Familienbesitz tätig. Tietz ist jetzt, davon unabhängig, außerdem die größte Warenhauskette auf dem europäischen Festland«, fügte er hinzu.

Jandorfs Miene verfinsterte sich. Er zog die Augenbrauen zusammen.

»Das mag möglich sein. Sofern ich Ihnen nicht gleich zu Beginn Ihrer Laufbahn bei Tietz besagte Steine in den Weg lege. Glauben Sie mir, mein Einfluss ist groß genug, um Georg und Martin Tietz davon zu überzeugen, Sie erst gar nicht zu übernehmen.«

In Gunter arbeitete es sichtlich. Jandorf beobachtete ihn weiterhin scharf. Dann kam er ihm erneut zuvor.

Er zog ein Dokument aus seiner Schreibtischschublade, das er selbst handschriftlich aufgesetzt hatte. »Wahrscheinlich überlegen Sie jetzt, dass Sie erst einmal eine Zeit lang die Füße stillhalten und sich dann an mir und möglicherweise auch der Familie Bergmann rächen, sobald Ihre Stellung bei Tietz gefestigt ist. Was mich und den Unfall angeht, wäre es mir sogar relativ gleichgültig. Denn dann stünde Ihr Wort gegen das meine, und selbst, wenn man Ihnen mehr Glauben schenken würde, träfe mich das als Privatmann und könnte meinen Geschäften keinen Schaden mehr zufügen.«

Er räusperte sich. »Anders ist es mit dem Seelenheil der Familie Bergmann. Was Paul Bergmann betrifft, werde ich vorschlagen, ihn weiterhin als Justiziar für meine ehemaligen Warenhäuser zu beschäftigen. Seinen Ruf könnten Sie daher selbst noch Jahre nach Ihrer miesen Intrige beschädigen, wenn Sie auf irgendeine Weise dafür sorgen würden, dass die Fotografien von seinem Sohn und dessen Liebhaber in Umlauf kämen.«

Gunter blickte Jandorf mit einer Mischung aus Verwirrung

und Zorn an. »Worauf wollen Sie mit Ihrer langatmigen Rede hinaus?«, fragte er frech.

Anstatt einer Antwort schob Jandorf ihm das Dokument über den Tisch hinweg zu. Triumphierend beobachtete er, wie Gunters Gesichtszüge immer mehr entgleisten, je weiter er las.

»Das ... das ... So ein Pamphlet unterschreibe ich nicht«, erklärte dieser zunächst mit vor Wut zitternder Stimme. »Damit belaste ich mich ja selbst, Ihnen gedroht zu haben, falsches Zeugnis über den Unfall abgeben zu wollen und die Fotografien von Johannes Bergmann in Auftrag gegeben zu haben.«

»So ist das«, antwortete Jandorf seelenruhig. »Sie bescheinigen mir Ihre Schurkereien mit Ihrer Unterschrift, ich empfehle Tietz im Gegenzug, Sie in Ihrer Position als leitender Textileinkäufer des KaDeWe zu belassen.«

»Und was ist mit Hofer? Wollen Sie den auch als kaufmännischen Direktor des KaDeWe empfehlen?«

Jandorf verkniff sich einen Seufzer. »Über Herrn Hofer werde ich mich gar nicht äußern. So wie ich mich über jeden Vorgesetzten nicht äußern werde, von dessen Leistung ich nicht überzeugt bin, der sich aber ansonsten nichts zuschulden hat kommen lassen. Das gilt sogar für meinen Sohn Harry. Über diese Angestellten sollen sich die Gebrüder Tietz ihr eigenes Bild machen.«

Gunter wagte einen letzten Vorstoß. »Sie empfehlen mich als kaufmännischen Direktor des KaDeWe, ich unterschreibe Ihnen im Gegenzug dieses Geschreibsel.«

Jandorf lächelte kühl, griff nach dem Dokument und legte es in seine Schreibtischlade zurück.

»Sie haben das Verhandeln von der Pike auf gelernt, Perl. Dabei vergessen Sie allerdings, dass auch ich ein Meister darin bin. Nur damit wir uns nicht missverstehen, wiederhole ich daher noch einmal meine Bedingungen«, fügte er hinzu, wobei seine Stimme nun einen drohenden Unterton annahm. »Unterschreiben Sie mir dieses Dokument nicht, werde ich den Gebrüdern Tietz empfehlen, Sie nicht zu übernehmen, da Sie sich trotz Ihrer guten Leistungen als Einkäufer immer wieder als überaus illoyal erwiesen hätten. Ich werde ihnen stattdessen sogar explizit raten, meinen Fehler nicht zu wiederholen. Nämlich Sie in Ihrer Position belassen zu haben, obwohl Sie meinen Geschäften im Grunde zu schaden versucht hätten.«

Eine kurze Zeit lang herrschte Schweigen. Jandorf und Perl starrten sich gegenseitig in die Augen. Keiner wich dem Blick des anderen aus. Dann erkannte wohl Gunter, der ja ebenfalls ein erfahrener Verhandler war, dass er diesmal den Kürzeren gezogen hatte. Er streckte die Hand aus. Jandorf nahm das Papier wieder aus der Schublade.

Gunter ergriff schweigend Jandorfs eigenen Füllfederhalter und kritzelte seine Unterschrift an die Stelle, die Adolf ihm zeigte.

»Wie ich schon sagte, weiß außer Ihnen und mir niemand von diesem Papier«, sagte Jandorf. Er zog einen braunen Umschlag und zu Gunters Erstaunen altmodischen Siegellack hervor, den er über einer Flamme erwärmte. Dann verschloss er den Umschlag damit und drückte seinen Siegelring mit dem Signet des KaDeWe hinein, der Hansekogge mit den geblähten Segeln.

»Der Umschlag wird bei meinem Notar hinterlegt, der auch mein Testament verwahrt«, erklärte er Gunter. »Ich hoffe, dass ich zu meinen Lebzeiten in den beiden besagten Angelegenheiten niemals Gebrauch davon machen muss. Nach meinem Tod wird das Papier verbrannt.«

Er räusperte sich. »Damit ist der Weg für Ihre Karriere bei Tietz frei. Es sei denn, Sie verderben sich Ihre Chancen erneut durch Ihren miesen Charakter.«

Dann griff er nach einer Mappe mit weiteren Papieren. »Und nun lassen Sie mich allein! Ich habe zu tun.«

Wie ein geprügelter Hund schlich Gunter hinaus. Doch schon auf dem Weg in sein eigenes Kontor übermannte ihn wieder die Wut.

Meine Zeit wird kommen, schwor er sich. Eines Tages wird mich niemand jemals wieder so demütigen können wie heute.

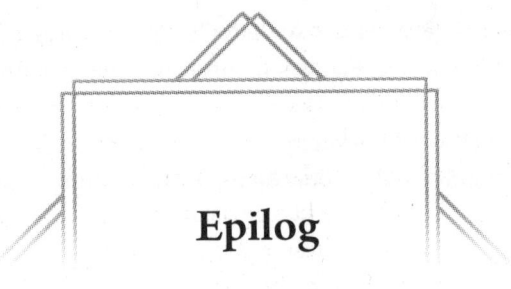

# Epilog

## Im KaDeWe

### 23. Dezember 1926

»Und so lege ich mein Lebenswerk und das Wohl meiner gesamten Belegschaft vertrauensvoll in Ihre Hände, werter Herr Dr. Zwillenberg, werte Herren Georg und Martin Tietz.«

Als Adolf Jandorf die letzten Worte seiner Abschiedsrede an die Mitarbeiter des KaDeWe sprach, begann seine Stimme, leicht zu zittern. Rieke konnte nicht unterscheiden, ob das Licht der Kerzen auf dem mächtigen Weihnachtsbaum, der sich neben Adolf Jandorf fast bis zur Decke erstreckte, für den verräterischen Glanz in seinen Augen verantwortlich war oder ob sie gar feucht geworden waren.

Vielleicht auch beides. Während donnernder Applaus, durchsetzt von Hochrufen, für Jandorf aufbrandete, spürte sie eine einzelne Träne ihre Wange hinabrinnen. Verstohlen wischte sie sie weg. Doch rings um sie herum sah sie nur lächelnde Gesichter. Niemand schien sich über den bevorstehenden Abschied von Adolf Jandorf zu grämen.

Vielleicht mit Ausnahme von Paul Bergmann. Als Riekes Blick sein Gesicht streifte, wirkte er traurig. Er gehörte ja im KaDeWe zu Jandorfs Weggefährten der ersten Stunde. Auch sein berufliches Lebenswerk gab Adolf Jandorf jetzt in fremde Hände.

Und er hat mit dem Tod seines Sohns einen hohen Preis für das KaDeWe bezahlt. Als sie nun an Johannes Bergmann dachte, wurde Rieke einen Moment lang tieftraurig. Bis ihr einfiel, dass Paul Bergmann zum Glück ja noch immer nichts über die wahren Umstände wusste, die zu Johannes' Freitod geführt hatten.

»Und das soll auch so bleiben«, hatte Judith noch bei ihrem letzten Treffen mit Rieke kategorisch erklärt. »Er trägt immer noch schwer genug an diesem Schicksalsschlag. Gar nicht zu reden von meiner Mutter, die seither nie wieder die Alte geworden ist.«

Rieke ließ ihren Blick über die Gästeschar schweifen. Obwohl alle Familienangehörigen der obersten Vorgesetzten mit eingeladen waren, konnte sie Rebekka Bergmann erwartungsgemäß nirgends entdecken. Doch auch Judith verspätete sich offenbar. Sie hatte eigentlich an der Feier teilnehmen wollen.

Für Rieke selbst gab es an sich überhaupt keinen Anlass zur Betrübnis. Sie wusste von Adolf Jandorf persönlich, dass er ihre Beförderung zur Aufsichtsdame mit Billigung der neuen Besitzer in die Wege geleitet hatte. Ab dem neuen Jahr würde Rieke die oberste Vorgesetzte sowohl der Damenkonfektion als auch der benachbarten Damenwäscheabteilung werden.

Damit ging für sie ein Lebenstraum in Erfüllung, auf den sie vor dreizehn Jahren, als sie als unbedeutendes Kassenmädchen in diesem Tempel des Wohlstands begonnen hatte, nie zu hoffen gewagt hätte. Geschweige denn an jenem Tag, als sie, hinter dem Vorhang im Fürstenzimmer verborgen, den Empfang des Königs von Siam miterlebt hatte.

Allerdings war Rieke klar, dass sie diese Stellung ohne Jandorfs Protektion nie erreicht hätte. Und ohne die von Johannes Bergmann. Der hatte womöglich sogar den größeren Anteil daran. Wieder wurde sie traurig.

Apropos Fürstenzimmer. Rieke riss sich zusammen. Vor dem Beginn der heutigen Weihnachtsfeier, die gleichzeitig dem Abschied von Jandorf gewidmet war, hatte sie sich noch einmal persönlich vom tadellosen Zustand des Fürstentrakts überzeugt und hoffte, dass es in der Zwischenzeit kein Malheur gegeben hatte. Der Fürstentrakt gehörte zu dem Teil des ersten Stockwerks, für den Gunter Perl ihr die Verantwortung übertragen hatte, ihn optimal für die Feier vorzubereiten. Er lag, für die Kundschaft unauffällig, nahe den Räumlichkeiten der Damenkonfektion. Unmittelbar nach dem Ende der Reden würde Adolf Jandorf dort das Büfett eröffnen.

Das war bereits auf dem langen Tisch im Fürstenzimmer aufgebaut worden, in dem einst das große Bankett für den König von Siam stattgefunden hatte. An Delikatessen, von der Küche des Erfrischungsraums mit äußerster Sorgfalt zubereitet, stand es dem damaligen Festmahl in nichts nach.

Die heutige Feier im KaDeWe war einen Tag vor Heiligabend die letzte, die Adolf Jandorf bestritt. Zuvor hatte es ähnliche Feiern in jedem anderen seiner Warenhäuser gegeben. Allerdings nicht so pompös und mit nicht so vielen Gästen.

Hier war heute die gesamte Führungsriege des Ein- und Verkaufs des KaDeWe sowie der Verwaltung von Jandorfs Imperium versammelt. Außerdem nahmen alle seine Brüder mit ihren Familien teil. Auch der neue Eigner hatte einige Gäste mitgebracht. Nur die Leiter der Werkstätten hatte man nicht hinzugebeten, was Peter Hauser allerdings nicht sonderlich bedrückte.

»Unter all den Bonzen fühl ich mich ohnehin nicht wohl«, erklärte er Rieke. »Stell dir nur einmal vor, ich verwende das falsche Besteck und verzehre mein Fleisch mit der Fischgabel. Wat jäb dit für een Zirkus«, verfiel er spöttisch ins Berlinerische.

Rieke musste lachen. »Selbst wenn das irgendjemand merken sollte, wäre es ihm wahrscheinlich völlig schnuppe.«

»Oder auch nicht«, widersprach Peter. »Schließlich hast du als zukünftige Aufsichtsdame jetzt einen Ruf zu verlieren, wenn ich mich vor deinen neuen Chefs blamiere.« Während nun Georg Tietz ans Rednerpult trat, musste Rieke noch immer über Peters Bemerkungen schmunzeln.

Während Tietz' Rede, die sich hauptsächlich um die zukünftigen Strategien des neuen Warenhauskonzerns drehte, begann sich Rieke zu langweilen. Daher betrachtete sie die Weihnachtsdekoration ringsum.

Wie immer um die Weihnachtszeit, war das gesamte KaDeWe aufwendig geschmückt worden. In jedem Stockwerk standen ein großer sowie zahlreiche kleinere, mit silbernen Kugeln und goldenen Schleifen geschmückte Christbäume. Girlanden aus Tannenzweigen mit Strohsternen zogen sich über die Decken. Dieses Jahr waren sie zum ersten Mal sogar von kleinen elektrischen Lichtern durchsetzt. In jeder Abteilung stand ein Tisch, auf dem sich in Glanzpapier eingewickelte Präsente stapelten.

In der Woche vor Weihnachten erhielt jeder Kunde im Ka-DeWe ein solches Präsent, selbst wenn er gar nichts kaufte. Dieses Jahr waren es zwei spitzengesäumte Taschentücher und eine kleine Flasche französisches Parfüm für die Damen, für die Herren wahlweise drei echte Havanna-Zigarren oder eine Krawatte. Auch jeder Angestellte würde am morgigen Heiligabend ein solches Geschenk mit nach Hause bekommen.

Zusätzlich zu der Weihnachtsgratifikation, die in diesem Jahr besonders großzügig ausfiel. Jeder einfache Angestellte erhielt ein halbes zusätzliches Monatsgehalt, die Vorgesetzten sogar ein ganzes. Auch Rieke und Peter würden damit über eine Summe verfügen, mit der sie in dieser Größenordnung nicht gerechnet hatten.

»Vielleicht könnten wir im Sommer einmal ans Meer fahren«, sagte Rieke träumerisch, als sie von dem unerwarteten Geldsegen erfuhr. »Das Meer würde ich zu gern einmal sehen.« Denn im KaDeWe lief das Gerücht um, dass bei Tietz jeder Mitarbeiter sogar Anspruch auf einige Tage bezahlten Urlaub im Jahr hätte.

Georg Tietz kam zum Ende seiner Rede. Auch sie wurde mit viel Applaus bedacht, wenn auch nicht ganz so laut wie die

Jandorfs. Als Tietz sich bedankte, widmete ihm Rieke wieder ihre Aufmerksamkeit. Georg Tietz wirkte gleichzeitig freundlich und energisch, als er Adolf Jandorf versprach, dessen Vertrauen in ihn und die Firma Hermann Tietz nicht zu enttäuschen. Wieder brandete Beifall auf.

Zum Schluss sprachen auch die zwei anderen neuen Geschäftsführer, Georgs jüngerer Bruder Martin und ihrer beider Schwager Dr. Hugo Zwillenberg, einige kurze Grußworte. Rieke wunderte sich über Martins Schnurrbart. Er gleicht dem Bart, den dieser Hitler trägt, stellte sie verwundert fest.

Dessen Fotografie hatte sie inzwischen mehrfach in den Zeitungen gesehen. Dass ein Mann jüdischer Herkunft, der zudem als wohlhabender Warenhausbesitzer besonders im Zentrum der Hasstiraden der Nazis stand, sich nicht schon allein durch seine äußere Erscheinung scharf von diesen abgrenzte, war ihr unverständlich.

Plötzlich tippte ihr jemand von hinten auf die Schulter.

»Judith! Wie schön, dich zu sehen!«, freute sich Rieke.

Judith erwiderte ihr herzliches Lächeln. »Ich hatte heute noch eine Abendvorlesung in Psychologie an der Frauenhochschule von Alice Salomon. Deshalb konnte ich erst jetzt kommen.«

In diesem Augenblick schlug Jandorf auf einen Gong. Es war das Zeichen, dass nun das Büfett eröffnet war.

»Ich bin also gerade rechtzeitig gekommen«, lächelte Judith verschmitzt. »Ich habe nämlich einen Bärenhunger. Wie steht mir übrigens mein neues rotes Kleid?«, lachte sie. »Stell dir vor, dazu hat mir die Erste Verkäuferin in der Damenkonfektion des KaDeWe geraten.«

»Das war ein guter Rat, Fräulein Bergmann«, ging Rieke auf Judiths Scherz ein. »Zumal Sie es sich wahrlich leisten können, Ihre schönen Beine vom Knie abwärts zu zeigen. Was ich leider nicht von jeder Dame sagen kann, die ich vergeblich davon abhalten wollte, dieses Kleid zu erwerben«, kicherte sie.

Judith hätte Rieke am liebsten untergefasst, erinnerte sich dann aber daran, dass es in der Öffentlichkeit des KaDeWe Irritationen erzeugen könnte, wenn sich die Tochter des Konzernjustiziars offen als beste Freundin einer Angestellten zeigte. Selbst wenn die demnächst einen der höchsten Posten einnehmen würde, der Frauen in der Hierarchie eines Warenhauses offenstand.

Auch Judith hatte noch immer mit den Vorurteilen gegenüber Frauen an der Friedrich-Wilhelm-Universität zu kämpfen. Umso mehr freute sie sich auf den Beginn ihres Forschungsprojekts an der Frauenhochschule im nächsten Jahr. »Damit werde ich es dann all diesen eitlen Schnöseln zeigen, die immer noch glauben, nur weil sie ein bestimmtes Körperteil ihr Eigen nennen, wären sie uns überlegen.«

Diesen denkwürdigen Ausspruch hatte Judith bei ihrem letzten Treffen mit Rieke im Café Kranzler gemacht. Rieke hatte einen Moment lang gebraucht, bis ihr die volle Bedeutung von Judiths Äußerung aufgegangen war. Dann war sie minutenlang von einem Lachkrampf geschüttelt worden.

Auch jetzt kicherten die beiden wie Backfische, als sie sich in die Schlange vor dem Büfett einreihten. Dennoch entging Judith Riekes leichte Nervosität nicht, mit der sie die angerichteten Speisen musterte.

Sie stieß sie in die Seite. »Alles ist ganz wunderbar, Rieke. Entspann dich!« Selbstverständlich hatte ihr Rieke erzählt, dass Gunter Perl ihr schon vor Tagen den Auftrag gegeben hatte, diesen wichtigen Teil der Veranstaltung tadellos vorzubereiten.

Nun waren die beiden bei den Vorspeisen angelangt. »Igitt! Austern!«, entfuhr es Judith, bevor sie sich beschämt auf die Lippen schlug. »Die kann ich noch immer nicht leiden. Schon damals beim Bankett des Königs von Siam fand ich sie einfach widerlich.« Wieder kicherten beide.

»Schade, dass es die wunderbaren Schokoladenbonbons nicht mehr gibt, die du mir damals geschenkt hast. Erinnerst du dich?«

Judith nickte.

»Ich habe den Leiter der Süßwarenabteilung gefragt, ob wir sie noch im Sortiment hätten. Doch er wusste leider nicht einmal, was ich meine. Dabei war das Konfekt damals die köstlichste Süßigkeit, die ich bis dahin gegessen hatte.«

»Ja, Rieke, seither hast du es wahrlich weit gebracht«, lobte Judith. »Wobei das schon damals absehbar war.«

Angesichts des überraschten Ausdrucks auf Riekes Gesicht fügte sie hinzu. »Schon damals sahst du in deinem schlichten Matrosenkleidchen genauso gut aus wie ich in meinem kostbaren Seidengewand. Das hat sich nicht einmal geändert. In deiner Verkäuferinnentracht wirkst du heute genauso attraktiv wie ich in meinem teuren Abendkleid.«

Gerade fügte sie noch hinzu: »Nun werde doch nicht gleich rot!«, als sie Gunter Perl erblickte, der zielstrebig auf Rieke zusteuerte.

»Guten Abend, Fräulein Bergmann«, begrüßte er Judith kühl mit einem leichten Neigen des Kopfs. Sie erwiderte seinen Gruß ebenso frostig.

»Auf ein Wort, Fräulein Krause«, forderte Gunter dann Rieke auf, ihn zu begleiten. »Ich habe noch etwas mit Ihnen zu besprechen.«

Mit einer Mischung aus Besorgnis und Unmut blickte Judith den beiden nach. Hoffentlich tadelt Gunter Rieke nicht für irgendeine Kleinigkeit, dachte sie. Zuzutrauen wäre es ihm, obwohl sie zumindest hier drin alles einwandfrei organisiert hat.

»Also, ich muss schon sagen, Fräulein Krause, dass ich mehr von Ihnen erwartet hätte.« Gunter Perl funkelte Rieke wütend an. »Ich hatte Ihnen doch ausdrücklich befohlen, für eine Auswahl verschiedener Desserts zu sorgen.«

Rieke wusste überhaupt nicht, was Perl meinte.

»Es gibt eine Bayerische Creme, eine Mousse au Chocolat und einen exotischen Fruchtsalat. Außerdem eine umfangreiche Käseplatte mit zehn verschiedenen Sorten. Was fehlt Ihnen denn, Herr Perl?« Sie bemühte sich, ihren Unmut nicht durchklingen zu lassen.

»Zwei verschiedene Cremes und ein Obstsalat? Das nennen Sie eine Auswahl? Ich habe Ihnen vertraut und nicht alles minutiös kontrolliert. Das habe ich jetzt davon!«

Rieke wusste noch immer nicht, was ihr oberster Vorgesetzter meinte.

Sie unterdrückte ein Seufzen. »Darf ich Sie noch einmal bitten, mir genau zu sagen, was Sie beanstanden?«

»Zu einer Dessertauswahl gehört für mich in jedem Fall Speiseeis«, schnauzte Perl sie an. »Sowie Feingebäck! Es gibt durchaus Menschen, die weder Cremespeisen noch Obst mögen. Und unter einer Auswahl verstehe ich mindestens fünf Alternativen. Es gibt ja auch acht verschiedene Vorspeisen!«

Rieke spürte sofort, dass Perls Motivation, sie derart zu kritisieren, darin bestand, sie einzuschüchtern. Als Aufsichtsdame der Damenkonfektion und der Damenwäsche würde sie eine seiner wichtigsten weiblichen Untergebenen werden. Da wollte er wahrscheinlich schon vor ihrer Übernahme der neuen Position nach dem Jahreswechsel sicherstellen, dass sie nach seiner Pfeife tanzte.

Doch jetzt war nicht der richtige Moment für eine Auseinandersetzung. »Ich werde mich sofort in den Erfrischungsraum begeben und mithilfe des Oberkochs prüfen, was an Speiseeis und Feingebäck dort und in der Lebensmittelabteilung vorrätig ist.« Sie unterdrückte ihren Zorn zugunsten einer vorgetäuschten Konzilianz. »Schließlich ist morgen Heiligabend. Da werden sich viele Haushalte noch mit frischen Köstlichkeiten für das Fest bevorraten wollen. Es dürfte also genügend Auswahl vorhanden sein!«

»Tun Sie das!« Perls Tonfalls blieb schroff. »Und beaufsichtigen Sie dann persönlich in der Küche, dass alles appetitlich angerichtet wird.«

Rieke neigte den Kopf und wollte sich schon zum Gehen wenden, als Perl ihr einen letzten Schlag versetzte. »Und merken Sie sich für das neue Jahr: Sollten Sie Ihren Pflichten als Aufsichtsdame ähnlich unzulänglich gerecht werden, wird das nicht ohne Folgen bleiben.«

Währenddessen lud sich Judith einige Kanapees mit Kaviar und Roastbeef als Vorspeise auf ihren Teller und grübelte dabei weiter. Sie hatte gehofft, dass Adolf Jandorf die Gelegenheit beim Schopf ergreifen werde, Gunter Perl loszuwerden. Warum er sogar das Gegenteil getan hatte, war ihr noch immer ein Rätsel. Ebenso wie Rieke, mit der sie im Kranzler auch darüber gesprochen hatte.

»Ich habe meinen Vater danach gefragt und von ihm gehört, dass Jandorf Gunter den neuen Eignern ausdrücklich als sehr fähigen leitenden Textileinkäufer des KaDeWe empfohlen hat.«

Rieke nickte. »Das dachte ich mir schon. Hoffentlich ist er mit meiner Beförderung zur Aufsichtsdame einverstanden. Bislang hat er mich jedenfalls noch nicht darauf angesprochen.«

»Zum Glück weiß er ja nichts Genaues über deine Beziehung zu Johannes«, versetzte Judith. »Und bisher bist du doch einigermaßen gut mit ihm ausgekommen, oder nicht?«

Rieke hatte die Achseln gehoben. »Ich habe versucht, das Beste aus der Situation zu machen. Doch wenn es nach mir ginge, könnte Gunter Perl jetzt da sein, wo der Pfeffer wächst. Aber es wird mir wohl nichts anderes übrig bleiben, als mich weiter mit ihm zu arrangieren.«

Als Judith jetzt ihren Vorspeisenteller noch mit gefüllten Eiern und Tomaten bestückt hatte, blieb sie unschlüssig stehen. Plötzlich sprach sie ein Mann von der Seite an.

»Sind Sie noch auf der Suche nach einem Tischherrn?«
Zu Judiths Erstaunen war es Martin Tietz, der jüngste Gesellschafter des neuen Eigners, der gleich mit seinem ersten Satz
so offen mit ihr poussierte.

»Eigentlich warte ich hier auf eine liebe Freundin, Herr
Tietz«, erwiderte sie und spürte überrascht, dass sie sich trotz
des dubiosen Bärtchens durchaus von dem attraktiven Mann
angezogen fühlte.

»Sie sind doch Fräulein Dr. Bergmann, die Wissenschaftlerin?«, zeigte sich Martin sogar über sie orientiert.

»Woher wissen Sie denn das?« Judith kam aus dem Staunen nicht mehr heraus.

Martin Tietz lächelte. »Nun, ich hatte neulich das Vergnügen eines sehr ausführlichen Gesprächs mit Ihrem Herrn Vater.
Als es nach den geschäftlichen Themen im Moka Efti zum gemütlichen Teil überging, konnte er gar nicht genug von Ihnen
schwärmen.«

Judith erwiderte Martins Lächeln und verspürte dabei ein
leichtes Kribbeln in der Magengrube. Martin war Junggeselle,
soweit sie wusste.

»Da kommt meine Freundin gerade zurück«, bemerkte sie
Riekes Rückkehr sogar mit einem Anflug von Bedauern. Doch
die hatte ohnehin keine Zeit, um das Büfett zu genießen.

»Leider gibt es ein Problem mit dem Dessert. Ich muss
mich darum kümmern, dass alles rechtzeitig zur Verfügung
steht«, erklärte sie Judith. Nach einem kurzen Blick auf Martin Tietz fügte sie hinzu. »Aber ich sehe, du befindest dich ja
bereits in bester Gesellschaft. Dann wünsche ich einen angenehmen Abend.«

Damit wandte sie sich um und hastete davon. Besorgt sah
Judith ihr nach. Rieke hatte angespannt und auch irgendwie
zornig auf sie gewirkt. Doch bevor sie erneut ins Grübeln darüber verfallen konnte, was zwischen Rieke und Perl vorgefallen
sein mochte, sprach Martin Tietz sie wieder an.

»Also, darf ich dann bitten?« Er reichte Judith den Arm.

Sie drängte die unangenehmen Gedanken beiseite. Heute wollte sie sich endlich wieder einmal amüsieren. »Warum nicht?«, erwiderte sie mit einem koketten Augenaufschlag.

Ihr Amüsement steigerte sich zum Triumph, als sie Gunters finsteren Blick bemerkte, mit dem er sie und Martin im Vorbeigehen musterte.

»Ich denke, damit ist mein Abend gerettet.« Martin blickte Judith tief in die Augen, als er sie zu einem noch freien Stehtisch führte. »Sie bewahren mich vor einer weiteren langweiligen Diskussion über Geschäfte.«

Das heutige Fest nehme ich einmal als gutes Omen, beschloss Judith. Zumindest verspricht es ein vergnüglicher Abend zu werden. Denn wie heißt es so schön in der Redewendung: Auf Regen folgt Sonnenschein. Und den hätte ich bitter nötig.

Während Judith angeregt mit Martin Tietz plauderte, beaufsichtigte Rieke in der Küche des Erfrischungsraums, wie die Nachspeisen angerichtet wurden. Zum Glück hatten sich im Kühlraum der Lebensmittelabteilung sogar einige Eisbomben gefunden, die zwar schon für Kunden reserviert waren, die Rieke allerdings kurzerhand für das Dessertbüfett requiriert hatte.

Der Oberkoch hatte ihr nicht nur versichert, dass einer seiner untergebenen Konditoren noch in der Nacht Ersatz für die Kunden herstellen könnte, sondern war sogar auf die Idee gekommen, Wunderkerzen aus der Abteilung für Feuerwerkskörper zu besorgen. Davon gab es aufgrund des bevorstehenden Neujahrsfests eine große Auswahl.

»Wir machen die Eisbomben kurzerhand zum Höhepunkt des Dessertbüfetts«, hatte er vorgeschlagen. »Und servieren sie mit den angezündeten Wunderkerzen erst, wenn die restlichen Nachspeisen bereits aufgetragen worden sind.«

Jetzt machten sich die Köche und Kellner daran, die Schüsseln mit den Cremes und dem Obstsalat sowie die Platten mit Gebäck zum Büfett zu bringen. Wenig später kehrten sie zurück.

»Nun die Eisbomben! Rasch, damit sie auf dem Weg nicht zu schmelzen beginnen und unansehnlich werden!«, befahl Rieke.

Zwar wurde das Eis in Spezialgefäßen serviert, deren hohle Böden und Seitenränder mit Eiswürfeln gefüllt waren. Dennoch blieb der obere Teil, in dem die Wunderkerzen steckten, ungekühlt.

Während die Köche und Konditoren mit den fünf Eisbomben den Lastenaufzug nahmen, der in den Flur des Fürstentrakts mündete, lief Rieke rasch die Treppe vom zweiten in den ersten Stock hinab. Sie kam gerade rechtzeitig an, um die Wunderkerzen persönlich anzuzünden.

Unter lauten »Oho«- und »Aha«-Rufen der Gäste brachten die Köche die Eisbomben zum Büfett und stellten sie ab.

»Damit ist das Dessertbüfett eröffnet!«, vernahm Rieke jetzt Gunter Perls Stimme.

»Wunderbar!« – »Fantastisch!« – »Wahrlich der Höhepunkt dieses Festmahls!«, wurde Gunter von allen Seiten Lob gezollt, das er mit einer Verbeugung entgegennahm, die Bescheidenheit vortäuschen sollte.

Dann wies er auf die versammelten Köche. »Ihnen gebührt Ihr Applaus, werte Herrschaften!«, rief er. »Meine Wenigkeit hat mit diesem Festmahl kaum etwas zu tun!«

Rieke erwähnte er mit keinem Wort, und er mied demonstrativ ihren Blick. Ihr wurde zunehmend beklommen zumute. So wunderbar der Abend für sie begonnen hatte, so bedrückt war sie, als er schließlich endete.

»Mach dir nichts draus!«, sprach Judith, der Gunters Missachtung Riekes nicht entgangen war, ihr beim Abschied Mut zu. Dann zwinkerte sie fröhlich. »Sollte der Kerl dir weiterhin Verdruss bereiten, wende dich vertrauensvoll an mich. Ich verfüge vermutlich bald über hervorragende Beziehungen zu einem der neuen Geschäftsführer.«

Doch für Rieke war das kein Trost. Hoffentlich ist Perls Verhalten nur ein Ausdruck seiner heutigen Nervosität als Organisator des Fests und kein Vorgeschmack auf unsere zukünftige Beziehung, dachte sie.

Doch tief in ihrem Innersten spürte sie, dass diese Hoffnung sie trügen könnte.

# Wahrheit und Fiktion

Wenn ich an den Anfang meiner Recherchen zu diesem ersten Band der zweiteiligen Reihe über das Kaufhaus des Westens zurückdenke, habe ich noch gut in Erinnerung, dass ich glaubte, die Informationen in den Quellen seien im Vergleich zu meiner *Kaffeehaus*-Trilogie doch recht überschaubar.

Erst beim Schreiben merkte ich, worin diesmal die Tücke bestand: Im Gegensatz zu der Überfülle sehr detaillierter Informationen über die Habsburger und ihr Reich, werden viele Ereignisse in den Quellen zum KaDeWe lediglich erwähnt. Was sich jedoch genau abgespielt hat, wer von meinen historischen Protagonisten wie agiert hat und wie und warum die Angelegenheit schließlich auf eine ganz bestimmte Weise endete, wird in großen Teilen ausgespart.

Sehr schnell merkte ich also, dass sich historische Daten und Fakten oft nur als Gerüst für meinen Roman eigneten. Sie in meinen Szenen dann mit Leben zu erfüllen, blieb häufig meiner dramaturgischen Fantasie überlassen. Hinzu trat, dass manche Ereignisse nur in einer einzigen Quelle erwähnt werden und in anderen gar nicht auftauchen.

Lassen Sie mich dazu einige Beispiele nennen:

Da ist zum einen jene »Schuhaffäre« aus dem Ersten Weltkrieg, die fast zur Einberufung des damals bereits fünfundvierzigjährigen Adolf Jandorf geführt hätte. Die nackten Fakten über den groben Verlauf des Betrugs, seine Aufdeckung und die Schuldigen liegen vor.

Nicht jedoch auch nur ein Wort darüber, wie diese Schuldigen Jandorf denn hinters Licht führten. Warum hat er, der wie alle typischen Patriarchen seiner Zeit den Anspruch hatte, alles zu kontrollieren, was in seinem Warenhauskonzern vor sich ging, denn nichts von diesem gigantischen Betrug gemerkt? Wie genau hat man ihn hintergangen? Wer aus dem KaDeWe war außer seinen betrügerischen Kompagnons daran beteiligt und in welcher Weise? Darüber und über alle weiteren Details schweigen die Quellen sich aus.

Daher habe ich mich mit der eher kursorischen Schilderung dieser für das persönliche Schicksal von Adolf Jandorf und das KaDeWe recht bedeutsamen Episode begnügen müssen.

Wenn ich im Roman also den Einkäufer für Lederwaren im KaDeWe und den Werkstattleiter der Schuhproduktionsstätte für den Betrug mitverantwortlich mache, ist dies fiktiv. Allerdings gemäß meinem Grundsatz, es könnte vielleicht so gewesen sein.

Als zweites Beispiel werfen wir einen Blick auf die »Bahnhofsszene« im Dezember 1916, als Harrys Einheit auf dem Weg von der Ost- zur Westfront war. Auch hier finden sich nur ein paar dürre Zeilen über die Begebenheit, nicht aber über die folgenden Details:

Woher wusste Adolf Jandorf, dass sein Sohn Harry an diesem bestimmten Tag in der Weihnachtszeit des Hungerwinters von 1916 an einem in der Nähe von Berlin gelegenen Bahnhof mit seiner Truppe Station machen würde? Welcher Bahnhof war es? Was genau brachte Adolf Jandorf den Soldaten zum Geschenk mit? Und vor allem: Was bewog Harrys Rittmeister von Schliefen, Adolf Jandorf trotz dieser Großzügigkeit so überaus schäbig zu behandeln? Darüber verraten die Quellen kein Sterbenswort.

Auch in dieser Szene musste ich also im Rahmen der wenigen bekannten Eckpunkte alle Einzelheiten fiktiv entwickeln, wieder in der Hoffnung, so könnte es gewesen sein.

Ein letztes Beispiel: Was genau geschah während des Streiks im Februar 1919, an dem sich ja auch Angestellte des KaDeWe beteiligten? Wie viele waren es? Wofür wurde überhaupt gestreikt? Für den Achtstundentag, wie eine Quelle behauptet? Den hatte die neue Weimarer Regierung doch gleich nach ihrem Antritt beschlossen. Und wie ging der Streik aus? Was geschah danach mit den streikenden Angestellten des KaDeWe?

Auch viele weitere Episoden, die ich als sehr wichtig für die Entwicklung des KaDeWe unter der Ägide Jandorfs betrachte, musste ich selbst dramaturgisch ausarbeiten. Ob es dabei um den Umgang mit Lebensmittelmarken während des Weltkriegs oder die Inflationszeit im KaDeWe geht oder gar um die noch immer nicht geklärten Umstände des plötzlichen Verkaufs des Jandorf-Konzerns, all dies habe ich vor dem Hintergrund der bekannten historischen Fakten der Zeit selbst mit Leben erfüllt. Aber ich gestehe, dass ich nach und nach immer mehr Spaß daran fand.

Dabei war es mir eine große Hilfe, dass über die Warenhauskonzerne Tietz und Wertheim mehr (vor allem seriöse wissenschaftliche) Quellen existieren als über das KaDeWe und den Jandorf-Konzern. Aus diesen Beschreibungen habe ich manchen Impuls genommen, den ich dann auf das KaDeWe übertragen habe, in der Annahme, dass es dort wahrscheinlich ähnlich gewesen ist. Als Beispiel sei hier die Schmalzverkaufsaktion im Ersten Weltkrieg genannt. Warum sollten daran nur Wertheim und Tietz beteiligt gewesen sein, nicht aber das KaDeWe und Jandorfs andere Warenhäuser?

Äußerst wertvolle Hinweise auf die Hierarchie in einem Warenhaus zu Beginn des 20. Jahrhunderts, insbesondere die Stellung von weiblichen Angestellten, verdanke ich ebenfalls der Literatur über Wertheim, vor allem den Werken von Simone Ladwig-Winters.

In vielen Passagen meines Romans habe ich mich außerdem

mit einem dramaturgischen Kniff beholfen, bei dem mir meine Erfahrung als Psychologin ein weiteres Mal zugutekam. Zweifellos hatte Adolf Jandorf viele Züge eines klassischen Patriarchen seiner Zeit. Aber zum Glück wird sein Charakter in der Summe aller Quellen differenzierter dargestellt. Manchmal allerdings ebenfalls nur mit einem einzigen Satz oder einer einzigen Episode, auf denen ich dann ganze fiktive Szenenreihen aufgebaut habe. Zwei Beispiele:

Im Jahr 1907 machte Adolf Jandorf eine so großzügige Spende an den »Deutschen Verein für Kinder-Asyle«, dass man ihn sogar für den Titel eines preußischen Kommerzienrats vorschlug. Dies wurde vom damaligen Polizeipräsidenten Georg von Borries, dem Vorgänger Traugott von Jagows, abgelehnt. Aber es war ein Indiz für mich, dass Jandorf arme und benachteiligte Kinder am Herzen lagen. Deshalb lasse ich ihn die sozialen Projekte meiner fiktiven Protagonistin Judith Bergmann freigebig unterstützen.

Ebenfalls nur in einem einzigen Satz wird in den Quellen erwähnt, dass Adolf Jandorf während des Ersten Weltkriegs verwundete Soldaten aus seinem württembergischen Geburtsort Hengstfeld in einem Berliner Lazarett besuchte. Sicher wird er dort nicht nur Guten Tag gesagt, sondern sich auch für das Wohl der Soldaten eingesetzt haben. Warum hätte er daher nicht auch einem schwerst kriegsversehrten ehemaligen Mitarbeiter des KaDeWe helfen sollen, wie ich ihn mit der fiktiven Figur von Rieke Krauses Bruder Robert konstruiert habe?

Selbst wenn ich gar nichts aus den Quellen über Adolf Jandorfs Verhalten, geschweige denn mit Bezug auf das KaDeWe, erfuhr, überlegte ich mir, was er getan haben könnte. Ganz sicher war Jandorf zum Beispiel über das tödliche Attentat auf den damaligen Außenminister Walther Rathenau genauso empört und erschüttert wie der größte Teil der Republik. Es ist daher höchst wahrscheinlich, dass er sich auch in seinen Warenhäusern an der Gedenkstunde beteiligte, während der anlässlich der Trauerfeier in ganz Berlin die Arbeit niedergelegt wurde.

Natürlich habe ich darüber hinaus unzählige Episoden in den Roman aufgenommen, die sich tatsächlich genau so im KaDeWe oder im damaligen Berlin abgespielt haben. Der russische Revolutionär Wladimir Wladimirowitsch Majakowski kaufte ebenso im KaDeWe ein wie die amerikanische Ausdruckstänzerin Isadora Duncan. Der kleinen Adriana, Tochter der russischen Dichterin Marina Zwetajewa, fiel die originelle Zigarrenaufbewahrungsstelle im Eingangsbereich des KaDeWe auf, die ebenfalls Erwähnung in einer Szene findet.

Bis auf das Papageno ist auch jedes Etablissement der wilden Zwanziger, das ich im Roman erwähnt habe, authentisch: Sei es das »Himmel und Hölle« mit seiner Nacktrevue, die schmierige Kneipe »Zum Hundejustav« am Stettiner Bahnhof oder das vornehme »Moka Efti« an der Ecke Leipziger-/Friedrichstraße.

Auch der allergrößte Teil der Episoden während der Kriegs-, Revolutions- und Inflationsjahre hat sich genau so oder ähnlich zugetragen, wie ich es erzähle, auch wenn ich natürlich meine fiktiven Protagonisten benötigt habe, um diese Szenen lebendig werden zu lassen.

So gab es zum Beispiel Gasangriffe auf den Schlachtfeldern sowie Metall- oder Waldfrüchtesammlungen während der Kriegsjahre. Ebenso wie jenes unsägliche Steckrüben-Kochbuch, aus dessen Originalrezepten ich zitiere. Spekulanten wie mein fiktiver Gunter Perl bereicherten sich skrupellos im Lauf der galoppierenden Inflation. Der Pogrom im Scheunenviertel fand tatsächlich am 5. November 1923 statt. Und selbst die erwähnten Kinofilme oder Theaterstücke wurden in der Zeit meines Romans in Berlin aufgeführt.

Mit solchen Szenen möchte ich meinen Leserinnen und Lesern über den Luxus hinaus, der im KaDeWe zu jeder Zeit herrschte, ein realistisches Bild vom Leben in den Jahren vermitteln, in denen mein Roman spielt.

Mehr dramaturgische Fantasie war dagegen wieder vonnöten, um Adolf Jandorfs Familienverhältnisse zu beschreiben. Werden seine Jugend und sein Werdegang zum Unternehmer in der Literatur noch recht gut und vor allem übereinstimmend beschrieben, so ist dagegen nur sehr wenig bekannt über seine Ehe mit Margarete Hirschfeld und deren frühen Tod im November 1920.

Auch über Jandorfs einzigen Sohn Harry sind die Fakten mager. Dies fällt jedoch, insbesondere was Aspekte seiner beruflichen Laufbahn angeht, auf den zweiten Blick ins Auge. Es ist wahr, dass sich Harry, erst achtzehnjährig, gegen den Wunsch seiner Mutter gleich im August 1914 freiwillig an die Front meldete. Es ist ebenfalls Fakt, dass sich sein Vater während des gesamten Weltkriegs um ihn sorgte und ihm täglich schrieb.

Nahezu unklar bleibt jedoch Harrys Laufbahn als Kaufmann, obwohl er gleich zwei entsprechende Lehren absolvierte. Doch in keinem der Jandorf-Kaufhäuser taucht er als leitender Angestellter auf, auch nicht im KaDeWe. Diese Passagen meines Romans sind fiktiv.

Da ich selbst in meiner Zeit als Unternehmensberaterin immer wieder damit konfrontiert war, wie wichtig es dem Patriarchen eines Familienunternehmens noch bis zum Ende des letzten Jahrhunderts war, zumindest einen Sohn frühzeitig (manchmal explizit entgegen dessen Neigung) zum Nachfolger heranzubilden, nimmt dies wunder. Erst recht für die Zeit meines Romans und vor dem Hintergrund der Tatsache, dass sich bei Tietz und Wertheim die Generationen bei der Unternehmensführung die Klinke in die Hand gaben.

Ich habe mir daher aus dem, was ich zwischen den Zeilen herauszulesen glaubte, meine eigene Meinung über Harry gebildet, die jedoch größtenteils nicht auf historisch belegten Fakten beruht. Erwiesen ist allerdings seine Sympathie für Georg Karg trotz dessen dubioser Rolle bei der späteren Arisierung der Warenhäuser von Hermann Tietz. Weiter unten gehe ich darauf noch etwas näher ein.

Dass Adolf Jandorf andererseits sehr viel Wert darauf legte, seine Herkunftsfamilie in seine Geschäfte einzubeziehen, zeigt sich darin, dass er alle seine Brüder aus Württemberg nach Berlin holte und in seinem Konzern beschäftigte, hauptsächlich als Leiter seiner Warenhäuser. Auch der Konzernjustiziar, den ich im Roman mit der fiktiven Figur von Paul Bergmann besetzt habe, war in der Realität ein Bruder Jandorfs.

Eine große Überraschung erlebte ich mit den autobiografischen Quellen, die ich für meine Recherchen herangezogen habe. Ob es sich nun um die Geschichte des Hermann-Tietz-Konzerns bis zum Tod des Vaters Oscar im Jahr 1923 handelt, geschrieben von Georg Tietz, oder um die Lebenserinnerungen der jüdischstämmigen Gründerin der ersten Sozialen Frauenschule, Alice Salomon: Beide strotzen vor historischen Ungereimtheiten und echten Datumsfehlern, sodass ich vieles nicht eins zu eins übernehmen konnte.

Dazu gehört auch die von Georg Tietz geschilderte Belagerung seines Warenhauses am Alexanderplatz im Rahmen des Spartakusaufstands im Januar 1919. Sie ist in seinen Memoiren derart spektakulär geschildert, dass sie für mich zum Teil unglaubwürdig klingt. So sollen Tietz und seine kleine Mannschaft von nur zehn Wachleuten über hundert Spartakisten, die ins Warenhaus eingedrungen waren, gefangen genommen und entwaffnet haben ( ! ). Deshalb habe ich diese Szene im Roman entschärft und meines Erachtens ein Stück realistischer dargestellt.

Nur sieben Seiten existieren von Harry Jandorfs eigener Hand, datiert aus dem Jahr 1967 aus seinem Exil in den USA. Auch diese enthalten so viele Ungereimtheiten und Widersprüche zu anderen Quellen, dass ich sie nur teilweise verwenden konnte. Harry Jandorf gibt in diesem Brief an einen mir unbekannten Empfänger nicht einmal sein korrektes Lebensalter zum Zeitpunkt der Eröffnung des KaDeWe an, sondern macht sich um drei Jahre älter!

Überaus spannend fand ich auch den Vergleich der autobiografischen Darstellung des Königs von Siam über seine beiden Besuche im KaDeWe mit dem in anderen Quellen geschilderten Ablauf. Der König betont in den erhaltenen Briefen an eine seiner Töchter, er habe im KaDeWe nur »ein paar Sachen« in kurzer Zeit erstanden. De facto sind sich alle anderen Quellen darüber einig, dass er binnen zwei Tagen tatsächlich die unvorstellbar hohe Summe von zweihundertfünfzigtausend Reichsmark ausgegeben hat.

Ansonsten nehmen sich auch diese Quellen nichts, was die Dürftigkeit der Fakten angeht. Wie also das »fürstliche Mahl« für den König ausgesehen haben könnte, das in den Quellen erwähnt wird, musste ich mir schon beim Prolog selbst überlegen. Aber wie ich bereits erwähnte, machte es mir großen Spaß.

Noch ein paar Worte zu meinen fiktiven Figuren: Diesmal habe ich mich für zwei weibliche Hauptpersonen entschieden. Beide stehen für Mitglieder der charakteristischen Gesellschaftsschichten zu Beginn des 20. Jahrhunderts:

Rieke Krause stammt aus dem Unterschichtmilieu, lebt anfangs in ärmlichen Verhältnissen in der heute nicht mehr existenten, aber in der Literatur minutiös beschriebenen berüchtigten Mietskaserne Meyers Hof im Wedding und verkörpert den deutschen Traum jener Zeit: Sie arbeitet sich im KaDeWe vom Kassenmädchen zur leitenden Angestellten empor.

Judith Bergmann, Tochter einer jüdischen großbürgerlichen Familie, habe ich dagegen als Prototyp der damals emanzipierten Frau angelegt, so wie es auch ihre historisch realen Vorbilder Alice Salomon und die Kinderrechtlerin Eglantyne Jebb waren. Das Wirken jener beiden bewundernswerten Frauen habe ich im Kern authentisch dargestellt, lediglich mit einigen der Dramaturgie geschuldeten zeitlichen und inhaltlichen Anpassungen. Dazu gehört auch, dass Mrs Jebb ein halb verhungertes österreichisches Mädchen fotografierte, um mithilfe dieser Aufnahme Spenden einzuwerben. Ich habe mir erlaubt, die kleine Esther aus dem Scheunenviertel an dessen Stelle zu setzen.

Auch die Milieus sowohl im Bürgertum als auch in der Arbeiterschaft habe ich, gemäß den vorhandenen Quellen, so realistisch wie möglich beschrieben.

Eine der größten Herausforderungen für mich war es, die beständige Geldentwertung während der Inflationszeit nachzuzeichnen. Denn auch hier widersprechen sich die Quellen (was auf den zweiten Blick kein Wunder ist) spätestens ab dem Zeitpunkt, wo der Umrechnungskurs von Mark zu Dollar siebenstellig wurde. Ich habe mir zwar größte Mühe mit der Berechnung der Löhne und Preise gegeben, kann aber nur in der Tendenz für ihre Richtigkeit garantieren.

Zum Abschluss möchte ich noch auf die fiktive Figur des Gunter Perl eingehen. Einige, aber nicht alle Charakterzüge und biografischen Daten habe ich seinem realen Vorbild Georg Karg nachgestellt. Karg spielte bei der Arisierung der Firma Hermann Tietz und damit auch der von Jandorf verkauften Warenhäuser eine auf mich persönlich sehr dubios wirkende Rolle. Diese wird in der mir vorliegenden Literatur jedoch höchstens dezent angedeutet.

Denn mag man vom Verhalten des Georg Karg während der Naziherrschaft auch halten, was man möchte, nach dem Zweiten Weltkrieg baute er den am Boden liegenden Hertie-Konzern wieder zu einem höchst erfolgreichen Unternehmen auf, das er jahrzehntelang leitete. Er wurde deshalb nicht nur zu seinen Lebzeiten, sondern auch noch viele Jahre danach überaus geschätzt.

Interessanterweise finanziert die von seinem Sohn gegründete Karg-Stiftung gerade eine Studie über das Leben und die Persönlichkeit des Georg Karg, deren Ergebnisse allerdings erst im Jahr 2024 erwartet werden. Um also nicht eine ganze

Reihe von Spekulationen mit einer historischen Persönlichkeit zu verknüpfen, habe ich mich dafür entschieden, mit Gunter Perl eine fiktive Figur an die Stelle zu setzen, die womöglich zumindest teilweise ihr historisches Pendant Georg Karg innehatte.

Ein letztes Wort gilt den Dialogpassagen im Berliner Dialekt. Da es mir unglaubhaft erschien, ein Unterschichtmilieu zu beschreiben, in dem jeder reines Hochdeutsch spricht, habe ich mich nach Kräften bemüht, zumindest einen Berliner Dialekteinschlag in die Gespräche dieser Protagonisten einzubauen. Diese Passagen erheben allerdings nicht den Anspruch auf absolute Korrektheit, geschweige denn auf Vollständigkeit, sondern sollen lediglich dazu dienen, die Berliner Atmosphäre in diesen Kreisen ein wenig authentischer darzustellen.

Nun bleibt mir nur noch, wie am Ende eines jeden meiner Romane, mich bei all den Menschen sehr herzlich zu bedanken, die an seiner Realisierung und Umsetzung mitgewirkt haben.

Auch dieses Projekt über das KaDeWe hat mein wunderbarer Agent Thomas Montasser vermittelt und wie immer lebhaften Anteil an der Umsetzung genommen.

Im Goldmann Verlag bin ich erneut insbesondere Frau Barbara Heinzius zu Dank verpflichtet, die mich als Senior Editor von Anfang an persönlich betreut und in ihrem Engagement für mich und meine Werke nie nachlässt. Stellvertretend für alle weiteren Mitarbeiterinnen und Mitarbeiter, die sich für den Erfolg dieses Buchs einsetzen, möchte ich mich bei Frau Katrin Cinque bedanken, der Leiterin der Presseabteilung.

Eine Inspiration und große Freude war für mich die Zusammenarbeit mit meiner neuen Lektorin, Frau Marion Voigt. Sie machte nicht nur wunderbare Vorschläge zur Verbesserung des Romans, sondern ist auch des Lobes voll über seine Inhalte, was mich sehr motiviert hat.

Da die Arbeit am Schreibtisch oft eine einsame ist, möchte

ich natürlich auch wieder meinen beiden Männern danken, die mir zu Hause Gesellschaft leisten:

Meinem Ehemann Jürgen Fitzek und unserem Kater Mirko, der sich öfter, auf meinem Schreibtisch stehend, persönlich davon überzeugte, dass ich gut vorankam.

Dennoch gibt es auch einen traurigen Aspekt zum Abschluss dieser Danksagung.

Ausgerechnet in der Woche, in der der furchtbare Krieg in der Ukraine begann, las ich meine eigenen Szenen von den Schlachtfeldern und dem Leid der Zivilbevölkerung während des Ersten Weltkriegs Korrektur. Dabei wurde mir einmal mehr bewusst, dass ich es nie für möglich gehalten habe, dass in meiner Generation so etwas Furchtbares in Europa noch einmal passiert.

Das Buch habe ich deshalb den Menschen in der Ukraine gewidmet, die einen Krieg erleiden müssen, wie ich ihn längst in der Mottenkiste der Geschichte wähnte.

Es bleibt mir die schwache Hoffnung, dass er zu Ende geht, bevor ich Band 2 über das KaDeWe abschließen werde.

# Glossar

| | |
|---|---|
| Agitation | im 19. Jh. gebräuchlicher Begriff für die aktive politische Tätigkeit der Sozialisten |
| anfechten / es ficht mich nicht an | alter Begriff für »sich um etwassorgen« / es kümmert mich nicht |
| Beletage | am besten ausgestattetes Geschoss eines adeligen oder großbürgerlichen Wohnhauses |
| Causa | lateinisch: Sache |
| Chanukka | achttägiges jüdisches Lichterfest; Datum variabel zwischen November und Januar |
| Chaperon | Anstandsdame |
| Contenance bewahren | die Form wahren; gelassen bleiben |
| Demagoge | Person, die andere durch leidenschaftliche Reden politisch aufhetzt |
| dünken / mich dünkt | alte Bezeichnung für »ich denke« |
| Etappe | Abschnitt zur Versorgung der Truppen hinter der Front; ungefähr einen Tagesmarsch davon entfernt |
| Fauxpas | französisch: Fehler, Peinlichkeit |

| | |
|---|---|
| Fortuna | römische Göttin des Glücks |
| Furage | militärischer Ausdruck für Verpflegung |
| Gazette | französisch: Zeitung |
| Grabenfüße | Entzündung der Füße von Frontsoldaten aufgrund beständiger Nässe in den Schützengräben |
| Gulaschkanone | Feldküche |
| Joldelse | Berliner Spottausdruck für die Göttin Viktoria auf der Siegessäule |
| Kogge | Segelschifftyp der Hanse |
| Kontor | alter Begriff für Büro |
| koscher | gemäß den jüdischen Speisegesetzen zubereitet |
| k. u. k. | österreichische Abkürzung für kaiserlich und königlich |
| Lakai | alte Bezeichnung für Diener |
| Lude | umgangssprachlich: Zuhälter |
| Malheur | französisch: Missgeschick |
| Matrone | ältere, lebenserfahrene Frau |
| Maulschelle | umgangssprachlich: Ohrfeige |
| meschugge | umgangssprachlich: verrückt |
| MSPD | Abkürzung für Mehrheitssozialdemokratische Partei Deutschlands zwischen 1917 und 1922 |
| Mumpitz | umgangssprachlich: Unsinn |
| Penunzen | umgangssprachlich: Geld |
| Pogrom | gewalttätiger Angriff gegen eine religiöse oder ethnische Minderheit |
| Rayon | altmodisches Wort für Warenhausabteilung |
| Ringverein | Verband organisierter Krimineller im Berlin der Zwanzigerjahre |
| Schrippe | berlinerisch: Brötchen, Semmel |

| | |
|---|---|
| Schwindsucht | alter Begriff für Tuberkulose |
| Siam | altmodischer Begriff für Thailand |
| Signet | altmodischer Begriff für Logo |
| Souper | französisch: festliches Abendessen |
| Stulle | berlinerisch: belegtes Brot |
| Teuerung | altmodischer Begriff für Inflation |
| Tonseife | während des Ersten Weltkriegs ausgegebene Seife aus Ersatzstoffen |
| Tresse | Schmuckborte zum Besatz von Kleidungsstücken |
| USPD | 1917 von der MSPD abgespaltene Unabhängige Sozialdemokratische Partei; Vorläuferin der KPD |
| weiland | alter Begriff für damals |

# Verzeichnis der wichtigsten Quellen

**Vorbemerkung:** Aufgrund der Fülle des verwendeten Materials können nur die wichtigsten Quellen genannt werden. Der Umfang an recherchierter Literatur beträgt ein Vielfaches.

### Über das KaDeWe

Meiners, A.: *100 Jahre KaDeWe.* Berlin: Nicolaische Verlagsbuchhandlung. 2007.
Osborn, M.: *KaDeWe. Kaufhaus des Westens. 1907–1932.* Berlin. 1932.

### Über andere Berliner Warenhauskonzerne

Ladwig-Winters, S.: *Wertheim. Geschichte eines Warenhauses.* Berlin: be.bra verlag. 1997.
Ladwig-Winters, S.: *Wertheim – ein Warenhausunternehmen und seine Eigentümer. Ein Beispiel der Entwicklung der Berliner Warenhäuser bis zur »Arisierung«.* Anpassung – Selbstbehauptung – Widerstand, Band 8. Münster: LIT Verlag. 1997.

### Über Adolf Jandorf

Busch-Petersen, N.: *Adolf Jandorf. Vom Volkswarenhaus zum KaDeWe.* Teetz und Berlin: Hentrich & Hentrich. 2008.

## Über Alice Salomon

Berger, M.: *Alice Salomon. Pionierin der sozialen Arbeit und der Frauenbewegung.* Frankfurt a. M.: Brandes & Apsel Verlag. 4. Aufl. 2018.

## Autobiografische Quellen

Salomon, A.: *Lebenserinnerungen. Jugendjahre – Sozialreform – Frauenbewegung – Exil.* Frankfurt a. M.: Brandes & Apsel Verlag. 2008.

Tietz, G.: *Hermann Tietz. Geschichte einer Familie und ihrer Warenhäuser.* Stuttgart: Deutsche Verlags-Anstalt. 1965.

## Über den Ersten Weltkrieg

Friedrich, E.: *Krieg dem Kriege.* Frankfurt a. M.: Zweitausendeins. 13. Aufl. 1982, nach der Originalausgabe von 1924.

Münkler, H.: *Der Große Krieg. Die Welt 1914–1918.* Reinbek: Rowohlt Taschenbuch Verlag. 3. Aufl. 2020.

## Über die Not der Berliner Bevölkerung während des Ersten Weltkriegs

Baudis, D.: »Vom ›Schweinemord‹ zum ›Kohlrübenwinter‹. Streiflichter zur Entwicklung der Lebensverhältnisse in Berlin im ersten Weltkrieg (August 1914 bis Frühjahr 1917)«. In: *Jahrbuch für Wirtschaftsgeschichte,* Sonderband: Zur Wirtschafts- und Sozialgeschichte Berlins vom 17. Jahrhundert bis zur Gegenwart. Berlin: Akademieverlag. 1986. S. 129–152.

## Über das Leben in Berlin zwischen 1907 und 1926

*Berliner Zeitung: Chronik Berlin.* München: Chronik Verlag. 3. Aufl. 1997.

Glatzer, R.: *Das Wilhelminische Berlin. Panorama einer Metropole.* Berlin: Siedler Verlag. 1997.

Scholz, R.: »Ein unruhiges Jahrzehnt: Lebensmittelunruhen, Massenstreiks und Arbeitslosenkrawalle in Berlin 1914–

1923«. In: Gallus, M. (Hrg.): *Pöbelexzesse und Volkstumulte in Berlin*. Berlin: Verlag Europäische Perspektiven. 1984. S. 79–123.

## Über Meyers Hof

Geist, J.-F. & Kürvers, K.: *Das Berliner Mietshaus 1862–1945 – Eine dokumentarische Geschichte von »Meyer's-Hof« in der Ackerstraße 132–133, der Entstehung der Berliner Mietshausquartiere und der Reichshauptstadt zwischen Gründung und Untergang*. München: Prestel Verlag. 1984.

## Über die Revolutionsjahre in Berlin

Weipert, A.: *Das Rote Berlin. Eine Geschichte der Berliner Arbeiterbewegung 1830–1934*. Berlin: Berliner Wissenschaftsverlag. 2013.

## Über die Weimarer Republik und die Inflation

Taylor, F.: *Inflation. Der Untergang des Geldes in der Weimarer Republik und die Geburt eines deutschen Traumas*. München: Siedler Verlag. 2013.

## Über das Berliner Nachtleben in den wilden Zwanzigern

Gordon, M.: *Sündiges Berlin. Die zwanziger Jahre: Sex, Rausch, Untergang*. Wittlich: Index Verlag. 5. Aufl. 2020.

# Die Geschichte von Rieke und Judith geht weiter

Marie Lacrosse
KaDeWe
Haus der Wünsche

ISBN 978-3-442-20639-1

Berlin Mitte der 20er Jahre: In der Stadt tobt das Leben, die Strenge des Kaiserreichs ist passé, und Frauen eröffnen sich nie dagewesene Chancen. Im KaDeWe hat sich die Verkäuferin Rieke Krause zur Abteilungsleiterin emporgearbeitet. Währenddessen macht Judith Bergmann Karriere an der Universität und ist mit einem der neuen Geschäftsführer liiert. Rieke und Judith haben noch viele Pläne. Doch dann ziehen dunkle Wolken am Horizont auf. Die neuen Machthaber versuchen, die jüdischen Eigentümer des KaDeWE aus dem Unternehmen zu drängen. Und auch auf Rieke und Judith kommen schwere Zeiten zu …

## Lebensmittelabteilung im KaDeWe

### 30. März 1932, am späten Vormittag

Als Judith Bergmann den Fahrstuhl verließ, sah sie sich neugierig um. Sie musste zugeben, dass sie die Begeisterung, mit der die Gazetten von der neuen Lebensmittelabteilung schwärmten, jetzt besser verstand als vorher.

Nach dem Erweiterungsbau, der schon im Jahr 1929 begonnen worden war, hatten die ursprünglich vier Verkaufsstockwerke des KaDeWe zwei weitere aufgesetzt bekommen. Die auch in früheren Zeiten schon beachtliche Lebensmittelabteilung war vom zweiten in den sechsten Stock umgezogen. Sie erstreckte sich jetzt über fast fünfhundert Quadratmeter und war prächtiger ausgestattet denn je.

»Na, was sagst du?« Martin Tietz, mit dem Judith nun bereits über fünf Jahre lang liiert war, strahlte sie mit jenem jungenhaften Lächeln an, das sie einst so für ihn eingenommen hatte. Mittlerweile wusste sie nur zu gut, dass dieses Lächeln zu dem auf Abenteuer aller Art versessenen Teil von Martins Persönlichkeit gehörte, der trotz seiner hohen Position als Mitgeschäftsführer des Hermann-Tietz-Konzerns einfach nicht erwachsen werden wollte.

Doch heute gönnte sie Martin seine Freude von Herzen. »Es ist wirklich großartig geworden«, gab sie ihm die gewünschte Antwort.

Martins Lächeln vertiefte sich. »Man sagt schon jetzt, die Lebensmittelabteilung sei der größte Trumpf des KaDeWe. Sie verdrängt sogar unsere berühmte Damenkonfektion vom ersten Platz.«

»Die Abteilung ist in der Tat sehr beeindruckend«, stimmte Judith zu.

Doch Martin war mit seiner Lobeshymne noch nicht am Ende. »In einer Zeitung stand sogar, dies sei eine der größten

Sehenswürdigkeiten Berlins«, prahlte er. »Wenn nicht sogar des gesamten Kontinents.«

Das ging Judith denn doch zu weit. Trotzdem verkniff sie sich einen kritischen Kommentar, obwohl sie auch diesen angeberischen Wesenszug Martins nicht mochte.

»Lass uns ein wenig herumgehen!«, schlug sie stattdessen vor. Heute wollte sie weder ihm noch sich selbst die Stimmung verderben. Zumal das schlechte Gewissen sie noch immer ein wenig plagte, weil sie bei der großen Eröffnungsfeier des völlig neu gestalteten KaDeWe in der letzten Woche gefehlt hatte.

Wenn sie ehrlich zu sich selbst war, hätte sie an dem Kongress in Leipzig, der die Entschuldigung für ihr Fernbleiben gewesen war, nicht unbedingt teilnehmen müssen. Doch der Pomp, mit dem die Geschäftsführung die Neugestaltung gleichzeitig mit dem fünfundzwanzigjährigen Bestehen des KaDeWe feiern wollte, war ihr angesichts der großen Not, die als Folge der Weltwirtschaftskrise noch immer in weiten Teilen der Berliner Bevölkerung herrschte, schlichtweg zuwider gewesen.

»Besonders klug ist das nicht, ausgerechnet bei dieser Feier zu fehlen, die der Familie Tietz so ungeheuer wichtig ist«, hatte ihr Vater Paul Judith denn auch, nicht ganz zu Unrecht, vorgehalten. »Man könnte dies durchaus als Affront auffassen.«

Dass sich Martin an diesem Tag intensiv um die Juweliertochter Anni Böning gekümmert hatte, die der Einladung, gemeinsam mit ihren Eltern, selbstverständlich gefolgt war, hatte Paul Bergmann seiner Tochter später ebenfalls nicht verschwiegen.

Judith schüttelte die lästigen Gedanken ab und hängte sich bei Martin ein. Gemeinsam schritten sie den ersten der langen Gänge hinab, die die Lebensmittelabteilung an allen vier Seiten umgaben und entlang der Wände von Verkaufstheken gesäumt waren. In der Mitte des Raums befanden sich weitere rechteckige Verkaufsstände, ebenfalls eingefasst von Theken, in denen die zahlreichen Waren hinter makellos geputzten Glasscheiben ansprechend präsentiert wurden. Die Theken waren so hoch, dass die in weiße Kittelschürzen und Hauben gekleideten Verkäuferinnen kaum darüber hinaussahen.

»Und? Was sagst du zu dieser Ausstattung?«, fragte Martin ein weiteres Mal lobheischend nach.

Während Judith noch nach einer taktvollen Antwort suchte, trat er an einen der Pfeiler, die die Decke stützten. »Das ist echter Marmor.« Martin strich geradezu zärtlich über eine der gemaserten Flächen, die farblich perfekt zu den grau-weißen Bodenfliesen passten. »Und die blaue Einfassung besteht aus echter Meißner Keramik.«

Deren Farbe korrespondierte wiederum mit den matt glasierten weißen Kacheln der Wände, umrahmt von blauen Linien.

Das Ensemble wirkte tatsächlich sehr geschmackvoll, gestand sich Judith widerwillig ein. Dennoch dachte sie unwillkürlich an die ärmliche Ausstattung der Wohnungen in den Berliner Arbeitervierteln. Wahrscheinlich hätte man von den Kosten eines einzigen dieser Marmorpfeiler eine ganze Etage in einer der Mietskasernen im Wedding oder in Moabit modernisieren können. Samt der erbärmlichen sanitären Anlagen und der Trinkwasserleitungen, die oft so verrottet waren, dass sie nur noch rosthaltiges dunkelbraunes Wasser ausspuckten, wie ihr Rieke erst kürzlich von Meyers Hof erzählt hatte.

Rieke selbst wohnte mit ihrem Ehemann Peter Hauser dort zwar im nobleren Vorderhaus. Aber ihre Mutter Käthe und deren nach einer Schlägerei mit der SA querschnittsgelähmter Lebensgefährte Fritz Zimmer mussten noch immer mit der Wohnung vorliebnehmen, in der Rieke aufgewachsen war.

»Gefällt es dir nicht?« Martins dunkle Augen funkelten Judith vorwurfsvoll an, da sie noch immer schwieg.

»Doch, doch!«, beeilte sie sich zu antworten. Und beschloss ein weiteres Mal, sich jede kritische Bemerkung bei ihrem heutigen Treffen zu verkneifen. »Alles ist wunderschön geworden.« Martins Gesichtszüge entspannten sich erst, nachdem Judith diese Bewertung hinzugefügt hatte.

»Zu welchem der Lebensmittelstände möchtest du mich denn zuerst führen?« Sie versuchte, Martin eine weitere Freude zu machen.

Er überlegte kurz. »Die Fischabteilung mit den Aquarien«, entschied er dann.

Zielstrebig bog er zunächst in einen Gang ein, der zwischen riesigen Fleischtheken an beiden Seiten verlief. Judith ekelte sich ein wenig vor den ausgeweideten Schweinekörpern und Rinderbeinen, die entlang der Wand aufgehängt waren. Doch sie bemühte sich, keine Miene zu verziehen.

»Wer kauft denn all dieses Fleisch?«, fragte sie, bestrebt, höfliches Interesse zu zeigen.

Martin grinste. »Oh, darüber mach dir mal keine Sorgen! Was am Abend übrig bleibt, verwahren wir in den riesigen neuen Kühlräumen, die wir im ersten Dachgeschoss eingerichtet haben, nach dem modernsten Standard. So bleibt die Ware tagelang frisch.«

Im Rahmen des Umbaus waren auf die sechs Verkaufsetagen noch zusätzlich zwei Dachgeschosse aufgestockt worden. Dort befänden sich eine Reihe von Arbeits- und Lagerräumen, erklärte Martin beim Weitergehen.

Schließlich näherten sie sich der Fischabteilung. Schon von Weitem fiel Judith auf, dass sich eine Kinderschar vor den Theken versammelt hatte. Als sie herankam, erkannte sie den Grund dafür: In großen Glasbehältern, die Aquarien glichen, schwammen lebende Fische. Sie erkannte Forellen, Karpfen und Aale.

»Schau, Judith! Hier siehst du eine der Novitäten in der Lebensmittelabteilung.« Wieder war der Stolz in Martins Stimme unüberhörbar. »Das Wasser wird durch beständige Luftzufuhr frisch gehalten.« Tatsächlich sprudelte es in allen Fischbehältern.

Dennoch war Judith konsterniert. »Ihr verkauft hier lebende Fische?«, fragte sie ungläubig.

»Ach was, mein Dummerchen!« Martin stupste sie liebevoll auf die Nasenspitze. Dann zeigte er auf eine der Theken hinter den Aquarien. »Da fischt gerade ein Verkäufer einen Karpfen mit einem Netz aus dem Wasser. Natürlich, um ihn vor den Augen des Käufers zu schlachten. Frischer kann man Fisch nicht erwerben.«

Instinktiv zerrte Judith an Martins Arm. »Er schlachtet den Fisch vor den Augen der Kinder?« Diese empörte Bemerkung konnte sie jetzt doch nicht zurückhalten. »Komm, lass uns weitergehen! *Ich* möchte mir das jedenfalls nicht ansehen.«

Und werde hier nie einen Fisch kaufen, über den ich zuvor das Todesurteil gesprochen habe, hätte sie beinahe hinzugefügt, als Martins gekränkte Miene sie davon abhielt.

»Mir sind diese Fische hier lieber! Auch wenn sie schon lange tot sind.« Mit gespielt leichtem Tonfall zeigte Judith auf eine Reihe ansprechend präsentierter Räuchermakrelen. Als Martin nichts erwiderte, deutete sie auf einige große Holzfässer, über die Marmorplatten mit runden verglasten Öffnungen gelegt worden waren. »Was ist denn das?«

Sein Gesichtsausdruck hellte sich auf. »Das sind Heringsfässer«, erklärte er. »Fällt dir dabei etwas auf?«

Judith wusste nicht, was er meinte. »Hmm! Marmor auf Heringsfässern ist eine interessante Kombination«, schoss sie ins Blaue.

»Das meine ich nicht! Schnuppere doch mal!«, forderte Martin sie auf. Folgsam hielt Judith ihre Nase in die Luft. Es roch nicht nach Fisch. Aber das führte sie auf die Abdeckung der Heringsfässer und die Aquarien zurück.

»Ich weiß nicht, was du meinst«, gab sie zu.

Martin lächelte wissend. »Dann komm weiter!«, sagte er kryptisch.

Wenig später blieben sie vor einem ausladenden Käsestand

stehen. Die Theken, die ihn auf allen Seiten umrahmten, waren sicher an die zehn Meter lang.

»Was fällt dir hier auf?«

Ratlos betrachtete Judith die mannigfaltige Auswahl. »Ihr führt Käse aus aller Herren Länder«, versuchte sie sich an des Rätsels Lösung, »und erneut finde ich alles sehr ansprechend präsentiert.«

Tatsächlich wiesen kleine Fahnen und landestypische Dekorationen auf die Herkunftsländer der einzelnen Käsesorten hin. Frankreich, Holland, Italien, Österreich und die Schweiz waren ebenso vertreten wie Käsesorten aus Bayern. Für den unwissenderen Teil der Kundschaft waren die Namen der Länder zusätzlich auf Hinweisschildern vermerkt.

»Wir führen in der Tat mehr als einhundert Käsesorten«, bestätigte Martin. »Doch darum geht es mir nicht.«

Judith war ratlos. Schon fasste Martin sie wieder unter. »Dann mache ich einen letzten Versuch«, kündigte er an.

Wenig später standen die beiden vor der Verkaufstheke für Kaffee. Judith zählte nicht weniger als zwölf mit Bohnen gefüllte Glasbehälter, die mit Ausgabeschächten aus Messing versehen waren. »Ich wusste gar nicht, dass es so viele Kaffeesorten gibt«, staunte sie.

Martin lächelte wieder. »Wir führen zum einen Bohnen aus verschiedenen Teilen der Welt, etwa aus Brasilien oder Kenia. Dort werden unterschiedliche Sorten angebaut. Aber auch die Art der Röstung beeinflusst den Geschmack. Im Kaffeelager befindet sich die modernste elektrische Röstmaschine, die derzeit auf dem Weltmarkt zu haben ist. Durch die Temperatur und Dauer der Röstung schmeckt der Kaffee nach dem Aufbrühen milder oder eher bitter.«

Er machte eine ausholende Handbewegung. »Du siehst, in unserer Lebensmittelabteilung bleibt kein Kundenwunsch offen. Nicht umsonst gilt sie als Sensation«, wiederholte er den großtuerischen Hinweis vom Beginn ihres Rundgangs.

»Aber du wolltest mir nicht die Vielfalt eures Kaffeeangebots zeigen, sondern etwas anderes«, lenkte Judith ab, peinlich berührt.

»Natürlich! Gut, dass du mich daran erinnerst. Was haben also die Fischabteilung, die Käseabteilung und die Kaffeeabteilung gemeinsam?«

Judith wusste beim besten Willen immer noch nicht, was Martin meinte, und starrte ihn verwirrt an.

Der schürzte ob ihrer Begriffsstutzigkeit die Lippen. »Riech doch mal!«, forderte er sie erneut auf.

Langsam begann Judith zu begreifen, worauf Martin hinauswollte. »Es duftet gar nicht nach Kaffee!« Endlich ging ihr ein Licht auf. »Und am Käsestand roch es nicht nach Käse und am Fischstand nicht nach Fisch.«

Martins breites Grinsen bestätigte ihr, dass sie nun auf dem richtigen Weg war.

»Dass der Kaffeeduft fehlt, finde ich schade. Aber den strengen Käse- oder Fischgeruch vermisse ich nicht«, sagte sie. In Erinnerung daran, dass Martin schon einige Male auf die technischen Neuerungen in der Lebensmittelabteilung hingewiesen hatte, fügte sie hinzu: »Das hat wahrscheinlich auch mit einer eurer neuen Anlagen zu tun.«

Diesmal hatte sie ins Schwarze getroffen. Martin strahlte über das ganze Gesicht. »Wir haben natürlich auch eine hochmoderne Entlüftungsanlage einbauen lassen. Dadurch ist die Luft in der ganzen Lebensmittelabteilung so frisch, als wären wir draußen in freier Natur. Selbst wenn es, wie jetzt, so voll ist, dass sich die Käufer scharenweise in den Gängen drängeln.«

In der Tat hatte sich die Menge der Kundschaft in der letzten halben Stunde gewaltig erhöht. Judith warf einen Blick auf ihre Armbanduhr. Es war kurz vor zwölf.

»Es wird gleich noch voller werden«, erklärte Martin. »Darum sollten wir uns jetzt in einen der Erfrischungsräume begeben, um zu Mittag zu essen. Später finden wir dort womöglich keinen freien Tisch mehr. Wohin möchtest du gehen?«

Diese Frage konnte Judith spontan beantworten. »In die Imbisshalle hier im sechsten Stock«, erklärte sie.

»Nicht lieber zur Silberterrasse?« Martin klang etwas enttäuscht. »Sie ist noch viel luxuriöser ausgestattet als die Imbisshalle. Außerdem wird man dort am Tisch bedient.«

Doch Judith wusste genau, was sie wollte. »Mich interessiert das neue Konzept der Selbstbedienung in der Imbisshalle viel mehr«, entgegnete sie. »Schließlich gehört das doch auch zu euren Novitäten, oder nicht?« Damit packte sie Martin geschickt bei seinem Stolz auf die Neuerungen im KaDeWe.

Ihre Strategie funktionierte. Ohne weiteren Widerspruch führte Martin sie in die Imbisshalle, die das Zentrum des sechsten Stockwerks bildete.

Wenig später standen Martin und Judith in der langen Schlange entlang des kalten Büfetts. Dessen appetitlich angerichtete Speisen waren mit Preisschildern versehen. Jedermann konnte sich selbst die Teller und Schalen aus der Vitrine nehmen und alles mithilfe eines kleinen Servierwagens zunächst zur Kasse und dann an einen der runden Tische transportieren.

Tatsächlich hatten Martin und Judith in der weitläufigen Halle nur noch wenige freie Tische vorgefunden. Kurz entschlossen hatte Martin einen Notizblock gezückt, ein Blatt davon abgerissen und die Worte »reserviert für die Geschäftsführung« darauf geschrieben. Den hatte er auf dem ausgewählten Tisch hinterlassen, bevor er mit Judith zum Büfett ging.

Auch die Imbisshalle hatte in der Berliner Presse bereits für Schlagzeilen gesorgt. Das Motto »Bedienen Sie sich selbst, zahlen Sie an der Kasse«, das auf Schildern an mehreren Stellen über der Auslage hing, stammte aus den Vereinigten Staaten von Amerika.

»Meines Wissens ist unsere Imbisshalle das einzige Selbstbedienungsrestaurant in ganz Berlin. Wenn nicht sogar im ganzen Reich«, raunte Martin Judith ins Ohr, aufs Neue mit angeberischem Stolz.

Judith entschloss sich diesmal, Martins Worte zu ignorieren. »Schade, dass ich mir nicht zuerst einen Überblick über diese Speisenfülle verschaffen kann. Aber dann müsste ich mich danach ja noch einmal anstellen.« Sie seufzte theatralisch, während sie nach einem Teller mit kaltem Rindfleisch griff, das hübsch mit Kräutern, in Blumenform ausgestochenen Radieschen und einem Klecks Sahnemeerrettich dekoriert war.

Bis sie die Kasse erreicht hatte, waren noch ein Tomatensalat, zwei gefüllte Eier und ein Brotkörbchen hinzugekommen.

»Vergiss das Dessert nicht!«, mahnte Martin sie. Gemäß der Speisenfolge befand sich die Vitrine mit den verschiedenen Cremes, Tortenstücken und Obstsalaten unmittelbar vor der Kasse. Nach kurzem Zögern fügte Judith ihrer Auswahl noch ein Schälchen Schokoladenpudding hinzu, den eine Kirsche zierte.

»So viel esse ich mittags normalerweise nie«, betonte Judith. »Aber diese Speisenvielfalt fordert zur Völlerei geradezu auf.«

Auch die Kunden, die vor ihr bezahlten, hatten ihre Servierwagen üppig beladen.

An der Kasse schob sich Martin an Judith vorbei. »Die Dame ist mein Gast«, klärte er die Kassiererin auf. Als diese nickte und dennoch begann, die Preise der ausgewählten Gerichte in die Registrierkasse einzutippen, fügte er mit strenger Miene hinzu: »Ich bin Martin Tietz, falls Sie das nicht wissen.«

Die Kassiererin errötete bis an die Haarwurzeln. »Verzeihen … verzeihen Sie bitte meine Unaufmerksamkeit, Herr … Herr Tietz!«

»Es ist gut«, Judith ging rasch dazwischen, um zu verhindern, dass Martin zu einem weiteren Tadel ansetzte. »Das konnten Sie ja nicht wissen. Normalerweise isst die Geschäftsführung ja nicht in der Imbisshalle«, fügte sie in Erinnerung an Martins Vorschlag, die weit vornehmere Silberterrasse aufzusuchen, hinzu.

Der machte nun gute Miene zum bösen Spiel und folgte Judith an den gemeinsamen Tisch. Während sie das Geschirr mit den Speisen aufstellte, erbot sich Martin, an der gegenüberliegenden Getränketheke ein Glas Wein für sie beide zu besorgen.

»Nein, danke«, lehnte Judith ab, die am Nachmittag eine Lehrveranstaltung in der Frauenhochschule von Alice Salomon zu bestreiten hatte. »Für mich bitte nur ein Glas Wasser.«

Während sich Martin an den Verkaufsstand begab, an dem die Kunden der Lebensmittelabteilung alle nur denkbaren Alkoholika auch flaschenweise zum Mitnehmen erwerben konnten, sah Judith sich in der Imbisshalle um.

Sie erstreckte sich gewölbeartig über zwei Stockwerke, bezog also einen Teil des ersten Dachgeschosses mit ein. Mit den schachbrettartig angeordneten roten und weißen Bodenfliesen aus Marmor und den mit gelblichen Kacheln verkleideten Wänden war sie ebenfalls wunderschön ausgestattet. Am besten gefielen Judith die beiden großflächigen Gemälde über den zur Lebensmittelabteilung hin offenen Schmalseiten des Gewölbes.

»Diese Malereien sind sehr originell«, lobte sie die Kunstwerke, als Martin mit einem Glas Rotwein für sich selbst und einer Karaffe Wasser an den Tisch zurückkehrte. »Es scheinen Szenen aus verschiedenen Teilen der Welt zu sein.«

Wieder lächelte Martin stolz. »Der Maler hat Motive aus dem Abend- und aus dem Morgenland einander gegenübergestellt«, bestätigte er. »Sie alle haben einen Bezug zur Lebensmittelherstellung.«

In der Tat waren Feldarbeit, Viehtrieb und Nahrungsmitteltransporte in den Szenen dargestellt. Besonders beeindruckend fand Judith die beiden Elefanten auf dem Morgenland-Gemälde.

»Solche Fresken findet man ansonsten eher in Kirchen«, erklärte Martin unaufgefordert weiter. »Sie stammen von dem ungarischen Künstler Jósef Bató. Er hat sie direkt auf den Putz aufgetragen.«

»Diese Kunstwerke sind dem Maler in der Tat außerordentlich gut gelungen«, wiederholte Judith ihr Lob.

»Auch auf der Silberterrasse gibt es Wandgemälde, allerdings von einem anderen Maler. Wir tragen uns vonseiten der Geschäftsführung außerdem mit dem Gedanken, in Zukunft regelmäßige Kunstausstellungen im KaDeWe zu veranstalten.«

Im Gegensatz zu vielem anderen, was Martin heute über die Großartigkeit des KaDeWe gesagt hatte, fand Judith dieses Vorhaben sehr reizvoll.

»Eine wunderbare Idee. Bestimmt gibt es dazu dann auch die entsprechenden Matineen oder Vernissagen. Darauf freue ich mich schon jetzt.«

Der Rest des gemeinsamen Mittagessens verlief in amüsantem Geplauder. Judith fühlte sich an die ersten Monate ihrer Beziehung erinnert.

Vielleicht wird ja doch noch alles gut, dachte sie, als sie beim Nachtisch angekommen waren. Einer Anni Böning oder wie diese Juwelierstochter heißt, biete ich alle Male die Stirn. Schließlich ist sie nicht einmal Jüdin.

Doch dann geschah etwas Unerwartetes, das ihre Stimmung nachhaltig trübte. Ein Herr mittleren Alters kam mit seinem Servierwagen an ihrem Tisch vorbei. Ungeschickt stieß er damit gegen die Lehne des dritten freien Stuhls, wobei ihm sein Brotkörbchen auf die Erde fiel.

Eilfertig sprang Martin auf, um dem Gast beim Einsammeln der Brötchen zu helfen. Denn Kellner gab es in der Imbisshalle ja nicht. Auch der Gast selbst bückte sich. Dabei fiel ihm etwas aus der Jacketttasche.

Judith wollte den Herrn schon darauf aufmerksam machen, als sie den Gegenstand erkannte. Ihr Herz setzte einen Schlag lang aus. Es war das Parteiabzeichen der NSDAP in Form einer Anstecknadel. Das schwarze Hakenkreuz auf weißem Grund stach ihr geradezu ins Auge.

Unauffällig stellte sie ihren Absatz auf das Abzeichen, das unter den Tisch gerollt war. Dann drückte sie ihren Schuh auf den Boden und nahm das leise Knirschen der zertretenen Nadel befriedigt zur Kenntnis.

Was für ein Heuchler, dachte sie. Unwillkürlich tauchten die Szenen vor ihrem inneren Auge auf, die sie mit Martin im vergangenen September auf dem Ku'damm beobachtet hatte, als die sogenannte »Sturmabteilung« dieser unsäglichen Partei jüdische Geschäfte demolierte. Damals hatte der Pöbel die jüdischen Geschäftsleute als Ausbeuter und Kapitalistenschweine beschimpft und »jeden aufrechten Deutschen« eindringlich davor gewarnt, dort etwas zu kaufen. Aber zu schade, um im noblen KaDeWe essen zu gehen, war sich dieses Parteimitglied offenbar nicht.

Um Martin nicht zu beunruhigen, verschwieg Judith ihm ihren Fund und bemühte sich weiterhin um eine fröhliche Miene. Doch in der Straßenbahn auf dem Weg zur Frauenhochschule holten die Bilder von den mit hasserfüllten Parolen beschmierten Schaufenstern und dem zerstörten Mobiliar der Geschäfte sie wieder ein.

Hoffentlich können Martin und seine Familie ihren Erfolg mit dem neuen KaDeWe auch auf Dauer genießen, dachte sie voll böser Vorahnungen.

Tatsächlich sollte es nicht einmal mehr ein Jahr lang dauern, bis der Albtraum für die Familie Tietz und ihre jüdischen Angestellten begann.

## Lebensmittelabteilung im KaDeWe

### 30. März 1932, am späten Nachmittag

»Bitte, Mutter, nun ziere dich doch nicht so! Man könnte glauben, du seist zum ersten Mal in deinem Leben im KaDeWe.«

Rieke Hauser zog ihre Mutter, die nach der Ankunft im sechsten Stock den Eingang zum Fahrstuhl blockierte, am Arm sanft zur Seite.

»Und wenn ich hier auf alte Bekannte stoße? Was werden die von mir denken, wenn ich Almosen annehme?«

Rieke unterdrückte einen Anflug von Ärger. Sie holte tief Luft. »Erstens, liebe Mutter, ist es jetzt über fünfzehn Jahre her, dass du zuletzt hier gearbeitet hast. Zweitens weiß doch niemand, dass wir beide heute gemeinsam den Lebensmittelgutschein einlösen, den jeder Angestellte des KaDeWe zur Feier der Neueröffnung erhalten hat. Dass ich dir diese Lebensmittel überlassen möchte, steht uns beiden nicht auf die Stirn geschrieben.«

Käthe Krause wirkte zwar nicht überzeugt, folgte ihrer Tochter dann aber doch in den ersten Gang der Abteilung.

»Womit kann ich dir denn eine besondere Freude machen? Oder auch Fritz? Was würdet ihr gern wieder einmal essen oder vielleicht zum ersten Mal kosten?«

Als Antwort zuckte Käthe nur mit den Achseln.

Rieke versuchte, sich ihren wachsenden Unmut nicht anmerken zu lassen. »Dort drüben ist der Obststand.« Sie zeigte auf die ausladenden, rechteckig angeordneten Theken rechts vor ihnen.

»Obst ist teuer«, protestierte Käthe. »Lass uns erst einmal zu dem Gemüsestand daneben gehen!«

Rieke unterdrückte ein Seufzen. So leid ihr das Schicksal ihrer Mutter tat, so sehr verfluchte sie innerlich deren Sturheit.

Seit ihr Lebensgefährte Fritz Zimmer bei einer Schlägerei zwischen Mitgliedern der SPD und der SA vor drei Jahren so schwer verletzt worden war, dass er seither nicht mehr gehen konnte, lebte ihre Mutter wieder in überaus ärmlichen Verhältnissen. Sie hatte erneut eine schlecht bezahlte Tätigkeit in der Apparatefabrik der AEG aufgenommen, in der Fritz viele Jahre lang als Vorarbeiter tätig gewesen war.

Natürlich hatte er selbst nach seiner Verletzung dort aufhören müssen, und er schätzte sich glücklich, dass er zumindest eine kleine Rente erhielt. Aber davon konnten die beiden keine großen Sprünge machen, obwohl sie nach wie vor in der billigen Wohnung im vierten Hinterhaus von Meyers Hof lebten. Also hatte Käthe nach den wenigen Jahren, in denen sie zum ersten Mal seit Riekes Kindheit nur Hausfrau sein durfte, wieder in Tagschicht zu arbeiten begonnen.

Wenigstens hatte sich Fritz' Charakter nicht so zum Schlechten verändert wie seinerzeit der von Riekes Vater Otto. Der hatte ebenfalls, allerdings durch einen selbst verschuldeten Arbeitsunfall, einen Arm verloren und war dadurch zum Krüppel geworden. Doch sowohl Käthe als auch Fritz betonten bei jeder Gelegenheit gegenüber Rieke und ihrem Ehemann Peter, dass sie ihnen auf gar keinen Fall zur Last fallen wollten.

Verstohlen musterte Rieke die übrigen Kunden, denen sie begegneten. Dabei befürchtete sie allerdings nicht, dass jemand ihre Mutter Käthe erkennen könnte. Sie war vielmehr besorgt, dass sich eine der Verkäuferinnen aus den Abteilungen, denen sie als Aufsichtsdame vorstand, über die schäbige Aufmachung ihrer Begleiterin wundern könnte.

Denn Käthes ehemals bestes Kleid hatte schon bessere Tage gesehen. Der blaue Wollstoff war an den Ellenbogen fadenscheinig geworden, den Saum hatte Käthe mehrfach umnähen müssen, wenn er auszufransen drohte. Dennoch war das Kleid nach heutigen Maßstäben unmodern geschnitten und selbst für eine ältere Frau zu lang.

Doch Käthe weigerte sich nachdrücklich, sich ein neues Kleid von Rieke kaufen zu lassen. Auch aus dem Stoff, den

Rieke ihr zum letzten Weihnachtsfest geschenkt hatte, hatte sie sich noch nichts Neues schneidern lassen.

Kurz hatte Rieke daher nach Käthes Ankunft überlegt, ob sie sie bitten sollte, ihre allerdings ebenfalls schäbige Jacke anzubehalten. Aber dann wäre der Kontrast zwischen ihrer eigenen eleganten Aufmachung als Aufsichtsdame und der Kleidung ihrer Mutter noch größer gewesen.

Mit Absicht hatte sich Rieke daher schon vorher den späten Nachmittag für diesen Einkaufsbummel durch die Lebensmittelabteilung ausgewählt. Dabei hatte sie von ihrem Privileg Gebrauch gemacht, sich als oberste Vorgesetzte der Damenkonfektion und Damenwäscheabteilung ohne Genehmigung auch einmal eine Freistunde zu gönnen. Die gleichwohl durch ihre zahlreichen Überstunden mehr als ausgeglichen wurde.

Die Verkäuferinnen waren dagegen in der Regel bis mindestens sechs Uhr abends im Dienst, sodass sie ihre eigenen Gutscheine frühestens danach einlösen könnten, sofern sie es nicht schon längst getan hatten. Rieke hoffte also, dass ihr keine ihrer Untergebenen begegnen würde.

Am Obststand angekommen, fragte Rieke ihre Mutter zunächst, was sie sich wünsche.

»Höchstens ein paar Äpfel und Birnen«, gab Käthe die erwartete, von ihrer Bescheidenheit zeugende Antwort.

»Und was ist mit Orangen und Bananen? Oder sogar mit einer Ananas?« Rieke wies auf eine dieser exotischen Früchte, die ansprechend auf der Theke platziert waren.

»Ananas habe ich noch nie gegessen«, wehrte Käthe ab.

»Das ist doch erst recht ein Anlass, endlich einmal zu probieren, wie sie schmeckt.«

Käthe starrte auf das Preisschild. »Aber eine solche Frucht kostet drei Mark«, wandte sie ein.

Rieke hob bewusst gleichgültig die Schultern. »Du weißt doch, dass wir für meinen Lebensmittelgutschein Esswaren im Wert von hundert Mark kaufen können. Und für mich selbst brauche ich nichts«, fügte sie rasch hinzu. »Peter und ich haben ein gutes Auskommen, das weißt du ja.«

Als Käthe nicht antwortete, sondern stattdessen stur vor sich hinsah, verlor Rieke die Geduld. »Ich nehme zwei Kilo Äpfel von diesen rotbackigen dort. Dazu zwei Kilo Williams-Christ-Birnen. Außerdem sechs Orangen, sechs Bananen und eine Ananas.«

Ehe Käthe protestieren konnte, begann die Verkäuferin bereits, die geforderte Ware abzuwiegen. Dann trug sie Gewicht oder Stückzahl sowie den Preis des Obsts in das Sammelbüchlein ein, das Rieke ihr vorlegte.

Die mit den gleichen Angaben wie im Sammelbüchlein etikettierten Tüten legte die Verkäuferin im Anschluss auf einen Schlitten, der auf einem Laufband befestigt war. Damit wurden die Einkäufe zur Sammelkasse und zur Packstation befördert. Dieses an sich aus früheren Zeiten stammende System bewährte sich in der Lebensmittelabteilung noch immer besser als die sonst üblichen Registrierkassen. Es ersparte den Kunden, schwere Einkaufskörbe durch die weitläufige Abteilung bis zur Zahlstelle zu schleppen.

Jetzt wandte sich Rieke zum Gemüsestand. Alle Arten von Grünzeug waren appetitlich in großen Glaskästen ausgestellt. Wieder wählte Käthe mit fünf Kilogramm Kartoffeln, einem Wirsing- und einem Weißkohl sowie einem Kilogramm Bohnen das Gemüse aus, das am preiswertesten und ihr zudem vertraut war. Doch auch jetzt stach Rieke der Hafer.

Sie zeigte auf dunkellilafarbene, eiförmige Früchte. »Was ist das?«, fragte sie die Verkäuferin.

»Das sind Auberginen«, gab diese bereitwillig Auskunft. »Sie werden aus Frankreich importiert.«

»Und wie bereitet man sie zu?«

»Sie werden in Olivenöl gebraten und mit fremdländischen Kräutern wie Basilikum oder Oregano gewürzt. Oder man kann sie panieren und in Olivenöl ausbacken.«

»Geben Sie mir vier Stück!«, orderte Rieke.

Käthe packte sie am Arm. »Bist du meschugge?«, raunte sie ihr ins Ohr. »Das Stück kostet eine Mark fünfzig!«

Rieke beachtete den Einwand ihrer Mutter nicht und ließ das Gemüse erneut in ihr Sammelbüchlein eintragen, bevor es zur Packstation transportiert wurde.

»Wo finde ich denn Olivenöl und diese Gewürze?«

»Ungefähr zwanzig Meter den Gang hinunter und dann rechts abbiegen zum Stand der Kolonialwaren«, wies die Verkäuferin ihnen die Richtung.

Unter »Kolonialwaren« verstand man im KaDeWe aus dem Ausland stammende Produkte aller Art, wobei Deutschland seit dem Ende des Ersten Weltkriegs gar nicht mehr über eigene Kolonien verfügte.

Nachdem Rieke, ungeachtet der Proteste ihrer Mutter, einen Liter reines Olivenöl und die passenden getrockneten Gewürze gekauft hatte, sah sie sich suchend um.

»Wollen wir jetzt einmal zur Fleischabteilung gehen?«, schlug sie vor.

Ohne die Antwort ihrer Mutter abzuwarten, drehte sie sich um, da sie das Schild mit der Aufschrift »Fleisch« in der entgegengesetzten Richtung gesehen hatte. Auf dem Weg dorthin kamen sie an einem Sonderstand vorbei, auf dem Tomaten pyramidenförmig angeordnet waren. »Tomaten! Als Sonderangebot zum gleichen Preis wie im Jahr 1908! Nur zehn Pfennig das Kilo!«

Angesichts dieses sensationell günstigen Preises erhob Käthe diesmal keinen Einspruch, als Rieke ein Kilogramm der Früchte kaufte. »Weißt du, was es mit dieser Preisaktion auf sich hat?«, fragte sie ihre Mutter schmunzelnd.

Die nickte zu ihrem Erstaunen. »Natürlich! Als Tietz damals zum ersten Mal Tomaten in der Leipziger Straße anbot, bin ich in meiner Mittagspause eigens vom Wittenbergplatz dorthin gefahren, um zwei Kilo davon für uns zu erwerben. Bis dahin waren Tomaten in Berlin völlig unbekannt. Erinnerst du dich gar nicht mehr? Wir haben sie mit Zwiebeln und Essig angemacht und sie uns schmecken lassen.«

Tatsächlich hatte Rieke, die damals erst zehn Jahre alt gewesen war, diese Episode völlig vergessen. In den Hungerjahren während und nach dem Weltkrieg, die ihr noch sehr gegenwärtig waren, hatte es jedenfalls keine Tomaten mehr gegeben.

Käthe schien ihre Gedanken zu lesen. Sie ließ den Blick über die ungeheure Warenfülle ringsum schweifen. »Stell dir einmal vor, mitten im Krieg wäre ein Hungernder vor Schwäche eingeschlafen und dann inmitten dieses Überflusses aufgewacht. Der hätte doch glatt gedacht, er wäre entweder verrückt geworden oder im Paradies. Oder in diesem Land«, sie stockte, »wie heißt es doch gleich, wo es alles in Hülle und Fülle gibt?«

»Schlaraffenland«, antwortete Rieke geistesabwesend. An ihre Zeit im KaDeWe während der Hungerjahre hatte sie überwiegend schlechte Erinnerungen. Doch daran wollte sie jetzt nicht denken. Sie schüttelte sich leicht.

»Lass uns noch Käse, Wurst und Fleisch kaufen!« Mit gespielter Munterkeit zog sie Käthe wieder am Arm hinter sich her.

Am Wurststand kam es erneut zu einer Diskussion. »Du willst doch nicht etwa zwanzig Pfennig für ein Viertelpfund Blutwurst oder Sülze ausgeben?«, protestierte Käthe. »So was kriege ich in der Ackerhalle für die Hälfte vom Preis.«

»Natürlich nicht, Mutter«, erwiderte Rieke schlagfertig. »Hier kaufe ich dir ein halbes Pfund von dieser italienischen Wurst, die man Salami nennt. Die hast du wahrscheinlich noch nie gegessen.«

»Ein paar Bockwürste wären mir lieber«, brummte Käthe.

Spontan bestellte Rieke auch davon geschlagene zehn Stück.

Als sie schließlich am Fleischstand ankamen, machte Käthe angesichts der riesigen Theken große Augen. »Unser Metzger hat höchstens mal ein einziges halbes Schwein auf Vorrat«, sagte sie. »Hier hängen bestimmt zwanzig Schweinehälften oder mehr! Die Lebensmittelabteilung ist jetzt mindestens doppelt so reichhaltig wie zu meiner Zeit im KaDeWe«, fügte sie dann hinzu. »Und schon damals war das Angebot durchaus sehr beachtlich.«

Auf dem Weg zur Sammelkasse und zur Packstation kamen sie an einem Stand vorbei, an dem Säuglingsnahrung angeboten wurde. Rieke richtete den Blick starr geradeaus, was ihrer Mutter offenbar nicht entging.

Sie drückte tröstend Riekes Arm. »Eines Tages ist es auch bei euch so weit«, sagte sie aufmunternd.

Rieke ersparte sich eine Antwort und ging weiter. Als sie Peter Hauser vor vier Jahren geheiratet und damit bewusst in Kauf genommen hatte, bald schwanger zu werden und ihre Stelle als Aufsichtsdame danach aufgeben zu müssen, hatte sie dies vor allem wegen der beständigen Schikanen durch Gunter Perl getan. Er war damals leitender Textileinkäufer des KaDeWe gewesen.

Doch bald nach Riekes Hochzeit war er zum leitenden Textileinkäufer des gesamten Hermann-Tietz-Konzerns aufgestiegen und hielt sich nur noch selten im KaDeWe auf. Riekes und Peters Kinderwunsch hatte sich dagegen bis heute nicht erfüllt.

Eine Weile trottete Käthe schweigend neben Rieke her. Dann schreckte ihr Ausruf Rieke aus ihren trüben Gedanken. »Wat is dit denn?« Wenn Käthe aufgeregt war, verfiel sie neuerdings immer wieder in den Berliner Dialekt.

Rieke drehte sich erstaunt um. Fassungslos betrachtete Käthe ein Schild, auf dem mit großen Lettern »Stadtküche« stand. Darunter versprach ein Plakat, dass Bestellungen aller Art für fertig zubereitetes Essen abgegeben werden könnten.

»Wer nimmt denn so was in Anspruch? Gibt es tatsächlich Haushalte in Berlin, in denen nicht mal mehr selbst gekocht wird?« Trotz ihres Erstaunens besann sich Käthe auf ihre Anwesenheit im KaDeWe und sprach mit leiserer Stimme wieder Hochdeutsch.

Unwillkürlich musste Rieke erneut über ihre Mutter schmunzeln. »Schau dir doch die Theke an! Sie ist genauso lang wie die Fleischtheke. Also gehe ich mal davon aus, dass es sogar eine Menge Kunden gibt, die diesen Dienst in Anspruch nehmen.«

Käthe schüttelte noch immer den Kopf über diese Fisimatenten, wie sie es nannte, als sie schließlich an der Sammelkasse angekommen waren. Es zeigte sich, dass Riekes Hundertmark-Gutschein nicht ausreichte, um alle eingekauften Waren zu bezahlen. Sie musste noch fünf Mark siebzig dazulegen.

Derweil stand Käthe, erneut kopfschüttelnd, vor den beiden riesigen Paketen, in denen die Packerinnen ihre Einkäufe verstaut hatten. »Da werden wir schwer zu schleppen haben«, bemerkte sie resigniert.

Rieke widersprach lächelnd. »Die Pakete lasse ich dir natürlich zu deiner Adresse in Meyers Hof liefern«, versprach sie. Wieder konnte sie der Miene ihrer Mutter entnehmen, dass diese völlig überrascht war. Sich Lebensmittel ins Haus liefern zu lassen stand außerhalb ihrer Vorstellungskraft.

»Es gibt doch irgend so ein Fremdwort dafür, das all diesen überflüssigen Luxus benennt«, sagte sie zu Rieke, die sie noch bis zum Ausgang in die Tauentzienstraße begleitet hatte. »Aber ich komme gerade nicht drauf.«

Rieke grinste. »Meinst du vielleicht ›Dekadenz‹?«

Ihre Mutter nickte, ohne Riekes Lachen zu erwidern. Bei ihrer Antwort verfiel sie unwillkürlich wieder in den Berliner Dialekt. »Ja, dit hab ick jemeent. Aba ick glob, bei der jroßen Armut im Land jeht dit hier nich mehr lange jut.«

# Autorin

Marie Lacrosse hat in Psychologie promoviert und arbeitete viele Jahre hauptberuflich als selbstständige Beraterin überwiegend in der freien Wirtschaft. Ihre Autorentätigkeit begann sie unter ihrem wahren Namen Marita Spang und schrieb erfolgreich historische Romane. Heute konzentriert sie sich fast ausschließlich aufs Schreiben. Ihre Trilogie »Das Weingut« wurde ebenso zu einem großen SPIEGEL-Bestseller wie die »Kaffeehaus«- und die »KaDeWe«-Saga. Die Autorin lebt mit ihrem Mann in einem beschaulichen Weinort. Weitere Romane der Autorin sind bei Goldmann in Vorbereitung.
Mehr Informationen unter www.marielacrosse.de

*Marie Lacrosse im Goldmann Verlag:*

Das Weingut. In stürmischen Zeiten. Roman
Das Weingut. Aufbruch in ein neues Leben. Roman
Das Weingut. Tage des Schicksals. Roman
Das Kaffeehaus. Bewegte Jahre. Roman
Das Kaffeehaus. Falscher Glanz. Roman
Das Kaffeehaus. Geheime Wünsche. Roman
KaDeWe. Haus der Träume. Roman
KaDeWe. Haus der Wünsche. Roman

( alle auch als E-Book erhältlich)